무지개 1

The Rainbow

세계문학전집 135

무지개 1

The Rainbow

D. H. 로렌스

김정매 옮김

민음사

엘제*에게 이 책을 바친다.

* 로렌스의 독일 귀족 출신 아내인 프리다(Frieda)의 언니. 프리다보다 다섯 살 연상이다. 최초로 하이델베르크 대학교 입학 허가를 받은 학생 중 하나로, 저명한 사회학자인 막스 베버 교수의 애제자였다. 베버 교수의 지도를 받아 쓴 박사 논문은 독일의 새로운 사회보장법에 대한 여러 정당들의 태도를 다루었다.

차례

2권 차례

이 책의 판본에 대하여

이 책은 펭귄 출판사에서 나온 데이비드 허버트 로렌스의 『무지개』 결정판을 번역 대본으로 삼았다. 이 결정판은 기존에 정본으로 익히 알려졌던 케임브리지 대학교 판본보다 더 원전에 가까운 것으로, 『케임브리지 판 D. H. 로렌스 작품집』 출간에 참여했던 학자들이 검증한 텍스트를 저본으로 했으며, 버밍엄 대학교 영문학과의 제임스 T. 볼턴 명예교수와 텍사스 대학교 영문학과의 프랜시스 워런 로버츠 교수의 감수하에 완성되었다. 현존하는 수기 원고, 타자 원고, 교정쇄와 케임브리지 초판 인쇄본의 철저한 상호 대조를 통해 로렌스 자신이 출간하려 했던 원고에 가장 가까운 텍스트를 완성해 낸 것이다. 인쇄업자, 출판업자, 편집자 들이 의도적으로 삭제하거나 식자공, 인쇄공 들이 실수로 누락했던(때로는 한 페이지에 이르는 분량의) 부분들을 모두 복원했으며, 반대로 인쇄공들이 자의적으로 추가했던 조판 스타일은 가능한 한 모두 삭제했다.

제1장
톰 브랑윈은 어떻게 폴란드 여인과
결혼하게 되었나

1

브랑윈 집안 사람들은 여러 세대 동안 마시 농장에서 살
았다. 초원으로는 에레워시 강이 오리나무 사이로 굽이쳐
흐르면서 더비셔 군과 노팅엄셔 군을 경계 지었다. 2마일
떨어진 언덕 위에는 교회 탑이 우뚝 솟아 있고, 그 언덕
꼭대기까지 시골 읍내의 집들이 빽빽하게 들어서 있었다.
브랑윈 집안 사람이 밭에서 일손을 멈추고 고개를 들면,
으레 텅 빈 하늘 아래 일커스턴 교회 탑이 눈에 들어왔다.
그래서 지평선 쪽으로 몸을 돌린 뒤에도 멀리 머리 위 저
너머에 무엇인가 솟아 있다고 느껴졌다.
브랑윈 집안 사람들의 눈에는 미지의 세계에 대한 기대
와 열망의 빛이 고여 있었다. 그들은 앞으로 올 일에 대비
하여 만반의 준비를 갖추고 있었다. 그것은 일종의 자신

감, 혹은 기대감이라고도 할 수 있는, 상속인이 흔히 지니는 태도였다.

그들은 활력이 넘쳤고 금발에다가 말이 느렸다. 느리지만 명확하게 자신의 입장을 밝히는지라, 눈에는 웃음에서 분노로 바뀌는 과정이 역력하게 드러났다. 밝고 파란 웃음이 무섭게 노려보는 분노로 바뀌는 모습은, 날씨가 바뀔 때 하늘에서 일어나는 기상 변화와 흡사했다.

번창하는 읍 근처에서 비옥한 농토를 소유하고 살았기 때문에 살림이 쪼들린다는 것은 오래전부터 잊고 지냈다. 자식들이 계속 생겨나서 매번 유산을 나누다 보니 부자로 살아보진 못했지만, 마시 농장에는 항상 모든 것이 풍족했다.

그래서 브랑윈 집안 사람들은 가난을 걱정하지 않고 지냈으며 돈 때문이 아니라 타고난 천성으로 열심히 일했다. 낭비벽이 없어 마지막 동전 한 닢까지 소중히 여겼고, 본능적으로 사과 껍질마저 버리지 않고 가축의 먹이로 썼다.

천지의 기운이 그들 주위에서 넘쳐흐르니, 어찌 이런 일이 그칠 수 있으랴? 그들은 봄에 수액(樹液)이 빠르게 흐름을 느꼈고, 그 생명의 물결이 매년 쉬지 않고 씨앗을 싹트게 하고, 스스로는 뒤로 물러나 어린 싹이 자라게 함을 잘 알고 있었다. 하늘과 땅이 서로 교접하고 햇빛은 대지의 가슴팍과 창자 속으로 빨려 들어가고, 비는 낮 동안에 공중으로 흡수되고, 가을바람이 불면 새 둥우리는 더 이상 사람의 눈을 피할 도리가 없이 앙상하게 드러나는 것 또한 잘 알고 있었다.

그들의 생활과 대지와의 교접은 대단했다. 그들은 씨앗을 뿌리려고 밭을 갈면서 흙의 맥박과 몸뚱이를 느꼈다. 밭을 갈고 나면 토양은 부드럽고 나긋나긋해져서 그들의 발에 욕정처럼 무겁게 엉겨 붙었으며, 추수 때면 다시 굳어져 반응이 없었다. 밀 이삭은 바람에 나부껴 비단처럼 매끄러웠고, 그 윤기는 쳐다보는 사내들의 사지 위로 흘러내렸다. 남정네들이 소의 유방을 잡으면 소는 곧 젖을 내보냈고, 남정네들의 손에서는 맥박이 꿈틀거렸다. 소의 젖꼭지에서 꿈틀대는 맥박은 곧 남정네들의 손의 맥박으로 고동쳐 들어갔다. 그들이 말을 탈 때면, 양쪽 무릎 사이에 생명 그 자체를 꼭 잡고 있는 셈이었다. 말에 마차의 끌채를 메우고는 한 손으로 고삐를 휘어잡아 힘껏 당겼다.

가을에는 자고새가 푸드득 날아 오르고 새들은 추수가 끝난 밭 위로 물안개처럼 떼 지어 날아갔다. 까마귀는 물기 머금은 잿빛 하늘가에 나타났다가 까옥거리며 겨울 속으로 날아갔다. 그런 때면 남정네들은 집 안의 난롯가에 앉아 있었고, 아낙네들은 자신 있는 발걸음으로 왔다 갔다 했다. 남정네들의 사지와 몸통은 낮과 가축, 대지와 수목과 하늘의 기운으로 가득 차 있었다. 난롯가에 앉아 있노라면 그들의 피 속으로 낮 동안 쌓인 피로가 무겁게 흘러들어 머리가 몽롱해졌다.

여자들은 달랐다. 물론 그들에게도 자연과의 교접에서 오는 나른한 기운이 있긴 했다. 송아지가 젖을 빨고 암탉이 떼 지어 뒤뚱거리며 돌아다니고, 오리 새끼들을 손에 쥐고 목구멍으로 모이를 밀어 넣을라치면 맥박이 팔딱팔딱

뛰었다. 그렇지만 여자들은 열에 들뜬 본능적인 교접의 농장 생활에서 고개를 돌려 저 너머 언어의 세상을 바라보았다. 세상의 입술과 마음이 소리를 내어 말을 한다는 걸 의식했으며, 먼 곳에서 나는 소리를 들었으며, 소리 쪽으로 애써 귀를 기울였다.

대지가 숨을 몰아쉬며 고랑을 터주고 바람이 불어 밀 이삭의 물기를 말려주면 어린 밀 이삭은 하늘하늘 나부꼈고, 이에 남자들은 만족했다. 소의 출산을 거들어주거나 곳간 밑바닥에서 쥐를 잡아 내거나 토끼의 등을 손으로 세게 내리쳐서 등뼈를 분지르는 일에 남자들은 만족했다. 남자들은 자신들의 피와 대지와 하늘과 짐승과 초목을 통해서 하고많은 열기와 생식과 아픔과 죽음을 체험했다. 그렇게 많은 것을 자연과 더불어 주고받으며 충만 속에서 살았고 감각은 충족되었다. 얼굴은 항상 뜨거운 피를 향해 돌렸고 태양을 뚫어지게 쳐다보았다. 생식의 원천을 쳐다보느라 얼이 빠져서 얼굴을 돌릴 수도 없었다.

그러나 여자는 이와 다른 형태의 삶을 원했다. 그것은 피의 교접과는 다른 종류의 것이었다. 여자의 집은 농장과 밭을 등지고, 교회와 대저택이 있는 읍내와 신작로와 그 너머의 세계를 향했다. 여자는 일어서서, 도시와 관청이 들어서 있고 남자들의 활발한 활동이 전개되는 먼 세계를 바라보았다. 그곳은 마술의 나라로, 온갖 비밀이 알려지고 욕망이 성취되는 곳으로 보였다. 여자는 바깥을 향하고 있었다. 그곳에서 남자들은 고동치는 생식의 열기에 등을 돌리고, 권력을 쥐고 창의적으로 움직였다. 아니, 생식의 열기를 뒤에 남긴 채, 그 너머의 세계에 속한 것들을 발견하고 그들의 시야와 활동 범위와 자유를 넓히려고 길을 떠나는 것이었다. 이와는 반대로 브랑윈 집안 남자들은 생식의 충만한 삶을 향하여 안으로 고개를 돌렸으며, 그 삶은 생경한 그대로 그들의 혈관 속으로 흘러들었다.

여자는 욕구에 못이겨 집 앞에 서서 남자들이 활동하는 세계를 전체적으로 바라보았고, 한편 남편은 뒷마당에 서서 하늘과 추수와 짐승과 토지 쪽으로 눈을 돌렸다. 아내는 남자들이 지식을 향해 투쟁해 나가며 성취한 결과를 보려고 애썼으며, 정복의 이야기를 들으려고 바싹 귀를 기울였다. 아내의 깊고 깊은 욕망은 미지의 세계의 변두리에서 한창 벌어지고 있는 싸움터에 가 있었다. 그 아우성 소리가 멀리서 들려왔기 때문이다. 아내는 전쟁에 대해 알고 싶었을 뿐만 아니라, 그 속에 끼어들어 싸우고 싶었다.

집에서 아주 가까운 코셋헤이에는 목사가 살고 있었다. 목사는 색다른 마술적인 언어를 사용했으며, 행동거지 역시 아주 색다르고 세련되었다. 아내는 이 두 가지 점을 알아보기는 했지만, 스스로 익힐 수는 없었다. 목사는 브랑윈 집안 남자들이 살고 있는 세계를 초월한 곳에서 움직이고 있었다. 아내는 집안 남자들에 대해서 시시콜콜 잘 알고 있었다. 그들은 신선하고 느리며, 자신감이 넘쳤으며, 체격이 떡 벌어진 남자들이었다. 그러나 천성이 흙과 가까운 농사꾼이라 외향성이 모자랐고 행동 범위도 좁았다. 이에 반해 목사는 남편과 비교하면 가무잡잡하고 메마르고 몸집이 작았지만, 민첩하고 존재감이 있어 유순하고 몸집

큰 브랑윈 남자를 둔한 촌뜨기로 보이게 했다.

아내는 남편에 대해 속속들이 알고 있었다. 그러나 목사의 본성에는 무언가 그녀가 알지 못할 특성이 있었다. 남편이 가축을 잘 다루듯이 목사에게는 남편을 다루는 힘이 있었다. 그게 무엇일까? 인간이 짐승 위에 군림하듯이 목사가 보통 사람들 위에 군림하는 까닭을 아내는 몹시 알고 싶었다. 만약 그녀의 당대에서 이 고차원적인 존재에 다다를 수 없다면 아이들 대에서는 꼭 이루어지기를 바랐다. 사람이 황소보다 더 강한 것같이 몸이 작고 약한 사람이 강할 수 있는 까닭은 무엇일까? 돈이나 세력이나 지위의 문제가 아니었다. 목사가 톰 브랑윈에게 이길 무슨 힘을 갖고 있단 말인가? 아무 힘도 없었다. 그렇지만 두 사람을 발가벗겨 무인도에서 살게 하면, 분명히 목사가 지배자가 될 것이다. 그의 영혼이 상대방의 영혼을 지배하기 때문이다. 그렇다면 왜, 왜 그럴까? 여자는 그것이 지식의 문제라고 결론 내렸다.

목사는 아주 구차한 데다 남자로서 별로 능률적이지도 못했지만, 상류 인사들과 어울렸다. 여자는 목사의 아이들이 태어나는 것을 보았고, 엄마의 치마 끝을 졸졸 따라다니는 것을 눈여겨보았다. 그 아이들은 이미 자신의 아이들과는 구분되어 있었다. 하지만 왜 자신의 아이들이 다른 아이들보다 열등해야 하나? 왜 목사의 아이들이 그녀의 아이들보다 우월한 위치를 차지해야 한단 말인가? 왜 처음부터 목사의 아이들에게 우월권이 부여되어야 하나? 그건 금전 탓도 아니요, 계급 탓도 아니었다. 그녀는 그건 바로 교육과 경험의 문제라고 결론을 내렸다.

그녀는 바로 이것을, 이 교육을, 이 고차원적인 존재의 형태를 자식들에게 부여해, 자식들도 지상에서 지고의 생을 누리게 하고 싶었다. 왜냐하면 자식들은, 적어도 그녀가 애지중지하는 자식들은, 그 고장에서 내로라하는 활력 있는 사람들과 동등한 위치를 차지할 만한 완벽한 성품을 갖추고 있었기 때문이다. 그들이 뒤처진 채, 무명의 막일꾼으로 남을 수는 없었다. 왜 그들이 일생 동안 무명의 숨막히는 생활을 해야 하나? 행동의 자유 없이 고초를 겪을 이유가 뭐란 말인가? 어떻게 하면 내 아이들이 훌륭하고 더욱 활기 넘치는 상류사회로 들어갈 수 있을까?

셀리 홀 대저택에 사는 귀부인을 생각하면, 브랑윈 부인의 상상력은 더욱 불타올랐다. 귀부인은 코셋헤이의 교회에 어린 자녀들을 데리고 나와 예배를 보았다. 딸아이들은 말쑥한 수달피 케이프를 두르고 멋진 작은 모자를 썼으며, 부인 자신은 겨울 장미같이 매우 아리땁고 섬세하게 보였다. 자태가 그토록 아리땁고 그토록 훌륭하고 광휘로웠다. 도대체 그것이 무엇이기에, 하디 부인은 느끼는 그것을 브랑윈의 아내인 그녀 자신은 느끼지 못한단 말인가? 하디 부인의 성품이 코셋헤이 아낙네들의 성품과 다르게 된 연유는 무엇일까? 어떤 면에서 귀부인의 성품이 그들을 능가한단 말인가?

코셋헤이의 모든 아낙네들은 열을 내어 하디 부인과 그녀의 남편, 아이들, 손님들, 그녀의 의상, 하인들과 집안 살림에 대해서 떠들어댔다. 대저택에 사는 그 귀부인은 아낙네들의 생활에서 살아 있는 꿈이 되었고, 귀부인의 생활은 동네 아낙네들의 생활에 생기를 불어넣는 한 편의 서사시였다. 아낙네들은 상상 속에서 귀부인과 함께 생활했다. 귀부인의 술꾼 남편, 추문을 뿌리는 남동생, 그 고장 출신의 하원 의원이며 부인의 친구인 윌리엄 벤틀리 경에 관해서 이야기꽃을 피우며, 그들 나름대로 오디세우스 이야기를 재현시켰다. 그것은 마치 바로 눈앞에서 페넬로페, 오디세우스, 마녀 키르케와 그녀가 변신시킨 돼지, 그리고 끝없이 페넬로페가 짜고 있는 피륙을 보는 듯했다.

그래, 그 마을의 아낙네들은 행복했다. 대저택에 살고 있는 그 귀부인에게서 자신의 모습을 보았고, 귀부인의 생활을 통해서 각기 나름대로의 삶을 성취했다. 마시 농장의 브랑윈 부인도 자기의 처지를 넘어서서 귀부인의 고귀한 삶, 하디 부인이 무언중에 나타내는 광대한 삶을 열망했다. 그건 마치 먼 고장을 다녀온 여행객이 무언중에 자기가 본 고장들을 나타내 보이는 것과 같았다. 그렇지만 먼 고장에 대해 안다는 것, 그것은 어째서 그 사람의 삶을 다르게, 더 고귀하고 광대하게 만드는 것일까? 어째서 인간은 짐승이나 가축보다 더 훌륭하단 말인가? 그 까닭은 똑같은 것이었다.

그 대서사시의 남자 주인공 역은 목사와 윌리엄 경 같은 사람들이 차지했다. 그들은 몸이 마른 정열적인 사람들로 행동이 유별났다. 멀리 있는 세계까지 지배했으며 그들의 삶은 광대하게 뻗쳐 있었다. 사고와 이해의 힘을 지닌 이 놀라운 남자들의 수완, 바로 그것이 브랑윈 부인이 애타게 알고 싶어 하는 영역이었다. 마을 부인네들이 톰 브랑윈을 더 좋아하고 그와는 허물없이 지낸다 할지라도, 만약 그들의 생활에서 목사와 윌리엄 경이 쑥 빠진다면, 그것은 그들의 생활에서 중심이 되는 줄기가 잘려나간 것과 같아서 부인네들의 몸은 생기를 잃어 축 처지고, 증오심을 품게 될 터였다. 저 먼 곳의 경이가 그들 눈앞에 있는 이상, 현재의 운명이야 어떻든 부인네들은 계속 살아갈 수 있었다. 그리고 하디 부인과 목사와 윌리엄 경, 이들은 저 너머의 경이 속에서 움직였고, 그들의 움직임은 코셋헤이 주민들의 눈에 환히 들어왔다.

2

1840년쯤에 마시 농장의 초원 가운데로 운하가 뚫렸다. 에레워시 골짜기에 새로 생긴 탄광과 연결되는 것이었다. 둑이 운하를 따라 들판 한가운데로 높이 세워졌다. 운하는 농장 건물들의 옆구리로 흐르다가, 신작로와 만나는 곳에서 육중한 고가수로(高架水路)로 흘러 들어갔다.

그래서 마시 농장은 일커스턴과 차단되어 작은 골짜기에 에워싸이게 되었고, 그 끄트머리에는 코셋헤이의 번화한 언덕 지역과 마을의 첨탑이 서 있었다.

브랑윈 집안은 그들의 토지에 운하가 뚫리게 되어 상당한 액수의 보상을 받았다. 그리고 얼마 안 되어 운하 너머에서 탄광이 개발되었다. 그 후 또 얼마 안 되어 미들랜드

철도가 일커스턴 언덕 기슭까지 들어왔다. 이렇게 해서 외부 세력의 침입은 완전해졌다. 읍내는 빠르게 성장했고 브랑윈 가는 그 양식을 대느라 정신없이 바빴다. 그들은 더 부유해졌고 거의 장사꾼처럼 되었다.

그러나 마시 농장은 운하 둑 안쪽의 조용하고 오래된 곳에 동떨어져 있어서 본래의 모습 그대로를 유지했다. 그곳의 햇빛 찬란한 골짜기에는 꼿꼿하게 들어선 오리나무 사이로 강물이 느리게 굽이쳐 흘렀다. 신작로는 브랑윈 가 대문 앞을 지나 물푸레나무 아래로 뚫려 있었다.

대문 앞에 서서 길 오른편으로 눈을 돌리면 운하의 네모꼴 고가수로 밑에 나 있는 컴컴한 반달 모양의 통로를 통해 멀지 않은 곳에서 탄광이 돌아가는 것이 보였다. 더 멀리에는, 조잡하게 지은 빨간 집들이 골짜기에 게딱지처럼 다닥다닥 붙어 있었다. 그 너머에는 읍내의 언덕이 희뿌연 연기를 내뿜으며 서 있었다.

농장 건물들은 대문 안쪽 멀리에 자리 잡아 문명으로부터 안전하게 떨어져 있을 수 있었다. 주택 신작로에서 보면 있는 그대로 드러나 보였다. 똑바로 난 뜰의 오솔길이 집으로 통하는 길인데, 봄철에는 이 통로의 양쪽에 수선화가 만발해서 온통 푸른색과 노란색으로 뒤덮였다. 집 양쪽 옆으로는 라일락, 까마귀밥나무, 쥐똥나무가 온통 숲을 이루어 뒤에 있는 농장 건물들을 완전히 가렸다.

뒤쪽에는 가축 우리들이 별로 눈에 띄지 않는 두세 군데 마당 위에 너저분하게 들어서서 농가 안으로 펼쳐져 있었다. 오리 사육장인 연못은 맨 안쪽 담 너머에 있었고, 오리 발자국 투성이의 흙 둑 위에는 흰 깃털이 널려 있었다. 더러운 깃털은 운하 둑 밑의 풀밭과 가시 금작화 덤불 위로 흩날렸다. 운하 둑은 가까이에서 보면 마치 높은 성벽처럼 우뚝 솟아 있어서 가끔 그 위로 지나가는 사람의 모습이 실루엣으로 나타나거나 말을 끌고 가는 사람이 하늘을 가로질러 걸었다.

처음에 브랑윈 집안 사람들은 그들 주위에서 이 모든 변화가 일어나자 깜짝 놀랐다. 그들의 농토 한가운데로 운하가 뚫리자 낯선 고장에 사는 것 같은 착각이 들었다. 흙으로 조잡하게 쌓아 올린 운하의 둑이 그들을 외부 세계와 차단시키자 좀 불안했다. 들에서 일을 하다가 둑——이제는 익숙해진—— 너머로부터 들려오는 기차의 율동적인 엔진 소리를 처음 들었을 때는 소스라치게 놀랐지만, 그 후에는 최면제처럼 머리에 작용했다. 그리고 째지는 기적 소리가 가슴속에 메아리치면 먼 세계가 가까이 임박했다고 알려주는 듯하여 두려움과 즐거움이 엇갈려 가슴이 울렁거렸다.

이 마을 농부들은 읍내에서 집으로 마차를 몰고 오다가 검둥이처럼 석탄 가루를 뒤집어쓰고 터벅터벅 걸어오는 광부들과 마주쳤다. 농부들이 추수할 즈음이면 서풍이 불어 석탄 찌끼가 타는 유황 냄새를 연연히 실어왔다. 11월에 무를 뽑을 때면, 빈 화차가 철로 위를 지나가면서 짤랑짤랑 소리를 냈다. 이 소리가 농부들의 가슴속까지 와닿아 저 너머에서 또 다른 활동이 진행된다는 사실을 새삼 깨닫게 하였다.

이즈음 알프레드 브랑윈이 헤노 지방 출신의 여자와 결

혼했는데, 별명이 '검은 말'인 사람의 딸이었다. 아내는 날씬하고 예뻤으며 피부가 가무잡잡한 여자로 워낙 말을 별스럽게 하고 변덕스러워서, 지나친 말을 해도 상대방의 기분을 건드리지 않았다. 자신에게 집착하는 묘한 여자로, 늘상 푸념 투였다. 생래적으로 남과 섞이지 않고 남의 일에 관심이 없으면서도, 남편을 탓하고 세상 사람 모두를 탓하면서 언성을 높이며 구슬프게 불평을 늘어놓았다.

사람들은 이런 불평을 들을 때마다 짜증이 나고 화가 치밀면서도 이상하게 그녀에게 경이감과 애정을 느꼈다. 아내는 남편에 대해서 큰 소리로 오랫동안 불평을 늘어놓았지만, 그 목소리는 균형 잡히고 선율적이었으며, 게다가 묘한 어투로 얘길 했으므로, 남편은 모멸감에 우거지상을 지으면서도 내심 오히려 자부심과 사나이다운 승리감에 뿌듯했다.

결국은 브랑원 자신이 익살스럽게 눈 주위를 찡그리며 조용히 만면에 웃음을 지었다. 그는 조물주처럼 제멋대로 행동했다. 하고 싶은 대로 조용히 행동했으며 아내의 불평에 소리 내어 웃으면서 아내가 자기를 사랑해서 그런 거라고 장난기 어린 어투로 변명을 늘어놓았다. 그는 타고난 성벽대로 행동했지만 가끔 급소를 너무 가까이 찔렸을 때는 노발대발했다. 그러면 아내는 겁을 먹고 상심했다. 남편이 며칠이고 부루퉁해 있으면 화를 풀어주려고 갖은 애를 썼다. 부부는 동떨어진 별개의 존재로 지냈지만, 그 근본은 서로가 연결되어 있었다. 서로에 대해 아는 바는 없었어도 한 뿌리에서 나와 각기 다른 방식으로 살아가고 있었다.

이들에겐 아들 넷과 딸 둘이 있었다. 맏아들은 일찍이 바다로 도망간 후 돌아오지 않았다. 이 일이 있은 후 어머니는 더욱 집안에서 중심적인 존재이자 관심의 초점이 되었다. 둘째 아들 알프레드는 어머니가 가장 애지중지하는 아이였는데 제일 말수가 적었다. 둘째는 일커스턴에 있는 학교에 입학해서 학업에 진전을 좀 보였다. 그렇지만 꾸준히 열성을 기울여 노력했는데도 미술 과목을 빼고는 모든 과목에서 초보 단계를 넘어서지 못했다. 그는 재능을 좀 보이는 미술 과목이 유일한 희망인 양 여기에다 열성을 쏟았다. 매사에 투정을 부리며 사납게 반항도 해보고, 한편으론 무진 애를 쓰며 이런저런 분야로 바꿔 보기도 했다. 아버지가 그를 보고 노발대발하고 어머니는 거의 절망 상태에 이르렀을 때, 그는 노팅엄에 있는 레이스 공장의 도안사로 취직되었다.

그는 여전히 활기가 없이, 무뚝뚝한 태도로 더비셔 사투리를 심하게 썼다. 그래도 집요하게 자기 직장과 읍내에서의 지위를 지켜나갔고, 좋은 도안을 하여 꽤 윤택하게 지냈다. 그러나 도안을 할 때면 그의 손이 저절로 휙휙 돌아가서 굵고 투박하며 좀 처진 선을 그었다. 그러니 그가 레이스를 도안하느라고 가늘게 줄이 진 도안지를 놓고, 칸을 세고 구상을 하며 머리를 짜내느라 애를 쓰는 모습은 참혹하게 보일 지경이었다. 그래도 그는 제 성미를 죽여가면서 고통스러운 이 일을 옹고집으로 해냈다. 어떤 대가를 치러서라도 일단 선택한 운명을 꾸준히 따르기로 했다. 그가

경직되어 다시 삶으로 돌아왔을 때는 거의 말을 하지 않는
퉁명스러운 인간이 되어버렸다.

그는 약제사의 딸과 결혼했는데 아내는 사회적으로 우월
한 척하기를 좋아했다. 그도 나름대로 버티면서 속물로 변
해 집 안에서 겉치레를 세련되게 하느라 열을 냈으며, 무
언가가 서툴거나 조잡하게 되는 날이면 버럭 화를 내었다.
후에 세 자녀가 다 성장하고 그도 건실한 중년 신사의 틀
이 잡힌 듯하자, 낯선 여자들의 뒤꽁무니를 따라다니며 조
용히 금지된 쾌락을 만끽했다. 양심의 가책도 없이 중산층
출신의 아내가 화를 내든 말든 그냥 모르는 척했다.

셋째 아들인 프랭크는 공부와는 아예 담을 쌓았다. 처음
부터 그는 농장의 도살장 부근에서 서성거렸다. 도살장은
농장 뒤편의 셋째 뜰에 따로 있었다. 브랑윈 집안은 식용 소
는 늘 직접 잡았고, 이웃들에게도 고기를 공급해 왔다. 이리
하여 정식으로 도살업을 농장과 연계해 하게 되었다.

도살장에서 가축장으로 가는 포도 위에 떨어진 시뻘건
핏방울이라든가, 겹친 비계 사이로 콩팥이 보이는 커다란
고깃덩어리를 일꾼이 고깃간으로 나르는 광경에 프랭크는
어릴 때부터 매료되었다.

프랭크는 부드러운 갈색 머리칼에, 후기 로마 청년같이
이목구비가 쪽 고른 미소년이었다. 다른 형제들보다 더 쉽
게 흥분하고 더 쉽사리 넋이 빠지며, 성격은 더 유약했다.
열여덟 살 때 작은 공장의 여직공과 결혼했는데, 아내는
창백하고 포동포동하며 조용한 여자로, 눈은 교활하게 움
직였고 목소리는 사근사근했다. 그녀는 남편을 살살 녹여

서 해마다 애를 낳았고 남편을 멍청이로 만들었다. 도살업을 물려받았을 즈음, 그는 이미 만성이 되어버린 그 일에 환멸을 느껴 일을 게을리 했다. 술을 퍼마셨고 자주 술집에 들러 세상사를 꿰뚫어 보는 양 떠벌렸다. 그런데 실상은 멍청한 떠버리에 불과했다.

딸 중에서 맏딸 앨리스는 광부와 결혼하여 일커스턴에서 한동안 요란스럽게 살더니 많은 어린 자식들을 데리고 요크셔로 이사했다. 동생 에피는 그냥 집에 남아 있었다.

막내인 톰은 형들과는 터울이 많이 났기 때문에 오히려 누이들과 잘 어울렸다. 어머니는 톰을 제일 좋아했다. 어머니는 분발해서 결심을 단단히 하고, 톰이 열두 살 때 더비에 있는 공립학교에 억지로 보냈다. 톰이 가기 싫어하니까 아버지가 그의 사정을 들어주려 했으나 어머니의 태도는 단호했다. 어머니는 호리호리하고 예쁘장했으며 꼭 끼는 겉옷에 통이 넓은 치마를 입었고 집안일의 결정권을 쥐고 있었다. 어머니가 일단 어떤 일을 한다고 마음먹으면, 그런 일이 자주 있지는 않았지만, 식구들은 어머니 앞에 굴복할 수밖에 없었다.

그래서 톰은 학교에 다니게 되었고 처음부터 마지못해 다니는 실패작이었다. 어머니가 그를 학교에 넣은 것까지는 옳았지만, 이러한 조처는 그의 자질을 인정하지 않으려는 데서 비롯되었다고 그는 생각했다. 톰은 어린아이의 본능적인 예감으로 앞으로 자신이 학교에서 유감스러운 존재가 될 것임을 알았다. 그러나 그는 이 화근을 불가피한 것으로 받아들이고, 그의 성격 자체에 결함이 있다고 느끼면서 자신의 존재가 잘못되었고 어머니의 생각이 옳은 듯이 받아들였다. 차라리 톰이 하고 싶은 대로 그냥 두었더라면 어머니가 그리도 바라던, 바로 그러한 인물로 컸을 것이다. 그는 명석하게 처신을 하며 어엿한 신사가 되었을 것이다. 그것은 바로 어머니가 그에게 열망하던 모습이었고, 그의 생각으로는 모든 부모가 아들에게 바라던 진짜 모습이기도 했다. 그러나 그가 아주 일찍이 어머니에게 자신의 자질을 빗대어 돼지 귀때기로 비단 지갑을 만들 수는 없는 것 아니냐고 말을 하자 어머니는 크나큰 굴욕감을 느끼며 원통해 했다.

드디어 그가 학교에 다니게 되었을 때 톰은 통 공부에 맞지 않는 자신의 신체적인 자질에 맞서 격렬하게 싸워보았다. 그러나 잔뜩 긴장하고 앉아서 책에 정신을 집중하고 그 내용을 이해하려고 갖은 애를 쓰면 얼굴만 창백하고 헬쑥해질 뿐 아무 효력이 없었다. 처음의 혐오감을 몰아버리고 자살하는 심정으로 책의 내용에 죽어라 매달려도 별 진전이 없었다. 아무리 애를 써도 배울 수가 없었다. 머리가 통 돌아가질 않았다.

정서 면에서는 발달이 되어 주위 환경에 민감하게 반응했다. 때로는 견딜 수 없을 정도로 예민했으며 동시에 아주 섬세하고 또 섬세했다. 그래, 그는 자신이 하잘것없다고 생각했다. 자신의 한계를 알고 있었다. 두뇌 회전이 느려 아무짝에도 쓸모없다는 걸 알았다. 그래, 그는 늘 저자세였다.

그러나 정서 면에서는 대부분의 반 아이들보다 더 분별

력이 있었기에 그는 좀 혼란스러웠다. 그는 급우들보다 더 감각적으로 발달되었고 본능 면에서 더 세련되었던 것이다. 급우들이 기계적으로 둔하게 구는 걸 보고 그들을 미워했고, 또 견딜 수 없게 그들이 바보스러워 보였다. 그러나 지능적인 문제에 부닥치면 그는 불리해졌다. 그들의 처사를 따를 뿐이었다. 그는 멍청이였다. 가장 불합리한 논의마저도 반박할 능력이 없어, 조금도 믿지 않는 일을 별 수 없이 인정해야만 했다. 인정은 했지만 자신이 그걸 믿는 건지 안 믿는 건지조차 몰랐다. 그냥 믿는다고 생각해 버렸다.

그는 감정을 통해서 그에게 사실을 깨닫게 해주는 사람이면 누구든지 좋아했다. 국어 선생님이 테니슨의 「율리시스」나 셸리의 「서풍에 부치는 노래」를 감동적으로 읽어줄 때 그는 감동받은 모습을 그냥 드러내고 앉아 있었다. 입술은 헤벌어지고 눈은 긴장되어 고통스러운 빛을 띠었다. 교사는 이 학생에게 감명을 준다는 생각으로 흥이 나서 계속 읽어나갔다. 톰 브랑원은 이 경험을 통해 이루 헤아릴 수 없게 감동을 받았다. 그 체험이 너무 감동적이어서 무섭기까지 했다. 부끄럽게까지 느껴져 남몰래 그 책을 들고, "아, 거센 서풍이여! 그대, 가을의 존재의 숨결이여!"라고 읽기 시작하면, 글자로 인쇄되었다는 바로 그 사실 때문에 온몸이 오싹하도록 혐오감이 들었다. 얼굴엔 피가 확 몰리고 가슴은 터질 듯한 격정과 무력감으로 메어지는 것 같았다. 그는 책을 홱 내려놓고 그 위를 타고 넘어 크리켓 경기장으로 나갔다. 책이 원수같이 미웠다. 어떤 인간보다도 더 미웠다.

　그는 자발적으로 주의력을 통제할 수 없었다. 그의 마음엔 의지할 고정된 습성이 없었고, 부여잡을 것이라곤 하나도 없어서 어디서부터 시작해야 할지 몰랐다. 공부에 응용할 만한, 손에 잡히거나 아는 것이라곤 하나도 없었다. 도대체 어떻게 시작해야 할지 몰랐다. 그래서, 의식적인 이해라든가 공부에 부닥치면 꼼짝할 수가 없었다.

　그는 수학에는 타고난 소질이 있었지만 수학도 잘 안 될 때는 천치처럼 멍청해졌다. 그가 서 있는 곳에 자신이 없었기 때문에 결국 공중에 떠 있는 셈이 되었다. 아무런 암시 없이 내준 문제에는 전혀 주의력을 집중시킬 수 없는 것이 결정적인 패배의 원인이었다. '군대'에 대하여 정식으로 작문을 지어야 할 때는, 기껏해야 그가 아는 몇 개의 사실만을 되풀이해서 써놓을 뿐이었다.

　"열여덟 살이 되면 군대에 갈 수 있다. 키는 5피트 8인치 이상이어야 한다."

　그렇지만 이 글은 정곡을 찌르지 못했고, 그 상투적 어구는 경멸받을 것이라는 걸 마음속으로 잘 알고 있었다. 그러면 얼굴은 새빨갛게 달아오르고 뱃속은 수치감에 축 처지는 것 같아, 썼던 것을 지워버리고 무언가 정말 글다운 글을 써보려고 뼈아프게 노력해 보았다. 그러나 도저히 쓸 수 없게 되자, 톰은 울화가 치밀고 창피해서 부루퉁한 표정으로 펜을 내려놓았다. 이렇게 말 한마디라도 더 써보려고 애를 쓰느니 차라리 박살이 나는 게 더 낫겠다고 생각했다.

톰은 학교에 곧 익숙해졌고 학교도 그에게 익숙해졌다. 공부에는 가망이 없는 멍청이라고 낙인이 찍히긴 했지만, 천성이 아량 있고 정직한 아이라는 점은 높이 평가받았다. 단지 속이 좁고 뻐기기 좋아하는 라틴어 교사만이 그를 들볶아서 그의 파란 눈이 수치심과 울화로 뒤집히게 만들었다. 톰이 교사의 머리를 석판으로 내리쳐서 부상을 입혔을 때는 학교가 발칵 뒤집혔지만 얼마 후에는 모든 것이 다시 전처럼 잠잠해졌다. 그 교사는 별로 동정을 받지 못했다. 그러나 이 일로 톰은 위축되었고 먼 훗날 어른이 된 뒤에도 그 사건은 회상하기조차 싫었다.

톰은 학교를 떠나게 되자 기뻤다. 생각해 보니 기분이 나쁘기만 한 학교생활은 아니었다. 그는 딴 아이들과 사귀는 것을 즐겼고, 적어도 즐겼다는 생각이 들었다. 행사가 끊임없이 이어지는 가운데 시간은 아주 빨리 흘렀다. 그러나 그는 이 배움의 터전에서 자신이 불명예스러운 위치에 있음을 잘 알고 있었다. 늘 실패와 무능력을 절감했다. 그러나 그는 매우 건강하고 혈기 왕성하여 생기발랄했기 때문에 비참해 보이지는 않았다. 그렇지만 마음속으로는 비참하게 느낀 나머지 거의 절망감까지 갖게 되었다.

톰은 다정하고 똑똑한 같은 반 아이를 좋아했는데 그 친구는 결핵 환자형의 약골이었다. 둘 사이는 다윗과 요나단 같아서 거의 전형적인 모습의 우정을 나누었으며 톰은 봉사하는 요나단 역을 맡았다. 그러나 한 번도 그 친구와 동등하다고 느껴본 적이 없었는데, 친구의 두뇌 회전이 자기보다 훨씬 더 빨라서 그는 늘 뒷전에 있었던지라, 그것을 부끄럽게 느꼈기 때문이다. 그런 사이였으므로 학교를 졸업하자 그들은 곧 결별했다. 그렇지만 톰은 한때의 친구를 늘 기억하면서 고운 빛깔의 추억거리로 간직했다.

톰은 농장에 돌아오게 되어 기뻤다. 그곳에서는 제대로 기를 펼 수 있었다. 그는 "제 어깨에는 무청이 돋아나 있으니 밭일이나 하게 해주세요."라고 잔뜩 화가 난 어머니에게 말씀드렸다. 그는 지나치게 자신의 능력을 과소평가했다. 그러나 농장 일만큼은 아주 즐기면서 했다. 육체적인 노동을 하며 흙 냄새를 다시 맡게 되어 기뻤다. 젊음과 활기와 익살과 해학을 되찾고, 의지와 힘을 되찾아 자신의 단점도 까맣게 잊게 되었다. 가끔 버럭 화를 내긴 했지만, 보통은 그 누구하고 어떤 일을 하든지 간에 잘 지냈다.

그가 열일곱 살 때 아버지가 건초 더미에서 떨어져 목이 부러졌다. 그 후 어머니와 아들, 딸이 계속 농장에서 같이 살게 되었다. 이따금씩 백정 프랭크가 와서 고래고래 소릴 지르며 신세타령을 하고 시기심에서 넋두리를 늘어놓았다. 세상이 불공평해서 그에게 돌아갈 몫보다 유산을 적게 받았다고 생각하며 세상에 대해 늘 불평했다. 프랭크는 특히 동생 톰을 못마땅하게 여겨 응석받이라고 불렀다. 톰 편에서도 증오심이 생겨 형과 격렬하게 맞섰다. 얼굴이 붉으락푸르락해지고 파란 눈으로 노려보았다. 에피는 톰의 편에서서 프랭크와 맞섰다.

그러나 알프레드가 노팅엄에서 돌아와 턱을 축 늘어뜨리고 얼굴을 찌푸리며 말을 거의 하지 않으면서 식구들을 멸시하면 에피와 어머니는 그와 한편이 되어 톰을 무시했다.

그의 형이 농장에 살지 않고 레이스 도안사로 일을 해 신사에 가깝다는 이유 하나 때문에 여자들이 형을 영웅시하는 것은 그의 젊은 기백에 거슬렸다. 알프레드는 말하자면 꽁꽁 묶여 있는 프로메테우스 같은 존재였고, 그래서 여자들은 그를 좋아했다. 톰은 나중에야 형을 더 잘 이해하게 되었다.

톰은 막내아들로 농장의 관리를 떠맡게 되자, 자신이 중요한 인물이라는 생각이 들었다. 그는 열여덟이었지만 아버지가 하시던 일을 거의 다 해낼 수 있었다. 물론 어머니가 계속 집안의 중심이었다.

이 젊은이는 자라면서 아주 활력이 넘치고 민첩해졌으며 매 순간 생에 열의를 느꼈다. 그는 일을 했으며, 시장으로 마차를 몰고 갔고, 친구들과 어울려 가끔씩 술에 취하기도 했다. 또 구주 놀이*도 하고 소규모의 순회 극장으로 구경도 갔다. 한번은 술집에서 잔뜩 취해 창녀를 따라 2층으로 올라가 동정을 잃었다. 열아홉 살 때의 일이었다.

그 일은 톰에게 크나큰 충격을 주었다. 부엌을 중심으로 모든 가정생활이 돌아가는 친밀한 농촌 생활에서는 여자가 집안에서 최고의 위치를 차지했다. 남자는 모든 가사 문제와 도덕 및 처신의 문제에 있어서 아내의 주장대로 따랐다. 여자는 종교와 사랑, 도덕을 포함하는 보다 고차원적 삶의 상징이었다. 남자들은 여자의 손안에 자신들의 양심을 맡겨놓고, 여자에게 "제 양심을 지켜줘요. 문간에 서서

* 九柱. 공놀이의 하나.

저의 출입을 감시하는 천사가 돼줘요." 하고 간청했다. 그리고 여자는 그 맡은 일을 수행했고 남자들은 전적으로 여자에게서 휴식을 취했다. 여자에게서 칭찬을 들으면 기뻐했고, 욕설을 들으면 화를 냈다. 반항을 하며 울분을 터뜨리기도 했지만, 단 일순간도 정신적으로 여자의 지배 밑에서 도망친 적은 없었다. 남자들은 여자에게 의존하며 안정을 유지했다. 여자 없이는 바람에 날리는 지푸라기같이 제 멋대로 여기저기 흩날린다고 느꼈다. 여자는 닻이요, 안정이었다. 여자는 조물주의 통제의 손 같아서 때로는 굉장한 혐오감을 주기도 했다.

열아홉 살의 톰 브랑윈은 초목처럼 싱싱한 청년으로 그 뿌리를 어머니와 누이에게 내리고 있었다. 자신이 저급한 술집에서 창녀와 동침했다는 사실을 깨달았을 때 그는 너무나 놀랐다. 그에게는 그때까지 한 가지 종류의 여인—그의 어머니와 누이—만이 존재했던 것이다.

그러나 지금은 어떤가? 그는 이제 무얼 느끼는지도 몰랐다. 아마 약간의 경이감과 분노와 실망에서 오는 아픔을 느꼈을 것이다. 앞으로의 모든 일이 이런 식으로 전개되고, 여자와의 관계가 이런 식으로 공허하게 끝날까 봐 처음으로 재를 씹으며 차가운 공포감에 몰렸다. 창녀 앞에서 좀 창피한 감이 들었고 그를 무능하다고 비웃을까 봐 겁도 났다. 그녀를 보니 차가운 혐오감과 두려움이 앞섰다. 창녀에게서 성병이나 옮지 않았나 하는 걱정이 들었을 때는 일순간 공포로 몸이 굳어버렸다. 그러나 경악했던 모든 감정의 소용돌이를 상식이라는 손이 어루만져 진정시켜 주었고, 성병만 옮지 않는다면 별로 문제될 것이 없다는 생각이 들었다. 그는 곧 마음의 평정을 되찾았고 정말로 그 일은 별로 문제가 되지 않았다.

그러나 그 사건은 톰에게 충격을 주었다. 마음에 불신을 심어주었고 그의 본능을 두드러지게 두려워하게 했다. 그러나 며칠 후에는 다시 전과 같이 태평스럽고 안이한 태도로 나다녔고, 푸른 눈은 전처럼 맑고 순진했으며 얼굴은 여전히 싱그럽고 식욕은 왕성했다.

적어도 겉보기로는 그러했다. 사실은 쾌활한 자신감이 좀 줄어들었고 의심이 생겨서 외출을 삼갔다.

그 일이 있은 후 얼마 동안 그는 술에 취하면 더욱 말이 없어졌고 자의식이 강하게 발동했으며 교제를 삼갔다. 창녀와의 첫 관계에서 맛본 환멸은 더욱 커져만 갔다. 표현할 수 없도록 강력한 종교적인 충동을 여자에게서 찾으려 했던 그의 본능적인 욕망은 결국 그의 입에 재갈을 물리고 말았다. 그는 무언가를 잃어야 했다. 실은 잃을까 봐 걱정을 하면서도, 실제로 그것을 가졌는지조차 확신할 수 없는 그런 것을 말이다. 이 첫 번째 사건은 그다지 문제가 되지 않았다. 그러나 사랑이라는 문제는 그 무엇보다도 가장 심각하고 무시무시한 문제라고 영혼 깊이 느꼈다.

그는 이제 육욕 때문에 괴로웠고 상상은 항상 음란한 장면으로 돌아갔다. 그러나 그의 타고난 깔끔한 성미를 접어두더라도 그가 창녀에게 다시 가지 않는 진짜 이유는 지난번 경험에서 느낀 삭막함이 자꾸만 떠올랐기 때문이다. 그것은 매우 무의미하고 삭막하고 기능적이어서 똑같은 일을

되풀이하면서 자신을 위험에 노출시킨다는 것이 수치스러
웠다.

그는 본능적으로 본래의 쾌활한 성격을 유지하려고 굉장
히 애를 썼다. 그의 천성은 생기와 익살과 자족감과 충만
감으로 넘쳐흘러서 태도에 여유가 있었다. 그러나 이제 그
것은 긴장을 띠는 조짐을 보였다. 눈에는 긴장의 빛이 감
돌았고 눈썹은 약간 찌푸려졌다. 활력이 넘치던 해학 대신
음울한 침묵이 들어섰고 일종의 긴박감마저 감도는 분위기
속에서 매일을 보냈다.

톰은 자신이 변했다는 것을 잘 알지 못했는데, 그 까닭
은 거의 늘 어느 정도의 분노와 울분에 차 있었기 때문이
었다. 그러나 어느 순간 자신이 줄곧 여러 여자들 혹은 한
여자를 밤낮으로 생각하고 있다는 사실을 깨달았다. 이 사
실을 깨닫고 보니 자연 울화가 치밀었다. 도대체 자유로워
질 수가 없었다. 수치감이 앞섰다. 그에겐 한두 명의 애인
이 있었는데, 빠르게 진전이 되었으면 하는 희망에서 사귀
기 시작했다. 그러나 교양 있는 여자와 사귈 때는 그가 갈
망했던 대로 박력 있게 밀고나갈 수 없다는 걸 깨달았다.
그 여자가 곁에 있다는 바로 그 사실이 그를 꼼짝 못하게
했다. 여자를 그런 식으로 생각할 수는 없었고, 더구나
'진짜로' 발가벗은 그녀의 몸을 생각할 수 없었다. 애인은
처녀였고 그는 그녀를 좋아했다. 그녀의 옷을 벗긴다는 생
각만 해도 몹시 떨렸다.

이 발가벗는다는 최종의 문제가 나오면 그와 그녀의 관
계는 끝나는 것으로 생각되었다. 다시금 그가 천박한 여자

와 사귀어 관계가 진전되기 시작하면, 여자 쪽에서 항상 그의 기분을 심히 상하게 했다. 그래서 될 수 있는 대로 속히 그녀에게서 빠져나갈 것인지, 아니면 달아오른 육욕을 만족시키기 위해 그녀를 취할 것인지조차 알 수 없었다. 다시금 그는 교훈을 얻었다. 만일 그녀를 취한다면 그것은 그가 그리도 경멸할 수밖에 없는 삭막한 관계가 될 것이었다. 그는 자신이나 여자를 경멸하지는 않았다. 그러나 그 경험에서 비롯된 최종 결과는 마음 깊이 통렬하게 멸시했다.

그러다가 그가 스물세 살 때 어머니가 돌아가셔서 누이 에피와 농장에 남게 되었다. 어머니의 죽음은 아닌 밤중에 홍두깨 같은 충격이었다. 아무리 이해하려고 해도 이해할 수 없는 사건이었다. 애써봤자 소용없다는 걸 알았다. 부지중에 닥쳐와서 건드릴 때마다 아픈 상처를 남겨놓는 이 예견할 수 없는 타격에 인간은 순응할 수밖에 없다고 생각했다. 그에 맞서 닥쳐오는 이 모든 사태에 겁을 먹기 시작했다. 그는 어머니를 사랑했었다.

이후 톰은 에피와 심하게 다투었다. 두 남매는 서로에게 매우 소중한 존재였으면서도 기이하고 부자연스러운 긴장 속에서 지냈다. 그는 될 수 있는 대로 집 밖에 나가 있었다. 코셋헤이에 있는 '붉은 사자'란 술집의 난롯가에 고정 좌석을 정해 놓고 늘 그곳에서 지냈다. 금발의 생기발랄한 청년으로 사지는 굵직했고, 고개를 뒤로 젖히고 말은 별반 없었으나 민첩하고 예민해서 아는 사람과는 매우 반갑게 인사를 나누면서도 낯선 사람 앞에서는 수줍어했다. 그는 모든 여자들과 농지거리를 잘했고 여자들은 그를 몹시 따랐다. 그는 다른 남자 손님들의 이야기를 경청하면서 깊은 존경심을 보였다.

톰은 술을 마시면 곧 얼굴이 새빨개졌고 예민한 자의식에다 자신감까지 없어져 당황한 듯한 표정이 푸른 눈에 어리었다. 그가 이렇게 곤드레만드레 취해서 집에 들어오면 누이는 그 꼴이 보기 싫어서 욕설을 퍼부었고, 그러면 그는 황소처럼 격분해서 제정신을 잃었다.

톰은 바람둥이 여자와 또 한차례 놀아났었다. 한번은 성령강림절에 친구 둘과 함께 말을 타고 매틀록으로 소풍을 나갔다가 베이크웰까지 가게 되었다. 매틀록은 그 당시 훌륭한 경승지로 알려져서 맨체스터와 스태퍼드셔 군의 여러 도시에서 사람들이 몰려드는 곳이었다. 이 젊은이들이 점심을 먹은 호텔에는 두 명의 아가씨가 있었는데 그들은 곧 친해졌다.

당시 스물네 살이던 톰과 짝을 이룬 아가씨는 예쁜 데다 무모하게 구는 여자였는데, 그녀를 데리고 외출 나온 남자는 오후 동안에 여자를 호텔에 혼자 두고 어디론가 가고 없었다. 모든 여자들이 그렇듯이 이 아가씨도 톰을 보고는 곧 맘에 들어 했다. 그의 성품이 따뜻하고 너그러우면서 또 본래부터 섬세했기 때문이었다. 아가씨는 톰이 여자 쪽에서 먼저 흥분을 시켜야 하는 유형임을 곧 알아차렸다. 그녀는 잔뜩 기대에 부풀어 외출했으나 이를 충족시키지 못하고 있던 참이었다. 그래, 어떤 불장난이라도 할 기분에서 무슨 일이든 저지를 태세였다. 잃었던 자존심도 되찾고 남자가 없는 사이에 재미도 보자는 속셈인 것 같았다.

아가씨는 유방이 두드러져 보이는 미인으로, 머리카락은 새까맣고 눈은 파란 데다 아주 활짝 잘 웃었다. 웃을 때마다 햇볕에 발그레해진 얼굴을 자연스러우면서도 애교 있게 손으로 쓸어내리곤 했다.

톰은 얼떨떨한 상태에서, 희롱기가 좀 섞였으나 경건한 태도로 아가씨를 대했다. 흥분은 됐지만 정말 자신이 없었다. 너무 대담하게 나가자니 자신이 조마조마하도록 겁이 났고, 그렇다고 소극적이란 말을 듣자니 부끄러웠다. 욕정이 치밀어올라 미칠 것 같으면서도 본능적으로 자제를 하여 여자에게 적극적으로 접근하는 것을 삼갔다. 그러한 자신의 태도가 우스꽝스럽다는 것을 내내 느끼면서 정신이 어리벙벙하여 얼굴이 홍당무가 되었다. 남자가 어리둥절해하니까 여자는 대범하고 당돌하게 굴었고, 남자가 점점 흥분하는 걸 보고 재미있어 했다.

"언제 돌아가야 하나요?"

여자가 물었다.

"특별히 정한 시간은 없어요."

톰이 대답했다.

여기서 대화가 끊어졌다. 톰의 친구들은 이미 떠날 준비가 되어 있었다.

"톰, 지금 갈 거야? 아니면 더 있다 갈 거야?"

친구들이 큰 소리로 물었다.

"지금 갈게."

그는 마지못해 일어서면서 대답했다. 이제 일은 그른 것 같아 실망하여 화난 표정이 얼굴에 번졌다.

톰은 조소하는 듯한 여자의 표정과 정면으로 마주쳤다. 톰은 이런 생소한 경험에 몸을 떨었다.

"가서 제 말을 보겠어요?"

톰이 아가씨에게 친절하게 권했다. 그러나 목소리는 두려움에 떨리고 있었다.

"네, 보고 싶어요."

아가씨가 일어나며 대꾸했다.

그녀는 톰의 뒤를 따라나섰다. 톰의 어깨는 좀 처졌으며 헝겊으로 된 승마 각반을 차고 있었다. 그의 친구들은 말을 타고 마구간에서 막 나오던 참이었다.

"말을 탈 줄 알아요?"

"할 수 있다면 타보고 싶어요. 한 번도 타본 적이 없거든요."

"그렇다면 자, 한번 타보시지요."

그리고 톰은 아가씨를 번쩍 들어 올렸다. 톰은 낯을 붉혔고 아가씨는 깔깔대며 안장 위에 올라탔다.

"저, 미끄러져 떨어질 것 같아요. 이건 여자용 안장이 아니군요."

아가씨가 큰 소리로 말했다.

"꼭 잡아요."

톰은 호텔 문 밖으로 말을 끌고 갔다. 처녀는 아주 불안하게 앉아 말에 매달리다시피 했다. 톰은 처녀의 허리를 꼭 잡아주었다. 그리고 처녀를 가까이에서 포옹하듯 꼭 잡았다. 말에 여자를 태우고 그 옆을 걸어가자니 욕정이 몰려와 온몸이 휘청거렸다. 말은 강가를 걸어가고 있었다.

"다리를 벌리고 앉는 게 편할 거예요."

"그럴 것 같아요."

당시는 여자들의 치마폭이 아주 넓은 것이 유행이었다. 처녀는 아주 얌전하게 두 다리를 양쪽으로 벌리면서 예쁜 다리를 치마폭으로 가리려고 애썼다.

"이쪽 길이 훨씬 더 경치가 좋군요."

아가씨가 톰을 내려다보면서 말했다.

"네, 그렇군요."

아가씨의 시선을 몸에 받으니 뼛속까지 녹는 것 같았다.

"왜 여자용 안장 같은 걸 만들어서 여자의 몸을 뒤틀리게 하는지 모르겠어요."

톰이 말했다.

"그러면 우리끼리 먼저 갈게. 넌 마냥 그곳에 눌어붙어 있을 거야?"

톰의 일행이 큰길에서 커다란 소리로 물었다. 톰은 약이 바짝 올라 얼굴이 빨개졌다.

"내 걱정은 마."

톰은 큰 소리로 대꾸했다.

"언제까지 있을 거야?"

"성탄절은 안 넘길게."

이 말에 아가씨가 까르르 웃었다.

"알겠어. 잘 있어!"

친구들이 소리쳤다.

친구들은 천천히 말을 달려 길을 떠났고 톰은 얼굴이 홍당무가 되어 여자에게 태연하게 행동하려 애썼다. 그러나 얼마 안 있어 톰은 호텔로 돌아가서 마구간에 말을 맡긴 후, 자기가 어디 있는지 어떤 행동을 하고 있는지조차 잘 모르는 상태에서 아가씨를 데리고 숲 속으로 들어갔다. 심장은 두방망이질 치는 가운데서도 자신이 가장 멋진 모험을 하고 있다는 생각이 들었다. 아가씨를 향한 욕정으로 미칠 것 같았다.

그 후 톰은 기쁨으로 달아올랐다. 정말이지, 그건 참 근사했다. 그는 아가씨와 오후 내내 같이 지냈는데 그날 밤도 같이 지내고 싶었다. 그러나 아가씨가 그렇게 할 수는 없다고 말했다. 아가씨의 남자가 저녁때 돌아올 것이고 그러면 그와 같이 있어야 한다고 했다. 아가씨는 톰에게 그들 사이에 있었던 일을 절대로 내색해서는 안 된다고 당부했다.

아가씨는 친근하게 웃었고 이에 톰은 어리벙벙하면서도 만족스러웠다.

톰은 아가씨의 일에 절대로 방해가 되지 않겠다고 약속했지만, 그냥 휑하니 떠나갈 수는 없었다. 그래서 밤에도 호텔에 계속 머물러 있었다. 톰은 저녁 식사 때 그녀의 남자를 보았다. 그는 자그마한 중년 남자로 머리카락은 쉿빛이 도는 회색이고 얼굴은 원숭이 얼굴처럼 묘하게 생겼다. 그러나 흥미로우면서도 그 나름대로 잘생긴 얼굴이었다. 톰의 짐작으로는 외국인 같았다. 그는 또 다른 사람과 같이 있었는데 메마르고 무정하게 보이는 영국인이었다. 네 사람—두 명의 남자와 두 명의 아가씨—이 식탁에 앉아 있었다. 톰은 그들을 자세히 관찰했다.

톰은 외국인이 여자들을 귀여운 동물 다루듯, 예의바른

척하면서도 멸시하는 태도로 대하는 것을 보았다. 톰과 놀아났던 여자는 숙녀인 양 행세를 했지만 말할 때 목소리가 그녀의 정체를 드러냈다. 아가씨는 다시 남자의 환심을 사 보려고 애썼다. 그러나 후식이 나왔을 때 그 자그마한 외국인은 식탁에서 몸을 휙 돌리더니 아무도 없는 양 방 안을 찬찬히 둘러보았다. 톰은 그 얼굴에 드러난 차갑고도 총명한 동물적인 표정이 신기했다. 갈색 눈은 원숭이의 눈처럼 동그랗게 생겨서 갈색 동공이 다 드러나 보였다. 그는 상대방을 자신과는 절대로 연관 짓지 않고 찬찬히 쳐다보았다. 그의 시선이 톰에게서 멈췄다.

톰은 자신에게로 향한 그 나이 든 얼굴을 신기하게 쳐다보았다. 상대방을 전혀 알 필요가 없다는 듯 그를 빤히 쳐다보고 있었다. 무심하게 상대방을 쳐다보는 둥근 눈의 눈썹은 위로 좀 올라간 데다, 그 위로 주름이 져 있어서 꼭 원숭이의 이마 같았다. 늙긴 했지만 나이가 없는 얼굴이었다.

그런데 그자가 언행에 있어서는 아주 놀랍게도 신사답고 귀족적이었다. 톰은 그에게 반해서 빤히 마주 보고 있었다. 그 아가씨는 약이 올랐는지 얼굴이 홍당무가 된 채 식탁보 위에서 빵 부스러기를 불안하게 비벼대고 있었다.

크게 감동을 받은 톰이 정신이 나가 어찌할 바를 모르고 식당에서 꼼짝 않고 앉아 있는데, 그 작은 외국인이 멋지게 웃으면서 다가와 공손하게 담배를 권하며 말을 걸었다.

"담배는 태우시나요?"

톰은 한 번도 담배를 피운 적이 없었지만 그가 권하는

대로 그냥 받아 들었다. 마디가 굵은 손가락으로 멋쩍게 만지작거리자니 머리끝까지 빨개졌다. 톰은 온화한 표정의 푸른 눈을 쳐들어 거의 냉소적으로 내리깔고 있는 외국인의 눈을 쳐다보았다. 외국인은 그의 옆에 앉았고, 둘은 주로 말에 관하여 이야기를 나누기 시작했다.

톰 브랑윈은 그 외국인이 좋았다. 그의 섬세하고 우아하며 재치 있고 자제하는 태도와 나이를 초월한 원숭이 같은 자신만만한 태도가 좋았다. 두 사람은 말, 더비셔 군, 농사에 관해 이야기했다. 그 외국인은 참으로 친절하고 상대방의 기분을 온화하게 해주어 톰은 자연히 신이 났다. 톰은 기묘하고 피부가 까칠한 이 중년 남자를 사적으로 만나게 되어 황홀했다. 이야기는 즐거웠으나 내용이 중요한 것은 아니었다. 가장 중요한 것은 그의 우아한 태도와 그 멋진 만남이었다.

두 사람은 오랫동안 함께 애길 나눴다. 톰은 상대방이 그의 말을 못 알아들을 때는 여자처럼 얼굴을 붉혔다. 이윽고 두 사람은 밤에 작별 인사를 하고 악수를 나눴다. 그 외국인은 다시 고개를 숙여 작별 인사를 했다.

"안녕히 주무십시오. 그리고 잘 가시오."

그는 층계 쪽으로 몸을 돌렸다.

톰은 호텔 방으로 올라가 누워서 여름밤의 별들을 내다보았다. 그의 마음은 뒤숭숭했다. 도대체 삶이란 통틀어서 어떤 것일까? 그가 알던 것과는 아주 딴판인 삶이 있었다. 그가 알지 못하는 세계에는 무엇이 있으며, 또 그런 것이 얼마나 많이 있을까? 그가 방금 접촉한 이 세계는 어떤 것이란 말인가? 이러한 새로운 영향을 받은 자기는 뭐란 말인가? 이 모든 것의 의미는 무엇일까? 생은 어디에 있는 것일까? 그가 알고 있는 세계 속에? 아니면 통 모르는 세계 속에 있는 것일까?

톰은 잠이 들었다. 아침이 되자 다른 손님들이 일어나기 전에 말을 타고 떠났다. 손님 중 그 누구하고도 아침에 다시 대면하고 싶지 않았기 때문이다.

톰의 마음은 하나의 커다란 흥분 덩어리였다. 아가씨의 이름도 외국인의 이름도 몰랐다. 그러나 그들이 그의 마음 속 깊숙이 불을 질러놓아서 그의 겉몸뚱이는 활활 타버릴 것만 같았다. 그 두 가지의 체험 중에서 아마도 그 외국인과 만난 것이 더 의미 있었으리라. 그러나 그 아가씨에 대해서는 아직 무어라고 단정을 내릴 수가 없었다.

알 수 없었다. 그 문제는 그냥 그대로 두는 수밖에 없었다. 그가 경험한 바를 무어라고 요약할 수는 없었다.

그 만남 이후, 톰 브랑윈은 밤낮으로 한 요염한 여인에 대한 몽상과 오랜 가문의 혈통을 이어받은 자그마하고 쇠약한 외국인에 대한 꿈에 사로잡혔다. 마음이 자유롭게 되자마자, 친구들과 헤어지자마자, 톰은 매틀록에서 만났던 외국인처럼 감정이 섬세하고 태도가 세련된 사람들과 친교를 맺는 장면을 상상하기 시작했다. 이러한 세련된 교제 가운데는 요염한 여인이 나타나 항상 만족을 안겨주었다.

톰은 사실과 같은 이 꿈에 재미를 들여서 푹 빠져 지냈다. 그의 눈은 이글거렸고 걸을 때는 고개를 똑바로 쳐들었고, 귀족적인 미묘함과 우아함을 만끽하면서 그 여자에 대한 욕정으로 괴로워했다.

그러다가 점차 그 광휘는 흐려지고 그의 일상적인 생활의 차가운 현실이 나타나기 시작했다. 그는 이 현실이 혐오스러웠다. 그렇다면 환상 속에서 스스로 기만당했다는 말인가? 그는 현실이라는 비열한 울타리에 이르자 딱 발을 멈추고 그 입구에 황소처럼 버티고 서서 그 잘 알려진 현실의 울타리 속으로 들어가길 거부했다.

그는 사라지려는 그 광휘를 유지하기 위해서 보통 때보다 더 많이 술을 마셨다. 그러나 그 빛은 점점 더 흐려졌다. 그는 진부한 현실에 이를 악물고 맞서며 굴종하지 않으려 했다. 그렇게 애를 썼지만 그 광휘는 바로 눈앞에서 삭막하게 사라져버렸다.

그는 결혼을 해서, 어떻게 해서든지 정착을 하고 처해 있는 난국에서 빠져나오고 싶었다. 그렇지만 어떻게 한단 말인가. 팔다리조차 움직일 수 없는 처지에서. 언젠가 전에 작은 벌레가 끈끈이에 걸린 것을 보았었는데, 그 모습이 자꾸 악몽처럼 떠올랐다. 자신이 이토록 무기력하다니 울화통이 터져 미칠 지경이었다.

무언가를 부여잡고 몸을 밖으로 당겨 빠져나가고 싶었다. 그렇지만 붙잡을 것이 없었다. 젊은 여자들만 보면 찬찬히 뜯어보면서 결혼할 만한 아가씨가 있나 찾아보았다. 그렇지만 한 사람도 마음에 드는 여자가 없었다. 그렇다고 그 외국인 같은 사람들과 생활한다는 것도 터무니없는 생각이었다.

그런데도 그런 꿈을 꾸면서 그 꿈에 집착하여 현실인 코셋헤이나 일커스턴의 생활을 받아들이려 하지 않았다. 그는 술집 '붉은 사자'에 가서 그의 고정 좌석처럼 되어버린 구석 자리에 버티고 앉아서 담배를 피우고 생각에 잠겼다가는 가끔씩 맥주잔을 들이켰다. 아무 말도 하지 않고 그러고 앉아 있는 꼴이 톰 자신의 말마따나 영락없이 '얼빠진 농사꾼'이었다.

그러다가 안절부절못하는 울화증이 열병처럼 그에게 몰려왔다. 어디론가 떠나고 싶었다. 당장. 외국의 이런저런 고장을 그려보았다. 그렇지만 그런 곳과는 아무런 인연이 없었다. 아주 강한 뿌리가 그를 마시 농장과 집과 토지에 묶어놓았다.

그러다 누이 에피가 결혼을 해버려, 톰 브랑윈은 하녀인 틸리와 단둘이 농장에서 살게 되었다. 틸리는 십오 년간 같이 살아온 사팔뜨기 하녀였다. 브랑윈은 사태가 막바지에 이르렀다는 걸 알았다. 그는 그동안 내내 옹고집을 부리며 그를 흡수하려는 진부한 환경의 작용에 저항해 왔다. 그러나 이제는 무슨 행동을 취해야 했다.

브랑윈은 본래 술을 절제하는 체질이었다. 예민하고 감정적이라, 툭하면 메스꺼워서 술을 많이 마실 수가 없었다. 그러나 허무감에 자꾸 울화가 치밀자 단단히 각오를 하고 명랑한 척하면서 톰은 취하기 위해서 술을 마시기 시작했다.

"제기랄!"

그는 혼자 중얼거렸다.

"어떤 식으로든 넌 그것과 맞닥뜨려야 해. 문기둥이 아닌 그 그림자에다 말을 매둘 수만은 없잖아. 다리가 붙어 있다면 말이야, 너도 언젠가는 궁둥이를 쳐들고 일어나야지."

그래 그는 일어나서 일커스턴으로 갔다. 젊은이들이 작당하여 몰려 있는 술집에서 어색하게 제자리를 차지하고는 그곳의 모든 사람들에게 술을 한턱내었다. 그러다 보니 자신도 그런 일을 꽤 잘해 낸다는 걸 발견했다. 좌중에 있는 모든 사람이 그의 마음에 든다는 생각이 들었다. 모든 것이 영광스러웠고 모든 것이 완전했다. 누군가가 깜짝 놀라, 그의 겉저고리 주머니에 불이 붙는다고 알려주었을 때, 그는 불콰한 얼굴로 기분 좋게 빙그레 웃으면서 "괜-찮-아-요, 괜-찮-아, 괜찮다니까. 그냥 둬요, 그냥 둬." 라고 되풀이했다. 그러곤 즐거워서 마구 웃어젖혔다. 그의 겉저고리 주머니가 타는 걸 사람들이 이상하게 여기는 것이 오히려 화가 났다. 그건 세상에서 가장 즐겁고 자연스러운 일이 아닌가.

브랑윈은 아스라이 드높게 뜬 달을 쳐다보며 혼자 중얼거리면서 집으로 돌아갔다. 발치에 있는 물웅덩이에 달이 비쳐 반짝이자 그는 휘청거리면서 "에이, 빌어먹을!" 하고 소릴 질렀다. 그러곤 멀리 뜬 달을 자신 있게 쳐다보고 웃으며 "이건 일류인데, 일류야!" 라고 떠들어댔다.

아침에 잠을 깨 간밤의 일을 생각해 보았다. 브랑윈은 난생처음으로 성미가 고약하게 치달아올라 가슴이 저미도록 괴롭다는 것이 어떠한 것인지를 알게 되었다. 틸리에게 고래고래 소릴 지르고 으름장을 놓고 보니, 자신이 부끄러워져서 혼자 있고 싶어 얼른 집을 나섰다. 물푸레나무가 들어선 들판과 초장 위로 길게 뻗은 길을 바라보면서 도대체 무슨 놈의 수를 써야 이 따끔거리도록 혐오스러운 느낌과 육체적인 반감에서 벗어날 수 있을까 궁리했다. 그러고 보니 그런 느낌이 든 것은 전날 밤 진탕 술을 마셨기 때문이었다.

이제 그의 위장도 더 이상 브랜디를 받아들일 수 없었다. 브랑윈은 테리어를 데리고 뚜벅뚜벅 들판을 걸어가면서 모든 것을 뒤틀린 눈으로 쳐다보았다.

다음 날 저녁이 되자, 브랑윈은 또다시 '붉은 사자' 주점으로 가서 고정된 그의 좌석에 얌전히 점잖게 앉아 있었다. 그러고 죽치고 앉아서 다음에 닥칠 일을 고집스레 기다리고 있었다.

코셋헤이와 일커스턴의 세계가 곧 자신의 세계라고 믿는 것인가? 사실 이 세계에서 그가 원하는 것은 하나도 없었다. 그렇다면 이 세계에서 빠져나갈 수 있을까? 이 세계에서 빠져나갈 능력이 그에게 있는가? 아니면 자신은 멍청이 어린애 같은가? 왜 다른 젊은이들처럼 술을 퍼마시고 꼬치꼬치 따질 것 없이 매춘부와 좀 놀아나기도 하면서 만족스럽게 살지 못하는가?

브랑윈은 얼마 동안 옹고집으로 버티어나갔다. 그러나 그렇게 긴장해서 지내자니 너무 힘이 들었다. 가슴속에는 항상 울분이 뜨겁게 뭉쳐 있었고, 양쪽 손목은 부어올라 부들부들 떨렸고, 마음속은 음탕한 생각으로 가득 찼으며, 눈은 충혈된 듯했다. 그는 정상적으로 되려고 맹렬히 자신과 싸웠다. 여자를 찾지는 않았다. 그저 정상인 척하면서 계속 지냈다. 급기야는 무슨 행동을 취하던가, 아니면 벽에다가 머리라도 내리찧어야 할 판국이 되었다.

브랑윈은 패배를 당한 심정으로 묵묵히 일커스턴으로 내려가서 취하기 위해 술을 퍼마셨다. 브랜디를 계속 꿀꺽꿀꺽 마셨더니 마침내 얼굴은 새하얗게 되고 눈은 이글이글 타올랐다. 그래도 여전히 자유로워질 수가 없었다. 그는 술에 곤드레만드레 취해 정신없이 곯아떨어졌다가 새벽 4시에 잠이 깨 또다시 술을 퍼마셨다. 어떻게든 자유로워지리라. 마침내 서서히 긴장이 풀리기 시작했다. 행복감이 들기 시작했다. 굳게 닫혔던 침묵의 문이 열리자, 그는 떠들어대기 시작했다. 행복했고 온 세상과 하나가 되었고, 모든 육체와는 뜨거운 피의 관계를 맺어 한 몸을 이룬 기분이었다. 이렇게 내리 사흘 동안 브랜디를 퍼마시고 나니 그의 젊은이다운 혈기가 다 불타버리고, 온 세상과는 타오르는 듯한 일체감을 맛보았다. 바로 그것이 젊은이가 가장 열정적으로 바라는 욕망의 최종점이었다. 그러나 이 일체감은 바로 자신의 개성을 말살시킴으로써 얻은 것이었다. 이 일체감을 계속 유지하고 발전시키는 일은 바로 그의 성숙도에 좌우되었다.

이렇게 해서 브랑윈은 술꾼이 되어버려, 가끔씩 사나흘 동안 계속 브랜디를 퍼마시며 취해 있었다. 이런 자신의 행동에 대해 생각조차 하지 않았다. 마음속 깊은 데서는 울분이 활활 타고 있었다. 여자는 일체 멀리하고 적대시했다.

브랑윈은 스물여덟 살이 되었다. 사지는 건장하고 자세는 꼿꼿하며 피부가 야들야들한 금발의 사나이었다. 하루는 푸른 눈으로 정면을 응시하며 노팅엄에서 구입한 씨앗을 잔뜩 마차에 싣고 코셋헤이에서 내려오는 길이었다. 또 한차례 술을 마실 때가 되어서, 브랑윈은 곧장 앞만 뚫어져라 보고 있었다. 모든 것을 보면서도 스스로에 골똘해 있어서 아무것도 의식하지 못하면서 속으로 움츠러들고 있었다. 이른 봄이었다.

말을 끌며 뚜벅뚜벅 걸어가는데, 언덕길이 더 가팔라진 곳이라 뒤에 실은 짐이 덜커덕거렸다. 길은 높은 둑과 생울타리를 끼고 아래쪽으로 휘어져서 앞은 단지 몇 야드 정도만 보였다.

언덕에서 가장 가파른 모퉁이 길을 천천히 돌아갈 때였다. 말이 끙거리막대 사이에서 몸을 뒤로 밀고 있는데, 바로 그때 한 여자가 맞은편에서 다가오고 있는 것이 보였다. 그러나 그 순간에는 오로지 말에만 신경이 쓰였다.

나중에야 브랑윈은 고개를 돌려 여자를 쳐다보았다. 여자는 검은 옷을 입고 있었다. 길고 검은 외투를 걸친 모습이 자그마하고 가냘프게 보였다. 머리에는 검은 모자를 쓰고 있었다. 여자는 아무도 보지 못한 양 고개를 조금 앞으로 내밀고 총총히 걸어갔다. 아무의 눈에도 띄지 않은 양 골똘히 생각에 잠긴 모습으로 기이하게 스쳐가는 여자의 동작이 브랑윈의 눈을 끌었다.

여자는 마차 소리를 듣고 그제야 고개를 들었다. 얼굴은 해쓱하면서도 맑았고 눈썹은 숱이 많았으며, 큰 입을 묘하게 다물고 있었다. 브랑윈은 공중에서 빛이라도 비친 양 여자의 얼굴을 명확히 쳐다보았다. 여자의 얼굴을 아주 분명하게 보게 되자 브랑윈의 몸은 더 이상 움츠러들지 않고 잠시 정지했다.

"바로 저 여자야!"

저절로 이런 말이 튀어나왔다. 마차가 흙탕물을 튀기면서 지나가자 여자는 둑 쪽으로 물러나 서 있었다. 그다음, 브랑윈이 엉덩이 쪽으로 힘을 주는 말 옆을 묵묵히 걸어갈 때 그의 눈과 여자의 눈이 마주쳤다. 브랑윈은 얼른 시선을 돌리며 고개를 뒤로 젖혔다. 온몸이 즐거움으로 짜릿해졌으며 아무 생각도 할 수가 없었다.

브랑윈은 마지막 순간에야 다시 고개를 돌렸다. 모자와 검은 외투를 걸친 여자의 모습과 걸어가는 동작이 눈에 들어왔다. 이윽고 여자는 모퉁이를 돌아 사라졌다.

여자는 지나간 것이었다. 브랑윈은 또다시 머나먼 세계를 걷고 있는 기분이었다. 코셋헤이가 아니라 저 멀리 존재하는 세계, 그건 부서지기 쉬운 실체였다. 그는 계속 걸어갔다. 조용히, 모든 의식이 정지된 상태에서 순화된 기분으로. 어떤 생각이나 말도 할 수 없었고 소리를 내거나 표정도 지을 수가 없었다. 고정된 동작을 바꿀 수도 없었다. 여자의 얼굴을 그려볼 수조차 없었다. 단지 여자를 의식하면서 움직였고 현실을 초월한 세계에서 움직였다.

브랑윈은 서로를 알아보는 시선을 여자와 주고받았다는 생각에 사로잡혀 미칠 듯이 애를 태웠다. 어떻게 그가 확신을 한단 말인가? 무슨 확신이라도 있는가. 이런 의심이 들자, 마치 허허 공간을 손으로 짚어보는 격으로 아무것도 손에 잡히지 않아 완전히 자신을 잃게 되었다. 그러나 브랑원은 마음속으로는 자신이 있었다. 두 사람은 서로를 알아보았다.

브랑원은 이러한 정신 상태에서 그 후 며칠 동안을 이곳저곳 돌아다녔다. 그러다 그런 심정에 금이 가서, 그 비속하고도 무력한 세상이 또다시 안개처럼 스며들기 시작했다. 브랑원은 사람과 가축에게 아주 온순하게 굴었지만, 이 처절한 환멸이 또다시 그의 의식 속으로 스며들자 겁이 났다.

며칠 후 저녁 식사를 마치고 벽난로에 등을 쬐고 서 있는데, 그 여자가 지나가는 것이 보였다. 그 여자가 그를 알아보고 의식하고 있다는 걸 확인하고 싶었다. 두 사람 사이는 보통 사이가 아니라는 걸 말로 나타내고 싶었다. 브랑원은 여자가 길 아래로 내려가는 모습을 애타게 바라보았다. 그러다 틸리를 불렀다.

"저 여자가 누구지?"

이제 마흔이 된 사팔뜨기 하녀 틸리는 브랑원 도련님을 무척이나 좋아했기에 얼른 창가로 가서 내다보았다. 도련님이 무엇이든 청할 때면 틸리는 기분이 좋았다. 틸리는 나지막한 커튼 위로 목을 길게 내밀었다. 틸리가 머리를 이리저리로 돌릴 때마다 뒤로 바짝 올려 묶은 작은 머리다발이 애처롭게 삐죽 삐져나왔다.

"아, 아니……."

틸리는 고개를 쳐들고 갈색 사팔눈을 날카롭게 뜨고는 내다보았다.

"아니, 도련님도 아시잖아유……. 그 목사관에 있는 여자구먼유……. 왜 있잖아유…….”

“내가 어떻게 알아. 이 맹꽁이 같으니라고.”

틸리는 낯을 붉혔다. 목을 창 안으로 당기고는 나무라는 듯이 사팔눈을 똑바로 뜨고 브랑윈을 쳐다보았다.

“도련님도 아셔유……. 왜, 그 새로 온 가정부예유.”

“그래……. 가정부가 어쨌다는 거야?”

“아니, 어떻다니유?”

틸리가 화가 나서 되물었다.

“가정부든 아니든, 여자인 건 빤한 것 아니야? 가정부란 것 말고 또 무슨 얘기가 있나? 도대체 누구지? ……이름이 뭐야?”

“글쎄유, 이름이 있다 해두, 전 모르겠구먼유.”

틸리는 이제 성인이 된 도련님에게 들볶이고 싶지 않아서 대꾸를 했다.

“저 여자의 이름이 뭐라고 했더라?”

브랑윈은 좀 더 부드럽게 물었다.

“전 정말 몰라유.”

틸리는 위엄을 지키며 대답했다.

“그래, 얻어들은 것이 고작해서 저 여자가 목사관에서 일한다는 것뿐이야?”

“이름을 듣기는 들었지만두, 통 생각이 안 나는구먼요.”

“이 멍청이 같으니라고. 그래, 대가리는 뭐 하러 달고 있지?”

“딴 사람들도 다 달고 있으니깐유.”

틸리가 얼른 대꾸했다. 틸리는 지금처럼 도련님이 자기

를 멍청이라고 부르면서 자기와 말장난하는 것을 무척이나 좋아했다.

잠시 침묵이 흘렀다.

"아무도 그 여자의 이름은 기억하지 못할 거예유."

틸리는 머뭇거리며 말을 이었다.

"뭐라고?"

"그 여자 이름 말이에유."

"그게 어떻다고?"

"뭐, 어디 외국인가 하는 데서 왔다는가 봐유."

"누가 그래?"

"그게 저 여자에 대해 알고 있는 전부구먼유."

"그럼, 어디서 왔다는 거야?"

"모르겠어유. 뭐, 폴란드에선가 왔다고들 하더만요. 전 모르겠어유."

도련님이 또 공격해 오리라는 걸 지레짐작하고는 얼른 말을 덧붙였다.

"폴란드에서라고? 하필이면 왜 폴란드야? 누가 그런 엉터리 수작을 꾸몄어?"

"모두들 그러드만유. 몰라유……. 전."

"누가 그래?"

"벤틀리 부인이 그러는데유, 그 여자는 폴란드 출신이래유. 아니면 폴란드인인가, 뭐 그렇대유."

틸리는 너무 시시콜콜 말을 했구나 싶어 덜컥 겁이 났다.

"폴란드인이라고 누가 말했지?"

"죄다들 그래유."

"그러면 어떻게 해서 이곳까지 왔다고 해?"

"모르겠는데유. 그 여자에겐 딸아이가 있대유."

"어린 딸아이가 있다고?"

"서너 살쯤 되는데유, 머리 모양이 꼭 말불버섯 같아유."

"검둥이인가?"

"백인이에유. 굉장한 금발인데유, 온통 곱슬이에유."

"그러면, 아버지도 있나?"

"제가 알기로는 없는 것 같아유. 잘 모르겠구먼유."

"어떻게 해서 이곳까지 왔대?"

"모르겠어유. 목사님이 오라고 했겠지유."

"아이는 친딸인가?"

"그런가 봐유……. 그렇게들 말해유."

"누가 그녀 얘길 해줬지?"

"저…… 리지가유……. 월요일에유…… 그 여자가 지나
가더만유."

"누가 지나가든 입은 계속 놀려야 했겠지."

브랑윈은 생각에 잠겨 서 있었다. 그는 그날 저녁 코셋
헤이로 올라가 '붉은 사자' 주점에 들렀다. 그녀에 관해서
더 알아보려는 속셈도 있었다.

거기서 그녀가 폴란드인 의사의 미망인이라는 것을 알았
다. 피난민이었던 그녀의 남편은 런던에서 사망했으며, 그
녀의 말에는 약간 외국인 억양이 섞였지만 의미는 쉽게 알
아들을 수 있다고들 했다. 여자에겐 애나라는 어린 딸이
하나 있었다. 렌스키 부인이 그 여자의 이름이었다.

오고야 말 비현실이 마침내 여기에 들어섰다고 브랑윈은

느꼈다. 이상하게 그 여자에 대해서 확신이 생겼고 그녀가 운명적으로 그와 인연을 맺을 것처럼 느껴졌다. 브랑윈은 그 여자가 외국인이라는 데 매우 흡족해 했다.

그를 위해서 지상에서 날쌔게 변화가 일어나는 것 같았다. 마치 새로운 창조가 이루어지고 그 속에서 그가 진정으로 살아 있는 것 같았다. 전에는 만사가 적막하고 사실 같지 않고 황량한 무(無)와 같은 것이었는데, 이제 만사는 그가 다룰 수 있는 실제의 것들이었다.

그는 감히 그녀의 생각은 엄두도 내지 못했다. 겁이 났던 것이다. 단지 그녀가 항상 멀지 않은 곳에 있고 그가 그녀 안에 있다는 느낌이 들었다. 그러나 감히 그녀를 인식하려고 들지 못했고, 그녀 생각을 함으로써 그녀와 친밀해질 엄두도 내지 못했다.

하루는 길에서 그녀를 우연히 만났는데, 그녀는 어린 딸을 데리고 가던 참이었다. 어린아이의 얼굴은 꼭 사과나무의 꽃봉오리 같았다. 반짝이는 금빛 머리칼은 엉겅퀴의 터럭 모양으로 빳빳하게 사방으로 뻗쳐나와서 마치 불꽃 같았고 눈빛은 아주 새까맸다. 그녀를 바라보는 그에게 시기가 났는지, 아이는 엄마 옆구리에 달라붙어 새까만 눈으로 그를 원망하듯 노려보았다. 그러나 여자는 거의 멍한 표정으로 그를 다시 흘낏 보았다. 그런데 그녀의 시선 중에 바로 그 멍한 표정이 그를 화끈 달아오르게 했다. 여자의 눈은 크고 회갈색이었으며 눈동자는 아주 까맣고 끝없이 깊어 보였다. 브랑윈은 마치 혈관들이 불이 붙은 듯, 가는 불꽃이 자신의 피부 밑에서 번져나가는 것만 같았다. 그는 의식도 없이 계속 걸었다.

다가오고 있었다. 바로 그의 운명이, 세계가 그의 운명의 변화에 순응하고 있었다. 그는 꼼짝달싹도 하지 않았다. 올 것은 곧 닥쳐오리라.

누이 에피가 마시 농장에 와서 일주일간 묵고 있을 때, 브랑윈은 누이와 함께 교회엘 한번 갔다. 작은 교회엔 단지 열두어 개의 긴 의자가 놓여 있었고 브랑윈은 그 여자에게서 멀지 않은 곳에 앉았다. 여자에게는 어딘가 멋이 있었고 머리를 쳐들고 앉아 있는 모습이 그의 가슴에 강하게 다가왔다. 여자는 멀리 떨어진 곳에서 온 낯선 존재였으나 진한 친밀감을 주었다. 여자는 먼 곳에서 온 하나의 존재에 불과했으나 그의 영혼에는 아주 가까이 다가왔다. 여자는 교회 안에서, 어린 딸 옆에 앉아 있었으나 정말로 거기에 있지는 않았다. 여자는 곁에 나타난 일상적인 삶을 사는 것이 아니었다. 그녀는 어딘가 딴 곳에 속해 있었다. 브랑윈은 이것을 자연스럽고도 사실적인 것으로 예리하게 받아들였다. 그러나 자신의 구체적인 생활은 단지 코셋헤이에 국한됐다는 사실이 날카로운 공포와 더불어 그에게 엄습해 마음을 아프고 불안하게 했다.

그녀의 숱 많은 검은 눈썹은 못생긴 코 위에서 거의 맞닿았고 입은 크고 입술은 두툼한 편이었다. 그러나 여자의 얼굴은 다른 세계를 향하고 있었다. 그건 천국이나 죽음을 향하고 있는 것이 아니었다. 몸은 비록 가 있지 않지만 정신적으로는 여전히 여자가 살고 있는, 그 어떤 곳을 향하고 있었다.

여자 옆에서 딸아이는 커다란 검은 눈으로 모든 것을 주시했다. 아이는 묘하게 도전적인 표정을 띤 채 작고 붉은 입술을 꼭 오므리고 있었다. 아이는 질투심에 무엇을 열심히 지키는 것 같았고 항상 경계하며 엄마를 방어하는 것 같았다. 브랑윈이 가까이에서 자기를 물끄러미 다정한 눈빛으로 쳐다보는 걸 보자, 아이의 크고 지나치게 방어적인 검은 눈은 괴로운 듯 이글이글 타오르며 적의감을 전율적으로 드러냈다.

늙은 목사는 계속 두런거리며 설교를 했고 코셋헤이 교인들은 여느 때와 같이 꼼짝 않고 앉아 있었다. 그런 가운데 그 외국 여인은 범할 수 없는 이국적인 분위기를 풍기면서 그곳에 앉아 있었고, 외국 태생의 그 낯선 아이는 질투심에 무언가를 방어하고 있었다.

예배가 끝났을 때, 그는 교회에서 나와 다른 존재의 세계에 취해서 걸었다. 그는 누이와 함께 여인과 아이의 뒤를 따라 교회의 좁은 길을 걸어 내려갔다. 그런데 그 여자애가 갑자기 엄마의 손을 놓더니 거의 보이지 않을 만큼 재빠르게 미끄러지듯 뒤로 물러났다. 그리고 브랑윈의 발치 가까이에서 무언가를 주워 올리려 했다. 그 애의 작은 손가락은 섬세하고 재빠르게 움직였으나 빨간 단추를 놓쳤다.

"뭘 찾았니?"

브랑윈이 그 아이에게 말을 걸었다.

그러고는 그도 단추를 집으려고 몸을 굽혔다. 그러나 그 애가 그것을 먼저 집어 올려 자기 외투에다 단추를 꼭 누르면서 뒤로 물러나 서 있었다. 아이는 검은 눈으로 그를 쏘아보았고 마치 자기를 보지 말라고 명령하는 듯한 태도를 취했다. 아이는 이렇게 그의 입을 다물게 하고는 "엄마!" 하고 부르며 돌아서서 재빨리 길을 따라 내려갔다.

아이 엄마는 무심하게 서 있었는데, 아이가 아니라 브랑윈을 쳐다보고 있었다. 브랑윈은 여자가 자기를 쳐다보고 있다는 걸 깨달았다. 여자는 저만치 떨어져 있었으나 이국적인 분위기로 브랑윈을 압도했다.

브랑윈은 어찌할 바를 몰라 누이에게로 고개를 돌렸다. 그러나 그 텅 비어 있는 듯한 큰 회색 눈은 매우 위력 있어서 브랑윈을 꼼짝 못하게 했다.

"엄마, 이거 가질까? 가져도 되지?"

자부심이 뚝뚝 흐르는 아이의 은방울 굴리는 듯한 목소리가 들렸다.

"엄마아."

아이는 엄마에게 항상 자기를 생각하고 있으라고 조르는 것 같았다.

"엄마."

그러고는 엄마가 "그래, 얘야."라고 대답을 하자, 아이는 더 할 말이 없어졌다. 그러나 아이는 곧 할 말을 생각해 내고는 "저 사람들 이름이 뭐지?" 하고 말을 이었다.

브랑윈은 여자의 막연한 대답을 들었다.

"모르겠다, 얘야."

브랑윈은 계속 길을 걸어갔다. 자신이 자기의 몸속에서 살지 않고 바깥 어딘가에 사는 기분이 들었다.

"저 여자기 누구지?"

에피가 물었다.

"잘 모르겠어요."

자신도 모르게 어느 틈에 그런 대답이 튀어나왔다.

"저 여잔 좀 묘한 데가 있어."

누이는 좀 경멸하듯 말했다.

"저 아이는 꼭 신들린 애 같고."

"신들렸다고요? 무슨 말이에요?"

"빤히 알 수 있잖아. 엄마는 수수한데, 아인 꼭 요정이 갖다놓은 애 같고. 저 여잔 서른다섯은 됐겠군."

브랑윈은 누이의 말에 아무 대꾸도 하지 않았다. 누이는 혼자서 말을 계속했다.

"바로 너에게 어울릴 여자구나. 저 여자와 결혼하는 게 좋겠다."

브랑윈은 여전히 별 주의를 기울이지 않았다. 사태는 될 대로 되는 법인데, 뭐.

그다음 언젠가는 차 마시는 시간에 브랑윈이 식탁에 혼자 앉아 있는데 앞문을 두드리는 소리가 났다. 그 소리는 어떤 중대사를 알리는 징조처럼 들려서 브랑윈은 깜짝 놀랐다. 지금까지 아무도 대문을 두드린 적이 없었다. 그는 일어나서 빗장을 열고 커다란 열쇠를 돌렸다. 문을 열자 그 기묘한 여자가 문 앞에 서 있었다.

"저한테 버터 1파운드 주실 수 있는지요?"

외국어로 말할 때 생기는 그 기이한 거리감이 있는 어투였다.

브랑윈은 여자의 질문에 귀를 기울이려고 애썼다. 여자

는 그의 의견을 묻는 듯 그를 바라보고 있었다. 그러나 그 질문의 저변에는, 또 여자가 꼼짝 않고 서 있는 바로 그 동작에는 무엇이 있기에 그를 이토록 압도하는가?

그는 옆으로 비켜섰고 여자는 마치 자기를 맞이하려고 대문이 열린 양 곧 집 안으로 들어섰다. 브랑윈은 여자의 이런 행동에 깜짝 놀랐다. 누구든 들어오라는 청을 받기까지는 문에서 기다리는 것이 상례였다. 브랑윈은 부엌으로 들어갔고 여자는 그 뒤를 따랐다.

찻잔들이 잘 닦은 전나무 식탁 위에 차려져 있었고 벽난로에선 불이 활활 타고 있었다. 난롯가에 있던 개가 일어나 여자 쪽으로 갔다. 여자는 부엌 안에 막 들어서자 꼼짝 않고 서 있었다.

"틸리!"

브랑윈이 큰 소리로 불렀다.

"집에 버터 좀 있어?"

이방인은 검은 외투를 입은 채 침묵처럼 버티고 서 있었다.

"예?"

먼 데서 날카로운 대답이 들려왔다.

브랑윈은 다시 큰 소리로 물었다.

"식탁 위에 있는 것이 전부예유."

틸리의 날카로운 목소리가 버터 제조실에서 들렸다.

브랑윈이 식탁 위를 보았다. 거의 1파운드쯤 되어 보이는 커다란 버터 덩어리가 접시 안에 있었다. 둥그런 덩어리로 도토리와 참나무 잎사귀 모양이 찍혀 있었다.

"부르면 좀 올 수 없어?"

브랑윈이 외쳤다.

"왜유? 뭐가 필요하세유?"

틸리는 항의 조로 말을 하면서, 문틈으로 호기심에 차서 들여다보았다.

틸리는 낯선 여자를 보자, 사팔눈으로 쏘아보았지만 아무 말도 하지 않았다.

"집에 버터가 없어?"

브랑윈은 이렇게 물으면 버터를 좀 얻어낼 수 있을 것처럼 조급하게 다시 물었다.

"식탁 위의 것이 전부라니깐유."

틸리는 도련님의 요구대로 버터를 더 내놓을 수 없는 형편이라 성마르게 대답했다.

"그밖엔 한 조각도 없어유."

잠시 동안 침묵이 흘렀다. 그 낯선 여자는 할 말을 먼저 생각해야 하는 외국인 특유의 기이하게 명확하고 초연한 태도로 말했다.

"아, 그렇다면 대단히 감사합니다. 이렇게 와서 폐를 끼쳐드려 죄송합니다."

여자는 이 일이 완전히 경우에 벗어난다는 걸 몰랐으므로 좀 의아해 했다. 조금이라도 예절을 지켰다면 상황은 꽤나 담담해졌을 것이다. 그렇지만 여기엔 서로의 의도가 엇갈리고 있었다. 브랑윈은 여자가 공손하게 말하자 낯을 붉혔다. 그래도 여자를 그냥 가게 하지는 않았다.

"얼마쯤 종이에 싸서 저분에게 드리지."

그는 식탁 위의 버터를 보면서 틸리에게 말했다. 그러고
는 깨끗한 칼을 들어 버터의 먹던 쪽을 잘라냈다.

'저분에게'라는 그의 말이 천천히 그 이방 여인의 가슴
을 파고들었고, 한편 틸리는 이 말에 화가 났다.

"목사님은 응당 브라운 씨 댁에서 잡수실 버터를 받으시
는데유."

화를 참을 수 없는 틸리가 말했다.

"우리는 내일 아침 일찍이 버터를 만들 거구유."

"네——."

길게 늘여빼는 외국어 조로 폴란드 여자가 대답했다.

"브라운 부인에게 갔었는데, 버터가 없다는군요."

틸리는 고개를 곧추세우고는 다음과 같은 말을 막 할 참
이었다. 버터를 구입해야 한다손 치더라도, 그러잖아도 버
터가 부족한 집에 자기 멋대로 뻔뻔스럽게 찾아와서 대문
을 두드리며 버터 1파운드를 임시변통으로 달라고 하는 것
은 도대체 예의가 아니다. 또 브라운 씨 댁에서 버터를 대
놓고 먹으면 그냥 브라운 씨 댁으로 죽 다닐 것이지, 우리
집 버터가 브라운 씨 댁 버터가 없을 때의 임시변통용은
아니다.

브랑원은 틸리의 입속에서 이런 말이 뱅뱅 돌고 있다는
걸 잘 알고 있었다. 그런데 폴란드 여자는 눈치를 채지 못
하고 있었다. 여자는 목사님이 드실 버터가 필요한 데다가
틸리가 이튿날 아침에 버터를 만든다고 하니 그냥 서서 기
다리기로 한 모양이었다.

"빨리 해!"

브랑윈은 잠자코 있다가 큰 소리로 명령했다. 틸리는 문 안쪽으로 사라졌다.

"제가 오지 말았어야 했나 봐요."

여자는 브랑윈의 의사를 묻는 듯 쳐다보며 말했다. 보통 이런 때 어떻게 행동해야 하는지를 그에게 묻는 듯한 태도였다. 그는 얼떨떨했다.

"이렇게 오신 게 어때서요?"

그는 친절하게 두둔하는 태도를 보이려고 애썼다.

"댁에서는……?"

그녀는 의식적으로 말을 시작했다. 그러나 자신의 입장에 자신이 없어서 말을 잇지 못했다. 여자는 입장을 말로 표현할 수 없었기 때문에 대신 그를 빤히 쳐다보았다.

두 사람은 서로를 마주 보고 서 있었다. 개가 여자 쪽에서 브랑윈에게로 옮겨 왔다. 브랑윈은 개를 보며 허리를 굽혔다.

"그래, 딸아이는 어떻게 지냅니까?"

"덕분에 아주 잘 있어요."

단지 외국어로 하는 겸손한 어구에 지나지 않은 응답이었다.

"앉으시지요."

여자는 의자에 앉았고 가는 팔을 외투 자락 사이에서 빼어 무릎 위에 올려놓았다.

"이 고장에는 익숙지가 않으시죠?"

브랑윈은 저고리를 벗은 채 등을 불에 쬐면서 난로 앞 깔개 위에 서서 호기심에 찬 눈으로 여자를 응시했다. 여

자의 침착한 태도가 마음에 들었다. 기운이 솟으며 기이하
게 해방감이 들었다. 자신과 현재의 상황을 그토록 잘 통
제하고 있다니, 스스로 잔인하다는 생각까지 들었다.

여자의 시선이 잠시 그에게 머무르며 그의 말의 의미가
무엇인가 묻는 듯했다.

"네."

여자는 그제야 말뜻을 알아듣고는 대답했다.

"네, 낯이 설어요."

"이 고장 사람들이 꽤나 거칠지요?"

여자가 말뜻을 잘 알아듣지 못하고 계속 응시하니까 그
가 그 말을 되풀이했다.

"이 고장 사람들의 태도가 거칠다고 생각되시지요?"

브랑윈이 거듭 물었다.

"네…… 네. 무슨 말씀인지 알겠어요. 네, 이곳 사람들
의 태도는 다르지요. 낯설고, 그렇지만 요크셔에 산 적
이……."

"아, 그러세요. 그쪽이나 이쪽이나 오십보백보지요."

여자는 그의 말뜻을 잘 이해하지 못했다. 그의 두둔하는
태도와 자신감, 그리고 친근함이 여자에겐 의아스러웠다.
도대체 무슨 저의가 있어서 저럴까? 저 사람이 나와 동등한
입장에 있다면, 왜 저토록 격식 없이 처신을 한단 말인가?

"네……."

여자는 계속 그에게 시선을 준 채 막연히 대답했다.

여자가 보기에 브랑윈은 신선하고 순진하며 세련되지 못
해 자기와 관계를 맺기에는 너무 동떨어져 있는 것 같았

다. 그렇지만 그가 잘생기고, 금발인 데다가 푸른 눈은 활기차고 몸이 건장해서 자기와 동등한 위치에 설 수 있다는 느낌도 들었다. 여자는 브랑윈을 찬찬히 주시했다. 그가 온정이 있고 투박하고 자신감이 있긴 했지만 왠지 자신이 이해하기에는 어려운 존재였다. 그는 자신감이 없다는 것이 무엇인지 모르는 양 자신만만했다. 대관절 무슨 연유로 저이는 저토록 이상할 정도로 자신만만할까?

여자는 통 알 수가 없었다. 궁금했다. 그가 살고 있는 방을 둘러보았다. 방 안에는 자신의 마음을 끌어당기면서도 겁을 먹게 하는 친밀감이 감돌았다. 가구는 노인네들처럼 오래되어 친근감을 주었다. 방 전체가 그와 아주 동질적이어서 바로 그의 몸의 일부분같이 느껴져 여자는 불안했다.

"이 집에서 사신 지 오래되셨나요?"

"줄곧 여기서만 살았지요."

"네…… 그렇지만 댁의 집안사람…… 가족들은요?"

"우리 집안은 이백 년 이상 이곳에서 살았어요."

여자는 계속 브랑윈을 쳐다보면서 눈을 크게 뜨고는 그를 이해하려 했다. 브랑윈은 자신이 여자를 위해서 그곳에 있다는 생각이 들었다.

"댁의 소유이신가요? 집과 농장……?"

"네."

브랑윈이 대답했다. 브랑윈이 여자를 내려다보자 둘의 시선이 마주쳤다. 여자는 불안했다. 그 남자를 이해할 수가 없었다. 남자는 외국인으로, 그들은 서로 간에 이렇다

할 관계가 하나도 없는 사이였다. 그런데도 남자의 시선이 그녀의 마음을 동요시켜서 그를 의식하게끔 했다. 남자는 참 이상할 정도로 자신감에 차 있고 단도직입적이었다.

"혼자 사시나요?"

"네. 뭐 혼자 산다고 해야겠지요."

여자는 통 이해할 수가 없었다. 참 별난 말이었다. 저 말의 뜻이 뭐지?

여자는 브랑원을 얼마 동안 쳐다보다가 그와 시선이 마주칠 때면 으레 온몸이 열기로 달아오르는 걸 깨달았다. 여자는 꼼짝 않고 앉아 있는데 마음은 한창 갈등을 일으키고 있었다. 이 낯선 남자가 누군데 나한테 이토록 친근하게 느껴질까? 나에게 무슨 일이 일어나고 있나? 남자의 눈은 젊고 온정에 반짝이면서 그녀에게 다가와 말을 걸며, 그녀를 보호해 줄 권리가 있다고 주장하는 듯했다. 그렇지만 어떻게 그럴 수가 있단 말인가? 왜 저 남자는 나에게 말을 걸까. 어찌해서 저이의 눈은 저토록 초롱초롱 광채가 나면서 자신감에 넘쳐서 상대방의 허락이나 신호는 기다리지도 않는단 말인가.

틸리가 양배추 잎으로 싼 커다란 버터 덩어리를 들고 돌아왔을 때 두 사람은 묵묵히 있었다. 이제 하녀가 돌아왔으니 브랑원은 이야기를 거는 것이 도리라고 생각했다.

"따님은 몇 살이지요?"

"네 살입니다."

"그러면 아이 아버지가 돌아가신 지는 얼마 안 됐겠군요?"

"딸애가 한 살 때 돌아가셨지요."

"삼 년이 되었나요?"

"네, 삼 년이 되었어요…… 그래요."

여자는 아주 기이하다 할 정도로 침착하고도 멍한 표정으로 이렇게 대답했다. 잠자던 처녀성이 여자의 눈 속에서 깨어나면서, 여자는 다시 남자를 쳐다보았다. 브랑윈은 옴짝달싹할 수가 없었다. 여자 쪽으로 갈 수도, 여자에게서 물러날 수도 없었다. 여자의 그 무엇인가가 그의 마음을 아주 아프게 해서 그의 몸마저 굳어버리는 성싶었다. 마치 소녀처럼 의아해 하는 표정이 여자의 눈에 어리어 있었다.

틸리가 여자에게 버터를 건네자 여자는 일어섰다.

"대단히 감사해요. 값은 얼마지요?"

"목사님께 선물로 드리지요. 제가 교회에 나가는 것으로도 충분합니다."

"교회에두 나가시구 거기다 버터 값도 받으시는 게 더 좋겠구먼유."

틸리는 브랑윈이 버터 값을 받아야 한다고 집요하게 주장했다.

"틸리, 그만 하지 그래."

"저, 얼마지요?"

폴란드 여자가 틸리에게 말했다. 브랑윈은 옆에 서서 아무 말도 하지 않았다.

"그러면, 대단히 감사합니다."

"언제곤 따님을 데리고 와서 오리랑 말이랑 구경하시지요. 아이가 좋아한다면 말입니다."

"네, 좋아할 거예요."

여자는 가버렸다. 여자가 떠난 뒤 브랑윈은 멍하니 서 있었다. 그에게서 재확인을 받을 요량으로 어정쩡하게 그를 쳐다보고 있는 틸리도 눈에 들어오지 않았다. 도대체 아무런 생각도 할 수 없었다. 이 묘한 여자와 눈에 안 보이는 어떤 인연을 맺은 느낌이었다.

브랑윈의 마음이 몽롱해지면서 의식 속에는 또 다른 중심이 들어섰다. 그의 가슴에선가 내장에선가, 아니면 그의 몸 어디에서 새로운 활동이 시작되었다. 마치 강한 불이 그곳에서 타고 있어서 그 불빛 때문에 그의 눈이 멀어 아무것도 볼 수 없는 것 같았다. 단지 그 변모의 불이 자신과 여자 사이에서 신통력 있게 타올라 두 사람을 연결시켜 준다는 생각이 들 따름이었다.

여자가 집에 다녀간 이후로 브랑윈은 몽롱한 상태에서 움직였다. 손으로 만지는 물건도 잘 알아보지 못했고, 변신의 와중에서 이리저리 떠다니며 순순히 따를 뿐이었다. 그는 사태가 일어나는 대로 따라갈 뿐이고, 자신의 의지를 풀어놓은 채 자아의 상실을 감내했다. 새로운 탄생을 향해 진화하고 있는 생물처럼 황홀의 접경에서 항상 자고 있었다.

여자는 딸아이를 데리고 두 번 농장에 놀러 왔다. 그러나 두 사람 사이에는 여전히 고요만이 흘렀다. 강한 침묵과 소극적인 태도만이 그들을 마비시키는 듯 내리누를 뿐, 실제로는 아무런 변화도 생기지 않았다. 브랑윈은 거의 아이를 의식하지 못했으나 본래 타고난 성품이 좋아서 곧 아이의 신임을 얻었다. 애정까지도 얻어 아이를 말에 태우기도 했고, 아이가 닭에게 모이를 주게까지 했다.

한번은 모녀를 일커스턴의 길에서 만나 마차로 태워다 주었다. 아이는 애정이 그리운 듯 그에게 바싹 붙어 앉았고 어머니는 아주 가만히 앉아 있었다. 옅은 안개가 그들 주위에 자욱하게 끼어 있는 듯이 의식은 몽롱해졌고, 그들의 의지는 잠시 멈춘 듯 고요만이 흘렀다. 브랑윈의 눈에는 여자의 손만이 보였다. 장갑을 끼지 않은 채 무릎 위에 포개 놓은 손가락에는 결혼반지가 끼여 있었다. 결혼반지는 그를 몰아내며 하나의 폐쇄된 원을 이루고 있었다. 그 결혼반지는 여자의 삶을 묶어놓아 그녀의 삶에 그가 끼어들 수 없다는 걸 나타내고 있었다. 그럼에도 불구하고 두 사람은 이 장애물을 뛰어넘고 만나야 했다.

브랑윈은 여자를 마차에서 거의 들다시피 내려놓으면서 자기에겐 여자를 그런 식으로 들 권리가 있다고 생각했다. 여자는 아직 저 다른 곳에, 저 과거의 삶에 속해 있었다. 그러나 여자를 돌보아야만 했다. 여자는 너무도 생기에 넘쳐 있어서 그냥 둘 수가 없었다.

때론 여자의 멍한 태도에 자신의 얼이 빠질 때는 화가 나고 울화가 치밀었다. 그렇지만 아직은 참고 지냈다. 여자는 반응이 없었고 그에게 아무런 내색도 하지 않았다. 이것이 그를 당혹하게 했고, 또 분노케 했지만 브랑윈은 오랫동안 꾹 참았다. 그러다가 여자가 계속 그를 알은 체도 하지 않자 그의 괴로움은 쌓이고 쌓여 서서히 울분이 터져나와 파괴적으로 되었다. 브랑윈은 여자를 피해 먼 곳으로 떠나고 싶었다.

브랑윈이 이런 상태에 있을 때 여자가 아이를 데리고 마시 농장에 놀러 왔다. 그는 강한 반발심에 무뚝뚝하게 여자를 대했다. 그가 말은 안 했지만 여자는 브랑윈이 화가 나 있다는 걸 곧 눈치 챘으며 조바심으로 마음이 무거워졌다. 여자는 마취 상태에서 깨어난 것처럼 정신이 번쩍 들었다. 여자의 심장은 또다시 빠르게 뛰었다. 여자는 그를, 낯선 남자를, 신사도 아니면서 집요하게 그녀의 삶 속에 들어서려는 그 남자를 쳐다보았다. 새로운 탄생의 고통이 여자의 혈관 모두를 긴장시켜 여자가 새로운 모습을 띠게 했다. 여자는 삶을 다시 시작해야 했다. 새로운 존재, 새로운 형태를 입고서 그녀 앞에 버티고 서 있는 그 눈멀고 집요한 남자에게 반응을 보여줘야 했다.

새로운 탄생의 전율이, 메스꺼움이 한차례 여자의 몸을 지나갔고, 그 불꽃은 남자에게도 튀어올라 그의 살갗 아래로 퍼져나갔다. 이건 사실 여자가 원했던 것이다. 브랑윈에게서 나오는 이 새로운 생명을, 브랑윈과 함께 나누는 이 생명을 말이다. 그렇지만 여자는 이에 맞서서 자신을 방어해야만 했다. 이렇게 되면 자신은 곧 파괴되어야 했기 때문이다.

밭에서 홀로 일을 하거나 새끼 양을 받으려 앉아 있을 때면 브랑윈의 일상생활 중에서 사실과 내용은 떨어져 나가고 목적만이 알맹이로 선명하게 드러났다. 그럴 때면 자신이 그 여자와 결혼해서 여자가 곧 그의 삶이 돼야 한다는 생각이 절실하게 들었다.

여자를 만나지 않을 때도 브랑윈은 서서히 여자를 의식

하게 되었다. 여자는 그가 보호하도록 맡겨진 부모 없는 어린아이라고 생각하고 싶었다. 그렇지만 그런 생각은 브랑윈에게 금지된 것이었다. 공상 속에서 상황을 기분 좋게 내려다보다가도 다시금 현실의 바닥으로 내려와야만 했다. 여자가 거절할 수도 있기 때문이었다. 더군다나 브랑윈은 그녀가 무서웠다.

그러나 암양이 출산의 신고(辛苦)를 치르는 2월의 긴긴 밤 동안, 브랑윈은 우리 안에서 반짝이는 별을 내다보며, 자신만으로는 완전하지 못하다는 걸 깨달았다. 자신이 불완전하고 어딘가에 속해야 하는 부분적 존재임을 인정해야 했다. 어두운 하늘에서 별들이 운항을 하고 별 무더기 전체가 어떤 영원한 항해를 하는 중이었다. 그래, 브랑윈은 왜소한 몸으로 앉아서 커다란 질서에 몸을 내맡겼다.

여자가 그에게 오지 않는 한 자신은 무(無)와 같은 상태로 남아 있을 것이 분명했다. 너무나 괴로운 경험이었다. 그러나 여자가 반복해서 그를 모르는 체하니 자신이 여자에게 무와 같은 존재라는 생각이 자주 들었다. 그래 브랑윈은 화가 나서 멀리 도망치려고도 했다. 자신은 혼자서도 훌륭하며 한 사람의 사나이로 홀로 설 수 있다고 장담도 해보았다. 그래도 별이 총총히 뜬 밤에는 겸허한 마음으로 돌아갈 수밖에 없었다. 그녀 없이는 자신은 무라는 것을 인정하고 인식할 수밖에 없었다.

자신은 무였다. 그러나 그녀와 함께라면 자신은 실재하게 되리라. 만일 지금 그녀가 양들이 안달하는 울음소리를 들으면서 양 우리 옆, 서리 덮인 풀밭을 걸어온다면 그를

완전케 해주리라. 아! 일이 그렇게 풀려서, 여자가 그에게
오기만 한다면! 그렇게 될 것이었다. 그렇게 운명 지어졌
으니까.

브랑윈은 오랫동안 마음을 다지고 또 다져서 드디어 여
자에게 청혼하기로 결정했다. 자신이 청혼을 하면 여자가
순순히 응해 주어야 한다는 것을 알고 있었다. 여자는 응
당 그래야지. 다르게 행동해서는 안 되지.

브랑윈은 여자에 관해서 좀 더 알아보았다. 여자는 가난
하고 거의 홀몸이고, 남편의 사망을 전후로 해서 런던에서
많은 고생을 했다. 그러나 폴란드에서는 좋은 가문의 숙녀
로 지주의 딸이었다.

이 모든 사실이 브랑윈에게는 단지 낱말의 열거에 불과
했다. 여자의 우월한 출생과 남편이 명석한 의사였다는 사
실, 그 자신은 거의 모든 면에서 그녀보다 열등하다는 사
실이 낱말 정도에 불과했다. 이보다는 내적인 실체, 영혼
의 필연성이 여자를 그와 연결시켰다.

바람이 몹시 부는 3월 어느 날 저녁, 드디어 그녀에게
청혼할 때가 왔다. 브랑윈은 손을 앞으로 모으고 난로 쪽
으로 기대어 앉아 있었다. 불길을 쳐다보며 멀거니 생각
없이 있는데 그날 저녁에는 꼭 청혼을 해야겠다는 생각이
들었다.

"깨끗한 셔츠 있어?"

"깨끗한 셔츠가 있다는 걸 도련님도 아시잖아유."

"그래…… 흰색으로 가져와."

틸리는 브랑윈이 아버지로부터 물려받은 리넨 셔츠 한

장을 갖다가 더운 기운을 쏘이도록 브랑윈 앞에 펼쳐 놓았
다. 틸리는 브랑윈이 양팔을 무릎 위에 기댄 채 조용히 생
각에 잠겨서 자기가 온 것도 모르는 걸 보고 가슴이 찐하
게 아파왔다. 틸리는 그렇게 브랑윈을 좋아했다. 최근에
와서는 브랑윈 곁에서 무엇이든 시중을 들라치면, 울고 싶
은 충동이 엄습해 몸이 떨렸다. 셔츠를 펼치는 그녀의 손
이 부르르 떨렸다. 브랑윈은 요즘에 와서는 소리를 치거나
농담하는 법도 통 없었다. 집 안에 고여 있는 깊은 적막이
그녀를 떨게 했다.

브랑윈은 몸을 씻으러 갔다. 잘게 부서진 기이한 의식의
조각들이 그의 침묵의 심연에서 거품처럼 떠올랐다가 터져
버리는 듯했다.

"이 일은 꼭 치러야지."

브랑윈은 난로 앞망에서 셔츠를 걷어 올리려고 몸을 굽
히면서 말했다.

"꼭 해야 되는데, 왜 피하지?"

그러곤 벽에 걸린 거울 앞에서 머리를 빗으면서 지나가
는 말로 혼자 중얼거렸다.

"그 여자는 말 못하는 바보가 아니야. 엄마 젖이나 마구
빨아대는 어린애도 아니지. 인생을 즐길 권리가 있고 마음
내키는 대로 아무한테고 불쾌하게 대할 수도 있는 거야."

이러한 상식적인 중얼거림이 조금 더 계속되었다.

"부르셨어유?"

틸리가 그의 말소리를 듣고 갑자기 나타나 물었다. 하녀
는 브랑윈이 금빛 나는 수염을 손질하는 모습을 쳐다보았

다. 그의 눈은 침착했고 움직이지 않았다.

"그래, 가위를 어디에다 두었지?"

틸리는 가위를 가져온 후 브랑윈이 턱을 앞으로 내밀고 수염을 다듬는 것을 쳐다보았다.

"양털 깎는 대회에 나간 것처럼 수염을 너무 바짝 깎지 말아유."

틸리가 걱정이 되어 말했다.

브랑윈은 입술에 붙은 가늘고 곱슬곱슬한 수염 터럭을 불어 바닥에 떨어뜨렸다.

브랑윈은 새로 빨아 깨끗해진 옷으로 갈아입고 깃을 조심스레 접은 뒤 제일 좋은 저고리를 골라 입었다. 그러고는 황혼이 잿빛으로 물들 무렵 준비가 다 끝나자, 과수원 쪽으로 가서 수선화를 꺾었다. 바람은 사과나무 사이로 윙윙거렸고 노란 꽃이 위아래로 마구 흔들렸다. 그가 허리를 굽혀 수선화의 편편하고 여린 꽃대를 꺾을 때 나뭇잎끼리 가늘게 속삭이는 소리까지도 들렸다.

"무얼 하려는 거야?"

그가 정원 문을 막 나서는데 친구가 그를 보고 큰 소리로 물었다.

"구혼 같은 걸 하려고."

브랑윈이 대답했다.

틸리까지 마음이 굉장히 동요되고 흥분되었다. 그녀는 바람이 마구 부는 마당을 건너 큰 대문 있는 데까지 와서 브랑윈이 가는 것을 지켜보았다.

브랑윈은 언덕을 올라가 목사관으로 향했다. 바람이 생

울타리 사이로 윙윙 소리를 내며 불어와서, 수선화 다발을 옆구리에 대고 바람을 피했다. 딴 생각은 없었다. 단지 바람이 불고 있다는 것만 의식하고 있을 뿐이었다.

사방은 어두워지기 시작했고 앙상한 나뭇가지에선 낮은 소리와 앵앵거리는 소리가 났다. 목사는 서재에, 폴란드 가정부는 딸아이와 함께 안락한 부엌에 있을 것이라고 브랑윈은 짐작했다. 황혼이 아주 짙게 깔렸을 때 브랑윈은 대문을 지나 오솔길로 접어들었다. 바람이 불어 몇 송이의 수선화 대가 휘어졌고, 사방으로 흩어진 크로커스는 헬쑥한 채 아무 색깔도 없이 뒤엉켜 있었다.

부엌 창문에서 뒤편 숲 쪽으로 한 가닥 불빛이 흘러나오고 있었다. 브랑윈은 머뭇거리기 시작했다. 그가 어떻게 이 일을 해낼 수 있단 말인가? 창을 통해 그녀가 이미 잠옷으로 갈아입은 아이를 안고 흔들의자에 앉아 있는 것을 보았다. 제멋대로 사방으로 뻗친 아이의 금발 머리는 난롯불을 향해 수그리고 있었고, 거의 어른 같은 표정으로 생각에 잠겨 있는 어린아이의 뺨과 맑은 살갗에서 불빛은 밝게 반사되었다.

엄마의 얼굴은 어둡고 잠잠했다. 브랑윈의 가슴은 곧 찐하게 아파오면서 여자가 과거의 삶 속으로 돌아가 있음을 직감했다. 어린아이의 머리카락은 유리섬유처럼 반짝였고 얼굴은 안에서부터 불로 밝힌 밀랍처럼 광채가 났다. 바람은 세게 불어쳤다. 모녀는 꼼짝 않고 조용히 앉아 있었다. 아이는 불 속을 멍하니 검은 눈으로 응시했고 엄마는 허공을 바라보고 있었다. 어린 딸은 거의 잠이 든 듯했다. 단지 의지력으로 눈을 크게 뜨고 버티고 있을 뿐이었다.

바람이 집을 뒤흔들자, 아이는 갑자기 겁이 난 듯 주위를 둘러보았다. 아이의 작은 입술이 움직이는 것이 보였다. 어머니가 의자를 흔들기 시작하자 브랑윈의 귀에는 흔들의자가 조금씩 삐걱거리는 소리가 들렸다. 그러곤 외국어로 나지막이 부르는 단조로운 노랫가락이 들렸다. 바람이 세게 불었고 어머니는 먼 곳으로 정신이 가 있는 듯했다. 아이의 새까만 눈동자는 점점 커졌다. 브랑윈이 고개를 들어 하늘을 쳐다보니 구름은 놀라운 속도로 빠르게 어두운 하늘을 가로질러 가고 있었다.

그때 아이가 높게 불평하는 소리가 들렸다.

"엄마, 그런 건 부르지 마. 듣기 싫어."

노랫소리가 그쳤다.

"넌 자야지."

엄마가 타일렀다. 어린아이는 안 자겠다고 버둥대었으며, 어머니는 이에 조금도 동요하지 않고 정신을 먼 곳에 두고 있었다. 아이는 집요하게 고집을 부렸다. 그러다 어린아이가 갑자기 또랑또랑한 목소리로 졸라댔다.

"엄마, 얘기해 줘."

바람이 다시 일었고 이야기는 시작되었다. 아이는 엄마한테 바싹 달라붙어 있었다. 브랑윈은 계속 밖에 서서 기다리며 바람에 나무가 마구 흔들리고 어둠이 짙게 깔리는 것을 쳐다보았다. 그가 따라가야 할 운명이 있는데 그 운명의 문지방에서 머뭇거리고 있는 참이었다.

아이는 꼼짝 않고 몸을 웅크린 채 엄마에게 바싹 붙어

있었다. 쭉쭉 뻗친 머리카락 사이로 보이는 새까만 눈은 깜박거리질 않고 있어서, 아이는 눈만 아니라면 꼭 웅크리고 잠이 든 짐승처럼 보였다. 엄마는 그림자 속에 들어 있는 양 앉아 있었고 이야기는 저절로 이어지는 듯했다. 브랑윈은 밖에서 밤이 짙어가는 것을 보며 서 있었다. 시간이 가는 줄을 몰랐다. 수선화를 쥔 손은 얼어서 굳어 있었다.

이윽고 이야기는 끝이 나고, 어머니는 일어났다. 아이는 어머니의 목에 손을 감은 채 놓지 않았다. 저렇게 큰 아이를 저렇게 쉽게 안고 다니니 분명 기운이 셀 거야. 어린 애나가 엄마의 목에 매달려 있었다. 금발의 묘한 아이의 얼굴은 엄마의 어깨 너머를 쳐다보고 있었다. 눈만 빼고는 졸음이 잔뜩 담긴 얼굴이었다. 아이의 크고 검은 눈은 계속 버티면서 보이지 않는 무엇과 싸우고 있었다.

모녀가 자리를 떴을 때에야 브랑윈은 처음으로 서 있던 자리에서 몸을 움직였고 주위로 눈을 돌려 어둠을 응시했다. 이 몇 분간 안도의 숨을 내쉴 때처럼 밤이 정말로 아름답고 친숙해지기를 원했다. 브랑윈은 그 아이에 대해서는 이상하게 긴장감을 느꼈다. 그것은 고통이었고 운명 같은 것이었다.

엄마는 다시 부엌으로 내려와서 아이의 옷을 개기 시작했다. 브랑윈은 문을 두드렸다. 여자는 의아한 낯빛으로 문을 열었다. 외국인 특유의 불안한 태도로 약간 쭈뼛거리고 있었다.

"안녕하셨습니까?"

브랑윈이 인사를 했다.

"저 잠깐만 들렀다 가겠습니다."

여자의 얼굴빛이 금방 달라졌다. 전혀 뜻밖의 일이었다. 여자는 그를 내려다보았다. 그는 어둠을 등지고 수선화를 손에 쥔 채 창문에서 흘러나오는 불빛을 받으며 서 있었다. 여자는 검은 양복을 입은 그를 첫눈에 알아보질 못해 겁을 먹었다.

그러나 브랑원은 이미 문지방을 넘어서서 뒷손질로 문을 닫고 있었다. 여자는 아닌 밤중에 이런 침입을 받고 깜짝 놀라서 부엌 쪽으로 얼른 물러났다. 브랑원은 모자를 벗고 여자 쪽으로 갔다. 그리고 검은 옷에 검은 넥타이를 한 차림으로 한 손에는 모자를, 다른 손에는 노란 꽃을 들고 불빛 가운데 섰다. 여자는 저만치 떨어져 서서 정신을 잃고 손님의 처분만 바랐다. 여자는 그를 알아보지 못했다. 단지 남자가 자신을 만나러 왔다는 것만 알고 있었다. 여자의 눈에는 단지 검은 옷을 입은 사나이가 손에 꽃을 움켜쥐고 자기를 향해 서 있는 모습이 보일 뿐이었다. 얼굴과 생기에 찬 눈은 보이지 않았다.

브랑원은 여자를 찬찬히 보았다. 여자를 알아보지 못하고 오로지 내심으로 여자가 있다는 것만 의식하고 있었다.

"부인과 말씀 좀 나누려고 왔습니다."

브랑원은 앞으로 걸어 나가 모자와 꽃을 식탁 위에다 내려놓았다. 꽃은 흩어져서 텁수룩해졌다. 그가 앞으로 다가서자 여자는 몸을 흠칫했다. 여자는 아무런 의지나 존재의식도 없었다. 굴뚝에서는 바람이 윙윙거렸고 브랑원은 여자의 반응을 기다리며 주먹을 쫙 폈다가 다시 쥐었다.

브랑윈은 여자가 저쪽에서, 미지의 상태에서 겁을 먹고 있지만 그와 연관을 지은 채 서 있음을 의식했다.

"전……."

브랑윈은 이상하게도 자연스럽고 평범한 어조로 말했다.

"당신께 청혼을 드리려고 왔습니다. 댁은 자유로운 몸이시지요?"

오랫동안 침묵이 흘렀다. 브랑윈의 푸른 눈은 이상하게도 담담해져서 여자의 눈을 들여다보면서 이 진심에 대한 응답을 찾으려 했다. 브랑윈은 여자에게서 진실한 대답이 나오길 기다리고 있었다. 여자는 최면술에 걸린 것처럼 끝내는 대답을 해야 했다.

"네, 저는 자유로운 몸이라 결혼할 수 있어요."

브랑윈의 눈의 표정이 달라졌다. 여자에게서 진실만을 찾고, 거의 여자만을 응시하고 있는 양 그의 눈에는 그 담담한 빛이 좀 사라졌다. 눈빛은 절대로 변하지 않을 것같이 고정되었고 열중해 있고 영원할 것처럼 보였다. 그 시선은 여자에게 딱 붙어서 그녀를 녹일 것만 같았다. 여자는 몸을 떨었다. 마치 자신이 자신의 의지를 상실하고 거듭 태어나 남자한테로 빨려 들어가, 그와 똑같은 의지를 공유한 듯 느껴졌다.

"저와 결혼하고 싶으세요?"

브랑윈의 얼굴이 핼쑥해졌다.

"그렇습니다."

여전히 긴장과 침묵이 감돌았다.

"아니,"

여자 쪽에서 저도 모르게 말이 튀어나왔다.

"아니, 모르겠어요."

브랑원은 몸에서 긴장이 확 풀리는 걸 느꼈다. 주먹에선 맥이 빠졌고 몸을 움직일 수가 없었다. 의식이 희미해져 정신이 없어지고 몸이 나른해진 채 여자를 쳐다보고 있었다. 그 순간 여자는 눈앞에 없는 것 같았다. 그러다 여자가 그에게로 다가오는 것이 보였다. 움직이지는 않고 신기하게도 단도직입적으로 왈칵 흘러드는 것 같았다. 여자는 손을 그의 저고리에 갖다 댔다.

"네, 결혼하고 싶어요."

여자가 담담하게 말했다. 솔직하게 새로 커다랗게 뜬 눈으로, 지고하게 진정한 마음으로 크게 뜬 눈으로 그를 바라보았다. 서 있는 브랑원의 얼굴은 아주 창백해졌다. 몸은 꼼짝도 안 했으며 단지 눈만이 여자의 눈에 잡히어 괴로웠다. 여자는 어린애의 눈과 같이 새로이 뜬 커다란 눈으로 그를 보는 것 같았다. 브랑원은 괴로웠다. 여자가 이상한 동작으로 서서히 다가와 컴컴한 얼굴과 가슴을 그의 몸에 갖다 댔다. 여자는 슬며시 키스를 시작했다. 그의 뇌에서 무엇인가가 깨어지는 듯했다. 그 후엔 암흑이 그를 잠시 동안 뒤덮었다.

브랑원은 정신이 몽롱한 채 여자를 껴안고 키스를 하고 있었다. 이렇게 예전의 자신에게서 떨어져 나오니 정신이 아찔할 정도로 괴로웠다. 여자는 어린애처럼 작고 가벼운 몸을 그의 팔에 맡긴 채 그를 순순히 받아들이고 있었다. 그러면서도 그의 몸에 찰싹 붙어 무한정으로 포옹을 해대니 브랑윈은 이를 감당해 낼 수가 없었다. 그냥 서 있을 수가 없었다.

브랑윈은 몸을 돌려서 의자를 찾았다. 여자를 두 팔로 안은 채 의자에 앉아 여자를 더욱 꼭 껴안았다. 그때의 몇 초 동안 그는 완전히 잠에 취해 있었다. 가장 어두운 수면 속에 갇히어 있었다. 완전한 망각, 궁극의 망각 속에 갇혀 있었다.

그로부터 브랑윈은 천천히 제정신이 들었다. 여전히 여자를 따뜻하게 꼭 껴안고 있었다. 여자도 마찬가지로 완전히 말을 잃은 채 똑같은 망각 속에 들어가 있었다. 비옥한 암흑 속에 들어가 있었다.

브랑윈은 차츰 제정신을 차렸다. 그는 새로 태어난 것이었다. 캄캄한 자궁 속에서 잉태되어 새로이 태어난 것이었다. 모든 것이 공기처럼 가벼웠고 아침처럼 새로웠다. 새로이 시작되어 신선했다. 새벽처럼 신선함과 희열이 가득 찼다. 여자는 브랑윈과 한가지로 같은 영역에 머물러 있는 양, 완전히 꼼짝않고 그와 함께 앉아 있었다.

그러다 여자가 그를 쳐다보았을 때, 그 크고 어린애 같은 눈이 빛으로 활활 타고 있었다. 브랑윈이 몸을 굽혀 입술에 키스를 했다. 그러자 새벽이 두 사람 속에서 활활 불타올랐고 새로운 생명이 그들에게 생겨났다. 그것은 생각할 수 있는 모든 선(善)을 초월한 것이었다. 그것은 너무도 훌륭해서 금방 없어지고 말 죽음 같았다. 브랑윈은 갑자기 여자를 더 바짝 껴안았다.

왜냐하면 그 빛이 여자에게서 서서히 사라지기 시작하면

서, 여자의 고개가 그의 팔 안에서 축 처졌기 때문이다. 여자는 머리를 그에게 기대고 가만히 있었다. 좀 피곤해서 고개를 수그렸다. 지쳐 있으니 빛을 잃고 초라해 보였다. 여자의 지친 태도에는 브랑윈을 거부하는 빛이 어느 정도 있었다.

"애가 있잖아요."

여자가 오랜 침묵을 깨고 말했다.

브랑윈은 그 말을 이해하지 못했다. 그러나 정말로 오래간만에 듣는 목소리였다. 그제야 방금 바람이 불기 시작한 것처럼 윙윙거리는 바람 소리가 귀에 들려왔다.

"그렇지요."

브랑윈은 이해하지 못한 채 대답했다. 그의 심장이 약간 움츠러들며 아파왔다. 이마에는 긴장의 빛이 약간 맴돌았다. 무엇인가를 파악하고 싶었지만 잘 안 되었다.

"그 애를 사랑할 거예요?"

갑자기 심장이 조여들며 아파오는 것이 또 한차례 지나갔다.

"지금도 그 앨 사랑하는데요."

여자는 그에게 몸을 기댄 채 가만히 있었고 별로 신경도 쓰지 않고 그의 체온을 받고 있었다. 여자가 바로 옆에 있다는 걸 느끼니 브랑윈은 자신감이 생겼다. 여자는 그에게서 체온을 빼앗아가고, 그 대신 묵직한 몸무게와 야릇한 자신감을 안겨주었다. 그러나 이 여자의 정신은 어디에 가 있는 것일까? 이렇게도 전혀 존재하는 것 같지 않으니. 브랑윈의 마음은 의아심으로 열렸다. 여자를 알 수가 없었다.

"그렇지만 전 당신보다 훨씬 손위예요."

"나이가 어떻게 돼요?"

"서른넷이에요."

"전 스물여덟이에요."

"여섯 살 차이군요."

여자는 이상하게 나이에 신경을 썼다. 마치 그렇게 신경 쓰는 것이 기분에 좀 좋기나 한 듯이. 브랑윈은 앉아서 귀를 기울이며 의아하게 여겼다. 여자가 그에게 몸을 기대고 있으면서도 그를 의식 못하고 있는 것이 멋지다고 느꼈다. 그가 숨을 쉴 때면 여자의 몸이 위로 들리면서 그의 몸 위에서 여자의 체중을 느꼈다. 브랑윈은 훼손될 수 없는 완벽한 힘을 가지고 있었다. 여자의 생각을 방해하지 않았다. 여자를 알 수조차 없었다. 여자가 그의 몸을 그렇게 누르면서도 가만히 있는 것이 매우 이상했다. 그는 기뻐서 잠잠히 있었다. 브랑윈은 숨을 쉴 때마다 여자의 몸을 들어올리면서 자신의 육체가 매우 튼튼하다고 느꼈다. 그들 두 사람이 그토록 기이하고도 신성하게 완전한 관계를 맺게 되니 브랑윈은 신처럼 자신 있고 안전감을 느꼈다. 기분이 좋아서 만일 목사가 이 사실을 알게 되면 무어라고 말할까 상상해 보았다.

"당신은 이제 가정부 일을 하면서 이곳에 오래 있을 필요가 없어요."

"전 이곳도 좋아해요. 이곳저곳을 다녀본 후라 이곳이 참 마음에 들어요."

브랑윈은 이 말에 또다시 잠잠해졌다. 여자는 그의 몸에 그토록 가깝게 기대고 있으면서도 아주 먼 곳에서 대답하는 듯했다. 그러나 그는 이에 개의치 않았다.

"어릴 때 고향은 어땠어요?"

"제 아버지는 지주였어요. 강 가까이에서 살았지요."

이런 말은 그에게 별로 의미가 없었다. 모든 것이 아까처럼 또 희미해지기 시작했다. 그러나 여자가 그렇게 가까이 있는 한 이런 일은 괜찮았다.

"나도 지주예요. 토지는 적지만……."

"네."

브랑원은 감히 움직일 엄두를 내지 못했다. 팔로 여자를 안은 채 앉아 있었고, 여자는 그가 숨을 쉴 때도 움직이지 않고 그냥 있었다. 브랑원은 오랫동안 꿈적하지 않았다. 그러고는 머뭇거리면서 부드럽게 여자의 둥근 팔, 그 미지의 곳에 손을 갖다 댔다. 여자가 좀 더 가까이 있는 것 같았다. 뜨거운 불길이 그의 배에서부터 가슴팍으로 치솟아 올랐다.

그러나 그것은 너무나도 잠시 동안이었다. 여자는 일어나서 방을 거쳐 서랍 있는 데로 가 작은 쟁반 깔개를 꺼냈다. 여자의 태도에서 차분하고 직업적인 면이 보였다. 여자는 바르샤바에서, 또 그 후 독립 투쟁을 할 때도 남편 곁에서 간호원 노릇을 했다. 여자는 쟁반 위에 그릇을 올려놓기 시작했다. 브랑원은 안중에 없는 듯했다. 여자의 이러한 변화를 참을 수가 없어서 브랑원은 일어나 앉았다. 여자는 이유를 알 수 없게 계속 이리저리 왔다 갔다 했다.

그러다가 브랑원이 이 모든 일에 낯설어 이상해 하며 앉아 있는데, 여자가 가까이 다가와서 그를 쳐다보았다. 여자의 눈은 커다란 회색 빛을 나지막이 발산하면서 웃고 있는 듯했다. 그러나 여자의 못생겼지만 사랑스러운 입은 여전히 움직이지 않고 슬픈 빛을 띠고 있었다. 브랑윈은 겁이 났다.

브랑윈은 이 모든 것이 생소하여 긴장하고 눈을 크게 뜬 채 여자 앞에서 약간 움츠러들었다. 여전히 움츠러든 상태였음에도 불구하고, 브랑윈은 여자에게 순종하듯 일어났다. 그러고는 순종하듯 몸을 굽혀서 슬픈 기색이 도는 여자의 두툼하고 큰 입에다 키스해 주었다. 여자의 입은 키스를 받고서도 조금도 변하지 않았다. 그의 마음속에선 공포심이 매우 강하게 일고 있었다. 이번에도 여자를 녹이지 못했구나.

여자는 몸을 돌렸다. 목사관의 부엌은 아무렇게나 널려 있었다. 그러나 브랑윈의 눈에는 아무렇게나 차린 여자와 아이와는 잘 어울려서 아름답게 보였다. 여자는 굉장히 놀랍게 멀리 가 있는 듯했다. 그러면서도 무언가가 그와 연결되어 있어 그의 심장을 두근거리게 했다. 그는 긴장한 채 그곳에 서서 기다렸다.

또다시 여자는 브랑윈에게 다가왔다. 그는 검은 옷차림을 한 채, 푸른 눈을 반짝이며 여자를 향해 의혹스러운 눈빛을 보내며 서 있었다. 그의 얼굴은 생기에 넘쳐 팽팽했고 머리카락은 헝클어져 있었다. 여자는 그에게, 검은 옷을 입은 열의에 찬 그의 몸뚱이에 가까이 다가와 그의 팔에다 손을 얹었다. 브랑윈은 움직이지 않고 그냥 서 있었다. 새까맣게 잊었던 추억이 눈동자 저 깊숙이 담긴 원시적이며 짜릿한 열정과 싸우고 있어서, 여자의 눈은 브랑원을 거부하면서도 또한 빨아들였다. 브랑원은 가만히 있었다. 숨쉬기가 힘들었고 머리와 이마에 땀이 돋아났다.

"저와 결혼하고 싶으세요?"

여자는 여전히 자신이 없는 투로 천천히 물었다.

브랑원은 말이 안 나올까 봐 겁이 났다. 그는 숨을 크게 들이쉬고 대답했다.

"그렇습니다."

여자는 또다시 브랑원을 괴롭혔다. 한 손은 그의 팔에 살짝 올려놓은 채 여자는 몸을 약간 앞으로 빼고는 기이하게 원시적으로 포옹을 하면서 그에게 입을 내밀었다. 그것은 못생겼으나 사랑스러운 입이어서 브랑원은 그냥 보고만 있을 수가 없었다. 브랑원이 입술을 갖다 대니 여자에게서 천천히, 천천히 반응이 일어났다. 여자가 온 힘과 열정을 다 모아 키스를 해대니 마치 그에게 벼락을 치는 것 같았다. 브랑원은 더 이상 감당할 수가 없었다. 창백해진 얼굴로 숨을 멈추고 뒤로 물러섰다. 단지 그의 푸른 눈 속에서만 무엇인가가 응결해 있었다. 여자의 눈 속 검은 동공 위에는 미소의 빛이 조금 어려 있었다.

여자는 또다시 그에게서 멀리 떨어져가고 있었다. 이제는 그도 떠나고 싶었다. 참을 수가 없었다. 더 이상 참아낼 수가 없었다. 그는 떠나야 했다. 그러면서도 우유부단하게 서성거렸다. 그렇지만 여자는 그에게서 몸을 돌려버렸다.

스스로의 감정을 억누르며 가슴이 아파오는 고통 가운데서 떠날 준비가 되었다.

"내일 와서 목사님께 말씀드리겠습니다."

브랑윈은 모자를 집으면서 말했다.

여자는 그를 쳐다보았다. 여자의 눈은 무표정했고 암흑으로 가득 차 있었다. 아무런 반응도 보이지 않았다.

"그러면 되겠습니까?"

"네."

여자가 대답은 했지만 내용이나 의미가 전혀 없는 메아리에 지나지 않았다.

"안녕히 주무십시오."

브랑윈이 작별 인사를 했다.

"안녕히 가세요."

브랑윈이 떠날 때 여자는 무표정하게 멍하니 서 있었다. 그러고는 목사를 위해서 음식을 차렸다. 식탁이 필요하자, 여자는 수선화를 보지도 않고 옷장 위로 옮겨 놓았다. 단지 꽃의 냉기가 여자의 손에 와 닿아 오랫동안 남아 있었다.

두 사람은 아주 서먹했다. 이렇게 영원토록 서먹하게 지내야 한다니. 그의 정열이 괴롭게 몸에 와 부딪혔다. 그렇게 밀착하여 포옹을 했는데도 그렇게 서먹하게 느껴지다니! 참을 수가 없는 노릇이었다. 여자에게 가까이 다가갔는데, 두 사람 사이에 완전한 이질감이 존재하고, 서로가 완전히 이방인이라는 것을 깨닫는 일은 도저히 참을 수 없는 노릇이었다.

브랑윈은 바람이 휘몰아치는 밖으로 나갔다. 구름 사이

로 커다란 구멍이 뚫려 있어 달빛이 이리저리 바람에 흔들
렸다. 가끔씩 높이 솟은 달이 액체처럼 광채를 뿜으면서
텅 빈 허공 속을 미끄러져 나가다가 갈색 빛이 도는 구름
밑으로 몸을 감추었다. 그러면 한 점의 구름과 그림자가
생겼다. 그러다가 밤의 어디에선가 광채가 기체처럼 생겨
났다. 하늘에는 온통 구름이 가득 차 흩날리고 있었다. 바
람에 날리는 구름 조각과 암흑이 거대하게 수라장을 이루
어, 빛줄기는 갈기갈기 찢기었고 커다란 갈색 달무리가 져
있었다. 겁을 먹은 달이 눈이 시리도록 액체처럼 빛을 내
며 탁 트인 하늘로 잠시 내달리더니 곧 구름 뒤로 다시 숨
어버렸다.

제2장
마시 농장에서의 생활

그 여자는 폴란드 지주의 딸이었다. 그녀의 아버지는 유대인에게 빚을 많이 진 후 돈 많은 독일 여자와 결혼해서 살다가 대반란이 일어나기 직전에 세상을 떠났다. 그녀는 아주 어린 나이에 폴 렌스키와 결혼했는데, 신랑은 베를린에서 의학 공부를 마친 뒤 애국자가 되어 바르샤바로 돌아온 지성인이었다. 그리고 그녀의 어머니는 독일 상인과 재혼해 먼 곳으로 떠나갔다.

리디아 렌스키는 이 젊은 의사와 결혼한 뒤 그를 좇아서 애국자와 해방주의자가 되었다. 부부는 구차하게 살았으나 자부심이 강했다. 여자는 해방된 표시로 간호술을 배웠다. 부부는 러시아에서 막 시작된 새로운 운동을 폴란드에서 이끌고 있었다. 그러나 그들은 매우 애국적이면서 또한 매우 '유럽적'이었다.

부부는 두 자녀를 두었다. 그 후 대반란이 일어났다. 렌스키는 반란에 열렬히 가담하여 이리저리 분주히 다니면서 열변을 토하며 동족을 선동했다. 젊은 폴란드 동지들은 바르샤바의 거리를 휩쓸면서 만나는 러시아 사람은 모조리 사살했다. 그런 식으로 그들은 러시아 남부까지 진입해 들어갔다. 보통은 여섯 명의 젊은 침입자가 유대인 마을로 진입해서 칼을 휘두르며 연설을 했다. 그들은 살아 있는 러시아인은 모조리 사살하겠다는 결의를 강조했다.

렌스키는 또한 격렬한 성품의 소유자였다. 리디아는 다른 가문 출신인 데다 독일 피가 섞여 덜 격렬했다. 자신의 존재는 완전히 잊은 채 그녀는 남편의 열의에 찬 선언과 애국주의의 소용돌이 속에서 휩쓸려 다녔다. 렌스키는 정말로 용감한 인물이었다. 그러나 어떠한 용감한 행위도 그의 살아서 움직이는 말과는 맞먹을 수가 없었다. 그는 매우 열심히 운동에 앞장섰고, 마침내는 그에게서 살아 있는 것이란 눈밖에 없게 되었다. 리디아는 약물에 취한 양 그림자처럼 남편을 따라다니면서 시중을 들며 남편의 말을 흉내냈다. 어떤 때는 두 아이를 데리고 다녔으나 보통은 아이들을 집에 두고 다녔다.

어느 날 집에 돌아와 보니 두 아이가 디프테리아를 앓아 죽어 있었다. 남편은 큰 소리로 울면서 주위의 아무도 의식하지 못했다. 그러나 전쟁은 계속되었고 남편은 곧 자기 일로 돌아갔다. 어둠이 리디아의 마음을 뒤덮었다. 리디아는 항상 응달 속에서 걸었고 말이 없었으며, 기이하고도 깊은 공포에 사로잡혔다. 리디아의 욕망은 공포에서 만족을 찾는 것이었고, 수녀원에 들어가 암흑의 종교를 숭상함으로써 마음속에 있는 공포의 본능을 만족시키는 것이었다. 그러나 그렇게 할 수는 없었다.

그러다가 런던으로 도피했다. 렌스키는 자그마하고 마른 사람으로 자신의 전력을 저항 운동에 쏟아 부어 다시는 편히 쉴 수가 없었다. 렌스키는 광적인 조바심 속에서 살며 극도로 민감하고 오만했으며 마찰이 찾아 한 병원에 머물며 보조 의사 일을 할 수가 없었다. 렌스키 부부는 걸인과 같은 신세였다. 그러나 렌스키는 여전히 자신을 굉장한 인물로 생각했다. 렌스키는 완전히 환상 속에서 사는 듯했고 환상 속에서 자신을 활기찬 대단한 인물로 생각했다. 그는 수치스런 입장에 처해 있는 아내를 경계하는 태도로 지켜 주었다. 아내의 주위를 마치 휘두르는 무기처럼 뛰어다녔는데, 이런 태도는 영국인들에게는 놀라운 것이었다. 렌스키는 아내를 최면에 걸어놓은 듯 완전히 장악했다. 아내는 수동적이고 항상 그늘 속에 있어 어두웠다.

렌스키는 쇠약해 가고 있었다. 아기가 태어났을 때 이미 피골이 상접해서 남은 것이라곤 고착된 사상뿐이었다. 리디아는 남편이 죽어가는 모습을 바라보면서 남편과 아기를 돌보았다. 그러나 정말은 아무것도 눈에 들어오지 않았다. 암흑이 회한처럼 리디아를 덮쳤다. 아니면 그것은 공포와 죽음과 복수의 그림자를 타고 암흑과 신비 속에서 사납게 내달리던 일을 회상하는 것 같았다. 남편이 사망하자 리디아는 홀가분한 몸이 되었다. 남편이 더 이상 그녀의 주위를 뛰어다니지는 않으리라.

영국은 리디아의 기분에 맞았다. 그 거리감과 이국적인

것이. 영국으로 건너오기 전에 영어는 조금밖에 몰랐지만, 리디아는 앵무새 같은 마음으로 영어를 상당히 쉽게 배웠다. 그러나 리디아는 영국적인 것이나 영국 생활에 대해 아는 바가 없었다. 정말로 이런 것들은 리디아의 안중에 들어오지 않았다. 리디아는 하계(下界)를 걷는 여인 같았다. 그곳은 암흑이 눈에 띄게 군집해 있었고 인간과는 아무런 관련이 없는 곳이었다. 그녀에게 영국인들은 능력 있고 냉담하며 다소 적의를 띤 무리로 보였다. 그 무리 가운데를 리디아가 홀로 걸었다.

영국 사람들은 리디아에게 경의를 표하다시피 했으며, 영국 교회는 리디아가 부족한 것이 없도록 보살펴 주었다. 리디아는 인생에 대해 아무런 열정 없이 한낱 그림자처럼 걸었고, 번민을 하다가도 순간순간 어린아이에 대한 사랑을 느끼기도 했다. 죽어가던 남편의 고뇌에 찬 눈과 피골이 상접했던 얼굴은 이제 리디아에게 하나의 환상에 불과했고 실제가 아니었다. 남편은 환상 속에서 매장되고 사라졌다. 그리고 환상은 그치고 리디아는 고통에서 벗어났다. 시간은 잿빛으로 다른 색깔은 없이 흘러갔다. 이는 마치 긴 여행을 하는 중에 새로운 경치가 계속 펼쳐지는 것을 의식하지 못하고 앉아 있는 것과 같았다.

저녁 때, 아기를 흔들어 재울 때면 리디아는 자신도 모르게 폴란드 자장가를 부르거나 폴란드어로 혼잣말을 했다. 그렇지 않을 때엔 폴란드나 옛 생활은 생각하지 않았다. 그것은 암흑 속에서 공백 모양으로 어렴풋이 나타나는 커다란 점이었다. 리디아는 외적인 활동에서는 완전히 영국인과 다를 바 없었다. 생각조차도 영어로 했다. 그러나 추상적인 긴 공백과 암흑은 폴란드의 것이었다.

그런 식으로 리디아는 얼마 동안 살았다. 그러다가 약간 불안해지면서 런던 거리에 반쯤 눈이 뜨이게 되었다. 주위에 아주 낯선 요소가 있다는 것을 깨달았다. 자신이 낯선 곳에 있다는 사실도 깨달았다. 그러다가 그녀는 시골로 옮겨 가게 되었다. 마음속에선 어린 시절의 그녀의 가정과 밭 가운데에 있던 커다란 집, 그리고 마을의 농부들에 대한 추억이 되살아났다.

리디아는 요크셔로 옮겨 가 바닷가에 있는 목사관에서 노목사를 간호했다. 이 생활은 아무리 보지 않으려 해도 눈앞에서 계속 흔들리며 터져 나오는 만화경의 첫 장면 같았다. 그곳의 탁 트인 시골과 황야가 리디아의 뇌를 아프게 했다. 그것은 리디아를 아프게 하고 또 아프게 했다. 그것은 살아 있는 물체처럼 강렬하게 접근해 와 마음속에 아직 남아 있는 어린 시절의 잠재력을 흔들어 깨우며 그녀와 연관을 맺었다.

이제 주위의 대기에 초록색과 은색과 푸른색이 감돌았다. 바다로부터 기묘한 빛이 집요하게 비추어 그것에 주목하지 않을 수가 없었다. 앵초 꽃은 주위에서 반짝였고, 발치에서 마음을 산란케 하는 이런 힘에 못 이겨 몸을 굽혀 꽃을 한두 송이 꺾기까지 했다. 새로운 삶의 색채 속에서 어렴풋이 과거를 회상했다. 하루 종일 2층 창가에 앉아 있을 때면 빛은 거부하지 않고 바다로부터 계속, 연달아 흘러들었고, 마침내 그녀를 먼 곳으로 실어 가는 듯했다. 바다의 파도 소리는 리디아를 졸리게 했고 잠을 자는 듯한 휴식을 안겨주었다.

습관적으로 갖던 의식이 좀 약해지면서 때로는 비틀거렸다. 가끔씩 발랄했던 어린 시절에 대해서 순간순간 짜릿한 환영을 보았으며, 이럴 때면 말로 다 할 수 없이 가슴이 쓰라렸다. 그녀의 영혼이 일어나 주변을 살폈다.

바다가 하늘 아래 알몸을 드러낸 채 계속 반짝이는 것은 참 신기했다. 교회 묘지는 언덕 외진 곳에서 아주 온화하고 다정하게 햇빛을 받고 있었는데, 마치 마비된 두 손바닥으로 벌을 쥐고 있는 것과 흡사했다. 잿빛 풀, 이끼, 작은 교회당, 그리고 거친 잡초 사이에 핀 아네모네와 손바닥만 하게 비치는 믿을 수 없도록 따스한 햇빛.

리디아는 정신이 산란해졌다. 멀리 산골짜기로부터 개울물이 철철 소리를 내며 나무 밑으로 흘러드는 소리를 들었을 때 깜짝 놀랐고, 그것이 무슨 소리인가 하고 의아하게 여겼다. 언덕길을 걸어 내려가다가 나무 사이로 천사처럼 빛을 발하는 블루벨 꽃을 보았다.

여름이 왔다. 황야에는 꽃 잔디가, 길에 움푹 팬 바큇자국에 고인 물처럼 한데 뒤엉켜 피어 있었다. 히스 꽃은 하늘 아래서 장밋빛을 띠고 있어 온 누리가 잠에서 깨어나도록 했다. 리디아는 불안했다. 가시 금작화 덤불을 지날 때는 이 꽃들을 피하느라고 몸을 움츠렸다. 히스 꽃 사이를 걸을 때는 마치 짜릿하게 아파오면서 정신을 번쩍 들게 하는 목욕물 속에 들어가는 느낌이었다. 리디아는 손으로 딸아이의 꼭 쥔 손가락 위를 더듬었다. 어린아이의 근심스러운 목소리가 들렸는데, 그것은 마음이 산란해진 어린아이가 어머니에게 말을 거는 소리였다.

리디아는 다시 몸을 움츠리고 암흑 속으로 들어갔다. 삶으로부터 떠나서 안전하게 잊힌 채 오랫동안 그곳에 머물러 있었다. 그러나 가을이 오자 로빈 새가 지저귀며 불그스레한 빛을 발산했다. 겨울이 다가오니 황야는 검은빛으로 변했다. 이제 리디아는 다시 삶을 향해 거칠게 몸을 돌리고는 자기의 삶을 되돌려 달라고 요구했다. 그 삶은 저 고향 하늘 아래 어릴 때의 삶과 똑같은 것이어야 한다고 요구했다. 눈이 멀리까지 대지를 뒤덮었고 전신주는 멀리 시커먼 하늘 아래 흰 대지 위에 드문드문 서 있었다. 욕망은 그녀 속에서 사납게 고개를 쳐들고, 이곳이 폴란드이고 과거의 청년기여야 하며, 또 모든 것은 그녀의 것이 되어야 한다고 주장했다.

그러나 이곳엔 썰매도, 방울종도 없었다. 눈이 대지를 새하얗게 밝힐 때, 양피 외투를 입고 전혀 다른 사람들처럼 나타나는 농부들의 모습도, 얼굴이 생생하고 불그스레해져서 밝게 빛나는 농부들의 변한 모습도 볼 수 없었다. 청년기의 생활은 돌아오지 않았다. 과거는 다시 돌아오지 않았다. 고뇌의 갈등이 잠시 일다가 다시 수도원의 암흑 속으로 빠져 들어갔다. 그 암흑 속에서는 사탄과 악마들이 담 주변에서 사납게 날뛰었고, 그리스도는 승리의 십자가 위에 창백하게 매달려 있었다.

리디아는 병실에서 간호를 하며 눈이 흩날리는 광경을 바라보았다. 눈발은 굽이진 해안에 쌓여 있는 흰 눈과, 눈발을 받으며 반쯤 물에 잠겨 있는 검은 바위를 마지막으로 지나친 후 납덩이 같은 불변의 바다를 향해 달렸는데, 그 모습은 최후의 임무를 수행하려고 황급히 달려가는 한 떼의 허깨비들 같았다. 그러나 가까이 있는 나무 위에서는 눈이 사뿐히 내려 눈꽃을 피웠다. 단지 죽어가는 목사의 목소리만이 등 뒤에서 잿빛으로 웅얼거리고 있었다.

아네모네가 필 때쯤 노목사는 세상을 떠났다. 그러나 회생 중이던 리디아는 괴이하게도 마음의 평정을 얻었고, 발밑 풀밭에서 바람을 받아 하얗게 나부끼면서도 절대로 흩날리지 않는 아네모네 꽃을 유심히 쳐다보았다. 아네모네의 그 오므린 흰색 꽃들은 녹회색 풀밭 속으로 가늘게 뿌리를 내리고는, 바람에 나부끼고 위아래로 흔들릴지언정 절대로 바람에 날아가지 않았다.

아침이 되어 일어날 때면 새벽은 점점 더 흰빛으로 변하고 바람은 빛을 싣고 가는 눈보라처럼 동녘으로부터 불어왔다. 바람은 더욱 세고 사납게 불어와 마침내 새벽은 장밋빛으로 나타나고 다음엔 황금빛이 되고, 바다는 그 아래서 밝게 빛났다. 리디아는 이 모든 것에 수동적이고 무관심했다. 그렇지만 그녀는 이제 암흑의 영역 밖에 서 있었다.

다시 암울한 시기가 닥쳐왔고 공포를 숭배하는 것이 몸에 밴 리디아는 코셋헤이를 까맣게 잊고 수동적으로 움직였다. 처음엔 아무것도 없었고 단지 잿빛의 무만 있었다. 그러던 어느 날 아침, 노란 재스민 꽃에서 나오는 빛이 리디아의 눈길을 끌었다. 이후 지빠귀가 숲에서 아침저녁으로 끈질기게 울어대자 결국 리디아의 마음도 압도당해 마지못해 목청 높여 화답할 수밖에 없었다. 짤막한 노랫가락들이 생각났다. 절절한 괴로움에 몸을 떨며 고통을 당해야 했다. 반항을 해보았지만 자신이 패배했다는 걸 알고 있었다. 그래 암흑의 공포로부터 광명의 공포 쪽으로 고개를 돌렸다. 할 수만 있다면 방 안 구석에 몸을 숨기고 싶었다. 무엇보다도 옛날과 같은 평화와 묵직한 망각이 애타게 그리웠다. 차마 제정신을 차리고 현실을 직시할 수가 없었다.

새로운 소생에 따르는 첫 고통이 너무나도 격심해서 도저히 감당해 낼 수 없다고 생각했다. 차라리 생명의 밖에 그대로 남아 있는 편이 낫지, 이렇게 찢겨서 불구의 상태로 다시 태어날 수는 없다고 생각했다. 도저히 이겨낼 수가 없었다. 그렇게도 낯설고 적의에 차 있는 영국의 하늘 밑에서 소생할 기력이 리디아에겐 없었다. 리디아는 자신이 마치 늦겨울에 억지로 피어나게 된 무색무취의 때 이른 꽃 같아서 곧 죽을 것이라고 생각했다. 그러므로 가냘프게 남아 있는 미세한 양의 생명력을 그냥 숨겨 두고 싶었다.

그러나 햇빛은 찬란하게 비추어 팥 꽃 나무에선 향기가 진동했고 벌들은 노란 크로커스 꽃으로 윙윙거리며 몰려들었다. 리디아는 모든 것을 다 잊었다. 그녀 자신이 아니라 딴사람, 전혀 새 사람이 된 것 같은 기분으로 꽤나 기뻐했다. 그러나 이 상태가 부서지기 쉽다는 것을 알았기 때문에 두려웠다. 목사는 완두 꽃가루를 크로커스 꽃 속에 집어넣어서 벌들이 몰려들게 했는데 리디아는 이것을 보고 웃었다. 그러다가 밤이 오면 별이 빛났다. 별들은 바로 예로부터, 소녀 시절부터 보아오던 바로 그 별들이었다. 별

들은 아주 밝게 빛났고, 리디아는 별들이 바로 승리자라고
느꼈다.

리디아는 깨어 있을 수도 잠을 잘 수도 없었다. 마치 과
거와 미래 사이에 짓눌려 있는 것 같았다. 꽃이 땅 위로
나오다가 바로 머리 위에서 내리누르는 큰 돌과 마주친 것
처럼 무기력하게 느꼈다.

당혹감과 무기력한 상태가 계속되었다. 그녀를 짓이기려
는 커다란 무리들이 그녀 주위를 에워싸며 움직였다. 그런
데 도망칠 구멍은 하나도 없었다. 유일한 길은 옛날부터
몸에 밴 망각이라는 길뿐이었다. 리디아는 안간힘을 다해
서 그 차가운 망각의 암흑을 간직하려고 애썼다. 그러나
목사는 뒷문 근처에 있는 지빠귀의 둥지에서 새알을 꺼내
보여주었다. 리디아는 둥지 위에 앉아 날개를 쭉 펴고 알
을 열심히 감싸는 어미 새의 모습을 보았다. 리디아는 말
할 수 없이 감동했다. 아침에 지빠귀가 잠이 깨어 지저귀
는 소리를 리디아가 들었을 때, 그 쭉 뻗은 새의 날개가
다시 생각났다. 리디아는 '왜 내가 진작 죽지 않고 여기까
지 몸을 끌고 왔나?' 하고 스스로 물어보았다.

리디아는 주위에서 왔다 갔다 하는 사람들을 의식했으
나, 그들은 인간이 아니라 영령같이 뿌연 존재로 보였다.
그녀는 주위 환경에 적응하는 데 어려움을 겪었다. 폴란드
에 있었을 때는 농부들과 일꾼들이 가축같이 생각되었다.
자신이 소유해서 일을 시키는 가축과 같았다. 그런데 이곳
사람들은 어떤가. 이제 리디아는 눈을 뜨게 되면서 어찌할
바를 몰랐다.

그러나 브랑윈은 이들과 달리 그녀의 몸을 쓸어내리듯 지나갔다. 언덕길을 오를 때 그녀의 몸은 따끔거리며 쑤셨다. 마시 농장의 부엌에서 브랑윈을 만나고 난 후부터는 자신의 육체의 목소리가 강하고도 집요하게 들렸다. 얼마 안되어 리디아는 브랑윈을 원했다. 브랑윈이야말로 자신에게 가장 가까이 다가와 잠을 깨워준 사람이었다.

그러나 리디아는 순간순간 예전의 무의식 상태, 무관심의 상태로 빠져들었다. 마음속에는 앞으로 더 살아가야 할 힘든 나날로부터 자신을 구출해 내려는 강한 의지가 도사리고 있었다. 그럼에도 불구하고 아침에 눈을 뜰라치면 몸속에는 피가 줄기차게 흘렀다. 태양 아래 활짝 몸을 드러낸 꽃송이처럼 그녀의 몸은 끈질기게 피어나면서 무언가를 계속 요구했다.

리디아는 브랑윈을 더 잘 알아야 했고 본능은 그에게, 바로 그에게 쏠렸다. 브랑윈이 자신과 같은 계급이 아니기 때문에 본능적으로 강한 반발도 일었다. 그러나 하나의 맹목적인 본능이 그녀를 계속 밀고나가서 브랑윈을 택하고 차지하고, 그다음엔 자신을 그에게 내맡기도록 했다. 그것은 곧 안주일 것이었다. 브랑윈에게서는 깊이 뿌리내린 안정감과 생명감이 느껴졌다. 그는 또한 젊고 아주 신선했다. 안전과 생동감이 넘치는 그의 파란 눈은 아침처럼 즐거웠다. 무엇보다 그는 매우 젊었던 것이다.

그러다가 리디아는 또다시 마비와 무관심으로 빠져들었다. 그러나 이것은 곧 지나갈 것이었다. 온기가 몸속에 흘렀고 그녀의 몸은 피어나는 꽃송이처럼 벌어지면서 무언가를 계속 요구했다. 이는 마치 태양 아래서 꽃송이가 활짝 피면서 그지없이 햇빛을 요구하고, 작은 새가 부리를 활짝 벌리고 먹이를 받아들이고 또 받아들이는 것과 같았다. 리디아는 봉오리를 펼치면서 브랑윈 쪽으로, 곧장 그에게로 향했다. 그랬더니 브랑윈이 잔뜩 겁을 집어먹고 아주 천천히 다가왔다. 생소한 공포심으로 주춤거리면서도 자신의 몸뚱이보다도 더 큰 욕망에 쫓기어 다가왔다.

리디아가 마음의 문을 열고 브랑윈에게 향했을 때 과거에 있었던 모든 일은 깡그리 그녀에게서 사라졌다. 리디아는 겉껍질을 벗고 나온 꽃송이처럼 청초했고 항상 준비를 하고 기다리다가 그를 받아들였다. 브랑윈은 이러한 사정을 이해하지 못했다. 그는 이해가 부족했기 때문에 명예로운 구혼을 하고 정식 결혼 절차를 밟기 위해서 자신을 억지로 몰아쳤다. 그런 까닭에 브랑윈이 목사관으로 찾아와 청혼을 한 이후, 리디아는 단 하나의 마음으로 며칠 동안 지냈다. 그에 앞에서 자신을 활짝 열고 받아들이려 했다. 그는 정신이 어리벙벙해졌다. 드디어 브랑윈은 목사에게 이야기를 했고 교회에서 결혼을 예고했다. 브랑윈은 계속 기다렸다.

리디아는 그의 앞에서 주의를 기울였고 본능적으로 기대에 차서 마음을 활짝 펼쳐 그를 받아들일 준비를 하고 있었다. 그러나 브랑윈은 자아를 두려워했던 데다가 리디아에 대해서는 명예를 지켜야 한다고 생각했기 때문에 어떤 행동도 취할 수가 없었다. 그래서 어리벙벙한 상태에 그냥 머물러 있을 수밖에 없었다.

며칠 후 리디아는 서서히 다시 오므라들어 브랑윈에게서 멀리 떨어져 나갔다. 다시 겉껍질을 쓰고 그를 느끼지 못했고 깡그리 잊어버렸다. 그러자 새까맣고 끝없는 절망감이 그를 엄습했고 브랑윈은 자신이 무엇을 잃었는가를 인식하게 되었다. 영영 무엇인가를 잃어버린 것만 같았다. 리디아와 마음이 통하다가 다시 버림을 받는다는 것이 어떤 느낌인지를 깨닫게 되었다. 마음이 돌처럼 무거워져 그는 비탄 속에서 풀이 죽어 다녔다.

드디어 브랑윈은 필사적으로 되어버려, 이성을 잃고 끝없는 반항 속으로 뛰어들었다. 말로 표현을 못하니 그는 사납고 침울해졌으며 무언의 열정을 품고 리디아를 증오하다시피 하면서 마시 농장으로 그녀가 오면 같이 다녔다. 이윽고 리디아는 서서히 그의 진정한 상태를 알아보게 되었고 그와의 관계 속에서 진정한 자신을 알아보게 되었다. 그녀의 몸속에서 피가 꿈틀거리며 활기를 되찾았다. 리디아는 다시금 자신을 열어놓았으며 그를 향해서 마음이 흐르기 시작했다. 브랑윈은 기다렸다. 이윽고 마력이 그들 사이에 다시 생기자 브랑윈은 그녀와 한가지로 달렸고 두 사람은 활활 타오르는 불꽃 속에 함께 있었다.

그러다가 이번에는 남자 쪽에서 다시금 어쩔 줄 몰라 했다. 마치 끈으로 묶여 있는 것 같아서 여자 쪽으로 통 갈 수가 없었다. 그래서 여자가 남자 쪽으로 다가왔다. 그를 알고픈 욕망에서 그의 조끼와 셔츠를 풀어헤치고 가슴팍에다 손을 갖다 댔다. 리디아로서는 누구인지도 모르고 그가 거기에 있는지조차 모르는 남자에게 자신을 활짝 열어놓고 모든 것을 바치는 것이 스스로에게 잔인한 짓이라고 느꼈기 때문이다. 리디아는 자신의 문제를 시간이 해결하도록 맡겼으나 브랑윈은 그렇게 하지 못했기 때문에 서투른 솜씨로 조급하게 리디아를 받아들였다.

브랑윈은 신체의 절반만이 기능을 하는 것 같은 긴장 속에서 결혼식 날을 기다렸다. 리디아는 이러한 사정을 알지 못했다. 그러나 몽롱함이 그녀를 다시 엄습했고, 나날이 흘렀다. 브랑윈은 명확한 관계 속에서 리디아와 접촉할 수가 없었다. 그래서 리디아는 당분간 그를 다시 놓아주었다.

브랑윈은 진짜로 결혼을 해서 친밀하고 적나라한 결혼 생활을 할 것을 생각하면 매우 괴로웠다. 리디아에 대해 아는 바는 너무도 적었다. 두 사람은 서로가 너무 이질적이고 서먹서먹했다. 두 사람은 이야기다운 이야기를 나눌 수가 없었다. 리디아가 폴란드나 과거에 대해서 말할 때는 모든 것이 매우 생소하게 들렸고 그녀와 통하는 바가 거의 없었다. 그녀를 쳐다볼 때면 미지에 대한 존경심과 공포심이 과도하게 일어나 그의 자연스러운 욕망을 일종의 숭배심으로 바꾸어놓았다. 브랑윈은 자아를 억제했고 리디아를 대할 때는 욕정을 억눌렀다.

리디아는 이를 알 리가 없었고 이해할 도리가 없었다. 두 사람은 서로를 쳐다보며 받아들였다. 일은 그런 식으로 이루어졌고 그럴 때면 두 사람 사이는 망설일 것도 없이 완전해졌다.

결혼식 때 브랑윈의 얼굴은 굳어서 무표정했다. 술에 취해서 앞뒤 생각을 다 버리고 그 순간에 자유로워지고 싶었다. 그러나 그럴 수가 없었다. 긴장감은 그의 가슴을 더욱 조일 뿐이었다. 축하객들의 익살과 유쾌함과 즐겁고도 노골적인 농담은 그를 더욱 움츠러들게 하였다. 아무런 소리도 귀에 들어오지 않았다. 긴박한 문제가 마음을 움켜쥐고 있어서 자유로울 수가 없었다.

리디아는 기이하고 고요한 미소를 띠고 잠잠히 앉아 있었다. 아내는 겁이 없었다. 그를 남편으로 받아들인 이상 그를 취하고 싶었다. 리디아는 전적으로 그 순간에 속해 있었다. 미래도 과거도 없고 단지 현재의 시간만이 있을 따름이었다. 리디아는 남편을 눈여겨보지도 않은 채 식탁 머리에서 그의 곁에 앉아 있었다. 남편은 아주 가까이 있었고 부부가 합일할 순간은 다가오고 있었다. 그 이상의 것이 또 무엇이 있으랴!

손님들이 떠나갈 시간이 되자 신부의 어두운 얼굴은 부드러운 빛으로 밝아졌다. 다소곳이 숙인 머리는 자랑스러웠고 잿빛 동공은 맑고 커져서 남자들은 신부를 똑바로 쳐다볼 수 없었다. 여자들은 신부의 모습을 자랑스럽게 여기면서 시중을 들었다. 신부는 아주 멋있었다. 작별 인사를 할 때 신부의 못생긴 큰 입은 자부심과 감사의 마음으로 미소를 지었다. 외국 억양이 섞인 신부의 목소리는 부드럽고 윤기가 흘렀으나 그 큰 눈 안에 손님은 한 사람도 들어오지 않았다. 신부의 태도는 우아하고 매력적이었다. 그러나 그녀는 악수를 하느라 손은 내밀었지만 손님을 한 사람 한 사람 알아보지는 않았다.

브랑윈은 신부 옆에 서서 진심으로 악수를 하면서 친구

들의 인사를 고맙게 받아들였다. 그들이 관심을 가져주는 것이 기뻤다. 그러나 속으로는 심장이 터질 듯 괴로웠기에 억지로 웃으려고는 하지 않았다. 겟세마네 동산에서의 예수의 시련과 예루살렘 성으로의 승리의 입성(入城)처럼, 자신의 시련과 입성의 시기가 이제 다가온 것이었다.

아내의 뒤편에는 브랑윈이 알지 못하는 사실이 너무나도 많이 있었다. 아내에게 다가갔을 때 브랑윈은 무시무시하면서도 고통스러운 엄청난 미지의 벽에 부딪혔다. 어떻게 이 미지의 영역을 포용하여 깊이를 잰단 말인가? 어떻게 이 암흑 덩어리를 팔로 감싸 가슴에 안고 자신을 내맡길 수 있을까? 그렇지만 일어나지 못할 일은 없지 않은가? 만일 그가 평생토록 손을 뻗쳐 애를 쓴다 해도 그것 모두를 손에 움켜쥐고 그 미지의 세력에다 자신을 알몸뚱이로 내맡길 수는 없으리라! 한 사나이가 아무리 힘이 세다 해도 이 여자를 데려다가 껴안고 취할 수 있을 것인가? 바로 심장 곁에 있는 이 알지 못할 무서운 존재를 정복할 수 있다고 장담할 사나이가 있을까? 그렇다면 이 여자의 정체는 무엇일까? 그는 이 여자에게 자신의 몸을 내맡기면서 또한 동시에 이 여자를 감싸고 포용을 해야 하지 않는가?

그는 이 여자의 남편이 될 것이었다. 이미 일은 그렇게 정해져 버렸다. 바로 이러한 관계를 그는 생명이나 그 어떤 것보다도 더 원했던 것이다. 아내는 비단옷을 입고 그의 곁에 서서 이상한 눈빛으로 그를 쳐다보았다. 어떤 공포심이, 두려움이 그에게 몰려왔다. 아내는 기이한 빛으로 그를 재촉하는데 그에겐 다른 선택의 길이 없었다. 기이하게 생긴 짙은 눈썹 밑에서 흘러나오는 아내의 시선과 감히 마주칠 수가 없었다.

"늦었나요?"

아내가 물었다.

브랑원은 손목시계를 들여다보았다.

"아니, 아직 11시 반인데요."

브랑원이 대답했다. 그러곤 핑계를 만들어 부엌으로 들어갔다. 술잔 등이 어지럽게 널려 있는 방 안에 아내만을 홀로 남겨놓고.

틸리는 손으로 턱을 받치고는 부엌 난롯가에 앉아 있었다. 브랑원이 들어서자 틸리는 흠칫 놀라 일어났다.

"왜 자지 않고 있었어?"

"기다렸다가 문단속도 하고 뒤치다꺼리도 하려구유."

틸리가 불안해 하는 걸 보니 오히려 그의 마음이 착 가라앉았다. 브랑원은 하녀 틸리에게 몇 가지 일을 시키고는 마음이 좀 진정되어 약간 부끄러워하면서 아내가 있는 데로 돌아갔다. 브랑원이 얼굴을 돌리고 움죽거리고 있는데 아내가 그를 물끄러미 쳐다보면서 서 있었다.

"저한테 잘해 주실 거지요?"

아내는 자그마한 소녀처럼 겁을 먹고 있었으며 커다란 눈에는 이상한 표정을 띠고 있었다. 그의 가슴이 철렁 내려앉으며 사랑과 욕정으로 치달았다. 브랑원은 막무가내로 아내에게 다가가 아내를 두 팔로 껴안았다.

"물론이지요."

브랑원은 말을 하며 아내를 더 가까이 또 더 가까이 가슴 안으로 끌어당겼다. 아내는 남편이 힘 있게 포옹해 주자 위로가 되어 아주 가만히 있었다. 남편에게 몸을 기대고 쉬면서 그와 한가지로 되었다. 브랑윈은 과거와 미래의 모든 일에서 풀려나와 아내와 함께 있는 그 순간에만 몰두했다. 그 순간 속에서 브랑윈은 아내를 취하고 아내와 함께 있었다. 이것을 넘어서면 아무것도 없었다.

두 사람은 피상적인 이질감을 초월해서 원초적인 포옹을 하며 하나가 되었다. 그러나 이튿날 아침이 되자 브랑윈은 또다시 안절부절못했다. 아내는 여전히 이해하지 못할 낯선 존재였다. 단지 마음속에서만 공포가 자부심이 되었고, 아내의 배우자로서의 자신감이 생겼다. 그리고 아내는 소생하는 이 순간에 모든 것을 깡그리 잊어버리고 오로지 생기와 기쁨을 내뿜었다. 브랑윈은 아내에게 손을 대면서 부르르 떨었다.

결혼은 브랑윈에게 커다란 변화를 가져왔다. 삶의 위대한 근원을 알게 되고, 새로운 우주에 눈을 뜨게 되자, 사물은 아주 멀리 떨어져 있는 듯했고, 별로 중요하지도 않았다. 그는 자신의 하찮았던 과거를 의아스러운 눈으로 돌이켜보았다. 이제는 눈에 보이는 모든 사물과 부리고 있는 가축과 바람에 나부끼는 어린 보리 이삭에서 새롭고 온화한 관계가 있음을 깨달았다.

브랑윈은 귀가할 때마다 심오하고 만족스런 미지의 세계로 가는 사람처럼 기대에 차서 안정된 발걸음을 내디뎠다. 저녁 식사 때는 들어가기 전에 문간에서 잠시 머뭇거리면서 아내가 집에 있나 살펴보았다. 아내는 깨끗이 닦은 흰 식탁 위에다 접시를 내려놓고 있었다. 아내의 팔은 가늘었고 몸은 가냘픈데 폭이 넓은 치마를 입고 있었다. 머리카락은 뒤로 바싹 틀어 올려서 새까만 머리통이 맵시가 났다. 왠지 몰라도 머리 모양이, 그 아리땁고 상큼한 머리 모양이 그 여자가 바로 그의 아내라는 것을 알려주었다. 몸에 달라붙으면서도 통이 넓은 치마를 입고, 그 위에다 작은 비단 앞치마를 두르고는, 검은 머리는 매끈하게 가르마를 타고서 아내가 왔다 갔다 할 때면 그 머리 모습이 미묘하고도 고유한 아름다움을 잘 드러내 주었다.

그러면 이 여자가 바로 자신의 아내임을 알게 되었고, 또 아내의 본질까지 깨닫게 되면서 바로 이 본질이 그가 소유할 것임을 깨닫게 되었다. 브랑윈은 이런 식으로 아내와 접촉함으로써 설명할 수도, 추산할 수도 없는 미지의 세계와 접촉하고 있다고 느꼈다.

두 사람은 상대방을 그리 의식적으로 대하지는 않았다.

"오늘은 좀 일찍 돌아왔어요."

"그렇군요."

그다음에 브랑윈은 곧 개에게 주의를 돌리거나, 아니면 딸애가 있을 때는 딸애에게 주의를 돌렸다. 어린 애나는 농장에서 놀다가도 줄곧 집 안으로 뛰어 들어와서는 엄마를 불러 무얼 보라고 조르거나 엄마의 치마폭을 감아쥐고는 엄마의 주의를 끌어서 애무를 받은 후에야 밖으로 나가 모든 것을 잊고 놀았다.

브랑윈은 양 무릎 사이에 개나 어린애를 끼고 말을 하면서도 아내의 존재를 의식했다. 아내는 몸에 꼭 끼는 검은

색 윗옷에 레이스 목도리를 두르고 구석의 찬장으로 다가가고 있었다. 브랑원의 가슴이 찐하게 아파오면서 그 여자가 자신에게 속하고 자신이 그 여자에게 속한다는 걸 새삼 인식했다. 또한 자신이 그 여자에게 의지하며 산다는 것도 깨달았다. 자신이 저 여자를 차지하고 있단 말인가? 저 여자는 언제까지나 이곳에 머물 것인가? 아니면 이곳을 떠날 것인가? 그 여자는 진정으로 그에게 속한 것은 아니었다. 그들 사이에서 이루어진 결혼은 진짜 결혼은 아닌 성싶었다. 아내는 언제곤 떠나가겠지. 브랑원은 여자의 주인이나 남편같이, 또는 여자가 데리고 들어온 자식의 아버지같이 느끼질 못했다.

여자는 딴 곳에 속했다. 어느 순간이든 여자는 사라지리라. 그렇게 생각을 하고는 브랑원은 만족할 줄 모르고 불붙어 오르는 욕정으로 아내에게 계속 끌려 아내 뒤를 졸졸 따라다녔다. 그의 발걸음이 어디로 향했든지 간에 결국은 집으로, 아내에게로 돌아와야만 했다. 그러나 결코 아내에게 도달할 수 없었다. 절대로 만족할 수도 없었거니와 마음이 평화로울 수도 없었다. 아내는 언제든지 떠나가리라는 생각이 계속 들었기 때문이다.

저녁이 될라치면 브랑원은 기뻤다. 저녁때면 그는 마당에서의 일을 끝내고 들어와 몸을 씻었으며, 어린아이는 잠이 들어 있었다. 그는 벽난로 선반에다 맥주잔을 올려놓고 손에는 기다란 흰색 파이프를 들고 벽난로 한편에 앉아서 건너편에 앉아 있는 아내를 의식했다. 아내는 수를 놓거나 그에게 말을 했다. 그러면 그는 아침까지는 안심하고 아내와 지낼 수 있었다. 아내는 기묘하게도 자부심이 강했고 말이 많지 않았다. 아내는 가끔씩 머리를 쳐들었고 그때마다 회색 눈에선 이상한 광채가 났다. 그러나 그 광채는 그나 이곳과는 무관한 것으로, 아내의 심리 상태를 잘 알려주는 것이었다. 그 눈빛으로 보아 아내는 과거로 돌아가 있는 듯했다. 주로 어린 시절이나 소녀 시절로 돌아가서 아버지와 함께 있는 듯이 보였다.

아내는 첫 남편에 대해서는 좀처럼 말을 하지 않았다. 그러나 가끔씩 눈이 온통 광채로 빛나며 생각이 옛 고향 집에 가 있을 때면, 아내는 자유분방했던 옛 시절과 아버지와의 파리 여행, 또 종교적인 열광이 해독을 끼치면서 시골에 발작적으로 퍼졌을 때의 농부들의 광적인 행동에 대해 이야기를 들려주었다. 아내는 고개를 쳐들고 말하곤 했다.

"국토를 횡단해서 철로를 놓았는데요, 얼마 있더니 100마일쯤 떨어진 우리 읍내까지 너비가 더 좁고 규모가 작은 단선철도가 들어섰어요. 내가 어릴 때 독일인 가정교사였던 기즐라는 굉장히 충격을 받고 저한텐 얘길 안 해주려고 했지요. 그렇지만 하인들이 얘기하는 걸 들었어요. 기억이 나는데, 마부인 피에르가 말해 주었어요. 나의 아버지와 지주인 친구 몇이서 마차를, 철도마차 한 칸 전체를…… 왜 그 타고 다니는……."

"철도 화차라고 하지."

브랑윈이 고쳐주었다.

아내는 혼자 웃었다.

"그건 굉장한 스캔들이었어요. 그래요. 객차 하나를 다 차지해서 젊은 여자들과 같이 탔어요. 알몸이다시피 한 창녀들을 객차에 가득 태우고는 우리 마을로 들어왔어요. 객차는 유대인 마을을 지나왔는데, 그건 굉장한 스캔들이 되었어요. 상상이 가세요? 시골 전체가 얼마나 시끄러웠는지! 물론 어머닌 그걸 좋아할 리 없었지요. 기즐라가 나한테 얘길 하더군요. '아가씨, 아가씨가 이런 이야길 들었다는 것을 마님께서 아시면 안 돼요.'라고."

"어머닌 늘 눈물로 지내셨어요. 아버지를 때려주고 싶으셨던, 진짜로 때려주고 싶으셨던 거예요. 아버지가 우리 소유의 산을 팔아서는 그 돈을 주머니에 쓸어 넣고 바르샤바나 파리나 키예프로 가려고 하면 어머닌 울곤 하셨지요. 아버지가 하신 말을 취소해야 하고, 산을 팔아서는 안 된다고 어머니가 주장하면 아버지는 떡 버티고 서서 이렇게 얘기하곤 했어요. '알아, 알고 있어. 죄다 들었으니까. 그 소리는 전에도 다 듣지 않았소? 다른 얘길 좀 해봐요. 알아요, 알아, 안다니까.' 아, 그렇지만 아버지께서 문 밑에 서서 '알아요, 알아. 그건 벌써 다 알고 있다니까.'라는 말만 되풀이할 때 전 아버지를 사랑했어요. 이해가 되세요? 엄만 아버지를 바꿔놓을 수가 없었어요. 아니, 자살을 하셨대도 못 바꿔놨을 거예요. 그 밖에 딴 사람들은 모두 엄마의 말을 따랐는데 아버지만은 어찌할 수가 없었어요……."

브랑원은 이해가 안 되었다. 화차 가득 벌거벗은 창녀들을 간뜩 태우고 어딘가 알 수 없는 곳에서 또 다른 곳으로 떠나가는 장면과 아버지가 빚을 잔뜩 지고 "알고 있어. 안 다니까."를 연발한다고 웃어대는 리디아, 유대인들이 유대어로 "그러지 마세요. 그렇게 하지 마세요."라고 외치며 거리를 뛰어 내려오다가, 정신이상이 된 농부들——리디아는 이들을 '가축'이라 불렀다——에게 맞아 쓰러지는가 하면, 옆에서 구경하던 리디아가 재미있어 했다는 대목, 개인 교사와 여자 가정교사, 파리와 수도원의 광경.

이런 이야기는 브랑윈으로서는 감당해 내기 어려운 것이었다. 그런데도 아내는 떡하니 앉아서 그를 향해서가 아니라 허공에다 대고 이야길 계속하고 있었다. 또 묘하게 우월한 태도를 취해서, 두 사람 사이에 거리감과 낯설고 이질적인 요소가 들어서게 했다. 아내는 남편과의 생활이랑은 무관한 이야기를 이렇다 할 장단도 없고, 또 타당한 이유도 없이 그저 혼자서 떠들어대다가 남편이 충격을 받거나 깜짝 놀라면 큰 소리로 웃어젖혔다. 어떤 욕설도 퍼붓지 않으면서도 그를 어리둥절케 했고, 전 세계를 여하한 종류의 질서나 안정도 없이 온통 혼돈으로 만들어버렸다. 그러다 잠자리에 들면 브랑윈은 자신이 아내와는 아무런 상관이 없음을 깨달았다.

아내는 다시 어린 시절로 돌아가 있었고, 그는 농부, 농노, 하인, 애인, 연인이 되었다가 결국 그림자나 무와 같은 신세로 전락해 버렸다. 그는 어안이 벙벙해져 가만히 누워서 익히 잘 아는 방 안을 뚫어지게 쳐다보았다. 창문과 서랍장이 정말로 그곳에 있는 것인지, 아니면 공중에 떠 있는 허구에 불과한 것인지를 곰곰이 생각했다. 그러면서 브랑윈은 서서히 아내를 향해서 불길 같은 분노를 느꼈다. 그러나 워낙 너무나 놀란 데다가, 그들 사이에 아직은 커다란 간격이 엄연히 있었고, 아내는 그에게 굉장히 놀라운 존재로서 아내의 뒤편으로부터 계속 경이가 펼쳐져 나왔기 때문에 감히 아내에게 앙갚음을 할 수가 없었다. 그는 화가 나서 눈을 크게 뜨고 조용히 누워 있었다. 말로 표현은 하지 않고 의식은 못했지만 분명 그는 앙심을 품었다.

브랑윈은 잔뜩 화가 나서 아내를 멀리했다. 겉으로는 변한 것이 없었지만 속으로는 아내에 대해 앙심으로 똘똘 뭉쳐 있었다. 이 사실을 아내가 서서히 깨닫게 되었다. 남편이 별개의 존재라고 인식하게 되자 리디아는 괴로웠다. 사실 리디아는 어느 어두운 이역 지대로 들어가서 신비로운 세력들과 기이한 친교를 맺고 있었다. 아내가 이러한 신비스러운 암흑의 상태로 빠져들자, 남편과 아이는 미칠 지경에 이르렀다. 브랑윈은 아내에게 저항하느라고 온몸이 뻣뻣하게 긴장된 채 여러 날 동안 이리저리 서성거렸다. 아내를 있는 그대로 깡그리 없애버리고 싶은 충동으로 온몸이 굳어졌다. 그러다가 뚱딴지같이 아무런 이유도 없이 두 사람 사이가 다시 좋아졌다.

이러한 변화는 브랑윈이 밭에서 일을 하고 있을 때 일어났다. 팽팽하던 긴장감이 깨지자 홍수 같은 열정이 무섭게 몰려와서 거대한 강물을 이루었다. 브랑윈은 이 열정의 힘으로 나뭇가지를 꺾어버리고 세상을 새로이 창조할 수 있을 것 같았다.

정작 집에 도착했을 때는 두 사람 사이에 아무런 변화의 표시가 없었다. 아내가 들어올 때까지 기다리고 또 기다렸다. 브랑윈은 아내를 기다리면서 자신의 사지가 튼튼하고 멋지며, 손은 그에게 달린 열정적이며 잘생긴 하인들 같다고 느꼈다. 브랑윈은 자신의 몸뚱이에서 엄청난 생명력과 힘차게 고동치는 피의 힘을 느꼈다.

아내는 마침내는 틀림없이 그에게로 다가와서 그의 몸에 손을 대었다. 그러면 브랑윈은 아내를 향해 튀는 불꽃으로 변해서 이성을 잃었다. 두 사람은 서로를 마주 보면서 잔뜩 눈웃음을 쳤다. 브랑윈은 다시 아내를 송두리째 소유해서 아내의 무궁무진한 풍요를 탐닉하면서 정신이 나갔다. 아내의 끝없는 심연을 계속 탐색하면서 자신을 그 속에 파묻었다. 그러는 동안 아내는 내내 남편이 자기를 탐닉한다는 사실을 탐닉했다. 모든 비밀을 죄다 팽개쳐버리고 그녀 자신에게도 비밀이었던 그곳으로 뛰어들었다. 그녀는 처음에는 두려움으로, 다음에는 희열에 치달은 안타까움으로 몸을 떨었다.

그들이 누구이며 서로를 알건 모르건, 그러한 것이 무슨 상관이 있는가. 그러나 그런 시간은 다시 지나갔고 그들 사이에는 또다시 간격이 생겼다. 아내에겐 분노와 비탄과 상실감이 몰려왔고 브랑윈은 본래의 지위를 박탈당하고 연자방아를 찧는 노예 신세가 된 셈이었다. 그러나 이런 것쯤이야 문제가 안 되었다. 두 사람은 마음껏 탐닉했으며 또 탐닉의 시간을 알리는 종이 울리면 또다시 즐길 준비가 되어 있었으니까.

놀이가 마지막으로 끝났던 지점, 멀리 있는 암흑의 가장

자리에서 그들은 그 놀이를 다시 시작할 준비가 되어 있었다. 그때 여자의 음부는 사나이가 집요하게 쫓는 사냥물이 되고, 또한 사나이의 모험의 대상이 되었으며 두 사람은 곧 이 모험에 자신들을 내맡겼다.

아내는 아이를 가졌고 또다시 부부 사이에는 침묵과 거리가 들어섰다. 아내는 그를 원하지 않았고 그의 음부나 놀이도 원치 않았다. 브랑윈은 지위를 박탈당하고 내쫓긴 셈이었다. 이제는 자신과 아무런 상관이 없고 입이 유난히 못생기고 체구가 작은 아내를 보고 브랑윈은 화가 나서 씩씩거렸다. 때로는 이 분노를 아내에게 터뜨리기도 했지만 아내는 울지 않았다. 오히려 호랑이처럼 그에게 대들어 싸움이 벌어졌다.

브랑윈은 자제하는 법을 다시 배워야 했는데 그것이 그렇게도 싫었다. 그를 맞이할 준비를 하지 않고 있는 아내가 무던히도 미웠다. 그러니 그는 자연히 밖으로 나다닐 수밖에 없었다.

그러나 본능적으로 고마운 마음이 우러났고, 아내가 그를 다시 받아들일 것이고 그 후에도 그를 기다릴 것을 알았기에 아주 멀리까지는 쏘다니지 않았다. 조심을 해서 너무 멀리까지는 가지 않았다. 그는 아내가 그를 무시하는 상태로 점점 더 그에게서 멀어지면 결국 남편에게 등을 질 수 있다는 걸 잘 알고 있었다. 브랑윈은 이런 사실을 깨닫고, 또 이에 따라 처신할 수 있는 직감과 예감을 지니고 있었다. 브랑윈은 아내를 잃고 싶지 않았고 아내가 멀리 떨어져 나가는 것을 원치 않았다.

브랑윈은 아내더러 냉정하고 이기적이며, 단지 자기밖에 모르고 고약한 성미를 가진 외국 여자라고 욕을 했다. 아무것에도 진정한 관심은 없고 마음속에 인간다운 감정이라든가 친절은 조금도 없는 여자라고 욕을 퍼부었다. 브랑윈은 이렇게 화를 냈고 이러한 욕설에는 어느 정도의 진실도 섞여 있었다. 그러나 그에게는 한 줄기 고매한 면이 있어서 지나친 언행은 삼갔다. 브랑윈은 사태를 잘 알고 있었다. 그는 분노와 증오로 몸을 떨면서 아내가 온 세상의 비천함을 모조리 지닌, 비천하고 혐오스러운 존재라고 말했다. 그러나 그의 마음속 깊이 자리한 인품은, 그 무엇보다도 자신이 아내를 잃는 것을 원치 않으며 아내를 잃어선 안 된다는 것을 계속 일깨워 주고 있었다.

그래서 브랑윈은 아내의 입장을 다소 고려해 주면서 어느 정도의 관계를 유지했다. 그는 더 자주 외출을 했고 다시 '붉은 사자' 주점으로 향했다. 그 술집에 가 있으면 적어도 아내에게 화를 내는 일은 피할 수 있었다. 그와는 아무 상관이 없다는 양, 제삼자적인 입장을 취하고 있는 아내 옆에 우두커니 앉아 있는 신세는 면할 수 있으니까. 이때 아내는 무관심한 여자들이 그렇듯이 멍하니 있었다. 브랑윈은 집에 머물러 있을 수가 없었다. 그래 그는 '붉은 사자' 주점으로 갔던 것이다. 어떤 때는 술에 취했다. 그러나 근본적인 자신의 분수는 계속 지켜서 부부간의 근원적인 관계는 절대로 저버리지 않았다.

브랑윈의 눈에는 괴로운 빛이 역력하게 나타났고, 그건 마치 무엇인가에 계속 쫓기는 것 같은 표정이었다. 브랑윈은 날카롭고 민첩하게 주위를 둘러보았다. 도저히 아무 일도 하지 않고 우두커니 앉아 있을 수가 없었다. 밖으로 나가서 친구를 만나고 자신의 속마음을 털어놓아야 했다. 그 밖엔 다른 출구가 없었다. 브랑윈은 달리 자신의 감정을 분출할 수가 없었거니와 또 그런 방법도 몰랐다.

임신 기간이 경과하면서 아내는 점점 더 남편을 혼자 내버려 두었고 그를 본체만체해서 그의 존재는 무와 같은 것이 되어버렸다. 브랑윈은 자기의 몸이 꽁꽁 묶여서 꼼짝달싹도 못하고, 정신이상이 시작되어 고래고래 소리를 지를 단계에 이른 것만 같았다. 아내는 마치 남편은 없고 대신 하인을 대하는 양 그를 대할 때는 말은 안 하면서도 깍듯이 예의를 지켰다.

이러한 아내의 태도가 괘씸했지만 아내의 배가 점점 불러가니, 남편 쪽에서 양보할 수밖에 없었다. 아내는 그의 건너편에 앉아서 바느질을 하고 있었다. 아내의 이국적인 얼굴에는 꿰뚫어볼 수 없는 무관심한 표정만이 떠올랐다. 아내를 뒤흔들어서 아내가 그를 알아보고 남편이라고 인정하도록 만들고 싶었다. 아내가 남편의 존재를 그토록 깡그리 무시한다는 것은 도저히 참을 수가 없었다. 정말 아내를 때려 부숴서 그를 알아보도록 만들고 싶었다. 그렇게 하고픈 욕망이 치솟아 브랑윈은 괴로웠다.

그러나 욕망 속에 있는 그 어떤 요소보다 큰 요소가 그를 저지해서 그런 행동을 취하지 못하게 했다. 그래서, 브랑윈은 기분을 발산하려고 집을 나섰다. 그렇지 않을 땐 공감과 애정을 구하려고 어린 딸에게 향했고 애나의 마음에 들려고 애를 썼다. 그러다 보니 아버지와 딸은 곧 연인처럼 친해졌다.

브랑윈은 아내가 두려웠다. 아내가 아무 말없이 고개를 숙이고 일을 하거나 책을 읽고 있을 때는 너무나도 철저하게 침묵을 지켜서 그의 심장은 맷돌에 깔린 것 같았다. 아내는 맷돌의 윗돌처럼 그를 내리누르면서 으스러뜨리는 것 같았다. 또는 가끔씩 잔뜩 흐린 하늘이 되어서 대지인 그를 내리누르는 것 같기도 했다.

그러나 자기의 힘으로 아내가 몰입해 있는 짙은 암흑 속에서 아내를 끄집어낼 수 없다는 걸 알고 있었다. 아내를 억지로 떼어내 그를 알아보고 그와 동조하도록 강요하는 것은 안 될 일이었다. 그것은 파멸적이고 경건치 못한 행동이니까. 그러므로 혼자서는 아무리 제멋대로 화를 낸다 해도 아내 앞에서는 스스로를 억제해야 했다. 그렇게 하자니 손목은 부들부들 떨리고 미치는 것 같았으며 손목의 핏줄이 곧 터질 것만 같았다.

11월이 되어 나뭇잎이 유리창의 덧문을 두드리며 후려치는 소리를 내자 브랑윈은 흠칫 놀랐고 눈에선 불꽃이 번뜩였다. 옆에 있던 개가 고개를 들어 그를 쳐다보았고 그는 고개를 숙여 난롯불을 바라보았다. 그러나 아내도 깜짝 놀랐다. 아내도 그 소리를 듣고 있다는 걸 알 수 있었다.

"나뭇잎이 바람에 날리는 소리예요."

브랑윈이 말했다.

"뭐라고요?"

아내가 물었다.

"나뭇잎 소리라고요."

아내는 다시 멀리로 가버렸다. 숲 속에서 바람에 날리는 낯선 나뭇잎들이 아내보다 더 가까이 있는 듯했다. 방 안에는 압도적인 긴장감이 감돌아서 그는 고개조차 돌리기가 어려웠다. 몸의 신경 하나하나, 핏줄 하나하나, 근육 하나하나가 긴장으로 팽팽하게 당겨진 채 앉아 있었다. 이러고 있는 자신의 꼴이 마치 버팀창틀에서 흉측스럽게 떨어져 나간 반월창 같다고 느꼈다. 아내의 응답이 사라졌으니 그는 허공에 삐죽 나와 있는 반월창 신세였다. 그래 간신히 몸을 챙겨서 산산이 부서지는 신세를 모면했다. 순전히 긴장만 하고, 또 순전히 내성적으로 반항만 하다가 산산이 박살나는 신세에서 겨우 모면했다.

아내의 임신 기간 중 마지막 몇 달 동안에도 브랑윈은 조금도 누그러지지 않고 과도하게 긴장된 절박한 상태에서 이리저리 돌아다녔다. 아내도 역시 기분이 저조했고 가끔씩 울기도 했다. 아내는 그렇게도 많은 것을 잃은 후에, 또다시 삶을 시작하려니 굉장히 힘이 들었다. 그래 때때로 울었던 것이다.

그럴 때면 브랑윈은 뻣뻣하게 서 있었고 그의 심장은 터질 것만 같았다. 아내는 그를 원하지도 않았고 또 억지로 그를 알아보게 되는 것도 원치 않았다. 아내가 얼굴을 찌푸리는 것만 보아도, 브랑윈은 자기는 뒤로 물러나 아내를 건드리지 말고 혼자 둬야 한다는 걸 알았다. 옛날의 슬픔이 아내에게 되돌아왔다는 걸 알았기 때문이다. 많은 것을 잃은 과거, 고통스러웠던 과거가 죽은 남편과 아이들과 함께 생생하게 떠올랐던 것이다. 이러한 과거는 아내에게 신성한 것이었기 때문에, 그가 함부로 위로의 말을 하면서 끼어들 수가 없었다. 만일 아내가 원하는 것이 있다면 곧 그에게 올 테니까. 브랑윈은 비록 가슴은 터질 것 같았지만 아내에게서 떨어져 있었다.

아내의 눈에 눈물이 고였다가 얼굴로 방울져 떨어졌다. 아내는 얼굴을 거의 움직이지 않고 어쩌다 찌푸릴 뿐이었다. 그 눈물이 또다시 거의 움직이지 않는 아내의 가슴팍으로 흘러내리는 것을 브랑윈은 지켜보아야만 했다. 아내는 아무런 소리도 내지 않았다. 단지 이따금씩 몽유병자 같은 기이한 동작으로 손수건을 꺼내어 얼굴을 닦고 코를 풀고는 계속 소리 없이 울었다. 이편에서 어떤 식으로든 위로를 한다는 것은 무용지물 이상으로 나쁜 일이 될 것이었다. 또 아내에게 혐오감을 주는 것이 되고 아내의 신경을 극도로 곤두서게 할 것임을 브랑윈은 알고 있었다. 아내는 울 필요가 있었다. 그렇지만 그것이 브랑윈을 미치게 했다. 심장은 끓어올랐고 머릿속까지 아파와 브랑윈은 집에서 나가버렸다.

브랑윈에게 크고도 주된 위안의 근원은 애나였다. 딸아이는 처음에는 그를 멀리하면서 통 말을 하지 않았다. 하루는 굉장히 다정하게 굴다가도 그 이튿날만 되면 본래의 상태로 돌아갔다. 그를 소홀히 대했고 냉랭하게 동떨어져서 거리감을 가졌다.

결혼한 첫날 아침에 브랑윈은 아이와 지내기가 그리 수월치 않으리란 걸 알게 됐다. 새벽 무렵 그는 깜짝 놀라

잠에서 깨었다. 방문 밖에서 "엄마!" 하고 구슬프게 부르는 어린아이의 소리가 들렸기 때문이다.

브랑윈은 일어나 방문을 열었다. 아이는 침대에서 빠져나온 잠옷 바람으로 문지방에 서 있었다. 적의를 품은 검은 눈으로 사방을 두리번거렸고 금빛 머리카락은 사방으로 흩어져 있었다. 어른과 아이는 서로 마주 보고 서 있었다.

"나의 엄마 보고 싶어."

아이는 '나의'를 경계하듯 힘주어 강조하며 말했다.

"그러면 들어오너라."

브랑윈이 부드럽게 말했다.

"내 엄마 어디 있어?"

"여기 있어. 들어와."

아이는 머리털과 수염이 흐트러진 그 남자를 쳐다보면서도 눈빛은 조금도 변하지 않았다. 어머니가 부드러운 음성으로 불렀다. 아이가 자그마한 맨발로 떨면서 방 안으로 들어섰다.

"엄마!"

"얘야, 이리로 온……."

아이는 작은 맨발로 잽싸게 다가섰다.

"엄마가 어디 있나 했어."

아이가 구슬프게 말했다.

엄마는 팔을 내뻗었다. 아이는 높은 침대 옆에 서 있었다. 브랑윈은 "예쁜이 올라간다!"라고 외치며 어린아이를 번쩍 들어 올리고 다시 침대의 자기 자리로 돌아왔다.

"엄마!"

아이는 고민하는 듯 날카롭게 불렀다.

"왜 그러니? 애야."

애나는 남자 어른이 함께 있다는 사실을 의식한 듯, 몸을 피하며 바짝 엄마에게 다가가 엄마의 품속으로 비집고 들어갔다. 브랑원은 잠자코 누워서 기다렸다. 오랫동안 침묵이 흘렀다.

그러다가 갑자기 애나는 브랑원이 없어져야 한다고 생각한 듯 돌아보았다. 아이는 천장을 향해 반듯이 누워 있는 남자의 얼굴을 쳐다보았다. 아이의 섬세한 얼굴에 드러난 검은 눈은 적의를 띠고 그를 뚫어지게 쳐다보았고, 겁을 먹은 듯 두 팔로 엄마를 꼭 붙잡고 있었다. 브랑원은 무슨 말을 할지 몰라 얼마 동안 가만히 있었다. 브랑원의 얼굴은 서글서글하고 온화한 애정 어린 표정을 띠고 있었고 눈은 부드러운 빛으로 가득 찼다. 브랑원은 고개를 거의 돌리지 않고 아이를 쳐다보면서 눈에 웃음을 머금었다.

"금방 깼니?"

브랑원이 물었다.

"저리 가요."

아이는 독사처럼 머리를 앞으로 내밀면서 톡 쏘았다.

"아니, 난 안 가. 네가 가야지."

"저리 가요."

날카롭게 어린아이가 명령했다.

"네가 누울 자린 있지 않니?"

브랑원이 또 말을 붙였다.

"얘야, 아빠를 아빠 침대에서 내보낼 순 없단다."

딸애 엄마가 명랑한 목소리로 타일렀다.

아이는 자기 힘으로는 어찌할 수 없다는 걸 알고 체념한 채 그를 노려보았다.

"네 자리도 있잖니? 이건 상당히 큰 침대야."

브랑윈이 말했다.

아이는 대답하지 않은 채 노려보더니 몸을 돌려서 엄마에게 꼭 달라붙었다. 상황을 인정하지 않으려는 것이었다.

낮 동안에 아이는 여러 번 엄마를 찾았다.

"엄마, 우리 언제 집에 돌아가지?"

"애야, 우린 우리 집에 있는 거야. 우린 이제 여기서 살아. 이곳이 우리 집이야. 우린 네 아빠하고 여기서 사는 거야."

아이는 하는 수 없이 사태를 받아들여야 했다. 그러나 아이는 새아빠에게 여전히 대항했다. 밤이 다가올 때면 아이는 물었다.

"엄마, 어디서 잘 거지?"

"난 이제 아빠하고 자야지."

그러다 브랑윈이 들어오면 아이는 사납게 쏘아댔다.

"왜 우리 엄마하고 자는 거예요? 우리 엄만 나하고 잘 거예요."

아이의 목소리는 떨렸다.

"너도 와서 우리하고 같이 자자."

브랑윈이 얼렀다.

아이는 그에게 대항해서 호소하는 듯 몸을 돌려 "엄마!" 하고 불렀다.

"엄만 남편이 있어야 돼. 얘야, 모든 여자에겐 남편이 있어야 된단다."

"그리고 넌 엄마랑 같이 아빠도 갖고 싶지?"

브랑윈이 물었다.

애나는 그를 노려보았다. 아이는 생각을 하는 듯했다.

"아니! 아니, 난 싫어!"

아이는 드디어 사납게 외쳤다. 그리고 아이의 얼굴이 천천히 울상이 되더니 슬프게 흐느끼기 시작했다. 브랑윈은 측은한 마음이 들어 아이를 지켜보았다. 그러나 사태를 바꿀 도리는 없었다.

모든 사실을 깨닫게 되자 아이는 조용해졌다. 브랑윈은 쉽사리 아이와 지낼 수 있게 되었고, 아이에게 얘길 해주고 가축도 보여주었다. 첫 병아리를 모자에 담아 아이에게 갖다 주고, 아이와 같이 나가서 달걀도 모아 오고, 아이가 말에게 빵 껍질도 던져 주게 했다. 아이는 쾌히 그와 동반하고 그가 주는 것은 죄다 받으려고 했다. 그러나 아이는 아직 중립 상태에 머물러 있었다.

아이는 이해가 안 갈 정도로 기이하게 신경을 쓰면서 엄마를 지켰고, 염려하는 빛으로 엄마한테 관심을 두었다. 브랑윈이 아내와 함께 노팅엄으로 마차를 타고 간 후에 애나는 오랫동안 아주 흥이 나서, 또는 아주 무관심한 채 신나게 뛰어놀았다. 그러다가 오후가 되면 아이는 오로지 한 가지 말만 되뇌었다.

"나 엄마 보고 싶어. 난 엄마가 보고 싶어."

그러곤 비통하고 애처롭게 흐느껴 우는 통에 마음 약한

틸리도 곧 따라 울게 했다. 아이는 엄마가 영영 가 버리지 않았나 하고 고민했다.

그러나 보통 때는 애나는 냉랭하게 엄마를 원망했고 비판적으로 엄마를 대했다.

"엄마가 그렇게 하는 건 싫어." 또는 "엄마가 그런 말 하는 건 싫어." 등의 말을 했다.

아이는 브랑원과 마시 농장의 모든 사람에게 큰 문젯거리였다. 그러나 보통 때엔 아이는 농장의 이곳저곳을 가볍게 뛰어다니며 잘 놀았고, 단지 가끔씩만 집 안에 나타나서 엄마의 존재를 확인했다. 아이는 한순간도 완전히 행복해 보이지는 않았으나 민첩하고 날카로웠으며 사물에 잘 몰두했고 상상력이 풍부하고 변덕스러웠다. 틸리는 그 아이를 요정이라고 했다. 그러나 그 아이가 울지만 않는다면야 그런 것은 문제가 안 되었다. 애나의 울음에는 듣는 이의 가슴을 찢는 듯한 것이 있었고, 그 아이의 고민은 매우 절대적이고 시간을 초월한 듯하여 마치 모든 시대의 고민을 혼자 안은 것 같았다.

아이는 농장의 모든 가축을 친구로 삼아서 그들에게 말하고, 엄마에게서 들었던 이야기를 들려주고, 충고도 해주고 행동도 바로잡아 주려 했다. 브랑원은 목장과 오리 사육장으로 통하는 문간에서 애나를 발견했다. 아이는 사육장안의 창살을 들여다보면서 둥글게 열을 지어 당당하게 서 있는 흰 거위들에게 소리치고 있었다.

"사람들이 들어오려고 할 때는 꽥꽥거려서는 안 돼. 그래서는 안 되는 거야."

커다란 몸집의 거위들이 균형을 잡고 서서 매서운 어린 아이의 작은 얼굴을 멀거니 보았다. 뾰족뾰족한 거위 터럭이 창살 사이로 삐져 나왔고 거위들은 고개를 쳐들고 자리를 뜨면서 길게 꽥꽥거렸다. 거위들은 저항하는 듯 꽥꽥거리면서 한 줄로 서서 나갔다. 배처럼 아름답고 흰 몸뚱이를 뒤뚱거리면서 대문 너머로 갔다.

"너희들은 버릇이 없어. 버릇이 없다니까!"

애나는 소리쳤으며 눈에는 실망과 걱정으로 눈물이 빙그르 돌았다. 그리고는 발을 굴렀다.

"왜? 거위들이 어떻게 했는데?"

브랑윈이 물었다.

"날 들어오지 못하게 해요."

아이는 상기된 작은 얼굴을 브랑윈에게 돌리며 말했다.

"아니, 널 들어오게 해줄 거야. 네가 가고만 싶다면 들어갈 수 있는 거야."

그러곤 브랑윈은 문을 밀어서 아이가 들어갈 수 있도록 열어주었다.

아이는 주춤거리며 한 떼의 푸르께한 거위가 차가운 잿빛 하늘 아래서 당당하게 서 있는 것을 쳐다보았다.

"자, 들어가거라."

브랑윈이 권했다.

아이는 용감하게 몇 걸음 들어섰다. 거위들이 조소하는 듯 갑자기 꽥꽥거리자, 아이는 흠칫 놀라 작은 몸을 부르르 떨었다. 아이의 얼굴이 창백하게 질렸다. 거위들은 낮은 잿빛 하늘 아래서 고개를 쳐들고 뒤뚱거리며 멀리 사라졌다.

"거위들이 널 모르지 않니? 네 이름을 소개해야지."

"나한테 꽥꽥 소리치다니 버릇들이 없어."

"거위들은 네가 여기서 사는 줄 몰랐던 거야."

후에 브랑윈은 아이가 대문에 서서 날카롭고도 도도한 태도로 외치는 것을 보았다.

"내 이름은 애나, 애나 렌스키야. 난 여기서 사는데 브랑윈 씨가 이젠 내 아빠가 되었어. 브랑윈 씨는 내 아빠야. 정말로 그래. 난 여기서 살아."

이 말을 듣고 브랑윈은 무척이나 기뻤다. 아이는 자기도 모르게 서서히 새아빠에게 매달리곤 했다. 어린애라 특히 외롭고 허전할 때면 큼직하고도 따스한 어른의 몸에 매달리며 그 무한하게 넓은 가슴팍에 자기의 작은 몸을 파묻고 싶어 했다. 브랑윈은 본능적으로 딸아이를 소중하게 다루었다. 아이의 입장을 이해하려고 세심한 주의를 기울였고 아이가 요구하는 대로 순순히 응해 주었다.

아이는 까다롭게 상대방을 골라가면서 애정을 주었다. 틸리에게는 어린 티가 나면서도 근본적으로는 멸시하고 싫어하는 태도를 취했는데, 그 까닭은 이 여자가 한낱 하녀에 불과했기 때문이었다. 아이는 하녀가 장시간 자기의 시중을 들며 친근하게 구는 것을 허용하지 않았다. 아이는 하녀를 열등한 인종으로 취급했다. 브랑윈은 아이의 이러한 태도가 싫었다.

"넌 왜 틸리를 좋아하지 않지?"

"그 이유는…… 응, 이유는…… 이유는 말이야, 눈을 흘기며 나를 보니까 그렇지."

그리고 아이는 서서히 틸리를 한 인간으로서가 아니라 집에 딸린 가재도구처럼 받아들였다.

처음 몇 주일 동안 아이는 까만 눈으로 항시 경계를 했다. 브랑윈은 명랑했지만 성급했고, 게다가 늘 틸리가 오냐오냐했기 때문에 툭하면 호령을 일삼았다. 브랑윈이 성급하게 호령을 쳐 집을 잠시 발칵 뒤집어놓을 때면, 나중에는 그를 무섭게 노려보는 아이의 검은 눈과 으레 마주쳤다. 그럴 때면 아이는 작은 머리를 뱀처럼 앞으로 내밀면서 "나가요!" 하고 톡 쏘아댔다.

"난 안 나가!"

마침내 브랑윈도 골이 나서 소리쳤다.

"네가 나가. 빨리! ……자, 냉큼 나가!"

그러곤 브랑윈은 문을 가리켰다. 아이는 뒤로 슬슬 물러났고 겁에 질려 얼굴이 창백해졌다. 조금 후 아이는 그가 잠잠해지자 용기를 내어 말했다.

"우린 아빠하고 안 살아."

아이가 그를 향해 작은 머리를 내밀며 말했다.

"아빤, 아빤 말이야, 땡추야."

"뭐가 어째?"

아이의 목소리는 떨렸으나 말은 계속 이어졌다.

"땡추라고!"

"야, 요 맹추 같은 것이!"

아이는 생각에 잠겼다. 그러더니 고개를 앞으로 내밀며 말했다.

“난, 아니야.”

“뭐가 아니란 말이야?”

“맹추가 아니야.”

“그럼 난 땡추가 아니야.”

그는 정말로 골이 났다.

가끔가다 아이는 이렇게도 말했다.

“우리 엄만 여기서 안 살 거야.”

“아, 그래?”

“난 엄마가 여기서 나가면 좋겠어.”

“그건 너 혼자만의 생각이야.”

브랑윈이 딱 잘라 말했다.

그러면서 그들은 더 가까워졌다. 그가 마차를 타고 외출
할 때면 아이를 데리고 가곤 했다. 말을 문간에 준비시켜
놓고 그는 소리를 크게 내면서 집 안에 들어왔다. 집은 조
용하고 잠잠한데 그가 들어와 모든 것을 깨워놓은 듯했다.

“어이, 예쁜이! 냉큼 모자 써.”

아이는 점잖지 못한 말씨에 골을 내며 일어섰다.

“모자 끈을 맬 수가 없어.”

아이는 도도하게 말했다.

“아직 어른이 덜 되었군.”

브랑윈은 말하면서 아이의 턱 밑에서 서툴게 끈을 묶었다.

아이는 얼굴을 쳐들고 있었다. 그가 아이의 턱 밑에서
모자 끈을 메고 있을 때 아이의 새빨간 작은 입술이 움직
였다.

“아빤 엉터리 얘길 해.”

아이는 아빠가 늘 하던 말을 되뇌었다.

"이 녀석! 얼굴 좀 닦아야겠다."

그는 담배 냄새가 물씬 풍기는 커다란 빨간 손수건을 꺼내 아이의 입 언저리를 닦기 시작했다.

"키티가 날 기다려요?"

"그래, 얼굴 마저 다 닦자. 괭이 세수로도 되겠다."

아이는 곰살궂게 순순히 응했다. 그가 잡았던 손을 놓자 아이는 가볍게 뛰기 시작했다. 한쪽 다리가 이상하게 위로 뒹겼다.

"우리 집 귀염둥이, 빨리 오렴!"

아이는 이내 왔다. 외투를 입힌 후 둘은 길을 떠났다. 딸아이는 마차 안에서 아빠와 아주 가까이 앉았다. 바짝 붙어 앉아서 아빠의 큼직한 몸이 흔들리는 것을 느끼는 건 아주 멋졌다. 애나는 마차가 흔들거려서 아빠의 크고 활력에 넘치는 몸이 흔들려 자기의 몸을 내리누르거나 옆구리를 미는 것을 좋아했다. 그럴 때면 애나는 소리 내어 웃었다. 그 웃음소리는 째지는 작은 소리였다. 애나의 검은 눈이 반짝였다.

애나는 묘하게도 무정했다. 그러다가 열정적으로 부드러워지기도 했다. 엄마가 몸이 아프자 아이는 몇 시간이고 발꿈치를 들고 살금살금 방 안을 다니면서 간호했다. 병간호 일을 신중하고도 부지런히 잘 해냈다. 어떤 날은 엄마의 기분이 아주 울적했다. 그런 때면 애나는 다리를 벌리고 서서, 잔뜩 낯을 찌푸리고 쳐다보며 발 가장자리로만 슬리퍼를 딛고 서서 무게의 중심을 잡았다.

꼬챙이로 동그랗게 뭉친 음식을 오리 새끼의 모가지로 밀어 넣을 때 오리 새끼들이 틸리의 손 안에서 몸부림치면 애나는 불안해 하며 웃었다. 애나는 동물들에게 엄하고 거만하게 굴었고 함부로 사랑을 주지 않았다. 동물들 사이를 잔인한 여주인처럼 이리저리 뛰어다녔다.

여름이 되어 건초 추수를 했다. 애나는 요리조리 춤을 추며 다녔는데, 그 모습이 꼭 갈색의 작은 요정 같았다. 틸리는 항상 애나를 경탄하는 눈으로 보았고 그것은 사랑 이상의 감정이었다.

그러나 아이의 마음속에는 항상 엄마에 대한 걱정스러운 관심이 자리 잡고 있었다. 브랑윈 부인이 정상적일 때는 어린 딸아이는 주위에서 놀면서 엄마에게 거의 주의를 기울이지 않았다. 그러나 밀타작이 지나고 가을이 다가왔을 때 엄마가 임신 막달에 접어들자 아이는 이상하게 행동했고 홀로 떨어져 있었다. 브랑윈은 이마를 찌푸리기 시작했다.

예전의 병적으로 불안해 하던 마음이, 극도로 예민한 성향이 아이에게 다시 몰려왔다. 아빠와 함께 밭에 나가도 천진난만하게 이리저리 뛰어노는 대신 곧 "집에 갈래." 하며 칭얼댔다.

"집에? 아니, 방금 여기 왔잖아!"

"난 집에 가고 싶어."

"왜 그래? 어디가 아프니?"

"나 엄마 보고 싶어."

"엄마라고! 네 엄만 널 원치 않아."

"난 집에 가고 싶어."

곧 울음보가 터질 참이었다.

"그러면 너 집으로 가는 길은 알겠니?"

그리고 그는 딸애가 말없이 열중해서 달려가는 것을 지켜보았다. 아이는 꾸준하고 열의에 찬 발걸음으로 생울타리 밑을 따라가다가 모퉁이를 돌아서 아치형 대문을 지나사라졌다. 얼마 있자, 두어 밭 떨어진 곳에서 아이가 아직도 열심히 뛰어가고 있는 모습이 보였다. 자그마하고 다급한 모습이었다. 밀 그루터기를 쟁기질하려고 몸을 돌렸을때 그의 얼굴은 침울해 보였다.

그 해가 저물어가고 있었다. 생울타리에는 열매가 빨갛게 익어 반짝였고 앙상한 가지 위에서는 로빈 새의 깃털이반짝였다. 휴한지에서 새들이 크게 떼 지어 물보라처럼 날았다. 까마귀들은 새까맣게 몰려와 대지 위로 퍼덕이며 날아 앉았으며, 밭에서 무를 뽑는데 흙은 싸늘했다. 진흙탕길은 발이 빠지며 질척거렸다. 그러면 무를 저장하느라 일은 느려졌다.

집 안은 컴컴하고 조용했다. 아이는 불안해서 이리저리뛰어다녔다. 이따금씩 아이가 깜짝 놀라 "엄마" 하고 부르는 소리가 애처롭게 들렸다. 브랑윈 부인은 몸이 무거워응답을 못 했고 지쳐서 다시 그전의 상태로 돌아갔다. 브랑윈은 밖에서 계속 일을 했다.

저녁때 그가 집에 들어와 우유를 짤 때는 애나가 그의뒤를 졸졸 따라다녔다. 안락한 외양간의 문을 닫고 소의뿔이 갈라진 바로 위에 등피를 걸어 놓으면 거기서 흘러나오는 불빛으로 공기가 따스해지는 것 같았다. 애나는 아빠가 손으로 유순한 소의 유두에서 율동적으로 젖을 짜는 것을 서서 지켜보았다. 우유 위에 뜬 거품과 젖 줄기가 쭉 뻗으며 튀는 것을 보았다. 아빠가 이따금씩 소의 늘어진 유방을 천천히 부드럽게 어루만져 주는 것도 보았다. 이렇게 그들은 서로 친구가 되었으나 거리감이 있어 좀처럼 말을 하지 않았다.

일 년 중 가장 캄캄한 시기가 다가왔고 애나는 안달을 했다. 마치 무언가가 아이를 내리누르는 것처럼 한숨을 쉬면서 안정감 없이 이리저리 뛰어다녔다. 브랑윈은 이리저리 다니며 일에 열중했으나 그의 마음은 물에 흠뻑 젖은 흙처럼 무거웠다.

겨울에는 밤이 일찍 찾아와 차 마시기 전에 등잔불을 켰다. 덧문을 닫고 온 가족이 긴장과 압박감이 감도는 방 안에 갇혀 있었다. 브랑윈 부인은 일찍 잠자리에 들었고 애나는 엄마 옆구리의 마루 위에서 놀았다. 브랑윈은 휑하니 빈 아래층 방에 앉아 담배를 피웠다. 그는 자신이 불행하다는 것조차 거의 의식하지 못했다. 그는 이를 피하려고 아주 자주 외출했다.

성탄절이 지났고 1월의 축축한 비가 주룩주룩 내리며 차가운 날씨가 단조롭게 계속되었고, 어쩌다 푸른 광휘가 가끔씩 비쳤다. 브랑윈은 수정 같은 아침 속을 걸어 들어갔고 모든 소리가 다시 울렸다. 울타리에 난데없이 새들이 많이 모여들었다. 그럴 때면 어떠한 일이 있더라도 그의 기분은 의기양양했다. 아내가 이상하게 굴든, 슬퍼하든, 또는 아내가 그와 함께 있어주길 갈망하든 그런 것은 문제가 안 되었다.

공기는 맑은 소리로 울렸고 하늘은 수정 같고 울리는 종 같았으며 대지는 단단했다. 그런 때 그는 일하며 행복을 느꼈고 눈에선 광채가 나고 볼은 붉어졌다. 삶의 열정이 몸 안에서 강하게 솟구쳤다.

새들은 그의 주위에서 바쁘게 먹이를 쪼아 먹었고 말들은 원기 왕성하여 일할 준비가 되어 있었다. 앙상한 가지들은 하품하는 사람을 닮아 하늘로 쭉쭉 뻗었다. 큰 가지는 정력으로 팽팽했고 잔가지는 해맑은 빛 속으로 뻗어나갔다. 그는 활기가 넘쳤고 그 모든 것에 대한 열정으로 가슴이 뿌듯했다. 설사 아내가 몸이 무거워 그와 떨어져 지내며 완전히 지쳐 있다 해도 아내는 그런 상태로 지내고, 그는 또 그 나름대로 지내야 하는 게 아닌가. 일이란 결국 정한 이치대로 되는 법이 아닌가. 문득 먼 곳에서 수탉 울음소리가 널리 퍼지는 것을 들었다. 그는 푸른 하늘 위에서 거의 지워진 어렴풋한 달의 윤곽을 보았다.

그는 말을 향해 큰 소리로 떠들며 행복함을 느꼈다. 말을 타고 일커스턴으로 가는 도중에 생기발랄한 젊은 여자가 장을 보러 가는 것을 보고 그녀를 말에 태워주었다. 여자와 가까이 있게 되니 즐거워 눈에선 광채가 났다. 그가 웃으며 다정하게 농담을 하면 여자는 머리를 더욱 다소곳이 숙이며 가슴을 두근거렸다. 두 사람 다 기분이 고조되고 아침은 화창했다.

그의 마음 저 밑창에 걱정과 고통이 웅크리고 있다 해도 그게 무슨 상관이람? 그건 밑창에 있으니 그냥 밑창에 처박혀 있으라고 하지. 아내가 겪는 괴로움과 앞으로 올 산고, 그것은 피할 수 없는 것이 아닌가. 아내는 괴로워했다. 그러나 그는 집 밖으로 나와 활력에 넘쳐 다녔다. 상을 잔뜩 찌푸리고 계속 불행하다고 내세우는 것도 우스꽝스럽고 점잖지 못한 짓이 아닌가.

그는 오늘 아침 읍내로 말을 달리면서 행복했다. 말발굽은 단단한 땅을 내리쳤다. 설사 세상 사람 중에서 절반이 다른 절반의 장례식에 가서 슬피 운다 해도 그는 정말로 행복할 것이었다. 쾌활한 여자가 그의 옆에 앉아 있지 않은가. 그 어떤 일이 일어나도, 그 누가 죽음을 향해 몸을 돌려도 여자란 영원한 존재가 아닌가. 불행을 막을 수 없을 때는 그냥 닥쳐오라고 두는 수밖에.

그날 저녁은 노을이 아주 곱게 물들었다. 석양에 장밋빛이 피어오르다가 남빛과 보랏빛으로 변했다. 하늘의 북녘과 남녘에는 옥색이 감돌았고 동녘에는 커다란 노란색 달이 무겁게 매달려 광채를 냈다. 석양과 달 사이를 걷는 것은 참으로 멋졌다. 길가에는 작은 홀리나무가 장밋빛과 보랏빛 속으로 검은 가지를 뻗고 있었다. 찌르레기 새는 떼지어 석양을 가로지르며 퍼덕였다. 그러나 이 여행의 목적은 무엇이었던가. 거기에 생각이 미치자 몸이 아파왔다. 그리고 마음과 다리가 무거워지면서 뇌는 마비되고 그의 생명이 멈추었다.

어느 날 오후, 산고가 시작되었다. 브랑원은 아내를 자리에 눕히고 산파를 불러왔다. 밤이 되자 덧문을 닫고 브랑원은 차를 마시려고 빵과 백랍 주전자가 있는 곳으로 갔다. 애나는 말없이 몸을 떨면서 유리구슬을 가지고 놀았다. 집은 텅 빈 것 같았다. 마치 벽이 없는 집처럼 겨울밤에 그대로 노출되어 있는 것 같았다.

가끔씩 아내가 산고를 하며 외치는 신음 소리가 집 안을 온통 뒤흔들며 멀리까지 길게 울려 퍼졌다. 아래층에 앉아 있는 브랑윈의 마음은 둘로 갈라졌다. 그의 보다 깊은 자아는 아내와 함께 있으면서 괴로워했다. 그러나 그의 큼직한 겉 몸뚱이는 그가 어렸을 때 농장 주변을 날아다니던 올빼미의 울음소리를 생각했다. 그는 소년기로 되돌아가 있었다. 소년인 그가 올빼미의 울음소리가 무서워 형을 깨워서는 이야길 해달라고 졸랐다랬다. 그의 마음은 멀리 새에게 가 있었다. 새들은 얼굴이 엄숙하고 위엄이 있으며 날개를 활짝 펴고 부드럽게 날았다. 그러다가 그의 형이 총으로 쏘아 죽인 올빼미는 잔털이 많고 색깔이 희뿌연 데다 얼굴은 멍청하니 잠든 듯했고, 온몸은 축 늘어져 있었다. 그건 참 야릇하게 보였다. 그 죽은 올빼미는.

그는 찻잔을 입술에 갖다 댔다. 아이가 구슬을 가지고 노는 것을 보았다. 그러나 그의 마음은 온통 올빼미와 소년 시절의 분위기와 형들과 누이들의 생각으로 꽉 찼다. 그 외에 근원적으로 그는 산고 중인 아내와 함께 있었다. 그들이 하나로 합쳐진 육체로부터 아기가 나오고 있는 중이었다. 그와 아내가 하나의 육체로 되었으니 그곳에서 새로운 생명이 나와야만 했다. 그 파열은 그의 몸속에서 일어나진 않았으나 그의 몸에 속한 것이었다. 강타를 맞은 것은 아내였으나 그 강타의 진동은 그의 몸뚱이의 근육 하나하나에까지 와서 닿았다.

아내는 생명을 탄생시키기 위해 몸이 파열되어야만 했다. 그러나 그들 부부는 여전히 하나의 육체로 있었다. 그의 몸뚱이의 저 뒤안길에서 생명이 그에게서 나와 아내에게로 갔다. 그는 여전히 팔에 깨진 바위를 안고 있는 온전한 몸뚱이였다. 그들의 육체는 하나의 바위이고 그곳에서 생명이 콸콸 흘러나왔다. 세게 얻어맞고 몸이 갈라진 아내의 몸으로부터, 몸을 떨며 순순히 따르는 그의 몸으로부터 생명이 분출되었다.

그는 아내가 있는 2층으로 올라갔다. 그가 침대 쪽으로 다가가자 아내는 폴란드어로 말을 걸었다.

"굉장히 아프지요?"

그가 물었다.

아내는 그를 쳐다보았다. 아, 저 지친 표정! 생소한 언어를 이해하려고 애쓰는 저 모습! 남자의 소리를 듣고 귀를 기울이며 그가 누군가를 알아내려고 애쓰는 저 지친 모습! 아내에게 그는 금발의 수염이 난 낯선 사나이로 보였던 것이다. 아내는 그에게서, 그의 눈빛에서 무언가를 알아보았다. 그러나 그를 알아볼 수는 없었다. 아내는 눈을 감았다.

브랑윈은 창자까지 새파랗게 질려서 돌아섰다.

"통증이 그리 심한 것은 아닙니다."

산파가 그에게 말했다.

브랑윈은 자신이 아내에게 부담이 된다는 것을 깨닫고 곧 아래층으로 내려갔다. 애나는 겁을 먹고 그를 올려다보왔다.

"엄마 보고 싶어."

아이가 떨리는 목소리로 말했다.

"그래, 그렇지만 엄만 지금 아파."

그는 아랑곳하지 않고 부드럽게 말했다.

아이는 당황하고 겁먹은 눈으로 아빠를 보았다.

"머리가 아픈 거야?"

"아니, 엄마는 아기를 낳게 될 거야."

아이는 두리번거렸다. 브랑윈은 아이를 의식하지 못했다. 아이는 다시 공포 속에 홀로 있었다.

"나 엄마 보고 싶어."

아이가 겁에 질려 소리쳤다.

"틸리 아줌마더러 옷 벗겨달라고 해."

그가 말했다.

"피곤하지?"

침묵이 흘렀다. 그러다 또다시 산고의 커다란 신음 소리가 들렸다.

"나 엄마 보고 싶어."

아이는 움츠러든 채 당황하여 저도 모르게 말했다. 아이는 엄마와 단절되었다는 생각에 겁에 질려 있었다.

틸리가 다가왔다. 틸리의 마음은 찢어지는 듯 아파왔다.

"우리 귀염둥이! 이리 와유. 옷 벗겨줄 테니."

하녀 틸리가 낮은 소리로 얼렀다.

"아침 녘엔 엄마 볼 수 있어유. 그러니 조르지 말어유. 자, 아씨!"

그러나 애나는 벽에 등을 대고 소파 위에 고집스럽게 버티고 서 있었다.

"난 엄마 보고 싶어!"

애나는 외쳤다. 작은 얼굴이 떨리며 완전히 어린애다운 고뇌에서 커다란 눈물방울이 뚝뚝 떨어졌다.

"아씨, 엄마는 아퍼유. 오늘 밤엔 엄마가 편찮으세유. 그렇지만두 내일 아침 녘엔 다 나을 거예유. 아, 울지 말어유. 예쁜 아씨. 엄만 아씨가 우는 것 싫어하신대유. 우리 귀한 아씨, 엄만 울지 말라고 하셔유."

틸리는 애나의 치마를 가만히 잡았다. 애나는 옷자락을 홱 낚아채고는 신경질적으로 외쳤다.

"안 돼, 옷 벗기지 마! 난 엄마한테 갈래."

아이의 얼굴은 슬픔과 눈물로 뒤범벅이 되었고 몸은 떨렸다.

"제발, 옷 좀 벗으렴. 틸리보고 옷 벗겨달라고 해. 아줌만 널 사랑한단다. 오늘 밤은 제발 옹고집 부리지 마라. 엄마는 편찮으셔. 엄만 네가 우는 걸 좋아하지 않아."

애나는 정신을 놓고 흐느껴 울었기 때문에 아빠의 말을 듣지 못했다.

"엄마 보고 싶어."

애나는 울며 졸라댔다.

"네가 옷을 벗으면 엄마를 보러 2층에 갈 수 있어. 옷을 벗으면 말이야. 틸리 아줌마가 네 옷을 벗기면 말이야. 그러고 잠옷으로 갈아입은 예쁜 귀염둥이가 되면 말이야. 울지 마라. 애야, 울지……."

브랑원은 의자에 몸을 꼿꼿이 세우고 앉아 있었다. 그의 머릿속이 조여오는 것 같았다. 그는 일어나 방을 가로질렀다. 들리는 것이라곤 미친 듯이 흐느껴 우는 울음소리뿐이었다.

"소리 내지 마!"

그가 윽박질렀다.

그의 목소리에 아이는 겁을 먹었다. 애나는 이제 기계적으로 울었다. 애나는 겁을 집어먹고 울면서도 무슨 일이 일어날까 두려워하며 주위를 두리번거렸다.

"난…… 엄마…… 보고 싶어."

애나는 흐느껴 울면서 떨리는 목소리로 막무가내로 졸라댔다.

브랑원은 울화가 치밀어서 사지가 부르르 떨렸다. 어린 애가 완전히 외고집으로 억지를 부리면서 물불 가리지 않고 울며 졸라대니 짜증이 났다.

"너, 이쪽으로 와서 옷 벗어!"

화가 나서인지 그의 목소리는 차분하고 가늘게 들렸다.

브랑원은 손을 내밀어 아이를 꽉 잡았다. 흐느껴 울던 아이의 몸이 경련을 일으켰다. 그러나 그도 물불을 가리지 않고 오로지 한 가지 일에 열중했다. 울화가 치밀어서 기계적으로 움직였다. 그는 애나의 작은 앞치마 끈을 풀기 시작했다. 애나는 아버지에게서 몸을 빼내려고 애를 썼으나 그렇게 할 수가 없었다. 그래서 애나의 작은 몸뚱이는 아버지에게 잡힌 채로 있었다. 그동안 아버지는 작은 단추와 끈을 서툰 솜씨로 끌렀다. 아무 생각도 없이 이 일에만

열중했고 애나가 잔뜩 골이 나 있다는 사실만 깨닫고 있었
다. 아이의 몸은 긴장해서 굳은 채 저항했다. 작은 드레스
와 페티코트를 벗기니 하얀 팔이 드러났다. 아이는 압도당
한 데다 침해까지 받자 계속 몸을 꼿꼿하게 세우고 있었
다. 브랑윈은 계속 옷을 벗겼다. 그러는 동안에도 아이는
내내 흐느끼면서 목이 메어 말했다.

"난 엄마가 보고 싶어."

브랑윈은 아랑곳하지 않고 계속 입을 다물었고 얼굴은
굳어 있었다. 아이는 이제 사태를 이해할 수 없었다. 단지
단호하게 고집을 부리는 기계적인 작은 아이가 되어 있을
뿐이었다. 애나는 계속 울어서 경련을 일으켰고 같은 말만
되풀이하며 졸랐다.

"아이고머니!"

틸리는 심란해서 외쳤다. 브랑윈은 천천히 서툰 솜씨로
다른 것은 통 의식하지 못하고 옷 벗기는 일에만 열중했
다. 자질구레한 옷을 죄다 벗긴 후 속옷만 입은 아이를 소
파 위에 세웠다.

"아이의 잠옷은 어디 있어?"

틸리가 애나의 잠옷을 가져오자 브랑윈이 아이에게 입혔
다. 아이는 아빠가 옷을 입히는데도 팔다리를 조금도 움직
여주지 않았다. 그는 억지로 옷을 당겨서 몸에 끼워 넣어
야 했다. 애나는 오로지 한 가지 결심만을 굳힌 채 계속
저항하며 서 있었다. 작은 몸이 경련을 일으키며 변함없이
계속 울면서 같은 말만 되풀이했다. 브랑윈은 아이의 발을
차례로 들어서 양말과 신발을 벗겼다. 이제 아이는 잠자리

에 들 옷차림이 되어 있었다.

"뭘 좀 마시겠니?"

아이의 태도는 변하지 않았다. 아랑곳하지 않고 무관심한 채 소파 위에 버티고 서 있었다. 두 손은 절반쯤 쳐들어 꼭 쥐고 있었다. 온통 눈물로 범벅이 된 얼굴을 쳐들고 있었으나 아무것도 눈에 들어오지 않았다. 아이는 흐느껴 울면서 목이 메어 떠듬거리며 말했다.

"난…… 엄마…… 보고…… 싶어!"

"뭘 좀 마시겠냐구?"

브랑원이 다시 물었다.

대답이 없었다. 그는 저항하는 꼿꼿한 아이의 몸뚱이를 쳐들었다. 아이가 아랑곳없이 꼿꼿한 걸 보자, 욱하고 속에서 화가 치밀어 올라 온몸이 부르르 떨렸다. 그 굳어 있는 아이의 몸뚱이를 분지르고 싶었다. 그는 아이를 무릎 위에 올려놓고 난롯가에 있는 그의 의자에 다시 앉았다. 흐느낌 때문에 무슨 말인지 알아듣지 못할 울음 섞인 말이 그의 귓가를 계속 스쳐 지나갔다. 아이는 꼿꼿이 앉아 있었다. 애나는 그에게나 그 어떠한 것에도 몸을 내맡기지 않고 아무것도 의식하지 않고 있었다.

그는 또다시 화가 났다. 도대체 뭐가 문제란 말인가. 애 엄마가 폴란드어로 말을 하든, 산고로 크게 신음을 하든, 이 애가 반항을 하며 울면서 몸을 꼿꼿이 세우든 도대체 뭐가 문제인가? 내가 왜 이런 것에 신경을 쓰나? 애 엄마는 산고로 소리치라고 하지. 아이는 반항하며 계속 울라고 하지. 어차피 모녀는 그럴 텐데. 왜 그가 바둥거리며 마주 서서 싸우나? 왜 저항을 하나? 사태가 그렇게 된다면 그렇게 되라고 가만 놔둘 것이지. 모녀가 그렇게 고집하면 그냥 놔둘 것이지.

그는 정신이 얼떨떨해져 아무런 저항도 느끼지 않고 그냥 앉아 있었다. 아이는 계속 울었다. 시계는 똑딱거렸다. 그의 몸이 점점 굳어졌다.

그가 제정신을 차린 것은 얼마 후였다. 고개를 돌려 아이를 보았다. 아무것도 의식 않는 아이의 눈물투성이 얼굴을 보고 그는 깜짝 놀랐다. 정신이 약간 몽롱한 채 아이의 젖은 머리카락을 뒤로 쓸어 넘겼다. 아이는 살아 있는 슬픔의 조각상처럼 딴것은 일체 의식하지 않고 줄곧 울어대기만 했다.

"엄마가 굉장히 아픈 것은 아니다."

그가 입을 열었다.

"애나야, 엄마가 굉장히 아픈 것은 아니라고. 자, 자, 왜 이렇게 자꾸 우니? 이제 뚝 그쳐. 너 이러다 앓겠다. 자, 눈물 닦아줄게. 이젠 더 얼굴 적시지 마. 더 이상 울지 말래도. 그래야 예쁘지. 울지 마라. 엄마가 굉장히 아픈 건 아니란다. 자, 뚝! 그만큼 울었으면 됐어."

그의 목소리는 멀리서 들려오는 듯 이상했고 착 가라앉아 있었다. 그는 아이를 쳐다보았다. 아이는 이제 제정신을 잃었다. 아이가 울음을 그치길 바랐다. 제발 울음을 그치고 정상으로 돌아가길 바랐다.

"가자."

그는 일어나 몸을 돌리며 말했다.

"가서 소한테 저녁 여물을 주자."

그는 큰 숄을 들어서 아이의 몸을 감쌌다. 그는 등불을 가지러 부엌으로 들어갔다.

"이런 밤에 아이를 밖에 데리고 나가서는 안 되셔유."

틸리가 말렸다.

"아니, 그러면 아이가 울음을 그칠 거야."

비가 오고 있었다. 아이는 얼굴에 빗방울을 맞고 캄캄한 밤을 의식하고는 갑자기 놀라서 잠잠해졌다.

"소들이 잠들기 전에 먹을 걸 좀 줘야겠다."

브랑윈은 아이를 꼭 안은 채 말했다.

홈통 안으로 낙숫물이 뚝뚝 떨어졌고 애나가 걸친 숄 위로 빗방울이 마구 튕겼다. 흔들리는 등불이 젖은 포도와 젖은 벽의 밑을 비추었다. 등불만 없으면 완전히 캄캄한 밤이었다. 암흑을 숨쉬는 셈이었다.

브랑윈은 위쪽과 아래쪽의 문을 열고 천장이 높은 마른 헛간 속으로 들어갔다. 덥지도 않은데 안에서 더운 냄새가 훅 풍겼다. 브랑윈은 등불을 못에 걸고 문을 닫았다. 부녀는 이제 다른 세계에 있었다.

빛은 나무 헛간과 흰 칠을 한 벽과 커다란 건초 더미 위를 부드럽게 비췄다. 연장들의 그림자가 커다랗게 드리웠다. 사다리 한 개가 다락의 컴컴한 아치에 기대어 있었다. 밖에서는 비가 쉼 없이 쏟아졌고 헛간 안에서는 불빛이 고요와 적막을 부드럽게 비추고 있었다.

브랑윈은 한 손으로 아이를 안고 여물을 준비했다. 납작한 그릇에다 잘게 썬 건초와 맥주찌끼와 굵게 빻은 곡식 가루를 섞어서 가득 채웠다. 아이는 신기하기만 한지 아빠가 하는 일을 눈여겨보았다. 새로운 분위기에 놓이자 아이 속에서는 새로운 의식이 움트고 있었다. 조금 전까지 심하게 흐느껴 운 후유증으로 가끔 아이의 작은 몸이 경련을 일으켰다. 크게 뜬 눈에는 호기심과 동정심이 서려 있었다. 애나는 말이 없이 아주 잠잠해졌다.

긴장했던 브랑윈의 심장이 꿈결 같은 기분 속에서 바닥까지 축 내려앉았고 그의 표정은 고요해졌다. 그는 여물이 가득 든 통을 들고 일어났다. 한 팔에는 애나를, 다른 손에는 여물통을 들고 균형을 잡았다. 숄의 윤기 나는 가장자리 술이 부드럽게 출렁거렸고 곡식 낟알과 건초가 바닥으로 떨어졌다. 브랑윈은 희미하게 불이 비치는 구유 뒤의 통로를 걸었다. 암소들이 어둠 속으로부터 뿔을 삐죽이 내밀고 있었다. 아이가 몸을 움츠렸고 브랑윈은 몸을 세워 균형을 잡았다. 여물통을 구유 등받이에 올려놓고 여물의 절반은 이쪽 소에게, 나머지 절반은 다음 소에게 주었다. 소들이 머리를 휙 쳐들거나 내리자 사슬이 흔들리는 소리가 났다. 그 후에는 소들이 만족해서 내는 부드러운 소리가 들렸다. 소가 묵묵히 여물을 먹으면서 코로 길게 숨을 들이쉬는 소리였다.

브랑윈은 여물통을 들고 여러 번 왔다 갔다 해야 했다. 외양간에서 여물을 나눠 주는 삽질 소리가 규칙적으로 났다. 그런 후 그는 아이와 여물통을 각각 양손에 들고 몸을 곧게 세우고 돌아왔다. 애나는 숄 밖으로 얼굴을 삐죽이 내밀고 보았다. 아빠가 몸을 굽히자 애나는 손을 빼 아빠의 목을 꼭 껴안았다. 부드럽고 따스하게 목을 잡고 매달리니, 아빠가 일하기에 퍽 쉬웠다.

여물 주는 일이 끝나자 브랑윈은 여물통을 내려놓고 나무상자 위에 앉아 아이를 돌보았다.

"소들도 이젠 잠을 자나요?"

애나가 말을 하며 숨을 들이켰다.

"그렇지."

"여물을 먼저 다 먹어버릴 건가요?"

"그럼, 저 먹는 소리 들어봐."

아버지와 딸은 우리 안에 조용히 앉아서 소들이 여물을 먹으면서 코로 숨을 내쉬고 들이쉬는 소리를 듣고 있었다. 그 작은 외양간과 마음이 하나가 된 듯했다. 등불은 한쪽 벽에서 부드럽게 꾸준히 비추고 있었다. 바깥은 사방이 빗속에서 잠잠했다. 브랑윈은 페이즐리 모직 숄이 매끄럽게 주름 잡힌 곳을 내려다보았다. 그걸 보니 어머니 생각이 났다. 어머니는 그 숄을 걸치고 교회에 가시곤 했다. 그는 그 옛날 아무런 책임도 없이 편안히 지내던 시절로 돌아가 집 안에 앉아 있는 소년 같은 기분이 들었다.

아버지와 딸은 아주 조용히 앉아 있었다. 그의 마음은 일종의 황홀경에 들어가 있어 점점 더 몽롱해지는 듯했다. 아이를 바싹 끌어안았다. 흐느껴 울었던 탓으로 아이의 몸이 팔다리까지 미세하게 부르르 떨렸다. 아이를 더욱 바싹 안았다. 천천히 아이의 몸에서 긴장이 풀리고 또렷또렷하던 새까만 눈 위에 눈꺼풀이 덮이기 시작했다. 아이의 몸이 푹 꺼지며 잠이 들자 브랑윈의 마음은 멍해졌다.

브랑윈이 잠에서 얼핏 깨어난 듯 제정신을 차려보니 마치 무한의 영원 속에 앉아 있는 듯싶었다. 그는 무엇을 갈구하면서 귀를 기울이고 있는가. 이 세상이 아닌, 멀리 떨어진 다른 곳에서 들려오는 소리에 귀를 기울이는 듯했다. 아내 생각이 났다. 그는 아내한테로 돌아가야만 했다. 아이는 잠이 들었고 눈을 완전히 감지 않아 검은 눈동자가 눈꺼풀 사이로 약간 보였다. 왜 이 아이는 눈을 꼭 감지 않지? 아이는 입도 조금 벌리고 있었다.

그는 조용히 일어나 집으로 돌아갔다.

"애가 자는가유?"

틸리가 낮은 소리로 물었다.

브랑윈은 고개를 끄덕였다. 틸리가 다가와서 숄에 싸여 잠든 아이를 쳐다보았다. 뺨은 뜨거웠으며 빨갛게 달아올랐고 눈 주위는 핏기가 없이 창백했다.

"아이고머니!"

틸리는 고개를 저으며 낮은 소리로 외쳤다.

브랑윈은 구두를 벗은 후 아이를 안고 2층으로 올라갔다. 아내 때문에 불안해서 가슴이 조여들었다. 그러나 브랑윈은 가만히 있었다. 집 안은 조용했다. 단지 밖에서 바람이 불고 홈통으로 빗물이 철철 쏟아져 들어가는 소리만 들릴 뿐이었다. 아내의 방문 밑에서 불빛이 가늘게 새어 나왔다.

이불 속이 차가울 것 같아서 아이를 숄에 싼 채 침대에 눕혔다. 그러고 보니 아이가 팔을 움직일 수 없을 것 같아 숄을 힐겁게 풀어놓았다. 아이는 새까만 눈을 뜨고 그를

144

멍하니 보더니 다시 눈을 감았다. 아이를 홑이불로 덮어주었다. 몹시 흐느껴 울었던 탓인지 아이의 몸에서 가볍게 경련이 일었다. 숨 쉬는 아이의 몸이 떨리고 있었다.

그곳은 그의 방이었다. 그가 결혼 전까지 사용하던 방이라 낯이 익었다. 아무 손길도 닿지 않던 젊은이의 생활이 어떠했던가가 새삼 생각났다.

브랑윈은 긴장하고 있었다. 아이는 잠을 자며 작은 주먹을 숄에서 뺐다. 이젠 아내한테 아이가 잠들었다고 말할 수 있으리라. 그러나 그는 다른 쪽 층계참으로 가야 했다. 그는 흠칫 놀랐다. 올빼미의 우는 소리가, 아니 여인의 신음 소리가 들렸다. 얼마나 섬뜩한 소리인가! 그것은 적어도 남자의 귀에는 사람의 목소리로 들리지 않았다.

브랑윈은 아내의 방으로 가 살금살금 방 안으로 들어섰다. 아내는 가만히 누워 있었고 창백하게 지친 채 눈을 감고 있었다. 가슴이 철렁 내려앉았다. 아내가 죽었을까 봐 겁이 났다. 그러나 아내가 죽지 않았다는 건 잘 알고 있었다. 아내의 머리칼이 관자놀이 위로 흐트러져 있는 모양을 보았다. 입은 산고로 약간 찡그린 채 꼭 다물고 있었다. 그가 보기에 아내는 아름다웠다. 그러나 사람 같은 모습은 아니었다. 아내가 거기에 누워 있는 걸 보니 갑자기 아내가 무서워졌다. 도대체 저 여자가 나와 무슨 상관이 있단 말인가. 저 여자는 내가 아닌 딴 사람인데.

브랑윈은 그 어떤 충동을 받아 아내 쪽으로 다가갔다. 그리고 아직도 홑이불을 움켜쥐고 있는 아내의 손을 가만히 쥐었다. 아내는 회갈색 눈을 뜨더니 그를 보았다. 아내는 그를 제대로 알아보지 못했다. 그러나 그가 남자라는 건 알아보았다. 산고 중인 한 여자가 자신에게 임신을 시킨 사나이를 보는 그런 눈빛으로 그를 쳐다보았다. 그것은 비인성적인 시선이었고 극한의 순간에 수컷과 암컷 사이에서 오가는 시선이었다. 아내는 다시 눈을 감았다. 펄펄 끓는 뜨거운 행복감이 그에게 도도히 몰려오더니 그의 심장과 내장을 다 태워버리고는 다시 무한의 공간 속으로 사라져버렸다.

파열시킬 듯한 고통이 아내에게 다시 닥쳐왔을 때 브랑윈은 그만 고개를 돌려버렸다. 차마 볼 수가 없었다. 그러나 괴로웠던 가슴이 평안을 되찾았으므로 마음은 기뻤다. 그는 아래층으로 내려갔다. 현관 쪽으로 걸어가 밖으로 나갔다. 브랑윈은 얼굴을 쳐들어 비를 맞았다. 눈에 보이지는 않으나 암흑이 계속 그를 내리친다고 느꼈다.

밤이 눈에 안 보이게 그를 빠르게 후려치자, 브랑윈은 말문이 막히고 압도당했다. 그는 겸허한 마음으로 집 안을 향해 몸을 돌렸다. 삶의 세계뿐 아니라 무한하고 영원하며 불변하는 세계도 있었던 것이다.

제3장
애나 렌스키의 어린 시절

톰 브랑윈은 의붓딸인 애나를 사랑했던 것만큼 자기의 친아들을 사랑하지 않았다. 아기가 사내아이란 얘기를 들었을 때 온몸이 기쁨으로 떨렸다. 아버지라는 확증이 생긴 것이 기뻤다. 아들이 있다는 느낌은 만족스러웠다. 그러나 정작 아기한테는 정이 그렇게 쏠리지 않았다. 그는 아기의 아빠였고 그것이면 충분했다.

브랑윈은 아내가 그의 아이의 엄마가 되어서 기뻤다. 아내는 평온한 표정이었고 마치 이식이나 된 듯 약간 기운이 없어 보였다. 아내는 아이를 출산하면서 옛날의 자아와는 관련을 끊은 듯했다. 이제 아내는 정말 영국인이, 브랑윈 부인이 되었다. 그러나 활기는 좀 줄어든 듯했다.

아내는 아직도 브랑윈에게는 무한히 아름다워 보였다. 아직도 열정적이었고 삶의 불꽃을 가지고 있었다. 그러나 그 불꽃이 왕성하고 즉각적으로 나오는 것은 아니었다. 그를 보면 아내의 눈에서 광채가 나고 얼굴이 달아올랐다. 그러나 응달에서 핀 꽃처럼 작렬하는 햇빛을 견디질 못했다. 아내는 아기를 사랑했다. 그러나 이 점에 있어서도 어딘가 희미한 면이 있었다. 모성애에 있어서도 활기가 없고 어렴풋이 멍한 데가 있었다. 브랑윈은 아내가 행복한 표정으로 열심히 자기 자식에게 젖을 먹이는 것을 볼 때 가슴 속으로 가느다란 불꽃이 지나가는 듯 짜르르 아파옴을 느꼈다. 아내에게 접근할 때 어떤 식으로 고분고분하게 굴어야 하는가를 깨달았기 때문이다. 그는 또다시 그 옛날 아내와 처음 즐겼던 것 같은 사랑과 열정으로 활력 있고 극치를 이루는 교감을 갖고 싶었다. 두 사람의 열정이 최고로 고조되었을 때면 때때로 그러한 교감을 갖고 싶었다. 이것이 이제 브랑윈이 간절히 꿈꾸는 한 가지 체험이었다. 브랑윈은 항상 그러한 관계를 무자비할 정도로 갈망했다.

아내는 다시 그전처럼 턱을 들고 그에게 다가왔다. 브랑윈이 예전에 그런 표정을 처음 대했을 때는 오랫동안 정열을 억눌러온 터라 거의 실성하다시피 되었더랬다. 그런데 아내는 다시 그에게 다가왔고, 그는 준비를 하고 있었기 때문에 미칠 듯이 기뻐하면서 아내를 받아들였다. 그리고 그전과 거의 같은 상태로 돌아갔다.

그건 거의 예전의 관계와 같다고 할 수 있었다. 하여간 이제 브랑윈은 완전이란 것을 알게 되었다. 이제 이런 관계를 영원히 계속 의식할 수 있었다.

그러나 브랑윈이 그러기를 바라지도 않았는데 그것이 사

라졌다. 아내로서는 끝이 난 것이고 더 이상 받아들일 수가 없었다. 그는 다 소진되지 않았기에 더 계속하고 싶었다. 그러나 그렇게 될 수가 없었다.

그는 쓰디쓴 교훈을 새로 배워야만 했다. 자신의 욕정을 줄이고 그가 원하는 양보다 덜 받아들이는 법을 배워야 했다. 아내는 그에게 모든 여성의 대명사였기 때문에 모든 다른 여자들은 그녀의 그림자에 불과했다. 한때는 아내가 그에게 만족을 주었다. 그는 그것이 계속되기를 바랐다. 그런데 계속될 수가 없었다. 그는 마구 분노를 터뜨렸다. 억제를 하고 또 하니 몸은 처절하리만큼 달아올랐다. 아내가 그를 원치 않는다는 생각에 속으로는 무척이나 아내를 증오했다. 그는 술에 취해서 미친 듯이 소리를 지르고 난장판을 벌이기도 했다. 그러나 그런 행동은 돌벽에다 머리를 들이받는 격이라는 걸 너무나도 잘 알고 있었다. 그는 아내가 예전만큼 그를 원치 않는 게 고의적이 아니라는 사실을 인식해야 했다. 아내는 그가 요구하는 만큼을 고의적으로 받아주지 않는 것이 아니었다. 사실은 아내가 받아들일 수 없기 때문이었다. 아내는 자기 식대로 자기의 양만큼만 받아들일 수 있었던 것이다. 아내는 그를 만나기 전에 이미 상당한 양의 열정을 소진했다. 그를 받아들여 그에게 만족을 줄 수 있는 여자로서는 말이다. 처음에는 아내가 그를 받아들여 충족시켜 주었었다. 지금도 아내는 그럴 만한 때가 오면 그녀의 방식대로 그렇게 할 수 있었다. 그러나 그는 자제를 하고 아내의 역량에 맞추어 스스로를 조절해야 했다.

브랑윈은 아내에게 그의 사랑과 정열과 근원적인 에너지를 모두 송두리째 쏟고 싶었다. 그러나 그렇게 할 수가 없었다. 그는 아내 말고 다른 대상을 찾아야 했다. 삶의 다른 중심을 모색해야 했다. 아내는 아이를 데리고 가까이에서 까딱 않고 앉아 있었다. 브랑윈은 아이에게 질투심이 났다.

그는 아내를 사랑했다. 드디어 때가 와서 그의 막혔던 생의 정력이 출구를 찾게 되었다. 그래서 정력의 강물이 거품을 일으키며 범람하지 않게 되어 불행한 일은 생기지 않았다. 그는 어린 딸 애나에게 사랑의 다른 핵심을 구축했다. 서서히 그의 삶의 강물에서 한 지류가 아이에게로 방향을 바꾸었고 주류는 아내를 향해서 흘렀다. 그는 또한 친구들을 찾아 나섰고 가끔 술에 곤드레만드레 취하기도 했다.

애나는 동생이 생기자 처음엔 엄마에 대해서 그리 관심을 두지 않았다. 그러나 엄마가 남동생과 같이 지내면서 즐거워하고 평온과 안정을 찾은 것을 보고 처음에는 당혹스러워하다가 다음에는 점차 화를 냈다. 급기야 애나의 작은 생활은 독자적으로 되었다. 더 이상 엄마를 돕느라고 긴장해서 억지를 부리지 않았다. 애나는 더 어린애같이 굴었는데, '엄마 보호'라는 잘 알지도 못하는 무거운 짐을 벗게 된 애나가 그렇게 행동하는 것이 아주 이상하지는 않았다. 엄마를 보호하고 만족시키는 책임은 이제 애나가 아닌 다른 사람에게로 넘어갔다. 애나는 서서히 해방되었다. 독립적이며 건망증이 있는 아이가 되었고 진심으로 사물을 사랑했다.

애나 스스로가 선택해서 아버지 브랑원을 제일, 가장 눈에 띄게 사랑했다. 아버지와 딸, 두 사람은 오순도순 삶을 같이 구축했으며 공동으로 행동을 취했다. 저녁에 애나에게 숫자를 세게 하고 글자를 읽도록 가르치는 일은 즐거웠다. 브랑원은 애나를 위해 오랫동안 머리 밑창에 깔아두고 잊어버렸던 어린애들의 이야기와 노래를 기억해 냈다.

처음에 애나는 그런 노래들이 바보 같다고 생각했다. 그러나 아빠가 큰 소리로 웃으면 애나도 따라 웃었다. 그런 노래가 애나에게는 굉장한 우스갯소리로 들렸다. 나이 든 콜 왕은 아빠 브랑원이라고 생각했다. 엄마 허바드는 틸리고, 그녀의 엄마는 신발 속에서 사는 할머니가 되었다. 그런 허황된 이야기는 애나에게 굉장히, 너무나도 재미나는 것이었다. 애나는 그때까지 몇 년 동안 엄마와 살아오면서 가슴을 찌르는 듯한 옛날이야기만 들어왔다. 그런 이야기를 들으면 애나의 마음은 항상 불안하고 어리둥절했다.

애나는 아버지와 함께 자유롭게 행동했다. 항상 놀려대는 웃음을 띠고 완전히 자유분방하게 굴었다. 브랑원은 딸이 소리를 지르고 오만하게 웃어대는 것을 좋아했다. 아기는 살갗이 가무잡잡했고 머리카락도 엄마를 닮아 검었다. 눈은 엷은 갈색이었다. 브랑원은 아들을 '검은 울새'라고 불렀다.

"어이!" 하고 브랑원은 부르곤 했다. 아기가 요람에서 안아달라고 보챌 때는 흠칫 놀라며 말했다.

"검은 울새가 한 곡조 또 빼는군."

"검은 울새가 노랠 해요."

애나는 신이 나서 소리치곤 했다.

"검은 울새가 노랠 불러요."

"파이를 쪼개니까, 새가 노래 부르길 시작했어요."

브랑원은 요람 쪽으로 걸어가면서 쩡쩡 울리는 낮은 목소리로 불러 젖혔다.

"그건 임금님께 바친 것이니 맛있는 음식이었겠죠?"

애나는 재미나서 눈을 반짝이며 물었다. 이런 신비로운 낱말들을 내뱉으면서 맞았나 확인하느라 아빠를 쳐다보았다. 브랑원은 아기를 안고 앉아서 큰 소리로 말했다.

"크게 불러요, 우리 아드님. 크게요."

그러면 아기는 더 큰 소리로 울었고 애나는 더욱 흥이 나서 춤을 추며 힘차게 외쳤다.

6펜스짜리 노랠 불러요.
주머니 가득 꽃을 꽂고는,
어영차! 어영차!

그러다가 갑자기 노래를 뚝 그치고 브랑원을 다시 쳐다보았다. 눈은 반짝였고 신이 나서 큰 소리로 외쳤다.

"제가 틀리게 불렀어요. 틀렸어요."

"아이고머니!"

틸리가 방으로 들어오다 말고 눈이 휘둥그레졌다.

"소동이 났구먼!"

브랑원은 아기를 어르고 애나는 계속 깡충깡충 뛰며 춤

을 추었다. 애나는 아빠와 함께 신나게 떠들며 노는 것을 좋아했다. 틸리는 그런 것을 싫어했고 브랑윈 부인은 개의치 않았다.

애나는 다른 아이들에게 별 관심이 없었다. 다른 아이들을 좌지우지했고 그들을 대단히 어리고 무능한 아이들처럼 취급했다. 애나에게 다른 아이들은 하잘것없는 존재여서 자기와 동등한 아이들이 못 되었다. 그러니 애나는 대개 외톨이로 지내며 농장을 뛰어다녔다. 일꾼들과 틸리와 하녀들을 즐겁게 해주며 계속 빙빙 뛰어다녔고 잠시도 쉬질 않았다.

애나는 아빠와 함께 마차를 타고 달리는 것을 좋아했다. 마차 위에 높이 앉아서 미끄러지듯 달릴 때면 남보다 우월한 위치에서 그들을 지배하고픈 아이의 정열이 충족되었다. 한참 도도하게 구는 야만인 아이 같았다. 아빠가 훌륭하다고 생각하며 아빠 옆 마차의 높은 자리에 앉곤 했다.

그들은 무성하게 자란 높은 생울타리 옆을 신나게 달리면서 동네에서 벌어지는 일들을 내려다보았다. 사람들이 길 아래서 큰 소리로 인사를 할 때면 브랑윈은 유쾌하게 인사를 보냈다. 애나는 곧 아빠의 음성을 따라 가늘고 째지는 소리로 외쳐대고는 깔깔거리며 웃었다. 그때마다 반짝이는 눈으로 아빠를 올려다보았고 두 사람은 마주 보며 웃었다. 곧 사람들은 지나가면서 으레 큰 소리로 인사를 했다.

"톰, 잘 있었나? 아니, 우리 아가씨도 있구먼!" 또는 "잘 있었나, 톰! 아가씨도 잘 있었고?" 또는 "둘이서 읍내에 가는 길인가? 둘이 참 멋지게 어울리는데." 등으로 말을 걸었다.

애나는 아빠와 같이 대답을 하곤 했다.

"존! 어떻게 지냈나? (존 아저씨! 안녕하셨어요?)" "윌리엄! 잘 있었나? (윌리엄 아저씨! 안녕하셨어요?)" "네, 더비로 가는 길이에요. (네, 더비로 가는 길이에요.)" 애나는 있는 힘을 다해 외쳤다. 가끔 가다가는 "둘이서 나들이를 나가는군." 하면 "네, 그렇습니다."라고 애나가 대답을 해서 거기 있는 모든 사람들을 즐겁게 해주었다. 아빠한테만 인사하고 자기를 못 본 체하는 사람을 애나는 싫어했다.

만일 아빠가 술집에 꼭 들러야 할 경우에는 애나는 아빠와 함께 들어갔다. 그럴 때면 술집 객석에서 아빠 곁에 앉았고 아빠는 맥주나 브랜디를 마셨다. 여주인들이 애나에게 관심을 갖고 알랑거리는 태도로 말을 걸어왔다.

"작은아씨님, 이름이 무엇인가요?"

"애나 브랑윈이에요." 애나는 즉시 도도하게 대답했다.

"그래요! 아빠와 마차 타는 걸 좋아하나 봐요?"

"네."

애나는 수줍어하며 대답했지만 이런 빈말에는 싫증을 냈다. 애나에겐 어른들이 허튼 질문을 하며 함부로 건드리지 못할 도도한 면이 있었다.

"정말이지, 아주 영리한 애예요."

술집 여주인이 브랑윈에게 말하곤 했다.

"그래요."

그는 대답했고 아이에 대해서 더 이상 이러니저러니 말

을 못 하게 했다. 그다음에는 과자나 케이크 따위의 선물이 나왔는데 애나는 그것을 당연히 자기 몫으로 받곤 했다.

"저 아줌마는 내가 영리한 아이라고 했는데 그게 무슨 뜻이에요?"

나중에 애나가 물었다.

"네가 똘똘이래."

애나는 주춤했다. 무슨 뜻인지 알 수가 없었다. 그러다가 터무니없는 말이라는 걸 알게 되면 소리 내어 웃었다.

아빠는 매주 애나를 시장에 데리고 갔다.

"나도 갈 수 있지요? 그렇죠?"

애나는 토요일마다, 아니면 목요일 아침이면 이렇게 물었다. 그때면 아빠는 부유한 농부의 옷차림을 해 훌륭하게 보였다. 딸의 청을 거절해야 할 때면 얼굴 표정이 우울해졌다.

마침내 브랑윈은 수줍음을 극복하고 그의 옆자리에 아이를 태웠다. 그들은 노팅엄으로 마차를 몰고 들어가서 '검은 백조'에서 여장을 풀었다. 그때까진 일이 순조로웠다. 그는 애나를 숙소에 맡길 참이었다. 그러나 애나의 얼굴 표정을 보고 그렇게 할 수 없다는 걸 직감했다. 그래 브랑윈은 용기를 내어 애나를 데리고 숙소를 나섰다. 아이의 손을 붙잡고 소 시장으로 갔다.

애나는 어리둥절해서 두리번거렸다. 아빠 곁에서 말없이 따라다녔다. 그러나 사람들이 마구 밀쳐대는 통에 애나는 몸을 움츠렸다. 남자들이 하나같이 두껍고 더러운 장화를 신었고 가죽 각반을 하고 있었다. 그리고 길바닥엔 온통 소똥이 깔려 있어서 냄새가 고약했다. 네모난 우리 안에 모여 있는 소 떼와 뿔들을 보고 깜짝 놀랐으며 겁이 났다. 소 우리는 아주 작았고, 그곳에 모인 사람들은 온통 열기를 내뿜고 있었다. 가축 상인들은 고래고래 소리쳤다. 애나는 아빠가 자기 때문에 당황해 하고 불안해 하는 것을 느낄 수 있었다.

아빠가 간식 판매대에서 애나에게 케이크를 사 주며 자리에 앉혔다. 어떤 남자가 그에게 인사를 건넸다.

"톰, 잘 있었어? 자네 딸인가?" 수염을 기른 농부가 턱으로 애나를 가리켰다.

"그래."

브랑원은 애원하듯 대답했다.

"자네한테 저렇게 큰 딸이 있는 줄은 몰랐네."

"아, 우리 집사람 딸이야."

"아! 그렇군!"

그리고 그 남자는 애나가 마치 괴상하게 생긴 송아지나 되는 듯 쳐다보았다. 애나는 검은 눈으로 노려보았다.

브랑원은 가게 주인에게 애나를 부탁하고 그곳에 애나를 두고 떠났다. 그는 어린 암소 몇 마리를 팔려고 일을 보러 갔다. 애나는 농부, 백정, 가축 장수 등 더럽고 거친 사람들 사이에서 본능적으로 몸을 움츠렸다. 그러나 이들은 자리에 앉아 있는 애나를 뚫어지게 내려다보고는 마실 것을 사면서 목소리를 낮추지 않은 채 계속 떠들어댔다. 사람들은 몸집이 큰 데다 행동이 거칠었다.

"저 앤 뉘댁 앤가요?"

사람들은 가게 주인에게 물었다.

"톰 브랑윈의 딸이에요."

아이는 누구의 보살핌도 받지 못한 채, 아빠가 돌아오기를 고대하며 문간만 쳐다보았다. 그러나 아무리 기다려도 그는 오지 않았다. 수없이 많은 사람들이 들어왔으나 아빠는 오지 않았다. 애나는 그림자처럼 앉아 있었다. 이런 곳에서는 울어서는 안 된다는 것을 알고 있었다. 들어오는 사람마다 호기심에 차서 애나를 쳐다보았고 애나는 그들의 시선을 멀리 피해 보려 했다. 덩그러니 혼자 앉아 있는 아이에게 점점 더 차가운 기운이 몰려와 아이를 사로잡았다. 아빠는 아직도 돌아오지 않았다. 애나는 얼어붙은 듯 꼼짝 않고 앉아 있었다.

이제 돌아올 시간도 거의 다 끝나버렸다고 아이가 느낄 즈음에 아빠가 돌아왔다. 아이는 마치 죽었다가 다시 살아난 듯 자리에서 미끄러져 내려와 아빠에게로 갔다. 브랑윈은 최대한 빨리 그의 가축들을 팔아넘겼다. 그러나 흥정이 완전히 다 끝난 것이 아니었다. 그는 딸아이를 왁자지껄 혼잡한 가축 시장으로 다시 데리고 갔다.

얼마 후 드디어 그들은 발걸음을 돌려 시장 문을 나서게 되었다. 브랑윈은 이 사람 저 사람을 큰 소리로 불렀고, 그러면 으레 발걸음을 멈추고 토지와 가축과 말과 애나가 이해하지 못할 다른 일에 대해서 이야기를 늘어놓았다. 오물과 악취와 남자들의 긴 다리와 커다란 장화 사이에서 말이 이어졌다. 그리고 나서 애나는 항상 다음과 같은 질문을 들었다.

"저 여자 앤 누군가? 난 자네에게 저렇게 큰 딸이 있는 줄은 몰랐는데."

"아, 우리 집사람 애야."

애나는 결국 자신이 엄마 쪽의 아이이고 이방인이라는 사실을 또렷하게 인식하게 되었다.

마침내 그들은 자리를 떴다. 브랑윈은 애나를 데리고 브라이들스미스 게이트에 있는 컴컴하고 오래된 작은 식당으로 들어갔다. 그들은 소꼬리 수프와 고기, 양배추와 감자를 먹었다. 다른 사람들도 그 컴컴하고 천장이 둥근 식당에 들어와 식사를 했다. 애나는 놀라서 눈을 크게 뜨고 아무 말도 안 했다.

그런 뒤 그들은 커다란 시장과 곡물 거래소와 상점에 들렀다. 아빠가 가게에서 작은 책 한 권을 사서 애나에게 주었다. 그는 물건 사기를 좋아했고, 유용하다고 생각되는 기묘한 물건 사기를 좋아했다. 그러고 나서 그들은 '검은 백조'로 다시 갔다. 애나는 우유를, 브랑윈은 브랜디를 마셨다. 말에 마구를 채우고 더비를 향해 마차를 달렸다.

애나는 경탄과 놀라움으로 지쳤다. 그러나 이튿날 그 일이 생각났을 때는 팔딱팔딱 춤을 추었다. 자기 식으로 묘하게 다리를 쳐들면서 춤을 추었고 전날 일어났던 일과 보았던 일에 대해서 내내 쫑알댔다. 그것이 일주일 내내 계속되었다. 그다음 토요일이 되자 애나는 다시 그곳에 가고 싶어 애가 탔다.

애나는 이제 가축 시장에서 낯익은 아이가 되었고 작은 가게에 앉아서 아빠를 기다리곤 했다. 그러나 애나는 더비

읍내로 가는 것을 제일 좋아했다. 아빠는 거기에 친구가 더 많이 있었다. 그리고 애나는 그 다정스러운 분위기가 맘에 들었고, 강가에 위치해 있어서 그곳을 더 좋아했다. 그곳에선 낯선 것들을 처음 보아도 겁이 나지 않았다. 더 비는 훨씬 더 작은 읍이었다. 애나는 그곳의 지붕 덮인 시장과 할머니들을 좋아했다. 특히 '조지 인' 여관을 좋아했는데 아빠는 그곳에 여장을 풀곤 했다. 주인은 브랑윈의 오랜 친구로 애나를 무척이나 귀여워했다. 애나는 그 여관의 안락한 휴게실에 앉아 위긴턴 씨와 이야기를 하곤 했다. 여관 주인인 위긴턴 씨는 붉은 머리의 뚱보였다. 12시가 되어 농부들이 점심 식사를 하러 모여들 때면 애나는 작은 여주인공이 되었다.

처음에 애나는 거칠게 사투리를 쓰는 이 낯선 사람들을 노려보거나 쉿 하고 싫은 표정을 지을 뿐이었다. 그러나 그 사람들은 모두들 마음이 순했다. 애나는 좀 묘하게 생긴 아이였다. 사과처럼 새빨간 얼굴과, 새까만 눈 주위에는 황금빛 머리카락이 유리섬유 모양으로 뻗쳐 있어서 언뜻 보면 꼭 후광을 받은 듯이 보였다. 어른들은 유별난 이 아이를 좋아했다. 애나는 그들의 주목을 끌었다.

애나는 굉장히 화가 나 있었다. 앰버게이트 출신의 부농인 매리엇이 그를 '작은 족제비'라고 불렀기 때문이다.

"야, 넌 족제비 같구나."

그가 애나에게 말했다.

"아니에요."

애나가 냉큼 대답했다.

"넌 족제비야. 족제비가 바로 그런 식으로 말하지."

애나는 잠시 생각해 보더니 더듬거리며 말을 시작했다.

"그러면 아저씬…… 아저씬…… 말이야."

"내가 뭐?"

애나는 그를 위아래로 훑어보았다.

"아저씬 앙가발이예요."

그는 정말 앙가발이였다. 좌중에서 한바탕 웃음이 터졌다. 애나가 고분고분하지 않기에 사람들은 더욱 애나를 좋아했다.

"그래? 족제비나 그런 말을 한단다."

매리엇이 대꾸했다.

"그래요. 전 족제비예요."

애나가 발끈 성을 내며 말했다.

또 한바탕 웃음이 터졌다. 그들은 애나를 놀리기를 좋아했다.

"어이, 우리 작은 처녀 아가씨."

브레이스웨이트는 이런 식으로 애나에게 말을 걸곤 했다.

"양털도 그동안 잘 있었나?"

그는 애나의 윤기 나는 황금빛 머리 다발을 홱 잡아당겼다.

"이건 양털이 아니에요."

애나는 화가 나 대들며 낚아채인 머리 다발을 목 뒤로 다시 넘겼다.

"그러면 뭐라고 부르나?"

"이건 머리칼이에요."

"머리칼이라! 어디서 그런 머리털이 자란당께?"

"어디서 자란당께?"

애나는 호기심에 압도당해서 똑같은 사투리로 되물었다.

그는 대답하는 대신 신이 나서 소리 질렀다. 애나에게 사투리를 쓰게 한 것은 그로선 대단한 승리였다.

애나가 아주 싫어하는 사람이 있었다. 그는 건과 장수 또는 건과쟁이라고 불리는 사람인데, 크레틴병 환자로 발이 안으로 굽어 있었다. 그는 발을 디딜 때마다 어깨를 위로 들어 올리며 절름거렸다. 이 불쌍한 사람은 그의 얼굴이 알려진 선술집을 돌며 건과를 팔았다. 그는 입 천장이 없었는데, 어른들은 그의 말을 흉내 내곤 했다.

애나는 '조지 인'에 앉아 있다가 그가 들어오는 것을 처음 보았다. 그가 나가자 애나는 눈을 휘둥그레 뜨고 물었다.

"저 사람은 왜 걸을 때마다 이렇게 어깨를 올려요?"

"아가, 그건 어쩔 수 없단다. 몸이 그리 생겨먹은 걸 어떡하겠니."

애나는 생각을 하다가 좀 불안하게 웃었다. 그러고는 다시 곰곰이 생각해 보곤 낯을 붉히며 큰 소리로 말했다.

"그 사람은 흉측해요."

"아냐. 흉측한 게 아냐. 몸이 그렇게 되버리면 어쩔 수 없는 거야."

그러나 그 가련한 건과 장수가 다시 절름거리며 여관으로 들어왔을 때 애나는 숨어버렸다. 애나는 그가 파는 건과를 아저씨들이 사 줘도 입에 대지 않았다. 농군들이 도미노

놀이를 하며 건과 내기를 하였을 때 애나는 성을 냈다.

"그건 더러운 사람의 건과인데!"

그렇게 해서 건과 장수에 대한 혐오감이 시작되었다. 그는 얼마 안 있어 구빈원으로 들어갔다.

이제 브랑윈의 마음속에서는 애나를 숙녀로 키우겠다는 욕망이 점점 더 내밀하게 커갔다. 노팅엄에 사는 알프레드 형은 인텔리 여자를 애인으로 두어 커다란 물의를 일으켰다. 그 여자는 숙녀로 의사의 미망인이었다. 알프레드 형은 친구로서 그 여자의 집에 자주 놀러 갔다. 그 집은 더비셔 군에 있었는데, 형은 아내와 아이들을 두고 하루나 이틀쯤 나가 있다가 집으로 돌아왔다. 그런데도 감히 그에게 무어라고 말을 하는 사람이 없었다. 형은 의지가 강하고 직선적인 사람이어서 스스로 이 미망인의 친구라고 말하며 다녔다.

하루는 브랑윈이 기차역에서 형을 만났다.

"어디로 가는 길이세요?"

"웍스워스로 가는 참이야."

"그곳에 친구가 있다지요?"

"그래."

"제가 그쪽으로 가게 되면 들를게요."

"좋을 대로 하렴."

톰 브랑윈은 그 여자에 대해 굉장히 궁금했기 때문에 그 다음번 웍스워스에 들렀을 때 그 여자의 집에 찾아갔다.

그는 언덕의 가파른 쪽에 위치한 아름다운 집을 발견했다. 거기서는 움푹한 분지에 있는 시내가 잘 내려다보였고 멀리 건너편으로 오래된 채석장이 마주 보였다. 포브스 부인은 정원에 있었다. 머리카락이 희고 키가 큰 여자였다. 그 여자는 오솔길을 걸어 나오면서 두꺼운 정원 장갑을 벗고 가위도 내려놓았다. 가을철이었다. 여자는 챙이 넓은 모자를 쓰고 있었다.

브랑윈은 머리끝까지 낯을 붉히며 무슨 말을 해야 할지 몰랐다.

"잠깐 들러볼 생각이 들었습니다."

브랑윈이 말했다.

"부인께서 제 형님의 친구라는 걸 알고요. 윅스워스에는 볼일이 있어 왔지요."

여자는 그가 브랑윈 집안 사람임을 곧 알아보았다.

"들어오시지요."

여자가 말했다.

"제 아버님은 누워 계세요."

여자는 브랑윈을 응접실로 안내했다. 방은 책으로 가득했고 피아노 한 대와 바이올린 받침대가 있었다. 그들은 이야기를 시작했고 여자는 티 없이 술술 말을 꺼냈다. 여자에게선 범상치 않은 위엄이 느껴졌다. 방은 브랑윈이 한 번도 본 적이 없는 그런 종류였다. 사방이 탁 트이고 넓어서 마치 산꼭대기에 있는 기분이 들었다.

"제 형님이 독서를 좋아하시나요?"

"어떤 책들은 좋아하시지요. 허버트 스펜서를 읽고 계세요. 우린 때로는 브라우닝의 시를 같이 읽지요."

브랑윈은 마음속 깊이 존경심이 우러나왔다. 그건 경모

에 가까운 존경심이었다. 여자가 "우린 같이 읽지요."라고
말했을 때 브랑윈은 눈을 번쩍이며 그 여자를 쳐다보았다.
브랑윈은 방 안을 둘러보면서 드디어 속마음을 털어놓았다.

"저희 형님에게 이런 면이 있는 줄은 몰랐습니다."

"상당히 독특한 분이지요."

브랑윈은 놀라서 그 여자를 쳐다보았다. 여자는 분명히
형님에 대해서 다르게 생각하고 있었다. 여자는 분명히 형
님을 훌륭한 인물로 생각하는 것이었다. 브랑윈은 또다시
여자를 쳐다보았다. 나이는 마흔 살쯤 되었고 몸이 곧고
단단했으며 진기한 별개의 여자였다. 그 자신의 안목으로
는 그러한 여자를 좋아할 수가 없었다. 여자에게는 어딘가
싸늘한 면이 있었다. 그러나 끝없이 존경심이 우러났다.

여자는 차 마시는 시간에 브랑윈을 자기 아버지에게 소
개했다. 움직일 때는 부축을 받아야 하는 환자였으나 안색
이 불그스레하고 잘생긴 노인이었다. 머리칼은 눈처럼 새
하얗고 푸른 눈엔 눈물이 감돌았으며 태도는 예의 바르고
천진스러웠다. 이러한 노인의 모습이 브랑윈에게는 전혀
새롭고 낯설었다. 노인의 태도는 매우 부드럽고 쾌활하며
천진난만했다.

형이 이런 여자의 연인이라니! 그건 너무나도 놀라운 사
실이었다. 브랑윈은 자신의 형편없는 삶의 방식을 생각하고
자신을 멸시하면서 집으로 돌아왔다. 자신은 촌놈으로 진흙
탕에 처박힌 둔치였다. 브랑윈은 그 어느 때보다도 밖으로
빠져나와 이 환상적인 교양의 세계로 들어가고 싶었다.

그는 경제적으로 윤택했다. 그는 알프레드 형만큼이나

윤택했다. 형의 일 년 수입은 다 합쳐서 600파운드를 넘지 못했다. 그런데 자신은 일 년에 400파운드를 벌었고 그 이상도 벌 수 있었다. 그의 투자는 나날이 불어났다. 그런데 왜 그는 무언가를 하지 않나? 그의 아내 또한 숙녀인데.

그러나 그가 마시 농장에 도착했을 때 그곳의 모든 일이 얼마나 고정되어 있는가를 새삼 깨달았다. 또 그와 다른 형태의 삶이 자신과 얼마나 동떨어져 있는가도 깨달았다. 그는 생전 처음으로 농장을 계승한 것을 후회했다. 그는 자신이 모험심도 없고 평안과 안정만 바라는 감옥수라고 느꼈다. 그가 위험을 무릅썼다면 무언가를 더 성취했을 것이 아닌가. 그는 브라우닝의 시도, 허버트 스펜서의 글도 읽을 수 없었다. 포브스 부인의 방 같은 곳엔 접근할 수가 없었다. 그러한 생활 방식은 그와는 무관했다.

그러나 그다음 순간 브랑윈은 그런 생활 방식을 원치 않는다고 스스로 말했다. 그 방문에서 생긴 흥분은 사라지기 시작했다. 그 이튿날 브랑윈은 평상시의 상태로 돌아왔다. 그 여자에 대해 생각을 할라치면 어딘가 그가 좋아하지 않는 점이 그녀와 그녀의 집과 관련되어 떠올랐다. 그건 차갑고도 이질적인 요소였다. 그녀는 여자가 아니라 어떤 비인간적인 존재이며, 또 차갑고도 무생물적인 목적을 위해서 인간의 생명을 소진시킨다고 느꼈다.

저녁때가 되어 브랑윈은 애나와 같이 놀았다. 그다음에는 아내와 단둘이 앉아 있었다. 아내는 바느질을 하고 있었다. 그는 마음이 산란해서 담배를 피우며 아주 묵묵히 앉아 있었다. 아내의 다소곳한 모습과 바느질을 하느라고 조용히 수그린 검은 머리도 의식하고 있었다. 그에게는 너무나 조용한 분위기였다. 방 안은 너무나 평온하였다. 그는 벽을 부수고 밤을 들어오게 해서 아내가 그토록 안전하고 조용히 앉아 있지 못하게 했으면 하고 바랐다. 그는 집 안의 공기가 그렇게 탁하고 밀폐되지 않기를 바랐다. 아내는 그로부터 사라져서 자기만의 세계에 들어가 있었다. 그곳은 조용하고 안전하며 남의 눈에 띄지도 않고, 또한 남에게 관심도 갖지 않는 그러한 곳이었다. 그는 아내로부터 차단되어 있었다.

브랑윈은 일어나 나가려 했다. 더 이상 묵묵히 앉아 있을 수가 없었다. 이 억압적이고 차단된 여자의 거처에서 벗어나야만 했다. 아내는 고개를 들어 그를 쳐다보았다.

"어디 나가세요?"

그가 내려다보다 아내의 시선과 마주쳤다. 아내의 눈은 암흑보다 더 컴컴하고 깊어 보였다. 자신이 아내 앞에서 뒤로 물러서며 방어를 하는 반면, 아내는 계속 그를 따라오며 정체를 추적하는 것같이 느꼈다.

"코셋헤이에 좀 갔다 오려고요."

아내는 계속 그를 주시했다.

"왜요?"

그의 심장은 두근거렸고, 그는 천천히 앉고 말았다.

"뭐 특별히 볼일은 없어요."

브랑윈은 대꾸하며 기계적으로 파이프에다 담배를 채우기 시작했다.

"왜 그렇게 자주 나가세요?"

"당신이 날 원하지 않으니까."

아내는 잠시 말이 없었다.

"당신은 이제 나하고 같이 있는 걸 원치 않아요."

브랑원은 깜짝 놀랐다. 아내가 이런 진실을 어떻게 알아냈지? 나만의 비밀인 줄 알았는데.

"저……."

브랑원이 말을 시작했다.

"무언가를 찾고 싶어서 그러시지요."

브랑원은 대꾸하지 않았다. '그랬던가?' 스스로에게 물어보았다.

"그렇게 관심을 끌려고 하지 마세요. 당신은 어린애가 아니에요."

"난 불평하지 않아요."

브랑원이 대꾸했다. 그렇지만 자신이 불평한다는 건 내심으로 잘 알고 있었다.

"관심을 충분히 못 받는다고 생각하고 있지요? 얼마나 받으면 충분해요? 당신은 나의 관심을 충분히 못 받는다고 생각하고 있어요. 그렇지만 나를 어떻게 아세요? 내가 당신을 사랑하게끔 무슨 노력이나 해봤어요?"

브랑원은 깜짝 놀라 어안이 벙벙해졌다.

"당신의 관심이 적다고 말한 적은 없어요."

브랑원이 대꾸했다.

"난 당신이 날 사랑하려고 하는지 몰랐어요. 그래, 뭘 원하오?"

"당신이 우리 관계를 좋지 않게 만들고 있어요. 관심이 없는 거예요. 그러니 내가 어떻게 당신을 원하겠어요?"

"당신은 지금도 내가 당신을 원하는 걸 방해하고 있어."

침묵이 흘렀다. 그들은 낯선 사람들이었다.

"그래, 딴 여자를 원해요?"

브랑윈은 눈이 휘둥그레졌다. 자신이 어디에 있는지도 모를 지경이었다. 어떻게 아내가 저런 말을 함부로 입에 담을까? 그러나 자그맣고 이국적이고 독립적인 아내가 바로 눈앞에 앉아 있었다. 갑자기 이런 생각이 머리에 떠올랐다. 두 사람이 일치하지 않을 때 아내는 자신을 그의 아내로 생각하지 않는다고. 아내는 그와 결혼한 것을 의식하지 않는다고. 하여간 아내는 그가 다른 여자를 택하는 걸 기꺼이 허용할 용의가 있는 것 같았다. 갈라진 틈이, 넓은 간격이 눈앞에 보였다.

"아니, 내가 어떻게 다른 여자를 원하겠어요?"

브랑윈이 천천히 말했다.

"당신 형처럼 말이에요."

브랑윈은 부끄럽게 느끼며 잠시 잠자코 있었다.

"그 여자가 어떻다는 거예요?"

브랑윈이 말했다.

"난 그 여자가 싫었어요."

"아니, 좋아했지요."

아내는 물고 늘어지며 말했다.

브랑윈은 경이로워서 아내를 뚫어지게 쳐다보았다. 아내가 그의 속마음을 그토록 태연스럽게 들추어내 말하다니. 그래 브랑윈은 화가 치밀었다. 아내는 무슨 권리로 저렇게

떡하니 앉아서 이런 말들을 늘어놓는단 말인가? 저 여자는 분명 그의 아내인데, 무슨 권리로 남남처럼 이런 식으로 말을 한단 말인가?

"난 싫었어요."

브랑윈이 말했다.

"난 여자를 원치 않아요."

"아뇨, 당신은 아주버님같이 되고 싶어 하지요."

브랑윈은 분노로 속이 콱 막혀 아무 말도 못 하고 있었다. 아연실색했다. 그는 아내에게 웍스위스에 갔던 일을 들려주었었다. 그러나 짧게 별 흥미 없이 얘기했다고 생각했는데.

아내는 가무잡잡한 낯선 얼굴을 그에게로 향하고 앉아 있었다. 그녀는 이해할 수 없는 눈으로 그를 주시하면서 그를 가늠하고 있었다. 브랑윈은 아내와 맞서기 시작했다. 아내는 다시 그와 맞서 있는 알지 못할 능동적인 존재가 되었다. 아내를 받아들여야 할 것인가? 그는 자신도 모르게 반항했다.

"당신은 왜 나보다 더 소중하게 생각할 여자를 찾고 있지요?"

그의 가슴속에서 격렬하게 화가 치밀었다.

"난 그렇지 않아요."

"왜 그렇지요? 왜 나를 부정하려 들지요?"

갑자기 눈 깜짝할 사이에, 브랑윈은 아내가 외롭고 고립되어 있으며 자신 없어 한다고 생각했다. 전에는 아내가 그를 배척하며 완전히 자신만만하고 만족하며 절대적이라는 생각을 했었다. 아내에게 무엇이 필요할 수 있을까?

"왜 당신은 나에게 만족을 못하지요? 난 당신이 불만이에요. 전남편 폴은 사나이답게 내게로 와서 나를 취하곤했어요. 한데 당신은 나를 외롭게 홀로 두던가 아니면 내가 가축인 양 빨리 취하고는 다시 나를 잊어버리지요. 다시 나를 잊으려고 급히 취한단 말이에요."

"당신의 어떤 점을 내가 기억해야 한단 말이요?"

브랑윈이 물었다.

"내가 곁에 있다는 걸 알아주길 원해요."

"그래, 내가 그걸 모른단 말이요?"

"당신은 내가 무용지물이나 되는 듯이 나한테 다가오지요. 내가 마치 아무것도 아닌 것처럼 말이에요. 폴이 나한테 올 때는 난 하나의 인간이었어요. 난 여자였단 말이에요. 그런데 당신에게는 난 아무것도 아니지요. 가축이든가, 아무것도……."

"당신이야말로 내가 아무것도 아닌 양 느끼게 해요."

부부는 말이 없었다. 아내는 남편을 바라보며 앉아 있었고 남편은 꼼짝할 수가 없었다. 브랑윈의 속은 부글부글끓어올라서 통 정신이 없었다. 아내는 고개를 돌리고 다시바느질을 시작했다. 그러나 브랑윈은 몸을 구부리고 있는아내의 모습에 사로잡혀서 무관심한 채 그냥 있을 수가 없었다. 아내는 생소하면서 적대적이고 지배적인 존재였다. 그러나 그렇게까지 적대적이진 않았다.

브랑윈은 자신의 팔다리가 튼튼하고 단단하다고 느끼면서 앉아 있었다. 힘이 솟았다.

아내는 아무 말도 않고 바느질을 계속했다. 아내의 둥근 머리 모양이 매우 친근하게 느껴졌고 그를 꼼짝 못하게 끌어들인다는 걸 날카롭게 의식했다. 아내는 머리를 쳐들고 한숨을 쉬었다. 브랑윈의 몸속에서 피가 끓어올랐다. 아내의 목소리는 불길처럼 그에게 몰려왔다.

"이쪽으로 와요."

아내가 자신 없이 말했다.

잠시 동안 브랑윈은 움직이지 않았다. 조금 후에야 천천히 일어나 벽난로 앞을 걸어갔다. 억지로 의지를 발동하거나 묵종을 해서야 몸을 움직일 수가 있었다. 그는 아내 앞에 서서 아내를 내려다보았다. 아내의 얼굴에서 다시 광채가 났고 눈은 웃음을 잔뜩 머금은 듯 빛나고 있었다. 아내가 변모하는 모습을 보니 무서웠다. 차마 눈뜨고 볼 수가 없었다. 그걸 보니 가슴이 마구 타올랐다.

"여보!"

아내가 불렀다.

아내는 앞에 서 있는 남편을 두 팔로 감았다. 남편의 넓적다리를 두 팔로 안고 가슴팍에다 남편의 몸을 갖다 댔다. 그의 몸에 아내의 손이 와 닿자, 자신의 몸이 알몸으로 드러난 것같이 느껴졌다. 그의 몸은 자신의 생각에도 열정적으로 사랑스러웠다. 그는 차마 아내를 쳐다볼 수가 없었다.

"여보!"

아내가 불렀다.

아내가 외국어를 하고 있다는 걸 그는 알았다. 공포가

그의 가슴속에서 희열처럼 솟았다. 아내를 내려다보았다. 아내의 얼굴은 빛나고 있었고 눈엔 광채가 가득했으며 아내는 대단하게 보였다. 아내에 대한 욕정 때문에 괴로웠다. 아내는 미지의 대단한 존재였다. 그는 아내에게 몸을 굽힌 채 욕정대로 따를 수 없어 괴로웠다. 욕정을 그대로 풀 수는 없어, 그대로 끌리며 또한 쫓기었다.

아내는 이제 변모된 모습이었다. 아내는 경이로웠으며 그를 초월해 있었다. 브랑원은 앞으로 다가서고 싶었다. 그러나 아직은 아내에게 입맞춤할 수 없었다. 그는 동떨어져 있는 존재였다. 가장 쉽사리 할 수 있는 것은 아내의 발등에 입을 맞추는 것이었다. 그러나 그것을 행동으로 옮기는 건 수치스러웠다. 그건 모욕이 될 것이었다. 아내는 남편이 자기 앞에서 허리를 굽혀 절하며 시중을 드는 것보다는 자기와 정면으로 만나기를 기다렸다. 아내는 남편에게 순종이 아니라 능동적인 참여를 바랐다.

아내는 남편의 몸에 손을 댔다. 그러나 아내에게 능동적으로 자신의 몸을 내맡기고 아내의 행동에 참여한다는 것은 그에게 참으로 고통스러웠다. 그가 아내를 맞이하여 포옹을 하고 아내를 알아낸다는 것은 고초였다. 아내는 그가 아닌 딴 인간이 아닌가. 아내에게 몸을 내맡기려니 몸의 한 부분이 움츠러들었다. 그 자신은 가장 갈망하는데도 몸의 한 부분은 아내를 향해 긴장을 푸는 것을 반대하고 아내와 뒤섞이는 것을 반대했다. 브랑원은 겁이 났다. 자신을 구하고 싶었다.

몇 분 동안 침묵이 흘렀다. 그리고 서서히 긴장이, 억제가 그에게서 풀려나가면서 그는 아내를 향해 흐르기 시작했다. 아내는 그를 초월해 있어서 그의 손에 닿을 수 없는 존재였다. 그러나 그는 자제를 풀고 자신을 내맡겼다. 숨어 있던 욕정의 거센 힘이 아내에게로 다가가 아내와 함께 있고 아내와 뒤섞이고, 자아를 잃고 아내를 찾아내며, 아내 속에서 자아를 찾아내려 했다. 브랑윈은 아내에게 접근하기 시작했다. 가까이 다가섰다.

그의 피는 파도 같은 욕정으로 철썩철썩 출렁거렸다. 그는 아내에게 다가서서, 아내와 만나기를 원했다. 만일 아내에게 다다르기만 한다면 아내는 분명 그곳에 있을 것이었다. 아내가 그를 초월해 있다는 현실감이 그를 사로잡았다. 그는 무턱대고, 자아는 소멸된 채, 앞으로 앞으로 점점 더 가까이 다가갔다. 그는 자아의 성취를 받아들일 것이었다. 그를 송두리째 삼켜버렸다가 다시 그 자신에게 돌려줄 암흑 속으로 정말 들어갈 것이었다. 그가 불타는 암흑의 핵심 속으로 정말 들어갈 수만 있다면! 그가 진정 파괴되고 모조리 불타버려 마침내 아내와 함께 하나의 절정을 이루며 빛을 발한다면! 그것은 최고로, 최고로 멋질 텐데.

결혼 생활이 이 년쯤 지난 지금 그들의 결합은 그 전의 것보다 훨씬 더 멋진 것이었다. 그것은 또 다른 존재의 영역 속으로 들어가는 것이었다. 새로운 생명을 받는 세례이며 완전한 확인이었다. 두 사람은 낯선 지식의 땅을 밟았고, 그들의 발걸음은 발견으로 번뜩였다. 어디를 걷든지 좋았으며 세계는 그들 주위에서 발견으로 메아리쳤다. 그들은 즐거이 다녔으며 또 쉽게 잊었다. 모든 것을 잃었다가 모든 것을 되찾았다. 신세계가 발견되었으니 단지 탐험하는 일만 남았다.

두 사람은 출입문을 들어서서 보다 더 먼 영역으로 들어갔다. 그곳에서의 움직임은 너무도 광대하여, 속박과 자제와 노고를 포함하면서도 완전한 자유였다. 아내는 남편에게 출입문이 되었으며 남편은 또 아내에게 출입문이 되었다. 마침내 두 사람은 서로에게 대문을 활짝 열어놓고, 서로를 마주 보며 문간에 서 있었다. 그러는 동안 빛은 문 뒤로부터 쏟아져 나와 서로의 얼굴을 비추었다. 그것은 변모요, 영광이요, 영접이었다.

그 후엔 그 변모의 빛이 두 사람의 가슴에서 항상 이글거렸다. 브랑윈은 전처럼 자기의 길을 걸었고, 아내는 또 자신의 길을 걸었다. 세상의 다른 사람들에게는 아무런 변화도 없었던 것같이 보였다. 그러나 두 사람에게는 영원한 변모의 경이로움이 이어졌다.

그가 이제 아내를 모두 안다고 해서 아내를 전보다 더 잘 알고 더 정확하게 알게 되었다는 것은 아니었다. 폴란드, 아내의 전남편, 전쟁, 아내의 이러한 것들을 더 이상 이해하지 못했다. 그는 독일 피와 폴란드 피가 섞인 아내의 이국적인 기질을 이해하지 못했거니와 또 아내의 모국어도 이해하지 못했다. 그러나 그는 아내를 알게 되었고 아내의 뜻하는 바를 이해 없이도 알게 되었다.

아내가 말하고 진술하는 것, 이러한 것은 아내 쪽에서 하는 맹목적인 몸짓에 불과했다. 아내는 속으로는 강하고 명확하게 걸었다. 브랑윈은 아내를 알아보았고 아내에게 인사를 했고 아내와 함께 있었다. 결국 추억이란 무엇인가? 한 번도 성취되지 못한 많은 가능성들의 기록에 불과하지 않은가? 아내에게 폴 렌스키란 이루지 못한 가능성에 불과한 것이다. 여기에 비해 브랑원, 그는 현실이며 성취인 것이다. 애나 렌스키가 리디아와 폴 사이에서 태어났다는 것이 무슨 문제가 되는가. 하느님이 그 아이의 아버지와 어머니가 되며, 하느님이 그 부부에게 자신의 정체를 완전히 드러내지 않고 그 부부 사이를 통과했는데.

이제 하느님이 브랑원과 리디아 브랑원이 함께 서 있을 때 그들에게 나타나셨다. 그들이 손을 맞잡았을 때 가정은 완성되었으며 하느님이 그곳에 거처하셨다. 그리고 그들은 즐거웠다.

매일의 일과가 그전처럼 계속되었다. 브랑원은 밖에 나가 일을 했고, 아내는 아이를 키우고 농장 일도 어느 정도 거들었다. 두 사람은 서로의 생각을 하지 않았다. 그래야 할 필요가 어디 있는가. 아내의 손이 그에게 닿기만 해도 그는 즉각적으로 아내를 이해하는데. 아내가 그와 함께 있으며 그에게 가까이 있음을 알고 있었다. 아내는 문이며 밖으로 나가는 길이었다. 또 아내는 저 멀리 있어서, 그가 그 먼 곳으로 가야 아내 속에서 여행할 수 있다는 사실도 깨달았다. 어디로 가야 하나? 그게 무슨 문제인가? 그는 부름에 항상 응하는데. 아내가 부를 때 그가 응했고, 그가 청할 때 아내가 곧바로 응답을 하든가 아니면 결국엔 응답을 했다.

딸 애나의 영혼은 그들 사이에서 평온했다. 애나는 이쪽에서 저쪽까지 훑어보았고 양쪽 다 자기가 안주하도록 안정되어 있다는 걸 알았다. 이제 아이는 자유로웠다. 이제 애나는 안심하고 불기둥과 소금기둥* 사이에서 놀았고 오른쪽과 왼쪽에 다 확신을 가졌다. 어린애의 약한 힘으로 반월문의 부서진 한쪽 끝을 떠받치라고 애나를 부르는 일은 더이상 없었다. 아이의 아버지와 어머니는 이제 하늘이 맞닿는 곳에서 만났고, 아이인 애나는 둘 사이에 있는 아래 공간에서 자유로이 뛰놀 수 있었다.

---

* 구약 성경 출애굽기에 나오는 이야기. 이집트에서 노예 생활을 하던 이스라엘 민족을 하느님이 구해 낼 때, 낮에는 구름기둥을, 밤에는 불기둥을 만들어 사막에서 길을 인도했다고 한다. 출애굽기 13장 21~22절.

제4장
애나 브랑윈의 소녀 시절

애나가 아홉 살이 되었을 때 브랑윈은 딸을 코셋헤이에 있는 초등학교에 보냈다. 애나는 찰딱거리며 그 학교를 다녔는데 이렇다 하게 눈에 띄는 아이는 아니었다. 하지만 하고픈 대로 행동을 했고 예의범절에 무관심하고 경건성이 모자라 노처녀 코츠 선생을 당황케 했다. 애나는 코츠 선생을 보면 웃기만 했고, 그 선생을 좋아했으며, 어린애면서도 우월한 태도로 대했다.

애나는 수줍어하면서도 사나웠다. 보통 사람들을 묘하게 멸시했고 자애심이 섞인 우월감을 갖고 대했다. 애나는 몹시 수줍음을 탔고 사람들이 자기를 좋아하지 않을 때는 비탄에 젖어 괴로워했다. 반면에 엄마와 아빠를 제외하고는 딴 사람들에게 거의 관심이 없었다. 아직도 엄마를 좀 원망은 하면서도 존경했다. 아빠를 사랑하고 우월감을 갖고 위해 주면서도 아빠에게 의존하는 신세였다. 엄마와 아빠,

이 두 사람이 아직도 애나를 지배하고 있었다. 그러나 애나는 다른 사람들로부터는 자유로웠고 전반적으로 그들에게 자애로운 태도를 취했다.

그러나 추한 것이나 침해나 오만한 태도는 대단히 증오했다. 애나는 어린아이로서 호랑이처럼 자만심이 강하면서 남의 눈을 피해 다녔고 홀로 떨어져 있었다. 호의를 베풀 아량은 있었으나 엄마와 아빠를 제외한 다른 사람의 호의는 받아들이지 않았다. 애나는 너무 가까이 접근하는 사람을 싫어했다. 들짐승처럼 사람들과 떨어져 있기를 원했다. 가까이 사귄다는 것을 불신했다.

애나는 코셋헤이와 일커스턴에서 항상 이방인이었다. 아는 사람은 많았지만 친구는 없었다. 애나가 만난 사람 가운데서 중요하다고 생각되는 사람은 거의 없다시피 했다. 그들은 그저 한 무리 중의 일부분으로 특색이 없어 보였다. 애나는 사람들을 그리 진지하게 받아들이지 않았다.

애나에겐 두 남자 형제가 있었다. 톰은 머리색이 까맣고 몸이 자그마하고 쾌활했다. 톰과는 친근감을 느끼면서도 한 번도 한데 어울리지 않았다. 프레드는 금발이며 민감했다. 애나는 프레드를 매우 좋아하면서도 진짜 별개의 존재로서는 생각지 않았다. 애나는 지나칠 정도로 자신의 우주 속에 중심을 두었고 바깥 세계에 대해서는 아는 것이 너무나도 적었다.

애나가 만난 사람 중에서 진짜로 살아 있는 인간이라고 인정되어 그녀에게 영향을 준 첫 번째 사람은 스크레벤스키 남작이었다. 애나는 이분이야말로 명확한 삶을 산다고 인정했다. 그는 어머니의 친구였다. 그도 폴란드 망명객이었으며 글래드스톤 씨로부터 요크셔 군에 있는 작은 시골의 목사 자리를 맡게 된 성직자였다.

애나가 열 살쯤 되었을 때, 엄마와 함께 스크레벤스키 남작 댁에 가서 며칠을 보냈다. 그는 붉은 벽돌의 목사관에서 매우 불행하게 살고 있었다. 시골 교회의 교구 목사로 일 년에 이백 파운드 남짓한 성직 녹을 받았다. 여러 개의 탄광이 들어서 있는 큰 교구를 맡았는데, 그곳에 새로 이주해 온 거칠고 신앙심 없는 광부 집단이 끼어 있었다. 영국의 북부 교구로 가게 되었을 때 그는 자신이 귀족이기 때문에 서민들에게서 존경을 받으리라 기대했었다. 그러나 정작은 거칠게, 아니 잔인스럽게 대우를 받았다. 남작은 그 실상을 통 이해하지 못했다. 그저 성미가 격한 귀족으로 계속 지냈다. 단지 교구민을 피하는 법을 배워야만 했다.

애나는 그에게서 깊은 인상을 받았다. 그는 주름이 진, 아니 주름이 쪼글쪼글한 얼굴에 체구가 자그마한 남자였고 움푹 들어간 푸른 눈은 번뜩였다. 그의 부인은 키가 크고 야윈 폴란드 귀족 출신으로 자부심에 불탔다. 남작은 아내와 늘 붙어 있다시피 해서, 아직도 영어가 서툴렀다. 부부는 그 낯설고 냉랭한 시골에서 외로움을 짓씹으며 둘이서는 늘 폴란드어를 썼다. 남작은 브랑원 부인이 영어를 부드럽고 자연스럽게 구사하자 실망했다. 더구나 딸은 폴란드어를 전혀 모르는 걸 보고 크게 실망했다.

애나는 즐겨 그를 주시했다. 또 언덕 위에 외롭고 황량하게 서 있는 그 크고 턱없이 넓은 새 목사관을 좋아했다. 마시 농장만을 보아왔던 애나에게 그 목사관은 너무나 바깥으로 드러나 있고 황량하고 대담하게 보였다. 남작은 끊임없이 브랑윈 부인에게 폴란드어로 말했다. 그는 손으로 성난 몸짓을 했고 푸른 눈에선 불꽃이 튀었다. 애나의 생각에 그의 날카롭고 민첩한 동작은 의미가 있어 보였다. 애나의 마음 한구석에선 남작의 활기 넘치는 과도한 태도에 호응을 보내고 있었다. 남작이 매우 훌륭한 인물이라고 생각했다. 그 앞에서 수줍음을 탔지만 그가 자신에게 말을 거는 걸 좋아했다. 그와 가까이 있으면 왠지 해방감을 느꼈다.

어떻게 알게 되었는지는 몰라도, 애나는 남작이 몰타 기사단*의 기사라는 사실을 잘 알고 있었다. 애나는 남작이 받은 별이나 십자가 모양의 기사 훈장을 직접 본 기억은 없었으나, 마음속에서는 그 훈장이 상징처럼 반짝였다. 하여간 남작은 그 아이에게 진짜 세계를 대표했다. 그곳에서는 왕과 귀족과 왕자들이 움직이며 그들의 영광스러운 삶을 성취했으며, 한편 왕비와 귀족 부인과 공주들은 그 귀족 훈장을 떠받치고 있었다.

애나는 스크레벤스키 남작을 진정한 인간이라고 인정했고, 그 역시 애나를 어느 정도 중요하게 여겼다. 그러나 애나가 남작을 더 이상 만나지 못하게 되자 남작은 희미한

---

* 십자군 시대에 창설된 유명한 성 요한 기사단으로 19세기부터는 자선 사업에 전념했고 회원에게 귀족 칭호를 주었다.

존재가 되어 하나의 추억으로 전락했다. 그러나 추억이면서도 애나의 마음에 생생하게 남았다.

애나는 키가 크고 좀 쭈뼛쭈뼛하는 소녀로 자라났다. 눈은 아직도 새까맣고 빠르게 돌아갔으나 산만하게 두리번거려 예전의 적의를 품고 주시하던 눈빛은 사라졌다. 빳빳하게 뻗쳐서 유리섬유 같던 머리카락은 갈색으로 변했고, 숱이 불어나서 뒤로 묶고 있었다. 부모는 애나를 노팅엄에 있는 여자 고등학교에 보냈다.

이 시기의 애나는 숙녀가 되는 데에 온통 정신이 팔려 있었다. 애나는 상당히 똑똑했으나 공부에는 흥미가 없었다. 처음에는 학교의 모든 여학생이 매우 숙녀답고 훌륭하다고 생각해서 자신도 그들처럼 되기를 원했다. 그런데 금방 환멸을 느꼈다. 급우들은 애나를 안달하게 하고 격분시켰다. 그들은 도량이 좁고 비열했다. 애나 집안의 자유롭고 관대한 분위기에서는 자질구레한 일들이 문제가 안 되었다. 사사건건 문제 삼는 세계에서 애나는 항상 불안했다.

애나는 급속도로 변했다. 자신을 불신하고 바깥세상을 불신했다. 앞으로 계속 나아가기를 원치 않았다. 그 세상으로 들어가기를 싫어했다. 더 이상 나아가기가 싫었다.

"저 많은 계집애들과 내가 무슨 상관이람?"

애나는 경멸조로 아버지에게 말하곤 했다.

"저 애들은 형편없어요."

문제는 학생들이 애나를 있는 그대로 받아주지 않는 데 있었다. 학생들은 애나가 자기네 식에 따라야 받아들이지,

그렇지 않으면 전혀 용납하려 들지 않았다. 그래서 애나는 어리둥절해졌고 유혹을 받아 얼마 동안은 그들처럼 되어 버렸다. 그러다가 반발심이 생겨 반 아이들을 맹렬히 증오했다.

"왜 넌 반 친구들을 집으로 데려오지 않니?"

아버지가 묻곤 했다.

"걔네들은 우리 집에 오지 않아요."

애나가 소리 질렀다.

"왜 안 오니?"

"걔네들은 보잘것없는 아이들이에요."

애나는 엄마가 이따금씩 사용하는 어휘를 쓰며 말했다.

"보잘것없든, 하잘것없든 문제가 되지 않아. 그 애들은 다 훌륭한 숙녀니까."

애나는 이 말에 넘어가지 않았다. 애나는 기이하게도 진부한 사람들에게서 몸을 움츠렸고, 특히 또래의 여자 애들과 있으면 더욱 움츠러들었다. 다른 사람들과 같이 있으면 늘 어색하게 느껴져 여러 사람과 섞이지 않았다. 그것이 자신의 잘못 때문인지 또는 사람들의 잘못 때문인지 단정지을 수가 없었다. 애나도 절반쯤은 다른 사람들을 존경했다. 그러다가 환멸을 느끼고 나면 화가 났다. 애나는 사람들을 존경하고 싶었다. 아직도 자신이 모르는 사람들은 훌륭하다고 생각했다. 그녀가 알고 있는 사람들은 항상 그녀에게 제재를 가하는 것 같았다. 사소한 허위적인 일에 그녀를 묶어놓아 참을 수 없도록 못살게 굴었다. 차라리 집에 미물면서 나머지 세상은 환상에 불과하다고 치부하며 지내고 싶었다.

마시 농장에서의 생활엔 정말로 자유나 도량이라고 할 만한 요소가 있었다. 돈에 대해서 안달하는 법도 없고 비열하게 남보다 조금 더 앞서려는 법도 없었다. 다른 사람들이 어떻게 생각하는가에도 신경을 쓰지 않았다. 그 까닭은 브랑윈 부인이나 브랑윈이 바깥세상에서 그들에 대해 평하는 말들을 의식하지 않았기 때문이다. 그들의 생활은 바깥세계와 너무나 동떨어져 있었다.

그래서, 애나는 집에 있어야 마음이 편안했다. 집에서는 상식과 부모님 사이의 지고한 관계가 삶의 보다 자유로운 규범을 설정해 주었다. 이러한 규범은 바깥세상에서는 찾아볼 수가 없었다. 마시 농장을 나서면, 그녀가 몸담아 자라온 아량 있는 위엄을 그 어느 곳에서 찾아볼 수 있단 말인가? 애나의 부모는 비난에 위축되지 않고, 비난을 의식하지 않고 떳떳이 지냈다. 애나가 바깥세상에서 만난 사람들은 애나의 존재 그 자체를 못마땅해 하는 것 같았다. 사람들은 애나도 위축시키고 싶은 듯했다. 애나는 그들과 어울려 다니는 것을 극도로 싫어했다. 애나는 부모에게 의존했다. 그러면서도 바깥으로 나가길 원했다.

애나는 학교에서나 바깥세상에서 실수를 곧잘 하곤 했다. 자신은 수치감에서 살금살금 걸어 다녀야 한다고 평상시 생각했다. 자기가 틀린 것인지 딴 사람들이 틀린 것인지 도대체 자신이 없었다. 애나는 학과목 공부를 하지 않았다. 공부하기 싫은데도 왜 구태여 공부를 해야 하는지 그 이유를 몰랐다. 그녀가 공부해야 할 어떤 비밀스러운 이유가 있단 말인가? 이 사람들은, 이 여선생들은 어떤 신비로운 정의와 보다 높은 선의 대표자라도 된단 말인가? 그들은 스스로를 그렇게 생각하는 듯했다. 그러나 애나의 생각으로는 희곡『뜻대로 하세요』*에 나오는 삼십 행을 잘 모른다고 해서, 그것이 여선생이 그녀를 위협하고 모욕을 줄 근거는 절대로 될 수 없었다. 결국 그녀가 그걸 알고 모르는 것이 뭐 그리 문제가 되는가? 아무리 해도 그것이 조금이라도 중요하다고 믿게 할 수는 없었다.

왜냐하면 애나는 그 여선생의 비열한 본성을 멸시했기 때문이다. 그렇기 때문에 애나는 항시 학교 당국과 사이가 좋지 않았다. 애나는 계속 불량하다는 말을 들어서, 자신이 정말로 나쁘고 본질적으로 열등하다고 믿을 지경이었다. 만일 선생이 기대하는 바를 자신이 그대로 실천한다면 자신은 수치스러워 살금살금 걸어 다녀야 한다고 생각했다. 그래서 애나는 반항했다. 자신이 나쁘다고 진정으로 믿은 적은 한 번도 없었다. 가슴 저 깊숙이에서 다른 사람들을 멸시했다. 사람들은 사소한 일을 가지고 짓까불며 떠들어댔다. 그들을 멸시했고 그들에게 복수를 하고 싶었다. 사람들이 그녀에게 세력을 행사할 때는 그들을 증오했다.

그러나 이상은 늘 품고 있었다. 사소한 속박에서 벗어나 자질구레한 생각을 초월해서 사는 자유롭고 자부심 있는 숙녀가 되는 것이었다. 사진에서는 그런 숙녀들을 볼 수

---

* 셰익스피어의 희극.

있었다. 웨일스의 공주인 알렉산드라*가 그 이상형 중의 하나였다. 이 공주는 자부심이 강했고 귀족이며 모든 사소하고 비열한 욕망을 냉담하게 짓밟았다. 애나도 마음속으로는 그런 식으로 생각했다. 그래서 머리카락을 위로 올리고는 모자를 약간 비스듬히 쓰고 다녔다. 치마는 유행에 따라 잔뜩 주름을 잡고, 몸에 착 달라붙는 우아한 코트를 입었다.

애나의 아버지는 기뻐했다. 애나는 자신의 처신에 크게 자부심을 가졌다. 또 너무나도 자연스럽게 자질구레한 속박을 등한시해서 일커스턴 주민들의 마음에 들 수가 없었다. 그들은 애나를 꼼짝 못하도록 내리누르고 싶어 했다. 그러나 브랑윈은 그렇지 않았다. 만일 딸애가 당당하기로 마음먹었다면 당당해져야만 한다고 생각했다. 아버지는 애나와 바깥세상 사이에 있는 큰 바위 같았다.

집안의 체질에 따라 브랑윈도 몸이 비대한 미남이 되어갔다. 그의 푸른 눈은 빛으로 가득 차 날카롭게 반짝였다. 그의 태도는 의식적인 것이었으나 진심에서 우러나와 온화했다. 이웃들의 도움을 받지 않고 혼자의 힘으로 살아나가자 이웃들이 곧 그를 존경하게 되었다. 이웃들은 그를 위해서라면 무슨 일이든 달려와서 해주려고 했다. 브랑윈은 그들을 별로 중요하게 여기진 않았지만 늘 관대하게 대해주었다. 그러므로 이웃들은 기꺼이 일을 도와주고 후한 보

---

* 알렉산드라 공주(1844~1925)는 후에 에드워드 7세 왕이 된 웨일스 공작의 아내로, 유명한 미녀였다.

수를 받았다. 브랑윈은 사람들이 참견 않고 뒷전에 있는 한은 그들을 좋아했다.

브랑윈 부인은 자기 식으로 살아나가며 자신의 방식을 따랐다. 그녀에겐 남편과 두 아들과 애나가 있었다. 이들이 그녀에게 시야의 범위를 정해 주고 경계선 표시가 되었다. 다른 사람들은 이방인이었다. 그녀의 세계 속에서 매일의 생활은 꿈처럼 흘렀다. 이러한 흐름 속에서 그녀는 일에 능동적으로 열심히 참여하면서, 삶을 즐기며 살았다. 바깥세상의 사물은 별로 안중에 두지 않았다. 바깥세상의 것은 밖에 있는 것으로 없는 것이나 마찬가지였다. 아들들이 싸워도 그녀가 없는 곳에서 싸우는 한은 개의치 않았다.

그러나 그녀가 옆에 있을 때 아들들이 싸우면 성을 냈고 그들은 엄마를 무서워했다. 아들들이 기차간의 유리창을 깨든, 또는 자기네 손목시계를 내다 팔아서 거위 축제*에서 흥청거리며 마시든, 그녀는 개의치 않았다. 브랑윈 같으면 이런 일에 화를 냈을 것이다. 그러나 그녀에게는 그런 것들이 별로 문제가 되지 않았다.

그녀의 기분을 상하게 하는 것은 이상하고 자질구레한 일이었다. 아들들이 도살장 주위를 어슬렁거리면 부인은 펄펄 뛰며 격분했고 학교 성적이 나쁘면 기분이 상했다. 아들들의 행동이 우둔하거나 열등하지 않는 한, 그들이 잘못을 많이 저질러서 아무리 큰 비난을 받아도 그것은 문제가 되지 않았다. 만일 자식들이 모욕을 참는 것 같으면 자

---

* 매년 노팅엄에서 열리는 축제로 13세기부터 시작되었다.

식들을 증오했다. 딸애 때문에 화를 낸 것도 딸애가 멍하고 어색하게 행동했기 때문이었다. 서투르고 조잡한 딸애의 태도에 브랑윈 부인은 이상하게 화를 내며 눈을 흘겼다. 그렇지 않은 경우에는 기분이 좋았으며 무관심했다.

애나는 멋진 숙녀를 이상으로 추구하는 열여섯 살의 고매한 처녀가 되었다. 그리고 가족들의 결점 때문에 골머리를 앓았다. 특히 아버지에 대해 매우 민감해서 아버지가 술을 마셨는지 안 마셨는지를 잘 알고 있었다. 만일 아버지가 술에 좀 취해 있으면, 애나는 참을 수가 없었다. 아버진 술을 마시면 벌겋게 달아올랐다. 양쪽 관자놀이에 핏줄이 섰고 눈은 번뜩였으며 젠체하며 거칠게 행동했다. 그것은 이죽거리면서 상대방을 조롱하는 태도였다. 이러한 태도에 애나는 성을 냈다. 아버지가 쩡쩡 울리는 소리로 남을 조롱할 때면 가슴속에서 울화가 치솟았다. 아버지가 들어서는 순간 애나는 곧 앞질러서 말했다.

"얼굴이 불그스름하니 가관이시군요."

"내 얼굴이 파리했다면 더 흉측했을걸."

"일커스턴에서 술을 드셨군요."

"술 좀 마신 게 나쁘냐?"

애나는 홱 나가버렸다. 브랑윈은 거나하게 취해서 번뜩이는 눈으로 딸애를 쳐다보았다. 딸애가 아버지를 두고 홱 나가버리는 것이 왠지 섭섭했다.

그들은 기묘한 가족으로 나름대로의 법도가 있었고, 세상과는 별도로 고립되어서 보이지 않는 경계선 안에 들어 있는 작은 공화국이었다. 어머니는 일커스턴과 코셋헤이 등 외부에서의 일체의 요구에 대해서 통 무관심했다. 외부 사람 앞에서 매우 수줍음을 탔고, 극히 공손하고 애교스럽게 대했다. 그러나 손님이 사라진 순간, 그녀는 웃으면서 모든 걸 잊어버렸다. 손님은 더 이상 존재하지 않았다. 그것은 한판의 놀이에 불과했다. 어머닌 아직도 불확실한 땅에 서 있는 이방인이었다. 그러나 마시 농장에서 아이들과 남편하고만 같이 있으면 부족한 것이 하나도 없는 작은 왕국의 여왕 같았다.

명확하게 밝혀지진 않았어도 부인은 그 무엇에 대한 신앙심을 지녔다. 천주교 신자로 성장은 했지만 보호를 받기 위해서 영국국교회로 개종했다. 이러한 외형적인 변화는 부인에게 관심거리가 되지 못했다. 단 근본적인 신앙심은 얼마쯤 갖고 있었다. 그 태도는 마치 하느님을 신비로운 존재로 예배할 뿐, 그 정체가 무엇인지 조금도 규명하려 들지 않는 것과 같았다.

그녀의 존재가 뿌리내린 저 깊은 마음속에서는 위대한 절대자에 대한 미묘한 느낌이 아주 강하게 다가왔다. 영국국교회의 교리는 절대로 가슴에 와 닿지 않았다. 그 언어는 너무도 낯설었다. 그 모든 것을 통해서 부인은 인간의 생명을 손안에 쥐고 있는 위대한 분리자가 존재함을 깨달았다. 그것은 광채를 내고 절박하며 무시무시한 신이었고, 모든 언어를 초월해서 바로 눈앞에 와 있는 위대한 신비자였다.

부인은 이 신비자에 호응하여 광채를 내고 반짝이며 모든 감각을 총동원해서 인식했다. 영어로는 절대로 표현도

안 되고 생각도 안 되는 기이하고도 신비로운 신앙심을 가지고 이 신비자를 흘긋 쳐다보았다. 그래 부인은 강력한 감각적 신앙 속에서 살아갔으며, 그 안에는 부인의 가족과 운명도 포함되어 있었다.

부인은 이러한 것에 맞추어 남편의 존재를 생각했다. 남편은 세상의 일반적인 가치에는 완전히 무관심한 채 그녀와 함께 존재했다. 부인의 태도 하나하나, 눈썹 하나 까딱하는 것까지도 그에게 상징이요, 지침이 되었다. 그곳 농장에서 부인과 더불어 생과 죽음과 생식의 신비를 겪으며 살았다. 또 기이하고도 심오한 황홀과 표현할 수 없는 만족을 느꼈으나 이 모든 사실을 외부 세계는 전혀 몰랐다. 이러한 이유로 해서 부부는 이웃 사람들과 동떨어져서 살았으며, 또 풍족하게 잘살았으므로 이웃의 존경을 받았다.

그러나 애나는 어머니의, 사고가 부재하는 감각의 세계 속에서 절반쯤만 안전하다고 느꼈다. 애나는 친아버지의 소유였던 자개 염주를 갖고 있었는데, 그것이 자신에게 미치는 영향이 무엇인지를 결코 표현할 수 없었다. 그러나 영롱한 빛을 발산하는 그 염주를 손에 들고 있으면 가슴속은 이상한 정열로 차올랐다. 애나는 학교에서 라틴어를 조금 배웠다. 성모송과 주기도문을 배웠고 염주를 돌리며 기도하는 법도 배웠다. 그러나 아무 소용이 없었다.

은총이 가득하신 마리아여, 기뻐하소서. 주께서 함께 계시니 여인 중에 복되시며, 태중의 아들 예수 또한 복되시도다. 천주의 성모 마리아여, 이제와 우리 죽을 때 우리 죄인을 위하여 비소서. 아멘.

어쩐지 그건 옳지 않았다. 이 말이 영어로 번역이 되면 영롱한 염주가 의미하는 바와는 뜻이 달라졌다. 불일치와 허위가 생겨나는 것이다. "주께서 함께 계시니" 또는 "여인 중에 복되시며"라고 외울 때는 마음이 언짢았다.

그러나 "천주의 성모 마리아여"라는 신비스러운 부분은 좋아했다. 애나는 "태중의 아들 예수 또한 복되시도다"와 "이제와 우리 죽을 때 우리 죄인을 위하여 비소서"라는 부분에서는 감동을 받기까지 했다. 그러나 그중에 단 한마디도 절실하게 느껴지지는 않았다. 어쩐지 만족스럽지가 않았다.

애나는 염주를 회피했다. 왜냐하면 염주가 기이한 정열을 불러일으키긴 했으나 결국 중요하지 않은 것들을 의미했기 때문이다. 그래서 염주를 치워버렸다. 순전히 본능으로 이러한 것들을 치워버렸다. 본능적으로 생각을 피하고 염주를 피하고 자신을 구하려 했다.

애나는 이제 열일곱 살의 소녀가 되었다. 그녀는 민감하고 활기에 넘치면서 아주 예민해졌다. 금방 얼굴이 빨개지고 항상 불안하며 자신이 없었다. 이러저러한 이유로 해서 아버지를 더 따랐으며, 어머니에 대해서는 번뜩이는 증오심을 느꼈다. 어머니의 시커먼 입, 이상하게 음흉스러운 거동, 완전한 자신감과 확신, 이상한 만족감과 승리감, 사물을 보고 깔깔대며 웃고, 짜증스러운 문제는 아예 말없이 무시해 버리는 태도 등, 어머니의 의기양양한 기세는 애나를 격분시켰다.

애나는 변덕스럽고 예측을 할 수 없었다. 종종 창가에
서서 내다보는 태도가 어디론가 가고파 하는 것 같았다.
때로는 밖으로 나가서 다른 사람들과 어울렸다. 그러나 항
상 성이 나서 집으로 돌아왔다. 모욕을 당해 왜소해지고
비천해진 것 같은 기분이 들었기 때문이다.

집 안에는 어두운 침묵과 강렬한 분위기가 감돌았으며
그 속에서 열정이 불가피하게 결정적인 작용을 했다. 또한
일종의 윤택함과 깊고도 말로 표현할 수 없는 마음의 교류
가 있어서 집 외에 다른 장소는 부박하고 불만스럽게 보였
다. 아버지는 말없이 의자에 앉아 담배를 피웠고, 어머니
는 말없이 음흉한 태도로 이리저리 왔다 갔다 했다. 이러
한 때에 두 사람이 같이 있다는 느낌은 강력하며 지속적인
것이었다. 교류 전체가 말없이 이루어지는 강렬하고 친밀
한 것이었다.

그러나 애나는 불안했다. 어디론가 나가고 싶었다. 그러
나 어디를 가든 부박하다는 느낌이 들어서 자신이 무시당
해 왜소해진 기분이었다. 그래 부랴부랴 집으로 돌아왔다.

집에 와선 화를 버럭 내 강렬하고도 안정된 교류를 방해
했다. 어머니는 때때로 애나를 향해 사납고도 파괴적인 분
노를 터뜨렸다. 거기에는 일말의 동정이나 고려도 없었다.
그러면 애나는 겁이 나 몸을 움츠렸고 아버지한테 갔다.

아버지는 아직도 딸의 말을 들어주었는데 이러한 호소를
아랑곳하지 않는 어머니에겐 아무 소용이 없었다. 때로는
애나가 아버지에게 속을 털어놓았다. 사람들에 대해서 애

기를 하고 그 의미하는 바를 알고 싶어 했다. 그러나 아버지는 불안해 했다. 이런저런 일을 일부러 끌어들여서 의식하고 싶지가 않았다. 단지 딸을 생각해서 얘기를 들어준 것이었다.

방 안에는 날카롭게 신경을 곤두세운 분위기가 감돌았다. 고양이가 일어나 기지개를 켜고 불안한 듯 문 쪽으로 다가갔다. 아무 말도 않는 어머니의 모습이 불길하게 보였다. 애나는 계속해서 남의 흠을 잡아내며 비난을 하고 불만을 털어놓을 수 없었다. 아버지마저 그녀를 반대하는 것 같았다. 아버지는 어머니와 어둡고 강한 유대를 갖고 있었다. 그것은 강력한 관계이며, 표현이 안 되는 사나운 성질의 것으로 그 나름대로의 길을 따르고 있었다. 만약 방해를 받아 정체를 드러낸다면 야수같이 덤벼들 것이었다.

브랑윈은 딸에 대해 불안했다. 딸애 때문에 집안 전체가 계속 뒤숭숭했다. 딸애가 어리둥절해 하는 모습이 애처롭게 가슴에 와 닿았다. 딸애는 부모에게 반감을 가지고 있으면서도 완전히 부모의 슬하에서 부모의 영향을 받으며 살았다.

애나는 여러 방법으로 도피를 꾀했다. 열심히 교회에 나가기도 했다. 그러나 교회의 언어는 무의미했다. 허위같이 들렸다. 사물이 말로 표현되면 싫어졌다. 신앙심이 마음속에 있을 때는 격렬하게 감동적이었다. 그러나 그것이 일단 목사의 입에 오르면 거짓이 되고 천박해졌다. 애나는 성경을 소리 내어 읽으려 했다. 그러나 다시금 입에서 나오는 말이 단조롭고 허위로 들렸기 때문에 그만두었다. 다음엔 여자 친구한테로 가서 같이 지내기도 했다. 처음에는 세상에서 참으로 멋진 것이라고 생각했다. 그러나 내면적인 지루함이 닥쳐오자 그것은 모두 무의미해 보였다. 그리고 자신이 계속 줄어들어서 절대로 몸을 키만큼 꼿꼿이 세운 채 돌아다닐 수 없을 것 같았다.

애나는 어느 프랑스 주교의 고문실이 종종 생각났다. 그 안에서 피해자는 영영 설 수도 없고, 몸을 쭉 펴고 누울 수도 없었다. 자신을 이런 것과 연관지어 생각해서 그런 것은 아니었다. 그러나 종종 그 고문실이 어떤 식으로 생겼나 하고 궁금했다. 그러면 매우 사실적인 것이 되어서 팔다리가 저려오는 공포를 느끼기도 했다.

애나가 겨우 열여덟 살 되던 해에, 노팅엄에 사는 알프레드 브랑윈 숙모로부터 한 통의 편지가 왔다. 아들 윌리엄이 일커스턴의 한 레이스 공장에서 견습생 신세를 겨우 면한 초보 도안사로 일하게 되었는데, 이제 스무 살이니 마시 농장의 식구들이 아들애를 좀 돌봐달라고 청을 한 편지였다.

톰 브랑윈은 곧 답장을 써서, 윌리엄더러 마시 농장에 와 있으라고 했다. 물론 이 청은 받아들여지지 않았으나 노팅엄의 브랑윈 식구들은 고맙다고 했다.

노팅엄의 브랑윈 집안과 마시 농장은 본래 가까운 사이가 아니었다. 알프레드 숙모는 삼천 파운드를 유산으로 받은 데다, 남편에게 불만을 품고 있어서 도대체 브랑윈 집안 식구라면 멀리했다. 폴란드 출신의 브랑윈의 아내에게는 어쨌든 간에 숙녀라고 하면서 어느 정도의 존경을 표시했다.

애나 브랑원은 사촌 윌이 일커스턴으로 온다는 소식에 약간 흥분했다. 젊은 청년들을 많이 알고는 있었으나 그다지 여실히 느껴지지가 않았다. 이 멋쟁이 청년의 코가 잘 생겼는가 하면 저 청년은 콧수염이 멋졌고, 다른 청년은 옷을 멋지게 입었으며, 어떤 청년은 머리 모양이 우스꽝스러웠고, 또 다른 청년은 말을 재밌게 했다. 이들은 한때 즐기는 상대가 되고 약간은 경이로웠으나 여실한 존재는 못 되었다.

애나가 알고 있는 유일한 남자는 아버지였다. 아버지는 체구가 크고 신같이 부상하는 존재로서 모든 남성적 요소를 한 몸에 담고 있어서 다른 남자들은 그저 우발적인 존재로 보였다.

사촌 윌을 회상해 보았다. 그는 정장을 했고 몸은 호리호리했다. 머리 모양은 참 묘했고 흑옥같이 새까만 머리카락은 윤기 나는 얄팍한 모피 같았다. 참 묘하게 생긴 머리였다. 그 무언가 알 수 없는 동물을 연상시켰다. 잎사귀 밑의 컴컴한 곳에 살면서 절대로 밖으로 나오지 않는, 활기 있고 민첩하고 열정적인 신비의 동물이 연상되었다. 애나는 항상 윌을 새까맣고 예민하여 까딱 않는 머리 모양의 청년으로 기억했다. 좀 기이한 청년이라고 생각했다.

윌은 어느 일요일 아침에 마시 농장에 나타났다. 키가 큰 편이고 호리호리하며 얼굴은 밝았다. 수줍어하면서도 묘하게 침착했다. 타고나길 자신의 일 외에 남의 일은 의식하지 않는 듯했다.

애나가 교회에 가려고 정장을 하고 아래층에 내려갔을

때, 윌은 일어나 상투적인 인사말을 하며 악수를 했다. 그는 예의범절에 있어서 애나보다 나았다. 애나는 낯을 붉혔다. 이제는 윌의 입술 위로 검은 수염이 나 있었다. 검은색으로 선이 멋지게 이루어져 큰 입을 잘 드러냈다. 수염은 애나에게 혐오감을 주었다. 그건 숱이 적은 매끈한 모피 같은 그의 머리칼을 연상시켰다. 그에게 이상한 점이 있음을 애나는 직감했다.

그의 목소리는 꽤 고음으로 나다가 중음에서는 쩡쩡 울렸다. 이상했다. 왜 그런 식으로 목소리를 낼까 하고 애나는 의아했다. 그러나 윌은 마시 농장의 거실에 아주 자연스럽게 앉아 있었다. 그는 브랑윈 집안 특유의 좀 무뚝뚝하면서도 천부적인 침착성이 있어서 그곳에서도 자연스레 있었다.

애나는 아버지가 이 청년을 향해 이상할 정도로 친밀하고 애정 어린 태도를 취하는 것이 좀 불안했다. 아버지는 윌을 부드럽게 대했고, 젊은이의 어색해 하는 점을 보완해 주려고 자신의 주장을 젖혀놓고 있었다. 이것이 애나의 신경을 건드렸다.

"아버지!"

애나가 갑자기 불렀다.

"저, 헌금 좀 주세요."

"무슨 헌금?"

"모르는 체하지 마세요."

애나가 낯을 붉히며 말했다.

"아니, 무슨 헌금 말이냐?"

"오늘이 이달의 첫째 주일이란 거 아시잖아요."

애나는 어리둥절해서 서 있었다. 아버지가 왜 이러실까? 왜 남 앞에서 딸을 눈에 띄게 만드실까?

"헌금이 필요해요."

애나는 다시 졸라댔다.

"그래?"

아버지는 무심히 대답을 하며 딸을 쳐다보고는 다시 조카에게 시선을 돌렸다.

애나는 앞으로 다가서서 손을 아버지의 바지 주머니에다 집어넣었다. 아버지는 무감각한 듯 담배를 피우면서 아무런 저항 없이 계속 조카에게 말을 던졌다. 애나는 아버지의 주머니 속을 뒤지다가 가죽 지갑을 꺼냈다. 애나의 해맑은 뺨은 달아올랐고 눈은 빛났다. 브랑윈의 눈이 반짝였다. 윌은 수줍은 듯 앉아 있었다. 애나는 성장(盛裝)을 한 채 앉아 무릎 위에다 돈을 전부 다 쏟았다. 은화와 금화가 쏟아져 나왔다. 윌은 애나 쪽으로 시선을 돌리지 않을 수가 없었다. 애나는 돈 무더기 위로 고개를 숙이고 여러 가지 동전을 만지고 있었다.

"10실링짜리 금화를 갖고 싶은데요."

애나가 반짝이는 까만 눈으로 아버지를 쳐다보며 말했다. 그러자 자신을 유심히 쳐다보던 사촌의 연갈색 눈과 마주쳤다. 애나는 흠칫 놀라 금방 깔깔대고 웃으며 아버지 쪽으로 시선을 돌렸다.

"아버지, 10실링짜리 금화를 갖고 싶어요."

애나가 졸랐다.

"그러렴. 약삭빠르기도 하지. 가질 만큼 가져가라."

"누나, 안 갈 거야?"

남동생이 문간에서 불렀다.

애나는 금방 정상적인 태도로 돌아와서 아버지와 사촌을 잊어버렸다.

"금방 갈게."

애나는 대답을 하고 동전 무더기에서 6펜스짜리 은화를 집은 후 나머지 돈은 모두 지갑에 다시 넣고 지갑을 탁자 위에 놓았다.

"이리 주렴."

브랑윈이 말했다.

애나는 지갑을 아버지의 주머니에 넣고 서둘러 나갈 채비를 했다.

"저 애들과 함께 가거라."

브랑윈이 조카에게 말했다.

윌은 쭈뼛거리며 일어섰다. 빠르게 돌아가는 연갈색 눈은 꼭 새의 눈을 방불케 했다. 매의 눈처럼 절대로 두려움을 모를 것 같았다.

"윌도 너희들과 함께 갈 거다."

애나는 그 낯선 젊은이를 다시 힐끗 쳐다보았다. 그 젊은이는 애나가 알은체해 주길 기다리고 있는 것 같았다. 사촌은 애나의 의식 언저리에서 들어갈 준비가 되어 서성거리고 있었다. 애나는 그를 쳐다보고 싶지 않았다. 그에게 반감을 느꼈다.

애나는 말없이 기다렸다. 사촌이 모자를 들고 그녀와

합류했다. 바깥은 여름 날씨였다. 동생 프레드는 까치밥나무 꽃 한 송이를 집 울타리 숲에서 꺾어 저고리에 꽂고 있었다. 애나는 그걸 보지 못했다. 사촌이 그녀 뒤를 따라왔다.

그들은 한길로 들어섰다. 애나는 자신의 입장이 어색하다는 걸 느꼈다. 그래서 좀 불안했다. 남동생의 단춧구멍에 꽂혀 있는 까치밤나무 꽃이 눈에 띄었다.

"얘, 프레드!"

애나는 외쳤다.

"그걸 꽂고 교회에 갈 생각이야?"

프레드는 가슴 위에 달린 분홍빛 꽃을 보호하려는 듯 내려다보았다.

"왜, 난 좋은데."

"그런 걸 꽂은 사람은 너 하날 거다."

애나가 말했다. 그러곤 사촌에게로 시선을 돌렸다.

"저 꽃의 향기를 좋아하세요?"

사촌은 애나 옆에 있었다. 키가 크고 무뚝뚝하면서도 침착했다. 그것이 애나를 흥분시켰다.

"글쎄. 잘 모르겠는데요."

사촌이 대답했다.

"이리 줘, 프레드. 교회에서 그런 냄새 피우지 마."

애나는 어린 동생에게 자신의 시종 대하듯 말했다.

살결이 흰 어린 동생은 순순히 그 꽃을 누나에게 내주었다. 애나는 냄새를 맡고 판단을 내리라는 듯 아무 말없이 사촌에게 건네주었다. 윌은 호기심으로 늘어진 꽃의 냄새를 맡았다.

"냄새가 좀 야릇하군."

그가 말했다.

애나는 갑자기 깔깔대며 웃었고 그들 모두의 얼굴은 금방 밝아졌다. 어린 남동생의 발걸음은 매우 경쾌해졌다.

교회 종이 울렸다. 그들은 주일마다 입는 정장을 차려입고 여름철의 언덕길을 올라가고 있었다. 애나는 갈색과 흰색의 줄무늬가 있는 비단 드레스를 입고 있었는데 아주 근사해 보였다. 팔과 몸체는 꼭 달라붙고 치마 뒤에는 매우 우아하게 주름이 잡혀 있었다. 사촌 윌에게는 어딘가 우쭐하는 데가 있었다. 그는 옷을 잘 차려입고 있었다.

윌은 손가락 사이에 까치밤나무 꽃송이를 끼우고 흔들면서 걸었다. 아무도 말이 없었다. 해는 둑 아래 애기미나리가 쫙 피어 있는 곳을 환히 비추었다. 들판에는 갯파슬리가 하얗게 피어 자랑스럽게 고개를 쳐들고 있었고, 그 밑으로는 녹색 황혼같이 푸르른 풀 사이로 갖가지 꽃이 피어 있었다.

그들은 교회에 닿았다. 프레드가 좌석까지 앞장서서 들어갔고, 사촌 윌이 그 뒤를 따랐고, 그다음에 애나가 들어갔다. 애나는 자신이 남의 눈에 확 띄며 중요한 인물처럼 느꼈다. 왠지 이 청년은 애나가 다른 사람들 쪽으로 들어가도록 양보했다. 그는 옆구리로 비켜서서 애나가 제자리로 들어가도록 했고 그다음에 옆에 앉았다. 사촌 옆에 앉으니 기이한 느낌이 들었다.

애나의 위에 있는 색유리 창을 통해서 햇빛이 물들어 흘러 들어왔다. 그 빛은 컴컴한 나무 의자와 돌로 된 낡은 통로와 사촌 뒤에 있는 기둥을 비추고, 사촌의 무릎 위에 놓인 손도 비추었다. 애나는 광채 가운데 앉아 있었다. 애나의 주위에는 온통 광채와 반짝이는 응달뿐이었다. 애나의 정신은 아주 밝았다. 애나는 자신도 모르게 사촌의 손과 꼼짝 않는 무릎을 의식하고 있었다. 무엇인가 낯선 요소가 그녀의 세계 속으로 들어왔다. 완전히 낯설고 그전에 알던 것과는 전혀 달랐다.

애나의 기분이 이상하게 고양되었다. 현실적이지 않은 아주 즐거운 빛의 세계 속에 앉아 있었다. 생각에 잠긴 웃음 같은 표정이 그녀의 눈에 서려 있었다. 이상한 힘이 그녀에게 다가오는 걸 느꼈는데 그것이 기분 좋았다. 그건 전에 느껴보지 못한 풍요로운 암흑의 힘이었다. 사촌의 생각은 하지 않았다. 그러나 윌의 손이 움직이자 애나는 깜짝 놀랐다.

애나는 윌이 그처럼 또박또박 화답하지 않기를 바랐다. 그녀가 몽롱한 기분에 젖어 즐기는 걸 방해했기 때문이었다. 그는 왜 방해를 하며 자기의 관심을 끌려고 할까? 그건 좋지 못한 취향인데. 그래도 찬송가를 부를 때까지는 괜찮았다. 윌이 찬송가를 부르려고 옆에서 일어섰다. 애나는 기분이 좋았다. 그러다 갑자기 첫마디부터 그의 목소리가 왕왕거리며 교회를 가득 채웠다. 윌은 테너로 부르고 있었다. 애나는 깜짝 놀라 정신을 차렸다. 그의 목소리가 교회를 꽉 메우다니! 그 목소리는 나팔 소리처럼 울려 퍼졌고 또 울려 퍼졌다.

애나는 찬송가를 내려다보며 낄낄거리고 웃기 시작했다. 그러나 윌은 끄떡 않고 계속 노랠 불렀다. 그의 목소리는 높고 낮게 울리며 퍼져 나갔다. 애나는 어찌할 수 없이 충격을 받아 웃음보를 터뜨렸다. 숨죽인 듯 가만히 있다가 웃느라고 몸이 떨렸다. 또 웃음보가 터지면서 애나를 꼼짝 못하게 했다. 몸은 흔들리고 눈에는 눈물이 고였다.

애나는 놀라면서도 즐거웠다. 여전히 찬송가는 울려 퍼졌고 애나는 계속 웃었다. 정신이 몽롱해지며 얼굴이 새빨갛게 달아올라와 찬송가 책 위로 고개를 숙였다. 그러나 여전히 웃음 때문에 양 옆구리가 흔들렸다. 애나는 기침을 하는 척했다. 목에 무엇이 걸린 체도 했다. 프레드는 맑고 푸른 눈으로 누나를 쳐다보았다. 애나는 이제 정상으로 돌아가고 있었다. 그러다가 윌이 옆에서 크고도 무모한 소리로 길게 목소리를 빼자 또다시 웃음보가 터졌다. 미친 듯이 웃음이 터져 나왔다.

애나는 차갑게 자신을 꾸짖으며 기도를 하려고 고개를 숙였다. 그러나 무릎을 꿇는데 또 발작이 나서 작은 소리로 낄낄거렸다. 기도할 때 쿠션 위에 무릎을 꿇고 있는 윌의 모습을 보니, 갑자기 웃음이 충격적으로 터졌다.

애나는 정신을 가다듬고 앉았다. 얼굴은 새침하고 청초했고 성탄절 장미처럼 하얀 분홍빛이 돌며 차가웠다. 비단 장갑을 낀 손은 무릎 위에 포갰고 검은 눈은 게슴츠레했다. 모든 것을 망각하고 일종의 꿈속에 잠겨 있었다.

설교는 두런두런 이어졌고 충만한 평온 속에 흘러갔다.

사촌이 손수건을 꺼냈다. 그는 설교에 도취되어 정신이

나간 듯했다. 그는 손수건을 얼굴을 갖다 대었다. 그런데 무언가가 그의 무릎 위로 떨어졌다. 그건 까치밤나무 꽃이었다. 그는 정말로 깜짝 놀라 그걸 내려다보고 있었다.

커다란 숨막힌 듯한 웃음소리가 애나에게서 터져 나왔다. 모든 사람이 그걸 들었다. 그건 애나에게 고문과 같았다. 윌은 시든 꽃을 손으로 꽉 쥐고 또다시 설교에 주의를 기울이며 앞을 바라보았다. 또다시 웃음보가 애나에게서 터졌다. 프레드는 누이의 옆구리를 쿡 찔러 주의를 주었다. 사촌은 꼼짝 않고 앉아 있었다. 웬일인지 애나는 그의 얼굴이 빨개졌다는 걸 알 수 있었다. 애나는 그의 느낌을 알 수 있었다. 그는 꽃을 꼭 쥔 손을 꼼짝 않으며 아무렇지 않은 체했다. 애나는 또다시 웃음을 참으려고 무진 애를 쓰다가 막무가내로 터뜨렸다. 웃음으로 몸이 흔들리자 몸을 앞으로 굽혔다.

이젠 단순히 웃는 정도가 아니었다. 프레드는 누이를 쿡쿡 찌르고 있었다. 누이는 이를 되받아 동생을 세게 찔렀다. 그러다 또 한차례 심한 웃음이 발작적으로 몰려왔다. 애나는 짧은 기침을 하면서 그것을 막아보려고 했다. 기침을 하니 참았던 웃음이 확 터져 나왔다. 교인들이 그 소릴 다 들었다. 애나는 정말 죽고 싶었다. 윌은 주먹을 꼭 쥔 채 주머니를 더듬었다. 애나가 잔뜩 긴장을 하고 앉아 있는데도 웃음이 또 몰려왔다. 애나는 윌이 꽃을 쑤셔 넣으려고 주머니를 더듬고 있다는 걸 알았기 때문이다.

이제 애나는 기운이 다 빠져버려 기분이 완전히 저조해졌다. 기분이 위축되면서 정신이 멍해졌다. 다른 사람들이 있는 것이 싫었다. 얼굴은 아주 도도한 빛을 띠고 있었다. 더 이상 사촌의 존재는 의식하지 않았다.

마지막 찬송을 부르면서 헌금 시간이 되었을 때 사촌은 다시 우렁차게 찬송가를 불렀다. 그 소리는 여전히 듣기에 좋았다. 자신이 창피스럽게 웃음보를 터뜨리긴 했지만, 사촌의 노랫소릴 들으니 기분이 좋았다. 애나는 그 소리에 도취해서 귀를 기울였다. 헌금 자루가 그녀의 앞에 당도했을 때 6페니짜리 은전이 그녀의 장갑 주름 사이에 끼어 있었다. 그걸 빼내려고 서두르다가 그만 은전이 튀어서 다음 좌석으로 굴러갔다. 애나는 선 채 낄낄거리며 웃었다. 어찌할 수가 없어 그냥 터놓고 웃었다. 창피스런 꼴이었다.

"누나, 무엇 때문에 그렇게 웃었어?"

교회를 나서는 순간 프레드가 물었다.

"어떻게 참을 수가 있어야지."

애나는 별생각 없이 반농담조로 대답했다.

"윌의 노랫소리가 왜 그렇게 우스웠는지 몰라."

"내 노래가 뭐 그리 우스웠어요?"

"너무 컸어요."

서로 쳐다보지는 않았지만 두 사람 다 깔깔 웃어댔고 둘 다 얼굴이 붉어졌다.

"누나, 아까 왜 그렇게 큰 소리로 웃었어?"

큰 동생 톰이 저녁 식사 때 물었다. 그의 갈색 눈은 즐거운 듯 빛나고 있었다.

"모든 사람들이 찬송가를 부르다 말고 누날 쳐다봤어."

톰은 성가대 석에 앉아 있었다.

애나는 월이 눈을 반짝이며 자기를 계속 보면서 대답을 기다리는 걸 의식했다.

"월의 노래 때문이었어."

그 말에 월은 참았던 웃음을 터뜨리며 웃었다. 갑자기 쪽 고르게 난 작고 날카로운 이를 다 드러내더니 곧 입을 다물었다.

"월이 그렇게 멋진 음성을 가졌니?"

아버지가 물었다.

"아니, 그런 게 아니에요."

애나가 대답했다.

"그냥 우스웠어요. 왠지 몰라도."

또 한차례 웃음이 식탁 위를 물결치며 지나갔다.

월은 거무스름한 얼굴을 앞으로 내밀고 눈을 반짝이면서 말했다.

"전 성 니콜라스 교회의 성가대원이에요."

"그럼, 자네 교회엘 다니는군."

"어머니도 다니시지만, 아버진 안 다니세요."

월의 동작이며 어색한 어조 따위의 대수롭지 않은 것들이 애나의 눈에는 중요하게 보였다. 대조적으로 그의 평범한 말은 불합리하게 들렸다. 아버지의 말은 무의미하고 모호했다.

그들은 오후에 제라늄 꽃 냄새가 그윽이 풍기는 응접실에 앉아서 앵두를 먹으며 이야기를 나누었다. 월은 자신에 대한 이야기를 해달라는 요청을 받았고, 곧 이에 응해 이야기를 시작했다.

월은 교회와 교회 건축에 흥미를 갖고 있었다. 그는 러스킨*의 영향을 받아 중세 건축양식을 즐기게 되었다. 그는 이야길 띄엄띄엄 하면서 생각의 절반 정도만 표현하였다. 그러나 그가 이런저런 교회에 관해 얘기를 할 때 애나는 경청했다. 월은 교회의 회중석, 내당(內堂), 수랑,** 강당 후면의 칸막이, 성수반(聖水盤), 손도끼로 판 조각, 주조물, 창문 위의 장식적인 골조에 관해 이야기했다. 월이 내내 애틋한 열정을 가지고 특별한 양식과 특별한 장소에 관해 이야기할 때, 애나의 가슴속엔 교회의 충만한 정적과 신비가 몰려들었다. 의미 깊은 육중한 돌 아치와 어렴풋한 빛 가운데서 무엇인가가 희미하게 나타났다가 암흑 속으로 사라졌다.

그리고 신비스러운 높은 칸막이의 희열에 찬 골격과 그 안쪽 제일 깊숙한 곳에 있는 제단이 가슴에 다가왔다. 그건 매우 여실한 체험이었다. 애나는 넋을 잃고 있었다. 대지는 신비스러운 하나의 커다란 교회로 뒤덮여 어둠 속에 잠겨 미지의 절대자에 감복한 듯했다.

창밖에서 라일락이 선명한 햇빛을 받으며 높이 자란 것을 보니 가슴이 저려왔다. 혹시 이것이 보석 박힌 장식 창은 아닌가?

월은 고딕, 문예부흥기, 수직식의 건축양식과 초기 영국 및 노르만식 건축양식에 대해서 말했다. 그 말들은 애나를 희열로 오싹하게 했다.

---

* John Ruskin(1819~1900). 19세기 영국의 예술 및 건축평론가, 사회개혁가.
** 십자형 교회당의 좌우 날개 부분.

"사우스웰에 가보셨나요? 전 언젠가 정오에 그곳에 갔었는데, 교회 마당에서 점심을 먹고 있었지요. 그때 교회 종이 찬송가를 쳤어요. 사우스웰 교회는 참 멋져요. 육중하고요. 육중한 둥근 아치가 좀 나지막하게 굵은 기둥 위에 얹혀 있지요. 그 아치들이 앞으로 나와 있는 모습은 웅려하지요. 사제석도 있지요. 아름다워요. 그렇지만 본당이 제일 아름다워요. 그다음엔 북쪽 입구지요."

월은 굉장히 흥분했고 그날 오후는 내내 자기 생각으로 가득 차 있었다. 그의 주위에서 불이 당겨져 그의 경험을 열정적으로 달아오르게 만들고, 여실히 불타게 만들었다.

숙부는 반쯤 감동된 듯 눈을 깜박거리며 들었다. 숙모도 역시 감동된 듯 가무스름한 얼굴을 앞으로 내밀었으나 딴생각으로 저지되었다. 애나는 그의 말에 홀딱 빠졌다.

월은 밤이 되어서야 발걸음을 재촉해 숙소로 돌아갔다. 마치 열렬하고 중대한 밀회에서 돌아온 양 그의 눈은 번뜩였고 얼굴은 검게 빛났다.

그 광채는 그의 속에 남아 있었고 불은 타고 가슴은 태양처럼 작렬했다. 그는 미지의 삶과 자기 자신을 즐겼다. 그리고 마시 농장으로 다시 놀러 갈 준비가 되었다.

애나는 자신도 모르게 월이 놀러 오길 바라고 있었다. 그의 내면으로 애나는 도피했다. 그 속에서 애나의 경험 세계가 그 한계선을 넘어섰다. 월은 벽에 뚫린 구멍과 같았고 구멍 저쪽에서는 태양이 바깥세상을 눈부시게 비추고 있었다.

그가 놀러왔다. 자주는 아니었으나 가끔씩 왔다. 그러나 때때로 다시 이야기를 나누면 그 기이하고 멀리 있던 실체가 되살아나서 모든 것을 휩쓸어갔다. 때로는 그의 아버지에 관해서 이야기했다. 그는 애정에 가까운 불타는 증오심으로 아버지를 증오했다. 그의 어머니에 대한 이야기도 했는데, 그는 증오심 혹은 반항심에 가까운 애정으로 어머니를 사랑했다. 그의 말은 서툴러서 생각의 절반 정도나 표현할 수 있을까 했다. 그러나 그의 음성은 매우 좋아서 그 울리는 소리가 애나의 영혼을 흔들면서 그의 감정 속으로 끌어들였다. 이따금 그의 음성은 열기를 띤 연설 투가 되었고, 때로는 기이하게 코멘소리를 내어 고양이 소리 같았고, 때로는 당혹하여 머뭇거렸고 때로는 짧게 웃음을 터뜨리기도 했다. 애나는 그에게 반해 버렸다. 그의 말을 경청할 때 몸속으로 뜨거운 불길이 흐르는 것이 좋았다. 어머니와 아버지는 그녀의 생활과는 동떨어진 사람들로 보였다.

몇 주 동안 이 젊은이는 마시 농장에 자주 놀러왔고 온 식구가 그를 반겨 맞이했다. 윌은 식구들 사이에 앉았다. 검은 얼굴은 달아올랐고, 빙긋이 비뚤어진 큰 입가에는 열망과 조소의 기미가 엿보였고, 눈은 항시 전혀 깊이 없는 새의 눈처럼 빛났다. 저 녀석을 꽉 잡아둘 도리가 없다고 브랑윈은 초조히 생각했다. 그는 싱긋이 웃는 수코양이같이 자기가 오고 싶을 때는 오면서 남의 입장은 전혀 개의치 않는 것 같았다.

이 청년은 처음에 얘기를 시작하면서는 숙부를 쳐다보고, 그다음엔 숙모를 쳐다보며 숙모가 이해해 주길 바랐다. 숙모의 이해를 보다 더 귀중하게 여겼기 때문이다. 그다음엔 애나를 향했는데 그건 어른에게서 얻지 못할 이해를 애나에게서 얻었기 때문이다.

이 두 젊은이는 어른들에게 항상 주의를 기울이다가 저희들끼리 떨어져 나가 독립된 왕국을 건설하기 시작했다. 간혹 가다 톰 브랑원은 초조해 했다. 조카 녀석이 그를 초조하게 만들었다. 그의 생각에 그 젊은이는 너무 특별나고 자족하는 것 같았다. 그의 성격은 대단히 격렬한 데가 있었으나 지나치리만큼 추상적이어서 완전히 동떨어진 물건 같기도 하고 고양이의 성미 같기도 했다. 고양이라는 놈은 주인이 한 발치쯤 떨어진 데서 몹시 고민하고 있어도 난로 앞 깔개 위에서 아주 태평스럽게 누워 있을 짐승이다. 고양이는 남의 일에는 전혀 개의치 않으니까. 저 젊은이 역시 자기 자신의 본능적인 일 말고 무엇에 진정으로 관심을 둘까?

브랑원은 초조해졌다. 그러나 조카를 좋아하고 소중히 여겼다. 부인은 이 젊은이의 영향으로 애나가 갑자기 변하자 불안해 했다. 부인도 이 젊은이를 좋아는 했다. 그 애는 바깥세상의 사람이라고는 볼 수 없으니까. 그러나 자기 딸이 그 청년한테 폭 빠져 있는 건 싫었다.

두 젊은이는 서서히 어른들을 피해 떨어져 나와 자기네들끼리의 새로운 세계를 창조하기 시작했다. 윌은 뜰에서 일하면서 숙부의 비위를 맞추었고, 또 숙모의 비위를 맞추느라고 교회 이야기를 했다. 그는 그림자처럼 애나를 따라다녔다. 집요하고도 변하지 않는 긴 검은 그림자처럼 윌은 애나 뒤를 따라다녔다. 이런 행동은 브랑원의 신경을 굉장히 건드렸다. 조카의 얼굴에서 히쭉 웃는 웃음, 아니 그의 말대로 고양이의 웃음 같은 걸 보면 참을 수가 없을 정도로 분통이 터졌다.

애나는 전에 없이 말수가 적어졌고 독립적으로 되었다. 갑자기 부모에게서 동떨어져 독자적으로 행동하고 부모의 힘이 미치지 않는 곳에서 생활하기 시작했다. 어머니는 갑자기 버럭 화를 냈다.

그러나 구애는 계속되었다. 애나는 가끔 저녁때면 일커스턴으로 물건을 사러 가곤 했다. 으레 귀가 때엔 사촌 윌과 함께 왔다. 윌은 약간 뒤로 처져서 애나의 어깨 너머로 고개를 쳐들고 걸었다. 그 모습에 브랑윈은 화가 났지만 한편으로는 만족스러워 링컨의 어깨를 넘보는 마귀 같다고 표현했다.

놀랍게도 윌 브랑윈은 자신이 전기처럼 짜릿한 정열에 휩싸여 있음을 깨달았다. 놀랍게도 그는 어느 날 밤 일커스턴에서 돌아오는 길에 대문 앞에서 애나의 발걸음을 멈추게 하고 입을 맞추었다. 그녀의 길을 막고 입을 맞출 때는 어둠 속에서 된통 한 대 얻어맞는 기분이 들었다. 집 안으로 들어갔을 때 애나의 부모가 그들을 자세히 훑어보는데 윌은 대단히 화가 치밀었다. 도대체 저들이 무슨 권리가 있기에 저렇게 쳐다보는 것인가! 꺼져버리든가 다른 곳을 쳐다볼 것이지.

윌은 하늘의 별들이 머리 위 컴컴한 창공에서 사납게 빙빙 돌고 있을 때 집으로 돌아갔다. 그의 마음도 사납고 집요해졌다. 무언가가 그의 앞길을 막고 있는 것 같아서 마음이 사나워진 것이다. 길을 막고 있는 그 무엇인가를 부수고 지나가고 싶었다.

애나는 마술에 걸린 듯했다. 애나의 부모들은 매우 불안했다. 딸애가 부모를 보지도 못하고, 보지도 않으면서 집 안에서 왔다 갔다 하다니. 딸애는 마치 자신의 몸이 부모의 눈에 보이지 않는 양 마술에 걸린 듯이 다녔다. 정말 부모의 눈에 보이지 않는다고 생각했던 것이다. 그러니 부모는 화가 났다. 그래도 그들은 순순히 따라야 했다. 딸애는 얼마 동안 무엇에 홀린 듯 몽롱한 상태에서 움직였다.

월에게도 몽롱한 암흑이 들씌웠다. 월은 전기가 흐르는 긴장된 암흑 속에 숨어 있는 듯했다. 그 암흑 속에서 그의 영혼과 생명은 맹렬하게 움직였다. 그러나 그건 그의 의식적인 도움이나 주목을 받은 것이 아니었다. 그의 정신은 몽롱했으나 몸은 기계적으로 재빠르게 움직이며 아름다운 물건들을 만들어 냈다.

월이 제일 좋아하는 일은 목각이었다. 그가 처음 애나에게 만들어 준 것은 버터 판박이였다. 그 판박이에 신화에 나오는 불사조를 새겼다. 컵 가장자리로부터 위쪽으로 아름답게 치솟는 불길 속에서 독수리 비슷한 새가 날개를 균형 있게 펼치고 막 날아오르려는 모양이었다.

애나는 그걸 받은 날 저녁에는 그 선물에 대해 별반 생각이 없었다. 그러나 아침에 버터를 만들 때 애나는 예전에 쓰던 도토리 열매와 잎사귀 무늬의 판박이 대신에 그 새 판박이를 꺼내 왔다. 애나는 어떤 무늬가 나올까 굉장히 호기심에 차 있었다. 깁같이 오목한 곳에는 기이하고 투박한 새가 있는데, 매끈한 가장자리로부터 안쪽을 향해서 묘하고도 두터운 날개를 퍼덕이고 있었다. 그래서 한 번 더 찍어보았다. 판박이를 쳐들자 독수리의 부리를 가진 새가 그녀를 향해 가슴팍을 쳐들고 있었다. 정말로 신기했다. 그 무늬를 자꾸만 찍어내는 것이 재미있었다. 그리고 볼 때마다 매번 다른 새가 탄생하는 것 같았다. 버터 덩어리 하나하나가 이 기이한 활력의 상징물이 되었다.

애나는 부모님께 그것을 보여드렸다.

"거 멋지구나."

어머니는 좀 얼굴이 밝아지며 말했다.

"멋진데!"

아버지는 의혹스럽고 불안해서 소리쳤다.

"그래, 그 새 이름은 뭐라든?"

그다음 여러 주일 동안 버터를 사러온 고객들은 이와 같은 질문을 계속했다.

"버터 위에 새긴 새 이름이 뭡니까?"

윌이 저녁때 놀러 오자 애나는 그를 버터 제조장으로 데리고 가서 그 무늬를 보여주었다.

"마음에 들어요?"

윌이 울리는 큰 소리로 물었다. 그의 목소리는 그녀의 몸속 어두운 구석구석까지 메아리치면서 늘 이상하게 들렸다.

그들은 서로의 몸에 좀처럼 손을 대지 않았다. 그저 가까이 있는 것이 좋았다. 그들 사이엔 아직 거리감이 있었다.

서늘한 버터 제조장에는 촛불이 커다란 크림 통의 하얀 표면을 비추고 있었다. 윌은 고개를 홱 돌렸다. 그곳은 아주 서늘하면서 바깥 세계와 아주 멀리 떨어져 있었다. 윌은 약간 긴장해서 웃으며 입을 벌렸다. 애나는 고개를 숙이고 서 있다가 몸을 옆구리로 돌렸다. 윌은 그녀 가까이로 가길 원했다. 언젠가 한번 애나에게 입 맞춘 적이 있었다. 윌의 시선은 다시 둥근 버터 덩어리 위에서 멈추었다. 상징의 새가 촛불 아래 그림자 속에서 가슴팍을 쳐들고 있었다. 무엇이 그를 가로막고 있는가? 애나의 가슴팍은 바로 가까이에 있는데. 윌은 고개를 독수리처럼 쳐들었다. 애나는 꼼짝하지 않았다. 윌은 갑자기 믿을 수 없을 만큼 빠르고 섬세한 동작으로 애나를 팔에 안고 자신에게로 당겼다. 그건 빠르고도 깨끗한 동작이었다. 마치 새가 아래로 날아들며 점점 더 깊숙이 내려앉는 것 같았다.

그는 애나의 목에다 키스를 하고 있었다. 애나는 고개를 돌려 윌을 보았다. 애나의 눈은 검게 타오르고 있었다. 윌의 눈망울은 뚜렷한 목적의식과 기쁨으로 또렷해지며 광채가 났다. 흡사 매의 눈과 같았다. 애나는 윌이 그녀의 불길이 활활 타오르는 컴컴한 영역으로 날쌔게 날아든다고 느꼈다. 마치 칼날이나 번쩍이는 매같았다.

그들은 서로를 쳐다보았다. 상대방이 기이하게 보이면서도 가까이, 아주 가까이 있었다. 마치 매가 공중에서 밑으로 빙빙 돌며 어두운 불길 속으로 날아드는 것 같았다. 애나는 촛불을 집어 들고 둘은 다시 부엌으로 돌아왔다.

그들은 이런 식으로 얼마 동안 계속 지냈다. 언제든지 가까이 있으면서 좀처럼 서로의 몸에는 손을 대지 않았다. 키스도 좀처럼 하지 않았다. 이따금 했다 해도, 그건 그저 입술을 갖다 대는 신호에 불과했다. 그러나 애나의 눈은 계속 불타며 잠에서 깨어나기 시작했다. 애나는 움직이다가도 종종 문득 섰다. 흡사 무엇을 생각해 내거나 찾아내려고 하는 것 같았다.

월의 얼굴도 어두워지고 생각에 골똘하게 되었다. 그에게 하는 말도 잘 알아듣지 못했다.

8월의 비가 내리는 어느 날 저녁, 월이 놀러 왔다. 저고리 깃을 위로 올리고, 단추는 바짝 채우고, 얼굴은 젖은 채 방 안으로 들어섰다. 차가운 빗속에서 방 안으로 들어서는 모습이 아주 날씬하면서 윤곽이 또렷해 보였다. 갑자기 그를 향한 사랑이 애나에게 몰려와 눈이 멀었다. 그러나 월은 앉아서 그녀의 부모와 이렇다 할 의미도 없는 얘길 해나갔다. 그동안 애나의 피는 끓어올라 괴로울 지경이었다. 지금 그의 몸을 만져보고 싶었다. 단지 살짝 대고 싶었다.

은빛으로 빛나는 애나의 얼굴엔 야릇하고 멍한 표정이 나타났다. 아버진 그걸 보고 화가 났다. 그녀의 검은 눈은 보이지도 않았다. 그러나 애나는 그 청년 쪽으로 눈을 쳐들었다. 그녀의 눈이 어찌나 불꽃처럼 타오르는지 월은 잠시 몸을 움츠렸다.

애나는 부엌으로 들어가 호롱불을 갖고 나왔다. 아버지가 딸애를 쳐다보았다.

"월, 나하고 같이 가요. 쥐구멍을 벽돌로 막았나 봐야겠어요."

"그럴 필요 없어."

아버지가 말렸다.

애나는 못 들은 체했다. 윌은 두 사람 사이에 끼어 있었다. 아버지는 얼굴이 빨개져 푸른 눈으로 딸을 응시했다. 딸애는 문 옆에 서서 고개를 약간 뒤로 젖히고 윌에게 따라오라는 신호를 하는 듯했다. 윌은 조용히 신중하게 일어나서 애나와 함께 나갔다. 윌의 이마에서 핏줄이 꿈틀댔다.

비가 오고 있었다. 호롱불이 좁은 자갈길과 벽의 아랫부분을 비추었다. 애나는 작은 사다리 쪽으로 가서 그 위로 올라갔다. 윌은 애나에게 호롱불을 넘겨준 후 뒤따라 올라갔다. 헛간 위 닭장에는 닭이 홰대 위에 잔뜩 몰려 있었다. 빨간 볏이 불꽃처럼 빛났다. 닭이 날카로운 눈을 반짝이며 떴다. 암탉 한 마리가 자리를 옮기자, 꾸짖듯 꽥꽥거리는 소리가 났다. 수탉은 그 광경을 보며 그냥 앉아 있었다. 수탉의 노란 목덜미 털이 유리알처럼 반짝였다. 애나는 더러운 바닥을 건너갔다. 윌은 쭈그리고 앉아 이를 쳐다보았다. 빨간 타일이 드러난 바닥에 호롱불이 부드럽게 비췄다. 애나는 구석에 쭈그리고 앉았다. 홰대에 있던 암탉 한 마리가 또 퍼드덕 날아가 한차례 소동이 벌어졌다.

애나가 홰대 밑에서 몸을 구부리며 돌아왔다. 윌은 애나가 문 쪽으로 가까이 오기를 기다렸다. 애나가 갑자기 윌을 껴안더니 그에게 바싹 다가섰다. 그의 몸에 바싹 붙으며 칭얼대듯 속삭였다.

"윌, 사랑해요. 사랑해, 윌. 사랑해."

그건 그녀의 몸이 찢어지는 소리 같았다.

윌은 그다지 놀라지도 않았다. 그는 애나를 팔에 안았

다. 그의 뼈가 녹는 것 같았다. 그는 몸을 벽에 기댔다. 헛간의 문은 열려 있었다. 밖에서는 철사처럼 가는 비가 암흑의 만(灣)에서 황급하고도 신비롭게 비스듬히 내리고 있었다. 윌은 애나를 안고 있었다. 두 젊은이는 그네를 탄 듯 커다랗게 앞뒤로 흔들리는 것 같았다. 두 젊은이의 몸은 암흑 속에서 하나로 뭉쳐 있었다. 그들이 서 있는 헛간의 열린 문 바깥과 그들의 윤곽선 밑으로는 암흑이 쫙 깔려 있고 그 위로 비가 휘장처럼 펄럭였다.

"사랑해요, 윌. 사랑해."

애나가 신음하듯 속삭였다.

"사랑해요, 윌!"

윌은 애나와 한 몸이 된 양 그녀를 안고 가만히 서 있었다.

톰 브랑윈은 집 안에서 얼마 동안 기다렸다. 그러다 일어나 밖으로 나가 마당으로 내려섰다. 헛간에서 안개 같은 불빛이 신기하게 비치는 것이 보였다. 그것이 비에 비친 불빛이란 것도 잘 몰랐다. 그 빛이 그에게 희미하게 비칠 때까지 계속 걸어갔다. 그리고 희미한 불빛 쪽으로 눈을 쳐드니 두 젊은이가 함께 서 있는 것이 보였다. 청년은 등을 벽에 기대고 고개를 여자애의 머리 위로 숙이고 있었다. 브랑윈은 빗속에서 희미하지만 불에 비친 그들의 모습을 보았다. 그들은 자신들이 완전히 어둠 속에 가려 있는 줄로만 알았다. 브랑윈의 눈에는 그들 뒤의 불에 비친 헛간의 내부까지 보였다. 캄캄한 횃대 위에 닭들이 한데 웅크리고 있는 모습과 그 그림자와 호롱불로 바닥에 드리운 이상한 모양의 그림자까지 보였다.

브랑원의 마음속에서 새까맣게 타오르는 분노와 스스로를 죽여야 한다는 애정 어린 감정이 서로 다투고 있었다. 애나는 자기가 어떤 행동을 하고 있는지를 몰라. 저렇게 제 속을 다 드러내다니. 저 앤 어린애야. 어린애에 불과해. 얼마나 자기를 헛되게 낭비하는지를 모르고 있어. 그래 브랑원은 새파랗게 질리도록 기분이 언짢았다. 그래, 아버지는 이제 다 늙었으니까 딸애를 출가시켜야 한단 말이지? 아버지는 늙었다, 이 말이지? 그는 늙지 않았다. 그는 딸애를 안고 있는 저 멍청한 녀석보다 더 젊었다. 누가 딸애를 진정으로 안단 말인가? 아버진가? 아니면 저 멍청한 녀석인가? 딸이 아버지에게 속하지 않는다면 누구에게 속한단 말인가?

브랑원은 아내가 어린 톰을 낳느라고 산고를 치르던 밤, 자기가 어린 애나를 안고 외양간으로 나갔던 일을 회상했다. 그의 팔과 목에 매달렸던 어린 딸애의 부드럽고 따뜻한 몸뚱이가 생각났다. 이제 딸애는 아버지와는 끝장이 났다고 말하겠지. 이제 아버지를 배척하고 집을 떠나겠지. 그의 마음속에다 참을 수 없는 공허를 남기고. 그런 공허를 그는 견딜 수가 없었다. 그는 딸애를 증오할 정도로 감정이 치달았다. 어찌 감히 그가 늙었다고 한단 말인가. 그는 괴로워서 땀을 흘리며 빗속을 걸어갔다. 늙었다니 겁이 났다. 그에게는 생명과도 같은 딸애를 포기해야 한다니 참으로 가슴이 아팠다.

윌은 숙부에게 인사도 하지 않고 집으로 돌아갔다. 그는 달아오른 얼굴에 비를 맞으며 무아지경에서 길을 걸었다.

"사랑해요, 윌. 사랑해."

그 소리가 끊임없이 들렸다. 휘장이 찢어지고* 망망한 공간 속에 그가 알몸으로 서 있게 되었다. 그는 몸을 부르르 떨었다. 감싸고 있던 벽이 그를 밖으로 밀쳐내며 광활한 공간 속을 혼자 걸으라 했다. 이 끝없는 공간 속에서 그는 정처없이 어디로 걸어간단 말인가? 암흑의 끝자락에 전능하신 하느님이 정체를 드러내지 않은 채 앉아서 그를 계속 어디로 밀어내고 있단 말인가?

"사랑해요, 윌. 사랑해."

그 말이 다시 그의 가슴에 울리자 윌은 공포로 떨었다. 감히 애나의 얼굴과 빛나는 눈동자를 그려볼 수가 없었다. 그 기이하게 변모된 얼굴을 말이다. 불에 활활 타는 보이지 않는 전능하신 신의 손이 암흑 속에서 뻗어나와 그를 꽉 잡았다. 그는 겁을 먹고 굴복한 채 계속 걸어갔다. 그 손이 닿으니 심장은 조여들고 불이 붙었다.

여러 날이 흘렀다. 시간은 말없이 어둡게 흘러갔다. 윌은 애나를 보러 갔다. 그러나 그들 사이는 또다시 서먹서먹해졌다. 아버지는 침통했다. 푸른 눈엔 우울한 빛이 고였다. 애나는 이상하게 행동했고 정신이 나가 있었다. 얼굴은 미묘하게 홍조를 띠고 무표정해, 멍청하면서도 예민하게 보였다. 어머니는 고개를 숙이고 자신의 암흑의 세계 속

---

* 마태복음 27장 51절. 성소에서 십자가를 가리웠던 휘장이 찢어진 후부터 모든 평신도는 직접 하느님과 교통할 수 있다는 기독교적 해석.

에서 움직였다. 그 세계는 다시 성취감으로 충만해 있었다.

월은 목각 일을 했다. 그는 열정을 가지고 끌을 움켜쥐었다. 심장에서 끓어오르는 열정으로 그 날카로운 날을 쳐들었다. 그가 과거에 늘 하고 싶어 했던 '하와의 창조'를 조각하고 있었다. 그건 교회용으로 얄팍하게 부조(浮彫)한 판각이었다. 아담은 괴로운 듯 잠을 자고 있고, 희미하고 커다란 형체의 신은 아담을 향해 허리를 굽히고 휘장이 벗겨진 손을 앞으로 뻗었다. 선명한 나체의 자그마한 하와는 갈라진 아담의 옆구리로부터 하느님의 손을 향해 불꽃처럼 나오고 있었다.

이제 월은 하와를 조각하고 있었다. 하와는 마르고 예민하며 미숙한 상태였다. 월은 열정으로 손을 떨면서 숨결처럼 섬세한 칼날을 하와의 배에다 갖다 댔다. 단단하고 미숙한 작은 배였다. 하와의 뻣뻣하고 작은 몸뚱이는 지금 창조되고 있어 진통과 고뇌와 혼미의 상태에 있었다. 월은 하와의 몸에 조각칼을 대면서 몸을 떨었다. 아직 완성된 인물은 하나도 없었다. 머리 위의 나뭇가지에서 새 한 마리가 막 날려고 날개를 쳐들었고, 한 마리의 뱀이 새 쪽으로 몸을 꿈틀대며 오르고 있었다. 그 장면도 다 끝난 것이 아니었다. 월은 마침내 하와의 새롭고도 윤곽이 뚜렷한 몸을 조각할 수 있게 되자 열정으로 부르르 떨었다.

양쪽 가장자리에는 천사 둘이 날개로 얼굴을 가리고 있었다. 꼭 나무같이 보였다. 월이 황혼 녘에 마시 농장으로 가는데 얼굴을 가린 천사들이 그에게 길을 비켜주는 것 같았다. 주위의 암흑은 천사의 그림자요, 그들의 얼굴 가리

개였다. 그가 운하의 다리를 건너갈 때 저녁은 마지막 석양빛으로 짙게 물들었고 하늘은 검푸르렀다. 별들은 아스라이 멀리서 반짝거리다 하늘가의 수정 같은 구름을 지나 옹기종기 모여 있는 검은 농장 건물 쪽으로 다가갔다.

애나는 불길처럼 달아오르며 윌을 기다렸다. 윌의 얼굴은 무엇에 가리운 것 같았다. 윌은 눈을 들어 감히 애나의 얼굴을 마주 볼 수가 없었다.

밀 추수철이 다가왔다. 어느 날 저녁 어둑어둑한 무렵, 두 젊은이는 농장의 건물을 지나 들로 나갔다. 커다란 황금빛 달이 잿빛 지평선에 무겁게 걸려 있었다. 나무들은 높은 곳에서 가지를 흔들며 그들을 기다렸다는 듯 컴컴한 곳으로 물러나 서 있었다. 애나와 윌은 발자국 소리를 죽이며 생울타리 쪽으로 갔다. 생울타리를 따라 자란 풀 위에는 농장 수레의 바큇자국이 움푹 패 있었다. 그들은 대문을 지나 탁 트인 들로 들어섰다. 그곳엔 아직 낮의 빛이 남아서 그들의 얼굴을 비추는 것 같았다. 컴컴한 곳에는 농부들이 추수하다 말고 놓고 간 밀단들이 이곳저곳에 널려 있었다. 여러 개의 밀단들이 시체처럼 희미하게 누워 있었다. 다른 단들은 낟가리 모양으로 세워 있었다. 멀리 희뿌연 달빛 아래 그 모습은 마치 배 같았다.

그들은 발길을 돌려 돌아가기가 싫었다. 그렇지만 어디로 간단 말인가? 달 있는 곳으로? 그들은 다른 사람들과 동떨어져 단둘이만 있으니까.

"우리 낟가리를 쌓아요."

애나가 제안했다. 그러면 둘은 넓은 들녘에 그냥 머무를 수 있었다.

　그들은 그루터기를 넘어서 길게 늘어선 밀단의 낟가리가 끝난 곳으로 갔다. 낟가리가 곧게 세워진 그곳엔 유난히 밀단이 많이 모여 있는 것같이 보였다. 그 나머지 밭엔 밀단이 땅에 누워 있어 앞이 탁 트여 있었다.

　사방은 서리가 내린 듯 은빛으로 가득 찼다. 애나는 주위를 둘러보았다. 멀리 나무들이 어렴풋이 서 있었다. 그건 마치 전령관들이 다가오라는 신호를 기다리고 있는 것 같았다. 수정같이 희뿌연 이 들판에서 애나의 가슴은 종처럼 울리는 것 같았다. 그 소리가 들릴까 봐 겁이 났다.

　"자기는 이 줄을 맡아요."

　애나가 말했다. 그리고 그 줄을 지나서 밀단이 누워 있는 다른 줄로 가서 허리를 굽혔다. 밀 이삭을 손으로 움켜쥐고 무거운 밀단을 양팔에 한 단씩 들어 올렸다. 밀단을 들어 올리니 저절로 몸에 무겁게 와 닿았다. 탁 트인 밭 쪽으로 나르다가 털썩 내려놓았다. 단을 마주 세워 놓으니 부딪히는 소리가 작지만 날카롭게 났다. 두 개의 밀단이 서로 기대어 세워졌다. 윌이 오고 있었다. 땅거미가 거미 줄처럼 내리는 들판을 걸어, 윌이 밀단 두 개를 들고 그림자처럼 다가왔다. 애나는 옆에서 기다렸다. 그녀가 날라 놓은 밀단 옆구리에다 윌이 밀단을 털썩 내려놓았다. 밀단이 쓰러지려 해서 윌이 밀 이삭을 뒤헝클어 놓았다. 그러니까 샘물이 솟아나는 소리가 났다. 윌이 쳐다보며 웃었다.

　다음엔 애나가 달이 떠 있는 쪽으로 몸을 돌렸다. 달님은 애나가 얼굴을 대할 때마다 밝게 비추며 애나의 가슴을 풀어헤치는 것 같았다. 윌은 일을 더 계속하려고 희미하게 트여 있는 반대쪽 밭으로 갔다.

그들은 허리를 굽혀 부드럽고 촉촉한 밀 이삭을 움켜쥐고 무거운 밀단을 들고서 다시 왔다. 언제나 애나가 먼저 왔다. 애나는 날라 온 밀단을 내려놓은 후 다른 단과 함께 서로 기대어 세워 놓았다. 윌이 그루터기를 넘어서 밀단을 들고 오는 모습이 희미하게 보였다. 애나는 돌아섰다. 윌이 밀 이삭을 흩뜨리니 쓰륵쓰륵 소리가 날카롭게 들렸다. 애나는 달님과 희뿌연 윌의 모습 사이를 걸어갔다.

애나는 또 새로 두 단을 들고 윌이 있는 쪽으로 걸어갔다. 윌이 막 허리를 굽혔다가 펴는 참이었다. 그는 멀지 않은 곳에서 오고 있었다. 애나는 새로 낟가리를 지으려고 밀단을 내려놓았다. 밀단이 흔들거렸다. 손이 후드득 떨렸다. 그래도 애나는 손을 떼고 달님 쪽으로 몸을 돌렸다. 달은 그녀의 가슴팍을 열어젖혔다. 그래 애나는 자신의 가슴팍이 달빛을 크게 들이켜면서 헐떡거리는 것같이 느꼈다. 윌은 바닥으로 쓰러져 있던 애나의 밀단을 세워주었다. 윌은 잠자코 일만 했다. 일의 리듬에 따르다 보면 윌은 애나가 다가올 때쯤에는 몸을 돌려 떠나야 했다.

두 젊은이는 일의 리듬을 타고 밭 위를 오가며 낟가리를 쌓았다. 일의 리듬을 타니 그들의 다리와 온몸이 율동적으로 움직였다. 애나가 허리를 굽혀 무거운 곡식 단을 들어 올렸다. 윌이 있는 희미한 쪽으로 몸을 돌려 그루터기를 넘어 밀단을 날라 갔다. 애나는 머뭇거리다가 밀단을 내려놓았다. 밀 이삭이 뒤섞이면서 쓰륵쓰륵 소리를 냈다. 윌이 다가오고 있었다. 애나는 또 돌아서야 했다. 돌아서니 달님이 또 환히 비추며 그녀의 가슴팍을 그대로 드러냈다. 애나의 몸뚱이가 파도처럼 출렁거렸다.

윌은 꾸준히 일에 정신을 쏟고 그루터기만 남은 밭 위를 왕복열차처럼 부지런히 오가며 길게 낟가리를 쌓아갔다. 점점 더 시커먼 숲 가까이로 접근하면서 자신의 밀단과 애나의 밀단을 섞으며 낟가리를 쌓았다.

언제나 그가 도착하기 전에 애나가 떠났다. 그가 다가오면 애나가 물러나고 그가 물러날 쯤이면 애나가 왔다. 이러다가 그들은 영영 못 만날 것인가? 점차 그의 의지가 낮고도 깊이 울리면서 애나에게로 파동 쳐 갔다. 애나를 그와 합일케 만들고 서서히 그에게로 끌어당겨 만나게 하려고 애썼다. 마침내는 그들이 한자리에 서게 되고, 맞부딪히는 밀단처럼 만나게 되겠지.

일은 계속되었다. 달빛은 더 휘영청 밝아 맑아졌으며 낟알은 반짝였다. 윌은 바닥에 쓰러져 있는 곡식 단 위로 몸을 굽혔다. 곡식 단을 땅에서 쳐드니 쓰륵쓰륵 소리가 났다. 곡식 단이 무겁게 끌리며 그의 몸에 와 닿았고 달빛에 눈이 부셨다. 이윽고 그는 노적가리에다 그 밀단을 내려놓았다. 애나가 다가오고 있었다.

그는 노적가리에 손질을 하면서 애나를 기다렸다. 애나가 왔다. 그러나 그가 자리를 뜨기까지 뒤로 물러나 서 있었다. 시커먼 기둥처럼 그림자 진 애나를 보고 말을 걸었더니, 애나가 내답했다. 애나는 달빛에 비친 윌의 얼굴에

222

서 의문의 빛을 보았다. 그러나 그들 사이에는 거리가 있었다. 윌은 자리를 떴다. 일이 그들을 율동적으로 움직이게 했다.

왜 그들 사이엔 항상 거리가 있을까? 왜 그들은 떨어져 있을까? 왜 애나는 달빛을 등지고 다가와서는 그에게서 저만치 떨어져 서 있을까? 왜 그는 애나에게서 떨어져 있나? 그의 의지는 집요하고도 음흉하게 울려 퍼져서 다른 모든 것을 삼켜버렸다.

윌이 율동적으로 일을 하다 보니 그 속에 하나의 맥박이, 집요한 목적의식이 생겼다. 윌은 허리를 굽히고 묵직한 밀단을 들어 올렸다. 애나를 향해 그 밀단을 들고 가서는 마치 애나의 몸속에다 집어넣는 양, 밀단을 달빛 아래에 내려놓았다. 그러곤 더 날라 오려고 다시 그곳을 떠났다. 두 사람의 거리가 점점 좁혀갔다. 윌은 밀단을 들어 올려 가운데 쪽으로 날라 갔다. 애나를 만날 곳으로 점점 더 가까이 몰아치면서 윌은 자기 몫의 밀단을 날랐다. 애나에게 점점 더 다가가면서 애나를 따라잡았다. 달빛 속에선 단지 오가는 동작만이 있을 뿐, 두 젊은이는 일에 열중해서 묵묵히 곡식 단을 날랐고, 오로지 곡식 단을 내려놓는 털썩 소리만 들렸다. 고요, 그다음엔 털썩! 윌이 밀단을 내려놓는 털썩 소리가 더 자주 고요를 깨뜨리며 애나의 낟가리 쪽으로 고동치듯 다가갔다. 애나가 밀단을 내려놓는 소리는 변함없이 단조롭게 들리는 데 반해, 윌이 밀단을 내려놓는 털썩 소리는 점점 더 가까이에서 들렸다.

드디어 두 젊은이는 노적가리 앞에서 손에 밀단을 든 채 대면하게 되었다. 윌은 달빛을 받아 온통 은빛이었다. 그러나 얼굴은 달빛을 등지고 있어서 시커멓게 그림자가 드리워졌다. 애나는 겁이 났다. 애나는 윌이 먼저 내려놓기를 기다렸다.

"먼저 내려요."

애나가 말했다.

"아니, 애나 차례에요."

윌의 코맹맹이 소리가 고집스레 들렸다.

애나는 밀단을 낟가리에 기대어 세웠다. 밀 이삭 사이에서 애나의 손이 반짝였다. 다음에야 윌이 밀단을 내려놓았다. 윌은 몸을 떨며 애나를 두 팔로 안았다. 이제 애나를 따라잡았으니까, 애나에게 키스하는 것은 아주 당연하다고 생각했다. 애나의 몸이 밤공기 속에서 달콤하고 신선했다. 밀 향기가 애나의 몸에 배어서 달콤한 냄새가 났다. 윌은 온몸을 율동적으로 떨며 애나에게 키스를 퍼부었다. 계속 애나에게 키스를 하며 그녀를 추구했으나 애나는 정복되지 않았다. 아! 저 코에 비치는 달빛! 애나의 몸에 비치는 모든 달빛과 그녀의 몸속에 들어 있는 모든 암흑이라니! 그의 팔 안에 들어 있는 저 모든 밤, 암흑, 그리고 광채! 그가 이 모든 것을 차지하지 않았는가! 그는 이제 이 모든 밤을 과감하게 펼치고 그 속으로 들어갈 것이고 모든 신비는 벗겨지고 모든 것은 발견될 것이었다.

윌은 짜릿한 승리감으로 몸을 떨었고 더 속으로 몰고 들어가며 키스를 했을 때 그의 심장은 별처럼 새하얗게 되었다.

"내 사랑!"

애나가 낮은 목소리로 먼 곳에서 불렀다. 그 낮은 소리
는 달빛 아래서 그를, 얼떨떨해 하는 그를 멀리서 부르는
것 같았다. 윌은 문득 키스를 멈추고 몸을 떨며 귀를 기울
였다.

"내 사랑!"

보이지 않는 밤 새처럼 낮고도 구슬프게 또다시 그를 불
렀다. 그는 겁이 났다. 심장은 떨리고 터질 것 같았다. 그
의 동작이 멈추었다.

"애나!"

윌이 불렀다. 마치 먼 곳에서 자신 없이 그녀에게 응답
하듯이.

"내 사랑!"

그가 가까이 다가섰고 애나도 다가섰다.

"애나!"

윌이 경이감과 사랑의 아픔을 느끼며 불렀다.

"내 사랑!"

애나는 더 황홀해진 목소리로 불렀다.

그리고 그들은 입에 키스를 하면서 황홀감에 놀라워했고
깊은 키스를 오랫동안 했다. 달빛 아래서 키스는 오래 계
속되었다. 윌은 애나에게 다시 키스를 했고 그다음엔 애나
가 그에게 키스를 했다. 다음에 그들은 같이 키스를 하고
있었다. 이윽고 윌의 몸속에서는 어떤 변화가 일어났다.
기분이 야릇해졌다. 그는 애나를 원했던 것이다. 그는 애
나를 굉장히 원했다. 그녀가 새로운 존재로 보였다. 그들

은 그날 밤 서로를 껴안고 팽팽하게 긴장한 채 서 있었다. 월은 몸뚱이 전체가 마치 호되게 얻어맞은 것같이 놀라서 떨고 있었다. 월은 그녀를 원했고 그러한 사실을 그녀에게 말해 주고 싶었다. 그러나 그 충격은 그에게 너무나 컸다. 이러한 욕구가 생길 줄은 전혀 몰랐던 것이다.

그는 전혀 생소한 이러한 첫 경험에 부들부들 떨면서 어찌할 바를 몰라 했다. 월은 애나를 더 부드럽게, 훨씬 더 부드럽게 꼭 껴안았다. 그 갈등은 이제 지나갔다. 월은 즐거워서 숨이 가빠졌고 눈에는 눈물이 글썽했다. 그렇지만 자신이 애나를 원했다는 것을 그는 잘 알고 있었다. 무언가가 그의 마음속에 새로 자리를 잡았다. 그는 그녀의 것이었다. 그래 월은 기뻐하면서도 한편 겁이 났다. 그는 어찌할 바를 모르고 휘영청 달빛이 가득한 들판에 애나와 같이 서 있었다. 월은 애나의 머리카락 사이로 달을 쳐다보았다. 달은 액체처럼 빛을 내며 출렁이는 것 같았다.

애나는 한숨을 쉬었고 마치 잠에서 깨어난 듯했다. 그녀는 또다시 월에게 키스를 했다. 그다음엔 그의 포옹에서 벗어나 그의 손을 잡았다. 애나가 월의 가슴팍에서 빠져나가자 그의 가슴이 아팠다. 월은 원통해서 가슴이 아팠다. 왜 애나가 그에게서 빠져나갈까? 그렇지만 애나는 그의 손을 붙잡고 있었다.

"집에 가고 싶어."

애나는 도무지 이해할 수 없는 태도로 그를 쳐다보며 말했다.

월은 그녀의 손을 꼭 붙잡았다. 월은 정신이 몽롱해서

움직일 수가 없었다. 그는 어떻게 움직여야 할지 몰랐다. 애나는 그를 끌어당겼다.

월은 하는 수 없이 애나의 손을 잡은 채 옆에서 걸어갔다. 애나는 고개를 숙이고 걷고 있었다. 월이 불쑥 말을 꺼냈다.

"애나, 우리 결혼하자."

이건 그에게 불현듯 떠오른 간단한 해결책이었다.

애나는 잠자코 있었다.

"애나, 우리 결혼해, 그럴 거지?"

애나는 발걸음을 멈추고 그가 이해 못할 식으로 그에게 열정적으로 매달리며 키스했다. 그는 이해할 수가 없었다. 그러나 이 문제를 모두 결혼에다 맡겨버렸다. 지금으로선 그것만이 미리 정해진 해결책이니까. 그는 애나를 원했고 또 애나와 결혼하기를 원했던 것이다. 애나를 몽땅 그의 것으로 언제까지나 소유하고 싶었다. 그리고 그것이 성취되기를 용의주도하게 기다렸다. 그러나 그러는 동안 내내 마음속에는 애를 태우는 긴장감이 감돌았다.

월은 그날 밤 숙부와 숙모에게 말씀드렸다.

"숙부님,"

월이 말을 꺼냈다.

"애나와 저는 결혼할 생각입니다."

"뭐, 뭐라고?"

브랑윈이 되물었다.

"그렇지만 어떻게? 너한텐 돈이 없지 않니?"

숙모가 물었다.

윌은 해쓱해졌다. 이 말이 굉장히 싫었다. 그렇지만 그는 반짝이며 광채를 내는 조약돌 같았고 어떤 광채를 발하는 불변의 존재 같았다. 그는 아무런 생각도 하지 않았다. 광채를 발하면서 꼼짝 않고 앉아서 아무 말도 안 했다.

"그래, 네 어머니한테 말씀드렸니?"

브랑원이 물었다.

"아니요…… 이번 토요일에 말씀드리렵니다."

"그래, 가서 뵙겠다고?"

"네."

오랫동안 침묵이 흘렀다.

"그래, 결혼하면 무얼 먹고 살 거냐? 주급 1파운드로?"

또다시 젊은이의 얼굴은 해쓱해졌다. 그의 자존심이 상한 것 같았다.

"모르겠습니다."

윌은 사람의 눈이 아니라 꼭 매와 같은 눈으로 숙부를 쳐다보며 대답했다.

브랑원의 가슴은 증오심으로 울렁거렸다.

"그건 알 필요가 있어."

그가 단호히 말했다.

"후에 돈을 벌게 될 거예요. 우선 돈을 좀 빌렸다가 나중에 갚으렵니다."

조카 윌이 대답했다.

"그래? 그런데 왜 이렇게 다급하게 서두르는 거냐? 저 앤 아직도 열여덟 살의 어린애고 넌 스무 살 난 애야. 너희들은 아직 마음대로 행동할 나이가 아니야."

월은 고개를 살짝 숙이고 새장에 들어 있는 매처럼 재빠르게 시선을 움직였다. 그리고 불신하는 눈빛으로 숙부를 쳐다보았다.

"애나가 몇 살이든 제가 몇 살이든 그게 무슨 상관입니까? 지금의 제가 서른 살 때의 저와 무슨 차이가 있겠습니까?"

월이 물었다.

"커다란 차이가 날 거야. 넌 경험이 없어. 경험도 없고 돈도 없잖아. 넌 경험도 돈도 없으면서 왜 결혼하려 드는 거냐?"

숙모가 다그쳤다.

"숙모님, 무슨 경험이 필요합니까?"

월이 대꾸했다.

만일 브랑윈의 마음이 분노로 인해 보석처럼 단단하게 꽁꽁 뭉쳐만 있지 않았더라면 그 청년의 말에 동의를 했을 것이다.

월은 동요됨이 없이 묘한 기분으로 집으로 돌아갔다. 그가 일단 마음먹고 결정한 것은 도저히 고칠 수 없다고 생각했다. 그의 의지는 이미 굳어졌다. 만일 그것을 바꾼다면 그 자신이 파괴되어야 했다. 그는 절대로 파괴되지 않으리라. 그에겐 돈이 없었다. 그렇지만 어딘가에서 조달하리라. 그건 별문제가 아니었다. 그는 여러 시간 잠을 못 이루고 누워 있었다. 정신은 더욱 말똥말똥해져, 변할 수 없는 수정체처럼 단단해졌다. 그런 후에야 그는 곤히 잠들었다.

마치 그의 정신이 단단한 수정으로 변한 것 같았다. 그가 몸을 떨고 경련을 일으키며 고통을 당한다 해도 그의 정신은 까딱도 안 했다.

이튿날 아침, 머리끝까지 화가 치민 브랑윈은 애나를 무섭게 다그쳤다.

"도대체 결혼하겠다는 게 무슨 소리지?"

애나는 얼굴이 다소 해쓱해 서 있었다. 그 검은 눈은 마치 들짐승이 자기 방어를 하면서 몸을 바르르 떠는 것처럼 적대적이고 깜짝 놀란 표정을 띠고 있었다.

"전 결혼하겠어요."

애나의 입에서 이런 말이 부지중에 튀어나왔다.

브랑윈은 더욱 화가 치밀어서 딸애의 목을 그냥 부러뜨리고 싶었다.

"그래, 결혼해? 결혼하겠다고? 왜 하려는 거냐?"

그는 멸시하는 투로 이죽거렸다.

그 옛날 어린 시절에 겪었던 고통이, 물불 모르는 격한 충동이, 아무런 보호를 못 받고 어쩔 줄 몰라 몸뚱이를 바르르 떠는 들짐승의 적개심 같은 것이 애나에게 다시금 몰려왔다.

"제가 하고 싶으니까요."

애나는 어릴 때처럼 날카롭고 신경질적으로 외쳤다.

"댁은 제 아버지가 아녜요. 제 아버진 돌아가셨어요. 댁은 제 아버지가 아니잖아요."

애나는 완전히 딴 아이로 변했다. 그를 알아보지 못했다. 차가운 칼날이 브랑윈의 영혼 깊숙이 들어가 난도질했

230

다. 그녀에게서 그를 끊어버렸다.

"그래, 내가 네 아버지가 아닌 것이 어떻다는 거냐?"

브랑윈이 되물었다. 그러나 브랑윈은 참아낼 수가 없었다. 애나가 '아버지, 아빠'라고 부르던 것이 그에겐 그토록 애틋했는데.

브랑윈은 한 대 얻어맞은 양 며칠 동안 이리저리 어슬렁거렸다. 아내는 어리둥절했다. 이해할 수가 없었다. 그녀 생각에 이 결혼은 단지 돈과 사회적 지위가 부족해서 반대에 봉착한 것이었다.

집 안은 오싹할 만큼 조용했다. 애나는 될 수 있는 대로 부모의 눈을 피했다. 그녀는 몇 시간이고 홀로 있을 수 있었다.

윌은 노팅엄 집에서 어리석게 소란을 피운 후 돌아왔다. 그도 역시 창백하고 멍했으나 여전히 태도를 바꾸지 않았다. 숙부는 그토록 매정하고 외고집쟁이인 젊은이를 미워했다. 그렇지만 숙부는 애나 렌스키에게 손수 넘겨주려 했던 재산의 몫을 어느 날 저녁 조카인 윌에게 직접 넘겨주었다. 그것은 2,500파운드에 해당했다. 윌은 숙부를 쳐다보았다. 마시 농장의 재산 중에서 상당한 부분을 떼어낸 액수였다. 그러나 그 젊은이는 다만 더 차갑고 단호해졌다. 그는 이상에 사로잡혔고 순전히 굳은 의지뿐이었다. 그는 그 몫을 애나에게 주었다.

그 돈을 받은 후, 애나는 종일 울었고 눈이 통통 붓도록 흐느꼈다. 그러곤 엄마가 잠자리에 들어가는 소리를 듣고 살금살금 아래층으로 내려와 문간에 서 있었다. 아버진 기넘비처럼 완전히 침묵하고 앉아 있었다. 그는 천천히 고개를 돌렸다.

"아빠!"

애나가 문간에서 불렀다. 그리고 아버지한테 달려가서 가슴이 터질 듯 흐느껴 울었다.

"아빠, 아빠, 아빠!"

애나는 아버지의 목을 꺼안고 얼굴을 파묻고는 난로 앞 융단 위에 웅크렸다. 아버지의 몸은 아주 커서 편안하게 느껴졌다. 그러나 무엇인가가 참을 수 없게 애나의 마음을 아프게 했다. 애나는 거의 신경질적으로 흐느끼며 울었다.

아빠는 말없이 손을 딸의 어깨에 얹었다. 그의 마음은 쓸쓸했다. 그는 그 애의 아버지가 아닌데. 그 귀중한 이미지를 저 애가 깨버렸다. 그렇다면 그는 누구란 말인가? 더 이상의 발전을 모르는 동떨어진 한 인간. 그는 저 애로부터 동떨어져 있는데. 그들 사이에는 한 세대의 간격이 있는데. 그는 늙었고 뜨거운 삶에서 떨어져 나와 말라버렸는데. 상당한 양의 재가, 식은 재가 그의 불 속에 있었다. 그는 필연적으로 냉기를 느꼈고, 비통함으로 인해 불이란 것을 잊었다. 그는 노년과 고독의 냉기 가운데 앉아 있었다. 그에겐 아내가 있지 않은가? 그는 자신이 어린 딸에게 이렇게 집착하고 딸이 자신에게 속하길 원했다며 자신을 나무라고 비웃었다.

그에게 매달리던 어린애는 젊은 남편을 원하고 있지 않은가. 그건 자연스러운 일이다. 그리고 자기의 생활이 제대로 꾸려지도록 브랑윈, 그에게 도움을 구하는 것이다.

하지만 사랑을 원하는 건 아니었다. 왜 그들 사이에 애정이 있어야만 하는가? 뚱뚱한 중년의 남자와 이 어린애 사이에 말이다. 그들 사이에 서로를 도우려는 자발적인 인간애 외에 무엇이 있을 수 있는가? 그는 그 애의 후견인일 뿐이었다. 그의 마음은 얼음장 같았고 얼굴은 차갑고 무표정했다. 애나는 아버지가 돌부처 같아서 도저히 그 마음을 움직일 수 없었다.

애나는 조용히 잠자리로 들어가 울었다. 그러나 애나는 윌과 결혼할 것이었다. 그러니 더 이상 걱정할 것이 없었다. 브랑윈은 차갑게 굳어버린 심정으로 잠자리에 들었고 자신을 저주했다. 아내를 쳐다보았다. 그녀는 여전히 그의 아내였다. 그녀의 검은 머리카락에는 흰 머리카락이 섞여 있었고, 나이가 들어가고 있음에도 아름다웠다. 아내는 꼭 쉰이었다. 아내를 바라보니 얼마나 가슴이 짜릿한지! 그는 자신의 가슴속에서 무절제한 부분을 도려내고 싶었다. 아직도 젊은이의 발랄한 생활 속에 한몫 끼려고 대들다니! 그는 몹시 자신을 미워했다.

아내는 저토록 민감하고 성숙한데! 아내에겐 아직도 젊고 천진스럽고 소녀 같은 청초함이 있었다. 그렇지만 아내는 무절제한 자신이 아직도 바라고 있는 삶과 티격태격하며 싸우고 지배하기를 더 이상 원치 않았다. 아내는 아주 자연스럽게 지내는데, 자신은 자리를 양보할 줄 몰라 추하고 부자연스러웠다. 이 욕심 많은 중년의 몰골이라니! 거대한 악마처럼 삶의 길을 막고 서 있다니!

그의 삶에서 무엇이 부족하기에 탐욕스러운 영혼은 만족

을 못하는가? 그에겐 학교 친구도 있고 어머니와 아내와 애나도 있지 않나? 그는 무엇을 이루었나? 친구와는 실패했다. 그는 하잘것없는 아들이었다. 그렇지만 아내와의 관계에서 만족을 느끼지 않나? 그것으로 충분하다고 하자. 그는 딸 애나에 대한 자신의 태도를 보고 자신을 혐오했다. 그렇지만 도저히 만족할 수가 없었다. 그 사실을 깨닫자 괴로웠다.

그렇다면 그의 생은 허사였던가? 그는 내놓고 보여줄 것도 없고 아무런 일도 못했던가? 그는 자신의 일을 굉장한 것으로 여기지 않았다. 누구나 그 정도의 일은 해낼 수 있을 테니까. 아내와의 긴 결혼 생활의 포옹 외에 그가 알아낸 것이 무엇인가? 기이하게도 이것이 그의 인생이 이루어놓은 전부였다. 하여간에 그것은 무엇인가 실속이 있었고 영원한 것이 아닌가! 누구에게든 그렇게 말하고 자랑할 수 있으리라. 그는 누워서 아내를 팔에 안았다. 아내는 여전히 그의 성취의 대상으로 예나 똑같았다. 그것이 존재의 전부요, 인생의 목적의 전부가 아닌가? 그렇지, 그러니 긍지를 가져야지.

그러나 그 긍지 밑에는 비통함이, 충족되지 못한 톰 브랑윈이 여전히 남아 있었다. 딸이 그를 조금도 개의치 않기에 괴로웠다. 그는 아들들을 사랑했고 또한 아들들을 소유했다. 그러나 그는 더 나아가서 딸과의 창조적인 삶도 원했던 것이다. 아, 그는 부끄러웠다. 그는 자아를 없애버리려고 짓밟았다.

얼마나 고달픈가! 아무리 늙어가도 마음의 화평이 없으

니! 절대로 올바를 수도, 점잖을 수도, 자신을 지배할 수도 없으니. 그의 소망이 몽땅 딸애한테 가 있는 것 같았다.

애나는 곧 그 젊은이를 향한 사랑 속으로 다시 빠져들었다. 윌은 결혼 날짜를 성탄절 전 토요일로 정해 놓았다. 그리고 환하고 문제 없다는 듯한 태도로 그때까지 애나를 기다렸다. 그는 애나를 원했다. 애나는 그의 것이었다. 그 날이 올 때까지 윌은 자신의 존재를 정지시켰다. 결혼일인 12월 23일이 그에게는 절대적인 날로 존재하게 되었다. 그는 그런 생각 속에서 살았다.

그는 날짜를 세지 않았다. 그러나 배를 타고 여행하는 사람들처럼 항구에 닿는 날까지 그의 삶은 정지되어 있었다.

그는 목각을 했고, 사무실에서 일을 하고, 애나를 만나러 갔다. 모든 것이 생각이나 의문이 존재하지 않는 기다림의 형태에 불과했다.

애나는 훨씬 더 발랄하게 지냈다. 그녀는 미혼 시기를 만끽하고 싶었다. 윌은 이유도 방향도 묻지 않고 바람처럼 왔다가 가곤 했다. 그러나 애나는 그와 같이 있는 것을 만끽하고 싶었다. 애나에게 그는 삶의 알맹이였고 혼자만이 그를 만진다는 것은 희열이었다. 그러나 그에게 있어서 애나는 삶의 정수(精髓)였다. 그가 일커스턴의 숙소에서 목각을 할 때도 마시 농장의 부엌에서 그녀가 그를 보고 있을 때와 똑같이 애나는 그와 함께 존재했다. 그는 자신 속에 애나를 간직하고 있었던 것이다. 그러나 그의 외적인 기능은 정지된 듯했다. 그는 눈을 통해서 애나를 보거나, 목소리를 통해서 애나를 듣는 것이 아니었다.

그러나 때때로 윌은 애나를 안고서 몸을 부들부들 떨다가 일종의 혼수상태로 들어갔다. 가끔 그들은 외양간에서 아무 말없이 꼭 껴안은 채 서 있곤 했다. 그럴 때 애나가 그의 젊고 탄력 있는 몸을 손으로 만지며 느끼는 희열은 감당할 수 없는 것이었다. 자신이 그를 소유했다는 느낌은 감당할 수 없도록 즐거운 것이었다. 그의 몸뚱이가 그토록 민감하고 경이로웠으니 그것만이 그녀의 세계에서 유일한 실체였다. 그녀의 세계에는 한 사나이의 탄탄하고 발랄한 신체만이 있을 뿐 다른 무수한 그림자 같은 남자들은 모두가 환상이었다. 윌의 몸속에서 애나는 실체의 중심부를 만져보았다. 그리고 그들은, 그와 그녀는 삶의 비밀의 중심에 함께 자리 잡고 있었다. 그녀가 그를 얼마나 꼭 잡아끌었던가. 그의 몸은 모든 생명의 중심체가 되었다. 그의 육체의 바위에서 생명수 그 자체가 흘러나왔다.

그러나 윌에게 애나는 그를 송두리째 태워버리는 불꽃이었다. 불꽃은 그의 팔다리 속을 지나고, 또 몸속을 흐르며 그의 몸을 다 태워버렸다. 마침내 윌은 의식이 없는 암흑의 통로로만 존재했고, 그곳으론 애나의 불꽃이 계속 지나갔다.

가끔 암흑 속에서 암소가 기침을 했다. 어둠 속에서 소가 천천히 되새김질하는 소리가 들렸다. 마치 뜨거운 피가 자궁 속으로 흐르며 태아를 씻어주듯 모든 것이 그들 주위와 위로 흐르는 듯했다.

그들은 날씨가 추울 때엔 때때로 마구간에 서서 사랑을 즐겼다. 그곳의 공기는 따스했고 암모니아 냄새가 코를 찔렀다. 이렇게 어둠 속에서 만나는 동안 윌은 애나를 알게 되었다. 애나는 윌에게 몸을 기댔고, 두 젊은이는 점점 더 가까이 몸을 끌어당겼다. 키스는 더욱 미묘하게 밀착되어 맞아떨어졌다. 그래서 칠흑 같은 어둠 속에서 말이 갑자기 발을 구르며 우레같이 둔탁한 소리를 낼 때는 한 몸이 되어서 귀를 기울였다. 그들은 일심동체가 되어 말을 이해하고 또 의식했다.

톰 브랑윈은 코셋헤이에 있는 집 한 채를 이십일 년 기간으로 빌려, 딸애 부부가 살도록 했다. 윌은 그 집을 보자 눈이 번쩍 뜨였다. 그 집은 교회와 이웃해 있었고, 옆으로는 오래된 주목들이 울창하게 들어섰으며, 잔디가 깔린 앞마당이 딸려 있었다. 나지막한 슬레이트 지붕과 창문이 낮게 달린 네모꼴의 빨간색 집이었다. 길쭉한 모양의 버터 제조장과 판석을 깐 널따란 부엌이 있고, 한 층계 더 올라가면 천장이 낮은 응접실이 있었다. 천장의 대들보는 흰색으로 칠해졌고 구석구석에는 찬장이 들어서 있었다. 창문에서 내다보면 잔디가 깔린 마당이 보였고, 한쪽으로는 울창하게 줄지어 들어선 주목이 보였다. 다른 두 면으로는 담쟁이로 뒤덮인 빨간 담이 둘러쳐져 있어 집이 큰길과 교회 묘지와 분리되었다. 네모난 탑 위에 작은 첨탑이 달린 오래된 작은 교회는 마치 이 집의 창문을 향해 돌아다보는 듯했다.

"시계는 필요 없겠어."

바로 옆에 있는 교회당의 흰색 시계 판을 내다보면서 윌이 말했다.

집 뒤에는 가축우리로 연결된 마당이 있고, 두 마리의 소가 들어갈 외양간, 돼지우리, 닭장들이 있었다. 윌은 매우 기뻤다. 애나도 한 집안의 여주인이 된다는 생각에 즐거웠다.

톰 브랑윈은 이제 동화에나 나오는 대부가 되어버렸다. 그는 딸에게 무엇이든 사줘야 기분이 좋았다. 가구는 목제품 전반에 흥미가 있는 윌이 직접 구입하고 있었다. 그에겐 식탁과 둥근 다리가 달린 의자와 서랍장을 구입하는 일이 맡겨졌다. 아주 평범한 가구들이었지만 집과 어울리는 것들이었다.

톰 브랑윈은 더욱 자상하게 관찰해서 딸에게 긴요한 자질구레한 것들을 찾아냈다. 그래서 그는 신식 냄비 한 벌과, 창이 나지막한데도 천장에 매다는 특수 등과 고기를 갈고 감자를 으깨고 계란을 휘젓는 데 쓰이는 묘하게 생긴 작은 부엌 용품들을 들고 나타났다.

애나는 아버지가 산 물건에 예리한 관심을 가졌지만 늘 마음에 들어 하진 않았다. 아버지가 아주 유용한 것이라고 생각했던 작은 도구 중에는 애나가 별로 유용치 않다고 여기는 것도 있었다. 그렇지만 애나는 기대에 차 있었고 특히 장날에는 항상 기대에 부풀었다. 땅거미가 질 무렵 아버지는 마차에 놋쇠 등을 밝히고 도착했다. 그래 애나가 대문으로 달려 나갈 때면 커다란 검은 몸집의 아버지가 마차 속에서 물건 꾸러미를 들어내려고 허리를 굽히고 있었다.

"물건이 탐나서 이렇게 달려 나오는 거지."

브랑윈의 목소리는 차가운 밤공기 속에서 쩡쩡 울렸다.

그렇지만 그는 신이 났다. 애나는 마차에서 램프 하나를 떼어 와서는 아버지가 쓰려고 산 석유나 연장들을 밀어젖히고 물건 더미를 뒤지며 들여다보았다.

애나는 한 쌍의 자그마하고 단단한 풀무를 끄집어내어 꼼꼼하게 훑어보았다. 그러곤 무엇인지 잘 모르는 다른 물건 하나를 끌어냈다. 거기엔 긴 손잡이가 달렸고, 한가운데에는 조끼같이 누런 종잇조각이 둘러쳐져 있었다.

"이게 뭐예요?"

애나는 그것을 이리저리 자세히 훑어보며 물었다.

브랑윈은 일손을 멈추고 딸애를 쳐다보았다. 딸은 마차 옆에 달린 램프로 가서 허리를 굽혀 새 물건을 들여다보았다. 그녀의 머리카락은 청동색으로 빛나고 행주치마는 새하얗고 경쾌하게 보였다. 애나는 부지런히 종이를 뜯고 있었다. 깨끗한 고무 롤러가 달린 작은 빨래 짜는 기계를 포장지에서 끄집어냈다. 애나는 작동법을 몰라 그 물건을 요리조리 꼼꼼히 살폈다.

애나는 아버지를 쳐다보았다. 아버지는 등불 너머에 그림자같이 서 있었다.

"어떻게 돌려요?"

"그건 무를 찧는 기계인데."

애나는 아버지를 쳐다보았다. 아버지의 이런 농담이 짜증스러웠다.

"거짓말 말아요. 이건 빨래 짜는 기계예요. 어떻게 세우지요?"

"빨래통 옆구리에 나사로 조이지."

아버지가 성큼 와서 그것을 딸 앞에 내밀었다.

"아, 맞아요!"

애나는 큰 소리로 떠들면서 달싹달싹 춤을 추었다. 아직도 갑자기 신이 나면 그러곤 했다.

그리고 애나는 딴 생각 않고 집 안으로 달려 들어갔다. 아버지는 혼자 남아 말을 끌었다. 부엌으로 들어가니 딸애가 작은 빨래통에다 그 기계를 붙여놓고 신이 나서 손잡이를 돌리고 있었다. 틸리가 옆에서 외쳐댔다.

"정말로, 깜찍하게 생겼구먼유! 이제 젖먹던 힘까지 안 써도 되겠구먼유. 최신식 기계인가 봐유."

애나는 이런 물건을 얻게 되어 아주 신이 나 손잡이를 빙빙 돌렸다. 그러고 나서는 틸리한테 한차례 돌리게 했다.

"저절로 잘도 돌아가네유."

틸리는 계속 돌리면서 떠들어댔다.

"이제 빨래는 곧장 빨랫줄에 널면 되겠구먼유."

제5장
마시 농장의 결혼식

결혼식엔 안성맞춤인 화창하고 아름다운 날씨였다. 땅은 질척거렸으나 하늘은 맑았다. 결혼식을 위해 세 대의 마차와 두 대의 커다란 포장마차가 준비되었다. 사람들이 응접실에 모여 흥분해 있었다. 애나는 아직 2층에 있었다. 그녀의 아버지는 브랜디를 홀짝홀짝 마시고 있었다. 검정색 저고리와 회색 바지를 입은 모습이 멋졌다. 그의 목소리는 우렁찼으나 불안이 서려 있었다. 그의 아내는 레이스가 달린 진회색 비단옷을 입고 아래층으로 내려왔다. 그녀의 모자에는 하늘색 공작 털이 살짝 꽂혀 있었다. 그녀의 작은 몸은 아주 자신 있어 보였고 윤곽이 선명했다. 브랑윈은 아내가 그곳에 모습을 드러내 이 모든 사람 가운데서 그의 사기를 북돋아주니 고마웠다.

마차가 도착했다. 노팅엄의 브랑윈 부인이 광택 있는 무늬 비단옷을 걸치고 문간에 서서 누가 어느 마차를 타고

갈 것인가를 지시했다. 한바탕 소동이 일어났다. 현관문이
열리고 결혼 축하객들이 마당길로 내려서서 걸어갔다. 한
편 더 기다려야 하는 손님들은 창문을 내다보고 있었고,
대문에는 몇몇씩 무리 지은 사람들이 길게 늘어서서 열심
히 쳐다보고 있었다. 성장(盛裝)을 한 사람들이 겨울 햇살
을 받으니 참으로 어색하게 보였다.

　손님들의 일부가 떠나갔고 다른 한 패가 남아 있었다.
응접실엔 좀 여유가 생기기 시작했다. 애나는 홍조를 띠고
아주 수줍어하면서 아래층으로 내려와 흰 비단 드레스와
면사포를 점검받았다. 시어머니 될 부인이 뒤로 물러나 살
펴본 뒤 하얀 드레스의 뒷자락을 당기고 면사포의 주름을
바로잡은 후 자신도 똑바로 섰다.

　창가에서 신랑의 마차가 방금 지나갔다는 고함 소리가
났다.

　"아버지, 모자와 장갑은 어디에 뒀어요?"

　하얀 슬리퍼를 신은 신부가 발을 동동 구르며 물었다.
신부의 눈이 면사포 안에서 반짝였다. 아버지는 이곳저곳
을 찾아다녔고 그의 머리카락은 헝클어졌다. 사람들이 다
떠나고 신부와 아버지만 남았다. 아버지도 준비가 되었다.
그런데 얼굴은 홍당무가 되고 기가 꺾여 있었다. 대문을
열어주려고 현관에서 기다리는 틸리는 흥분해서 몸을 떨고
있었다. 시중드는 여자가 애나의 주위를 한 바퀴 돌자, 애
나가 물었다.

　"나 괜찮아?"

　신부는 준비가 되었다. 신부가 머리를 쳐들고 똑바로 서

니 여왕 같은 자태였다. 신부는 아버지에게 잘 보이도록 손을 흔들어 보였다.

"이쪽으로 오세요!"

아버지가 다가서자 신부는 아버지의 팔에 손을 살짝 올려놓았다. 꽃이 아래로 늘어지게 부케를 들고 아주 우아하게 발을 내디뎠다. 아버지의 얼굴이 너무나도 붉어 신경이 쓰였지만 부들부들 떨고 있는 틸리의 옆을 천천히 스쳐 지나 뜰로 내려갔다. 대문에서는 목쉰 환성이 터져 나왔고 거품처럼 공중에 붕 떠 있는 신부의 하얀 모습이 천천히 마차 안으로 사라졌다.

신부가 마차로 들어설 때 가는 발목과 발이 아버지의 눈에 들어왔다. '어린아이의 발이야.' 브랑원의 가슴은 딸애가 애처로워서 뻐근했다. 애나는 자신이 아주 사랑스러운 자태를 연출했다고 생각하며 황홀경에 빠져 있었다. 마차가 달리는 내내 애나는 모든 것이 너무도 아름다워서 희열로 충만해 앉아 있었다. 그녀는 자신의 꽃다발을 열심히 내려다보았다. 하얀 장미와 은방울꽃, 수선화와 공작고사리가 아주 풍요롭게 작은 폭포 모양을 이루었다.

신부의 아버지는 이 모든 생소한 것 가운데서 어리둥절해 앉아 있었다. 가슴은 벅차올라 뿌듯했고 아무런 생각도 할 수 없었다.

교회 안은 성탄절 장식이 되어 있었다. 상록수의 색은 짙었고, 하얀 꽃은 차가운 눈 같았다. 브랑원은 정신이 몽롱해서 제단 쪽으로 걸어갔다. 그 스스로가 결혼하려고 제단 쪽으로 걸어가 본 후 얼마나 긴 세월이 흘렀는가. 그 자신이 지금 결혼을 하는 건지, 아니면 자신이 왜 그곳에 와 있는지 그 이유를 알 수가 없었다. 무슨 일인가를 해야 한다는 생각에 마음이 불안했다. 아내가 쓴 모자가 그의 눈에 들어왔다. 그는 왜 아내가 그와 함께 있지 않을까 이상하게 여겼다.

브랑윈은 딸과 함께 제단 앞에 서 있었다. 브랑윈은 동쪽 창을 응시했다. 그 창은 남보라색이 도는 광채를 강렬하게 발산하며, 무겁게 드리운 암흑의 망 위에다 빛나는 남색, 진홍색, 노란색의 작은 꽃들로 그림자 같은 무늬를 수놓으며 비추고 있었다. 그 창은 검은 망 가운데서 광채를 내며 활활 타올랐다.

"이 처녀가 이 청년과 결혼하도록 응낙한 친권자는 누구입니까?"

누군가 그를 건드렸다. 그는 흠칫 놀랐다. 그 말이 그의 기억 속에서 아직도 메아리쳤지만 점점 사라지고 있었다.

"접니다."

그가 급히 대답했다.

애나는 고개를 숙이고 면사포 속에서 살며시 웃었다. 아버진 얼마나 우스꽝스러운지!

브랑윈은 제단 뒤편의 불타는 듯한 푸른색 창문을 응시하며 생각에 잠겼다. 내가 정말 늙은 것인가. 언젠가 목적지에 도착하면 안착했다고 느낄 수 있을까. 고통을 느끼면서 막연히 스스로에게 물어보았다. 그는 애나의 결혼식에 와 있었다. 그렇다면 그가 무슨 권리로 아버지 같은 책임을 져야 하는가. 그는 자신이 결혼했던 때와 같이 아직도 자신이 없고 흔들리고 있었다. 아내와 자신! 가슴이 짜릿하게 저려오면서 그들 부부가 얼마나 자신이 없는 존재들인가를 깨달았다. 그는 마흔다섯의 장년이었다. 마흔다섯이라니! 오 년이 흐르면 쉰이구나. 그다음엔 예순, 또 그리고 일흔, 그 후엔 끝나는 거지. 하느님 맙소사! 그런데도 아직껏 이 모양으로 흔들리고 있다니!

사람은 어떻게 나이가 들고 또 어떻게 확신이 서게 되는 건가. 그는 나이가 더 든 것같이 느끼고 싶었다. 그의 성숙이나 완전에 대한 감정으로 말하면 지금의 자신과 결혼 당시의 자신 사이에 무슨 차이가 있단 말인가? 다시 결혼할 수도 있을 것이다. 자신과 아내가 말이다. 그는 자신이 왜소하다고 느꼈다. 자신이 마치 천둥 치는 광막한 하늘 아래 동그랗게 경계가 그어진 평원 위에 서 있는 작은 존재 같았다. 자신과 아내는 이 평원 위를 걸어가는 왜소한 존재이고, 하늘은 그들 주위에서 번개 치며 천둥질을 했다. 인간은 언제 종말에 도달하는가? 어느 방향으로 그것은 완성되는 건가? 종말도 완성도 없고 단지 이 천둥 치는 광막한 우주뿐이지. 인간은 절대로 늙지도 않고 죽지도 않는단 말인가? 그것이 단서가 되었다. 그는 괴로워하면서도 이상하게 기뻐서 날뛰었다. 그는 아내와 평원에서 야영을 하는 두 아이들처럼 계속 가리라. 끝없는 하늘 외엔 확실한 것이 무엇이 있는가? 하늘만이 확실히 존재하며 또 끝이 없었다.

여전히 그 선명한 남색은 앞에 있는 암흑의 그물 속에서 지칠 줄 모르고 풍요롭고도 화려하게 이글이글 불타며 빛을 발하면서 뽐내고 있었다. 그 자신의 삶은 얼마나 풍요롭고 화려했던가. 육체의 검은 그물 속에서 붉게 불타며 빛을 내고 과시했지. 아내는 그녀의 육체의 그물 속에서 얼마나 빛을 발하며 검게 타올랐나! 그런데 그것은 애타게도 항상 미완성이었고 형체가 잡히지 않았다.

풍금 소리가 크게 울렸다. 하객 전체가 교회 사무실로 떼 지어 갔다. 잉크로 얼룩지고 마구 휘갈겨 쓴 서명록이 놓여 있었다. 어린 딸애는 의기양양해서 면사포를 뒤로 젖히고 결혼반지를 낀 손을 여봐란듯이 내놓으며 자신이 연출한 광경에 도취되어 자랑스레 자기 이름을 서명했다.

애나 테레사 렌스키.

애나 테레사 렌스키라. 얼마나 건방지고 독립적인 아이인가! 검은 연미복에 회색 바지를 입은 호리호리한 신랑은 젠체하는 어린 고양이처럼 심각한 얼굴을 하고 자기 이름을 엄숙하게 썼다.

윌리엄 브랑윈.

좀 더 어울리는 이름 같았다.

"아버지, 와서 서명하세요."

어린 딸이 당당하게 불렀다.

"토머스 브랑윈. 글씨가 서툴러."

그는 서명하면서 중얼거렸다.

그다음엔 검은 구레나룻을 기른 체격이 크고 안색이 나쁜 그의 형이 서명했다.

알프레드 브랑윈.

"브랑윈 집안사람이 몇 명이나 더 서명해야 하나?"

톰 브랑윈은 그의 집안 성이 너무 자주 나오자 부끄러워서 외쳤다.

사람들은 다시 바깥 햇빛 속으로 나갔다. 그는 비석 밑으로 길게 자란 풀 위에 내린 청회색의 서리를 내려다보았다. 교회 종이 울려 퍼지고 머리 위에선 호랑가시나무의 새빨간 열매가 반짝였다. 주목이 축 늘어진 시커먼 가지를 무겁게 드리우고 있는데 그 광경이 모두 환상 같았다.

결혼식 일행은 교회 묘지를 지나 담장까지 걸어간 후 작은 층계로 올라가 담을 넘어 내려갔다. 아, 흰 공작같이 뽐내며 담에 걸쳐 서서 담 너머의 신랑에게 부축해 달라고 손을 내미는 신부의 저 자태! 우아하게 내딛는 가늘고 하얀 발목과 둥근 목덜미에서 풍기는 그 자만심! 그리고 젊은 남편과 나란히 걸어가면서 부모와 축하객 전부를 무시하는 듯 경솔하게 뽐내는 신부의 태도!

신혼 집에는 난롯불이 훨훨 타고 있었고 탁자에는 수십 개의 유리잔이 놓여 있었다. 방 안은 호랑가시나무와 겨우살이 열매로 장식되어 있었다. 축하객들이 밀려들었고, 톰 브랑윈은 으쓱대며 술을 따랐다. 누구든지 다 마셔야 했다. 종소리는 창가에서 울려 퍼졌다.

"자, 술잔을 들어요!"

톰 브랑윈이 응접실에서 소리쳤다.

"술잔을 들고 이 새로운 가정을 위해 축배를 듭시다. 신랑 신부, 가정을 즐길지어다!"

"밤낮으로 가정을 즐길지어다!"

프랭크 브랑윈이 덧붙여서 소리쳤다.

"있는 힘을 다해 가정을 즐길지어다!"

침울해 하던 알프레드 브랑윈이 소리쳤다.

"술잔을 채우고 다시 한 번 축배를 듭시다!"

톰 브랑윈이 외쳤다.

"이 새 가정. 그들이 즐길지어다!"

이에 응답하여 하객들이 소리쳤으나 장단이 잘 안 맞았다.

"잠자리와 축복, 그들이 즐길지어다!"

프랭크 브랑윈이 소리쳤다.

이에 응답해서 하객들이 큰 소리로 합창했다.

"오나가나 가정을 즐길지어다!"

침울해 하던 알프레드 브랑윈이 소리쳤고 이쯤 되니 남정네들은 대담해져서 고함을 질렀고, 아낙네들은 "자, 들어봐요!" 하고 외쳤다.

집 안은 다소 왁자지껄해졌다.

일행은 마차를 타고 전속력을 내어 마시 농장으로 돌아갔다. 한 시간 반 동안 보통 차 마실 때보다 훨씬 더 떡 벌어지게 차린 음식으로 잔치가 벌어졌다. 신부와 신랑은 점잔을 빼고 아무 말없이 식탁 머리에 앉아 있었고, 나머지 사람들은 떠들썩하게 음식을 들었다.

브랑윈 집안 남정네들은 차에다 브랜디를 섞어 마시고 몸을 가누지 못하게 취해 있었다. 침울했던 알프레드도 눈을 번쩍이며 초점을 잃고 쳐다보았고 이빨을 드러내고 기이하고도 거칠게 웃어댔다. 그의 아내는 그를 노려보면서 뱀처럼 머리를 홱홱 돌렸으나 그는 통 눈치 채지 못했다. 혈색이 좋고 미남인 프랭크 브랑윈은 두 형님들과 맞장구

를 치며 떠들어댔다. 건실한 톰 브랑윈도 마침내 긴장이
풀어져서 떠들어댔다.

이 세 형제가 좌중을 지배했다. 톰 브랑윈은 일장 연설
을 하고 싶었다. 그는 평생 처음으로 자기 생각을 장황하
게 늘어놓고 싶었다.

"결혼이란……."

그가 말을 시작했다. 대단히 진지하면서도 또한 굉장히
그 순간을 즐겼기 때문에 그의 눈은 반짝였고 어조는 심각
했다.

"결혼이란……."

그가 브랑윈 집안 특유의 느리고 쩡쩡 울리는 소리로 말
했다.

"결혼이란 바로 우리 인간에게 삶의 목적입니다."

"연설을 하게 그냥 둬요."

알프레드 브랑윈이 속내를 알 수 없게 천천히 말했다.

"연설하게 두라니까요."

알프레드 부인이 남편에게 눈을 흘겼다.

"남자는…… 남자 됨을 즐깁니다. 만일 남자 됨을 즐기
지 못한다면 왜 남자로 태어납니까?"

톰 브랑윈이 말을 계속했다.

"그것, 진리의 말씀이오."

프랭크가 얼굴이 달아오른 채 외쳤다.

"이와 마찬가지로, 여자는 여자 됨을 즐기는 거요. 적어
도 그렇다고 우리는 추측하는 바요……."

톰 브랑윈이 말했다.

“아, 그런 말 마세요.”

한 농부의 아내가 소리쳤다.

“저건 순전히 추측에 지나지 않아요.”

프랭크의 아내가 말했다.

“자,”

톰 브랑윈은 말을 계속했다.

“남자가 남자다우려면 여자가 필요한 거요…….”

“그렇지요.”

한 부인이 사나운 어조로 말했다.

“그리고 여자가 여자다우려면 남자가 필요한 겁니다.”

톰 브랑윈이 계속 말했다.

“남자 분들, 전부 다 속을 털어봐요!”

한 여자가 끼어들었다.

“그래서 우리는 결혼을 하는 거요.”

톰 브랑윈이 계속했다.

“잠깐만, 잠깐.”

알프레드 브랑윈이 외쳤다.

“너무 연설을 길게 해서 우리를 지치게 하지 말 것!”

다음은 숨 죽은 듯 조용한 가운데 술잔에 술이 채워졌다. 어린아이 같은 신부와 신랑은 반짝이는 열띤 얼굴로 식탁 상석에 멍하니 앉아 있었다.

“하늘나라엔 결혼이란 게 없습니다.”

톰 브랑윈은 또 말을 이었다.

“그러나 지상에는 결혼이 있지요.”

“바로 그것이 두 나라의 차이지.”

알프레드 브랑윈이 조롱투로 말했다.

"형님, 논평은 나중에 하시지요. 그때에 제가 고맙게 받아들이겠습니다. 지상에는 결혼 외에 이렇다 할 것이 없지요. 여러분은 돈 버는 얘기, 천당 가는 얘기 다 할 수 있습니다. 여러분은 자신의 영혼을 일곱 번이나 거듭 구원하고 돈을 태산같이 벌 수 있습니다. 그렇지만 여러분의 영혼은 계속 괴로워하고 또 괴로워하면서 무언가를 지녀야 한다고 말할 겁니다. 하늘나라엔 결혼이라는 게 없어요. 그러나 이 땅 위에는 결혼이 있습니다. 아니라면 천당의 밑창이 떨어져 나가 천당은 밑창 없는 곳이 되고 맙니다."

"그만 좀 하세요!"

프랭크의 아내가 간청했다.

"토머스, 계속해 봐."

알프레드 형이 빈정대듯 말했다.

"만약 우리가 천사가 되어야 한다면 말입니다."

톰 브랑윈은 좌중 전부에게 열변을 계속 토했다.

"만일 천사 중에 남자나 여자라는 것이 없다면 결혼한 한 쌍이 곧 천사 하나가 되는 겁니다."

"브랜디 탓이야."

알프레드 브랑윈이 지친 듯 말했다.

"그 이유는 말입니다."

톰 브랑윈은 계속했고 관중은 그 수수께끼 같은 말에 귀를 기울였다.

"천사는 절대로 한 인간보다 못할 수가 없기 때문입니다. 그리고 만일 인간에게서 육체가 없는 영혼만이 천사가 된다면, 그건 하나의 인간보다 못하게 될 것입니다."

"물론이지!"

알프레드가 맞장구쳤다.

식탁에서 웃음이 터졌다. 톰 브랑윈은 신이 났다.

"천사는 인간 이상의 존재여야 합니다."

그는 계속했다. "그래서 말씀드리는 건데, 천사 하나는 한 남자와 한 여자의 영혼을 한데 합친 것입니다. 그들은 최후의 심판일에 하나의 천사로 결합되어 소생할 것입니다……."

"주님을 찬송할지어다."

프랭크가 외쳤다.

"주님을 찬송할지어다."

톰이 되풀이했다.

"그러면 나머지 여자들은 어떻게 되지?"

알프레드 형이 빈정대듯 물었다. 좌중이 좀 웅성거렸다.

"그 문제는 대답할 수 없습니다. 최후의 심판일에 나머지 사람이 있으리라는 걸 제가 어떻게 압니까? 그 문제는 그쯤 해둡시다. 제가 말하고자 하는 바는 한 남자의 영혼과 한 여자의 영혼을 한데 합칠 때 하나의 천사가 된다는 것입니다."

"난 영혼에 대해선 모르겠어요. 허나 하나 더하기 하나가 어떤 때는 셋이 된다는 것은 알지."

프랭크가 말했다. 그는 혼자서 껄껄 웃었다.

"육체와 영혼, 그건 똑같은 거야."

톰이 대꾸했다.

"그렇다면 너를 만나기 전에 결혼을 한 번 했던 너희 안사람은 어떻게 되는 거야?"

이런 논리에 불안해진 알프레드 형이 물었다.

"그건 대답할 수 없습니다. 만일 내가 천사가 된다면 결혼한 내 영혼이지, 독신 때의 영혼은 아닐 것입니다. 소년 시절의 내 영혼은 아닐 것입니다. 천사를 만들 만한 영혼이 그때엔 없었으니까요."

프랭크의 아내가 말했다.

"우리 해럴드가 몹시 아팠을 때 거울 뒤에서 천사가 보인다고 한 말이 늘 생각나요. '엄마, 천사를 보세요.' 그 애가 말했지요. 난 '얘야, 천사는 없어.' 하고 대답해도 그 앤 그 소릴 듣지 않으려고 했어요. 전 화장대에서 거울을 떼어버렸지요. 그렇지만 마찬가지였어요. 그 애는 계속 그곳에 천사가 있다고 고집하더군요. 정말이지 그때 가슴이 철렁 내려앉았어요. 그 애가 영락없이 죽는 줄 알았어요."

"지금도 기억이 나요."

톰의 자형이 말했다.

"제가 콧속에 천사가 들어갔다고 말했더니 어머니께서 한번은 절 호되게 매질했어요. 제가 콧구멍을 쑤시는 걸 보고 이렇게 말씀하시더군요. '왜 콧구멍은 쑤시는 거냐? 그냥 둬.' '코 안에 천사가 들었어요.'라고 말했더니 절 호되게 때리더군요. 그렇지만 진짜 천사가 들어갔었지요. 이리저리 날아다니는 엉겅퀴 씨를 우린 '천사'라고 부르곤 했지요. 왜 그랬었는지 몰라도 엉겅퀴 씨 하나를 콧속에 밀어 넣었거든요."

"아이들이 콧속에 무얼 집어넣는 걸 보면 놀라워요."

프랭크 부인이 말했다.

"우리 헤미의 일을 지금도 기억해요. 그 애가 히아신스 꽃 중심축에서 '촛불'이라고 부르던 꽃술을 떼어내서는 콧속에 집어넣은 거예요. 꺼내느라고 굉장히 애를 먹었지요. 딸애가 코끝에다 그 꽃술을 갖다 붙이는 걸 보긴 했지만 그 애가 그걸 바로 콧구멍에다 밀어 넣을 정도로 어리석은 줄은 몰랐지요. 여덟 살쯤 됐을 때였어요. 아이고 정말이지, 뜨개바늘까지 가져오고 그다음엔 어찌 되었는지……."

톰 브랑윈의 신바람 나던 기분이 가라앉기 시작했다. 하던 얘기는 죄다 잊어버리고 곧 나머지 사람들과 어울려서 고함을 지르며 떠들었다. 문밖에는 악대가 와서 성탄 축가를 부르고 있었다. 사람들로 터질 듯한 집 안으로 악대가 초대되었다.

악대에는 두 명의 바이올린 연주자와 피콜로 부는 사람이 하나 있었다. 그들은 응접실에서 성탄 축가를 연주했고, 축하객 전체가 목이 터져라 노랠 불렀다. 신랑 신부만이 빛나는 눈과 기묘하게 광채 나는 얼굴을 하고 앉아서 입만 움직일 뿐 노래를 부르지 않았다.

악대가 떠나가고 무언극단이 도착했다. 좌중은 박수갈채를 보내고 환성을 지르고 흥분했다. 그들 모두가 어렸을 때 배역을 맡아 공연해 본 적이 있는 '성 조지'라는 제목의 중세 기적극이 몽둥이로 냄비를 뚱땅 두들기면서 시작되었다.

"정말, 내가 바알세불 역을 했을 때 호되게 혼난 적이 있지."

톰 브랑윈이 말했다. 너무 웃어서 그의 눈엔 눈물이 잔뜩 고여 있었다.

"계란을 깬 것처럼 정신이 얼떨떨했지. 그렇지만 제정신이 들었을 땐 성 조지 기적극에서 늙은 조지 로저 역을 멋지게 해냈었어."

그는 너무 웃어 몸이 흔들릴 지경이었다. 또다시 문 두드리는 소리가 났다. 모두들 잠잠해졌다.

"마차가 왔어요."

누군가가 문에서 외쳤다.

"들어와요."

톰 브랑윈이 소리 지르자 얼굴이 붉은 남자가 웃으며 들어왔다.

"이제 너희들 둘은 떠날 준비를 하고 폭신한 잠자리로 들거라."

톰 브랑윈이 소리쳤다.

"멋지게 해내라! 번갯불처럼 후딱 떠나지 않으면 너희들을 안 보내고 따로따로 재울 거야!"

애나는 조용히 일어나서 옷을 갈아입으러 갔다. 틸리가 윌의 모자와 외투를 갖고 와서 그에게 입혀주었다.

"자 애야, 행운을 빈다!"

그의 아버지가 큰 소리로 말했다.

"기름이 불에 들어가면 지글지글 타게 돼라."

그의 숙부 프랭크가 충고했다.

"살살 부드럽게 해라. 살살 부드럽게!"

프랭크의 아내인 그의 숙모가 그 반대로 말했다.

"얘야, 너무 서두르지는 않겠지. 이제 문간에 매인 황소는 아니니까."

그의 처삼촌이 말했다.

"저 가고픈 길로 가라고 놔둬요."

톰 브랑윈이 신경질적으로 말했다.

"그렇게 멋대로 충고하지 말아요. 이번엔 여러분의 결혼이 아니라 이 아이의 결혼이니까."

"저 앤 안내표지가 필요 없을 거예요."

신랑 아버지가 말했다.

"안내를 꼭 받아야 할 길이 있는 반면, 사팔뜨기라도 한쪽 눈을 감고도 갈 수 있는 길이 있지요. 이 길은 장님도, 사팔뜨기도, 절름발이도 찾아갈 수 있는 길이거든요. 그런데 애는 다행히도 그런 병신이 아니란 말이에요."

"그렇지만 다리 힘이 세다고 너무 자신만만해 하지 마라. 세상엔 길을 절반까지 밖에 못 가는 사람도 많고 아무리 오래 살아도 제구실 못하는 사람도 많지."

프랭크의 아내가 충고했다.

"아니, 그걸 어떻게 아세요?"

알프레드가 물었다.

"사람들 얼굴 표정을 보면 빤하지요."

그의 제수인 리지가 말했다.

젊은 신랑은 이 말을 반쯤은 흘려보내며 살짝 미소를 짓고 서 있었다. 긴장이 된 데다 정신이 멍했다. 그 어떠한 말도 건성으로만 들릴 뿐이었다.

애나는 평상복으로 갈아입고 아주 사뿐히 내려와 남자들 여자들 모두에게 키스를 했다. 윌은 사람들과 악수를 했고 훌쩍훌쩍 울기 시작한 그의 어머니에겐 키스를 했다. 사람들이 마차로 몰려 나갔다.

젊은 부부가 마차에 오르고 문이 닫히자 그들에게 마지막으로 던지는 충고의 소리가 크게 들렸다.

"출발해!"

톰 브랑윈이 소리쳤다.

마차는 떠나갔다. 사람들은 마차의 불빛이 물푸레나무 밑으로 사라지는 것을 보았다. 그다음엔 모두들 잠잠해져서는 집 안으로 들어갔다.

"아이들 집엔 세 군데서 난롯불이 잘 타고 있을 거요!"

톰 브랑윈이 그의 손목시계를 보며 말했다.

"에마한테 9시에 불을 지피고 문은 빗장만 질러놓으라고 일러두었어요. 아직 9시 반 밖에 안 되었군. 세 군데의 난로에 불이 붙겠고, 등불은 밝혔을 테고, 잠자리는 에마가 난상기(暖床器)로 덥혀 놓았을 거고. 그러니 모든 게 잘되어 있을 겁니다."

좌중은 더욱더 조용해졌고 신랑 신부에 대한 이야기가 나왔다.

"글쎄 애나가 하녀를 두지 않겠대요."

톰 브랑윈이 말을 꺼냈다.

"집이 그리 넓지 않으니 항상 하녀가 코밑에 있게 된다고요. 에마가 필요한 일은 해줄 테고 자기네들끼리 있을 거예요."

"그게 제일 좋아요."

리지가 말했다.

"훨씬 자유롭지요."

좌중은 천천히 이야기를 계속했다. 브랑윈이 그의 시계를 보았다.

"가서 애들한테 축가를 불러줍시다."

그가 제안했다. "악사들은 '수탉과 로빈 새'에 가면 구할 수 있어요."

"그래요. 갑시다."

프랭크가 응했다.

알프레드 형이 말없이 일어났다. 매형과 신랑의 남동생도 일어났다. 다섯 사람이 밖으로 나갔다. 밤하늘은 별들로 반짝였다. 천랑성(天狼星)은 산기슭에서 신홋불처럼 반짝였고 오리온좌는 당당하고 또 웅대하게 비껴서 비쳤다.

톰은 알프레드 형과 같이 걸었다. 그들의 발걸음이 쩡쩡 울렸다.

"상쾌한 밤이군요."

"그래."

"밖에 나오니 기분이 좋군요."

"그래."

형제는 바짝 붙어서 걸었고 혈육의 유대감이 강하게 흘렀다. 톰은 항상 자신이 알프레드 형보다 훨씬 더 젊은 것 같이 느꼈다.

"형님이 마시 농장을 떠나신 지도 오래되었군요."

"그래."

알프레드 형이 대답했다.

"난 내가 좀 늙어간다고 생각했지. 그런데 그게 아니었어. 내 주위에 있는 것들이 낡아빠지는 것이지, 내가 늙는 것은 아니야."

"아니, 뭐가 낡아빠져요?"

"나와 상관이 있는 사람들 대부분이지. 나와 조금이라도 상관이 있는 사람들 말이야. 그들 모두가 기력을 잃었어. 지옥까지도 우린 혼자 가야 돼. 그곳에서조차도 동행자는 없는 거지."

톰 브랑윈은 곰곰 생각했다.

"아마 형님은 한 번도 기가 죽은 적이 없었을 거예요."

"응, 기죽은 적은 없었어."

알프레드가 자랑스럽게 대답했다.

톰은 형이 자기를 좀 업신여긴다고 생각했다. 그래 기분이 좀 위축되었다.

"다 나름대로 사는 방법이 있는 거지요, 뭐."

그가 고집을 내세우며 말했다.

"개만 방법이 없겠지요. 남이 주는 것도 받을 줄 모르고 남에게 줄 줄도 모르는 사람만이 혼자 가든가 아니면 개하고나 갈 수밖에 없겠지요."

"개는 없어도 돼."

톰은 역시 형이 자기보다 훌륭하다고 생각하면서 또다시 겸손해졌다. 그렇지만 형이 더 나으려면 나으라지. 그리고 혼자 가는 것이 좋다면 혼자 가라지. 뭐라 해도 난 절대 혼자 가고 싶지 않아.

그들은 들판을 넘어갔다. 별빛 아래서 싸늘한 바람이 언덕을 휘감으며 약하게 불었다. 그들은 울타리에 난 층계를 넘어서 애나의 집 쪽으로 갔다. 등불은 꺼졌고 아래층 두 방의 덧문과 위층 침실의 덧문 사이로 난롯불이 새어 나왔다.

　"그냥 자라고 두지."

　알프레드 형이 말했다.

　"아니에요. 안 돼요."

　톰이 반대했다.

　"마지막으로 애들한테 축가를 불러줍시다."

　그리고 십오 분쯤 지나자, 약간씩 취한 열한 명의 남자가 말없이 담을 넘어서 주목 옆의 마당으로 들어섰다. 난로 불빛이 희미하게 덧문 창살에 비치는 창문 바로 밖이었다. 차가운 공기를 가르며 두 대의 바이올린과 한 대의 피콜로 연주 소리가 날카롭게 들렸다.

　"들 밖에서 양들과 함께 있도다."

　거친 남자들의 목소리가 잘 맞지 않는 합창으로 터져 나왔다. 노래가 시작되자 애나는 깜짝 놀라 일어나 귀를 기울였다. 왈칵 겁이 났다.

　"악사들이야."

　윌이 속삭였다.

　애나는 이상하게 겁이 왈칵 나서 긴장을 하고 서 있었고 심장은 두근거렸다. 그런데 좀 고르지 않은 남자들의 노랫소리가 터져 나왔다. 애나는 아직도 귀를 기울여 듣고 있었다.

"아빠야!"

애나가 낮은 소리로 말했다. 신랑 신부는 조용히 듣고 있었다.

"우리 아버지도 계신데."

윌이 말했다.

애나는 가만히 듣고 있었다. 이제야 안심이 되었다. 애나는 다시 잠자리로 들어가 신랑의 품에 안겼다. 윌은 애나를 바싹 안고는 키스를 했다. 밖에서는 축가가 계속되었다.

남자들은 바이올린 소리와 음악에 도취해서 모든 걸 싹 잊어버리고 목청이 터져라 노래를 불렀다. 난롯불이 어두컴컴한 방 안에서 빨갛게 달아올랐다. 애나는 아버지가 신바람이 나서 노래 부르는 소릴 들을 수 있었다.

"참 우스운 분들이셔."

애나가 속삭였다. 그리고 신랑 신부는 점점 더 바싹 붙어서 상대방의 심장 뛰는 소리를 들었다. 밖에서는 노래가 계속되었지만, 그들의 귀엔 더 이상 들리지 않았다.

제6장
승리자 애나

월 브랑윈은 결혼식 다음의 몇 주간을 휴가로 얻었다.
두 사람은 그들의 집에서 단둘이 신혼을 마음껏 즐겼다.

날이 갈수록 월의 생각에는 천국이 무너져 내린 것 같았
다. 새로운 세계의 폐허 속에서 그가 애나와 같이 앉아 있
는 것 같았다. 모든 사람들은 다 폐허 속에 묻히고 그들만
이 행복한 생존자로 남아서 아무것이나 닥치는 대로 마구
낭비할 수 있는 듯했다. 처음에 그는 방종하다는 죄책감을
지울 수가 없었다. 바깥세상에서 해야 할 의무가 있어서
그를 부르는데 그가 나가지 않는 것이 아닐까.

밤이 되어 문을 모두 걸어 잠그고 어둠이 그들 주위를
에워쌀 때면 모든 것은 퍽이나 좋았다. 그때서야 그들은
눈에 보이는 지상 위의 유일한 거주자가 되고 나머지 사람
들은 홍수에 잠겼다. 세상에 그들만 있으니까 그들이 곧
법률이었고, 양심 없는 신들처럼 마음껏 즐기고 마구 쓰고

낭비할 수 있었다.

그러나 아침이 되면 손수레가 덜커덩거리며 지나가고 아이들은 골목에서 떠들어댔다. 행상들은 물건을 사라고 외치고 교회 종이 11시를 알렸다. 그런데도 그들은 아직 일어나지도 않았고 아침도 먹지 않았다. 윌은 법을 위반한 것 같아 죄책감을 금할 수가 없었다. 일어나서 일을 하지 않는 것이 부끄러웠다.

"무얼 한단 말이에요?"

애나가 물었다.

"뭐 할 것이 있어요? 그냥 왔다 갔다 할 건데."

그러나 그냥 왔다 갔다 하는 것도 괜찮았다. 그러면 적어도 바깥세상과 관련을 맺게 되니까. 그러나 지금 낮게 내린 발 사이로 햇빛이 희미하게 비쳐 드는데 이렇게 가만히 편안하게 누워 있는 것은 바깥세상과 결별되어 있는 셈이었다. 암암리에 세상을 부정하고 스스로를 차단시키는 행위였다. 그래서 윌은 불안했다.

그러나 그곳에 누워서 애나와 잡담을 주고받는 것은 매우 달콤하고 만족스러웠다. 그것은 햇빛보다 더 달콤했고 쉽사리 사라지는 것도 아니었다. 교회 종이 시간마다 울려대는 것조차 신경에 거슬렸다. 시간 사이에는 공간이 없고 단지 황금빛의 고요한 순간만 있을 따름이었다. 애나는 손끝으로 그의 얼굴을 매만지면서 완전히 태평하고 행복했다. 그도 애나가 그렇게 해주는 것이 좋았다.

그러나 윌에게 이것은 낯설고 전혀 새로운 경험이었다. 너무나 갑작스레 전에 존재했던 모든 것이 자취를 감추며 사라졌다. 결혼하지 않았을 때는 세상과 더불어 살았었다. 그런데 아내와 함께 있게 되면서 하루아침에 세상과 점점 멀어져서 두 사람은 암흑 속에 든 씨앗처럼 파묻히게 되었다. 갑자기 밤송이에서 튀어나온 밤알처럼 그는 알몸뚱이로 반들거리면서 부드럽고 기름진 흙 위에 떨어졌고, 뒤에는 세상의 지식과 경험으로 만들어진 딱딱한 껍질을 남겨 놓았다. 그가 벗어던진 세상의 경험은 저만치에 누워 있었다. 그는 행상의 고함 소리와 수레 끄는 소리, 떠드는 아이들의 소리 속에서 그것의 소리를 들었다. 그것은 내던져진 딱딱한 겉껍질 같았다. 이 껍질이 벗겨진 알맹이는 부드럽고 고요한 방 안에 들어 있었다. 그것은 가슴을 두근거리며 말없이 움직였고 실체에 정신이 팔려 있었다.

방 안에는 위대한 안정, 살아 있는 영원의 핵심이 있었다. 단지 멀리 바깥 외곽에서만 소음과 마음의 혼란이 계속되었다. 이곳 중심에는 거대한 영원의 바퀴가 스스로 중심을 잡고 움쩍하지 않았다. 이곳에는 시간을 초월한 균형 잡히고 흠집 없는 정적이 있었다. 왜냐하면 그것은 항상 불변하고 소진되지 않은 채 있었기 때문이다.

그들이 시간이나 변화의 영향을 초월하여 완전한 상태로 꼭 안고 누워 있을 때는 마치 서서히 회전하는 공간과 격동하는 생의 중심에 있는 것 같았다. 회전과 격동의 깊은 중심축에는 완전한 광채와 영원한 존재와 찬미에 도취된 고요가 있었다. 그것은 모든 동작 가운데 있는 움직이지 않는 핵심이고, 깨어 있는 모든 것 중에 있는 곤히 든 잠이었다. 그들이 바로 그곳에서 서로의 품 안에 누워 있었다. 그 순간에 그들은 영원의 심장부에 있었고, 한편 시간은 먼 곳으로, 영영 먼 곳으로 외곽 지대를 향하여 함성을 지르며 가버렸다.

그러다가 그들은 서서히 그 지고의 심장부에서 나와 칭찬과 환희와 기쁨의 영역을 거쳐 점점 더 밖으로 밖으로 나와 소음과 마찰의 세계를 향해 갔다. 그러나 그들의 가슴은 한때 불타올랐었고 내적인 실재로 단련을 받았기 때문에 여전히 즐거웠다.

그들은 서서히 깨어나기 시작했고 바깥세상의 소음이 더욱 현실로 다가왔다. 그들은 바깥에서 부르는 소리를 알아들었고 이에 응답했다. 그들은 종이 치는 횟수를 세어보았다. 열두 번을 치면 그들은 세상에서뿐만 아니라 그들에게도 정오가 되었음을 알았다.

애나에게 배고픈 느낌이 서서히 들었다. 생전 그녀가 이렇게 배고파 본 적은 없었다. 그렇지만 아직도 자리에서 일어날 만큼 현실적인 배고픔은 못 되었다. 먼 곳에서 '배고파 죽겠어.'라는 말이 들려왔다. 그렇지만 애나는 아직도 세상과 동떨어져서 평화롭게 누워 있었다. '배고파 죽겠어'란 말이 나오질 않았다. 또다시 전의 세계로 빠져 들어갔다.

그러다가 아주 조용히 약간 놀라기까지 하면서 애나는 현실로 돌아와서 중얼거렸다.

"배고파 죽겠어."

"나도 그런데."

윌이 마치 하등의 의미 없는 말을 하는 듯 조용히 대꾸

했다. 그리고 그들은 또다시 따스한 황금의 정적 속으로
들어갔다. 창 밖에선 시간이 일 분 일 분 모르는 사이에
흐르고 있었다. 그러다가 갑자기 애나가 윌을 흔들어 깨웠
다.

"여보. 배고파 죽겠어요."

윌은 제정신을 차리려니 좀 고통스러웠다.

"우리 일어나자."

윌이 꼼짝 않으면서 말했다.

그리고 애나는 다시 신랑에게 머리를 파묻었고 그들은
또다시 정신을 잃고 조용히 누워 있었다. 윌은 반쯤은 꿈
결같이 종 치는 소리를 들었다. 애나는 못 들었다.

"일어나요. 그리고 먹을 것 좀 갖다 줘요."

마침내 애나가 중얼거렸다.

"그러지."

윌이 대답하면서 팔로 애나를 껴안았다. 애나는 신랑에
게 얼굴을 파묻고 누워 있었다. 그들은 자기네들이 꼼짝
않자 좀 놀랐다. 창가에서 일 분 일 분이 더 큰 소리를 내
면서 지나갔다.

"일어날게."

윌이 말했다.

애나는 할 수 없다는 듯 신랑에게서 머리를 들었다. 약
간 몸을 빼면서 신랑은 잠자리에서 나와 옷을 집어 들었
다. 애나가 그에게 팔을 뻗었다.

"당신 참 착해요."

신부가 말했다. 신랑이 잠시 신부에게로 돌아갔다.

266

그런 다음 그는 정말로 옷을 챙겨 입고는 아내를 잠시 돌아본 다음 방 밖으로 나갔다. 애나는 다시 새하얗고 한층 투명한 평화 속으로 들어가 누워 있었다. 애나는 마치 영령인 양 아래층에서 신랑이 내는 소리를 듣고 있었다. 그녀는 더 이상 이 물질세계와는 상관이 없는 듯했다.

오후 1시 반이었다. 윌은 어젯밤부터 태엽을 감지 않아 시계가 멈춰 서서 정막이 흐르고, 아직도 덧발을 내리고 있어서 컴컴한 부엌을 쳐다보았다. 윌은 서둘러 덧발을 위로 올려 그들이 더 이상 자고 있지 않다는 것을 사람들이 알도록 했다. 사실 이건 그의 집이므로 그런 건 문제가 될 수 없었다. 서둘러 난로에다 장작을 넣고 불을 지폈다. 그는 마치 미지의 섬에 들어간 탐험가처럼 혼자서 신이 났다. 불이 이글이글 붙자 그는 주전자를 올려놓았다. 얼마나 행복한지! 집은 얼마나 조용하고 고즈넉한지! 세상에는 단지 그와 그녀만 있었다.

그러나 그가 문의 빗장을 내리고 반나체로 쭈뼛거리며 밖을 내다보았을 때는 죄의식이 밀려왔다. 결국 세상은 그곳에 있었던 것이다. 그런데 마치 자기 집이 홍수 속의 노아의 방주가 되고, 나머지 세상은 전부 물에 잠긴 양 너무나 안전하게 느끼고 있었던 것이다. 세상은 떡 버티고 있었고 때는 오후였다. 아침은 지나가 사라졌고 날은 오후로 접어들고 있었다. 그 밝고 신선한 아침은 어디에 있는가? 그는 가책을 받았다. 아침은 지나가고 있는데 그는 덧발을 내리고 자면서 그냥 흘려보냈단 말인가?

그는 싸늘한 잿빛 오후를 다시 둘러보았다. 그 자신은

부드럽고 온화하며 빛을 내고 있었다. 우유 병을 덮은 접시에 노란 재스민 두 송이가 놓여 있었다. 누가 와서 이런 표적을 남기고 갔을까 하고 생각했다. 우유 병을 집어 들고 얼른 문을 닫았다. 낮이고 햇볕이고 사라지라지. 안 보이는 사이에 지나가라지. 그는 개의치 않았다. 하루가 더 있고 없는 것이 뭐 그리 문제가 될 것인가. 이 하루 동안의 햇빛이 저 좋다면 쓰지 않은 채 망각 속에 떨어질 수도 있지 않은가.

"누군가가 왔다가 문이 잠겨서 그냥 갔어."

그가 쟁반을 들고 2층으로 올라와 말했다. 아내에게 재스민 꽃 두 송이를 건네주었다. 아내는 침대에 일어나 앉으며 깔깔대고 웃었고, 잠옷 바람의 가슴팍에다 그 꽃을 어린애처럼 꽂았다. 아내의 갈색 머리칼이 부드럽게 빛나는 그녀 얼굴 둘레에서 후광처럼 강렬하게 빛나고 있었다. 애나의 검은 눈은 열심히 쟁반을 쳐다보았다.

"참 착해요!"

애나가 찬 공기를 들이쉬면서 말했다.

"여러 가지 일을 해줘서 기뻐요."

애나는 자기의 접시를 잡으려고 두 손을 쭉 뻗었다.

"빨리 이불 속으로 들어와요. 추워요."

애나는 두 손을 싹싹 비볐다.

월은 입었던 옷 한두 가지를 벗은 뒤에 침대 속으로 들어가 아내 옆에 앉았다.

"당신 꼭 사자 같아. 머리칼은 밖으로 뻗치고 코는 음식 위에 내민 꼴이."

윌이 말했다.

애나는 깔깔대며 웃었고 기분 좋게 아침 식사를 했다.

아침은 안 보이는 사이에 사라졌고 오후도 서서히 지나가고 있었다. 그가 오후를 지나가게 놔둔 것이었다. 한차례의 밝은 낮의 햇빛이 모르는 사이에 지나가지 않았는가! 거기에는 사내답지 못하게 반항적인 요소가 들어 있었다. 윌은 이러한 사실에 그냥 순응할 수가 없었다. 그는 일어나서 빨리 햇빛 속으로 나가야 했다. 하루 중 그에게 남은 시간을 선용하기 위하여 오후의 환한 대기 속에서 정력적으로 일하며 땀을 흘려야 했다.

그러나 윌은 나가지 않았다. 글쎄, 어미 양을 훔쳤든 새끼 양을 훔쳤든 간에 교수형 받기는 마찬가진데 뭘. 생애 중에서 오늘 하루를 잃었다면 잃은 것이지, 뭐. 그는 그 하루를 포기해 버렸다. 잃은 것을 헤아려보지는 않으리라. 아내는 개의치 않았다. 그런데 왜 그가 안달을 하랴? 무모함과 독립성에서 그가 아내보다 뒤진단 말인가? 아내는 무관심한 정도에서 뛰어났다. 그는 아내처럼 되길 원했다.

아내는 책임을 가볍게 보는 여자였다. 베개에 차를 쏟았을 때, 아내는 손수건으로 대강 닦아내고는 베개를 뒤집어 놓았다. 그 같으면 죄책감을 느꼈을 것이다. 그런데 아내는 안 그랬다. 그것이 그를 기쁘게 했다. 이런 일들이 아내에게 전혀 문제가 되지 않는 것을 보니 그는 대단히 기뻤다.

식사가 끝나자 아내는 아주 만족하고 행복해서 손수건으로 입을 쓱쓱 닦고는 다시 베개 위에 누워 숱 많고 짐승

털처럼 이상한 윌의 머리카락에 손가락을 집어넣었다.

저녁이 찾아들기 시작했고 햇빛은 반쯤 죽어 푸르죽죽해졌다. 윌은 얼굴을 아내의 가슴에 파묻었다.

"난 이 황혼이 싫은데."

윌이 칭얼댔다.

"난 좋아."

아내가 대꾸했다.

윌은 아내의 품속에 얼굴을 파묻었다. 따스한 햇볕처럼 느껴졌다. 아내는 속에다 햇빛을 지니고 있는 것 같았다. 고동치는 아내의 심장이 그에겐 햇빛 같았다. 아내 속에는 낮이 줄 수 있는 것보다 더 절실한 따스함이 있었다. 그건 참으로 따스하고 불변하며 소생시켜 주는 낮이었다. 황혼이 질 때 윌은 아내의 가슴팍에 얼굴을 파묻었다. 아내는 초점 잃은 검은 눈으로 밖을 응시하며 누워 있었다. 마치 그녀가 석양 속에서 아무런 구속도 받지 않고 마음대로 노니는 것 같았다. 석양은 아내에게 넓은 세계를 안겨주었고 아내를 자유롭게 했다.

아내에게서 심장의 고동 소리를 듣고 있는 윌에게 모든 것은 대낮같이 아주 고요하고 따스하며 아늑했다. 윌은 이 따스한 대낮을 알게 되어 기뻤다. 그것은 그를 성숙시키고 그의 책임과 양심의 일부를 떼어 가버렸다.

아주 캄캄해지자 그들은 자리에서 일어났다. 아내는 재빨리 머리칼을 한데 모아 뒤로 틀어 올리고 눈 깜짝할 사이에 옷을 다 입었다. 그러고 나서 그들은 아래층으로 내려가 벽난로 가에 말없이 앉아서 이따금 몇 마디씩 얘기를 주고받았다.

　신부의 아버지가 온다고 했다. 아내는 그릇들을 한데 모아 치우고 잽싸게 움직이면서 방을 정돈한 후 전혀 딴 사람이 되어 자리에 앉았다. 윌은 하와의 판각을 생각하며 앉아 있었다. 그는 마음속으로 조각을 다시 해보면서 깎는 것 하나하나, 선 처리 하나하나를 즐겼다. 지금 그는 판각을 즐기고 있었다! 인간 창조의 판각에 다시 손을 댈 때면 하와를 사랑스러우면서 빛나는 모습으로 완성하리라. 아직은 만족스럽지 않았다. 하느님은 소리 없는 창조의 정열 속에서 하와를 창조하느라 애쓰는 모습이 되어야 하며, 아담은 불멸의 꿈을 꾸는 양 긴박감을 느껴야 한다. 그리고 하와로 말하자면 하느님조차 그의 매력 때문에 자신의 영혼과 고투를 할 정도로 미묘하게 빛나도록 해야지. 그리고 그림자를 드리우는 자태이지만 몸 전체가 광채, 바로 그것이 되도록 조각해야지.

　"무슨 생각해요?"

　애나가 물었다.

　윌은 뭐라고 대답해야 할지를 몰랐다. 그 얘기를 할라치면 그의 영혼은 수줍음을 탔다.

　"내가 판각한 하와 상이 지나치게 딱딱하고 발랄하다고 생각했어."

　"왜요?"

　"이유는 잘 모르지만 하와는 말이야 좀 더……."

　윌은 무한히 애정에 찬 몸짓을 해보였다.

　다소의 즐거움이 깃든 침묵이 흘렀다. 윌은 더 이상 이야기해 줄 수가 없었다. 왜 그는 더 이상 말해 줄 수 없단 말인가? 애나는 서글퍼서 가슴이 짜릿하게 아팠다. 그러나 그것은 아무것도 아니었다. 애나는 남편에게로 가 하나가 되었다.

애나의 아버지가 와서 보니 그들 내외가 활짝 핀 꽃같이 싱싱하게 빛나고 있었다. 함께 앉아 있는 것이 좋았다. 사랑의 향기가 있는 곳에선 누구든 그 냄새를 맡게 된다. 신랑 신부는 다른 세계에서 빛을 받고 있어 매우 민첩하고 생기발랄했다. 그러므로 그들 외에 딴 사람이 존재한다는 것은 그들에게 상당히 새로운 경험이었다.

그렇지만 기존의 법이 그렇게 모조리 사라졌다는 것은 규칙적이고 인습적인 윌의 마음을 다소 불안하게 했다. 사람은 아침에 일찍 일어나 세수를 하고 어엿한 사회적 인간이 되어야 했다. 그러는 대신 그들 내외는 밤이 될 때까지 잠자리에 누워 있다가 어두워서야 일어났다. 아내는 세수는 아랑곳하지도 않고 이슬을 머금고 핀 실국화처럼 밝게 빛나며 부끄러움도 없이 아버지에게 이야길 하면서 앉아 있었다. 그렇지 않으면 아내는 아침 10시에 일어났다가 아주 즐거운 듯 오후 3시나 4시 반에 다시 잠자리로 들어갔다. 남편이 가책을 받는 것도 아랑곳하지 않고 대낮에 즐겁고 신이 나서 남편을 발가벗겼다. 남편은 아내가 하는 대로 몸을 내맡긴 채 기묘한 즐거움을 느꼈고 얼굴은 빛났다. 아내는 하고 싶은 대로 남편을 다루었다. 그는 여자 손에 몸을 내맡기고 즐거워서 황홀해 했다. 양심의 가책이니 처세술이니 규율이니 사소한 신조 같은 것은 그에게서 사라졌다. 여자는 능란한 구주 놀이 선수처럼 이것들을 사방으로 흩어버렸다. 그는 이것들이 흩어지는 것을 보고 한편 굉장히 놀라면서도 즐거워했다.

월은 자신의 십계명 석판이 언덕 밑으로 떨어져 뒹굴면서 완전히 박살이 나는 것을 쳐다보며 놀라서 씩 웃었다. 세간에서 말하는 대로 남자는 결혼을 해야 진정으로 태어나는 것이구나. 이 얼마나 큰 변화인가.

그는 세상의 껍질 부분을 둘러보았다. 집, 공장, 전차 등이 내버린 껍질 부분이었다. 그 버려진 껍질 위에서 사람들이 종종걸음으로 왔다 갔다 하고 일은 계속되었다. 한때 지진이 나서 내부로부터 그것을 폭발시켰던 것이다. 그래서 세상의 겉껍질이 완전히 깨져 나간 것처럼 보였다. 일커스턴, 길거리, 교회, 사람들, 일, 일상의 규율 등은 하나도 손상을 입지 않았다. 그런데도 이것들의 껍질이 벗겨져 비실체 속으로 들어갔고 이곳에 그 내부의 실체를 드러내 보였다. 인간 자신의 존재, 기이한 감정, 열정, 동경, 신조와 열망이 갑자기 현실이 되고 그 정체가 드러나며, 사랑하는 여인과 하나의 바위가 되고 영원불변한 반석이 되었다. 그것은 어리둥절할 노릇이었다. 사물이 겉보기와는 딴판이 아닌가! 그는 어릴 때 여자는 순전히 치마를 입었기 때문에 여자인 것이라고 생각했다. 아니, 그런데 온 세상의 옷을 홀랑 벗겨서 저기에 고스란히 따로 놓을 수 있지 않은가. 그리고 인간은 새로운 적나라한 우주 속에서 발가벗은 채, 신세계인 새로운 대지 위에 서 있을 수 있지 않은가. 그것은 너무도 놀랍고 기적 같았다.

그래, 이것이 결혼이란 것이구나! 옛것은 더 이상 문제가 안 되었다. 오후 4시에 일어나 차 마시는 시간에 수프를 먹고 한밤중에 간식거리로 태피*를 만들었다. 옷은 걸치기도 했고 안 걸치기도 했다. 이런 것이 죄가 되지 않는지는 아직 확신할 수 없었다. 그러나 이토록 지고하게 용서받을 수 있음을 알게 된 것은 커다란 발견이었다. 문제가 되는 것은 그가 아내를 사랑하고 아내가 그를 사랑해야 한다는 것이었다. 타버리지 않은 두 개의 불타는 관목 속에 임재하시는 하느님처럼** 그들은 서로에게 불을 댕기며 살아야 했다. 그런 식으로 그들은 얼마 동안 살았다.

아내는 남편보다 애간장을 덜 태웠기 때문에 보다 빨리 충만해졌고, 또 더 빨리 바깥 세계로 되돌아가 즐길 준비가 되어 있었다.

아내는 다과회를 열려던 참이었다. 윌의 가슴이 철렁 내려앉았다. 그는 그들의 상태를 계속 유지해 나가길 원했다. 그는 바깥세상과는 끝장을 내고 그 관계는 영원히 끊났다고 선언하고 싶었다.

그는 깊은 욕망과 초조한 마음으로 아내가 그와 함께 머물러 있기를 열망했다. 팔다리가 자유롭고 완전하며 불멸의 가슴은 무한한 우주 속에 머물면서 자고이래의 바깥 질서는 끝장난 것이라고 단언하고 싶었다. 새 질서가 시작되어 영원히 지속될 것이고 살아 있는 생명은 광명의 핵심으

---

* 설탕과 버터를 졸여 속에 땅콩 따위를 넣은 과자.
** 구약 성경 출애굽기 3장 2절 참조.

로부터 고동치면서 딱딱한 겉껍데기나 씌우개나 겉발림의 거짓 없이 행동할 것이었다.

아, 그러나 그는 아내를 잡아둘 수가 없었다. 아내는 그 죽은 세계를 또다시 원했다. 다시 한 번 바깥세상에서 걷기를 원했다. 다과회를 열려고 했다. 윌은 겁을 집어먹고 분노를 터뜨리고 불행하다고 느꼈다. 그토록 새로이 성취해 놓은 모든 것을 잃을까 겁이 났다. 일 년 중에 단 하루만 임금님이 될 수 있고, 나머지 기간엔 매를 맞는 양치기로 있어야 하는 동화 속 젊은이의 심정 같았다. 또 잔치에 참석한 신데렐라의 심정 같았다.

윌은 침울해졌다. 그러나 아내는 신이 나서 다과회 준비를 하기 시작했다. 그의 공포심은 대단했고 걱정이 되었다. 아내의 경박한 기대와 기쁨을 증오했다. 아내는 부박하고 무가치한 것을 위해서 하나밖에 없는 실체를 저버리고 있지 않은가? 아내는 경솔하게 왕관을 벗어버리고 다과회에 인위적인 여자들을 초대함으로써 인위적인 인물이 되려는 것이 아닌가? 그녀는 친교의 땅에서 남편과 함께 완전해지고, 또한 남편을 완전하게 해줄 수 있었다. 하지만 그는 이제 왕위에서 쫓겨나고 기쁨은 깨어지고, 외적인 존재의 천박하고 부박한 죽음의 옷을 입어야 했다.

윌은 불안과 공포 속에서 자신의 영혼을 맷돌로 가는 듯했다. 그러나 아내는 부산스레 집안일을 하면서 빗자루에 닿는 가재도구를 옆으로 밀어 치우듯, 남편도 밀어냈다. 윌은 처절한 심정으로 옆에서 서성거렸다. 그는 아내가 돌아오길 바랐다. 두려웠고 아내가 그와 함께 있기를 간절히 바랐다.

한편 아내에게 그토록 의존하는 자신에게 수치심을 느끼다가 화가 치밀었다. 윌은 침착성을 잃기 시작했다. 그 경이로움은 또다시 사라질 것이었다. 모든 사랑과 장엄한 새 질서는 상실될 것이었다. 아내는 외적인 것들을 얻으려고 그 모든 것을 저버리려 했다. 다시 바깥세상을 용납할 것이고 겉에 나타난 껍질을 가지려고 생명의 열매를 내던지려 했다. 윌은 아내의 이러한 점을 미워하기 시작했다. 아내가 그의 곁을 떠나고 자신은 무기력한, 아니 거의 백치 같은 상태로 돌아가리라는 공포에 쫓기면서 그는 집 근처를 어슬렁거렸다.

그런데 아내는 치맛자락을 걷어 올리고 일에 골몰해서 왔다 갔다 했다.

"그렇게 어슬렁대려면 융단이나 좀 터세요."

아내가 말했다.

윌은 분해서 마음을 바작바작 태우면서도 융단을 털러 갔다. 아내는 그저 유쾌할 뿐 남편의 기분이 어떤지 통 몰랐다. 윌은 돌아와서 또다시 아내 곁에서 어슬렁거렸다.

"할 일이 그렇게 없어요?"

아내는 짜증을 내면서 아이에게 타이르듯이 그를 다그쳐 댔다.

"목각 일은 안 할 건가요?"

"어디서 하란 말이요?"

윌은 마음이 쓰라려서 거칠게 되물었다.

"어디서든 해요."

이 말에 윌은 화가 치밀어 올랐다.

아내는 계속 말했다.

"아니면 산책을 해요. 마시 농장엘 가보는 건 어때요. 반쯤 정신 나간 사람처럼 여기서 어슬렁거리지 말아요."

윌은 움츠러들고 증오심이 치솟았다. 그래서 자리를 떠나 책을 읽었다. 그의 영혼이 그토록 무자비하게 야단을 맞고 움츠러든 적은 없었다.

그러나 윌은 금세 아내에게로 다시 내려가지 않을 수 없었다. 애나는 남편이 옆에서 어슬렁거리며 아내가 함께 있어주길 바라면서 아무 일도 않고 팔을 축 늘어뜨리고 있는 그 꼴을 도저히 참을 수가 없었다. 애나는 무턱대고 부숴버릴 듯 남편에게 달려들었다. 남편도 노기로 새파래졌고 전류처럼 번득이면서 미친 사람처럼 되었다. 검은 폭풍이 그의 내부에서 일었고 눈은 악의로 검게 번뜩였다. 남편은 영혼의 훼방을 받자 악마같이 되었다.

그다음엔 암울하고 무시무시한 이틀이 계속되었다. 애나는 남편에게 대항하여 앙심을 품고 있었고, 남편은 폭력에 가득 찬 암흑의 하계에 있는 듯, 살의에 차서 손목을 부들부들 떨고 있었다. 애나는 남편에게 저항했다. 남편은 시커먼 존재, 아니 거의 악마 같아 보였고, 아내를 따라다니고 주위에서 맴돌면서 괴롭혔다. 누가 남편만 제거해 준다면 애나는 무엇이라도 내놓을 참이었다.

"할 일이 있어야겠어요. 일을 하셔야겠어요. 마땅한 일거리 없어요?"

아내가 물었다.

월의 영혼은 점점 더 새까맣게 타들어갈 따름이었다. 월의 상태는 이제 완전히 악화되고 영혼은 철저하게 새카매졌다. 모든 것이 사라졌다. 월은 팽팽하게 긴장된 검은 의지 속에 완전히 똘똘 뭉쳐 있었다. 이제 아내의 존재 따위는 느끼지도 못했다. 아내란 것은 존재치도 않았다. 그의 영혼은 검게 달아올라 도사리고 있었다. 이제 그는 증오심을 축으로 삼고 몸을 똘똘 감고서는 그 자체의 힘으로 살아갔다. 그의 얼굴은 야릇하고도 흉측스럽고 창백하게 변했으며 아무런 표정이 없었다. 아내는 몸을 떨며 남편을 피했다. 남편이 무서웠다. 남편의 의지가 그녀의 목덜미를 꽉 움켜쥐는 듯했다.

애나는 그 앞에서 뒷걸음질했다. 애나는 마시 농장으로 가서 부모의 편안한 사랑 속에 파묻혔다. 애가 탄 남편은 집에 남아서 주먹을 꽉 쥐었고 마음은 죽은 것 같았다. 그는 도저히 목각 일을 할 수가 없었다. 두더지처럼 맹목적으로 단조로운 정원 손질에 매달렸다.

애나는 집으로 돌아오면서 언덕에 올라, 멀리 언덕 위에 있는 푸르스름한 읍내를 바라다보다 갑자기 마음이 탁 풀리면서 남편이 그리워졌다. 더 이상 남편과 싸우고 싶지 않았다. 사랑을 원했다. 아! 사랑! 발걸음이 빨라졌다. 남편에게로 돌아가고 싶었다. 남편이 그리워 심장이 조여왔다.

남편은 정원을 손질하고 있었다. 잔디밭 가장자리를 자르고 정원 길에 자갈을 깔았다. 남편은 훌륭하고 유능한 일꾼이었다.

"참 멋있게 만들었네요."

애나는 시험 삼아 정원 길로 다가서며 말했다. 그러나 남편은 까딱도 않고 듣지도 않았다. 머리는 굳어서 마비되어 있었다.

"멋있지 않아요?"

애나는 응석 부리듯 되풀이해서 말했다.

남편이 애나를 쳐다보았다. 딱딱하게 굳은 무표정한 얼굴과 멍한 눈이 애나에게 충격을 주어 앞이 어지럽더니 캄캄해졌다. 그리고 나서 남편은 등을 돌렸다. 그가 호리호리한 몸을 굽히며 무엇인가를 더듬어 찾는 모습을 보자 혐오감이 솟구쳤다. 애나는 집 안으로 들어갔다.

침실에서 모자를 벗으면서, 그 옛날 아이 때 느꼈던 고독감 같은 것이 몰려와 슬프게 우는 자신을 발견했다. 가만히 앉아서 계속 울었다. 남편이 아는 걸 원치 않았다. 남편이 보인 악의에 찬 냉정한 행동과 도사리듯 잔인스럽게 약간 숙인 머리 모양이 무서웠다. 너무나 그가 무서웠다. 그녀의 민감한 마음을 갈기갈기 찢는 듯했다. 그녀의 자궁에 상처를 주고 그녀를 괴롭히는 것을 즐기는 듯했다.

남편이 집 안으로 들어왔다. 무거운 구두를 신고 저벅저벅 걸어오는 소리가 애나에게 공포를 몰아왔다. 단단하고 잔인하며 악의에 찬 소리! 그가 2층으로 올라올까 봐 겁이 났다. 그는 올라오지 않았다. 겁을 먹고 기다렸는데 남편은 밖으로 나갔다. 그녀의 가장 약한 곳에 남편이 상처를 냈다.

아, 그녀가 남편에게 바친 아주 연약한 여성성을 그가 갈기갈기 찢고 모독하는 듯했다. 애나는 괴로워하면서 아

랫배를 두 손으로 눌렀다. 눈물이 비 오듯 흘러내렸다. 그
런데 왜 그런담? 왜? 왜 저 남자가 이렇게 굴지?

갑자기 애나는 눈물을 닦았다. 차 준비를 해야 했다. 아
래층으로 내려가 상을 차렸다. 음식이 준비되었을 때 애나
는 남편에게 소리쳤다.

"여보, 차가 준비되었는데 안 들어오세요?"

애나는 자신의 눈물섞인 목소리를 듣고 또 울기 시작했
다. 남편은 대답도 않고 일을 계속 했다. 애나는 괴로워하
면서 몇 분 동안 기다렸다. 공포가 그녀에게 밀어닥쳤다.
애나는 아이처럼 공포에 질려 있었다. 그녀는 다시 아버지
한테로 돌아갈 수가 없었다. 그녀를 취한 이 남자의 힘 안
에 갇혀 있었다.

애나는 남편이 자신의 눈물을 못 보도록 안으로 들어가
식탁에 앉았다. 이윽고 그가 부엌 쪽으로 들어왔다. 남편
이 움직이며 내는 소리를 들으니 신경이 거슬렸다. 저 펌
프질 하는 꼴, 지긋지긋도 해라. 저렇게도 남의 비위를 거
스르고 잔인스럽긴! 아, 저 소리 진저리 나! 저이가 날 지
독히도 미워하는구나! 저 증오심이 나를 매처럼 내리치는
구나! 다시 눈물이 솟구쳤다.

남편이 들어왔다. 얼굴은 목제품처럼 생기가 없이 굳었
고 옹고집에 차 있었다. 남편은 차를 마시려고 식탁에 앉
아서 고개를 흉측스럽게 찻잔 위로 떨어뜨리고 있었다. 그
의 손은 찬물로 씻어 빨개졌고 손톱 안에는 흙이 동그랗게
끼어 있었다. 남편은 계속 차를 마셨다.

애나가 남편에게서 참을 수 없는 점은 지금 같은 그의

부정적인 둔한 태도였다. 흙투성이의 추한 물건 같은 그 둔감성이었다. 남편의 마음은 자기 자신에게 몰두해 있었다. 자신에게 골몰한 인간과 한자리에 앉아 있다는 것은 얼마나 거북스러운일인가. 바로 마주 보는 자리에 보기 싫은 흉물이 편안히 앉아 있는 것이 아닌가. 어떤 것도 남편을 움직일 수가 없었다. 그는 자신의 자아 속으로 모든 것을 빨아들일 수 있을 따름이었다.

눈물이 애나의 얼굴 위로 주르르 흘러내렸다. 무엇엔가 그가 흠칫 놀랐다. 남편은 얼굴을 쳐들고 증오심에 가득 찬 번뜩이는 굳은 눈으로 마치 맹수처럼 매정스럽게 쳐다보았다.

"왜 우는 거지?"

거친 목소리가 들렸다.

애나는 자궁 속까지 움츠러 들었다. 울음을 그칠 수가 없었다.

"왜 우는 거야?"

이 질문이 똑같은 어조로 반복되었다. 그러나 애나는 여전히 훌쩍거리며 대답을 안 했다.

남편의 눈은 흉악하게 번뜩였고, 마치 악의의 욕망이 들어 있는 듯했다. 애나는 몸을 움츠렸고 앞이 캄캄해졌다. 애나는 흡사 매를 맞고 쓰러진 새와 같았다. 나른한 기운이 몰려와 의식이 몽롱해졌다. 애나는 남편과 다른 종류의 인간이라서 자신을 방어할 방법이 없었다. 그러한 세력에 맞닥뜨리면 손상을 입을 수밖에 없었기에 그대로 몸을 내맡겼다.

그는 악령에 사로잡힌 듯 벌떡 일어나서 집 밖으로 나갔
다. 악령이 그를 괴롭히고 산산조각 내면서 그의 안에서
투쟁했다. 황혼이 짙어갈 무렵에야 일을 하고 있는 그에게
서 악령이 떠나갔다. 갑자기 아내의 마음이 상했다는 사실
을 깨달았다. 그전엔 의기양양하게만 보였는데, 갑자기 아
내에 대한 연민으로 가슴이 아파오면서 그는 다시 활기를
찾았다. 아내가 운다는 것을 차마 생각할 수가 없었다. 그
건 견딜 수가 없었다. 아내에게 가서 심장의 피를 당장 쏟
아놓고 싶었다. 그는 모든 것을 아내에게 주고 싶었다. 그
의 모든 피와 생명을 마지막 찌꺼기까지 죄다 아내에게 쏟
아주고 싶었다. 정열적인 욕망으로 아내에게 그의 몸뚱이
를 송두리째 바치고 싶었다.

저녁 별이 떴고 밤이 되었다. 아내는 등잔에 불을 밝히
지 않았다. 그의 가슴은 고통과 비탄으로 타올랐다. 그는
아내한테 가고 싶어 몸을 부르르 떨었다.

마침내 자신을 몽땅 바치고 싶은 무거운 마음으로 쭈뼛
거리면서 다가갔다. 가혹하던 기운이 그에게서 사라지고
몸은 예민해져 약간 떨고 있었다. 문을 닫을 때 기이하게
예민해진 손이 움츠러들었다. 그는 거의 어루만지듯 빗장
을 걸었다.

부엌에는 난로만 타고 있을 뿐 아내는 보이지 않았다.
아내가 어디로 가버렸을까 봐 겁이 났다. 어디로 갔는지
몰랐다. 겁이 나 몸을 움츠리면서 응접실로 갔다가 다시
층계 밑으로 갔다.

"여보!"

그가 불렀다.

아무런 대답이 없었다. 그는 층계를 올라갔다. 텅 빈 집이 무서웠다. 무시무시하게 휑하니 빈 것이 그의 가슴을 미치게 흔들었다. 침실 문을 열었다. 아내가 집을 나가고 그만이 홀로 있다는 확신이 번뜩 그의 가슴을 스쳤다.

그렇지만 침대 위에서 아내를 보았다. 등을 그에게 향한 채 꼼짝 않고 거의 눈에 띄지 않게 누워 있었다. 그는 다가가서 아내의 어깨에 손을 얹었다. 크게 겁을 먹고 주저하면서도 자신을 바친다는 마음으로 아주 부드럽게 손을 얹었다. 아내는 움직이지 않았다. 그는 기다렸다. 아내의 어깨에 얹은 손이 아파왔다. 마치 아내가 손을 물리치는 것 같았다. 그는 통증을 느끼며 몽롱한 채 서 있었다.

"여보."

그가 불렀다.

아내는 여전히 꼼짝하지 않았다. 모든 것을 망각한 채 몸을 웅크리고 있는 동물 같았다. 그의 심장은 이상하게 격렬한 통증을 느끼며 두근거렸다. 그러다 그의 손의 감촉으로 아내가 울고 있다는 것을 알았다. 아내는 울음을 꾹 참고서 눈물을 흘린다는 사실을 알리려 하지 않았다. 그는 기다렸다. 긴장은 계속되었다. 아마도 아내는 울지 않는가 봐. 그러다가 갑자기 아내가 울음을 터뜨리며 흐느끼기 시작했다. 그의 가슴은 아내에 대한 사랑과 괴로움으로 불탔다. 그의 흙투성이 신발이 침대에 닿지 않도록 조심스레 침대 위에 무릎을 꿇고서 그는 아내를 팔로 안아 위로해 주려고 했다. 아내는 울음이 북받쳐 비통하게 흐느끼고 있었다. 그러나 그건 그에게로 향한 것이 아니었다. 아내는 아직도 그에게서 멀리 떨어져 있었다.

그는 품 안에 아내를 안고 있었고, 그러는 동안 아내는 그를 피해 움츠리며 흐느꼈다. 그의 몸 전체에 아내의 흐느끼는 리듬이 전달되었다.

"울지 마요. 울지 마."

그가 이상하게 순진스레 말했다. 그의 가슴은 천진난만한 사랑으로 착 가라앉고 무감각해졌다.

아내는 여전히 흐느꼈으며 그의 존재를 알아보지 못했다. 남편이 자신을 안고 있다는 것도 깨닫지 못했다. 그의 입술이 말라왔다.

"나의 사랑, 울지 마요."

그는 똑같이 멍한 어조로 달랬다. 그의 가슴속에서는 심장이 괴로워서 횃불처럼 타올랐다. 아내가 그처럼 처량하게 우는 것을 차마 볼 수가 없었다. 그의 피를 흘려서라도 아내를 위로하고 싶었다. 교회 종이 울렸다. 마치 종소리가 그의 살에 와 닿는 것 같았다. 종소리가 끝나기를 긴장해서 기다렸다. 다시 조용해졌다.

"내 사랑!"

그는 아내를 부르며 몸을 굽혀 촉촉한 아내의 얼굴에 그의 입술을 갖다 댔다. 아내를 건드린다는 것이 무서웠다. 아내의 얼굴은 온통 눈물범벅이었다. 아내를 안고 있는 그의 몸뚱이가 부르르 떨렸다. 그는 자신의 심장과 모든 혈관이 터져서 흘러나오는 뜨거운 그 치유의 피로 아내의 몸을 다 씻는다고 느낄 정도로 아내를 사랑했다. 자신의 피가 아내를 치유해서 정상으로 복귀시킬 것이라고 생각했다.

아내는 진정되고 있었다. 마침내 아내가 진정되자 그는 자비의 하느님께 감사를 드렸다. 머릿속이 이상하고 불이 타오르는 것 같았다. 그는 여전히 팔을 떨면서 아내를 꼭 안고 있었다. 그의 피가 아내를 감싸면서 아주 강해진 것 같았다.

마침내 아내가 그에게로 다가와 안겼다. 그의 팔다리와 몸통은 불이 붙어 불꽃을 내뿜으며 달아올랐다. 아내는 그에게 와 그의 몸에 찰싹 붙었다. 불꽃이 그를 휩쓸었고 그는 아내를 불꽃 같은 정력으로 꽉 잡았다. 아내가 그에게 입맞춤을 해준다면! 그는 입을 밑으로 수그렸다. 부드럽고 촉촉한 아내의 입술이 그를 받아들였다. 고마움이 극도에 이르러 그의 핏줄이 터지는 것 같았으며 그의 심장은 고마움으로 미칠 듯했다. 그는 영원히 아내에게 자신을 쏟아줄 수 있을 것 같았다.

그들이 제정신을 차렸을 때 사방은 매우 캄캄했다. 두 시간이 흘렀던 것이다. 그들은 갓 태어난 아기들처럼 함께 조용하면서도 따스하고 연약한 몸으로 누워 있었다. 거의 태아 적과 같은 고요가 흘렀다. 단지 그의 마음만이 고통을 치른 후 행복하게 울고 있었다. 그는 이치를 따지지 않고 양보를 하고 자신을 내맡겼다. 도대체 따질 것이 없었다. 단지 묵인과 복종, 그다음에는 완성에서 오는 전율적인 경이가 있을 따름이었다.

그다음 날 아침, 잠을 깨어보니 눈이 내려 있었다. 그는 대기 중에 이상하게 희끄무레한 색과 유별나게 짜릿한 느낌이 있어 좀 의아하게 여겼다. 눈이 풀밭과 창틀 위에 쌓였고, 뒤헝클어진 검은 주목의 가지를 내리누르고 있었고, 교회 묘지의 묘들을 매끈하게 덮고 있었다.

곧 눈이 다시 내리기 시작해서 그들은 집에 갇혔다. 그는 기뻤다. 그들은 컴컴한 고요 속에 들어앉아 일상의 의무에서 해방되었다. 그렇게 되면 세상도 시간도 없어질 터였다.

눈은 며칠 동안 계속 내렸다. 일요일에는 교회에 갔다. 그들은 마당을 가로질러 발자국을 내었고 그가 뛰어넘은 담장 위에는 납작한 손자국을 남긴 채 교회 묘지를 가로질러 눈 위를 걸어갔다. 사흘 동안 그들은 세상의 일을 면제받고 완전한 사랑 속에 묻혀 있었다.

교회에 참석한 사람은 몇 안 되었으며 애나는 내심 그것이 기뻤다. 그녀는 교회에 별 관심이 없었던 것이다. 그 어떠한 신조에 대해 진지하게 의문을 제기해 본 적이 전혀 없이 순전히 관례와 습성에서 아침 예배에 정규적으로 참석했었다. 애나는 기대감에 차서 교회에 출석하는 일은 오래전에 이미 그만두었다. 그러나 오늘은 사랑을 그토록 만끽하고 난 후에 눈까지 새롭게 와서 다시 기대에 부풀었고 마음은 즐거웠다. 그녀는 아직도 영원한 세계 속에 있었던 것이다.

애나는 고등학교를 마친 후 숙녀처럼 처신했고, 또 숙녀가 되고 싶었다. 어떤 신비로운 이상을 성취하길 원해서 설교를 경청하면서 어떤 암시를 얻어 내려고 애썼다. 그런 식으로 얼마 동안 아주 잘 지냈다. 목사는 그녀에게 이런

면, 저런 면에서 착하게 되라고 타일렀다. 그녀는 이러한 타이름을 성취하는 것이 최고의 삶의 목적이라고 여기며 교회를 다녔다.

그러나 곧 이 일에 김이 빠졌다. 얼마 후 그녀는 착하게 된다는 것에 별 흥미를 느끼지 못했다. 애나의 영혼은 무언가를 추구하고 있었다. 그것은 단지 착하기만 하고 최선을 다하는 것만은 아니었다. 아니, 애나는 무언가 딴 것을 원했다. 기성의 의무가 아닌 전혀 다른 것이었다. 모든 것이 사회적인 의무의 문제에서 그치고 진정 그녀 자신의 문제는 하나도 없었다. 그녀의 영혼에 관해서 말하기는 했지만 그것은 왠지 진정으로 그녀의 영혼을 일깨우지도 아무런 영향을 주지도 못했다. 아직 그녀의 영혼은 아무런 감동을 받지 못했다.

목사인 로버시드 씨에게 애정을 느끼고 코셋헤이 교회를 보호하고픈 감정은 품고 있었지만, 교회를 돕고 보호하고 싶다는 감정은 그녀 생활에서 아주 작은 자리를 차지할 뿐이었다.

애나에게 전혀 불만이 없는 것은 아니었다. 남편이 교회 건물에 대한 생각을 하면서 흥분할 때면 애나는 외형적인 면에만 치중하는 교회에 적개심을 품었고, 마음속의 문제에 관해서는 아무것도 충족시켜 주지 않는 교회를 증오했다. 교회는 그녀에게 착해야 한다고 말했다. 그 말은 좋았다. 그 말에 반박할 의도는 전혀 없었다. 교회가 그녀의 영혼과 인류의 복리에 대해서 말할 때는, 마치 그녀의 영혼이 구원받는 것은 그녀가 인류 복지를 위해서 하는 행동에 달려 있는 양 얘기했다. 아주 좋은 말씀이었다. 그녀는 그 모든 말씀을 듣고 진실이라고 확신했다. 그녀의 영혼의 구원은 그녀가 인류의 복지에 공헌하는 데에 달려 있었다. 좋고 옳은 말씀이었다. 그러면 그렇다고 하자.

그렇게 마음을 먹었지만, 정작 애나가 교회에 앉아 있을 때 얼굴에는 애수가 섞인 날카로운 빛이 감돌았다. 이것이 고작 그녀가 들으러 온 소리란 말인가? 어떻게 이런 일을 하고 저런 일은 안 함으로써 그녀의 영혼이 구제받을 수 있단 말인가? 애나는 그 말에 반박하지 않았지만 슬픈 얼굴 표정은 그것이 사실이 아님을 드러냈다. 이 말 말고 딴 말을 듣고 싶었던 것이다. 그녀가 교회에서 바란 것은 이 것 아닌 다른 것이었다.

그렇지만 그녀가 뭐 대단한 존재라고 그런 것을 주장한 단 말인가? 도대체 충족되지 못한 욕망을 가지고 어쩌자는 건가? 애나는 부끄러웠다. 애나는 마음속 깊이 자리한 열망을 무시하고 될 수 있는 대로 고려하지 않았다. 그런 열망은 그녀를 화나게 했다. 그녀도 다른 사람들처럼 기분 좋게 만족을 느끼고 싶었다.

남편은 그 어느 때보다 그녀를 격노시켰다. 교회는 남편에게 제어하지 못할 호소력을 발휘했다. 남편은 예배 시간에 천사나 우화적인 짐승이 되어 앉아 있는 것이지, 그녀가 교회 그 자체라고 생각하며 중요하게 여기는 예배의 그 부분에는 일체 관심이 없었다. 그는 설교나 예배의 의미에는 일체 주의를 기울이지 않았다. 남편에게는 어떤 탁하고 어둡고 조밀하고 강력한 면이 있어서 말로 형용할 수 없도록 지대하게 그녀를 괴롭혔다. 말씀을 가르치는 교회 그 자체가 남편에게 무의미했다. '우리가 우리에게 죄 지은 자를 용서하여 준 것같이 우리의 죄를 용서하여 주시옵소서.' 이런 말은 그에게 와 닿는 바가 없었다. 그것은 단지 말소리인 것처럼 그에게 아무런 영향을 주지 않았다. 그는 사물의 의미가 말로 전달되는 것을 원치 않았다. 교회에 앉아 있을 때 그는 자신의 죄나 이웃의 죄에 관하여 관심이 없었다. 그런 걱정일랑 주 중의 일로 미루자. 교회에 들어서는 순간, 그는 일상생활에 대해서는 더 이상 관심을 두지 않았다. 그것은 주 중의 관심거리였다. 인류의 복지를 말해도, 기분이 상당히 좋은 주 중을 제외한 때는 그런 것이 있다는 것조차 깨닫지 못하고 있었다. 교회에서 그가 원하는 것은, 이름 붙일 수 없는 어둠의 감정, 곧 모든 위대한 신비로 가득 찬 열정이었다.

자신이나 아내에 대한 생각 따위에는 아예 관심이 없었다. 아, 그러한 태도가 애나를 얼마나 괴롭혔는가! 남편은 설교를 무시했고 인류의 위대함을 무시했으며 인간이 당면한 중요한 문제를 인정하지 않았다. 인간으로서의 자신에겐 관심이 없었다. 도안사 사무실에서의 생활이나 남자 동료끼리의 생활에 이렇다 할 중요성을 부여하지 않았다. 그런 것들은 책의 본문 옆구리에 있는 여백에 지나지 않았다. 진짜 본문은 아내와의 관계, 교회와의 관계였고, 그의 진정한 삶은 무한한 절대자를 체험하는 암흑의 정서 속에 내재해 있었다. 본문에 나오는 신비롭고 장식적인 커다란 대문자들이야말로 곧 그가 교회에서 느끼는 감정들이었다.

이 일은 애나를 형용할 수 없을 만큼 격노시켰다. 그녀는 남편이 교회에서 얻는 만족을 얻을 수가 없었다. 영혼에 대한 생각은 자신에 대한 생각과 밀접하게 얽혀 있었다. 그녀에게 있어서 영혼과 자신은 하나요, 같은 것이었다. 이에 반해 남편은 자신이 실재한다는 사실을 무시하고 심지어 반박까지 하는 듯했다. 그에게도 영혼이 있었으나 그것은 인간에게 전혀 관심이 없는 비인성적인 암흑의 것이었다. 애나는 남편의 영혼을 그렇게 인식했다. 컴컴하고 신비로운 교회 속에서 그의 영혼은 삶을 누리며 자유로이 뛰놀았다. 마치 땅속에 사는 추상적인 기이한 짐승처럼.

　남편은 애나에게 매우 괴이한 존재로 보였다. 그는 아내에게서 도망쳐 교회의 분위기와 자신을 영혼으로만 간주하는 개념 속에 들어가 자유롭게 뛰노는 것 같았다. 애나는 한편 남편의 이러한 면을 부러워했다. 남편 속에 들어 있는 컴컴한 자유, 영혼의 희열과 기이한 실체를 부러워했다. 이러한 것들이 애나를 매혹했다. 그러다가 애나는 다시금 이런 것을 증오했다. 남편을 멸시했고 남편 안에 들어 있는 그런 것을 파멸시키고 싶었다.

　이 눈 내린 아침에 남편은 빛나는 검은 얼굴로 그녀 앞에 앉아 있으면서 그녀를 의식하지 못하고 있었다. 애나는 왠지 남편이 그녀를 향해 쏟는 사랑을 낯선 비밀 장소로 가져가는 것같이 느꼈다. 남편은 작은 채색 유리창을 쳐다보며 앉았는데 검은 얼굴은 황홀한 듯 희열의 빛을 띠고 있었다. 애나는 루비 색깔의 창문을 쳐다보았다. 바깥의 눈에 빛이 반사되어 창 밑에 그림자를 만들었다. 깃발을 들고 있는 노란색 양의 모습이, 약간 그림자는 졌지만, 컴 컴한 교회당 안에서 기이하게 빛을 내어 충만하게 보였다.

애나는 항상 그 자그마한 빨갛고 노란 창문을 좋아했다. 매우 어리석게 보이면서도 자신을 의식하는 듯한 양은 한쪽 앞발을 쳐들고 있었는데, 그 앞발의 갈라진 곳에 붉은 십자가의 작은 깃발이 가까스로 꽂혀 있었다. 초록 빛의 그림자가 진 연노랑빛의 양이었다. 애나는 어릴 때부터 그 양을 좋아했다. 그 감정은 어린아이들이 매년 경진회 때마다 집으로 가져오는, 초록색 다리에 털이 복슬 복슬한 작은 양에 대해서 느끼는 것과 똑같은 것이었다. 애나는 항상 그런 장난감을 좋아했으며 이 교회 창문에 그려진 양도 어린애와 같이 기뻐하며 좋아했다. 그러나 이 양에 대해서는 항상 석연치 못한 점이 있었다. 깃발을 든 이 양의 겉과 속이 다르지 않다는 것을 도저히 확인할 길이 없었다. 그래서 애나는 이 양을 좀 불신했으며 이 양에 대한 그녀의 태도에도 좀 싫어하는 감정이 섞여 있었다.

이제 남편이 양미간을 이상하게 찌푸리면서 약간 긴장이 감도는 황홀한 표정을 지었다. 애나는 남편이 유리창에 그려진 양과 교감 중이라는 것을 느끼며 불안해 했다. 싸늘한 경이감이 애나를 엄습했다. 애나의 영혼이 어리둥절해 졌다. 남편은 시간을 초월한 듯, 아무런 미동 없이 긴장된 빛을 띤 채 앉아 있었다. 저이는 뭘 하고 있는 것일까? 그와 유리창의 양 사이에는 어떤 관계가 있는 것일까?

갑자기 깃발을 든 양이 당당하게 애나를 향해 광채를 냈다. 순간 애나는 강력한 신비체험을 했다. 전통적인 교회 세력이 애나를 움켜쥐어 그녀는 영 다른 세계로 옮겨갔다. 애나는 이것이 싫었다. 반항을 했다.

곧 그것은 전과 같이 창유리에 그려진 어리석은 어린 양에 불과하게 되었다. 남편을 증오하는 어둡고 격렬한 감정이 애나 속에서 출렁였다. 도대체 남편은 무얼 하는 걸까? 온통 영혼에 취한 채 달아올라 멍하니 앉아 있으니.

애나는 홱 몸을 틀어 장갑을 집어 드는 척하면서 남편의 몸을 치고는 계속 그의 발치를 더듬었다.

남편은 제정신이 들어 좀 얼떨떨해 하며 속내를 그대로 드러냈다. 누구든 그를 보았다면 그를 안쓰럽게 여겼을 것이다. 하지만 애나는 남편을 갈기갈기 찢어버리고 싶었다. 그는 뭐가 잘못되었는지, 자기가 무엇을 하고 있는지조차 몰랐다.

집에 돌아와 저녁 식탁에 앉았을 때 윌은 아내가 쌀쌀하게 적의에 찬 태도를 보이자 당황했다. 애나도 왜 자신이 그토록 화가 나 있는지를 몰랐다. 그렇지만 그녀는 화가 잔뜩 나 있었다.

"설교는 왜 통 안 들어요?"

애나는 증오와 격분으로 끓어올라 물었다.

"들었는데."

"안 들었어요. 단 한마디도 안 들었어요."

남편은 자기 속으로 들어가 자기만의 느낌을 즐기고 있었다. 남편은 어딘가 땅속에 들어가 있는 느낌을 주었다. 마치 땅속에 피난처를 두고 있는 것같이. 아직 소녀 같은 아내는 남편이 이런 태도를 취할 때는 그와 같이 집에 있고 싶지 않았다.

식사 후 남편은 응접실로 들어가 여전히 멍한 기분에 젖어 있었다. 그런 태도는 애나를 참을 수 없도록 무겁게 내리눌렀다. 다음에 남편은 책장으로 가서 애나가 좀처럼 거들떠보지 않는 책을 꺼냈다.

오래된 미사전서 사본에 나오는 장식적인 글자들을 정신 없이 보고 있더니 다음에는 교회의 성화에 대한 책을 보았다. 이탈리아, 영국, 프랑스, 독일 등지의 것이었다. 남편은 열여섯 살 때 그런 책을 구입할 수 있는 로마 가톨릭계의 책방을 찾아냈다.

남편은 정신이 팔려 책장을 넘기고 있었다. 생각이 아니라 눈에 보이는 것에 정신이 팔려 있었다. 애나가 후에 말한 대로 그 모습은 꼭 가슴에 두 눈이 붙어 있는 사람 같았다.

애나는 남편에게로 가서 함께 그림을 보았다. 그림에 어느 정도 정신이 팔렸다. 애나는 호기심이 나 흥미를 가졌으나 반감을 느꼈다.

애나는 피에타*를 보고 화를 터뜨렸다.

"역겨워요!"

애나가 소리 질렀다.

"뭐?"

남편은 깜짝 놀라 멍하니 물었다.

---

* 성모 마리아가 그리스도의 시체를 무릎에 안고 슬퍼하는 모습의 성화.

"상처 난 몸을 드러내놓고 경배를 받으려 하다니."

"그래 모르겠소? 그건 성체(聖體)이고 그리스도의 살을 의미하는 거야."

남편이 천천히 말했다.

"그래요! 그렇다면 더 고약해요. 난 당신 가슴의 상처를 보고 싶지 않아요. 또 당신이 죽은 몸뚱이를 내놓는다 해도 난 당신의 죽은 몸은 먹고 싶지 않아요. 그게 끔찍하다는 걸 모르겠어요?"

"그건 내 몸이 아니라 그리스도의 몸이야."

"만일 그렇다면 당신의 몸도 될 수 있는 거지요. 자신의 죽은 몸뚱이를 즐기며 성찬식에서 그걸 먹는 상상을 하는 당신은 끔찍해요."

"그건 의미대로 받아들여야지."

"당신의 몸뚱이가 칼에 난자당해 죽은 후 예배의 대상이 되는 것 말고 또 무슨 의미가 있어요?"

부부는 말을 그쳤다. 남편은 화가 나 거리를 두었다.

"'교회의 어린 양'이란 말이 교구민들 사이에선 제일가는 농담인걸⋯⋯."

애나는 '픽' 하고 조롱 섞인 웃음을 터뜨렸다.

"그럴 수도 있겠지. 그 의미를 깨닫지 못하는 자들에겐 말이야."

남편이 대꾸했다.

"그건 그리스도를 상징하면서 또한 그리스도의 순결과 희생 또한 상징해."

"의미야 어쨌건, 그건 틀림없이 양이에요."

애나가 말했다.

"난 양을 하도 좋아하다 보니 양을 무슨 상징물로 쓰고 싶진 않아요. 저 성탄목 깃발만 하더라도, 아니……."

애나는 다시 '픽' 하며 조롱하는 웃음을 터뜨렸다.

"그건 당신이 아무것도 모르기 때문이야."

남편은 격렬한 어투로 냉혹하게 맞섰다.

"당신은 알고 있는 것만 조롱하고 모르는 것은 못하지."

"제가 무얼 몰라요?"

"사물의 의미지."

"그럼, 그 의미가 뭐예요?"

그는 대답하기를 꺼렸다. 대답하기가 어려웠던 것이다.

"도대체 그 뜻이 뭐란 말이에요?"

아내가 다그쳤다.

"부활의 승리지."

아내는 주저하며 낭패감을 느꼈다. 공포가 엄습했다. 도 대체 이런 것들이 다 무언가? 어떤 강력하고 어두운 존재 가 그녀 앞에서 뻗어나가는 것 같았다. 결국 그건 놀라운 것인가?

그렇지만 그건 아니야. 그녀는 이를 부인했다.

"그것이 그 무엇을 의미하는 척해도 실제는 앞발에 성탄 기를 꽂은 어리석은 우스꽝스러운 장난감 양에 불과해요. 만약 무언가를 의미하고 싶었다면 외양이 그렇지는 않았어 야죠."

그는 아내에게 강한 반발을 느껴 울화가 치밀었다. 한편 으론 자신이 이런 것들을 사랑한다는 사실이 부끄러워 그들에 대한 열정을 감추었다. 이러한 상징물을 통해서 자신이 무아지경에 빠질 수 있다는 게 부끄러웠다. 그래 잠시 동안 재를 짓씹는 듯한 증오심으로 양과 신비로운 성만찬의 그림들을 심히 증오했다. 그의 불은 꺼졌다. 아내가 불에 찬물을 끼얹었던 것이다. 그 모든 것이 씁쓸했고 그의 입은 재로 가득 차 있었다. 그는 분노로 시체처럼 질려 아내만 남겨둔 채 집 밖으로 나섰다. 아내가 미웠다. 납덩이 같은 하늘 아래 하얀 눈 위를 걸었다.

애나는 또 울기 시작했다. 그전의 침울한 기분이 다시 통렬하게 몰려왔기 때문이다. 그러나 마음은 편했다. 아, 훨씬 더 편했다.

남편이 돌아오면 기꺼이 화해를 하리라. 남편은 새파랗게 분이 나 토라져 있었으며 기분은 저조했다. 그녀는 남편에게 남아 있는 조그마한 그 무엇조차 분쇄해 버렸던 것이다. 남편은 마침내 그의 영혼으로부터 이 모든 상징물들을 박탈당하고, 아내가 그를 사랑하도록 허용하니 오히려 마음이 홀가분했다. 아내가 그의 무릎을 베는 것이 좋았다. 그러나 아내에게 그렇게 해달라고 청하지 않고 바라지도 않았다. 아내가 그의 목을 껴안고 대담하게 애무를 할 때면 그녀를 사랑했지만, 자기 쪽에서 먼저 애무를 시작하지는 않았다. 다시 사지에서 피가 약동하는 것을 느꼈다.

애나는 남편이 멀리서 자기를 주시할 때의 그 표정을 좋아했다. 주시는 하지만 멀리 있는 시선이었지 가까이서 그녀와 함께 있는 표정은 아니었다. 남편의 시선을 가까이로 끌어당기고 싶었다. 그의 눈이 그녀의 눈과 마주쳐 그녀를

알아보기를 원했다. 그러나 그의 눈은 그러려고 하지 않았
다. 여전히 멀리서 주시하면서 매의 눈같이 도도했다. 매
의 눈처럼 순진하면서 비인성적이었다. 그래 그녀는 남편
을 사랑하고 애무하여 매처럼 흥분시켰다. 그러면 남편은
날카로워져 즉각적으로 반응했으나 부드러움은 없었다. 남
편은 거세고도 사납게 다가와 매처럼 그녀를 때려눕히고
차지했다. 이제 그 어떤 신비가도 아니었다. 아내는 그의
목표요, 대상이요, 먹이였다. 그래 아내는 제정신을 잃게
되고, 남편은 만족을 하거나 결국에는 만끽을 했다.

그러면 애나는 즉각 남편에게 보복을 했다. 그녀도 한
마리의 매가 되었다. 만약 그녀가 구슬프게 울면서 애처로
운 물떼새 시늉을 내며 그에게 날아들었다면 그건 단지 놀
이의 일부분이었다. 남편은 만끽을 하고 난 후에는 건방지
고 무례하게 몸을 늘어뜨리고 움직였다. 아내에게서 자기
몫을 차지하고 만끽한 다음에는 아내를 의식하지 않고 아내
의 존재 자체를 무시하며 경멸하는 듯 고개를 떨어뜨렸다.

그럴 때면 애나는 발끈해서 무쇠처럼 단단한 날개를 세
우고 남편을 내리쳤다. 남편이 횃대에 호젓이 올라앉아 날
카롭게 주위를 둘러보며 유별나게 의기양양한 태도를 보일
라치면 애나는 그에게 달려들어 그런 고자세에서 사납게
밑으로 끌어내렸다. 약을 올려서 사내의 그 당당한 위엄을
잃게 만들었고 그를 몰아세워서 그 침착하던 자만심을 잃
게 만들었다. 그러면 급기야 남편은 미친 듯이 화가 났고
연갈색 눈은 분노로 이글거렸다. 이제야 아내를 알아보고
분노의 불꽃을 튀기며 아내에게 눈을 부라렸고 아내가 적

대자임을 알아 보았다.

아주 좋아. 저 여잔 적이라고. 그래 좋아. 남편이 그녀의 주위를 배회하자, 애나는 남편을 경계했다. 남편이 그녀를 내리치자 애나도 되받아쳤다.

월은 아내가 자기의 연장을 아무렇게나 밀쳐놓아 녹이 슨 것을 보고 화가 났다.

"그러면 내가 다니는 길에 여기저기 늘어놓지 말아요." 아내가 대꾸했다.

"어디든 나 좋을 대로 두겠어."

그가 소리쳤다.

"그러면 어디든 나 좋을 대로 팽개치겠어요."

부부는 서로를 노려보았다. 남편은 부아가 나서 손이 부르르 떨렸고, 아내는 의기양양해서 사납게 굴었다. 그들은 죽이 잘 맞는 적수라서 끝장을 볼 때까지 싸우곤 했다.

애나는 바느질에 관심을 돌렸다. 찻잔을 치우자마자 바느질감을 꺼내 놓으면 남편은 욱 분노가 치밀었다. 아내가 즐거운 듯 옥양목을 홱 잡아 찢으면서 귀청이 떨어지는 소리를 내면 말할 수 없이 그 소리가 싫었다. 그리고 재봉틀이 달달 돌아가면 급기야는 그의 속이 부글부글 끓었다.

"그 소동 좀 그만두지 못하겠어? 낮에 해도 되잖아!"

그가 소리쳤다.

애나는 일을 하다 말고 적의에 차서 날카롭게 쳐다보았다.

"아니요. 낮엔 할 수가 없어요. 딴 일을 해야 하니까요. 게다가 난 바느질이 좋아요. 그러니 날 말리지 못할 거예요."

이렇게 말하며 애나는 몸을 돌려 바느질거리를 맞추고

고정시켜 꿰매기 시작했다. 재봉틀이 다시 털털거리며 돌아가고 윙윙 소리를 내자 윌은 화가 치밀었고 신경이 곤두섰다.

그러나 아내는 혼자서 즐기고 있었다. 의기양양해서 즐거워했다. 재봉틀 바늘은 도취한 듯 치맛단을 누벼나가면서 꿰맨 자리를 당기고 있었다. 아내는 재봉틀이 윙윙 소리를 내게 했다. 당당하게 재봉틀을 멈추더니 손을 능란하고도 빠르게 움직였다.

만약 남편이 화는 나지만 어쩔 수 없이 몸이 굳어진 채 뒤에 앉아 있으면 그녀는 더욱 신바람이 났다. 계속 바느질을 해댔다. 이윽고 화가 난 남편은 침실로 들어가 아내와는 멀리 떨어져 뻣뻣이 누워버렸다. 아내는 그에게 등을 돌렸다. 아침에 그들은 말을 건네지 않았다. 쌀쌀한 인사치레 외에는.

밤에 남편이 집에 돌아왔을 때, 그의 마음은 누그러졌고 아내에 대한 사랑으로 달아올랐다. 자신이 잘못했다고 느끼고 아내도 그렇게 느끼길 바라던 참인데, 아내는 떡하니 재봉틀에 앉아 있었고 집안 전체에 광목 조각이 널려 있었다. 불 위엔 주전자도 올려놓지 않았다.

아내가 깜짝 놀라 걱정스러운 표정을 지었다.

"벌써 시간이 이렇게 되었어요?"

그러나 윌의 얼굴은 분노로 굳어 있었다. 그는 방을 건너 응접실까지 갔다. 그러나 다시 걸어 나와 집 밖으로 나갔다. 애나의 가슴이 철렁 내려앉았다. 아주 잽싸게 차 끓일 준비를 했다.

윌은 심장까지 질리도록 고약하게 골이 나서 일커스턴에
이르는 길을 걸었다. 이런 상태에 이르면 생각은 절대 할
수가 없었다. 마음의 문에 빗장이 걸리고 그는 죄수처럼
갇혔다. 그는 일커스턴으로 다시 가서 맥주 한 잔을 들이
켰다. 무얼 할 것인가. 아무도 만나고 싶지 않았다.

자신의 고향인 노팅엄 시로 가보리라. 그는 역으로 가서
기차를 탔다. 노팅엄에 닿았지만 역시 갈 곳이 없었다. 그
러나 낯익은 거리를 걸으니 훨씬 기분이 좋았다. 그는 미
칠 듯이 불안한 마음으로 거리를 걸었다. 마치 미쳐 날뛰
는 듯한 기분이었다. 그러다가 책방에 들어가서 밤베르크
대성당에 대한 책을 한 권 찾아냈다. 이건 굉장한 발견이
었다. 여기에 그를 위한 귀중품이 있었구나! 그는 조용한
식당에 들어가서 이 보물을 들여다보았다. 사진을 한 장
한 장 넘길 때마다 환희의 희열로 밝아졌다. 이 조각물에
서 그는 마침내 보물을 찾아냈던 것이다. 그의 영혼은 커
다란 만족을 얻었다.

찾으려고 길을 나섰더니, 과연 찾아내지 않았는가! 그는
열정적인 성취감에 젖어 있었다. 이것들은 그가 여태껏 본
것 중에서 제일 멋진 조각물이요, 조각상이었다. 그의 손
에 들린 책은 하나의 문과 같았다. 주위의 세계는 울타리
가 쳐진 구내요, 하나의 방에 불과했다. 그러나 그는 이곳
을 떠나고 있었다. 아름다운 여인의 조각상 그림을 들여다
보았다. 왕관과 얽힌 머리칼과 여인의 얼굴을 다시 들여다
보고 있자니 훌륭하게 조각된 경이로운 우주가 그의 주위
에서 모습을 드러냈다.

이해할 수 없는 독일어 원문이 더 한층 좋았다. 그는 머리로 이해할 수 없는 것들이 좋았다. 발견되지 않은 것들과 발견될 수 없는 것들을 좋아했다. 그는 열중해서 그림들을 자세히 보았다. 그러고 보니 그것들은 목제 조각상이 아닌가! '홀츠'는 독일어로 목재를 뜻한다고 생각되었다. 목제 조각상들이 그렇게도 그의 영혼에 딱 들어맞게 만들어졌다니! 그는 수백만 배, 수천만 배로 기뻐했다. 어떻게 이 세상이 발견되지 않은 채 있다가 그 모습을 그의 영혼에게 드러냈단 말인가! 그의 삶이 손 닿는 곳에 있으니 얼마나 멋지고 신나는 일인가! 밤베르크 대성당이 세상을 그의 세계로 만들어주지 않았나? 그는 승리에 넘치는 자신의 힘과 삶과 진실을 노래하며 물려받은 막대한 양의 보물들을 얼싸안았다.

집으로 갈 시간이 다 되었다. 머뭇거리기보다 빨리 기차를 타는 것이 낫겠지. 그동안 내내 그의 영혼의 밑바닥에는 상처가 계속 자리 잡고 있었다. 오래 지속되니 잊을 수 있게 되었다. 그는 일커스턴으로 가는 기차를 탔다.

그가 밤베르크 대성당에 관한 무거운 책을 들고 코셋헤이로 가는 언덕을 오르고 있을 때는 밤 10시였다. 아직 아내 생각은 명확하게는 하지 않았다. 검은 손가락이 상처를 눌러대며 부지중에 그를 통제했다.

윌이 집을 나섰을 때, 애나는 깜짝 놀라 죄책감이 들었다. 애나는 서둘러 차를 준비하며 남편이 돌아오기를 바랐다. 토스트도 좀 만들고 모든 걸 준비했다. 그런데 남편은 돌아오지 않았다. 애나는 마음이 괴롭고 실망스러워 울었다. 남편은 왜 나간 걸까? 왜 지금쯤 돌아오지 않는 걸까? 왜 이렇게 티격태격해야만 하나? 남편을 사랑하는데. 정말로 사랑하는데. 그런데 남편은 왜 좀 더 친절하고 잘 해주지 않는 것일까?

애나는 한탄을 하며 기다렸다. 그러다 기분이 점점 굳어졌다. 남편은 생각에서 사라졌다. 분개해서 곰곰이 따져보았다. 남편은 무슨 권리로 그녀가 바느질하는 것을 방해하는가? 남편에게는 그녀의 일을 막을 권리가 없었다. 그녀는 방해를 받을 이유가 없었다. 자신은 어엿한 안주인이고 남편은 이방인이 아닌가?

그럼에도 애나는 공포로 몸이 부르르 떨렸다. 만일 남편이 그녀를 떠나버린다면? 그녀는 파멸하고 말 것이다. 남편이 다음엔 어떤 행동을 할지 그녀는 통 알 수가 없었다. 남편이 그토록 자신이 없고 확고하지 못한 것이 싫었다. 남편이 그녀를 떠난다면 어떡하지? 애나는 공포심과 괴로움을 쥐어짜며 앉았다가 급기야는 자기 연민으로 울음을 터뜨렸다. 만일 남편이 그녀를 떠나거나 그녀와 등지는 날엔 어찌해야 할지를 몰랐다. 그런 생각을 하니 몸이 싸늘해지고 마음은 처량해지면서 굳어졌다. 그러곤 이방인이자 외부인이며, 함부로 권리를 행사하려는 남편에게 대항하여 단단히 방어 태세를 갖췄다. 그녀도 어엿한 한 인간이 아닌가? 어떻게 그녀와 동질의 인간이 아닌 자가 권위를 세우려 드는가? 애나는 자신이 변하지 않았고, 또 변할 수 없다는 것을 잘 알았다. 자기 자신에 대해서 겁낼 바가 없었다. 그녀 자신이 아닌 다른 것이 무서울 따름이었다. 그것은 그녀를 바짝 조이면서 다가와 그녀의 삶에 끼어들려 했다. 그것은 남편이란 형태를 입고, 그녀 자신과는 전혀 다른 광활하고 쩡쩡 울리는 낯선 세계의 모습으로 나타났다. 남편은 무기도 아주 많아서 여러 방면에서 쳐들어올 수 있었다.

윌이 문간에 들어섰을 때 그의 가슴은 연민과 애정으로 불타올랐다. 아내는 갈팡질팡하는 처량한 어린애 같았다. 아내는 겁을 먹고 힐끗 쳐다보았다. 애나는 깜짝 놀랐다. 순화라도 된 양 남편의 얼굴에서 광채가 나고, 동작이 날렵하고 아름다웠다. 갑자기 공포로 가슴이 짠해 오면서 자신이 부끄러웠다.

그들은 상대방이 말을 꺼내길 기다렸다.

"뭣 좀 먹겠어요?"

애나가 입을 떼었다.

"내가 차려 먹을게."

윌이 대답했다. 아내가 시중드는 것을 원치 않아서였다.

그러나 아내가 음식을 차려 나왔다. 아내는 그를 위해 시중을 드니 기분이 좋았다. 그는 다시 명랑한 군주같이 되었다.

"노팅엄엘 갔었어."

윌이 부드럽게 말을 꺼냈다.

"당신 어머니한테요?"

아내는 멸시하는 어투로 물었다.

"아니, 집엔 안 들렀어."

"그럼, 누굴 만나러 갔어요?"

"아무도 만나지 않았어."

"그렇다면 노팅엄엔 왜 갔어요?"

"가고 싶으니까 갔지."

윌은 화가 나기 시작했다. 이렇게 명랑하고 기분이 좋은 때 아내가 또다시 그를 윽박지르다니.

"그래, 누굴 만났어요?"

"아무도 안 만났다니까."

"아무도 안 만났다고요?"

"누굴 꼭 만나야 해?"

"아는 사람을 아무도 안 만났어요?"

"그래, 안 만났어."

윌은 골이 나서 대답했다.

애나는 남편의 말을 믿었다. 그렇지만 그녀의 기분은 냉랭해졌다.

"책을 한 권 샀어."

윌은 화해 조로 책을 아내에게 내밀면서 말했다.

애나는 그림들을 대강대강 넘기며 보았다. 아름다웠다. 그 청순한 여자들이 환히 비치는 가운을 입은 모습이. 애나의 마음은 더욱 차가워졌다. 도대체 이런 그림들이 남편에게 무슨 의미가 있단 말인가.

남편은 앉아서 아내의 반응을 기다렸다. 애나는 책 위로 고개를 숙였다.

"멋있지?"

남편이 물었다. 즐거움으로 흥분된 어조였다.

애나의 피가 확 솟구쳤다. 그러나 고개는 들지 않았다.

"그래요."

애나가 대답했다. 자신의 생각은 그렇지 않았지만 남편에게 강요당해 그렇다고 대답했다. 남편은 이상하면서 매력적이어서 그녀에게 영향을 미치고 있었다.

남편이 그녀에게 다가와서 살짝 그녀의 몸에 손을 댔다. 애나의 심장은 미칠 듯한 열정으로, 활활 타오르는 거센 열정으로 고동쳤다. 그러나 아직은 이를 억제했다. 열정이란 항상 정체 모를 것이었다. 그 정체를 모르겠기에 애나는 그녀가 알고 있는 자아에 맹렬히 매달렸다. 그러나 부글부글 끓어오르는 열정은 그녀의 넋을 빼앗아갔다. 그들은 서로를 사랑하며 열정적으로 황홀경에 빠져들었다.

"그전보다 더 멋있지 않았어요?"

애나는 방금 봉오리를 터뜨린 꽃송이같이 눈물을 이슬처럼 반짝이면서 물었다.

윌은 애나를 더 꼭 껴안았다. 그의 기분이 야릇해지더니 정신이 몽롱했다.

"항상 더 멋있어요."

아내가 어린애처럼 즐거운 목소리로 힘주어 말했다. 조금 전까지의 공포감이 생각났다. 아직 그 공포감이 완전히 가신 것은 아니었다.

이런 식으로 이들 부부 사이엔 사랑과 갈등이 반복되는 관계가 지속되었다. 하루는 모든 것이 산산이 부서지고 삶전체가 훼손되고 파멸되어 폐허가 된 것 같았다가도, 이튿날엔 모든 것이 또다시 경이롭고 또 경이로울 따름이었다. 어떤 날은 단지 남편이 곁에 있다는 것 때문에 미칠 것 같았고, 남편이 후룩후룩 소리 내며 차를 마시는 모습이 역겨웠다. 그러나 그다음 날에는 남편이 마루를 건너오는 태도가 사랑스럽고 멋있게 보였다. 남편에겐 해와 달과 별들이 하나로 모여 있었다.

그러나 마침내 애나는 안정성이 부족하다고 안달을 부렸다. 만족스러운 시간이 돌아올 때면 그런 시간이 곧 지나가리란 걸 잊지 않았다. 마음이 불안했다. 확신감, 그 확신감, 그 내적인 자신감, 영속적인 사람에 대한 신념. 바로 이것을 애나는 원했다. 그런데 이것을 애나는 얻지 못했다. 남편도 이런 확신을 얻지 못했다는 것을 애나는 알고 있었다.

그럼에도 불구하고 세상은 경이로운 곳이어서 애나는 대개의 경우 세상의 경이로움에 정신이 팔려 있었다. 그녀의 커다란 슬픔조차 그녀에겐 경이롭게 보였다.

애나는 아주 행복해질 수가 있었다. 그리고 행복해지길 바랐다. 남편이 그녀를 불행하게 만들면 분개했다. 그럴 땐 남편을 살해하여 내동댕이칠 수도 있을 것 같았다. 여러 날 동안 애나는 남편이 일터로 나가 있는 시간을 고대했다. 그런 때엔 남편이 꼭 막아놓은 것 같았던 그녀의 삶의 물줄기가 터지고 그녀는 자유롭게 되었다. 그녀는 자유로웠고 기쁨에 넘쳤다. 모든 것이 그녀를 즐겁게 해주었다. 융단을 들어 올려 마당으로 나가 먼지를 털었다. 눈조각이 들판에 널려 있었고 공기는 맑았다. 연못에서 오리가 꽥꽥거리는 소리가 들렸다. 세상을 침입하려고 출격이라도 하는 양 오리들이 물 위로 돌진하듯 헤엄쳐 나가는 모습이 보였다. 또 털이 텁수룩하게 난 말들을 보았다. 그 중 한 마리는 배 쪽의 털이 매끈하게 깎여 마치 갈색 모피 저고리를 입고 긴 양말을 신은 것 같았다. 말들은 겨울날 아침에 묘지 담 옆에서 서로 머리를 비벼대고 있었다. 이제 남편이 사라졌으니 모든 것이 애나의 눈엔 즐거워 보였다. 장벽이요 장애물이었던 남편이 제거되고 보니, 세상은 그녀와 연결돼 몽땅 그녀의 것이 되었다.

애나는 기쁨에 넘쳐 바삐 움직였다. 언덕 모퉁이를 돌아 세차게 불어오는 바람에 빨래를 내다 말리는 것 이상으로 즐거운 일은 없었다. 바람은 젖은 빨래를 그녀 손에서 획 잡아당겨 펄펄 날리게 했다. 애나는 웃으며 놓치지 않으려 애쓰다 성을 냈다. 그래도 혼자 있는 날이 좋았다.

그러다 밤이 되면 남편이 왔다. 그러면 그들 사이엔 끊임없는 분쟁이 생겨 애나는 이마를 찌푸렸다. 남편이 문간에 척 들어서면 그녀의 마음은 변했다. 마음은 저절로 강철처럼 단단해졌다. 낮 동안의 웃음과 열성은 사라지고 몸은 뻣뻣해졌다.

그들은 부지중에 미지의 싸움을 했다. 그러면서도 서로를 사랑하여 열정은 그곳에 있었다. 그러나 그 열정은 다 투느라고 다 소진되었다. 그러곤 깊고 사나운 이름 없는 싸움이 계속되었다. 모든 것이 그들 주위에서 강렬하게 광채를 냈다. 세상은 옷을 벗어던지고 새롭고 원초적인 발가벗은 몸을 드러내 흉측스러웠다.

일요일이 되었다. 그러면 남편은 이상한 마술을 그녀에게 걸었다. 그녀는 그런 상태를 절반 정도는 좋아했다. 그녀는 점점 남편을 닮아갔다. 주 중에는 하늘과 들판에서 빛이 반짝였고 작은 교회는 동네 집들에게 아침 내내 종알거리는 듯이 보였다. 그러나 남편이 집에 있는 일요일에는 짙은 색의 강렬한 암울함이 대지 위에 모여드는 듯했다. 교회는 그림자로 속을 가득 채우며 커져서 그녀에겐 하나의 우주처럼 보였다. 그녀의 주위에서 푸른빛과 붉은빛의 불이 붙었으며 예배 보는 소리가 들렸다. 그러곤 교회 문이 활짝 열려 그녀가 세상으로 나오게 되면 그건 새로 지음 받은 세상으로 보였다. 그녀는 부활한 세상 속에 발을 내딛었고 그녀의 심장은 암흑과 예수의 수난을 기억하면서 두근거렸다.

아주 종종 그랬듯이 그들이 일요일에 차를 마시러 마시 농장에 가게 되면 애나는 또 다른 경쾌한 세상을 맛보았다. 그건 암흑과 채색 유리와 황홀한 찬미를 전혀 모르는 세상이었다. 남편이란 존재는 말살되고 애나는 아버지와 다시 있게 되었다. 아버지는 아주 신선하고 자유롭고 대낮같이 환했다. 남편의 강렬함은 암흑과 더불어 소멸되었다. 애나는 남편 곁을 떠나 남편을 잊었으며 대신 아버지를 맞이하였다.

그러나 그녀가 젊은 남편과 다시 귀가할 때는 임시방편으로 남편의 팔에 손을 얹으며 좀 부끄러워했다. 애나는 남편이 그녀의 의사를 무시하고, 그녀가 완강히 거절하는데도 자기 손을 꽉 잡을까 봐 적이 염려했다. 그러나 남편의 존재는 미미했다. 남편은 눈이 먼 것 같았고 그녀와 함께 있는 것 같지도 않았다.

그렇게 되면 애나는 겁이 났다. 남편을 원했다. 남편이 그녀를 망각하면 애나는 두려움으로 미칠 것 같았다. 왜냐하면 그녀는 모든 것이 드러나, 너무나도 상처받기 쉬운 상태가 되어 있었기 때문이다. 애나는 아주 내밀한 관계를 맺고 있었다. 주변의 모든 것들이 친밀하게 되었다. 가까이서 사랑스럽게 느꼈기 때문에 이들은 마치 그녀 주변을 넘나드는 요정 같았다. 만일 이들이 냉담해져서 다시 떨어져 나가면 어쩌지? 무시무시하도록 확고하게 그녀에게서 물러나면, 그들을 잘 아는 그녀로서는 그들의 처분대로 따라야 했다.

이런 생각에 애나는 겁이 났다. 남편은 항상 그녀가 귀착하는 미지의 존재였다. 그녀는 유혹을 받아 꽃을 피웠다가 오므리지 못하는 꽃이었다. 남편은 알몸뚱이의 그녀를 장악하고 있었다. 남편은 도대체 누구이며 어떤 존재인가? 의식 없는 눈먼 존재요, 검은 세력이었다. 애나는 자신을 보존하고 싶었다.

그러다가 애나는 남편을 그녀 쪽으로 다시 잡아끌고는 잠시 동안 만족감을 느꼈다. 그러나 시간이 흐름에 따라 남편이 조금도 변하지 않는다는 것을 점점 더 절실하게 깨닫기 시작했다. 남편은 그녀와는 이질적인 암흑의 존재였다. 그때까진 남편을 자신이 반사되어 비친 밝은 모습이라고 생각했었다. 몇 주일이 흐르고 또 몇 달이 흐르면서, 남편은 그녀와는 정반대되는 암흑의 인물이며 그들 부부는 상보적이 아니라 서로 반대되는 존재라는 걸 깨달았다.

남편은 조금도 변하지 않고 별개의 존재로 남아 있었다.

그는 아내가 그의 일부가 되어주고 그의 의지의 연장체가 되어주기를 기대하는 것 같았다. 애나는 남편이 그녀를 알지 못하면서 그저 지배하려고 애쓰는 걸 느꼈다. 남편은 무얼 원하는 걸까? 그녀를 위협하려는 걸까?

그녀 자신은 무얼 원하는가? 애나는 혼자 대답해 보았다. 자신은 햇빛과 바쁜 낮처럼 행복하고 자연스럽게 되길 바란다고. 애나는 자신이 어두워지고 부자연스럽게 되길 남편이 바란다는 걸 영혼 깊숙한 곳에서 깨달았다. 가끔 남편이 암흑같이 그녀를 들씌우고 숨을 조이는 것 같을 때는, 애나는 공포에 질려 반항하며 남편을 내리쳤다. 남편을 내리쳐서 피를 흘리게 하면 남편은 험악스럽게 변했다. 그녀가 남편을 무서워하며 공포심을 느껴 경계하기 때문에 남편은 험악하게 변해 모든 걸 때려 부수고 싶어 했다. 그러면 그들 사이의 싸움은 잔인해졌다.

애나는 몸을 떨기 시작했다. 남편은 그녀를 위압하길 원했다. 그도 몸을 부들부들 떨기 시작했다. 그녀는 남편 곁을 떠나고 싶었다. 더러운 암흑의 개들이 그를 삼키려고 달려들 때 허허벌판에다 먹이가 되라고 홀로 두고 떠나고 싶었다. 남편은 그녀를 때려눕혀서 그와 함께 머물도록 해야 했다. 이에 반해 아내는 그에게서 자유로워지려고 계속 투쟁했다.

그들은 이제 컴컴한 곳에서 피로 물든 채 자신들의 길을 걸었다. 세상은 멀리 떨어져 있어 아무런 도움도 주지 못한다고 느꼈다. 마침내 아내는 지치기 시작했다. 어떤 지점을 지나자, 아내는 수동적으로 되어 남편에게서 완전히 동떨어져 있었다. 남편은 살기가 등등하여 언제곤 아내에게 달려들 태세였다. 아내의 영혼은 일어나서 남편 곁을 떠나, 자기의 길을 걸었다. 그러면서도 겉으로는 즐거운 표정을 짓고 있어서 남편이 반감으로 새파랗게 질리게 했다. 그러나 실제로는 그녀도 피를 흘리듯 떨고 있었다.

거듭해서 여러 번 순수한 사랑이 그들 사이에 햇살처럼 찾아들었고, 그런 때면 아내는 햇살을 받은 꽃처럼 남편을 향했다. 그 모습이 너무나도 아름답고 빛나며 강렬하게 사랑스러웠기에 남편은 좀처럼 저항할 수가 없었다. 그런 때면 마치 그의 영혼이 환희의 날개를 여섯 개나 달고 있는 듯이 찬미에 몰두했다. 전능하신 하느님의 광채가 맥박처럼 그의 몸속에서 고동친다고 느꼈다. 그는 하늘을 향한 찬미의 불꽃 가운데 서서 하느님의 창조의 맥박을 전달받고 있는 느낌이었다.

수차에 걸쳐서 그는 아내의 눈에 무시무시한 힘의 불꽃처럼 보였다. 가끔 그가 문간에 서 있을 때면 얼굴에 광채가 감돌았는데, 그럴 때면 그가 수태고지를 알리는 천사처럼 보여 그녀의 심장이 두근거렸다. 그때는 숨을 죽이고 남편을 주시했다. 남편에겐 그녀가 두려워하고 저항하는 불타는 어둠의 존재가 있었다. 그녀는 수태고지를 알리는 가브리엘 천사에게인 양 남편에게 복종했다. 남편 시중을 들고 그의 의사를 들어 주었다. 그리고 시중을 들면서 몸을 떨었다.

그러다가 이 모든 것이 지나갔다. 남편은 아내의 천진하고 낯선 모습을 사랑했다. 아내의 경이로운 영혼은 그의 영혼과 달라 그가 잘못되려 할 때 그를 진실되게 만들었다. 아내는 남편이 의자에 아무렇게나 앉아 있는 모습을 좋아했고, 얼굴을 활짝 펴고 열렬한 표정으로 현관을 들어서는 모습을 사랑했다. 쩡쩡 울리는 그의 열의에 찬 목소리를 좋아했고 그의 주위에 감도는 미지의 분위기와 절대적인 단순성을 좋아했다.

그러나 그들 부부 중 어느 한쪽도 썩 만족한 것은 아니었다. 남편은 아내가 어딘지 모르게 자신을 존경하지 않는다고 느꼈다. 아내는 남편이 자기와 관계를 맺는 정도까지만 존경할 따름이었다. 자신과의 관계를 넘어서서 남편이 어떤 사람인지에 대해서는 전혀 관심이 없었다. 남편이 정말 어떤 성향의 사람인지 애나는 통 관심이 없었다. 남편 역시 자신이 어떤 성향의 사람인지 관심이 없는 것이 사실이었다. 하지만 그것이 어떤 성향이든 간에 아내는 그것을 존경하지 않았다. 레이스 도안가로서의 남편의 일에나 밥벌이하는 사람으로서의 남편에게 통 도움을 주지 못했다. 자신이 매일 사무실에 나가 일을 한다는 이유로 아내의 존경이나 관심을 으레 받을 수는 없다는 걸 월은 알고 있었다. 아내는 오히려 그 때문에 남편을 멸시했다. 이런 아내가 사랑스럽기조차 했다. 물론 처음에는 모욕처럼 느껴 화를 내기도 했었다.

한층 더 심각한 문제는 아내가 얼마 안 되어서 그의 가장 내밀한 감정과 맞서서 싸우게 된 것이었다. 그가 인생과 사회와 인류에 대하여 어떻게 생각하는가는 아내에게 별문제가 되지 않았다. 남편은 으레 미미한 존재이니까.

이런 아내의 태도가 또다시 그의 비위를 뒤틀리게 하는 것이었다.

아내는 이런 문제에 대해서는 남편을 앞질러 판단하곤 했다. 그래 마침내는 남편이 아내의 판단을 받아들이게 되었다. 마치 자신의 판단인 양 아내의 판단을 새로 발견했던 것이다. 심각한 문제는 여기에 있지 않았다. 그의 원한의 깊은 뿌리는 아내가 그의 영혼을 빈정댄다는 사실에 있었다. 그는 말을 할 줄 몰랐고 사고가 둔했다. 그렇지만 몇 가지 문제에는 열정적으로 집착했다. 그는 교회를 사랑했다. 만약 아내가 그가 진정 신앙하는 바를 그에게서 뺏어버리려고 하면 그들 부부는 금방 백열처럼 격분했다.

가나안에서 물이 포도주로 변한 것을 믿는가? 아내는 이 기적을 역사적 사실로 받아들이냐고 그를 몰아붙였다. 빗물이면 빗물이지. 자, 보아요. 빗물이 포도즙이나 포도주로 바뀔 수 있어요? 잠깐 동안 그는 맑은 이성의 눈으로 그 사건을 보고 있을 수 없는 일이라고 대답했다. 그의 맑은 이성은 아내의 질문에 대답하면서 잠깐 동안 그의 생각을 부정했다. 그러나 이내 그의 영혼 전체가 스스로를 이렇게 부정한 데 대하여 증오심을 품고 미친 듯이 소리쳤다.

그 기적은 진정 그에게는 사실이었다. 그의 이성은 곧 사라지고 피가 솟구쳤다. 그는 결혼식에서 나무통의 물이 포도주로 변하는 장면을 뼛속 깊이 갈망했다. 그리고 그리스도가 그의 어머니에게 "여인이여, 제가 당신과 무슨 상관이 있습니까? 나의 때는 아직 이르지 않았습니다."라고 말하는 장면과, 그리스도의 어머니가 하인들에게 "그가 뭐

라고 분부를 내리든지 그대로 하라."라고 당부하는 장면을
갈망했다.

윌 브랑윈은 그 장면을 사랑했다. 뼛속 깊이 그 장면을
사랑했다. 그는 그 장면을 그냥 둘 수가 없었다. 그런데도
아내는 그 장면을 그냥 두라고 강요했다. 아내는 그가 맹
목적으로 집착하는 것을 미워했다.

물, 그것도 자연수가 급작스레 억지를 써서 포도주로 변
할 수 있단 말인가? 자신의 실체를 이탈하여 마음대로 다
른 실체의 모습을 띨 수 있는가? 아, 안 되지. 그는 그것이
그릇되었다는 것을 알았다.

아내는 다시 악의를 품고 할딱거리는 어린아이로 변해서
증오심에 가득 차 모든 것을 파괴하려 들었다. 그는 벙어
리가 되었고 죽어 있었다. 그 자신의 실체는 거짓말을 한
데 대해 그를 꾸짖었다. 그는 그 일이 거짓임을 알고 있었
다. 어디까지나 술은 술이고 물은 물이었다. 그 물이 포도
주가 된 것은 아니었다. 그 기적은 사실이 아니었다. 아내
는 그를 산산조각으로 부수는 것 같았다. 그는 파괴되어
시커먼 모습으로 밖으로 나갔고, 그의 영혼은 피를 흘렸
다. 그는 죽음을 맛보았다. 그의 생명은 의심 한점 없이
이러한 개념으로 형성되었기 때문이다.

아내는 어릴 때 그랬던 것처럼 고독을 느끼며 그 자리를
물러나 흐느껴 울었다. 그녀는 개의치 않았다. 물이 포도
주로 변하든 말든 상관이 없었다. 남편이 원하면 그대로
믿으라고 하지. 그러나 아내는 자신이 그 싸움에서 이긴
것을 알았다. 잿빛 같은 고독감이 그녀를 엄습했다.

그들은 얼마 동안 잿빛처럼 비참했다. 그러다가 생기가 다시 찾아오기 시작했다. 남편은 고집을 빼면 무(無)나 다름없는 존재였다. 그는 다시 요한복음 2장을 생각했다. 가슴 아프게 울려오는 바가 있었다. "당신은 지금까지 좋은 포도주를 내어놓았소. 제일 좋은 포도주군요."라는 성경 구절에 젊은 남편의 가슴은 갈망으로 의기양양해졌다. 그러나 그것이 실제로 일어나지 않았다는 것을 알았기에 그의 가슴은 족제비가 갉아먹는 듯이 아팠다. 고통스런 부정과 열망에 찬 긍정 중에 어느 쪽이 더 강한가? 그의 정신은 고집이 센지라 열망 쪽을 택했다. 그러나 이 기적을 사실이라고는 더 이상 고집하지 않으리라.

좋아. 그것은 사실이 아니었어. 물은 포도주로 변하지 않았어. 포도주로 변하지 않았단 말이야. 그럼에도 불구하고 그는 물이 정말로 포도주로 변한 양 영혼으로는 믿으며 살아가리라. 사실대로 따지자면 그건 변하지 않았다. 그러나 그의 영혼 쪽에서 보면 그건 변했다.

"물이 포도주로 변했든 안 변했든 그건 나에게 별 상관없어. 난 있는 그대로 받아들이니까."

그가 말했다.

"그래, 있는 그대로가 뭐지요?"

아내는 기대에 차서 다그쳐 물었다.

"그건 성경 말씀 그대로지."

그런 식의 대답에 아내는 격분해서 남편을 멸시했다. 성경에 대해서는 나서서 의문을 제기하지 않았다. 그러나 남편은 그녀로 하여금 그를 멸시하게끔 몰아쳤다.

남편은 쓰인 글자로서의 성경에 대해서는 관심이 없었다. 그녀는 비록 남편이 그녀를 만족시키진 못했으나 남편에게 어떤 진실한 면이 있음을 알고 있었다. 그는 교리주의자는 아니었다. 물이 포도주로 변했다는 사실을 믿는 것이 아니었다. 그는 그것을 기정사실로 만들고 싶어 하지는 않았다. 정말이지, 그의 태도는 객관적인 판단에서 나온 것이 아니었다. 순전히 사적인 것이었다. 그는 '쓰인 말씀' 중에서 그에게 가치 있는 부분만을 골라서 그의 정신에 첨가시켰다. 그의 이성일랑 잠자도록 놔두었다.

아내는 그를 원망했다. 이성을 잠자게 두다니, 남편은 인류에게 속한 인간의 특성을 이용하지 않았다. 그는 단지 자신에게만 관심을 쏟았다. 남편은 기독교인은 아니었다. 그리스도는 그 무엇보다도 인류의 형제애를 역설하지 않았던가.

애나는 거의 본의에 반해서 인간의 지식 숭상에 집착했다. 인간은 육체적으로는 필멸의 존재지만, 지식으론 불멸한다. 애나는 어딘가에 이런 신념을 가졌고, 그건 형태가 잡히지 않고 어렴풋한 것이었다. 애나는 인간 지성의 전능한 힘을 믿었다.

반면에 남편은 땅속에 사는 동물인 양 눈이 멀어 인간의 지성을 무시했다. 자신 속에 있는 어두운 인간의 욕망을 좇으면서 주둥이로 굴을 파나갔다. 애나는 종종 숨이 막혔다. 그래 싸워서 남편을 물리쳤다.

그러면 남편은 자신이 눈이 먼 것을 깨닫고는 미친 듯이 다시 반격을 가했다. 피부로 공포를 느끼면서 광인처럼 날

뛰었다. 그는 어리석게 굴었다. 자신의 권리를 주장했고 가장이라는 케케묵은 지위를 내세웠다.

"당신은 내가 하라는 대로 따를 의무가 있어!"

남편이 소리쳤다.

"멍청이!"

아내가 대들었다.

"멍청이라니까!"

"누가 이 집의 주인인지 따끔하게 알려주지."

남편이 큰소리쳤다.

"멍청이!"

아내가 이에 맞섰다.

"바보 같으니라고! 우리 아버진 당신 같은 위인이 떼로 덤벼도 단숨에 싹 쓸어버릴 수 있어요. 당신이 멍청이란 걸 내가 모르는 줄 아나요!"

남편은 자신이 바보라는 것을 내심 잘 알고 있었기에 이러한 말에 기가 죽었다. 그렇지만 그는 부부 생활이라는 배를 계속 저어나가려고 애썼다. 그는 선장으로서의 권리를 내세웠다. 그런데 아내는 배와 선장에게 진저리를 냈다. 남편은 사회라는 큰 함대를 형성하는 수없이 많은 가정이라는 배 가운데 한 척의 주인으로서 중요한 인물로 부상하길 원했다. 애나의 생각에 그것은 쓸데없이 서로 엎치락뒤치락하는 우스꽝스러운 함대처럼 보였다.

애나는 그런 함대에 신뢰가 가지 않았다. 가장으로서, 그들 부부 생활의 주인으로서의 남편의 위치를 빈정댔다. 그러면 남편은 수치와 분노로 얼굴이 붉으락푸르락해졌다.

장인은 권위를 내세우지 않으면서도 사내답게 처신했었다는 것을 알고 그는 내심 부끄러웠다.

그는 그만 항로를 잘못 택한 것이었다. 이제 와서 그 항해를 포기하기는 어렵다고 느꼈다. 파도가 거세게 몰려왔고 수치심도 컸다. 그러다가 남편은 양보를 했다. 그는 가장이라는 개념을 포기하고 말았다.

그렇지만 그는 어떤 형태로든 주인이라는 위치를 원했다. 때때로 열등하고 수치스럽게 느끼다가도 그는 다시 일어섰다. 새 출발을 할 수 있게 불굴의 정신과·강인한 힘을 갖추었다. 남자라는 자존심을 가지고 깊숙이 숨겨졌던 내면의 열정을 성취하려고 다시 한 번 출발을 했다.

출발은 좋았다. 하지만 결국에는 늘 그들 사이의 싸움으로 끝났다. 그러면 부부는 거의 실성할 지경에 이르렀다. 남편은 도대체 아내가 남편을 존경하지 않는다고 탓했으며, 아내는 큰 소리로 웃으면서 이 말을 조롱했다. 그녀의 생각으로는 남편을 사랑하는 것으로 충분했다.

"그래, 무얼 존경하란 말이에요?"

그러나 남편은 항상 초점이 맞지 않는 대답을 했다. 아내는 아무리 골똘히 생각해도 그 뜻을 이해할 수가 없었다.

"왜 목각을 계속하지 않아요? 아담과 하와 상을 왜 끝내지 않아요?"

이렇게 묻긴 했어도 아내는 아담과 하와 상에 관심이 없었고, 남편은 그 조각에 또다시 손을 대지 않았다. 아내는 하와의 모습을 보고는 "꼭 작은 꼭두각시 같네요."라고 빈정댔다.

"왜 저렇게 몸집이 작지요? 아담은 하느님만큼이나 몸집이 큰데 하와는 꼭 인형같이 만들었군요."

아내는 계속해서 말했다.

"여자가 남자 몸에서 생겨났다는 것은 말도 안 되는 소리예요. 모든 남자는 여자의 몸에서 태어났는데. 남자들이란 얼마나 무례하고 건방진지!"

하루는 윌이 목판에 조각을 하는데 일이 잘 되지 않았다. 뱃속은 메스꺼운 열기로 가득 찼다. 윌은 그 목판을 부수어 불을 놓았다. 아내는 이 사실을 몰랐다. 그런 일이 있은 후 윌은 며칠 동안 아주 조용히 누그러져 지냈다.

"아담과 하와 조각판이 어디 있지요?"

"태워버렸어."

아내는 그를 빤히 쳐다보았다.

"아니, 당신이 조각하던 것 말이에요."

"내가 태웠어."

"언제요?"

아내는 믿기지가 않았다.

"금요일 밤에."

"내가 친정에 갔을 때요?"

"그래."

아내는 더 이상 말하지 않았다. 그러다가 남편이 일터에 간 사이에 온종일 울었다. 마음이 후련해졌다. 그 후 그 마지막 고통의 잿더미 속에서 새로운 사랑의 연약한 불꽃이 일기 시작했다.

애나는 아기를 가졌다는 사실을 알게 되었다. 그녀의 영혼은 경이와 기대에 차서 몹시 떨렸다. 애나는 아기를 원했던 것이다. 모든 어린 생명체를 보면 감동을 받기는 했지만 아기를 아주 좋아했던 건 아니었다. 하지만 애나는 아기를 갖게 되길 바랐다. 어린애를 통해서 그녀와 남편이 합일되어 그녀 가슴속의 어떤 공허감이 채워지길 갈망했던 것이다.

애나는 아들을 바랐다. 아들을 낳으면 만사가 해결될 것 같았다. 남편한테 임신 사실을 알리고 싶었다. 그러나 그것은 매우 떨리는, 내밀한 일이었다. 그즈음 남편은 굳은 표정으로 반응이 없던 터였다. 그래 애나는 외딴곳에 가서 울었다. 그건 아름다운 순간을 너무나도 아깝게 낭비하는 것이었다. 갓 나온 꽃봉오리처럼 아름다운 순간을 싹둑 자르는 서리 같은 것이었다. 아내는 침울한 채 홀로 비밀을 지니고 몸을 떨면서 이리저리 다녔다. 남편에게 손을, 아, 아주 살며시 대고 싶었다! 남편이 어둡고도 예민한 얼굴로 그녀의 소식에 경청하는 걸 보고 싶었다. 애나는 남편이 그녀에게 부드럽고 평온하게 다가와 주길 기다리고 또 기다렸다. 그러나 남편은 늘 거칠었고 아내에게 으르렁거렸다.

그래 그 꽃봉오리는 자신감을 잃고 쪼그라들었으며 아내는 냉담해졌다. 아내는 친정인 마시 농장으로 갔다.

"아니, 애야."

아버지는 딸을 쳐다보며 말했다. 첫눈에 딸의 사정을 알아보았다.

"그래 무슨 일이 잘못됐니?"

아버지의 애정 어린 어조에 눈물이 왈칵 나왔다.

"아무것도 아니에요."

"너희 둘은 어째 사이좋게 지내질 못하니?"

"그인 아주 옹고집이에요."

딸은 떨리는 목소리로 말했다. 그러나 그녀의 내면도 완전히 옹고집이었다.

"그래, 그런 옹고집쟁이가 또 한 사람 있지."

아버지가 말했다. 딸은 잠자코 있었다.

"너 자신을 불행하게 만들고 싶진 않지? 아무것도 아닌 일로 말이다."

아버지가 타일렀다.

"그인 하나도 불행하지 않아요."

"네가 남편을 불행케 않는다면 이 손으로 장을 지지겠다. 넌 남편을 지지리도 비참하게 만들 애야. 넌 그런 일에 명수거든."

"전 절대로 그일 비참하게 만들진 않았어요."

딸이 대꾸했다.

"아니, 아니지! 넌 아주 애꼿덩어리니까."

딸이 배시시 웃었다.

"제가 스스로 불행을 불러들인다고 생각진 마세요. 전 그렇지 않아요."

딸이 큰 소리로 대들었다.

"우린 물론 네 말을 믿지."

아버지가 응수했다.

"그렇지만 넌 네 남편이 즐거워서 연못 속의 물고기처럼 팔딱팔딱 뛰놀면 싫어하잖니."

이 말에 딸은 곰곰이 생각했다. 남편이 연못 속의 물고기처럼 즐겁게 뛰노는 것을 자신이 싫어한다는 사실을 깨닫고 새삼 놀랐다.

어머니가 들어왔다. 그들은 식탁에 둘러앉아 차를 마시며 자연스럽게 이런저런 얘기를 했다.

"애야, 이 점을 명심해라."

어머니가 말했다.

"세상일이란 네가 쉽게 취하거나 말거나 하라고 기다려주지 않는단다. 그런 건 기대해선 안 돼. 두 사람 사이에서 제일 중요한 건 바로 사랑이야. 그런데 사랑이란 것은 너도 아니고 남편도 아니야. 그건 네가 새로 만들어 내야 하는 제3의 것이야. 사랑이 네 식으로 되길 바라서는 안 돼."

"아, 전 그러지 않아요. 제가 그랬다면 금방 제 잘못을 알아낼 거예요. 다만 제가 무얼 가지려고 손만 내밀면 곧 물리고 말아요."

"그렇다면 어디다 손을 대든지 조심해야지."

아버지가 말했다.

애나는 부모가 그녀의 불행한 신혼 생활을 그렇게 태연자약하게 받아들이는 걸 보고 좀 화가 났다.

"넌 네 남편을 매우 사랑하지. 바로 그것이 제일 중요한 거야."

아버지가 걱정으로 이맛살을 찌푸리며 말했다.

"전 정말 그이를 사랑해요. 그러니 그이가 창피한 줄을 알아야죠."

애나가 큰 소리로 말했다.

"얘기할 게 있어서요. 글쎄, 나흘 동안이나 얘길 하려고
했는데……."

애나의 얼굴엔 경련이 일고 눈물이 글썽거렸다. 부모는
잠자코 딸을 주시했다. 애나는 말을 잇지 않았다.

"무슨 말을?"

아버지가 물었다.

"우린 아기를 가지게 될 거라고 말이에요."

애나는 흐느꼈다.

"그런데 내가 그이에게 갈 때마다 단 한 번도 말을 꺼내
지 못하게 해요. 나한테 아주 못되게 굴어요. 정말 얘길
하고 싶었는데 말이에요. 얘길 꺼낼 수 없게 해요. 나한테
못되게 굴어요."

애나는 가슴이 터질 것처럼 흐느꼈다. 어머니가 다가와
위로했다. 팔로 딸애를 감싸고 꼭 껴안았다. 아버진 이맛
살을 찡그린 채 야릇한 표정을 짓고 앉아 있었다. 여느 때
보다 얼굴이 더 창백해졌다. 사위에 대한 증오심 때문에
심장이 조여왔다.

애나는 흐느끼면서 이야기의 자초지종을 다 털어놓았고,
위로를 받은 후에 차를 마셨다. 평온한 분위기가 그 작은
좌중에 다시 찾아들자, 사위가 이 집에 들르리라는 생각은
별로 달가운 것이 못 되었다.

윌이 일터에서 귀가하는 길에 그 앞을 지나가는지를 릴
리가 망보게 했다. 식탁에 둘러앉아 있던 세 식구는 하녀
가 외치는 소리를 들었다.

"들렀다 가세유. 아씨가 여기 와 계셔유."

잠시 후 윌이 들어섰다.

"여기 와 있었어?"

윌이 딱딱하고 거친 목소리로 물었다.

사위가 마치 사물을 파괴하려 드는 칼날처럼 우뚝 서 있었다. 애나는 몸을 떨며 눈물을 글썽거렸다.

"좀 앉지."

장인이 말했다.

"편히 앉도록 해."

윌은 앉았다. 분위기가 좀 이상하다고 느꼈다. 그의 이마는 검었지만 눈은 마치 먼 곳을 보는 양 날카롭게 주시하고 있었다. 바로 그 눈이 그에게서 가장 잘생긴 곳이었고 그 눈빛 때문에 애나가 화를 내는 것이었다.

'저이는 왜 늘 나를 마다하지?'

애나가 혼자 중얼거렸다.

'왜 날 아무것도 아닌 것으로 여기지?'

장인은 푸른 눈에 온화한 표정을 짓고 젊은 사위의 건너편에 앉았다.

"얼마나 오래 있을 거야?"

윌이 물었다.

"오랜 안 걸릴 거예요."

"자, 차를 마시고 가야지."

장인이 말했다.

"들어서자마자 그렇게 집에 가고 싶은가?"

그들은 이런저런 자질구레한 얘기를 했다. 열린 문으로

석양의 햇살이 쏟아져 들어와 마룻바닥을 환하게 비추었다. 잿빛 암탉이 민첩하게 문전으로 걸어와 모이를 쪼았다. 볏과 늘어진 군턱에 비낀 햇살은 암탉이 움직일 때마다 이곳저곳에서 번쩍이는 빛을 냈으며 잿빛 몸집은 허깨비처럼 보였다.

애나는 빵 부스러기를 던져 주며 이를 지켜보았다. 가슴속에서 어린 시절이 되살아나는 듯했다. 잊혀졌던 불타오르는 아득한 것들이 기억났다.

"엄마, 전 어디서 태어났어요?"

애나가 물었다.

"런던에서."

"그리고 아버진……."

그녀는 마치 낯선 사람의 얘기인 양 친아버지 이야기를 꺼냈다. 아버지와 자신을 도무지 연결 지어 생각할 수가 없었다.

"아버진 살갗이 검은 편이었나요?"

"머리카락은 진한 갈색이었고 검은 눈에 피부가 고왔단다. 아주 젊었을 때부터 대머리 기미가 있었고……."

어머니는 상상의 세계에 나오는 옛날이야기를 하듯 대답했다.

"미남이셨어요?"

"그래, 아주 미남이었지. 몸집은 작은 편이었고. 너희 아버지처럼 생긴 영국 사람은 본 적이 없어."

"어째서요?"

"아버진,"

어머니는 손으로 빨리 뛰는 시늉을 했다.

"아버지의 몸은 늘 발랄하게 움직였지. 잠시도 한자리에 가만 있지 않았어. 머물러 있는 적이 없어서 꼭 흐르는 시냇물 같았어."

그 말은 젊은 사위에게 섬광처럼 시사해 주는 바가 있었다. 그러자 금방 아내를 다시금 사랑하는 마음이 생겼다.

톰 브랑윈은 겁이 났다. 그의 가슴은 공포로, 미지의 세계에 대한 공포로 가득 찼다. 아내와 딸이 예전 남편이며 아버지인 남자에 대해, 한때 알고 지내다 헤어진 이방인을 얘기하듯 말하다니.

방 안엔 침묵이 흘렀고 각자 나름대로 생각을 했다. 그들은 각기 다른 운명을 타고난 다른 사람들이 아닌가. 그런데 왜 상대방을 자기 식으로 이끌려고 강압적으로 군단 말인가?

젊은 부부는 선명한 초승달이 봄날 땅거미 사이로 기울고 있을 즈음 집으로 돌아갔다. 나무 숲이 머리 위로 드리웠고 작은 교회가 언덕 꼭대기에 어렴풋이 우뚝 서 있었다. 대지는 짙푸른 암흑으로 뒤덮였다.

애나는 아득히 먼 곳에서 손을 내밀어 남편의 팔에다 살짝 놓았다. 그는 아내가 아득히 먼 곳에서 손을 뻗쳐 그에게 손을 댄다고 느꼈다. 그들은 손을 잡고 땅거미를 헤치며 마주 보이는 지평선을 따라 계속 걸었다. 검푸른 황혼 속에서 지빠귀가 울고 있었다.

"여보, 우린 아길 갖게 될 거예요."

애나가 아스라이 먼 데서 말했다.

남편은 몸을 떨며 애나의 손을 꼭 쥐었다.

"뭐라고?"

남편은 가슴을 두근거리며 물었다.

"확실해?"

"네."

아내가 대답했다.

그들은 말없이 마주 보이는 지평선을 따라 계속 걸었다. 서로 단절된 부부가 손을 잡고 가로놓인 공간을 넘어서 걷고 있었다. 윌은 마치 보이지 않는 곳에서 거세게 불어오는 바람을 맞는 양 몸을 떨었다. 윌은 두려웠다. 그가 혼자 있다는 걸 알고 나니 더욱 두려웠다.

아내는 자기만의 절반의 세계에서 자아를 성취하고 독자적으로 서서 만족하는 듯이 보였기 때문이다. 그는 자신이 잘려 나간 것을 알고 참을 수가 없었다. 왜 그는 항상 아내와 하나가 될 수 없을까. 아내한테 아기가 생기게 한 것은 그 자신이었다. 하지만 왜 아내는 그와 함께 있으며 하나가 될 수 없는 것일까? 왜 그는 이렇게 동떨어져 있어야 하고, 아내는 그와 함께 가까이, 아주 가까이 있으면서 하나가 될 수 없는가? 아내는 그와 하나가 되어야 하는데.

윌은 아내의 손가락을 꼭 쥐었다. 남편이 무슨 생각을 하는지 아내는 몰랐다. 자궁 속에 아기를 잉태함으로 해서 그녀의 가슴에선 너무나 아름답고 눈부시게 불꽃이 일고 있었다. 애나는 영광 가운데서 걸었고, 새소리, 골짜기의 기차 소리, 어렴풋이 들리는 도시의 소음, 이 모든 것이 수태고지 후에 그녀가 하느님께 드리는 찬송같이 들렸다.

그러나 남편은 침묵 속에서 고투하고 있었다. 마치 그의 앞에 단단한 암흑의 벽이 놓여 있어 그의 길을 막고 그를 질식시키고 미치게 만드는 것 같았다. 그는 아내가 그에게로 와서 그를 완전케 하기를, 그의 앞에 와 서서 그가 알몸으로 드러난 암흑과 대면하지 않게끔 도와주길 바랐다. 아내가 그에게로 와서 그를 완전케만 해준다면 어떤 일이 일어난다 해도 상관없었다. 윌은 자신의 한계성을 통절히 느끼고 있었다. 그는 마치 미완성인 상태에서 끝이 난 것 같았다. 아직 그가 미완성인 상태로 암흑 속에 있으니, 아내가 와서 그를 해방시켜 온전하게 만들어주길 바랐다.

아내는 혼자서도 완전했다. 그가 아내를 필요로 하는 것이며 그것도 아주 절실하게 필요로 한다는 것이 수치스러웠다. 그에게 아내가 필요하다는 사실과 그로 인한 수치심이 미치도록 그를 내리눌렀다. 그러나 아직은 말없이 온유했으며 아내의 잉태를 귀중하게 여겼다. 아내는 그의 아이를 가진 것이 아닌가.

아내는 찬란하게 햇빛을 받으면서 행복해 했다. 애나는 남편을 하나의 존재로, 고마운 조건으로 사랑했다. 그러나 그 순간에도 그녀의 필요는 이미 다 충족되어 있어서 순전한 행복감에서, 깊은 생각 없이 단지 즐거워서 남편의 손을 잡고 싶었다.

남편에겐 2절지 크기의 복제화가 여럿 있었다. 그중에서 프라 안젤리코*의 「복자들의 천국 입성」이란 싸구려 복사

---

* Fra Angelico(1387~1455). 이탈리아의 화가.

화가 있었다. 이 그림을 보면 애나는 환희로 가득 찼다. 복자들이 손에 손을 잡고 빛을 향해 걸어가는 아름답고 천진한 모습과, 절실하고 또 절실한 천사의 율동에 애나는 행복의 눈물을 흘렸다. 만발한 꽃들, 빛줄기들, 맞잡은 손들이 애나에겐 너무 벅찼고 천진스러워 보였다.

　매일 매일 천국의 문틈 사이로 광채가 흘러나왔고 매일 매일 애나는 그 광채 속으로 들어섰다. 몸속에 있는 아기는 계속 광채를 내어, 마침내는 그녀의 몸이 한줄기 빛이 되어버렸다. 문전에서 노닐며 비쳐 나오는 그 햇빛은 얼마나 사랑스러웠던지. 정원 끝에서 커다란 개암나무의 꽃송이가 후광 속에 흔들리며 허공에 떠 있었다. 검은 주목의 가지에 새가 매달리듯 내려앉자 불꽃같은 열기가 터져 나왔다. 하루는 야생 히아신스가 생울타리 밑에 죽 늘어서서 피었고, 다음엔 앵초가 풀밭에서 만나*처럼 반짝이다가 황금빛을 내며 곧 사라졌다. 애나는 몸이 노곤히 졸리면서 사랑스러운 모습이었다. 얼마나 행복한가. 산다는 건 얼마나 호사로운가. 자신과 남편, 또 사랑과 잉태의 정열을 알게 되었다니! 이 모든 것이 그녀의 주위에서 살고 기다리고, 계속 불타고 있다는 걸 알게 되었다니! 한때는 무시무시한 정화(淨化)의 불길 속을 통과했고 이제는 화평의 황금빛 광채에 이르렀다니! 그리하여 아기를 가지고 천진난만하게 남편을 사랑하고, 손에 손을 잡은 이 많은 천사들을 사랑하게 되었다니! 애나는 목을 쳐들어 들판 위로 불어오

* 유대 민족이 출애굽 때 하느님이 하늘에서 내려주셨다고 하는 음식.

는 미풍을 쐬었다. 미풍이 그녀를 귀여워해 주는 언니들처럼 그녀의 살갗에 와 닿았다. 그녀는 앵초와 사과 꽃 향기를 머금은 미풍을 들이켰다.

이러한 행복 가운데서도 수줍어하는 야생 짐승의 검은 그림자가, 맹수가 배회하다가 시야에서 어둠 속으로 사라졌다. 공포가 눈앞에서 거미줄처럼 하늘거리며 다가왔다.

남편이 밤에 귀가하면 두려웠다. 그러나 아직은 공포가 겉으로 드러나지 않았다. 그녀 위로는 그림자가 덮치지 않았다. 남편은 온유하고 겸허하게 굴며 자신을 억제했다. 남편은 조심조심 그녀를 어루만졌고 아내는 이를 좋아했다. 그러나 마음속으로 아픔처럼 오싹하는 전율을 느꼈다. 그 까닭은 남편의 부드럽게 감싼 손에서 암흑과 이질적인 세계를 느꼈기 때문이었다.

그러나 기적처럼 말없이 여름은 찾아들었고, 애나는 거의 늘 혼자 있었다. 여름 내내 길고도 아름다운 나른한 기운이 계속되었다. 정원에서 처녀처럼 홍조를 띠었던 장미는 퍼붓는 비에 다 떨어져 씻겨나갔다. 가을로 접어들자 길고도 몽롱한 황금의 낮은 짧아지기 시작했다. 진홍빛 구름은 서쪽에서 피어올랐다. 밤이 다가오면서 하늘에는 온통 구름이 피어오르며 흘러갔고, 달은 빨리 흐르는 구름 저쪽 멀리에서 하얗게 어슴푸레한 모습을 드러냈으며, 밤은 술렁거렸다. 갑자기 달이 사랑에 빠진 사람처럼 맑은 창문가에 나타나, 멀리 높이서 집안을 들여다보았다. 그러면 애나는 잠을 이룰 수가 없었다. 남편에겐 이상한 어둠의 긴장감이 감돌았다.

애나는 남편이 그녀에게 자기 의사를 강요하고 있음을 깨달았다. 무언가를 남편이 원하고 있었다. 그는 긴장해서 누워 있었다. 애나의 영혼은 지쳐서 한숨을 내쉬었다.

모든 것이 영롱하고 아름답게 보였는데, 남편은 그녀를 깨워 혹독하고 적의에 찬 현실을 보게 하려 했다. 아내는 반항하며 뒤로 물러났다. 남편은 여전히 말이 없었다. 그러나 남편의 세력은 집요하게 그녀를 덮쳤다. 마침내 애나는 중압감을 느끼고 지쳐 쓰러지지 않으려고 소리 질렀다. 남편은 그녀에게 강요하고 또 강요했다. 애나는 잉태의 기쁨과 몽롱함과 천진스러움을 만끽하고 싶었다. 남편의 쓰디쓰고 부식시키는 사랑은 원치 않았다. 그런 사랑이 그녀에게로 쏟아져 들어와 그녀를 불태우는 것을 원치 않았다. 왜 그녀가 그런 사랑을 받아야 하나? 아니, 남편은 왜 만족하며 자제를 하지 못하는가?

남편이 시커먼 속박의 의지로 그녀를 세게 몰아치는 며칠 동안 애나는 창가에 몇 시간이고 앉아 주목 위로 빗방울이 떨어지는 것을 쳐다보았다. 슬프지는 않았다. 단지 염원의 정에 잠겨 몽롱해졌을 뿐이다. 배 속에 든 아기가 계속 온기를 내뿜어 마음엔 확신이 섰다. 그 압력은 단지 외부에서 가해지는 것이어서 그녀의 영혼엔 고통의 흔적이 없었다.

애나의 가슴속에는 항상 똑같은 긴장감이 도사리고 있어 초조하고 불안했다. 그녀는 안전하지 못했다. 항상 위험에 노출되어 있고 계속 공격을 받았다. 마음속으로는 완전한 화평과 축복을 열망했다. 그건 얼마나 중압적인 열망이었

나. 아주 중압적이었다.

애나는 어렴풋이 남편이 계속 만족을 못하고 있으며, 계속 무언가를 그녀에게서 요구하고 있음을 깨달았다. 아, 그녀는 얼마나 그녀 식대로 남편과 성공적으로 잘 지내길 바랐던가! 남편은 아주 불가피하게 그곳에 있었다. 애나는 또한 남편 속에서 살고 있었다. 그녀는 남편과 화평하게 지내길 얼마나 바라고 또 바랐던가. 애나는 남편을 사랑했다. 사랑을, 순수한 사랑을 남편에게 바치리라. 그녀는 얼굴에 기이하고 황홀한 표정을 띠고 그날 밤 남편이 돌아오기를 기다렸다.

남편이 돌아왔을 때 애나는 빛나고 순수한 꽃을 쥔 양, 양손에 사랑을 잔뜩 쥐고 일어났다. 남편의 얼굴에서 검은 경련이 스쳐 지나갔다. 애나의 얼굴이 천진한 사랑으로 꽃처럼 빛나며 남편을 쳐다보았을 때, 그의 얼굴은 어둡고 긴장이 감돌았다. 이마엔 잔인한 표정이 떠올랐고 시선을 옆으로 돌리면서 애써 아내를 피하니 눈의 흰자위가 보였다. 애나는 남편의 몸에 손을 얹고 기다렸다. 그러나 남편의 몸으로부터는 모든 것을 혹독하게 부식시키는 정열이 그녀의 손을 통해 전기처럼 충격적으로 흘러나와 활짝 핀 그녀를 파괴하려 했다. 애나는 몸을 움츠렸다. 애나는 일어나 자신을 지키려고 남편에게서 멀리 떨어져 갔다. 그건 애나에게 커다란 고통이었다.

또한 남편에게도 그건 고뇌였다. 그는 아내의 얼굴에서 꽃처럼 빛나는 사랑을 보았다. 그는 그런 사랑을 원치 않았기에 마음이 고약스러워졌다. 이건 아니야. 이게 아니라

니까. 그는 꽃다운 청순함을 원치 않았다. 그는 불만스러
웠다. 불만에 찬 분노와 울분이 그를 끊임없이 괴롭혔다.
왜 아내는 그를 만족시켜 주지 않을까? 그는 아내에게 만
족을 주었는데. 아내는 자신의 천국의 문 주위에서 만족한
채 평온하고 천진스럽게 지냈다.

그러나 윌은 불만스럽고 만족을 얻지 못하여 계속 요구
하고 또 요구하면서 분노의 괴로움에 떨고 있었다. 그를
만족시키는 일은 아내가 할 일이었다. 그러니 아내가 그
일을 하도록 두자. 그녀가 꽃처럼 청순한 사랑을 양손 가
득 들고 오지 못하게 하자. 이 사랑의 꽃들을 내던지고 산
산이 짓밟아버리리라. 아내의 꽃다운 청순한 희열을 박살
내버리리라. 그는 아내에게서 만족을 얻을 자격이 없단 말
인가? 그의 가슴은 온통 욕망으로 불타고 그의 영혼은 불
만으로 고통을 받아 파랗게 질려 있지 않은가? 그러니 아
내의 모든 것이 만족을 얻었듯이 그의 모든 것이 만족을
얻도록 하자. 그는 아내에게 만족을 주지 않았던가. 아내
가 일어나 자기 몫을 하도록 하자.

그는 아내를 잔인하게 대했다. 그러면서도 내내 부끄럽
게 여겼다. 부끄러움을 느끼게 되니, 더욱더 잔인하게 굴
었다. 아내 없이는 만족에 이를 수 없다는 게 부끄러웠던
것이다. 그냥은 만족할 수가 없었다. 그런데 아내는 그를
거들떠보지도 않았다. 그는 족쇄에 채워져 암흑의 고뇌 속
에 갇혀 있었다.

아내는 그에게 다시 일을 하라고, 목각을 다시 시작하라
고 간청했다. 그러나 그의 정신은 너무 험상궂게 변해 있

었다. 그는 이미 아담과 하와를 새기던 목각판을 부수어버렸다. 무엇보다도 지금 같은 기분으로는 도저히 그 일을 다시 시작할 수가 없었다.

남편이 자신에게서 해방될 수 없었기 때문에, 아내에게도 궁극적인 해방이란 있을 수 없었다. 명확한 형태 없는 야릇한 상태로 아내는 생각만 간절히 하면서 그 고통 속에서 계속 지내야 했다. 아내는 마치 폭풍우 가운데서 이리저리 불리는 따스하고도 광채 나는 구름 같았다. 따스한 몽롱함 가운데서 무궁한 풍요를 느꼈기에 아내의 영혼은 남편에게 큰 소리로 항의했다. 남편이 그녀를 못살게 괴롭히며 파괴하려 들었기 때문이다.

아직 애나는 그 옛날의 환희가 되살아나곤 해서 순간순간 환희에 차 있었다. 끈질기게 내리는 비를 쳐다보며 침실 창가에 앉아 있는데, 그녀의 정신은 그 어딘가 먼 곳에 가 있었다.

그녀는 긍지와 야릇한 즐거움을 느끼며 앉아 있었다. 희열을 함께 구가할 사람이 없어 충족되지 못한 영혼이 춤을 추며 놀아야만 할 때, 인간은 미지의 신 앞에서 춤을 추었다.

갑자기 애나는 바로 이것이 그녀가 하고 싶었던 일이라는 사실을 깨달았다. 아기를 잉태하여 배가 불룩 나왔지만 애나는 침실에서 혼자 춤을 추었다. 그녀를 일찍이 선택한, 그녀가 종속되어 있는 '보이지 않는 창조주'를 향해 두 팔과 몸을 쳐들었다.

아무도 이 사실을 알지 못하게 하리라. 애나는 몰래 춤을 추었고 영혼은 환희로 높이 치솟았다. 그녀는 창조주 앞에서 비밀리에 춤을 추며 옷을 벗었다. 불룩 나온 배를 자랑스럽게 여기며 춤을 추었다.

춤이 끝났을 때 애나는 깜짝 놀랐다. 몸을 움츠리고 무서워했다. 지금 그녀는 무엇에 노출되어 있나? 남편한테 말을 할까 하는 생각도 들었다. 그러나 그녀는 남편을 피했다.

그동안 내내 애나는 혼자서 계속 달렸던 것이다. 애나는 하느님 앞에서 춤을 추며 환희 가운데서 옷을 벗어버린 다윗 왕의 이야기를 좋아했다. 다윗은 왜 한낱 평범한 여자인 미갈 앞에서 옷을 벗어야 했단 말인가?* 그는 하느님 앞에서 옷을 벗었던 것이다.

"너는 칼을 차고 창을 메고 투창을 들고 나에게로 나왔으나, 나는 만군의 주의 이름을 의지하고 너에게로 나왔다."

"전쟁은 하느님의 것이고 그가 너를 내 손에 넘겨 주셨기 때문이다."**

이 말은 애나의 가슴에 절실하게 와 닿았다. 애나는 의기양양해서 걸어갔다. 그녀의 싸움은 그녀를 지키는 하느님의 것이니 남편은 그녀의 손아귀에 넘겨진 것이었다.

애나는 요즈음 남편을 망각하고 있었다. 남편은 도대체

---

* 구약 성경 사무엘 하 6장 14절~23절.
** 구약 성경 사무엘 상 17장 45~46절. 목동인 다윗이 적장 골리앗에게 한 말.

누구이길래 그녀와 맞서는 것인가? 아니, 그는 블레셋 군의 골리앗이란 장수조차 못 되었다. 남편은 스스로 왕임을 선포한 사울과 같았다. 그녀는 마음속으로 웃었다. 남편은 스스로 왕이라고 선포를 하니 도대체 어떤 자인가? 그녀는 의기양양해서 속으로 웃었다.

애나는 남편의 존재를 초월해서 환희 속에서 춤추어야 했다. 남편이 집 안에 있으니 그를 집 안에 제쳐놓고 창조주 앞에서 춤추어야 했다. 토요일 오후에는 침실의 벽난로에 불을 피워놓고 다시 옷을 벗고 춤을 추었다. 환희 속에서 천천히 율동적으로 무릎과 팔을 들어 올렸다. 남편이 집 안에 있으니, 그녀는 더욱 의기충천했다. 춤을 추어 남편을 섬멸시키리라. 보이지 않는 하느님께 춤을 추리라. 애나는 신 앞에서 남편을 압도하고 환희를 느꼈다.

남편이 2층으로 올라오는 소리를 듣고 애나는 흠칫했다. 발목과 발에 난롯불을 받으며 그녀는 서 있었다. 음침한 늦은 오후에 벌거벗고 서서 머리칼을 위로 묶고 있었다. 남편은 깜짝 놀랐다. 그는 문간에서 발을 멈추고 양미간을 잔뜩 찌푸렸다.

"뭘 하고 있는 거요?"

그는 거친 소리로 물었다.

"감기 걸리겠어요."

애나는 두 손을 쳐들고 다시 춤을 추면서 남편의 존재를 없애려 했다. 그녀가 난로 앞을 지나 천천히 멋지게 몸을 놀리면서 방 안 깊숙이 들어갈 때 난롯불이 다리를 언뜻 비추었다. 남편은 문 옆 컴컴한 곳에 멀찌감치 서서 꼼짝도 않고 이를 지켜보았다. 애나는 천천히 그리고 무겁게 움직이며 몸을 앞뒤로 흔들었다. 그건 마치 음침한 오후에 희뿌옇게 비껴 보이는 잘 익은 밀 이삭 같았다. 그녀는 난로 앞을 누비듯 왔다 갔다 하며 남편이 존재하지 않는 듯 춤추었고 하느님에게 몸을 바쳐 춤추며 환희에 이르렀다.

남편은 지켜보았다. 속에서는 영혼이 불타고 있었다. 그는 몸을 옆으로 돌렸다. 볼 수가 없었다. 그건 눈을 아프게 했다. 아내는 잘생긴 다리를 위로, 위로 쳐들었다. 머리카락은 사방으로 사납게 뻗쳐 있었으며, 커다랗고 기이하고 무시무시하게 생긴 배는 신을 향해 들려 있었다. 아내의 얼굴은 황홀한 듯 아름다웠고 그녀는 하느님 앞에서 춤추는 데 도취하여 남자를 알아보지 못했다.

이런 아내를 쳐다보니 자신이 궁지에 몰린 양 가슴이 저려왔다. 자신의 몸이 산 채로 불타는 것 같았다. 춤추는 아내가 내뿜는 기이한 힘은 그를 소진시켰으며 그의 몸엔 불이 붙었다. 그는 파악도, 이해도 할 수 없었다. 그는 소멸된 채 기다리고 있었다. 그러다 그의 눈이 갑자기 멀어서 아내를 더 이상 볼 수 없었다. 그들 사이에 드리워져 있는 보이지 않는 휘장을 통해 그는 거친 목소리로 아내에게 소리쳤다.

"왜 그런 짓을 하고 있는 거요?"

"저리 가요!"

아내가 소리쳤다.

"혼자 춤추게 해줘요."

"그건 춤이 아니야."

남편이 거칠게 대꾸했다.

"무엇 때문에 그러는 거요?"

"당신 보라고 춤추는 게 아니에요. 제발 저리 가요."

아내의 기이하게 생긴, 위로 쳐들린 배는 임신을 하여 잔뜩 불러 있었다. 그래, 남편은 그곳에 있을 권리가 없단 말인가? 자신이 그곳에 있는 것이 아내의 권리를 침해한 것 같았다. 그러나 그는 그곳에 있을 권리가 있었다. 그는 침대로 가서 앉았다.

아내는 춤을 멈추고 그 앞에 와서 섰다. 다시 가는 팔을 쳐들어 올리다 머리카락 있는 데서 팔을 꼬았다. 남편과 마주 서 있으니 자신의 벗은 몸이 마음에 걸렸다.

"내 방에선 내 맘대로 할 수 있어요!"

아내가 소리쳤다.

"왜 내 일에 참견해요?"

아내는 가운을 걸치고 난로 앞에 웅크리고 앉았다. 아내가 몸을 가리고 있으니 그의 마음이 훨씬 편했다. 그때의 아내의 모습은 평생 그를 괴롭혔다. 그건 그와는 아무런 상관이 없는 기쁨에 도취된 낯선 모습이었다.

그날 이후 그의 마음의 문은 닫혀버린 듯했다. 그의 이마는 어두워지고 다시 무감각해졌다. 그의 눈은 보는 일을 그쳤고 손은 어정쩡하게 공중에 떠 있었다. 그의 의지는 마음속에서 짐승처럼 몸을 사리고 암흑 속에서 몸을 숨기고 있으면서도 항상 움직이며 능력을 행사했다.

아내는 처음엔 남편이 그녀 옆에서 마음의 문을 내리고 있어도 명랑함을 유지했다. 그러나 남편의 마력이 그녀에게 주효하기 시작했다. 그것은 부글부글 끓는 암흑의 세력이었다. 그것은 또한 동물이 몰래 숨어 있다가 자유로이 뛰노는 다른 동물을 파괴하려고 행사하는 힘이었다. 마치 호랑이가 컴컴한 나뭇잎 사이에 숨어 있다가 아침 녘이 되어 경쾌한 동물들이 샘가에 물을 마시러 오면 이들을 끈질기게 추적하여 쓰러뜨리고 살해하는 것처럼 남편의 힘은 서서히 그녀에게 작용하기 시작했다. 비록 그가 암흑 속에 숨어서 움직이지 않는다 해도 아내는 남편이 그녀를 기다리며 숨어 있다는 걸 알고 있었다. 그녀는 남편이 말을 하지 않고 존재를 희미하게 감춘다 해도 그의 의지로 그녀를 묶어놓고 자꾸 끌어내리는 것을 느꼈다.

애나는 자신이 나가고 들어오는 모든 일에 남편이 방해를 한다는 걸 알아챘다. 서서히 그녀는 남편이 자신을 밑으로 내리누르고 있음을 깨달았다. 남편은 그녀에게 매달리고 무겁게 내려앉아 그녀를 짓누르고 있었다. 마치 표범이 사나운 암소에게 매달려서 기운을 빼고 주저앉게 하듯이 남편은 그녀를 밑으로 끌어내렸다.

애나는 서서히 그녀의 삶이, 자유가 남편의 말없는 완력에 잡히어 밑으로 잦아들고 있음을 깨달았다. 남편은 그녀를 그의 힘 안에 넣고 싶었다. 그는 천천히 여유를 갖고 아내를 삼키고 소유하고 싶었다. 마침내 그녀는 자신의 잠이 다름 아닌 긴 고통이요, 고달픔이요, 힘의 소진이라는 것을 깨달았다. 남편이 밤에 그녀 옆에 누워, 그의 의지로 그녀를 꼼짝달싹 못하게 묶어놓았기 때문이다.

이 모든 것을 깨닫게 되자 그녀는 그때까지 민첩하게 달

리던 것을 일순 멈추었다. 어찌할 바를 모르게 되자 그녀
의 삶을 일순간 정지시켰던 것이다.

  그러고는 남편에게 사납게 달려들어 싸웠다. 남편은 아
내에게 그런 짓을 해선 안 되었다. 그건 야비한 짓이었다.
그는 어떤 끔찍한 손아귀로 아내의 몸을 잡아두겠다는 것
인가? 왜 그는 아내의 정신을 거부하려 드는가? 왜 그는 아
내의 정신적인 면을 거부하고 육체만을 요구하는 것인가?
그녀의 시체를 요구할 참인가?

  남편은 그 어떤 광활하며 끔찍스러운 암흑을 대표하는
듯했다.

  "당신 나한테 무슨 짓을 하고 있는 거예요?"

  애나가 소리쳤다.

  "무슨 흉측스러운 짓을 하는 거예요? 당신은 내 머리를
무섭게 내리누르고 있어요. 잠도 못 자게 하고 더구나 살지
도 못하게 해요. 당신은 살며시 순간순간 날 죽이려고 끔찍
한 짓을 하고 있어요. 당신한테서 무언가 끔찍한 게 느껴져
요. 당신의 의지 속엔 시커멓고 짐승 같은 것이 있어요. 나
한테서 원하는 게 뭐예요? 날 어쩌려는 거예요?"

  이런 말을 듣자, 그의 몸속에 있던 모든 피가 험악하게
끓어올라 기승을 부리며 파괴적으로 변했다. 그는 아내에
대한 증오심으로 새파랗게 질렸고 눈앞이 보이지 않았다.
그는 아주 새까만 지옥 속에 들어 있었으며 그곳에서 도망
칠 수가 없었다.

  아내가 그런 말을 하다니, 몹시 미웠다. 그는 아내에게
모든 것을 바치지 않았던가. 아내는 그에게 바로 모든 것

이 아닌가? 아내가 그에게 전부를 의미하고 그에겐 아내밖에 아무것도 없다니, 수치감이 통절하게 불타올랐다. 아내가 이런 식으로 그를 괴롭히고, 그는 여기서 빠져나올 수가 없다니! 불꽃은 그의 혈관 속에서 새까맣게 달아올랐다. 아무리 애를 써도 빠져나올 수 없었기 때문이다. 아내는 그에게 모든 것이었고, 그의 생명이며 기원이었다. 그는 아내에게 의존하고 있었다. 만일 아내가 없어지면 집에서 중심 기둥이 뽑힌 것처럼 폭삭 쓰러질 것이었다.

그런데 아내는 그를 증오했다. 그렇게도 철저하게 그녀에게 의존한다는 이유로. 그는 아내에게 지긋지긋한 존재였다. 아내는 그를 밀쳐서 떨어져 있게 하고 싶었다. 남편이 그녀에게 그렇게 가깝고도 가깝게 찰싹 붙어 있으니 지긋지긋했다. 표범이 그녀에게 뛰어올라 달라붙은 것과 같았다.

남편은 수치와 좌절의 암흑 속에서 분개하며 하루하루를 보냈다. 아내에게서 떨어져 나가려고 얼마나 자신에게 고초를 가했던가. 그러나 떨어져 나갈 수가 없었다. 사방으로 깊은 물이 출렁거리는 가운데서 그가 올라서 있는 바위가 곧 아내였던 것이다. 그리고 그는 수영을 할 줄 몰랐다. 그러니 그는 아내 위에 서 있어야 했고 아내에게 의지해야 했다.

그의 인생에 아내 말고 무엇이 있던가? 아무것도 없었다. 출렁거리는 커다란 파도뿐이었다. 밤에 출렁이는 파도가 밀려와 그를 덮칠 것이라는 공포가 바로 아내 없는 인생에 대한 그의 전망이었다. 그건 너무나도 가혹한 것이었다.

그는 비굴하리만치 있는 힘을 다해 아내에게 매달렸다.

그런데 아내가 그의 손을 내리쳐서 옷자락을 놓게 했다. 캄캄한 대양을 헤엄치는 그가 어디로 향할 것인가. 붙잡았던 손을 얻어맞아 놓아버린 그가 어디로 향할 수 있는가? 그는 아내를 떠나고 싶었다. 아내를 떠날 수 있기를 바랐다. 그의 영혼을 위해서, 사내답게 떳떳이 서기 위해서라도 아내를 떠날 수 있어야 했다.

그러나 어디를 향해 갈 것인가? 아내는 방주이고 나머지 세상은 망망대해인데. 유일하게 손에 잡히는 안전한 것은 여자였다. 단지 다른 여자를 향할 때에야 아내를 떠날 수 있었다. 그렇다면 다른 여자는 어디에 있는 누구란 말인가? 게다가 그는 보나마나 똑같은 상황에 처하게 될 것이었다. 다른 여자도 여자이니 그의 처지는 똑같아질 것이다.

왜 아내가 전부며 모든 것일까? 왜 그는 아내를 통해서만 살 수 있는 것일까? 아내에게서 떨어지면 왜 가라앉고 마는 것일까? 그는 왜 목숨 자체가 걸려 있기라도 한 듯 발광을 하며 아내에게 달라붙어야 하는가?

아내를 떠날 수 있는 다른 유일한 길은 죽음이었다. 그것만이 오로지 확실한 길이었다. 그의 어두운, 격분한 영혼은 그 사실을 알고 있었다. 그러나 그는 죽을 마음은 없었다.

그는 왜 아내를 떠날 수 없단 말인가? 왜 그는 죽든지 살든지 될 대로 되라며 보이지 않는 물속으로 뛰어들지 못하는가? 그렇게 할 수는 없었다. 그렇게는 안 되었다. 그러나 그가 당장 집을 떠나서 일자리를 얻고 숙소를 정했다고 가정해 보자. 그는 전과 똑같이 될 수 있을 것이다.

그러나 그는 떠날 수 없음을 알았다. 여자가, 그에게는 여자가 필요했던 것이다. 그러나 여자를 소유한다 해도 그는 여자에게서 자유로워야 했다. 입장은 달라지지 않을 것이었다. 그가 여자에게서 자유로워질 수가 없으니.

그렇지만 남자가 발밑에 무언가 확고한 것을 딛고 있지 않으면 어떻게 서 있을 수가 있는가? 평생 출렁이는 물 위를 걷는다면 어찌 그걸 서 있다 할 수 있나? 차라리 굴복하고 당장에 익사하는 것이 낫지.

여자 위가 아니라면 그가 어디에 설 수 있겠는가? 그렇다면 그는 딴 사람의 등을 타고 있지 않으면 무력해지고 마는 그 바다의 노인*과 같단 말인가? 그는 무력한가? 아니면 병신인가? 모자라는 사람인가? 아니면 파편 같은 존재인가?

그건 분노와 수치감으로 새파랗게 질리게 하는 고문이었다. 광분하는 공포요, 광분하는 욕망이었다. 그건 무시무시하게 조여드는 수치감의 역류였다.

그는 무얼 두려워하는가? 왜 아내가 없으면 인생이 무시무시한 소용돌이로 보이는가? 모든 것이 무의미하고 끝없는 암흑의 대양에서 엎치락뒤치락하는 것으로 보이는가? 아내가 단 일주일만이라도 떠나 있으면 그는 현실의 가장

---

* 『아라비안 나이트』에서 「뱃사람 신드바드」에 나오는 노인으로, 바다에서 신드바드의 등에 매달렸다가 그가 밀어내자 익사한다.

자리에 미친 듯이 매달려 있다가 점점 미끄러져 내려가 비현실의 바다에 빠져 죽을 것처럼 생각됐다. 비현실 속으로 빠져든다는 이 무시무시한 생각이 그를 미칠 듯 몰아붙여, 그의 영혼은 공포와 고뇌로 외마디 비명을 질렀다.

그렇지만 아내는 여전히 그를 밀어 떨어뜨리고 있었다. 아내를 붙잡고 있는 그의 손을 집요하고도 무자비하게 떼밀어서 그를 몰아내고 있었다. 아내가 그를 불쌍히 여기길 바랐다. 아주 잠깐씩 아내는 동정을 하기도 했다. 그러나 아내는 언제곤 그를 다시 밀쳐서 깊은 물속으로 빠뜨리려고 했다. 광란과 고뇌의 불안 속으로.

아내는 이제 복수의 여신이 되어 남편을 분별하지도 못했다. 아내의 눈은 냉혹하고도 불변하는 증오심으로 번쩍였다. 그의 마음은 최후의 공포 속에서 죽어가는 것 같았다. 아내가 그를 밀쳐서 심해로 빠뜨릴 수도 있었다.

아내는 더 이상 그와 함께 자려 하지 않았다. 남편이 그녀의 잠을 설치게 한다고 했다. 공포와 고통으로 광분했던 그의 모든 신경이 곤두섰다. 아내가 그를 몰아내다니. 그는 위협을 받아, 몰래 숨어 있던 악마같이 쫓겨났다. 그의 마음은 교묘하게 아내에게 대항해 싸우면서 아내를 해칠 사악한 수단을 생각해 냈다. 그러나 아내가 그를 쫓아냈다. 가장 지독하게 고통을 겪을 때면 아내는 생각조차 할 수 없는 괴물, 잔혹성의 원리인 것 같았다.

아내는 잠깐씩 동정심을 보이긴 했지만 보석처럼 단단하고 차가웠다. 남편은 그녀에게서 떨어져 나가야 했다. 그녀는 홀로 자야 했다. 작은 방에 남편의 잠자리가 마련되었다.

그는 채찍으로 매를 맞고 그곳에 누워 있었다. 그의 영혼은 채찍을 맞아 거의 죽게 되었으나 몸은 조금도 변하지 않았다. 그는 비실체 속으로 던져져서 괴로움에 떨며 누워 있었다. 배에서 바다 속으로 던져졌으나 의지할 곳이라곤 하나도 없어, 소용돌이치는 망망대해에서 가라앉을 때까지 헤엄을 쳐야 하는 사람 같았다.

그는 잠을 이루지 못했다. 그의 의식 위로 얇은 휘장이 드리울 때면 다만 하얀 잠이 올 뿐이었다. 그건 잠이 아니었다. 깨어 있으면서도 깨어 있는 것이 아니었다. 그는 혼자 있을 수가 없었다. 팔로 아내를 껴안을 수 있어야 했다. 아내가 차지하던 가슴팍이 텅 비어 있는 것을 참을 수가 없었다. 그걸 참아낼 수가 없었다. 몸은 그의 의지의 힘으로 겨우 공중에 떠 있는 것 같았다. 조금이라도 긴장을 풀면 금세 떨어져 끝없는 웅덩이 속으로 계속 추락할 참이었다. 밑창 없는 웅덩이 속으로 계속 떨어질 것이었다. 의지도, 도움도 없이 무존재의 상태에서 단지 추락하다가 소멸될 것이었다. 계속 떨어지다가 별똥별처럼 마찰의 열이 그를 태워버릴 것이고, 그러면 그는 아무것도 아닌 무, 완전한 무가 될 것이었다.

그는 아침에 잿빛의 허깨비처럼 일어났다. 아내가 호의적으로 나오는 것 같았다. 그의 비위를 맞춰주려는 듯도 싶었다.

"난 잘 잤어요."

아내가 억지로 밝은 표정을 지으며 말했다.

"잘 잤어요?"

"그래."

그가 대답했다.

아내에게 절대로 사실을 밝히지 않으리라. 사나흘 밤 동
안 그는 흰 잠을 자며 홀로 누워 있었다. 그의 의지는 아무
런 변화 없이 여전히 긴장하고 응고하여 뭉쳐 있었다. 아
내는 마치 다시 살아나서 남편을 자유로이 사랑할 수 있는
양 행동했다. 남편의 침묵과 순한 겉모습에 속아 넘어가
서, 또 동정심이 우러나서 아내는 그를 다시 받아들였다.

그는 매일 밤, 수치를 느끼면서도 가슴을 졸이며 취침
시간을 기다렸다. 아내가 그를 쫓아내는지 살피기 위해서
였다. 아내가 매일 밤 짐짓 명랑하게 잘 자라고 인사를 할
때는 아내를 죽이든가 자신이 죽든가 해야겠다고 별렀다.
그러나 아내는 아주 애처롭고도 귀엽게 아양을 떨며 키스
를 청했다. 그러면 그는 키스를 해주었으나 마음은 얼음처
럼 냉랭했다.

그는 가끔 밖으로 나갔다. 한번은 취침 시간 전이었는데
교회 현관에 오랫동안 앉아 있었다. 사방은 캄캄했으며 바
람이 불고 있었다. 교회 현관에 앉아 있으니 피난처에 있
는 듯 안심이 되었다. 그러나 점점 추워졌고 또 잠을 자러
가야 했다.

그러던 어느 날 밤, 아내는 남편을 껴안고 사랑스럽게
키스를 하며 말했다.

"오늘 밤 저하고 같이 있어요, 네?"

그는 이의 없이 아내와 같이 있었다. 그러나 그의 의지
는 변하지 않았다. 그는 아내를 그에게 매어두리라.

얼마 안 있어 아내는 다시 혼자 있어야겠다고 말했다.

"난 당신을 내보내고 싶은 게 아니에요. 당신과 같이 자고 싶어요. 그렇지만 난 잘 수가 없어요. 당신이 날 못 자게 하는걸요."

혈관에서 새까맣게 피가 끓었다.

"그게 무슨 소리야? 새빨간 거짓말 같으니. 내가 언제 당신을 못 자게 했어!"

"그렇지만 당신은 그래요. 혼자 있으면 난 아주 잘 자거든요. 그런데 당신이 오면 난 잘 수가 없어요. 당신이 나한테 무슨 짓을 하는 거예요. 내 머리를 누르고 있어요. 이제 아기를 낳을 때도 가까웠으니 난 자야 해요."

"그건 당신 문제야. 잘못된 건 당신이라구!"

밤마다 하는 이 싸움은 극도로 소름 끼치는 것이었다. 세상은 곤히 잠들어 있는데 그들 둘만이 세상에 남아서 서로를 퇴짜 놓고 있었다. 도저히 참을 수 없는 일이었다.

남편이 자기 방에 가서 홀로 누웠다. 마침내 희뿌연 납빛의 소름 끼치는 시간이 지난 후 그의 마음이 풀렸다. 그의 내부에서 무언가가 누그러졌다. 그는 긴장을 풀었다. 자신이 어떻게 되든 개의치 않았다. 그는 자신과 아내와 모든 사람에게 기이하고 희미한 존재가 되어버렸다. 마치 물에 빠진 듯이 몽롱한 빛이 사물을 들씌웠다. 그리고 물에 빠지고 보니 마음이 무한히 편안했다. 참으로 편안했다.

그는 더 이상 고집하지 않으리라. 더 이상 아내에게 강요하지 않으리라. 더 이상 자신의 주장을 아내한테 강요하지 않으리라. 그는 자신을 풀어놓고 편히 쉬며 물에 잠기리라. 어쨌든 올 것은 올 터이니.

그럼에도 불구하고 그는 아직 아내를 원했다. 그는 항상 언제고 아내를 원했다. 영혼 면에서 보면 그는 어린아이처럼 쓸쓸하고 매우 무기력했다. 어머니의 품에 안긴 어린애처럼 그는 살아가는 일에서 아내한테 의존했다. 그는 그 사실을 알고 있었다. 그러나 어쩔 수 없다는 것도 알고 있었다.

혼자 지낼 수 있어야 했다. 텅 빈 자리에 홀로 누워 태연하게 지낼 수 있어야 했다. 자신의 몸이 가라앉든지 살아남든지 간에 바다에 맡길 수 있어야 했다. 마침내 그는 자신의 한계성을, 힘의 한계성을 인정했다. 그는 굴복해야 했다.

부부 사이에는 정적이, 나른한 기운이 흘렀다. 적어도 싸움의 절반이 지나갔다. 아내는 때때로 울면서 이리저리 돌아다녔다. 마음이 굉장히 무거웠다. 그러나 아기는 그녀의 자궁 속에서 항상 따스했다.

그들 부부는 다시 친구가 되었다. 감정이 착 가라앉은 새로운 친구였다. 그러나 그들 사이에는 나른함이 있었다. 그들은 다시 함께 잤다. 하지만 전과는 달리 아주 조용히 떨어져서 잤다. 아내는 예전처럼 그에게 친밀하게 대했다. 그러나 남편 쪽에서는 아주 조용했고 가까이 다가가지 않았다. 그는 내심으로 기뻐했으나 얼마 동안은 살아 있는 것이 아니었다.

그는 아내와 함께 잠을 자면서 아내를 그냥 둘 수 있었다. 그는 이제 혼자 지낼 수 있었다. 혼자 지내는 법을 막

터득한 참이었다. 그건 옳고 평화로운 길이었다. 아내는 그에게 새롭고 더 깊은 자유를 부여했다. 세상이 불확실성의 소용돌이로 변한다 해도 그는 이제 자신이 있었다. 그는 스스로 설 수 있는 존재가 되었다. 그는 제2의 탄생을 경험했다. 인류라는 커다란 덩어리 속에서 마침내 자아를 가지고 태어났다. 이제야 드디어 별개의 주체성을 가지게 되었다. 남과 같이 있을 때도 홀로 존재할 수 있었다. 전에는 다른 사람과 관계를 맺어야만 존재할 수 있었다. 이제 그는 상관적인 자아뿐만 아니라 절대적인 자아를 갖게 되었다.

그러나 아직은 어릿어릿하고 허약하고 무기력한 자아였다. 기어 다니는 젖먹이였다. 그는 아주 조용히 이곳저곳을 다녔으며 어떤 면에서는 유순하게 행동했다. 그는 마침내 불변의 자아를 갖게 되었다. 자유롭고 분리되고 독립된 자아였다.

아내는 홀가분하게 느꼈다. 남편에게서 자유로워졌다. 애나는 남편에게 자아를 부여했다. 그녀는 때때로 피곤하고 무기력해져 울었다. 그러나 그는 남편이 아닌가. 그녀는 태어날 아기에 몰두해서 이 점을 잊은 것 같았다. 그녀는 배 속의 아기로 인해 포근하고 졸리운 듯했다. 그녀는 불분명하고 따스하며 몽롱한 사색에 오랫동안 잠겼으며, 이러한 몽롱한 의식에서 깨어나기를 싫어했다. 그러면서도 애나는 남편에게 의지했다.

가끔가다 애나는 눈을 기이하게 반짝이면서 남편에게 다가왔다. 강하게 가슴을 찌르는 애처로운 그 표정이 마치 그에게서 무엇을 요구하는 것 같았다. 그는 쳐다보았으나 이해할 수가 없었다. 아내는 너무나도 아름답고 꿈 같아 보였다. 마치 발광체처럼 그의 가슴팍에서 햇살이 아내를 향해서 뻗어나가는 듯했다. 그는 그곳에 아내를 위해 있었 다. 전적으로 아내를 위해서. 아내는 그의 가슴을 부여잡 고 그곳에 입을 맞추고 또 맞추었다. 해산의 시간을 기다 리는 아내가 그의 옆에 무릎을 꿇고 앉아 있었다. 그러면 그는 자신의 가슴팍을 내려다보며 누워 있었다. 마침내 그 의 가슴은 그의 몸의 일부가 아니라 따로 그곳에 떼어놓은 물건 같아 보였다. 그러나 그것은 그의 몸의 일부분으로 아 내의 키스를 받아 아름다운 광채가 났다. 그는 가슴이 광채 를 내는 듯 야릇하게 아파오는 것을 느끼며 즐거워했다. 한 편 아내는 그의 옆에 무릎을 꿇고서 기쁨에 도취되어 경배 하는 듯 느린 동작으로 그의 가슴에 입을 맞추었다.

그는 아내가 뭔가를 원한다는 것을 알았다. 아내에게 그 것을 내주고 싶은 마음이 간절했다. 그의 가슴은 아내를 간절히 열망했다. 아내가 얼굴을 쳐들었을 때 그 모습은 한 조각 장밋빛 구름처럼 찬란했다. 그의 가슴은 여전히 아내를 갈망했으며 이젠 멀리서 아내를 사모했다. 아내는 꽃다운 자태를 지니고 있어, 그는 낯선 사람처럼 멀리 떨 어져 서서 사모했다.

수 주일이 지났고 시간은 다가왔다. 그들은 매우 온화하 게 지내며 섬세하게 행복감을 느꼈다. 집요하게 열정을 뿜 던 그의 컴컴한 영혼과 강렬했던 불만은 잠잠해지고 유순 해진 것 같았다. 그의 속에서 사자와 양이 함께 누워 있는 격이었다.

애나는 남편을 참으로 사랑했고 남편은 아내 옆에서 기다렸다. 아기의 출산일을 기다리고 있는 요즘의 아내는 그에게 있어 멀리 있는 소중한 사람이었다. 아내는 아기를 기다렸다. 아내는 아기가 곧 태어날 것이기 때문에 기쁨으로 황홀해 했다. 아내는 아들을 원했다. 아, 굉장히도 아들을 바랐다.

아내는 어리고 연약해 보였다. 사실 아내는 소녀에 불과했다. 아내가 난롯가에서 몸을 씻고 있는 모습——요즘 아내는 자랑스럽게 자기 몸을 씻었다——을 보고 있노라면, 그의 가슴은 아내에 대한 애정으로 가득 찼다. 멋지고도 멋진 사지, 빛을 좇는 듯한 가늘면서도 토실토실한 팔, 미끈하게 빠져서 어린아이의 다리 같으면서도 매우 자랑스러운 저 다리. 아, 아내는 저 자랑스러운 다리로 딛고 서 있구나. 잔뜩 부른 배와 귀엽도록 동그란 양쪽 궁둥이를 무모하게 균형 맞추면서 서 있구나. 저 젖가슴은 소중한 것이지. 그 모든 것 위에 있는 아내의 얼굴은 장밋빛 구름처럼 빛나고 있네.

아내는 얼마나 자랑스러워하는가. 그녀의 팽팽한 몸은 얼마나 사랑스럽고 자랑스러운가! 만삭인 아내는 동그란 배 위에 그가 손을 얹는 것을 좋아했다. 그로 하여금 태아가 움직이는 것을 느끼며 오싹하는 전율을 맛보게 했다. 그는 겁이 나서 잠자코 있었다. 그러나 아내는 그의 목을 껴안으며 자랑스러워하고 도도하게 즐거워했다.

산고가 시작되었다. 아, 아내는 얼마나 울부짖는지! 아내는 그가 곁에 있도록 했다. 오랫동안 소리를 지르던 아내는 눈물을 글썽인 채 그를 쳐다보고는 흐느끼며 웃으면서 말했다.

"아파도 괜찮아요."

그건 대단한 산고였다. 그러나 아내에게 있어 그건 절대로 치명적이지는 않았다. 몸을 찢는 듯한 격렬한 통증조차도 즐거운 것이었다. 아내는 비명을 지르며 괴로워했다. 그러는 동안에도 아내는 신기할 정도로 생기 있고 활기가 있었다. 매우 원기 왕성하고 대단한 생명력을 지니고 있어서 근본적으로는 환희에 차 있었던 것이다. 아내는 자신이 이기고 있다는 것을 알았다. 아내는 내내 이기고 있었다. 통증이 몰려올 때마다 그녀는 점점 더 승리에 가까이 이르고 있었다.

어쩌면 그가 아내보다 더 괴로워했는지도 모른다. 충격을 받거나 치를 떤 것은 아니었다. 그러나 그는 괴로움이란 나사로 아주 단단히 죄어져 있었다.

딸이었다. 그 말을 듣는 순간 아내의 얼굴에 나타난 조용한 표정에는 실망의 빛이 역력했다. 분개와 항의로 달아오른 불길이 그의 가슴속에서 이글이글 타고 있었다. 그 순간 그는 딸을 돌보아주기로 결심했다.

그러나 모유가 나와 아기가 엄마 젖을 빨자, 아내는 기뻐서 펄쩍펄쩍 뛰는 것 같았다.

"아기가 젖을 빠네요. 내 젖을 빨아요. 어머, 젖을 좋아하네요!"

아내는 흥분해 아기를 가슴팍으로 당겼다. 두 손으로 아기를 열정적으로 껴안았다.

몇 분이 지나 이러한 기쁨에 익숙해지자 아내는 초점 없는 반짝이는 눈으로 어린 남편을 쳐다보며 소리쳤다.

"승리자 애나!"

그는 몸을 떨면서 그 자리를 떠나서 잠을 잤다. 아내에게 있어 그녀가 겪은 고통은 승리자로서 응당 치러야 할 고통이었기에 아내는 더욱 의기양양해 했다.

다시 건강이 회복되었을 때 아내는 매우 행복해 했다. 아내는 아기를 어슐라라고 불렀다. 그들 부부는 자신들에게 만족스러운 이름을 붙여야겠다고 느꼈다. 아기는 피부가 황갈색이었고 묘하게 솜털이 났으며 머리카락은 구릿빛이었다. 깜빡이던 황회색 눈은 나중에 아버지의 눈처럼 황금색이 되었다. 그래 그들은 성녀 어슐라의 사진을 보고 아기의 이름을 어슐라라고 붙였다.

아기는 처음에는 허약한 편이었지만 곧 건강해졌으며 뱀장어 새끼처럼 잠시도 가만히 있지 않았다. 아내는 하루 종일 팔팔한 어린애와 씨름을 하다 보면 기운이 쏙 빠졌다.

아내는 작은 동물 같은 그 아기를 사랑하고 소중히 여기면서 행복해 했다. 애나는 남편을 사랑했고 눈과 코, 입에 키스를 하면서 남편을 소중하게 여겼다. 남편의 팔다리가 멋지다고 말했으며 남편의 몸맵시에 반해 버렸다.

아내는 정말 '승리자 애나'였다. 더 이상 아내와는 싸울 수가 없었다. 그는 아내와 단둘이서 황야에 나가 있는 셈이었다. 그는 기회가 있어 런던을 다녀오면서 놀라움을 금치 못했다. 한 섬에서 숨어 살던 나체의 야만인들이 어떻게 옥스퍼드 가(街)나 피카딜리* 같은 거대한 문명을 창조했을까! 물고기를 잡는다고 창을 들고 강가를 뛰어다니던 무력한 야만인들이 어떻게 이와 같이 거대한 런던 시를 건설할 수 있었는가. 육중하며 거대하고 흉측스러운 인간세계의 이 건축물을 어떻게 자연계에다 건설했을까? 그런 생각을 하니 겁이 나고 경외감을 느꼈다. 인간은 그 하는 일이 무시무시하고 엄청났다. 인간의 일이 인간 자체보다 더 무시무시하고 괴물스러웠다.

그러나 그의 입장으로 돌아와 사생활 면에서 보면, 인간 세계의 모든 것은 그와 아내의 생활과는 무관한 피상적인 것들이었다. 오늘 당장 세상의 모든 흉측스러운 건축 도시와 산업체와 문명을 싹 쓸어 없애고, 반반한 지구 위에 풀과 물만 남더라도 그는 개의치 않으리라. 그가 완전하고, 아내와 자식과 더불어 새롭고 경이로운 자신감만 있다면, 벌거벗은 맨주먹 신세가 될지라도, 그는 어디서든 입을 것을 구하고 묵을 곳을 마련하고 아내에게 먹을 것을 가져오리라.

그 이상 뭐가 있어야 하나? 그 이상 뭐가 필요하단 말인가? 인류가 종사하고 있는 커다란 활동의 덩어리는 그에게 아무런 의미도 없었다. 천성으로 그는 그런 일에 관계하지 않았다. 그렇다면 그는 무엇을 위해 사는가? 아내만을 위해서? 그리고 산다는 것 자체를 위해서? 이 지구 위에서

---

* 런던의 대표적인 중심가.

그가 원하는 것은 무엇인가? 아내와 자식과 가족들과의 생활인가? 그 이상은 없단 말인가?

그는 이보다 더한, 이것을 초월하는 그 무엇이 있다는 느낌을 받았고, 바로 이런 느낌이 그에게 절대적인 실존감을 안겨주었다. 시간이 제아무리 뭐라 해도 이제 그는 영원 속에 존재하는 것 같았다. 바깥세상에는 무엇이 있는가? 그가 믿지 않는 가공의 세계뿐인가? 바깥세상에서 아내에게 가져와야 할 것은 무엇인가? 아무것도 없던가? 그러면 현 상태대로 충분하단 말인가? 이에 묵종하려니 문제가 있었다. 아내는 그와 함께 있지 않았다. 무한의 세계가 몽땅 그와 함께 있다 할지라도 아내에게서 떨어져 있게 되면 좀처럼 자신이 없었다. 모든 것이 망각의 절벽으로 미끄러져 떨어진다 해도 그는 홀로 설 수 있었다. 그렇지만 아내에 대해선 자신이 없었다. 그런데 그가 아내 속에 또한 존재하는 것이었다. 그러니 그는 자신이 없어졌다.

어렴풋하지만 계속 뇌리에 스치는 불안감을 지울 수 없어서 그는 아내 근처에서 서성거렸다. 그 불안감은 그에게 도전하는 것 같았는데 그는 이에 귀를 기울이려 하지 않았다. 아내가 아기에게 말하는 소릴 듣고 있노라니 가슴을 울리는 공포감이, 아쉬움에서 오는 듯한 죄책감이 그에게 몰려왔다.

아내는 한 달 된 아기를 안고서 노래 부르듯 얘길 하고 있었다. 그건 그가 전에 들어보지 못한 소리로, 먼 곳에서 무언가 요구해 오는 소리처럼 그의 가슴에 와 닿았다. 이방 세계의 목소리 같기도 했다. 그는 가까이서 들으며 서 있었다. 그의 심장은 점점 미어지듯 북받쳐 오르더니 잦아들었다. 소리는 뒤로 움츠러들더니 저만치 멀어져 갔다. 그는 움직일 수 없었다. 그에게 거부감이 밀려들었다. 그는 자신을 거부할 수 없었다. 그는 단연코 자기다워야 했다.

"아가야, 저 멍청이 박새들 좀 봐."

아내는 창문으로 아기를 높이 쳐들면서 노래하듯 말했다. 정원에는 흰 눈이 반짝였고 박새들이 눈 속에서 싸우고 있었다.

"아가야, 저 멍청이 박새들을 봐. 눈 속에서 싸움을 하다니! 저것들 좀 봐. 아가야, 날개로 눈을 헤치며 고개를 저렇게 흔들다니. 저 봐, 고약한 새들이지? 참 고약해! 저기 눈 위에 있는 노란 깃털 좀 봐! 나중에 몸이 추워오면 깃털이 빠진 걸 아쉬워하겠지! 아가야, 그만두라고 말을 해야 할까? '싸우지 마!' 하고 소리쳐야 할까? 그렇지만 장난이 심한데. 장난꾸러기야! 저기 좀 봐!"

갑자기 아내의 목소리가 사나워지고 커졌다. 아내는 유리창을 세게 두드렸다.

"그만들 둬!"

아내가 소리쳤다.

"그만두라니까, 요 장난꾼들. 싸우지 마!"

아내는 더 큰 소리로 외치면서 창문을 세게 두드렸다. 아내의 목소리는 격렬하고 명령조였다.

"정신 좀 차려!"

아내가 고함쳤다.

"자, 이제야 갔구나. 그 멍텅구리들이 어디로 갔을까?

뭐라고 서로들 얘기할까? 아가야, 새들이 뭐라고 할까? 잊어버릴 거야. 금방 이 일을 모두 잊어버릴 거야. 고 맹꽁이 머리에서 말이야."

잠시 후 아내는 밝은 얼굴로 남편을 향했다.

"저 새들이 정말로 싸우고 있었어요. 정말로 사납게 싸웠어요!"

아내가 말했다. 그 목소리는 경이감과 흥분으로 날카롭게 울렸다. 아내는 마치 자신이 새의 세계에서 살고 조류와 같은 생명체인 양 말했다.

"그래, 박새들은 싸워."

그가 대꾸했다. 아내가 딴 곳에 있다 달아오른 얼굴을 그에게 향한 것이 기뻤다. 그는 아내 곁으로 걸어가 새들이 싸우면서 눈 위에 낸 자국과 축 늘어진 희고 검은 삼나무 가지를 내다보았다.

아내의 얼굴은 그에게 무엇을 호소했나? 아내의 밝은 얼굴이 던지는 질문은 무엇이었던가? 그가 요청받은 도전은 무엇이었나? 그는 알지 못했다. 그러나 그곳에 서 있으면서 어떤 책임감을 느꼈다. 그것은 그를 즐겁고도 불안하게 만들었고, 그는 자신의 불을 꺼야만 할 것 같았다. 그러나 아직 움직일 수가 없었다.

아내는 아기를 굉장히, 아, 굉장히도 사랑했다. 그러면서도 완전한 충족감을 느끼진 못했다. 아내는 마치 반쯤 열린 문에다 거는 기대감 같은 것을 품고 있었다. 이곳에서, 코셋헤이에서 아내는 편안하게 조용히 지내고 있었다.

그러면서도 아내는 코셋헤이에 살고 있지 않은 듯했다.

아내는 눈을 가늘게 뜨고는 저 먼 곳에 있는 무엇인가를 보고 있었다. 아내는 드디어 피스가 산*에 올라가 무엇을 볼 수 있는가?

멀리 떨어진 곳에서 반짝이는 희미한 지평선과 홍예문같이 생긴 무지개인가? 그 위에 어렴풋한 색깔로 덮여 있는 희미한 문인가? 그녀는 그곳으로 가야만 하나?

그녀가 갖지 못한 그 무엇, 그녀가 손에 넣지 못한 그 무엇에는 도달할 수가 없었다. 그녀 너머에 무언가가 있었다. 그렇지만 왜 그녀가 나그네의 길을 떠나야 하나? 피스가 산 위에 그렇게도 안전하게 서 있는데.

겨울이면 애나는 해돋이와 함께 일어나 집의 뒤쪽 창문을 통해 반짝이는 푸른 잔디 위로 동녘 하늘이 노란 오렌지색으로 불타오르는 걸 내다보았다. 그 사이에는 커다란 배나무가 우상처럼 시커멓고 웅장하게 서 있었다. 검은 배나무 밑에 얄팍하게 고인 물이 매끈거리며 불타는 듯 노란 빛을 띨 때 애나는 "바로 여기야!" 하고 소리쳤다. 저녁때 석양이 구름 사이로 크게 광채를 내며 불타오르면, 애나는 다시 "저 너머야!"라고 외쳤다.

새벽과 석양은 낮을 둥글게 이어주는 무지개의 다리였고, 그곳에서 애나는 희망과 기약을 보았다. 왜 그녀가 더 멀리로 여행을 떠나야 하나?

---

* 모세가 이집트를 탈출한 지 사십 년 만에 올라갔던 산. 이곳에서 그는 하느님이 유대 민족에게 주기로 약속한 땅을 보면서 숨을 거뒀다. 그 후 '희망적인 미래를 바라볼 수 있는 장소'를 뜻하기도 한다.

그러면서도 애나는 언제나 그 질문을 했다. 겨울 해가 붉게 타오르며 서둘러 저물 때면, 애나는 하루해가 이글거리며 끝나는 것을 지켜보았다. 애나는 이런 일에 십분 참여하지 않았으면서도 계속 질문을 던졌다.

"이렇게 광채를 내고 소동을 피우면서 대체 무얼 하는 걸까요? 무얼 하기에 이렇게 바쁘게 돌아다니며 우릴 가만히 두지 않는 걸까요?"

애나는 남편에게로 몸을 돌려 길을 안내하라고 하지 않았다. 그녀의 남편에 대한 색다른 개념에 따르면 남편은 그녀와 떨어져 있으면서 함께 있었다. 그녀는 아기를 높이 쳐들 수도 있었고 용광로 안에 던질 수도 있었다. 아기는 불타는 석탄과 확확 달아오르는 열기 속에서 걸어 다닐 수도 있는 것이었다. 마치 세 명의 증인이 불 속에서 천사와 함께 걸어 다녔듯이 말이다.*

애나는 남편의 존재를 확신하게 되었다. 남편의 컴컴한 얼굴과 그 정열의 크기도 알게 되었다. 남편의 호리호리하고 팽팽한 몸을 알게 되었고, 그건 곧 그녀의 것이라고 선언했다. 그녀의 주장을 거부할 길이 없었다. 아내는 자신의 보고(寶庫)를 즐기는 풍요로운 여인이었다.

얼마 안 있어 아내는 또 임신을 했다. 아내는 이에 만족하여 모든 불만이 사라졌다. 그녀는 태양이 계속 뜨고 지

---

* 구약 성경 다니엘서 3장. 느부갓네살 왕이 자신의 황금 신상을 섬기지 않는 세 사람을 불 속에 던졌으나 하느님이 그들과 함께했기 때문에 무사했다는 내용이다.

는 것을 자신이 지켜보았다는 것도 잊었다. 태양은 계속 앞으로 전진하는 위대한 여행객이라는 것도 잊었다. 달이 캄캄한 밤에 높은 창문을 들여다보며 그녀를 기적적으로 알아본 듯 고개를 끄덕이면서 따라오라고 신호를 보냈던 것도 까맣게 잊었다. 해와 달은 여행을 계속하면서 그녀 곁을 지나 떠나갔다. 애나는 자신의 보고를 즐기는 풍요로운 여자였다. 그녀 또한 가야 했다. 그러나 그들이 불렀을 때 그녀는 갈 수가 없었다. 애나는 이제 집에 머물러 있어야 했기 때문이다. 애나는 만족스러운 나머지 미지의 세계로의 모험을 포기했다. 애나는 자식들을 낳고 있었다.

또 다른 아기가 태어날 것이었다. 애나는 의식이 몽롱한 상태에 빠져 만족했다. 만일 그녀가 미지의 세계로 가는 여행객이 아니고, 이제는 그녀가 지은 집에 도착하여 정착한 부유한 여인이라 하더라도, 아직 그 집의 문은 둥근 무지개 아래에서 열려 있었다. 그 문지방은 위대한 여행객인 해와 달이 지나가는 광경을 반사했으며 집 안은 여행의 메아리로 가득 찼다.

애나는 문이요, 문지방이요, 그녀 자신이었다. 그녀를 통해서 다른 인간이 다가오고 있었다. 그 다른 인간은 문지방 위에 서 있듯 그녀를 짚고 서서 밖을 내다보며 손으로 햇빛을 가리고 나아갈 방향을 찾고 있었다.

제7장
대성당

애나는 어슐라를 낳기 전인 결혼 첫해에 남편과 함께 어머니의 친구인 스크레벤스키 남작 댁을 방문했다. 남작은 애나의 어머니와 가끔씩이었지만 계속 연락을 취해 왔고, 애나가 순수한 폴란드의 피를 이어받았다 해서 어린 애나의 일에 관심을 갖고 참견을 해왔다.

스크레벤스키 남작이 마흔 살가량 되었을 때 그의 아내가 세상을 떠났다. 그는 홀로 남게 되자 외로워 구슬프게 울었다. 애나의 어머니는 그때 애나를 데리고 그를 방문했다. 애나가 열네 살 되던 해였다. 그 후 애나는 한 번도 그를 만나지 못했다. 그녀의 기억으로는 남작은 몸집이 작고 날카롭게 생긴 목사로, 울다 넋두리를 늘어놓다 하면서 그녀에게 겁을 주었다. 한편 어머니는 폴란드어로 매우 기이하게 그를 위로했다.

그 자그마한 남작은 애나가 폴란드어를 몰랐기 때문에

탐탁하게 여기지 않았다. 그렇지만 애나의 아버지를 대신해서 자신이 애나의 후견인이라고 생각했고, 아내의 유품 중에서 값이 가장 덜 나가는 오래되고 묵직한 러시아제 장신구를 애나에게 선물했다. 그러고는 브랑원 집안과는 겨우 30마일 떨어진 곳에서 살면서도 아무 연락 없이 지냈다.

삼 년 후, 그가 양가 출신의 젊은 영국 여자와 재혼했다는 놀라운 소식이 들렸다. 모두들 놀라워했다. 그 후 책 한 권을 보내왔는데, '브리스웰 교구의 역사'(브리스웰 교구 목사, 루돌프 스크레벤스키 남작 지음)란 제목의 책이었다. 그것은 어떤 특정한 주제 없이 흥미 있는 사실의 나열로 가득 찬 기이한 책이었다. 그 책은 다음과 같이 헌정되었다. '나로 하여금 영국의 관용 정신을 깨닫게 해준 나의 아내 밀리슨트 모드 피어스에게 바침.'

"만일 아내에게서 영국의 정신밖에 깨닫지 못했다면 남작에겐 좋지 않은 전조야."

톰 브랑원이 말했다.

그는 아내와 정식으로 남작을 방문했다. 새 남작 부인은 몸집은 작고 피부는 크림색이며 머리칼은 적갈색인 교활한 여자였다. 그녀의 입 쪽으로 계속 시선이 가게 되었는데, 그 이유는 남작 부인이 줄곧 이해 못할 웃음을 기묘하게 지으면서 앞으로 나온 이를 드러냈기 때문이다. 미인은 아니었으나 톰 브랑원은 곧 반해 버렸다. 그녀는 고양이 새끼처럼 그의 따스한 가슴팍을 파고들면서, 한편으로는 아이러니컬한 태도로 몸을 피하면서 강철같이 날카로운 발톱을 드러내는 것 같았다.

남작은 주책없을 정도로 아내에게 공손했고 관심을 기울였다. 그의 아내는 조롱하는 듯하면서도 아주 행복해 하며, 남편이 분별없이 그녀를 귀여워하게 내버려 두었다. 남작 부인은 몸집이 자그마한 묘한 여자로 흰 담비같이 부드러운 크림 빛의, 포착하기 힘든 아름다움을 지니고 있었다. 톰 브랑윈은 어찌할 바를 몰라 그녀의 처분대로 따랐다. 남작 부인은 잔혹성을 발휘하려는 양 약간 할딱거리면서 웃었다. 그녀는 나이 든 남편을 미묘하게 괴롭혔다.

몇 개월 후 그 부인이 아들을 낳았을 때 스크레벤스키 남작은 기뻐서 법석을 떨었다.

그녀는 서서히 그 고장 사람들을 끌기 시작했다. 그녀는 절반은 베네치아의 피를 이어받았고 교육은 독일 드레스덴에서 받은 양가 출신이기 때문이었다. 그래 그 자그마한 외국인 목사는 상당한 사회적 지위에 오르게 되어 그의 광분하던 자부심이 거의 다 충족되었다.

그러므로 애나 부부가 브리스웰 목사관으로 초대받았을 때 브랑윈 집안 식구들은 놀랐다. 새 남작 부인에게 어느 정도의 재산이 있던 터라 스크레벤스키 남작 부부는 이제 꽤 윤택하게 지냈다.

애나는 제일 좋은 옷을 입고 고등학교에서 배운 훌륭한 예절을 갖추어 남편과 함께 도착했다. 남편 윌은 불그스레한 볼에 광채가 났으며 사지는 늘씬했고 들새처럼 머리가 작아서 예전과 비교해 볼 때 조금도 변한 것이 없었다. 그 자그마한 남작 부인은 이를 드러내며 웃었다. 부인은 정말 매력적이었다. 냉랭한 태도로 즐거워하며 웃는 모습은 어딘가 족제비 같았다. 애나는 곧 부인을 존경하게 됐으며 그녀 앞에서 조심을 했다. 남작 부인의 어린애 같은 기묘한 자신감에 본능적으로 끌리면서도 한편 불신감이 따랐기 때문이다. 자그마한 남작은 이제 백발이 성성했으며 아주 허약해졌다. 그는 시들었고 주름이 쪼글쪼글했으나 성격은 불같아서 기백은 죽지 않았다.

애나는 남작이 얘기할 때 그의 수척한 몸과 작달막하며 섬세하게 생긴 가는 다리와 손을 쳐다보고는 낯을 붉혔다. 그에게서 남성다운 면을 느꼈기 때문이다. 야위어 응축된 노령에 유식한 정열, 날카로우며 신중하게 반응할 수 있는 능력을 그에게서 감지했던 것이다. 그는 아주 초연해서, 순수하게 객관적이었다. 여자는 완전히 그의 관심 밖에 있었다. 혼동이란 없었다. 그래서 그가 섬세하고 신중하게 반응할 수 있었다.

남작은 외따로 떨어져 있는 흥미로운 존재였다. 그의 까다롭고 독특한 성품은 나이가 들면서 순수하고 솔직해졌다. 거의 죽음처럼 잔인했으나 행동에는 확고한 자신이 있었고, 그 자신감이 매우 뚜렷했기 때문에 애나는 그에게 매료되었다.

애나는 그의 차갑고 강인하며 초연한 정열에 매료되어 그를 지켜보았다. 남편의 발산적인 열기, 맹목적인 뜨거운 젊음보다 저 노남작의 정열을 택할 것인가?

애나는 뜨거운 방에서 방금 나온 것처럼 가쁘게 숨을 몰아쉬었다. 이 기이한 스크레벤스키 부부는 그녀로 하여금 각자가 초연히 떨어져 있는 또 다른 보다 자유로운 성분을 깨닫게 해주었다. 이것이 그녀 본연의 성질이 아닌가? 밀착된 브랑윈 가의 생활은 그녀에게 숨 막히지 않는가?

한편 그 작은 남작 부인은 연갈색의 번뜩이는 둥근 눈에 미묘한 표정을 짓고는 윌 브랑윈과 장난을 치고 있었다. 윌은 그녀의 모든 동작을 볼 수 있을 정도로 재빠르진 못했다. 그러나 변치 않는 관심의 눈빛으로 꾸준히 지켜보았다. 참 기묘한 여자라고 생각했다. 그렇지만 부인이 그를 장악하지는 못했다. 그래 부인은 낯을 붉히며 골을 냈다. 마치 그를 멸시라도 하는 듯 자꾸만 그의 컴컴하고 생기발랄한 얼굴을 묘한 표정으로 힐끗힐끗 쳐다보았다. 부인은 윌의 무비판적이고 빈정거릴 줄 모르는 성격을 멸시했다. 부인과는 하나도 들어맞지 않았다. 그럼에도 질투가 나는 듯 부인은 화를 냈다. 윌은 담비가 노는 것을 구경하는 양 공손하게 흥미를 갖고 부인을 지켜보았다. 그러나 이에 휘말려 들지는 않았다. 그는 부류가 다른 인간이었다.

부인은 온통 나풀거리며 상대방을 자극하는 불꽃이었고 윌은 꾸준히 타오르는 붉은 불이었다. 부인은 그에게서 아무것도 얻어낼 수가 없었다. 부인은 자극적이고도 미묘하게 계급적인 우월감을 내보여 윌이 심하게 낯을 붉히게 했다. 낯은 붉혔으나 윌은 이에 개의치 않았다. 그는 너무 다른 부류의 사람이었다.

부인의 어린 아들이 유모와 함께 들어왔다. 아이는 몸놀림이 빠르고 홀쭉했으며 만물을 섬세하게 지각하면서도 관심거리를 별 감흥 없이 곧 흘려버리는 유형이었다. 아이는 이내 윌을 이방인으로 취급했다. 애나 곁에 잠시 있으면서 우호적으로 받아들이더니 모든 것을 관심 있게 둘러보고는 민첩하고 조심스러우며 불안한 표정으로 곧 자리를 떴다.

남작은 그 아이를 열렬히 사랑했는데 폴란드어로 말을 걸었다. 그건 이상했다. 아버지가 아이에게 뻣뻣하게 귀족적인 태도를 취해서 거리감이 느껴지는 관계를 유지하다니. 한편에선 고전적인 아버지의 태도를 취했고 아이 쪽에선 효성스러운 복종의 태도를 취했다. 부자는 서로 다른 신분으로 동떨어져 같이 어울렸다. 혈육 관계라기보다는 사회적 지위 면에서 차이가 있는 소원한 두 인간이었다. 부인은 계속 미소를 짓고 또 지었다. 뻐드렁니를 내보이면서 항상 미소를 띠며 신비로운 매력의 힘을 풍기고 있었다.

애나는 자신의 생애가 얼마나 달라질 뻔했으며, 지금 얼마나 다른 생을 사는가를 깨달았다. 그녀의 영혼이 동요했고 그녀는 딴사람이 되었다. 남편과의 친밀감이 사라졌다. 마치 혈육처럼 이웃과 긴밀한 관계를 늘 유지했던, 매우 따스하고 가깝고 숨 막히도록 마음을 감싸주던 브랑윈 가의 친밀감이 사라졌다. 애나는 그것을, 젊은 남편과의 긴밀한 관계를 거부했다. 남편과 그녀는 한 몸이 아니었다. 계속해서 그녀의 마음과 개성을 덮는 남편의 열기 때문에 마침내는 그녀가 남편과 같은 열기를 띠어, 그녀 자신의 자아는 따로 없는 지경에 이르지는 않으리라.

그녀는 자기 자신의 삶을 원했다. 남편은 자신의 존재로, 뜨거운 생명으로 그녀와 겹치고 그녀를 덮어버려 그녀가 그녀 자신인지조차 모르게 하였다. 남편이 그녀를 감싸버리고, 서늘한 모든 바깥세상과 차단시키고, 밀착된 피의 관계 속에서 그와 통합이 되어, 그녀가 다른 인간으로 변했는지도 모를 일이었다.

애나는 자신이 옛날에 지녔던 날카롭던 자아를 계속 지니길 원했다. 동떨어져서 초연하니 휘말려 들어가지 않고 능동적이길 원했다. 자신의 입장에서 능동적으로 받고 주면서 결코 남편에게 흡수되지 않기를 원했다. 이에 반하여 남편은 이상하게도 아내가 흡수되기를 바랐다. 그러나 아내는 이에 여전히 저항했다. 하지만 이러한 소원에도 불구하고 한편으로는 어찌할 수가 없었다. 그녀는 이미 톰 브랑원의 사랑 속에서 아주 오랫동안 살아왔기 때문이었다.

그들은 스크레벤스키 댁에서 남편 윌이 좋아하는 링컨 대성당을 구경하러 갔다. 별로 멀지 않은 데 있기 때문이었다. 남편은 아내와 함께 영국의 모든 대성당을 하나씩 차례로 다 구경할 거라고 약속했다. 그들은 남편이 잘 아는 링컨 대성당부터 구경을 시작했다.

남편은 집을 떠날 시간이 가까워오자 흥분하기 시작했다. 무엇이 남편을 그토록 변화시키는 것일까? 그들이 스크레벤스키 댁에서 나올 때 애나는 화가 치밀었다. 그러나 남편은 지금 혼자 달려갔다. 바로 그의 가슴이 문을 열어젖히고, 도시를 굽어보는 커다란 대성당을 맞이하려는 것 같았다. 그의 마음이 먼저 앞으로 내달았다.

하늘 위로 조심스럽게 솟아 있는 짙푸른 성당 건물을 멀리서 보았을 때 윌의 가슴은 쿵쿵 뛰었다. 그것은 천국의 표적이요, 비둘기처럼, 또는 독수리처럼 대지 위를 내려다보는 성령이었다. 그는 환희로 달아오른 얼굴을 아내 쪽으로 돌렸고 입은 황홀한 미소를 지으며 기이하게 헤벌어졌다.

"저기 성당이 있군."

남편이 말했다.

성당을 여성화시켜 부르는 것에 애나의 신경이 거슬렸다. 왜 성당이 여성(she)이란 말인가? 중성(it)이지. 커다란 건물에 불과한 저 옛 건축물인 구식 성당이 무엇이기에 남편이 저토록 흥분하는가? 애나는 분발해서 마음의 준비를 하기 시작했다.

그들은 가파른 언덕을 올라갔다. 남편은 성소에 도착하는 순례자처럼 열의에 차 있었다. 성당 구역 내로 들어서서 한쪽으로는 성곽을 끼고 다른 쪽으로는 성당 건물에 면하게 되자, 혈관이 갑자기 불꽃을 내뿜는 듯 남편은 변모해 있었다.

대문을 들어서자 건물 서쪽 편으로 갖가지 장식을 한 넓은 전면이 눈에 들어왔다.

"저건 가짜 전면이야."

황금빛 쌍둥이 석탑을 쳐다보는 남편의 눈엔 사랑의 빛이 고여 있었다. 황홀감에 휩싸인 그는 미지의 영역의 가장자리인 성당 입구에 서 있었다. 그는 아름다운 석조 천장을 올려다보았다. 그는 이제 자궁같이 생긴 완벽한 건물 내부로 들어갈 참이었다.

남편이 문을 밀쳐 열자 기둥이 서 있는 널찍하고 컴컴한 내부가 그 앞에 나타났다. 그의 영혼은 부르르 떨면서 보금자리에서 일어났다. 그의 영혼은 훌쩍 뛰어 넓은 교회

속에서 높이 올라갔다. 그의 몸뚱이는 그 높이에 넋을 잃고 가만히 서 있었다. 그의 영혼은 컴컴한 곳으로 뛰어올라 도취되어 빙빙 돌다가는 마침내 쓰러져 한동안 안식을 취했다. 그의 영혼은 자궁 속에서 황홀해 하는 생식의 정충(精蟲)처럼 고요와 어두운 번식력 속에서 떨고 있었다.

애나 또한 놀라움과 경이감에 압도되어 있었다. 애나는 남편의 뒤를 따라 걸어 들어갔다. 이곳에서는 암흑이 바로 삶의 정수요, 이 색깔 있는 암흑은 모든 빛의 태아이며 낮이었다. 여기에서 바로 첫새벽의 동이 트고, 최후의 석양이 지고, 태고부터의 암흑이 있었다. 그 속에서 삶의 한낮이 꽃피고 다시 지며, 평화와 영겁의 심오한 침묵이 메아리치고 있었다.

시간과는 멀리 떨어져 항상 시간 밖에 있었다. 성당은 동과 서, 새벽과 석양 사이에서 침묵을 머금은 씨앗처럼 서 있었다. 싹트기 전의 어둠처럼, 죽음 뒤의 침묵처럼 서 있었다. 탄생과 죽음을 한데 품고서, 삶의 모든 소음과 변천의 위력을 다 품고서, 그 대성당은 숨죽이고 서 있었다.

그건 생명을 품은 거대한 씨앗으로, 그곳에서 나온 꽃은 상상도 못할 광채를 내는 생명체였고, 그 시작과 끝은 침묵의 원을 그리고 있었다. 그 보석 박힌 음율은 무지개에 휘감긴 채 침묵 위에 음악을, 어둠 위에 빛을, 죽음 위에 번식을 포개고 있었다. 이처럼 한 알의 씨앗이 잎사귀 위에 잎사귀를 포개고 뿌리와 꽃 위에 침묵을 포개고, 씨앗의 모든 비밀을 침묵시켰다. 씨앗은 그곳에서 떨어져 나왔던 죽음과, 그 안으로 떨어져 들어간 생명과, 그것이 감싸들이는 영원 불멸과 그것이 다시 받아들일 죽음을 침묵시켰다.

이곳 성당 속에서 '이전'과 '이후'가 한데 포개졌고, 모든 것은 하나 속에 포함되었다. 윌은 영혼의 절정에 도달했다. 그는 자궁의 문에서 나와 자궁의 날개를 옆으로 제쳐놓고 빛 속으로 걸어 나갔다. 대낮과 매일 매일의 속을 통과하고, 지식 후에 또 지식을 통과하고, 체험 후에 또 체험 속을 통과하면서 자궁의 어둠을 기억하고 죽음 후의 어둠을 예지했다. 그리고 간간이 성당의 문을 열고는 두 개의 어둠이 겹쳐진 석양 속으로 들어갔다. 그건 침묵이 이중으로 겹친 고요의 영역으로, 그곳에선 새벽이 석양이요, 시작과 끝남이 하나였다.

이곳에서 돌이 평평한 대지로부터 위로 치솟았다. 매번 다양한 욕망으로 응집하여 대지의 지평선으로부터 멀리 위로 치솟았다. 석양과 어둠과 모든 욕망의 영역을 지나고 굴곡과 경사를 지나 황홀의 접촉에 이르렀다. 만남과 성취에 이른 것이요, 만남과 엇물림이요, 밀착된 포옹이요, 중립 상태에 이른 것이었다. 완벽하여 정신을 아찔하게 하는 성취요, 무한의 무아경이었다. 그의 영혼이 반달문의 최정점에 머물며 무한한 시간의 무아경에 들어가 완전해졌다.

그리고 시간이나 생명이나 죽음이 없고, 단지 무한의 성취만이 있었다. 이곳에선 대지로부터 위로 뻗어 올라간 석조물이 서로 만났고 홍예문이 환희의 사북 돌에 단단히 물려 있었다. 이것이 전부요, 모든 것이었다. 마침내 그는 제정신이 들어 저 밑 속세로 돌아갔다. 그러나 그는 또다시 힘을 한데 모아 변화를 입었다. 그의 모든 힘이 팽팽하게 당겨졌다가 위로 솟구쳤다. 저 위, 암흑 속으로 훌쩍 뛰어올라 풍요와 고유의 신비에 도달했다. 접촉이요, 엇물림이요, 완성이요, 영원의 절정이요, 홍예문의 최정점에 도달한 것이었다.

애나 역시 압도당했다. 그러나 동조했다기보다는 말문이 막힌 것이었다. 그녀는 성당이 그녀가 속한 세계가 아니어서 좋아했다. 남편이 변모되어 무아경에 이른 것이 몹시 싫었다. 애나는 남편이 성당에 그토록 정열을 쏟는 것에 처음에는 경외감을 느꼈으나 다음에는 화가 났다. 따지고 보면 하늘이야 성당 바깥에 있지 아니한가. 이곳, 신비롭게 어두컴컴한 곳에서 남편의 영혼이 기둥을 따라 위로 치솟는다 해도 그것은 결국 별과 수정 같은 어두운 하늘에 이르지는 못하는 것이 아닌가. 단지 컴컴하고 내밀한 지붕 밑에서 위로 치솟은 돌의 충동적인 호응과 만나 한데 얽히는 것뿐이었다. 높은 곳에서 아치들이 서로 얽힌 채 짝지어져 있고, 머리 위로 커다란 지붕을 높이 떠받치며 돌이 위로 치솟고 삐죽삐죽 뻗친 것을 보고 애나는 경외를 느꼈고 말문이 막혔다.

그렇지만 애나는 계속 생각했다. 탁 트인 하늘은 푸른색 지붕도, 또 반짝이는 등불이 여기저기 걸린 컴컴한 둥근 천장도 아니었다. 하늘은 별들이 자유롭게 빙빙 도는 곳이고 별들보다 더 높은 곳인 자유가 있는 공간이었다.

대성당을 보고 애나도 흥분했다. 그러나 애나는 돌이 위로 솟으며 한데 이어져 커다란 지붕을 이루어 그녀를 가둬 버리는 것에는 결코 동조할 수가 없었다. 지붕 너머에는 아무것도 없었고 그것은 최종의 구속뿐이었다. 남편의 영혼은 그렇듯 구속받기를 좋아했다. 이곳, 이곳이 모든 것이며 완전하며 영원했다. 동작이며 만남이고 무아경이었다. 시간도, 흘러가는 밤과 낮의 환영도 없는, 오로지 완전한 조화를 이룬 공간이었다. 동작이 맞붙으며 새로워지고 정열이 크게 파도치며 밀려가서 무아경이 반복되는 제단에 이르렀다.

애나의 영혼도 도취되어 제단으로 나아갔다. 존경과 공포와 기쁨 속에서 영겁의 문턱에 이르렀다. 그러나 제단이 완전하다고는 믿지 않았기에 앞으로 나아가다가도 계속 뒤로 물러났다. 몸을 앞으로 던지며 정열적으로 위로 오르고 또 오르다가 마침내는 미지의 해안에 도달하듯 제단의 계단까지 나아갈 것은 아니었다. 그 속에 커다란 기쁨과 진실성은 있었다. 그러나 애나는 대성당 속에서 어리벙벙하게 얼이 빠져 있으면서도 또 다른 권리를 주장했다. 제단은 황량했고 불은 꺼져 있었다. 하느님은 이제 그곳 숲에서 더이상 타고 있지 않았다. 죽은 물질이 그곳에 놓여 있을 따름이었다. 그녀는 성당 지붕보다 더 높은 곳에 있는 자유를 누릴 권리를 요구했다. 항상 지붕 안에 갇힌 느낌이 들었다.

애나는 자질구레한 부분들에 신경을 썼다. 그러노라면 그녀가 정열의 파도에 휩쓸려 앞으로 곤두박질치며 밀려가는 데서 구제될 수 있기 때문이었다. 아니면 의기양양하게 앞으로 돌진하는 커다란 무리 속에 휩쓸려 무한의 세계 속으로 뛰어들어야 했다. 애나는 한가지로 앞으로 돌진해 나

아가는 이 물결 속에서 빠져나오고 싶었다. 다리가 젖어 축 처진 새가 바다에서 하늘로 다시 날아오르듯 그곳에서 날아오르고 싶었다.

새가 날아오르며 가슴팍을 쳐들 듯 몸을 쳐들어, 달갑지 않은 결말을 향해 그녀를 실어가는 대양의 출렁이는 물결에서 빠져나가고 싶었다. 날아가는 새같이 부담스럽게 굳어버린 동작에서 벗어나 해맑은 탁 트인 하늘로 날고 싶었다. 하늘에 홀로 떠 있으면서 이리저리 움직이리라. 다시 가라앉기 전에 사방을 둘러보며 응답을 하리라. 앞으로 실려 나갈 방향을 선택하든가 발견하리라.

무언가를 움켜잡아야 할 것 같았다. 그녀의 날개가 너무 허약하여 출렁이는 물결 위로 몸을 곧게 세울 수 없을 것 같았다. 애나는 돌로 조각된 이상야릇하고도 사악하게 생긴 얼굴들을 쳐다보았다. 그리고 그 조각상 앞에서 발을 멈추었다.

이 교활하게 생긴 작은 얼굴들이 무언가를 더 잘 아는 듯 대성당의 거대한 물결 위로 빠끔히 얼굴을 내밀었다. 인간의 환상을 반박하는 이 작은 요정들은 대성당이 절대적이지 않음을 잘 알고 있었다. 요정들은 눈을 깜박이며 곁눈질을 하면서 교회라는 커다란 개념에서 제외된 많은 것들을 암시해 주었다. '아무리 많은 것이 이 안에 있다 해도 이 안에 들어 있지 않은 것이 제법 많아.'라고 그 작은 얼굴들이 조롱하는 것 같았다.

제단을 향해 크나큰 충동으로 달려가는 물결과는 동떨어져서, 이 작은 얼굴들은 별도의 의지와 동작과 인식을 갖고 있었다. 이들은 커다란 파도에 대항해 잔물결을 지으며 도전했고 그들이 작다는 것을 의기양양하게 뽐내며 웃어댔다.

"저길 봐요!"

애나가 소리쳤다.

"저것 봐요. 참 귀엽지요. 저 얼굴들이. 저 여자 형상을 봐요!"

남편은 마지못해 보았다. 이건 그의 에덴동산에서 뱀이 떠드는 소리였다. 아내는 남편에게 돌로 조각된 포동포동하고 교활하며 악의를 품은 작은 얼굴을 가리켰다.

"조각가는 분명히 저 여자를 알았을 거예요."

아내가 말했다.

"그의 아내였음에 틀림없어요."

"저건 여자 얼굴이 아닌데. 남자야."

남편이 퉁명스럽게 내뱉었다.

"그렇게 생각해요? 아니에요. 저건 남자가 아니에요. 저건 남자의 얼굴이 아니에요."

아내의 목소리는 빈정거리는 투였다. 남편은 잠깐 웃었을 뿐 계속 걸었다. 그러나 애나는 남편과 함께 앞으로 걸어가지 않으려 했다. 그 조각상들 주위에서 서성거렸다. 남편은 아내를 두고 앞으로 나아갈 수가 없었다. 그는 이 도전을 참으며 기다렸다. 그가 성당과 정열적으로 교감하는 것을 아내가 망치고 있었다. 그의 이마가 찡그려졌다.

"이거 멋있네요!"

아내가 다시 떠들어댔다.

"여기 똑같은 여자 얼굴이 있어요. 봐요! 단지 낯만 찌푸리게 했군요. 참 아름다워요! 여자 상을 약간 흉측하게 만들었지요?"

아내는 기뻐하며 웃었다.

"아내를 미워하지 않았을까요? 분명히 좋은 남편이었을 거예요. 저 여자 얼굴 좀 봐요. 조각이 참 잘 되었지요? 심술궂은 표정이네요. 아내를 저런 식으로 조각하는 것이 재미났을 거예요. 분명히 아내를 성나게 했겠지요?"

"저건 여자 얼굴이 아니야. 남자야. 면도를 잘한 수도승의 얼굴이야."

아내는 픽 하고 웃었다.

"당신은 예술가가 아내의 얼굴을 성당 안에 조각했다고 생각하기가 싫죠?"

애나는 불경스럽게 소리 내 웃으며 조롱했다. 악의에 차서 득의만면한 웃음을 지었다.

애나는 성당에서 자유롭게 벗어났다. 남편의 열정까지 분쇄해 버린 것이 기뻤다. 남편은 비통해서 화를 냈다. 그가 아무리 안간힘을 써도 성당이 그에게 계속 훌륭하게 보이게 할 수가 없었다. 그의 환상이 깨졌던 것이다. 하늘과 땅 모두를 담고 있는 그의 절대적 세계였던 것이 아내의 경우와 마찬가지로 되어버렸다. 죽은 물질이 모양 좋게 쌓여 있는 무더기였고, 완전히 죽은 것이었다.

그의 입은 재로 가득 찼고 영혼은 분개했다. 아내가 그의 활력에 찬 환상 중에서 또 하나를 파괴한 까닭에 아내를 증오했다. 그는 곧 설 만한 자리를 잃고 안식할 믿음도 하나 없이 처절하고 적막하게 될 것이었다.

윌은 앞서 성당의 완전한 파도에 호응했던 때보다도, 사태를 더 잘 아는 듯이 교활한 표정을 짓고 있는 이 작은 조각상들에게 보다 더 깊이 반응을 보였다.

그럼에도 불구하고 얼마 동안 그의 영혼은 머무를 곳이 없어 비참했다. 그가 그토록 사랑하는 실체의 세계에서 아내가 그를 축출했다는 것은 차마 생각할 수가 없었다. 그는 성당의 세계를 원했고 자신의 맹목적인 정열을 만족시키고 싶었다. 그런데 이제 그렇게 할 수가 없었다. 무언가가 이를 가로막았다.

그들은 집으로 돌아갔다. 둘 다 딴사람으로 변했다. 아내는 남편이 원하는 것에 대해 얼마간 새로운 존경심을 갖게 되었고, 남편은 그가 좋아하던 성당들이 절대로 그 전 같지는 않으리라고 느꼈다. 전에는 성당을 절대적인 것으로 여겼다. 그러나 이제 성당은 하늘 아래서 웅크리고 앉아 안으로는 여전히 그 어둡고 신비로운 실체의 세계를 담고는 있었지만, 그것은 세계 속의 세계에 불과했다. 전에는 성당들이 혼돈 속에 자리한 하나의 세계로 보였으나 이제는 세계에 곁들인 일종의 구경거리였다. 과거에 성당들은 무의미한 혼돈 속에 내재한 하나의 실체요, 질서요, 절대자였다.

전에는 성당의 큰 문을 들어서서 멀리 안쪽에 있는 경이로 절정을 이룬 제단을 컴컴함 속에서 바라보면, 주위에 늘어선 유리창은 보석판같이 스스로의 영광을 드러냈었고, 그는 무아경에 도달했다고 느꼈었다. 그가 염원했던 만족감이 이곳에서는 거의 이루어졌다. 미지의 세계로 들어가는 입구인 이곳으로 모든 실체가 모여들었다. 제단은 신비의 문이었고, 이 문을 통해서 모든 것이 죄다 영원을 향해 계속 전진해야 했다.

그러나 이제는 왠지 서글프고 또 환멸을 느낀 나머지 그 문이 전혀 문으로 생각되지 않았다. 그것은 지나치게 좁았고 또 가짜였다. 성당 밖에는 수많은 영령이 떠돌고 있었는데 이들은 보석으로 장식된 컴컴한 성당 내부로 도저히 숨어들 수가 없는 것들이었다. 결국 그는 그의 절대자를 상실하게 되었다.

윌은 정원에서 우는 지빠귀 울음소리를 듣고 성당이 내포할 수 없는 가락이 거기에 있음을 깨달았다. 그것은 자유롭고 근심이 없는 즐거운 것이었다. 그는 일터로 가는 도중에 민들레로 뒤덮여서 온통 샛노란 들판을 걸어갔다. 샛노란 민들레꽃의 광채를 온 몸에 받으니 매우 호사롭고 신선하게 느껴져 그가 어두컴컴한 성당에서 멀리 있다는 사실이 기뻤다.

교회 밖에도 생활은 있었다. 교회가 포함하지 못하는 것이 많이 있었다. 그는 하느님을 생각했고, 또 대낮이라는 푸른색의 원형 건물을 생각했다. 그건 위대하며 자유로웠다. 그는 그리스 사람들의 신전이 폐허가 된 것을 생각했다. 신전이란 완벽한 신전 건물만으로 완성되는 것이 아니라, 그것이 황폐하여 바람과 하늘과 풀숲과 뒤섞여야 완벽한 맛이 난다고 느꼈다.

그렇지만 윌은 여전히 교회 건물을 사랑했다. 하나의 상징물로써 사랑했다. 교회가 실제로 나타내는 것보다는 나타내려고 애쓰는 것 때문에 교회를 소중하게 여겼다. 여전히 교회를 사랑했다. 그의 집 정원 담 너머에 있는 작은 교회는 그의 관심을 끌었고 그는 교회를 소중하게 돌보았다. 그는 교회를 맡아 보존하는 일을 했다. 그 교회는 그에게 있어 오래된 성스러운 곳이었다. 그는 석조물과 목조물을 보살폈고 풍금을 수선했고 조각물에서 깨어진 부분을 원상 복구했고 교회 기물들을 수선했다. 나중에는 성가대 지휘자가 되었다.

그의 생활의 중심에 변화가 생겼고 생활이 더 피상적으로 되어갔다. 자신의 소신을 솔직하게 밝히질 못했고 말로 표현을 제대로 하지 못했다. 그는 옛날식으로 계속 살아야 했다. 그의 정신은 그 어떠한 형태도 잡지 못했다.

아내는 이제 어린아이에 몰두해서 남편은 제 갈 길을 가라고 내버려두었다. 아내는 이제 기꺼이 미지의 실체로의 모험을 죄다 연기해 버렸다. 애나에겐 어린애가 있었다. 그녀가 손에 넣을 수 있고 당장 눈앞에 있는 미래는 바로 어린아이였다. 그녀의 영혼이 제대로 기능을 발휘하지 못했다면 그녀의 자궁이 대신 그 실력을 발휘했던 것이다.

집과 이웃해 있는 교회는 남편에게 친숙했고 소중했다. 윌은 그 교회를 소중하게 다루었고 전적으로 자기 소관으로 두었다. 만일 새로운 활동이 없는 경우에는 그는 오래된 예배 형식을 소중히 여기며 행복해 했다. 그는 흰 칠을 한 이 자그마한 교회를 잘 알았다. 그 컴컴한 분위기 속에서 다시 존재 속으로 가라앉았다. 마치 돌멩이가 물 속에 가라앉듯 그 정적 속에 잠겨 있는 것을 좋아했다.

그는 집 정원을 가로질러 걸어간 후 작은 층계로 담을 넘어 교회의 정적과 평화 속으로 들어갔다. 그가 들어간 뒤 묵직한 교회 문이 크게 소릴 내며 닫히고, 그의 발소리가 통로에서 메아리치면 그의 가슴은 사랑과 신비로운 평화에 대한 열정으로 메아리쳤다. 그는 실패를 한 후에 만족을 얻기 위해 뒤로 물러난 사람처럼 약간의 수치감도 느꼈다.

그는 풍금 위에 촛불을 켜놓고 작은 불빛 속에 홀로 앉아서 예배용 찬송가 반주를 연습하는 걸 무척 좋아했다. 흰색의 아치들은 암흑 속으로 물러났고 풍금과 풍금 발판 소리가 교회의 불변의 고요 속으로 사라졌다. 교회 탑에서는 유령 같은 소리가 희미하게 들렸고 그러면 풍금 소리는 또다시 크고도 의기양양하게 울려 퍼졌다.

윌은 생활에 안달하는 걸 그만두었다. 그는 자신의 주장을 풀어놓았고 모든 일도 될 대로 되라고 그냥 두었다. 그와 아내 사이의 관계는 완전하지는 못해도 대단한 것이었다. 아내는 정말로 승리를 거두었던 것이다. 그는 기다리며 이에 따르고 또 기다리며 묵종했다. 아내와 아기와 그는 하나가 아닌가. 풍금 소리를 크게 울리며 그의 항변을 멀리로 발산했다. 그가 풍금 건반을 누를 때 그의 영혼은 어둠 속에 잠겨 있었다.

애나에게 아기는 완전한 희열이요, 자기만족이었다. 그녀의 욕망은 정지해 버렸고 영혼은 아기의 일로 환희에 잠겨 있었다. 아기는 허약한 편이어서 기르는 데 애를 먹었다. 그렇다고 아기가 죽으리라는 생각은 한순간도 해본 적이 없었다. 허약한 아기이니, 이 어린 것을 튼튼하게 기르는 게 자기 의무라고 생각했다. 아내는 그 일에 온몸을 송두리째 바쳤고 아기가 모든 것이었다. 애나의 생각은 온통 이 일에 쏠렸다. 그녀는 어머니였다. 어린아이의 작은 팔다리와 작은 몸을 다루고 조용함 속에서 울어대는 어린아이의 목소리를 듣는 것으로 충분했다. 모든 미래가 아기의 울고 흥얼거리는 소리에서 울려 나왔다. 애나는 어린아이를 기르면서 손안에서 미래에 대한 삶의 균형을 잡았다. 성취감, 미래에 대한 열정적인 성취감이 그녀 속에서 싹텄으며 그녀는 활기와 기운에 넘쳤다.

미래가 전부 그녀의 손안에, 한 여자의 손안에 놓여 있었다. 아기가 십 개월도 되기 전에 아내는 또 아기를 가졌다. 아내는 폭풍 같은 삶의 번식력을 지닌 듯했다. 아내는 매 순간 생산력으로 가득 찼고 생산하는 일로 바빴다. 자신이 모든 것의 어머니인 대지 같다고 느꼈다.

남편은 교회 일에 몰두했다. 풍금을 쳤고 소년 성가대를 훈련시키고 주일학교에서 젊은이들을 가르쳤다. 그는 상당히 행복했다. 일요일에 남자 아이들을 가르치노라면 열의에 찬 행복감으로 가슴이 뿌듯해 왔다. 깊이를 아직 재보지 못한 어떤 비밀에 접근하면서 그는 내내 흥분해 있었다.

집에서 그는 아내와 그 자그마한 모계사회를 섬겼다. 아내는 그가 자식들의 아버지인 까닭에 그를 사랑했다. 아내는 항상 그에게 육체적인 정열을 지니고 있었다. 그는 정신적인 우월감을 갖고 통제하려던 것을 포기했다. 그의 의식적인 생활이나 공적인 생활에 대해서 아내로부터 존경을 받는 것조차 포기했다. 아내가 그에게 갖는 육체적인 사랑으로 살아갈 따름이었다. 그는 그 작은 모계사회를 섬겼다. 어린아이를 돌보고 가사를 도왔으며 더 이상 자신의 위엄이나 중요성에는 관심을 두지 않았다. 그러나 이렇게 자기 권리를 포기하고 사적인 흥미에 기초하여 생활을 하다 보니 자신이 실재하지 않고 중요치 않은 인물로 보였다.

아내는 남들 앞에서 남편을 자랑스레 여기진 않았다. 그러나 아주 금방 공적 생활에 무관심해지는 법을 배웠다. 남편은 소위 사내다운 남자는 못 되었다. 그는 술을 마시지 않았고 담배도 피우지 않았으며 대단한 인물인 양 난체 하지도 않았다. 그러나 그는 남편이었다. 남편이 남자다운 모든 권리에 아주 무관심했기 때문에 그녀의 세계에서 남편과 지낼 때 그녀는 지고의 자리를 차지하게 되었다. 육체적으로 애나는 남편을 사랑했고 남편은 그녀를 충족시켰다. 남편은 항상 홀로 다녔고 종속적인 위치에 있었다.

이런 것이 처음에는 그녀의 신경을 거슬렸다. 바깥세상이 남편에게는 거의 없다시피 하다니. 외부인의 눈으로 남편을 보면, 그녀는 남편에게 빈정거리는 태도를 취하게 됐다. 그러나 그 빈정거리는 태도가 일종의 존경심으로 바뀌었다. 남편이 그녀를 그토록 꾸밈없이 완전하게 섬기는 데는 존경이 갔다. 무엇보다도 남편의 아기를 갖는 것이 좋았다. 자신이 자식들의 원천이 되는 것이 좋았다.

애나는 남편을 이해할 수 없었다. 얼굴이 파랗게 질리도록 기이하게 화를 내고 교회에 그토록 헌신하는 것을 이해할 수 없었다. 그가 아끼고 관심을 가지는 것은 교회 건물

뿐이었다. 그러나 그의 영혼은 그 무언가에 열정을 품고 있었다. 그는 힘들여 석조물을 닦고 목조물을 보수했고 풍금을 고쳤으며 성가대 찬양을 가능한 한 완벽하게 했다. 교회의 조직과 의식을 고스란히 보존하는 것이 그의 임무였다. 친숙하고 성스러운 건물을 통째로 그의 관할에 두고 예배의 형식을 완벽하게 하는 것이 그의 임무였다. 그의 얼굴과 열중해서 움직이는 동작에는 약간의 고뇌와 긴장감이 서려 있었다. 그는 마치 배신당할 것을 알면서도 여전히 사랑하고, 그것도 한층 더 강렬하게 사랑하는 연인 같았다. 교회는 허위였지만 그렇기 때문에 그는 한층 더 성심껏 섬겼다.

월은 낮 동안 사무실에서 일할 때는 삶을 정지시켰다. 그는 존재하지 않았다. 귀가할 시간이 될 때까지 기계적으로 일을 했다.

그는 머리카락이 새까만 어린 어슐라를 뜨거운 가슴으로 사랑했고 그 아이가 사물을 알아보기를 기다렸다. 지금은 엄마가 그 아이를 독차지했다. 그러나 그의 마음은 어둠 속에서 기다리고 있었다. 그의 시간이 오리라.

마침내 그는 아내한테 복종하는 법을 배웠다. 아내는 남편에게 그녀의 법 정신에 따르도록 강요했다. 한편 남편의 법의 문제는 남편의 일로 미루어버렸다. 그녀는 남편의 흉악한 성미와 싸웠다. 통 이해할 수 없게도, 때때로 남편의 얼굴은 새파랗게 질리면서 격분하곤 해서 그녀는 굉장히 괴로웠다. 그의 마음속은 음흉한 생각으로 가득 차게 되고, 불길한 바람이 불어와 남편과 관계된 모든 것을 싹 쓸어가는 듯했다. 그녀는 자신을 비롯한 모든 것이 남편으로 인해 섬멸되는 것을 느낄 수 있었다.

맨 처음에는 남편과 맞싸웠다. 밤이 되면 남편은 이러한 상태에서 무릎을 꿇고 기도를 올렸다. 그녀는 남편의 웅크린 모습을 보았다.

"왜 거기서 무릎을 꿇고 기도하는 척하는 거예요?"

그녀가 매섭게 쏘아댔다.

"그래, 지금처럼 성미가 고약할 때 기도가 잘도 될 것 같아요?"

남편은 꼼짝 않고 침대 옆에서 웅크리고 있었다.

"몸서리가 쳐져요! 그렇게 가식적인 행동을 하다니. 그래, 무슨 기도를 하는 척하는 거예요? 그래, 누구한테 기도를 하는 척하는 거죠?"

남편은 여전히 꼼짝 않고 있었다. 분노로 속은 부글부글 끓어올랐고 그의 본성이 송두리째 와해되는 것 같았다. 그는 지레 긴장을 하고 사는 것 같았다. 가끔씩 이런 어두운 분노의 혼돈과 파괴욕이 찾아들곤 했다. 그러면 그녀는 남편과 싸웠고 그들의 싸움은 몸서리치도록 살인적이었다. 그럴 때 그들 사이의 격분은 흉악하고 무시무시했다.

그러나 차츰차츰 아내가 남편을 더 사랑하게 되면서 그녀는 자신의 문제를 옆으로 밀어놓곤 했다. 남편에게 격분하는 발작이 찾아왔다 싶으면 남편을 모르는 척했다. 성공적으로 남편의 세계에 머물게 했고 그녀는 자신의 세계 안에 머물렀다. 그는 죽도록 무섭게 자신과 싸운 끝에 아내에게로 돌아왔다. 그가 아내에게 돌아오지 못하면 지옥과 같은 상태에 머문다는 걸 알기 때문이었다. 그러므로 그는 갖은 애를 써서 아내에게 복종했다. 그러나 아내는 남편의 눈 속에 흉악스럽게 긴장감이 감도는 것을 보고 겁을 먹었다. 그녀는 남편을 애무했고 차지했다. 그러면 남편은 아내의 사랑을 고맙게 여겨 겸허해졌다.

남편은 목공 일을 할 헛간을 하나 만들었다. 이곳에서 교회의 부서진 기물을 수리할 참이었다. 그는 할 일이 많았다. 아내와 아이와 교회와 목공 일과 밥벌이가 그를 바쁘게 했다. 그에게 능력의 한계만 없다면야! 그의 양미간에서 어두운 표정만 걷힌다면. 그러나 마침내 스스로 그 사실에 굴복하고 들어가야 했다. 자신의 능력 부족과 자신의 한계를 인정해야 했다. 그는 자신에게 험악하고 고약한 성질이 있다는 사실을 인정하고 이러한 성질을 소화할 방책도 생각해야 했다. 그러나 아내가 그에게 더 부드럽게 대하자 그의 성미는 누그러졌다.

그가 때때로 멍하고도 환한 표정으로 아주 조용히 앉아 있을 때면, 아내는 그 광채 가운데서 고뇌의 빛을 찾아볼 수 있었다. 그는 자신의 한계를 의식했다. 그의 존재 자체 속에 형태를 이루지 못한 그 무엇인가가 있으며 그의 내부에 난숙하지 못한 꽃송이들이 있음을 깨달았다. 그의 몸이 살아 있는 동안에는 절대로 자라서 꽃을 피우지 못할 암흑의 꽃송이가 자신 속에 있음을 깨달았다. 그는 성취할 준비가 되어 있지 않았다. 그의 속에 발달되지 못한 그 무엇인가가 있어서 그를 제약했다. 그가 도저히 피울 수 없고 자신 속에서 절대로 피려고 하지 않는 암흑이 그 자신 속에 있었다.

제8장
어린아이

아기는 처음부터 젊은 아버지의 마음속에 감히 인정키 어려울 만큼 깊고도 강렬한 열정을 불러일으켰다. 그것은 매우 강렬했으며 그의 어두운 부분에서 나온 것이었다. 아이가 우는 소리를 들을 때면 그는 공포에 사로잡혔다. 그의 깊고도 깊은 먼 내부로부터 이에 응답하는 메아리가 울려나왔기 때문이다. 그는 스스로에게 그렇게 먼 곳이, 위태롭고 긴박한 곳이 있다는 걸 인정해야 하나?

그는 자신의 혈육인 아기가 우는 것이 괴로워서 갓난아기를 안고 왔다 갔다 했다. 이건 바로 그 자신의 살과 피가 울어대는 것이 아닌가! 그의 영혼이 갑자기 그를 뚫고 나와, 그의 내부의 먼 곳으로부터 나와 어린 아기의 우는 소리와 맞섰다.

가끔 아기는 밤에 계속 울어댔다. 밤은 깊었고 잠이 그를 억눌렀다. 그는 반쯤 자는 상태에서 팔을 뻗어서 아기의 얼굴을 덮어 울음을 멈추게 하려 했다. 그러나 무언가가 그의 손을 멈추게 했다. 도저히 참을 수 없게 계속 울어대는 데서 오는 비인성적인 요소가 바로 그의 동작을 멈추게 했다. 그건 인간적인 이유도 목적도 없어 매우 비인성적이었다. 그럼에도 그는 그 울음소리에 즉각적으로 반응했으며 그의 영혼은 그 광적인 요소에 호응했다. 울음소리는 그를 공포로, 아니 광란으로 가득 채웠다.

그는 이것에 묵종하는 법을 배웠다. 그의 살아 있는 조직의 원천이 되는, 잊혀졌던 무시무시한 근원에 순종하는 법을 배웠다. 그는 자신이 생각했던 그런 존재가 아니었다. 그렇다면 그는 능력 있고 어두운 미지의 존재가 아닌가!

그는 아기에게 익숙해졌다. 아기는 작은 몸을 쳐들어 균형을 잡는 법을 알게 되었다. 아기의 머리는 예쁘고 동그랬는데 이를 보고 그는 열정적으로 감동했다. 저 절묘하고도 완전한 동그란 머리를 보호하기 위해 목숨이 다하도록 싸우리라.

그는 아기의 작은 손과 발, 사물을 알아보지 못하는 기묘한 황갈색 눈과도 친숙해졌다. 아기가 울 때와 젖을 빨 때와 이 없이 묘하게 웃을 때만 입을 벌리는 것에도 익숙해졌다. 처음에는 그에게 혐오감을 주던, 내려뜨려져 흔들거리는 아기의 발도 이젠 이해할 듯싶었다. 발은 묘하게 움직이며 툭 차기도 했고 독특하고 유연한 감이 있었다.

어느 날 저녁 갑자기 그 자그마한 살아 있는 아기가 알몸으로 엄마의 무릎에서 뒹굴고 있는 것을 보았다. 그는 어지럽고 메스꺼웠다. 아기는 완전히 무방비 상태에서 쉽게 다칠 수 있는 군더더기 혹처럼 보였다. 가구들의 표면이 단단하고 높이가 제각각이기 때문에 아기가 알몸으로 뒹굴면 닿는 곳마다 상처를 입을 터였다. 알몸으로 뒹굴고 있으니 어찌 쉽사리 상처를 입지 않겠는가. 그런데도 아기는 아주 즐거워했다. 그렇지만 아기가 막무가내로 지독하게 울어대는 울음 속에는 자신이 쉽게 상처를 입을 수 있다는 본능적인 공포가 들어 있는 것은 아닐까. 자신이 완전히 세상의 손에 매달려 있어 모든 면에서 속수무책이라는 공포에서 울어대는 것은 아닐까. 차마 아기가 우는 소리를 들을 수가 없었다. 그의 가슴은 바작바작 타들었고 우주 전체에 대항해서라도 아기를 지키고 싶었다.

이러한 공포의 나날이 지나가기를 기다렸다. 그는 기쁨이 다가오는 것을 보았다. 아기의 사랑스러운 크림 빛 작은 귀와 숱 없는 검은 머리카락이 마치 청동 가루처럼, 청동 솜 모양으로 헝클어진 것을 보았다. 그는 기다렸다. 아기가 그의 차지가 될 날을. 아기가 그를 쳐다보며 대답할 수 있을 날을.

아기는 독자적인 존재였으나 역시 그의 아이였다. 그의 피와 살이 아기를 향하여 떨리고 있었다. 그는 아기를 가슴에 꼭 껴안으면서 정열적으로 소리 내어 웃었다. 그러면 아기가 그를 알아보았다.

아기의 눈이 뜨이면서, 새로 빛을 받아들이며 그를 쳐다보았을 때 아기가 그를 알아보기를 바랐더랬다. 그런데 이제 아기는 그의 모습을 알아보게 되었다. 그를 알아보며 이상하게 일그러진 웃음을 지었다. 그는 아기를 가슴에 안고 갑자기 의기양양하게 큰소리로 웃었다.

젊은 아빠의 검게 달아오른 얼굴을 알아보자 아기의 황갈색 눈이 빛을 내며 커졌다. 아기는 엄마를 더 잘 알아보았고 엄마를 더 따랐다. 그러나 아빠를 만날 때 가장 밝고 가장 환희에 찬 표정이 나타났다.

아기는 건강해졌고 활기 있게 자유로이 움직이면서 말 비슷한 소리를 내기 시작했다. 벌써 그의 튼튼한 손을 알아보고 아빠가 세게 꽉 안아주면 즐거워했고 아빠가 같이 놀아주면 까르륵거렸다.

아빠의 가슴은 아기에 대한 열정으로 붉게 달아올랐다. 아기가 채 돌이 되기 전에 두 번째 아기가 태어났다. 어술라는 이제 그의 차지가 되었다. 어술라는 그의 맏딸이었다. 그는 이 딸에게 그의 모든 희망을 걸었다.

두 번째 아기는 눈이 짙푸르고 살결이 하얬다. 그 아이가 브랑윈 가 쪽을 더 많이 닮았다고들 했다. 머리는 금발이었다. 사람들은 아기 엄마가 어렸을 적 금발이었다는 사실을 잊었던 것이다. 그 부부는 새로 태어난 아기의 이름을 구드룬이라 지었다.

이번 출산때 아내는 건강했으며 지난번처럼 열의에 들떠 있지 않았다. 아기가 아들이 아닌 것에도 별로 신경을 쓰지 않았다. 젖이 나와 아기를 모유로 기를 수 있으면 그것으로 만족했다. 아, 어린 생명체가 그녀의 몸에서 젖을 빨아댈 때의 그 기쁨이라니! 아, 아기가 튼튼해지면서 작은 두 손으로 엄마의 젖가슴을 열정적으로 붙잡는 기쁨이라니! 작은 입으로 무턱대고 그러나 확실한 자신감을 갖고

젖을 찾다가 드디어 젖꼭지를 찾아 입과 목구멍으로 젖을
빨아들이면서 그 작은 몸이 벌렁 누울 때의 완전히 안심하
는 그 순간의 희열이라니!

아기는 엄마에게서 생명을 빨아들여 새로운 생명을 만드
는 것이었다. 엄마가 자신의 존재를 받아주는 것에 열정적
으로 기뻐하며 흐느끼는 듯한 소리를 냈다. 젖꼭지가 빠져
나오자, 아기는 놓치지 않으려고 미친 듯이 작은 손으로
젖을 꽉 부여잡았다. 이것으로 애나에게는 충분했다. 그녀
는 엄마가 된 기쁨으로 일종의 황홀경에 접어든 듯했다.
엄마가 된 환희가 그녀에겐 모든 것이었다.

그래, 아버지는 젖을 뗀 맏아이를 차지했다. 그는 아내
의 시중을 들어줄 필요가 있을 때까지 아내 뒤에서 기다리
곤 했고, 이럴 때면 어린 어슐라의 호기심에 찬 황갈색의 밝
은 눈은 아빠를 향했다. 아내는 통렬하게 질투심을 느꼈다.
그러나 아내는 갓난아기에게 더 정신이 팔려 있었다. 아기
는 완전히 그녀 차지였고, 전적으로 그녀를 필요로 했다.

어슐라는 아버지가 사랑하는 아이가 되었다. 어슐라는
작은 꽃송이였고 아빠는 태양이었다. 그는 딸에게 참을성
있고, 정력적이며 창의적인 아버지였다. 그는 딸에게 재미
있는 자질구레한 놀이들을 다 가르쳤다. 아기가 받아들일
수 있는 데까지 모든 것으로 채워주었고 의식을 일깨워 주
었다. 아이는 어린애답게 크게 웃으면서 즐거워 소릴 지르
며 반응을 보였다.

이제 아기가 둘 있으니 집안일을 맡아줄 사람을 됐다.
아내는 전적으로 아기만을 길렀다. 두 아기가 그녀에게 과

중한 부담이 되는 것은 아니었다. 그러나 이제 아이들이 생겼으니 아이들을 돌보는 일 외에 일체의 다른 일은 싫어했다.

어슐라가 아장아장 걷기 시작할 때부터 그 애는 혼자 일에 골몰하여 바쁘게 움직였다. 항상 혼자 즐기면서 어른에게서 별 관심을 필요로 하지 않았다. 저녁 6시쯤 되면 애나는 아주 빈번히 울타리에 낸 층계까지 샛길을 따라 걸어가 어슐라를 들어 올려 들판 위에 내려놓으면서, "가서 아빠를 마중해라." 하고 일렀다. 남편은 가파른 언덕 기슭을 올라오면서 오솔길 위쪽에서 검은 머리의 작은 꼬마가 바람에 나풀거리며 아장아장 걸어오는 것을 보곤 했다.

어슐라는 아빠를 보자마자 마구 돌아가는 작은 풍차 모양으로 팔을 위로 쳐들었다 아래로 내렸다 하면서 가파른 언덕을 달려 내려가곤 했다. 딸아이가 넘어질 것을 알았기에 아빠의 가슴은 두근거렸고 열을 다 내어 빨리 뛰어와 딸아이를 잡았다. 아이는 작은 팔다리를 휘두르면서 나풀거리며 마구 뛰어왔다. 딸아이를 안아 들어 올릴 때면 그는 기뻤다. 한번은 딸애가 그를 향해 달려오다가 넘어졌다. 팔을 그에게 뻗치고 달려오다가 갑자기 아이가 앞으로 거꾸러지는 것을 보았다. 그가 아이를 쳐들었을 때 입에서 피가 흘렀다. 그는 그 순간을 차마 떠올릴 수가 없었다. 그가 나중에 나이가 들고 어슐라가 타인처럼 되었을 때도 그때를 생각하면 늘 울고 싶었다. 얼마나 그 어린 딸 어슐라를 사랑했던가! 그가 결혼해서 얼마 되지 않았던 젊은 시절에 그는 어슐라 때문에 얼마나 가슴을 태웠던가!

어슐라가 좀 더 나이가 들었을 때 울타리에 난 층계를 무모하게 올라오는 것을 보았다. 빨간 앞치마를 입고 위험스럽게 몸을 돌리다 거꾸로 넘어지더니 벌떡 일어나 그를 향해 달려왔다. 때때로 어슐라는 아빠의 어깨에 목말 타는 것을 좋아했다. 때로는 아빠의 손을 잡고 걸었고, 어떤 때는 아빠의 다리를 잠시 두 팔로 꽉 잡았다가는 다시 놓고 마구 내빼곤 했다. 그러면 그는 혼자 마구 달리는 아이를 향해 큰 소리로 부르며 따라갔다. 그는 키가 크고 몸이 말랐으며, 불안정한 스물두 살 난 청년에 불과했다.

어슐라에게 요람과 작은 의자, 등받이 없는 의자와 높은 어린이용 의자를 만들어준 것은 그였다. 그는 어슐라를 번쩍 들어 올려 식탁에 앉히고 낡은 탁자 다리로 인형을 깎아주곤 했다. 그러면 어슐라는 이를 쳐다보면서 말했다.

"눈을 만들어요, 아빠. 눈을 만들어요!"

그러면 그는 칼로 눈 모양을 팠다.

어슐라는 치장하는 것을 매우 좋아했다. 그래서 아빠는 어슐라의 귀 둘레에 헝겊 끈을 걸고 귀밑 끈에 파란 구슬을 달아 귀고리를 만들어주었다. 귀고리는 다양해서 빨강 구슬, 금색 구슬, 또 작은 진주 구슬 알을 걸기도 했다. 밤에 귀가해 딸애가 머리를 쳐들고 뽐내고 있으면 윌은 말했다.

"오늘은 제일 멋진 금장식 진주 귀고리를 했구나!"

"네."

"여왕님을 뵈러 갔었니?"

"네, 그랬어요."

"그래, 여왕님이 뭐라 그러시던?"

"여왕님이 그러시는데, 여왕님께서 말이에요, '네 멋진 흰 드레스를 더럽혀선 안 돼.' 하셨어요."

아빠는 자기 그릇에서 제일 맛있는 음식을 집어서 딸애의 촉촉하게 젖은 빨간 입 안에 넣어주었다. 그리고 버터 바른 빵 위에다 잼으로 새를 그리곤 했으며 어슐라는 이것을 특별히 맛있게 먹었다.

일 도와주는 여자는 차 마신 그릇의 설거지가 끝나면 집으로 돌아갔다. 그러면 온 식구에게 자유로운 분위기가 찾아들었다. 윌은 보통 아이들 목욕시키는 일을 거들어주었다. 어슐라를 무릎에 앉히고 옷의 끈을 풀어주면서 딸애와 얘기를 오래 나누었다. 정말로 중대한 일과 도덕적으로 깊이 있는 문제를 얘기하는 듯한 분위기였다. 그러다가 갑자기 딸애가 방구석에 굴러가 있는 유리 공깃돌을 보자 아빠의 말을 듣지 않았다. 슬쩍 아빠의 무릎에서 빠져나간 다음에는 바로 돌아오려 하지 않았다.

"이리 오렴."

아빠는 아이를 부르며 기다렸다. 아이는 공깃돌에 정신이 팔려서 이 말을 듣지 않았다.

"이쪽으로 와."

아빠는 약간 명령조로 다시 불렀다. 아이는 신이 나서 깔깔대고 웃으면서 공깃돌에 정신이 팔린 체하고 있었다.

"우리 아가씨, 내 말 들리나?"

아이는 기쁨에 들떠 웃으면서 몸을 돌렸다. 그는 와락 달려가 아이를 번쩍 쳐들었다.

"부르는데도 안 왔지?"

아빠는 어슐라를 튼튼한 두 손에 올려놓고 간지럼을 태우면서 말했다. 아이는 실컷 웃고 또 웃었다. 아이는 아빠가 완력과 단호한 태도로 강요하는 것이 좋았다. 아버지는 장사같이 기운 센 사람으로 쳐다볼 수 없을 정도로 우뚝 서 있는 힘의 탑 같은 존재로 느꼈다.

아이들이 다 잠자리에 든 뒤 부부는 때때로 한가한 기분에 젖어 이런저런 이야기를 했다. 남편은 거의 독서를 하지 않았다. 그가 마음이 끌려서 읽은 것은 그에게 불타오르는 현실이 되고 바로 창밖으로 보이는 한 장면이 되었다. 이에 반해 아내는 무슨 일이 생겼나 알기 위해 책을 대강 훑어보았으며 그것으로 충분했다.

그렇기 때문에 그들 부부는 종종 함께 앉아서 이런저런 얘기를 주고받았다. 그러나 정말로 마음속에 있는 말은 입 밖에 낼 수가 없었다. 그들의 말은 서로의 침묵 가운데서 어쩌다 나오는 말에 불과했다. 그들이 말을 했다 하면, 그것은 잡담이었다. 아내는 바느질에도 관심이 없었다.

아내는 마치 가슴에 빛이 환하게 비치는 양 만족스러운 표정으로 아리땁게 앉아서 사색에 잠기는 버릇이 있었다. 그러다간 가끔씩 남편 쪽으로 몸을 돌려 낮 동안에 일어났던 자잘한 일을 들려주면서 웃었다. 그러면 남편도 웃었고, 부부는 잠시 얘기를 나누었다. 그런 다음 그들 사이에 또다시 활기찬 무언의 시간이 흘렀다.

아내는 몸이 말랐으나 혈색이 좋았고 활기에 넘쳤다. 그 저 아무것도 하지 않고 단지 위엄 있게 기이하고도 나른한 표정을 띠고 앉아 있는 것에 완전히 만족해 했다. 그 천하

태평인 태도가 아주 당당해 보였고, 남에게 완전히 무관심했고, 아주 자신에 넘쳐 있었다. 그들 부부 사이의 유대는 정의를 내릴 수 없는 것이었으나 대단히 강했다. 다른 식구들은 그들에게서 떨어져 있게 되었다.

아내가 남편의 존재를 의식하고 있을 때 남편의 표정은 변하지 않고 단지 더 강렬해질 뿐이었다. 얼굴은 한곳에 열중해 있어 뻘겋고 시커멨다. 인간의 얼굴이라기보다는, 무엇에 몰두한 강한 빛을 띠고 있었다. 어쩌다 남편과 시선이 마주치면, 남편의 눈에서 노란 불빛이 튀어나오면서 암흑이 덮쳐와 그녀의 의식을 몽롱케 했고 전기가 통하는 듯 느꼈다. 그러면 남편은 야릇한 미소를 살짝 지었다. 그녀는 최면술에 걸린 것같이 나른해서 눈을 돌렸다가 감아 버렸다. 그러면 둘은 팽팽한 어둠 속에 함께 잠겨 들었다. 남편에겐 한곳에 열중해 눈에 띄지 않는 검은 고양이 새끼와 같은 면이 있었다. 처음에는 눈에 띄지 않지만 서서히 그 존재를 느끼도록 해서 은밀하고도 강력하게 아내를 사로잡았다. 그는 아내에게 호소하는 것이 아니라 아내 속에 있는 그 어떤 것에 호소했다. 그러면 그녀의 어두운 무의식에서 그것이 나와 미묘하게 반응을 보였다.

그들 부부는 절대로 빛 속에 있지 않고 평범한 낮의 뒤안길을 끊임없이 찾아들면서 정열적이며 전기가 흐르는 암흑 속에 함께 머물렀다. 남편은 빛 속에서는 의식을 잃고 잠자는 것 같았다. 암흑이 남편을 자유롭게 했을 때만 아내가 남편을 알아보았고, 그러면 남편은 금빛처럼 달아오르는 눈으로 어둠 속에서 자신의 의도와 욕망을 직시할 수 있었다. 그러면 아내는 최면에 걸려서 남편의 꿰뚫는 듯한 거친 목소리에 그녀의 영혼이 부드럽게 뛰어오르며 응답했다. 암흑이 깨어나 전기가 통하고 미지의 암시가 압도적으로 밀려왔다.

이제 와서야 그들은 서로를 진정 이해했다. 아내는 낮이요, 빛이었고, 남편은 옆에 드리워진 그림자에 불과했으나 밤이 오면 관능적인 힘으로 압도해 왔다.

애나는 남편을 무서워하지 않고 증오하지 않는 법을 배웠다. 대신 자기 속에 남편의 힘을 가득 받아들이고 낮 동안 내내 숨어 있던 남편의 관능적인 검은 힘에 자신을 맡기는 법을 배웠다. 그래 마치 일상적인 생활에서 떨어져 나가 무아경에 빠진 양, 눈을 이상하게 굴리는 것은 아내한테 습성처럼 되어버렸다. 삶에서, 의식적인 삶에서 무언가가 그녀를 위협하고 반대하며 덤벼들 때 아내는 눈을 이상하게 굴리곤 했다.

그들은 빛 가운데서는 별개로 떨어져 있다가 짙은 어둠 속에서는 굳게 결합했다. 남편은 아내의 낮 동안의 권위를 지지해 주었고, 마침내는 그 권위를 불가침의 것으로 인정해 주었다. 한편 아내는 모든 암흑 속에서는 남편에게 예속되었다. 남편이 암시적이고 최면적인 친밀감으로 다가올 때는 자신을 내맡겼다.

낮 동안에 그가 하는 모든 활동과 공적 생활은 일종의 잠이었다. 아내는 자신이 해방되는 낮에 속하기를 원했다. 남편은 일을 하며 낮을 피해 다녔다. 그는 차를 마신 뒤 헛간으로 가서 목수 일이나 목각 일을 했다. 그는 갈라지고 손상을 입은 제단을 본래의 상태로 복구하고 있었다.

그는 아이가 발치에서 놀면서 곁에 있는 것을 좋아했다. 어슐라는 그에게 속해 있으면서 그의 암흑 속에서 놀고 있는 한 가닥 빛이었다. 그는 헛간 문의 걸쇠를 열어놓았다. 육감으로 딸아이가 올 것을 감지했을 때 그는 만족하고 안식했다. 그는 어슐라와 단둘이 있을 때 주변에 관심을 쏟거나 말을 꺼내고 싶지 않았다. 딸아이가 주위에서 나풀거릴 때 그는 아무 생각 없이 그냥 지내고 싶었다.

그는 항상 아무 말도 않고 헛간으로 갔다. 아이는 헛간 문을 밀어젖히고 아빠가 등불 옆에서 소매를 걷어붙이고 일하는 모습을 보았다. 옷은 단지 몸을 가리는 정도로 아무렇게나 걸치고 있었다. 옷 속에는 몸에서 우러나오는 독자적인 유연한 힘이 충전된 듯 가득 차 있었다. 어슐라는 아주 어릴 때부터 가늘고 검은 털이 수북한 아빠의 팔이 전기처럼 유연하게 움직이는 것을 잘 기억할 수 있었다. 항상 침묵 속에 숨어서 눈에 보이지 않게 재빠르게 작업대에서 움직이는 팔이었다.

어슐라는 헛간 문전에서 잠시 머뭇거리며 아빠가 눈을 들어서 쳐다보기를 기다렸다. 아빠는 몸을 돌리고 새까맣고 둥근 눈썹을 약간 치뜨고 말했다.

"어이! 잔소리꾼 아씨가 오셨네!"

그러곤 딸애가 들어온 후에 문을 닫았다. 그러면 아이는 향긋한 나무 냄새가 나고 대패, 망치, 톱 소리로 진동하면서도 아빠의 침묵으로 가득 찬 헛간에서 행복을 느꼈다. 아이는 대팻밥과 나무못 가운데서 정신을 팔고 계속 놀았다. 절대로 아빠의 몸은 건드리지 않았다. 아빠의 다리와 발이 가까이 있었지만 그 근처로 가질 않았다.

어슐라는 아빠가 밤에 교회에 갈 때 그 뒤를 따라 나가는 것을 좋아했다. 아빠가 혼자 가게 될 때는 아이를 훌쩍 들어서 담 너머에 내려놓고 따라오게 했다.

교회에 들어간 후 문이 닫히면, 어슐라는 또다시 정신이 나가 있었다. 아빠와 단둘이서 그 크고 어두컴컴하고 텅 빈 교회를 독차지했던 것이다. 아빠가 풍금 위에 촛불을 켜는 것을 주시했다. 아빠가 찬송가의 반주 연습을 시작할 때까지 기다렸다가 그 후에는 이곳저곳을 뒤지며 뛰어다녔다. 마치 고양이 새끼가 어둠 속에서 눈을 크게 뜨고 혼자 노는 것 같았다. 교회 종루의 종에서 내려온 밧줄이 교회 바닥 쪽으로 꼬인 채 희미하게 걸려 있었다. 어슐라는 흰색과 빨간색이 뒤섞였거나 흰색과 파란색이 섞인 북슬북슬한 밧줄 손잡이를 갖고 싶었다. 그러나 이 손잡이는 그녀 키보다 높은 곳에 있었다.

가끔 엄마가 와서 딸애를 데려갔다. 그럴 때면 어슐라는 잔뜩 뾰로통해 있었다. 엄마의 피상적인 권위에 맹렬히 도전했다. 자신도 홀로 떨어져 있겠다고 주장하고 싶었다.

그렇지만 아빠도 가끔가다 그녀에게 잔인할 정도로 강하게 충격을 주었다. 아빠는 어슐라가 교회 안에서 돌아다니며 놀도록 두었다. 그래 풍금 소리가 멀리 울려 퍼질 때 어슐라는 꽃 사이를 돌아다니는 벌처럼 교회 좌석에서 발받침과 찬송가 책과 쿠션을 끄집어내 늘어놓았다. 이런 일이 수주일 동안 계속되었다. 그러다가 하루는 청소부 아주머니가 잔뜩 화를 내며 괴물처럼 윌에게 대들었다. 그는 기가 죽었으며 그 노파의 모가지를 부러뜨리고 싶었다.

그는 잔뜩 화가 나 눈을 번뜩이면서 집에 와서 어슐라에게 분을 터뜨렸다.

"아니, 요 말썽꾸러기 원숭이 새끼 같으니라고. 그래, 잔뜩 난장판을 만들지 않고는 교회에서 못 노니?"

그의 음성은 거칠었고 고양이 소리같이 앙칼졌다. 그는 어린아이에게 무모하게 굴었다. 어슐라는 고뇌와 공포를 느끼며 움츠러들었다. 무엇 때문에 그러는 걸까? 무슨 흉측한 일이 있었나?

아내는 침착했으며 거의 당당한 자세로 몸을 돌렸다.

"도대체 저 어린애가 무슨 일을 했기에 그래요?"

"무슨 일을 했느냐고? 저 애가 교회 기물을 끌어내 어지럽히고 부숴놓은 통에 다시는 교회에 갈 수가 없어!"

아내는 천천히 눈망울을 굴렸고 눈을 내리떴다.

"무얼 부쉈는데요?"

남편은 알지 못했다.

"방금 윌킨슨 할멈이 나한테 대들면서 저 애가 저지른 일을 쭉 늘어놓았어."

어슐라는 아빠가 멸시와 분노 섞인 어조로 '저 애'라고 자기를 부르는 걸 듣고 풀이 죽어 있었다.

"윌킨슨 할멈보고 어슐라가 한 일을 죽 적어가지고 나한테 오라고 해요. 내가 그 내용을 들어야겠어요."

아내가 말했다.

"당신이 이렇게 화를 내는 것은 어슐라가 뭘 잘못해서가 아니에요. 그 노파가 당신한테 대드는 것을 참을 수가 없어서 그러는 거예요. 노파가 당신을 공박할 때 맞설 용기가 없어서 공연히 집에 와서 화풀이를 하는 거예요."

남편은 잠자코 있었다. 어슐라는 아빠의 판단이 틀렸다는 걸 알았다. 아빠는 바깥세상에서는 그릇되게 행동했다. 비인간적인 세계의 차가운 느낌이 이미 그 아이를 엄습했다. 거기에서는 엄마가 옳다는 걸 어슐라는 알고 있었다. 그러나 어슐라는 여전히 마음속으로는 아빠의 뒤를 따라가며 아빠가 어두운 감각의 하계에서는 옳게 행동한다고 소리쳤다. 아빠는 골이 나 있었고, 다시 흉악하고 잔인스러운 침묵을 머금고 방 안에서 나갔다.

아이는 흥밋거리로 가득 찬 생활에 골몰해서 조용히 이곳저곳을 뛰어다녔다. 주위의 사물이나 변화와 변경이 어슐라의 눈에 들어오지 않았다. 하루는 풀밭에서 데이지 꽃을 발견했는가 하면, 이튿날에는 사과 꽃잎이 땅 위에 하얗게 흩뿌려져 있는 걸 보고, 단지 꽃잎이 그곳에 있으니까 즐거워서 꽃잎 사이로 뛰어다니곤 했다. 새가 또다시 버찌를 쪼아댔고 그러면 아빠는 나무 위에서 어슐라가 서 있는 주위에다 버찌를 던져주곤 했다. 들판은 온통 건초로 가득 찼다.

어슐라는 세상이 어떠하며 또 앞으로 어찌 될 것인가를 생각하지 않았다. 바깥 세계의 사물들은 매일 그곳에 있었다. 그녀는 항상 그녀 자신이었고 바깥세상은 우연이었다. 어머니조차도 그녀에겐 우연처럼 생각되었다. 어머니는 우발적인 것으로 그녀가 참아야 할 조건이었다.

단지 아버지만이 어린애의 의식 속에서 뚜렷이 영구적인 자리를 차지했다. 아버지가 귀가했을 때 아이는 아버지가 집을 나서던 모습을 어렴풋이 기억하고 있었다. 아버지가 밖에 나가 있는 동안 어슐라는 어렴풋이나마 아버지가 돌아올 때까지 기다려야 한다고 느꼈다. 여기에 반해 어머니는 외출을 했다가 돌아오면 단지 집에 있다는 것뿐, 어머니의 외출이 어슐라에게 어떤 생각을 하게끔 하는 계기가 되지 못했다.

아이는 아버지의 외출이나 귀가를 하나의 사건으로 꼭 기억해 두었다. 아버지가 돌아올 때는 아이의 마음속에서 어떤 염원의 정이 깨어났다. 아이는 아버지가 기분이 상했다거나 골이 났거나 피곤하다는 걸 직감으로 알았다. 그럴 때마다 안절부절못하고 편안히 쉬질 못했다.

아버지가 집에 있을 때면 아이는 햇빛을 받는 동물인 양 충만하고 따스하며 풍요롭게 느꼈다. 아버지가 집을 비우면 아이는 정신이 몽롱해지고 건망증이 생겼다. 아빠에게 꾸중을 들을 때도 아이는 종종 자기 자신보다도 아버지의 존재를 더 의식했다. 아버지는 아이의 힘이요, 대자아였다.

어슐라가 세 살 되던 해 어머니는 또 다른 딸을 낳았다. 그러자 어린 두 자매인 어슐라와 구드룬은 더 많이 같이 있게 되었다. 구드룬은 공상에 몰두해서 몇 시간이고 혼자서 노는 조용한 아이였다. 머리는 갈색이고 살갗은 희었고 기이하리만큼 평온한 성격이라 거의 수동적이었다. 그러나 일단 마음을 먹으면 아무도 바꿀 수 없었다. 구드룬은 처음부터 어슐라 언니가 하자는 대로 따라 했다. 그러나 구드룬은 근본적으로 자신에게 집착하는 아이여서 두 아이가 같이 있는 걸 보면 묘했다. 두 아이는 마치 같이 놀기는 하나 상대방을 주시하지 않는 두 마리의 어린 동물 같았다. 구드룬은 엄마가 제일 귀여워하는 아이였다. 하지만 엄마는 갓난아기와 같이 지내야 했다.

아버지는 딸린 식구들이라는 무거운 짐 때문에 지쳐 있었다. 사무실에서 일을 했고, 그 일은 순전히 의지력으로 버텼다. 교회에 대해선 메말랐지만 열정을 갖고 있었고 또 세 아이가 있었다. 또 이때는 그의 건강이 좋지 않았다. 그래 헬쑥하니 마른 그는 성을 잘 냈고 종종 집안의 골칫거리 노릇을 하였다. 그런 때면 아내는 그에게 목공 일을 하든가 교회에 가보라고 권했다.

아버지와 어린 어슐라 사이에는 기이하게 동맹 의식이 생기게 되었다. 아빠와 딸은 서로를 이해했다. 그는 항상 딸이 자기 편에 있다는 걸 알았다. 그러면서도 마음속으로 그것을 대수롭지 않게 여겼다. 딸은 항상 그의 편이었고 그는 그걸 당연한 사실로 받아들였다. 그의 생활은 사실 딸에게 기반을 두고 있었다. 딸애가 아주 어릴 때부터 딸의 지지와 동조에 기초하고 있었다.

아내는 대단한 황홀경에서 엄마 노릇을 계속했다. 항상 바쁘고 종종 애를 먹으면서도 엄마로서의 황홀경에 늘 머물러 있었다. 아내는 생산력이 왕성했고 태양은 아내에게 뜨거운 열로 내리쬐는 것 같았다. 아내의 얼굴빛은 밝았고 눈은 비옥하고 컴컴한 빛으로 넘쳤고 갈색 머리카락은 귓가에 흐트러져 있었다. 풍요로운 외모였다. 책임감이나 의

무감 같은 것엔 통 신경을 쓰지 않았다. 바깥세상의 공적인 생활은 그녀에게 무(無)보다도 못한 것이었다.

여기에 반해 윌은 스물여섯 살 때 네 아이의 아빠가 되어 있었다. 그는 아내가 천성적으로 들에 핀 싱싱한 백합처럼 살아가는 데 비해 자신은 무서운 책임의 짐에 짓눌린다고 느꼈다. 바로 이러한 때 딸 어슐라가 그의 편에 서려고 애쓴 것이었다. 어슐라는 네 살 난 어린아이 때부터 아빠가 자주 골을 내고 소릴 지르며 온 식구를 못살게 굴 때도 아빠 편을 들었다. 아빠가 고래고래 소리 질러서 괴로웠지만, 그런 면은 진짜 아빠가 아님을 알고 있었다. 그런 상태가 지나가서 아빠와 정상적인 관계를 다시 유지하길 원했다. 아빠가 기분 나쁘게 행동할 때면 아이는 아빠가 무언가를 필요로 해 외치는 소리에 메아리치면서 무조건적인 호응을 보냈다. 어슐라는 자신이 아빠와 어떤 유대를 갖고 있고 아빠가 겉으로 내보일 수 없는 사랑을 품고 있는 양 마음속으로 아빠를 따랐다. 어슐라는 사랑하는 마음으로 집요하게 아빠의 뒤를 좇았다.

그러나 어린애답게 자신이 작고 역부족이며 아빠의 운명에 아무런 도움이 못 된다는 것을 어렴풋이 느꼈다. 어슐라는 아무런 수도 쓸 수 없었고 쓸 힘도 없었다. 아빠에게 중요한 인물이 될 수 없었다. 이런 사실을 알았기에 어슐라는 처음부터 기가 죽어 있었다.

그러면서도 어슐라는 바늘처럼 떨면서 아빠를 향했다. 아이의 생활 전체가 아빠를 인식하고 아빠의 존재를 늘 의식하는 것으로 방향 지어졌다. 아이는 엄마를 반대했다.

아빠는 새벽이었고 그 속에서 아이는 의식을 깨치고 있었다. 그러나 아빠의 입장에서는 어슐라도 구드룬, 테레사, 캐서린과 똑같은 딸아이로만 보였다. 늘 꽃과 곤충과 장난감을 갖고 놀면서 구체적으로 주목할 물건이 없으면 놀 줄 모르는 아이로 보였던 것이다. 그러면서도 아빠는 이 아이에게 너무나 가까이 접근했다. 그가 손으로 아이를 꽉 부여잡고 떡 벌어진 가슴으로 세게 안을라치면 어슐라는 몸이 아파오면서 어린애의 무의식 상태에서 깨어났다. 눈에 아무것도 들어오지 않는데도 눈을 크게 뜨게 되어, 어슐라는 보는 법을 배우기도 전에 눈 먼저 뜬 셈이 되었다.

너무나 일찍 의식이 깨어났던 것이다. 어슐라가 어린아이일 때 너무 일찍 그 아이를 깨웠던 것이다. 아빠는 어슐라를 가슴으로 꼭 껴안아서 잠자던 아이의 심장이 고동치면서 깨어나게 했다. 아빠가 큰 가슴을 오므리며 사랑과 성취를 위해서 어슐라를 꼭 껴안는 모습은 마치 자석이 쇠붙이를 당기는 것 같았다. 아이로부터 반응이 어렵사리 희미하게 생겨나기 시작했다.

아이들에겐 시골 생활에 맞게 소박한 옷을 입혔다. 어슐라는 어렸을 때 작은 나막신을 신고 딸깍거리며 다녔다. 두꺼운 빨간 드레스 위에 푸른색 덧옷을 입고 빨간 숄을 두른 후 등 뒤에서 끈을 잡아맸다. 이런 차림으로 아빠와 마당에서 뛰어다녔다.

식구들은 일찍 일어났다. 아빠는 아침 6시면 마당에 나가 땅을 팠고 8시 반엔 일터로 떠났다. 어슐라는 아빠 바로 곁에 있지는 않았어도 늘 아빠와 함께 마당에 나가 있었다.

어느 해 부활절에는 감자 심는 일을 도왔다. 처음으로 아빠의 일을 거든 것이었다. 그때 일은 훗날 어슐라의 어린 시절에 대한 최초의 기억으로 한 폭의 그림처럼 남아 있었다. 아빠와 어슐라는 동이 트자 곧 들로 나갔다. 찬바람이 불고 있었다. 아빠는 낡은 바짓단을 장화 안에 집어넣고 저고리나 조끼도 입지 않았다. 셔츠의 소맷자락이 바람에 펄럭였고 얼굴은 잠을 자는 양 불그레한 채 일에 열중해 있었다. 아빠는 일단 일을 시작하면 딴 것에 귀를 기울이지도 보지도 않았다. 호리호리하고 키가 커서 아직 청년처럼 보였고 두꺼운 입술 위에는 검은색 콧수염이 한 줄로 나 있었다. 그의 가는 머리카락은 이마 위로 휘날렸고, 잿빛 여명 속에서 홀로 일했다. 아빠가 홀로 있으니 아이도 마술처럼 따라나서게 되었다.

바람은 검푸른 들판 위로 차갑게 불어왔다. 어슐라는 뛰어가서 아빠가 하시는 일을 구경했다. 밭 한쪽에다 고랑 잡는 못을 박아 넣더니 이번에는 반대쪽으로 걸어가서 못을 박아 넣었다. 다음에는 두 못에 매놓은 줄을 그 사이의 흙 위로 팽팽하고도 분명하게 잡아당겨 놓았다. 그러고는 날카롭게 땅을 파는 소리를 내면서 어슐라 쪽으로 번쩍거리는 삽질을 해왔다. 새로 파서 보드라워진 흙 속에 낮게 고랑을 냈다.

아빠는 삽을 곧게 세우고 몸을 쭉 펴며 말했다.

"날 좀 도와줄래?"

어슐라는 작은 양털 모자에서 얼굴을 내밀고 아빠를 쳐

다보았다.

"자, 감자 씨를 심어보렴. 여길 봐. 이런 식으로 말이야. 이 작은 눈들을 위쪽으로 오게, 이 정도로 간격을 두고 말이야. 알겠지?"

아빠는 허리를 굽혀 빠르고 자신 있는 손놀림으로 보드라운 고랑에다 눈이 난 감자를 죽 심어갔다. 감자 씨는 무거운 듯한 차가운 흙 위에 하나씩 애처롭게 놓였다.

아빠는 어슐라에게 작은 감자 바구니를 건네주고는 줄의 다른쪽 끝으로 걸어갔다. 아빠가 그녀 쪽을 향해 허리를 굽혀 씨감자를 심어 오고 있었다. 아이는 전혀 생소한 일에 흥분해 있었다. 감자 한 개를 흙에 넣고는 똑바로 잘 놓이도록 다시 손질을 했다. 감자 눈 몇 개가 부러졌다. 어슐라는 겁이 났다. 이런 책임을 맡게 되니 마치 끈에 매달려 있는 것같이 긴장이 되었다. 덮은 흙 밑에 묻혀 있는 줄을 겁먹은 눈으로 자꾸만 쳐다보았다. 아빠는 허리를 굽히고 감자를 심으면서 어슐라 쪽으로 다가왔다. 아이는 맡은 일을 해내느라고 애를 썼다. 감자를 차가운 흙 속에 빨리빨리 박아 넣었다. 아빠가 가까이 왔다.

"그렇게 촘촘히 심지 마."

아빠는 허리를 굽혀 아이가 심어놓은 감자 중에서 몇 개를 빼내고 다른 것들은 다시 손을 보았다. 아이는 겁에 질려 어쩔 줄을 몰라 우두커니 서 있었다. 아빠는 전혀 아랑곳하지 않고 자신만만했다. 어슐라는 그 일을 해내고 싶었지만 할 수가 없었다. 아이는 물끄러미 쳐다보며 서 있었다. 아이의 파란색 덧옷이 바람에 펄럭였고 빨간색 양털

숄의 끝자락이 펄럭거렸다. 아빠는 무정하게 밭고랑 밑으로 가서 날카롭게 삽질을 하면서 감자 위에 흙을 씌웠다. 딸아이는 거들떠보지도 않고 일만 계속할 따름이었다. 딸과는 다른 세계에 가 있었다.

어슐라는 어쩔 수 없이 아빠의 세계에서 꼼짝 못하고 서 있었다. 아빠는 일을 계속했다. 어슐라는 자신이 아빠를 도와줄 수 없다는 걸 잘 알고 있었다. 마침내는 좀 처량해져서 몸을 돌려 밭 위를 마구 뛰어갔다. 할 수 있는 한 빨리 아빠에게서 멀리 떨어져 아빠와 아빠의 일을 다 잊어버리려 했다.

아빠는 딸의 모습이, 새빨간 양털 모자를 머리에 쓰고 파란 덧옷이 팔락거리는 그 모습이 그리웠다. 어슐라는 작은 도랑물이 풀잎과 돌멩이 사이로 흐르는 곳으로 뛰어갔다. 이곳을 좋아했던 것이다. 아빠가 가까이 왔다.

"아빠를 많이 도와주진 못했어."

아이는 아무 말없이 아빠를 보았다. 벌써 아이의 마음은 실망으로 축 처져 있었다. 입을 못 떼고 있는 것이 애처로웠다. 그렇지만 아빠는 눈치를 채지 못하고 자리를 떠났다.

아이는 계속 놀았다. 그런데 노는데도 그 실망의 기분이 더 강하게 따라다녔다. 아빠처럼 일을 할 수 없었기 때문에 일하는 것이 두려웠다. 아빠와의 사이에 커다란 거리가 있다는 것을 의식했다. 자신은 힘이 없다는 것을 깨달았다. 공들여 일을 하는 어른들의 힘이 신비롭게만 보였다.

아빠는 어린아이의 섬세한 세계를 파괴적으로 깨부수고 들어가려 했다. 그러나 엄마는 관대하고 무관심했다. 아이들은 하고 싶은 대로 온종일 이리저리 다니며 놀았다. 어슐라는 별생각 없이 놀았다. 지나간 일을 반드시 기억하라는 법은 없지 않은가? 아이는 마당 건너편 산울타리에서 싹이 돋아나는 걸 보고 이 파릇파릇하면서도 분홍빛이 도는 새싹을 치즈 빵이라고 여기면서, 소꿉놀이가 하고 싶어졌다. 아이는 곧 가서 이 새싹들을 땄다.

그런데 다음 날 갑자기 아빠가 어슐라를 꾸중하기 시작했다. 아이는 혼쭐이 나가는 듯 깜짝 놀랐다.

"금방 감자를 심어놓았더니 누가 가서 짓밟고 난리를 쳤어? 너지? 이 말썽꾸러기! 그래 걸어 다닐 데가 없어서 밭을 밟고 다녀? 꼭 너 같은 짓이야. 조심을 하지 않고 그저 제멋대로 하는 짓이."

아빠는 자신이 애써 일구어놓은 밭에 작은 발자국이 깊게 갈지자형으로 줄지어 난 것을 보자 심한 충격을 받은 터였다. 그런데 아이는 무한정으로 더 큰 충격을 받았다. 그는 어린아이의 상처 입기 쉬운 마음을 비난하고 짓밟았다. 발자국이 왜 거기에 났을까? 발자국을 내고 싶지는 않았는데. 아이는 고통과 수치와 사실 같지 않은 일에 당혹하며 우두커니 서 있었다.

아이의 정신과 의식이 차츰 죽어 없어지는 듯했다. 아이는 바깥세상과 차단되고 무감각하게 되었다. 조그만 옹고집의 아이가 되어버려 마음은 굳어지고 반응이 없었다. 자신이 현실과 무관하다는 느낌 때문에 마음은 서리처럼 냉랭해졌다. 더 이상 바깥일에 개의치 않았다.

딸아이가 자신만만해 하면서 냉담하고 우월한 표정을 짓

자 아빠는 화가 불길처럼 치솟았다. 딸아이를 부러뜨리고 싶었다.

"요 고집쟁이의 상통을 으깨버리겠어!"

아빠는 팔을 쳐들고 이를 악물면서 소리쳤다.

아이는 조금도 흔들림이 없었다. 마치 자기 외에는 아무도 없는 양 무관심한 표정으로, 완전히 무관심한 표정으로 빤히 쳐다보며 굳은 채 서 있었다.

그러나 마음속 저 멀리 깊은 곳에서는 아이의 영혼이 흐느끼면서 갈기갈기 찢기고 있었다. 아빠가 자리를 떴을 때 어슐라는 응접실로 가서 소파 밑으로 기어 들어가, 아무 말없이 몸을 감추고 처참한 표정으로 쪼그리고 있었다.

한 시간쯤 뒤 소파 밖으로 기어 나왔을 때는 좀 멋쩍어져서 놀러 나갔다. 억지로라도 잊으려고 했다. 자신의 마음을 기억과는 단절시켜서 조금 전의 고통과 모욕감이 사실이 아니라고 믿으려 했다. 아이는 자기만을 내세웠다. 세상에는 자기 외에는 아무것도 없었다. 그래 아주 일찍이 아이는 바깥세상에는 자기를 반대하는 악의가 있다고 믿게 되었다. 그리고 아주 어릴 때부터 자기가 존경하는 아빠조차도 이러한 악의의 일부라는 것을 깨달았다. 아이는 아주 일찍부터 자신의 정신을 단단하게 하여 바깥세상의 모든 것에 저항하고 부정하는 법을 배웠다. 자신을 단단하게 하여 스스로의 처지를 지켜나갔다.

아이는 자신이 저지른 일을 절대로 미안하게 느끼지 않았다. 죄책감을 느끼게 하는 사람을 결코 용서하지 않았다. 만일 아빠가 "어슐라, 내가 애써 가꾼 밭을 왜 짓밟았지?"라고 물었다면, 그 말은 아이의 급소를 찔렀을 테고 자연히 아빠를 위해 무슨 일이든 했을 것이다. 그러나 아이는 항상 바깥의 일들이 현실같이 느껴지지 않아 괴로워했다. 땅은 밟으라고 있는 것이 아닌가? 단지 밭이라는 이유 때문에 그곳을 피해 다녀야 하나? 그곳은 땅이라 밟아도 되는데. 이것이 아이의 본능적인 반응이었다. 그래 아빠가 아이에게 겁을 주며 으르렁거리면 아이는 냉담해져서 스스로를 모든 관계에서 차단시켰다. 자신의 강한 주장만이 남아 있는 작은 세계 속에서 분리되어 살았다.

아이가 점점 자라 다섯 살, 여섯 살, 일곱 살이 되면서 아이와 아빠 사이의 유대는 더욱 깊어갔다. 그렇지만 그 유대는 항상 팽팽하게 긴장되어 끊어질 듯했다. 아이는 항상 자신만의 고집이 있는 동떨어진 세계 속으로 빠져 들었다. 그러면 아빠는 분해서 이를 부드득 갈았다. 아직 딸아이를 원했기 때문이다. 그러나 아이는 냉담해져서, 한 치의 양보도 없이 자신의 세계 안에 들어가 있을 수 있었다.

아빠는 수영을 아주 좋아했다. 날씨가 따뜻해지면 아빠는 어슐라를 데리고 한적한 운하나 큰 연못, 또는 저수지로 가서 수영을 했다. 그는 아이를 등에 태우고 수영을 하곤 했다. 그러면 아이는 아빠에게 바싹 매달렸다. 아빠의 몸놀림이 아주 기운차게 느껴져서 세상 전체를 쳐들어 올릴 것 같았다. 아빠는 아이에게 수영을 가르쳤다.

아빠가 짐짓 아이에게 위험한 일을 슬며시 강요해도 어슐라는 겁 없이 굴었다. 아빠는 이상하게 아이에게 겁을 주고 싶었다. 아이가 아빠를 어떻게 하는지 보고 싶었다.

그는 아이에게 아빠가 운하 다리에서 물속으로 뛰어내릴 때 아빠의 등에 타겠느냐고 물었다.

아이는 타겠다고 했다. 그는 아이가 맨몸으로 그의 어깨에 매달려 있는 것이 좋았다. 아빠와 딸 사이에는 미묘한 의지 싸움이 벌어졌다. 그는 다리 난간으로 올라갔다. 물은 저 밑에서 흐르고 있었다. 아이는 단호하게 마음을 먹고 아빠 등에 착 달라붙었다. 아빠를 단단히 붙잡고 있었다.

아빠는 훌쩍 뛰어내렸고 둘은 밑으로 떨어졌다. 두 사람의 몸이 물속으로 들어갈 때 어린애의 작은 몸뚱이에 물이 거세게 부딪쳐서 잠시 의식이 멍멍해졌다. 그래도 아이는 꼼짝 않고 있었다. 그들은 다시 물 밖으로 나와 둑으로 가서 나란히 풀밭 위에 앉았다. 아빠는 큰 소리로 웃으면서 멋졌다고 했다. 아이는 휘둥그레진 검은 눈으로 의아하고 의혹스러운 눈빛으로 아빠를 쳐다보았다. 충격을 받아 어리벙벙하면서도 아무 말없이 속을 드러내지 않았기에, 아빠는 눈물이 나도록 웃었다.

잠시 후 아이는 아빠의 등에 안전하게 매달렸고 아빠는 깊은 물속에서 수영을 했다. 어슐라는 태어날 때부터 아빠와 엄마의 벗은 몸에 익숙해져 있었다. 그들은 서로에게 몸을 꼭 대고, 조금 전에 그들에게 닥쳤던 기이한 충격에 대해 서로 보상해 주려고 했다. 다른 날에도 아빠는 딸을 등에 업은 채 과감하고 심술궂게 운하 다리에서 뛰어내리곤 했다. 그러다가 마침내 한번은 어슐라가 그의 머리 위쪽으로 떨어져 하마터면 그의 목이 부러질 뻔했다. 아빠와 딸은 한 덩어리가 되어 물속으로 빠졌고 잠시 동안 사경을 헤맸다. 아빠가 딸을 구해 주었고 그 후 몸을 후들후들 떨면서 둑 위에 앉았다. 그의 눈은 어두운 죽음의 빛으로 가득 찼다. 마치 죽음이 그들의 관계를 단절해 갈라놓은 듯했다.

그렇지만 그들 사이가 갈라진 것은 아니었다. 그들 사이에는 이상하게 서로를 조롱하는 친밀감이 있었다. 축제가 열렸을 때 어슐라는 스윙보트를 타고 싶어 했다. 아빠는 딸을 태우고 스윙보트에 서서 철로 된 손잡이를 부여잡고 점점 더 높이 위험스럽게 몰기 시작했다. 아이는 자리에 찰싹 달라붙어 있었다.

"더 높이 올라가고 싶니?"

그는 딸에게 물었다. 딸애는 눈을 휘둥그레 뜨고 입으로만 웃었다. 스윙보트는 하늘을 가르며 위로 치달리고 있었다.

"네."

어슐라가 대답했다. 아이는 온몸이 기체로 변해, 잡았던 모든 것이 손에서 스르르 빠져나가고 몸이 녹아버리는 듯 느꼈다. 스윙보트는 하늘 높이 올라갔다가 돌멩이처럼 뚝 떨어지는 듯하더니 또다시 어지럽도록 높이 치솟았다.

"더 높이 올라갈까?"

아빠는 어깨 너머로 딸을 보며 물었다. 아빠의 표정은 사악하면서도 멋진 데가 있어 보였다.

아이는 입술이 새파랗게 질린 채로 웃었다.

아빠는 커다랗게 반원을 그리면서 공중으로 스윙보트를 더 높이 밀어 올렸다. 마침내 스윙보트가 최고 한계점에

달하자 왹 당겨지더니 멈출 듯 흔들리기 시작했다. 아이는
스윙보트에 바짝 달라붙어 있었고 얼굴은 새하얘졌다. 시
선은 아빠한테 머물러 있었다. 밑에 있던 사람들이 소리를
질러댔다. 꼭대기에서 스윙보트가 아래를 향해 왹 떨어질
때 부녀의 몸이 퉁겨져 나올 듯했다. 그는 스윙보트를 할
수 있는 데까지 높이 올렸고 그 결과 사람들의 비난을 샀
다. 그는 스윙보트 속에 앉아서 저절로 흔들리게 했다.

그가 스윙보트에서 내리자 몰려 있던 사람들이 그에게
욕설을 퍼부었다. 그는 히쭉 웃었다. 아이는 창백하게 질
려 입을 다문 채 아빠의 손에 매달렸다. 잠시 후 아이는
심한 메스꺼움을 느꼈다. 아빠는 딸애에게 레몬주스를 사
주었고 아이는 몇 모금 들이켰다.

"메스꺼웠다고 엄마한테 말하지 마."

그가 당부했다. 그런 걸 당부할 필요는 없었다. 아이는
집에 돌아가자마자 병 난 새끼 짐승처럼 응접실 소파 밑으
로 기어 들어갔다가 한참 후에야 다시 기어 나왔다.

그러나 아내는 이 위험했던 모험에 대해 결국 알게 되었
고 굉장히 화를 내며 남편을 멸시했다. 남편의 황갈색 눈
은 번뜩였고 괴이하고도 잔인스러운 미소가 살짝 떠올랐
다. 아이는 아빠를 쳐다보면서 생전 처음으로 환멸을 느꼈
다. 그건 아빠에게서 자신이 떨어져 나가는 차가운 느낌이
었다. 아이는 엄마에게로 갔다. 아빠를 향한 아이의 정신
은 무디어졌다. 그래, 아이는 아팠다.

그러나 어슐라는 이 일을 잊고 계속 아빠를 사랑했다.
그렇지만 한층 냉랭해진 사랑이었다. 이때 아빤 스물여덟

살가량이었는데, 그 태도가 기이하고 격렬했으며 육감적이었다. 아빠는 엄마를 어느 정도 지배했고, 그와 접촉하는 모든 사람을 어느 정도 좌지우지했다.

아내는 오랜 기간 동안 적대감을 품고 있다가 마침내 남편과 가까워졌다. 이제 아내에겐 네 명의 딸아이가 있었다. 아내는 칠 년 동안 아내와 엄마 노릇 하는 데 몰두해 왔다. 여러 해 동안 남편은 아내에게 상처를 입히지 않고 곁에서 계속 지냈다. 그러다가 점차 또 다른 자아가 그의 내부에서 그 자리를 굳히는 것 같았다. 그는 여전히 말이 없고 동떨어져 있었다. 그러나 아내는 항상 남편이 가까이 오는 것을 느낄 수 있었다. 그가 가슴과 몸으로 아내를 위협하며 항상 더 가까이 오는 것 같았다. 남편은 점점 책임에 무관심해졌다. 마음에 드는 일만 하고 더 이상은 하려 들지 않았다.

그는 집 밖으로 나다니기 시작했다. 토요일에는 항시 혼자서 노팅엄으로 축구 시합이나 음악회를 보러 갔다. 그는 늘 무엇에나 응할 태세로 구경했다. 술 마실 생각이 든 적은 없었다. 그러나 초롱초롱한 황갈색 눈은 새까만 작은 눈동자를 굴리면서 날카롭게 주위 사람을 주시했다. 모든 사람들과 일어나는 일 하나하나를 주시하며 기다렸다.

어느 날 저녁, 엠파이어 회관에서 두 여자 옆에 앉게 되었다. 옆에 있는 한 여자에게 신경이 쓰였다. 그녀는 몸이 작고 평범한 편으로, 피부는 탄력 있고 윗입술은 말려 올라간 여자였다. 그래 무심히 있을 때는 그녀의 입이 약간 벌어져 꼭 무언가를 호소하는 듯이 입술이 앞으로 나와 있었다. 그녀는 옆에 앉은 남자를 굉장히 의식하고 있어서 몸 전체가 경직되어 있었다. 그녀의 얼굴은 무대를 향하고 있었다. 손을 무릎 사이에 넣고 강한 자의식 속에서 꼼짝하지 않았다.

그의 내부에서 불빛이 번쩍 했다. 이 여자에게 먼저 다가가 볼까? 이 여자와 그의 욕망대로 영 다른, 용납 안 되는 생활을 시작해 볼까? 못한다는 법이 어디 있담? 그는 항상 너무 모범적으로 처신해 왔는데. 아내를 제외하고는 아무하고도 관계를 맺은 적이 없는데. 그리고 모든 여자가 각기 다른데 왜 시작을 못해? 인생은 한 번뿐인데 왜 못해? 그는 다른 식의 삶도 원했던 것이다. 지금의 생활은 황량하고 충분하지 못했다. 다른 삶을 원했다.

그 여자가 입을 벌리고 고르지 못한 작고 하얀 이를 내보이는 모습이 그에게 매력적이었다. 입을 벌리고 받아들일 준비가 되어 있었다. 아주 쉽게 접근할 수 있을 듯 보였다. 들어가서 그곳에 있는 것을 즐겨볼까? 무릎 위에 내려놓은 아주 조용히 꼼짝 않고 있는 가는 팔이 예뻐 보였다. 여자는 몸이 작으리라. 두 손 안에 몸을 다 안을 수 있으리라. 거의 어린아이처럼 몸이 작고 예쁘리라. 그녀의 어린애 같은 면이 그의 구미를 예리하게 당겼다. 그녀는 그의 손안에서 꼼짝달싹 못하리라.

"여태 본 것 중에서 제일 멋진 공연이에요."

그는 손뼉을 치면서 여자 쪽으로 몸을 기대며 말했다. 그는 자신이 세상 전부와 맞서 있으면서 강하고도 굳세다고 느꼈다. 그의 정신은 예리하게 주시하면서 일종의 즐거움을 느끼며 번쩍였다. 그는 완전히 만족스러웠다. 그는 절대적인 존재였고, 나머지 세상은 그가 존재하는 데 기여를 해야 할 사물에 지나지 않았다.

그 여자는 흠칫 놀라 몸을 돌렸다. 눈에는 거의 고통스러운 빛이 섞인 미소를 띠었고 뺨은 빨갛게 달아올랐다.

"네, 그래요!"

그녀가 무의미하게 대꾸했고 앞으로 나온 듯한 이를 입술로 가렸다. 그녀는 다시 정면을 주시했으나 아무것도 보이지 않았다. 오로지 뺨이 벌겋게 달아오르는 것만 의식하고 있었다.

그는 그녀의 대답에 기분 좋게 자극이 되었다. 그의 혈관과 온 신경이 그녀 쪽으로 쏠렸다. 여자는 아주 어수룩해 가슴이 두근거리고 있었다.

"프로그램이 지난주만큼 좋질 않아요."

그가 말했다.

여자는 다시 얼굴을 반쯤 그에게로 돌렸다. 얕은 여울같이 맑고 빛나는 여자의 눈은 빛으로 가득 찼다. 겁은 조금 먹고 있었으나 자신도 모르게 그에게 반응을 보이면서 빛을 띠며 흔들렸다.

"아 그래요? 지난주엔 올 수가 없었어요."

그녀의 어투가 저속한 것을 알았다. 그것이 마음에 들었다. 어떤 계층의 출신인지를 알 수 있었다. 아마 상점의 점원쯤 되리라. 그녀가 저속한 여자라는 것이 좋았다.

그는 이어서 지난주의 프로그램에 대해서 얘기했다. 여자는 아주 얼떨떨해져서 아무렇게나 조리 없이 대답했다.

그녀의 뺨은 새빨갛게 달아올랐다. 여자는 계속 그에게 응답을 했다. 다른 쪽에 앉은 여자는 멀찌감치, 아무 말도 하지 않고 앉아 있었다. 그는 그 여자를 모르는 체했다. 그는 오로지 그가 택한 여자만을 위해 말을 해주는 것이었다. 눈은 밝고도 맑으며 쉽사리 접근할 수 있게 입을 벌리고 있는 그 여자만을 위해서.

얘기는 계속되었다. 여자 쪽에서는 별 의미도 없이 아무렇게나 대답했고, 남자로서는 정성을 들여 목적을 가지고 얘기했다. 이런 대화를 한다는 것이 그로서는 즐거웠다. 운과 재주를 필요로 하는 훌륭한 경기처럼 즐거운 활동이었다. 그는 아주 침착하고 기분이 상쾌하였고 힘 또한 넘쳐흘렀다. 그가 계속 다정하면서도 자신 있게 밀고나가니까 여자는 옆에서 가슴을 두근거렸다.

공연이 거의 끝나가고 있었다. 그의 감각이 날카롭고 집요해졌다. 그는 자신의 유리한 입장을 계속 밀고나가리라. 그는 여자와 그녀의 수수하게 생긴 친구를 따라 층계를 내려가 거리로 나갔다. 비가 오고 있었다.

"고약한 밤이군요."

그가 말했다.

"어디 가서 차라도 한잔 할까요? 아직 이른 시간인데."

"아니요, 그럴 수 없어요."

여자는 컴컴한 거리를 쳐다보며 대답했다.

"그랬으면 좋겠는데요."

그는 마치 여자의 처분만 바라는 듯이 말했다. 잠시 침묵이 흘렀다.

"롤린스로 갈까요?"

그가 물었다.

"아니에요. 그곳은 안 돼요."

"그러면 카슨으로 갈까요?"

아무 응답이 없었다. 다른 친구가 계속 버티고 서 있었다. 그는 이제 절대적인 힘의 중심점이 되고 있었다.

"친구분도 같이 가실까요?"

또다시 침묵이 흘렀다. 그 여자 친구는 자기의 처지를 깨닫게 되었다.

"아닙니다. 약속이 있어요."

"그렇다면 다음번으로 미루죠."

그가 말했다.

"아, 고마워요."

친구는 아주 어색해 하면서 대답했다.

"잘 가요."

그가 말했다.

"그럼 나중에 만나."

여자가 친구에게 말했다.

"어디서?"

친구가 물었다.

"거티, 알잖아?"

여자가 대꾸했다.

"그래, 제니."

친구는 어둠 속으로 사라졌다. 그는 여자와 찻집으로 향했다. 그들은 내내 얘기를 했다. 그는 전적으로 남자다운 씩씩한 모습을 여자에게 드러내려고 말을 했다. 그는 내내 여자를 쳐다보았다. 여자를 감지하고 감상하고 발견해 내며 스스로 만족하고 있었다. 여자에겐 분명히 매력이 있었다. 여자의 독특하게 굽은 눈썹은 자극적이고 심미적인 즐거움을 안겨주었다. 옅은 여울처럼 밝고도 해맑은 여자의 눈동자가 눈에 들어왔다. 그리고 빨간 입은 쉽게 접근할 수 있게 벌려진 채 있었다. 아직은 그것을 건드리지 않았다. 그리고 그는 내내 시선을 여자에게 주었다. 부드러운 젊은 여자의 몸을 기분 좋게 상상하면서 조종하고 있었다. 그 여자가 누구고 어떤 신분의 여자인지 전혀 신경을 쓰지 않았다. 그 여자가 누구이건 상관없었다. 그 여자는 단지 그가 관심을 갖는 관능적 상대일 뿐이었다.

"그러면, 나갈까요?"

그가 물었다.

여자는 묵묵히 일어났다. 마음은 없이 몸만 움직이는 것 같았다. 그는 여자를 자기 마음대로 조종하는 것 같았다. 밖에는 아직도 비가 내리고 있었다.

"좀 걸을까요?"

그가 말했다.

"난 비 같은 것은 개의치 않아요. 당신은 어때요?"

"저도 개의치 않아요."

여자가 대답했다.

그의 모든 감각과 신경이 잔뜩 예민해져 있었다. 그래도 자신감에 차고 침착했으며 마치 수혈을 받은 양 생기가 돌았다. 그는 딴 사람의 세계 속이 아니라 자신의 암흑세계

속에서 걸으며 해방감을 느꼈다. 그는 순전히 자신에게 하나의 세계가 되었다. 다른 사람의 의식과는 전혀 상관이 없었다. 단지 그의 감각만이 지대한 것이었다. 나머지 모든 것은 외적이며 무의미한 것으로, 그를 이 여자와 단둘이 있게 했다. 그는 여자와 여자의 성질 전부를 그의 감각 속에 흡수하고 싶었다. 여자가 어찌 되든 상관하지 않았다. 단지 여자의 반항을 진압하여 그의 세력 속에 완전히 넣고 다 소진될 때까지 여자를 즐기고 싶을 따름이었다.

그들은 컴컴한 거리로 들어섰다. 그는 여자 위로 우산을 받쳐 들었고 팔로 여자를 감쌌다. 여자는 의식을 못 하는 양 그냥 걸었다. 그러나 그는 걸어가면서 차츰 여자를 더 가까이 끌어당겨 자신의 옆구리와 궁둥이가 움직이는 대로 여자의 몸이 와서 닿게 했다. 여자의 몸은 그곳에 아주 잘 맞아 들어갔다. 이렇게 여자와 함께 걷는 것이 아주 잘 맞아 들어갔다. 이렇게 걸으니 자신의 몸이 건장하다는 걸 미묘하게 의식하게 되었다. 여자의 허리를 손으로 잡으니 몸의 굴곡이 느껴졌다. 그에게 새로운 여자가 창조된 것 같았다. 그건 하나의 실체요, 절대적인 존재요, 절대적 존재의 아름다움을 손으로 잡아보는 일이었다. 마치 별 같았다. 그의 몸속의 모든 것이 한데 집중되어 굴곡이 진 이 자그마하고 단단한 여자의 몸을 관능적으로 즐기고 있었다. 여자의 몸에 그의 손이, 그의 존재 전체가 내려앉아 있었다.

그는 컴컴한 공원 안으로 여자를 데리고 들어갔다. 축 늘어진 커다란 담쟁이덩굴 숲 밑에 두 개의 담이 있었는데 그 사이에 움푹 들어간 곳이 있었다.

"잠시 여기 서 있죠."

그는 우산을 내려놓고 비를 피해 여자를 따라 구석으로 들어갔다. 눈으로 볼 필요가 없었다. 그가 원하는 것은 촉감으로 아는 것이었다. 여자는 손에 잡히는 한 덩어리의 암흑 같았다. 어둠 속에서 여자를 찾아 팔로 여자를 휘감고 손으로는 몸을 만졌다. 여자는 조용해서 그 속마음을 알 수 없었다. 그러나 그는 여자에 대해서 아무것도 알고 싶지 않았다. 단지 여자를 발견하고 싶었다. 옷 위로 여자의 절대적인 아름다움을 매만졌다.

"모자를 벗어요."

그가 말했다.

여자는 순순하고도 조용히 모자를 벗은 후 그의 팔 안에 다시 안겼다. 그는 여자가 좋았다. 여자의 감촉이 좋았다. 더 세밀하게 여자를 알고 싶었다. 그는 손으로 살며시 여자의 뺨과 목을 더듬었다. 어둠 속에서, 이 얼마나 놀라운 아름다움과 즐거움인가! 그는 종종 아내의 얼굴과 목을 그런 식으로 만지곤 했다. 그게 무슨 상관이냐. 아내를 만진 것은 한 남자이고 지금 이 여자를 만지는 것은 또 다른 남자인데. 그는 자신의 이 새로운 자아가 가장 마음에 들었다. 그는 온몸을 다 내맡기고 이 여자를 관능적으로 알아내고 있었다. 매 순간 절대적인 미를, 인식을 초월한 그 어떤 것을 만지고 있는 듯 느꼈다.

아주 가까이에서 경탄과 극도의 희열을 느끼면서 여자의 몸을 발견하고 있었다. 손으로 여자의 몸을 아주 미묘하게 음미하듯 내리눌렀다. 아주 섬세하게, 욕망에 쫓겨 여자의 몸을 샅샅이 만져갔으므로 여자도 완전히 관능적인 감각에 녹아들어 정신을 잃어갔다. 여자는 관능적인 쾌락을 만끽하면서 무릎과 다리와 허리를 한데 오므렸다. 그것이 그에 겐 더 한층 아름다워 보였다.

그러나 그는 참을성 있게 여자가 긴장을 풀 때까지 몸을 매만졌다. 느긋이 속으로 만족스러운 미소를 지으며 온몸을 이 일에 집중시켰다. 그의 몸 전체가 전기가 통한 듯 미묘하면서도 힘 있게 여자를 압박해 갔다. 그는 드디어 여자에게 키스를 하게 되었다. 여자는 그의 관능적인 키스를 받고는 몸을 거의 다 내맡기다시피 했다. 여자의 벌린 입은 꼼짝하지 못했고 무방비 상태였다. 그는 이것을 알고 있었다.

그의 첫 키스는 아주 정중하고 부드럽고 상대방을 안심시키는, 아주 안심시키는 것이었다. 그래 여자의 무방비의 부드러운 입은 안심했고 대담해지기까지 해 남자의 입을 더듬었다. 남자는 여자에게 서서히, 천천히 응답을 했다. 그는 키스를 부드럽게, 아주 부드럽게 해나갔지만 점점 더 깊이 강하게 했다. 마침내 여자는 키스가 너무 강렬해지자 그 밑에서 자지러들기 시작했다. 여자는 밑으로 밑으로 내려앉았고, 남자의 만족에 찬 미소는 더 강렬해졌다. 그는 여자에 대해 자신이 생겼다. 그의 욕망이 닿는 대로 있는 힘을 죄다 여자에게 쏟아 여자를 송두리째 휩쓸어가려 했다. 그러나 그것은 여자에게 너무나 큰 충격이었다.

여자는 자기 몸을 무섭게 뒤틀며 안겨 있던 위치에서 빠져나갔다.

"그러지 마세요! 그러지 마요!"

여자에게서 나오는 듯한 그 목소리는 소름이 끼쳤다. 그 여자의 목소리가 아닌 것 같았다. 공포에 질려 그런 기이한 소리를 내뱉은 것이었다. 그 소리는 여자가 미처 의식하지 못한 떨림이 들어 있었다. 남자의 신경이 비단처럼 찢겼다.

"왜 그래요?"

그는 마음이 가라앉은 투로 물었다.

"왜 그러지요?"

여자는 남자에게로 다가왔다. 그러나 이번에는 몸을 떨면서 거리감을 두었다.

여자가 그렇게 소릴 지르니 그는 만족스러웠다. 그렇지만 그의 행동이 너무 급작스러웠다는 것을 깨달았다. 그는 이제 조심을 했다. 잠시 동안은 단지 여자를 안고만 있었다. 그의 완전했던 자신감에 어딘가 구멍이 생겼다. 그는 계속해서 다시 시작하기를 원했다. 그래 자신을 여자에게 풀어놓을 수 있는 시점까지 일단 끌고간 후에 한층 더 조심스럽게 성공적으로 일을 해나가기를 원했다. 지금까지는 여자 편이 이겼던 것이다. 그러나 싸움은 아직 끝난 것이 아니었다. 그러나 다른 목소리가 그의 내부에서 들렸다. 여자를 그냥 가도록 두라고. 여자를 경멸하며 그냥 보내라고 재촉했다.

그는 여자를 감쌌다. 그리고 매만지며 애무를 해주고 키스를 하면서 점점 더 가까이, 가까이 접근하기 시작했다.

그는 몸을 움츠렸다. 여자를 취하지 않는다 해도 여자의 긴장을 풀어주리라. 여자의 저항을 저절로 없애버리리라. 그래 부드럽게 부드럽게, 한없이 애무를 하면서 그는 여자에게 키스를 했다. 그는 몸 전체로 여자를 애무하는 것 같았다. 마침내 절정에 달했을 때 그 극한점에서 여자는 압도당해 알아들을 수 없는 신음 소리를 내었다.

"그러지 마요! 안 돼!"

남자의 혈기는 극도의 색정으로 흥분해 있었다. 잠시 그는 자제를 하지 못하고 자동적으로 밀고 나갔다. 그러나 몸이 잠시 멈추었고 차갑게 정지되었다. 그는 여자를 취하지 않을 것이었다. 그는 자기한테로 여자를 당겨서 달래며 애무했다. 그러나 순수한 열정은 사라졌다. 여자는 애써 정신을 차리고서야 남자가 그녀를 취하지 않을 것이라는 걸 깨달았다. 그러다가 아주 마지막 순간 그의 애무가 절정에 가까워오고 그의 뜨거운 욕정이 여자를 멸시하면서 되살아났다. 이때 여자는 그의 냉담한 욕정을 뿌리치고 그로부터 맹렬하게 빠져나갔다.

"안 돼요!"

여자는 증오심으로 거칠게 소리쳤다. 여자는 손을 휘둘러 그를 세게 때렸다.

"내게서 물러나요."

그의 피는 잠시 흐르기를 멈추었다. 마음속에선 다시 집요하고도 잔인한 미소를 띠었다.

"아니, 왜 그래요?"

그는 은근히 빈정거리는 투로 물었다.

"아무도 아가씰 해치지 않아요."

"댁이 뭘 원하는지 알고 있어요."

"내가 원하는 건 내가 알지. 그래, 그게 무슨 상관이오?"

"나에게서 그걸 앗아갈 수 없어요."

"그래요? 그렇다면 그만두지. 매달려 봤자 아무 소용이 없겠죠?"

"그래요, 소용없어요."

그가 빈정거리자 여자는 좀 당황해서 대꾸했다.

"그런 일에 소란 피울 필요는 없어요. 그렇지만 작별 인사로 키스는 할 수 있겠죠?"

여자는 어둠 속에서 아무 말도 하지 않았다.

"아니면 곧장 모자와 우산을 가지고 집으로 갈 건가요?"

여자는 여전히 잠자코 있었다. 그는 컴컴한 여자의 모습을 쳐다보았다. 여자는 희뿌연 암흑의 가장자리에 서 있었고 그는 기다리고 있었다.

"그러면 이리로 와서 착하게 작별 인사를 해요."

여자는 여전히 꼼짝하지 않았다. 그는 팔을 뻗어서 여자를 다시 암흑 속으로 끌어당겼다.

"여기가 더 따스해요. 훨씬 더 아늑하고."

그의 욕정이 여자에게서 완전히 떨어져 나간 것은 아니었다. 증오심이 생기는 순간 그는 더 활기가 났다.

"이제 가겠어요."

그가 여자를 꼭 붙잡자 여자는 중얼거렸다.

"당신은 이곳에 잘 어울려요."

그는 여자를 그의 몸 가까이, 방금 진 위치로 당기면서 말했다.

"왜 이곳을 떠나려고 하지요?"

그리고 서서히 몽롱한 기분이 다시 그를 엄습해 열정이 찾아들었다. 도대체 여자를 취하지 말아야 할 이유가 어디 있단 말인가?

여자는 순순히 몸을 맡기지 않았다.

"결혼했나요?"

여자가 물었다.

"그렇다면?"

그가 대꾸했다.

여자는 대답하지 않았다.

"난 당신이 결혼했나 안 했나 묻지 않았는데."

"내가 미혼이라는 건 뻔하지 않아요?"

여자는 화를 내며 대꾸했다. 아, 저 남자를 뿌리치고 갈 수만 있다면! 저 남자한테 순순히 응하지 않을 수만 있다면!

마침내 여자의 냉담한 의지가 승리해 그를 물리치고 나섰다. 여자는 그에게서 빠져나갔다. 그러나 여자는 자신이 위태로웠다는 사실보다는 빠져나가야 했기 때문에 남자를 증오했다. 남자는 왜 그토록 냉랭하게 그녀를 멸시한단 말인가? 그러면서도 자신의 마음이 아직도 남자에게 끌렸기 때문에 여자는 괴로웠다.

"다음 주에 만날 수 있을까요? 다음 토요일에?"

그가 물었다. 그들은 시내로 들어서고 있었다.

여자는 대답하지 않았다.

"나하고 엠파이어 회관에 갑시다. 친구 거티도 함께 말입니다.”

“유부남과 다니려면 아주 조심을 해야겠어요.”

“결혼했다고 해서 남자가 아니란 말인가요?”

“아니지요. 유부남이라면 문제는 완전히 다르지요.”

여자는 이런 상투적인 말로 자신의 분한 마음을 토로했다.

“어떻게?”

여자는 그를 깨우쳐주려고 하지 않았다. 그럼에도 여자
는 뚜렷이 약속은 안 했으나 다음 토요일 저녁에 밀회 장
소에 나오기로 약속한 셈이 되었다.

그는 여자에게서 떠났다. 여자의 이름도 몰랐다. 기차를
타고 집으로 갔다.

막차를 탔기 때문에 매우 늦었다. 자정이 되어서야 집에
들어갔다. 그러나 마음은 아주 냉담했다. 그는 진정한 의
미에서 가정과는 관련이 없었다. 지금의 그는 과거의 그가
아니었다. 아내는 자지 않고 그를 기다리고 있었다. 남편
은 죄악에서 풀려난 듯한 야릇한 표정을 짓고 있었다. 마
치 ‘선한’ 인연에서 풀려나온 양 비밀스러운, 아니 음흉하
기까지 한 미소를 짓고 있었다.

“어딜 갔었어요?”

아내가 의심스러운 듯 관심을 갖고 물었다.

“엠파이어 회관.”

“누구랑요?”

“혼자서. 톰 쿠퍼와 같이 돌아왔지.”

아내는 남편이 무슨 일을 했나 궁금하게 여겼다. 남편이
거짓말을 하든 말든 상관치 않았다.

"당신 아주 이상하게 보여요."

그 말에는 낌새를 알아챈 듯한 어조가 섞여 있었다.

그의 안색은 조금도 변하지 않았다. 그는 겸허하고 선량한 자아로부터 풀려난 상태였다. 그는 앉아서 실컷 저녁을 먹었다. 피곤하지도 않았다. 아내에겐 신경을 쓰지 않는 것 같았다.

아내로서는 그때가 가장 중요한 순간이었다. 그녀는 멀찌감치 떨어져서 남편을 지켜보았다. 남편이 대꾸는 했지만 별 관심 없이 건성이었다. 그는 아내의 존재를 거의 의식하지 않았다. 아, 그러니 아내는 그에게 아무 영향도 주지 못한단 말인가? 바로 여기에 사태의 새로운 진전이 있었구나! 그럼에도 불구하고 남편은 오히려 매력적으로 보였다. 그녀가 보통 때 알고 있던 평범하고 말없고 미미하고 굴종적인 남편보다는 지금의 남편 모습이 훨씬 더 마음에 들었다. 그래, 남편이 진정한 자아를 꽃피우고 있었구나! 그 점이 아내를 약 올렸다. 그래, 좋아, 활짝 피라고 하지. 사태가 새롭게 진전되는 건 좋아. 남편이 전혀 생소한 사람으로 변하여 집으로 돌아왔다고!

아내는 남편을 흘깃 쳐다보면서 자신이 지금의 남편을 예전의 남편으로 되돌릴 수 없음을 깨달았다. 잠깐 사이에 그녀는 그 일을 포기했다. 그러나 분노가 치밀어 가슴이 아팠다. 마음 한편으로는 그에게 애틋했던 사랑을 계속 요구했다. 예전에 몸에 뱄던 친숙함과 그녀가 확고히 지키던 절대적인 지위를 집요하게 요구했다. 아내는 벌떡 일어나 그것들을 되찾고자 싸우려 했다. 그리고 남편을 쳐다보고,

시아버지를 기억하고는 조심스럽게 경계했다. 이건 사태가 새롭게 바뀌었는데!

그래, 좋아. 만일 옛날식으로 해서 남편에게 영향을 줄 수 없다면 새로운 식으로 남편과 맞서리라. 예전의 도전적인 적개심이 되살아났다. 좋아, 나도 나가서 새로운 모험을 하겠어. 그녀의 목소리와 태도가 바뀌었다. 게임을 할 태세가 되었다. 무언가가 그녀의 속에서 풀려났다. 그녀는 남편이 좋았다. 이 기이하게 변해 집에 돌아온 남편이 마음에 들었다. 남편은 정말로 대환영을 받았다. 낯선 남자를 맞이하게 되어 아주 기뻤다. 사실 예전의 남편에게는 신물이 났다. 남편의 음흉하고 잔인스러운 미소에 그녀는 여봐란듯이 도전하며 응수했다. 남편은 아내가 도덕적인 요새를 지킬 줄 알았는데. 그런데, 아니었다. 그런 것은 너무나도 재미없는 역할이었다. 아내는 의기양양해서 남편에게 되받아 도전했다. 아주 광채를 발하면서 자유롭게 남편에게 맞섰다. 남편은 그녀를 쳐다보았다. 눈이 번쩍 뜨였다. 아내 역시 전쟁터에 나와 있었던 것이다.

그는 신경을 곤두세우고 아내를 예리하게 주시했다. 아내는 그처럼 완전히 무관심하고 자유롭게 되어 큰 소리를 내며 웃었다. 그는 아내 쪽으로 다가갔다. 아내는 그를 거절하지도 않고 반응도 보이지 않았다. 알지 못할 지고한 광채를 발산하며 그 앞에서 웃고 있었다. 아내 역시 모든 것을 내동댕이칠 수 있었구나! 사랑이고, 친교교, 책임 같은 것도 말이다. 그렇다면 네 자식들은 아내한테 어떤 존재란 말인가? 이 남자가 그녀의 네 아이의 아버지라는 것이 무슨 상관이란 말인가?

그는 쾌락을 추구하는 관능적인 수컷이었고 그녀는 그의
쾌락을 언제고 받아들일 암컷이었다. 그러나 그녀의 방식
대로여야만 했다. 사내는 언제고 제멋대로 행동할 수가 있
지. 그렇다면 여자도 그럴 수가 있는 거야. 그녀는 남편만
큼이나 도덕관념에 되도록 집착하지 않았다. 과거에 있었
던 일은 지금 그녀에게 죄다 무의미했다. 그녀는 한 기이
한 사내의 출현으로 전혀 다른 여자가 되었다. 남편은 그
녀에게 생소한 사람이었다. 자신의 목적만을 추구하는 사
람이었다. 아주 좋아! 이 낯선 자가 어떻게 행동하나, 도
대체 어떠한 자인가 알고 싶었다.

그녀는 웃으며 남편을 멀리했다. 그리고 겉으로 그를 무
시했다. 남편이 외간 남자인 양 옷을 벗는 것을 구경했다.
정말로 그는 전혀 생소한 사나이였다.

그가 아내에게 손을 대기도 전에 아내는 그를 격렬하게
흥분시켰다. 노팅엄에서 그가 만났던 그 자그마한 여자로
말미암아 사태가 이렇게까지 진전된 것이었다. 그들은 똑
같이 도덕적인 문제는 접어놓고 각자가 순전히 쾌락의 만
족만을 추구했다.

아내는 그에게 생소했다. 마치 그가 완전히 이방인이고
아내는 근본적으로 무한히 낯선 존재 같았다. 아내는 세계
의 다른 반쪽이요, 달의 어두운 절반 부분인 것 같았다.
그녀는 남편의 손길을 기다렸다. 남편은 마치 은밀하게 들
어온 침입자로 그녀가 더없이 갈망하는 미지의 사내 같았
다. 그래 그는 그녀를 발견하기 시작했다. 그는 아내야말

로 관능적인 보고(寶庫)로 가득 찬 미지의 광활한 세계라는 사실을 어렴풋이 깨달았다. 그는 관능적인 열정으로 자그맣고 아름다운 곳마다 다 머물렀다. 쾌락으로 미칠 듯이 흥분하여 아내 위에 내려앉았다. 아름다운 그녀의 매력적인 곳에, 아내의 몸뚱이의 세세한 아름다운 곳들에, 동떨어져 있는 육체의 절묘한 여러 곳에 내려앉았다.

그는 거의 제정신을 잃은 상태였다. 아내 속에서 그가 찾아낸 것으로 말미암아 그는 관능적으로 도취되었다. 그는 아내를 만끽하는 전혀 다른 사내가 되어 있었다. 그들 사이에는 더 이상 부드러움이라든가 사랑 같은 것은 없었다. 단지 미칠 듯 관능적인 색욕으로 새것을 찾았고, 만족을 모른 채 여자의 몸뚱이에서 관능적인 아름다움에 탐닉했다. 정말 아내는 보물창고였다. 단연코 매력적인 물건들의 곳간이어서 이것들을 생각만 해도 그는 미칠 지경이었다. 즐길 수 있는 너무나도 멋진 향연이었고 그가 한 사람의 역량으로 즐길 수 있는 것이었다.

그는 얼마 동안 아내를 육감적으로 찾는 열정 속에서 살았다. 그것은 하나의 결투였다. 사랑이라든가 따스한 말이라든가 하는 것이 아니었다. 키스조차 없었고 전적으로 촉감을 통해서 최고의 아름다움을 미친 듯이 추구하는 것이었다. 그는 손으로 아내를 만져보고 발견하고, 미친 듯이 아내를 알고 싶었다. 그렇지만 성급하게 굴어서는 안 되었다. 성급하면 모든 것을 잃게 된다. 아름다운 곳은 한 번에 한 곳만 즐겨야 했다. 아내의 몸에는 아름다운 곳이 엄청나게 많았다. 작은 규모의 황홀한 곳이 많았다. 그는 기뼈서 정신이 나갔다. 더 많이 알아내고 싶은 욕망에 그럴 힘을 가졌으면 하고 바라면서 정신이 나가 있었다. 별의별 것이 다 그곳에 있었다.

그는 낮에 혼자 중얼거리곤 했다.

"오늘 밤엔 아내의 발목 밑에 움푹 팬 곳을 잘 알아보겠어. 파란 혈관이 서로 엇갈리는 곳이지."

그곳을 생각하고, 또 그곳을 알아보려는 욕망이 생기자 그는 곧 암흑 같은 기대감에 차 있었다.

그는 밤이 다가올 것을 고대하며 낮 시간을 보냈다. 밤이 되면 아내 속에 있는 호사스럽도록 완전하게 아름다운 곳을 탐닉할 수 있으리라. 아내의 몸속에 무수한 자원이 숨겨져 있으며, 아직 발견되지 못한 아름다운 곳들이 많이 있고, 황홀하도록 즐거운 곳들이 그의 손길을 기다린다는 생각을 하니 미칠 지경이었다. 그는 이런 생각에 사로잡혀 있었다. 만일 그가 가서 그녀의 매력을 발견해 그 즐거움을 알아내지 않는다면 그것들을 영영 놓칠 것 같았다.

그는 백 명의 사나이와 맞먹는 정력으로 아내의 몸을 즐겼으면 하고 바랐다. 그는 자신이 고양이가 되어 아내의 몸을 거칠고도 껄껄한 혀로 방탕하게 핥았으면 하고 바랐다. 그는 아내 속에서 뒹굴며, 아내의 살 속에 자신을 파묻고, 아내의 살로 자신의 몸을 감싸고 싶었다.

아내는 동떨어져서 기이하고도 위험스럽게 눈빛을 번쩍이면서 남편의 모든 행위를 미리 예견한 듯이 죄다 받아들였다. 남편이 조용할 때는 그를 자극해서 더 취하게 했다. 그러면 가끔씩은 아무리 해도 성이 차지 않은 채 정력이 모자라 기진맥진해 버렸다. 원하는 만큼 아내를 충분히 취할 수가 없었다.

아이들은 그들에게 순전히 소생에 불과해졌다. 그들은 부모의 관능적인 행동의 암흑과 죽음 속에서 살았다. 때때로 그는 자신의 감각기관을 통하여 아내 속에서 느낀 절대적인 미적 감각으로 미칠 것 같았다. 그건 그가 감당하기엔 너무 강도가 셌다. 그러고 보니 모든 것에 이와 같이 불길할 정도로 무시무시한 아름다움이 있었다.

그러나 그의 몸과의 접촉을 통해서 아내 몸에 드러난 것은 궁극적인 아름다움이어서, 그것을 안다는 것은 그 자체가 죽음을 방불케 했다. 그것을 알기 위해 그는 기꺼이 끝없는 고초를 치를 터였다. 아내의 발잔등까지 가까이 갈 권리 없이 지내느니 차라리 모든 것을 기꺼이 몰수당하리라. 그곳은 발가락이 널리 퍼져나가는 곳이요, 경이로운 하얀 작은 평원으로, 그곳으로부터 작은 산 모양의 발가락이 뻗어나가고 그 사이사이에는 이들이 겹치면서 골짜기 모양으로 움푹 파여 있었다. 이런 것을 몰수당하느니 차라리 죽는 편이 낫다는 느낌이 들었다.

그들의 사랑은 바로 이런 것으로 바뀌었다. 죽음처럼 난폭하며 극단적인 관능이었다. 그들에겐 의식적인 친밀성이나 부드러운 애정이 없었다. 그것은 온통 육욕이었고 감각에의 광적이고 무제한적인 도취였으며 죽음의 격정이었다.

그는 평생 절대적인 미에 대해서는 속으로 두려워해 왔다. 그것은 항상 우상의 대상으로 두려워해야 할 존재처럼 생각되었다. 그것은 무도덕하며 인간성과 상반되기 때문이었다. 그래서 그는 고딕 건축양식에다 관심을 돌렸다. 그 뾰족한 양식은 둥근 아치의 구르는 듯한 완전한 아름다움을 피해서 깨어진 인간의 욕망을 늘 역설해 주었기 때문이다.

그러나 지금 그는 예전의 입장을 버렸다. 무한히 관능적인 폭력으로 여자의 육체에서 이 지고하고 부도덕한 절대미를 스스로 체험하게 되었다. 절대적인 미는 여체에서 그의 감촉으로 탄생하는 것 같았다. 그의 손이 닿는 곳에, 그의 눈이 가는 곳에 절대적인 미는 존재했다. 그러나 그가 그 완전한 곳을 보지도 만지지도 않을 때, 그것은 완전치 않았으며 그곳에 존재하지 않았다. 그가 그것을 존재토록 해야만 했다.

그럼에도 그는 그것에 겁을 집어먹었다. 그가 자신을 내맡기고 있을 때도 그것은 무시무시하고 위협적이며 어느 정도까지는 위험하기조차 했다. 그건 또한 순수한 암흑이기도 했다. 부끄러워해야 할 육체의 온갖 부분이 음흉스럽고도 뜨거운 아름다움을 드러내며 그에게 나타났다. 그와 아내가 함께 참여해서 창출했던 관능적인 육욕에서 나온, 수치스럽고 자연스러우면서도 부자연스러운 모든 행동에는 짙은 아름다움과 희열이 있었다. 수치스럽다는 것이 무엇인가? 극단적인 쾌락의 일부분인데. 바로 쾌락의 그 부분을 사람들은 두려워하지. 왜 두려워하지? 그 비밀스럽고 수치스러운 것들이 끔찍스럽게 제일 아름다운데.

그들 부부는 수치를 감내했으며 가장 무절제하게 쾌락을 추구하면서 수치와 한 덩어리가 되었다. 그것은 그들의 몸의 일부가 되었다. 그것은 한 송이의 꽃으로, 아름다움과 근원적인 짙은 충족의 모습으로 꽃피었다.

그들의 생활은 겉보기에는 그전과 별다른 것 없이 계속되었다. 그러나 내면적으로는 변혁이 일어났다. 아이들은 덜 중요하게 되었고 부부는 자신들의 생활에 몰두해 있었다.

남편은 점차 바깥세상의 생활에도 자유로이 참여하기 시작했다. 그의 부부 생활이 매우 격렬하게 활발해지자 그의 내부에 있던 또 다른 사나이 기질이 자유롭게 풀려났다. 이 새로운 남자 기질이 공적 생활에 관심을 가졌고 어떤 몫을 그가 할 수 있나 주시했다. 이것은 그에게 새로운 활동 영역을 부여할 것이고, 이제 새롭게 창조되고 풀려난 새로운 남성이 해야 할 활동이었다. 목적의식을 가진 모든 인간과 함께 행동하고 싶었다.

이때 교육이 관심의 대상으로 제일 먼저 떠올랐다. 이즈음에 새로운 스웨덴식 교육법이니, 수세공 교육이니 등에 관한 얘기가 나돌고 있었다. 그는 학교에서 수세공 교육을 시킨다는 생각에 진지하게 호응을 보냈다. 생전 처음으로 공적인 일에 관심을 갖기 시작했다. 그는 마침내 심오한 관능적 활동에서 정말로 목적의식을 가진 자아를 발전시켰다.

야간학교와 수공예 반 신설에 관한 얘기가 있었다. 그는 코셋헤이에 목공예 학급을 신설해서 일주일에 이틀 밤씩 동네 소년들에게 목공술, 가구 만드는 일, 목각술을 가르치고 싶었다. 이것은 그의 생각에 최고로 할 만한 일이었다. 보수는 아주 미미할 터였다. 그는 보수로 받은 돈 전액을 여분의 나무와 연장을 구입하는 데 쓸 것이다. 그러나 새로이 공덕심을 느끼면서 매우 행복해 했고 열성을 보였다.

그가 서른 살이 되었을 때 야간학교에서 목공술을 가르치기 시작했다. 이때 그에겐 자녀가 다섯이었는데 막내가 아들이었다. 그러나 그에겐 딸이든 아들이든 별 상관이 없었다. 그는 천성적으로 아이들을 사랑해서 사내아이든 딸아이든 태어나는 족족 사랑했다. 단 어슐라를 제일 좋아했다. 왠지 그가 모험적으로 시작한 야간학교 일을 어슐라가 후원해 주는 느낌이 들었다.

주목 옆에 들어선 그 집이 마침내 위대한 인간의 시도와 연관을 갖게 되었다. 그럼으로써 그 집은 새로운 활기를 얻었다.

여덟 살 난 어슐라에게 이러한 경이로운 일의 연속은 굉장한 것이었다. 아이는 갖가지 이야기를 들었으며 교구실이 작업장으로 개조되는 것을 보았다. 교구실은 어슐라네 집에서 오솔길 건너에 있는 두 번째 마당 안에 외따로 서 있는 교회 건물로, 석조로 된 헛간같이 생긴 높은 집이었다. 어슐라는 이 집이 오래되고 폐가처럼 외따로 있어서 항상 매력을 느꼈다. 이제 어슐라는 모든 준비 작업이 진행되는 것을 지켜보았다.

현관에서 마당 쪽으로 나 있는 돌 층계참에 앉아서 아빠와 목사가 얘길 하고 계획하며 일하는 모습을 보았다. 다음에는 아주 낯선 사람인 장학관이 와서 아빠와 저녁 내내 이야기를 하며 지냈다. 모든 일이 일단락되었고, 열두 명의 사내아이들이 등록했다. 그건 굉장히 신나는 일이었다.

어슐라에게는 아빠가 하는 모든 일이 경이롭게 보였다. 읍내에 관한 소식을 가지고 일커스턴에서 돌아올 때도, 화창한 오후에 악보나 연장을 가지고 교회로 건너갈 때도, 주일에 흰 성의(聖衣)를 입고 풍금 앞에 앉아서 큰 테너 목소리로 성가대를 지휘할 때도, 작업장에서 학생들과 있을 때도 아빠는 항상 경이와 매력의 중심이었다. 명령조로 멀리 퍼지는 아빠의 목소리는 명랑하고 간결했으며, 항상 활을 튕기는 듯 덩 하는 소리가 나서 어슐라의 피를 오싹하게 하면서 최면에 걸리게 했다. 그러면 어슐라는 감히 그 존재를 파악할 수 없는 어떤 어둡고 강력한 비밀의 그림자 속으로 뛰어드는 듯했다. 그건 어슐라에게 강력한 마술을 걸어 마음을 아주 어둡게 했다.

제9장
마시 농장의 홍수

월과 애나가 사는 주목 나무 집과 마시 농장 사이에는 항시 식구들이 정기적으로 오고 갔다. 그러나 두 집은 동떨어져 있었고 게다가 각기 그 성격마저 달랐다.

애나가 결혼한 뒤 마시 농장은 두 아들 톰과 프레드의 차지가 되었다. 톰은 키가 작은 미남형의 청년이었다. 검은 곱슬머리에 긴 속눈썹도 검은색이었고 부드러운 인상의 검은 눈은 무엇에 홀린 듯했다. 그는 머리 회전이 빨랐다. 고등학교를 마치고 런던으로 가서 공부를 했다. 그에겐 본능적으로 개성과 정력이 있는 사람들을 매혹시키는 능력이 있었다. 그는 다른 사람에게 전적으로 자리를 양보하면서도 동시에 스스로는 독립해 있었다. 다른 사람들을 통하지 않으면 거의 존재하지 못했다. 혼자 있을 때는 모든 게 어정떴다. 그러나 다른 사람과 있게 되면 자신을 바로 상대방에게 덤으로 얹어서 그 상대방을 실제보다 더 큰 인물로 보이게 했다. 그래서 몇몇 사람들은 그를 좋아했으며 그를 통해 일종의 자아 성취를 이룩했다. 그는 조심스럽게 이 몇 안 되는 사람들을 선택했다.

그의 비판적인 지성은 섬세하면서도 빨리 돌아갔다. 저울이나 평형 같은 지성이었다. 이 모든 것에는 여성스러운 면이 있었다.

런던에서 톰은 한 공학사가 총애하는 제자가 되었다. 그는 톰이 공부를 마치던 무렵에 명성을 얻게 된 두뇌가 뛰어난 학자였다. 이 대가를 통해서 톰은 개성 있고 뛰어난 인물들과 사귀게 되었다. 그는 절대로 자신을 내세우지 않았다. 그는 사람들의 능력을 측정해서 각자 알맞은 자리에 정착시켜 주는 인물 같았다. 사람들에게 자기의 존재를 깨닫게 해주는 인물인 것 같았다.

그는 아직 나이 어렸으나 런던에서 가장 정력적인 몇 명의 과학자, 수학자들과 연분을 맺었다. 그들은 그를 동등한 인물로 대우했다. 그는 말이 없고 지각이 예민하며 눈에 띄지 않았으나 자신의 자리를 지키며 다른 사람을 정당하게 평가하는 법을 배웠다. 그는 재판관처럼 그곳에 있었다. 더구나 그는 외모가 준수하고, 중간 키에 몸의 균형이 잘 잡혀 있었다. 살갗은 거무튀튀했으나 혈색이 좋고 건강했다.

아버지는 그에게 넉넉하게 용돈을 주었으며, 그는 스승의 조수로 일했다. 가끔 이 젊은이는 고향인 마시 농장에 나타났다. 매력적이며 옷을 멋지게 입었으며 말수가 적었고, 천성적으로 섬세하고 세련되게 처신했다. 그는 이 농장에 변화를 가져왔다.

　동생 프레드는 전형적인 브랑윈 집안사람으로, 뼈대가 굵고 눈이 푸르며 영국인다운 외모를 지녔다. 그는 아버지의 총애를 받는 아들로, 이들 부자는 아주 격의 없이 가까웠다. 프레드가 그 농장을 이어받는 중이었다.

　두 형제 사이의 우애는 열정을 방불케 할 만큼 두터웠다. 톰은 동생 프레드를 여성스러운 예민한 주의와 이기심 없는 관심으로 돌보았다. 동생은 형을 기적의 인물로 우러러 보았으며, 그도 될 수만 있다면 바로 형처럼 훌륭하게 되고 싶었다.

　누이 애나가 결혼해서 집을 떠나자 마시 농장엔 새로운 분위기가 조성되기 시작했다. 두 형제는 이제 신사가 되었다. 톰은 희귀한 성품을 지녔고 크게 출세했다. 프레드는 예민했고 독서를 좋아했다. 그는 러스킨의 저서와 불가지론자들의 저술을 숙독했다. 브랑윈 집안사람들이 모두 그러했듯이, 그도 굉장히 자신에게 집착했다. 그렇지만 사람들을 좋아했고 관대했으며 과장해서 존경심을 표했다.

　그는 대저택에 사는 하디 씨 댁의 젊은 아들과 어색해하면서도 가까이 지냈다. 두 집안은 서로 달랐지만 두 젊은이는 조심스럽게 대등한 관계에서 사귀었다.

　청년 톰은 새까만 속눈썹과 아름다운 혈색, 속을 알 수 없는 부드러운 성품과 기묘한 안정감을 지녔다. 유식한 데다가 런던에서의 사회적 지위까지 합해져서, 톰은 마시 농장의 이국적인 요소를 탁월하게 강조하는 듯이 보였다. 그가 말쑥하게 정장을 하고 나타날 때면 부드럽고 사근사근한 듯하면서도 한편으로 타인과의 거리감을 조성해서 사람들에게 불안감을 주었다. 그래서 코셋헤이와 일커스턴 주민들은 그를 동떨어진 별세계의 인물로 간주했다.

그는 어머니와 닮은 데가 있었다. 모자간의 애정은 내색을 안 해 거리감이 있는 듯했으나 실은 지나칠 정도로 가까웠다. 아버지는 맏아들과는 늘 서먹서먹해 했으며 약간의 경이감마저 갖고 있었다. 톰은 또한 마시 농장이 스크레벤스키 남작 집안과 실질적인 교분을 맺도록 연줄을 놓은 장본인이었다. 이제 스크레벤스키 집안은 그들이 사는 지역에서 상당히 중요한 가정으로 부상했다.

마시 농장의 분위기에도 변화가 생겼다. 아버지 톰 브랑윈은 나이가 들면서 지체 높은 자작농으로 번창해 갔다. 그의 풍채도 건장하고 멋져 이에 잘 어울렸다. 그의 얼굴은 여전히 생기발랄했고 푸른 눈은 광채로 가득 찼으며 숱 많은 머리와 수염은 서서히 비단결 같은 백발로 변했다. 세상사를 묵인하면서 고집스러운 태도로 크게 웃어넘기는 것이 그의 버릇이었다. 세상사가 그를 당혹케 한 적이 아주 많았다. 그래 그는 편안하고 기분 좋게 이를 용납하는 길을 택했다. 세상사가 되어가는 상태에 책임을 질 입장이 아니었다. 그러나 미지의 삶을 두려워했다.

브랑윈은 상당히 유복하게 지냈다. 아내는 그와 함께 농장에서 살았다. 아내는 그와는 전혀 다른 존재였으나 어떤 면에선 근원적으로 그와 연관을 맺고 있었다. 그 같은 사람이 어떻게, 아내와 어떤 면에서 어떤 식으로 연관을 맺었나를 파악할 수 있단 말인가. 이제 두 아들은 신사가 되었다. 아들들은 그와는 다른 인물이었고 그들 나름대로 독립된 삶의 길이 있었다. 그러나 그와는 연관을 맺고 있었다. 이 모든 것이 모험스럽고 당혹스러웠다. 자식들이 어떻든 간에 그는 나름대로의 존재 속에서 활기 있게 지냈다.

그는 멋진 외모에 당혹감을 느끼면 큰 소리로 웃으면서, 그가 유일하게 집착할 수 있는 자신에게 매달렸다. 젊은 패기와 경이감은 예나 다름없이 그에게 남아 있었다. 그는 나태해졌고 호사스럽게 편안히 지냈다. 농사일은 대부분 프레드가 맡아서 했고 그는 더 중요한 거래 문제를 돌보았다. 그는 좋은 암말을 탔으며 때로는 승마용 말도 탔다. 그는 호텔과 여인숙에서 중상층 농부나 지주들과 어울려 술을 마셨다. 그에겐 부유한 친구들이 많았다. 어떤 계층의 사람이든 간에 그는 잘 어울렸다.

아내는 예와 마찬가지로 친구가 없었다. 머리카락은 이제 백발이 성성했고, 얼굴 표정은 예와 다름이 없었으나 그 모습은 늙었다. 아내는 스물다섯 해 전 마시 농장에 처음 왔던 때와 마찬가지였다. 단지 몸이 좀 약해졌을 따름이었다. 아내는 마시 농장에서 생활을 한다기보다는 그곳을 늘 들락거리는 손님같이 보였다. 절대로 농장 생활의 일부분이 되지 못했다. 아내가 대표하는 요소는 그곳에서 이질적인 것이어서 대문 안에 살면서도 이방인으로 지냈다. 어떤 면에서는 안정감 있게 외세에 까딱하지 않았고, 또 어떤 면에서는 기묘하게 세련되었다. 그녀는 마시 농장의 모든 식구가 각자 동떨어진 채 개성적이게 했고 식구들이 쉽게 손상을 입게 했다.

아들 톰이 스물세 살이 되었을 때, 아들과 상사 사이에 이유를 알 수 없는 결별이 생겼다. 그 후 톰은 이탈리아로 갔다가 미국으로 건너갔다. 그는 집에 와 잠시 지내다가 다시 독일로 갔다. 예나 마찬가지로 미남인 데다가 외모에 세심한 주의를 기울이며 옷을 입어 매력 있는 젊은이였고 건강은 완벽했다. 그러면서도 왠지 모든 일에서 겉돌았다. 그의 검은 눈에는 불행의 빛이 깊이 감돌았다. 그러나 그는 몸에 꼭 맞는 옷을 입은 듯 편안하고도 즐거운 태도로 이 불행의 빛을 지니고 다녔다.

어슐라에게 톰은 낭만적이며 매력적인 인물이었다. 그는 멋진 선물을 하는 우아한 면이 있었다. 가령 코셋헤이에서는 구경할 수도 없었던 최고급 사탕을 한 상자 보내주기도 했다. 또는 머리빗과 자개 장식이 붙어 있고 온통 진주 빛으로 빛나는 정교하게 생긴 긴 거울을 보내주었다. 때로는 자수정, 오팔, 광채 나게 깎은 보석과 석류석으로 만든 작은 목걸이도 보내주었다. 그는 외국어를 유창하게 했으며 성품은 기묘하게 우아하고 알랑거리는 면이 있었다. 이런 모든 것을 갖추었으면서도 그는 이유를 알 수 없이 늘 겉돌았다. 그는 아무 곳에도 속하지 못했고 속하는 사회도 없었다.

애나는 결혼한 뒤로는 아버지와의 친밀한 관계를 더 이상 발전시키지 않았다. 결혼하면서 그 관계는 내동댕이친 셈이었다. 아버지와 딸 사이에는 서먹서먹한 거리가 생겼다. 애나는 어머니한테로 더 많이 갔다.

그러다가 갑자기 아버지가 죽었다.

어슐라가 여덟 살 되던 봄철이었다. 할아버지 톰은 토요일 아침에 노팅엄에 있는 시장으로 마차를 타고 갔다. 특별 전시회가 있었고 그다음에는 모임에 참석해야 하므로 늦게야 귀가할 것이라고 말했다. 가족들은 그가 즐겁게 일을 보리라고 생각했다.

때는 우기로 접어들어 날씨가 늘 음산했다. 저녁때가 되니 비가 억수처럼 퍼부었다. 톰의 아들 프레드는 마음이 안정되지 않고 일이 손에 잡히지 않아 보통 때와는 달리 일하러 밖에 나가지 않았다. 대신 담배를 피우며 책을 보면서 안절부절못했다. 밖에서는 계속 낙숫물 떨어지는 소리가 들렸다.

비 내리는 칠흑 같은 밤이 그를 외부 세계와 단절시키고 불안하게 만드는 것 같았다. 자꾸만 자신을 의식하게 만들고, 자신이 무언가를 갈망하고 있으며 좀처럼 사는 것 같지 않다고 느끼게 했다. 그의 생활에는 뿌리라는 것이 없고 만족을 찾을 곳도 없는 듯했다. 외국으로 갈 꿈도 꾸었다. 그러나 직감적으로 그는 장소를 바꾼다고 그의 문제가 해결되리라고는 생각하지 않았다. 변화를, 근원적이고도 대대적인 삶의 변화를 원했다. 그러나 어떻게 변화를 일으킬 수 있는지 몰랐다.

이제 노파로 변한 하녀 틸리가 와서 소에게 마지막 여물을 주러 나갔던 일꾼들이 마당이며 오만 데가 온통 물바다가 된 것을 발견했다고 전했다. 그는 무심코 이 말을 흘려들었다. 그러나 왠지 으스스 추운 황량하게 비가 내리는 날이 싫었다. 마시 농장을 떠나리라.

어머니는 잠자리에 들었다. 이윽고 그는 책장을 덮었다. 마음이 공허했다. 우울과 분노로 정신이 몽롱한 채 2층으로 올라갔다. 의기소침한 데다 화가 잔뜩 치밀어 방문을 닫아걸고 잠에 곯아떨어졌다.

틸리는 부엌 벽난로 앞에다 슬리퍼를 세워놓고 대문은 잠그지 않은 채 잠자리에 들었다. 마시 농장은 빗속에서 완전히 칠흑처럼 어두워졌다.

밤 11시에도 여전히 비가 내리고 있었다. 톰 브랑윈은 노팅엄에 있는 '엔젤 여관' 마당에 서서 저고리의 단추를 채우고 있었다.

"자,"

그는 명랑하게 말했다.

"아까부터 비가 내리는데. 이봐, 젊은이, 말안장을 채워. 잭, 말안장을 채우라고. 자넨 보기 드문 사내야. 배는 잔뜩 나와가지고, 그게 밥배가 아니라면 술배구먼. 자, 이리 와! 우리 집으로 가자. 세상에! 밤에 웬 놈의 비가 이리 온담! 이렇게 퍼부으면 화산도 사라지겠다. 이봐, 잭. 이 잘생긴 젊은 친구! 우리 중에 누가 노아인가? 꼭 강둑이 터질 것 같구먼. 비가 이런 식으로 퍼붓다간 오리와 물새들이 세상의 주인이 되겠어. 비둘기가 감람나무의 잎사귀를 물고 온 그런 세상 말일세. 이랴! 일어나! 일어나야지. 네놈이 생각하는 것처럼 밤새도록 이 여관에 있을 순 없어. 이렇게 비가 정신없이 퍼붓는 걸 보면 누구든지 취한 것같이 느낄 거야. 이봐, 잭, 이놈의 비가 사람의 정신을 들게 하나, 나가게 하나?"

이렇게 농담을 해놓고는 혼자 웃었다.

그는 잔뜩 술에 취해 말을 타고 갈 때에는 늘 부끄러웠
다. 항상 말에게 변명을 늘어놓았다. 사죄를 하는 듯한 그
의 태도가 익살맞았다. 그는 술에 취해 똑바로 걸을 수 없
다는 것을 잘 알고 있었다. 그렇지만 잔뜩 취했는데도 순
전히 의지력으로 몸을 곧추세우고 정신을 차렸다.

그는 여관 마당에서 말에 올라탄 뒤 말을 탁 쳐서 대문
밖으로 나서게 했다. 암말은 잘 걸어 나갔고 그는 몸을 고
정시켰다. 비가 얼굴을 때렸다. 그의 육중한 몸은 절반쯤
잠에 취해서 꼼짝 않고 말고삐를 잡고 있었다. 그의 의식
중에서 주의를 하는 중심 부분이 발작적으로 불이 붙었고
다른 곳은 캄캄한 상태였다. 그는 가까스로 정신을 집중해
서 자신이 말을 타고 아주 잘 아는 길로 간다는 사실을 기
억했다. 그 길은 잘 알고 있었다. 순전히 의지력으로 버티
면서 그 길을 찬찬히 살폈다.

브랑윈은 혼자서 큰 소리로 말했다. 정신이 완전히 멀쩡
한 양 불안한 마음에 격언을 내뱉는 듯 말을 했다. 한편
말은 터벅터벅 걸어갔고 비는 그의 얼굴을 때렸다. 마차
램프 불에 비친 빗줄기를 쳐다보았다. 시커먼 말의 몸뚱이
가 희미하게 번쩍였고 컴컴한 생울타리가 옆으로 스쳐 지
나갔다.

"이런 밤에는 개도 내보낼 수 없겠어."

브랑윈은 혼자 큰 소리로 말했다.

"이쯤 되면 깰 때도 되었는데. 개지 않으면 큰일인걸.
길에 석탄재를 열 짐이나 깔아놓았더니 참 쓸모가 있었군.

이제 날이 개지 않으면 석탄재는 모조리 내세까지 씻기겠어. 우리 아들 프레드가 돌볼 일이구먼. 그런 일에 대해서라면 그 애가 책임을 질 텐데, 내가 왜 이런 일에 걱정을 하는지 모르겠네. 내가 걱정을 하든 안 하든 내세까지 씻겨갔다가 또 밀려올 수도 있는 것이 아닌가. 언젠가는 또 다시 밀려오겠지. 그것이 세상 돌아가는 이치 아닌가! 비는 내렸다가 하늘로 올라가 구름이 되지 않는가. 그렇다고 말들 하더군. 작년보다 물이 더 불어나는 것도 아니지. 바로 그런 이야기야. 알아듣겠니? 천 년 전보다 오늘이라고 물이 더 있는 것도 아니란 말이야. 물이란 다 써버릴 수가 없는 거야. 아니 그러질 못하지. 물은 빙빙 돌아가는 거거든. 물을 다 써보려고 해보지. 그러면 수증기로 자취를 감춰버리고 너한테 코를 풀어대며 놀릴 거야. 구름으로 변한 후 비가 되어 의로운 자와 불의한 자에게 고루 내리지. 내가 의로운 사람인지 불의한 사람인지 모르겠군."

마차가 깊이 팬 바큇자국에 걸려서 덜커덕거리자 흠칫 놀라며 잠을 깼다. 그다음엔 집에 당도할 때까지 내내 깨어 있었다. 그가 깜빡 잠이 든 후 말은 상당한 거리를 왔던 것이다.

마침내 마차가 집 대문 앞에 도착했다. 브랑윈은 무거운 몸으로 말에서 내리다가 그만 비틀거리면서 마차를 두 손으로 꽉 붙잡았다. 깊이가 여러 치 되는 물속으로 내려섰던 것이다.

"제기랄! 이런 고약한 물구덩이 속으로 들어오다니!"

그는 성이 나서 외쳤다.

그는 물살에 떠밀리면서 말을 대문 안으로 끌고 갔다. 그는 이제 상당히 취해 있어서 습관대로 무턱대고 걸어갔다. 발밑에는 사방으로 물이 가득 차 있었다.

그러나 가옥과 농장 건물 주위로 쌓아 올린 둑은 말라 있었다. 그날 밤엔 이상하게 으르렁거리는 소리가 났는데, 그것은 그가 잔뜩 취해 있었기 때문에 그렇게 들리는 것 같았다. 그는 비틀거리며 앞이 보이지 않는 가운데 거의 의식 없이 짐 꾸러미와 무릎 덮개, 쿠션을 집 안으로 들어다 내려놓고는 말을 마구간에 넣으려고 나아갔다.

이제 집에 돌아왔으니 그는 잠에 취한 채 걸어 다니면서 빨리 일이 끝나기만을 기다렸다. 아주 신중하고 조심스럽게 말을 언덕 밑으로 끌고 마구간으로 갔다. 말이 움찔하면서 뒷걸음질 쳤다.

"왜, 뭐가 잘못됐나?"

그는 딸꾹질을 하면서 계속 걸어 나갔다. 그러자 그는 다시 밀려드는 물속에 들어섰고 말은 걸어가면서 물을 튕겼다. 마차의 램프 불을 빼고는 사방은 칠흑같이 캄캄했다. 램프 불이 잔물결이 이는 물 위를 비췄다.

"휴우, 굉장한 물살인데."

그는 마구간으로 가면서 말했다. 깊이가 6인치가량 되는 물속을 걸어가고 있었다. 모든 것이 그에게는 즐거웠다. 마구간에 물이 6인치나 차 있다는 생각을 하니 웃음이 나왔다.

그는 말을 뒤로 돌렸다. 말은 반항했다. 물살이 발을 스치는 곳에서 말의 앞을 막는다는 것이 재미있어서 웃어댔다. 말이 당황하는 꼴을 보고 계속 웃어 젖혔다.

"뭐가 어째서 그래? 왜 그래? 물이 좀 찼다 해도 너한테 해는 없어!"

마차 연결대를 끄르자마자 말은 금세 도망쳤다.

그는 마차의 껑거리막대를 벽에 걸어 놓은 후, 마차의 호롱불을 쳐들었다. 그가 껑거리막대와 수레바퀴가 널려 있는 낯익은 마구간에서 걸어 나오자, 물살이 잔물결을 일으키면서 그의 다리를 강하게 쳤다. 그는 비틀거리면서 쓰러질 뻔했다.

"에이! 망할 것!"

브랑원은 캄캄한 물바다에서 흘러가는 물을 둘러보며 중얼거렸다.

물이 몰려오는 데로 간 그는 점점 더 깊이 빠져 들어갔다. 그는 깜짝 놀랐다. 발이 땅에 닿지 않는다 해도 이 물이 어디서 흘러나오는지를 꼭 알아봐야겠다고 마음먹었다. 그는 비틀거리면서 계속 연못 쪽으로 걸어갔다. 그것이 즐겁기까지 했다. 물이 무릎까지 올라왔고 물살이 세게 밀려왔다. 그는 휘청거리다가 어지러워 비틀거렸다.

공포심이 그를 사로잡았다. 램프 불을 꼭 부여잡고 비틀거리며 주위를 둘러보았다. 물살이 그의 다리를 밀어내니 어지러웠다. 어느 쪽으로 가야 할지를 몰랐다. 물은 빙글빙글 소용돌이쳤고, 캄캄한 밤 전부가 원 모양으로 빙빙 돌고 있었다. 브랑원은 이 모든 공격의 한가운데 서서 낭패감에 젖은 채 좌우로 비틀거렸다. 마음속으로는 자신이 곧 쓰러질 것임을 알고 있었다.

비틀거리는데 물속에서 무엇인가가 그의 다리를 쳤고 브랑윈은 넘어졌다. 눈 깜짝할 사이에 그는 숨 막히는 소용돌이의 물속으로 밀려 들어갔다. 숨 막히도록 새까만 공포 속에서 안간힘을 다해 허우적거렸지만, 그는 계속 물살에 밀려 아래로 아래로 떠내려갔다. 그래도 버둥거리며 일어나려고 애를 썼다. 말할 수 없이 숨 막히는 투쟁을 계속했지만, 그는 점점 더 깊이 빠져 들어갔다. 무엇인가가 그의 머리를 내리쳤다. 커다란 고뇌의 경이감이 머리를 스쳤다. 그다음에는 칠흑 같은 암흑이 그를 완전히 덮어버렸다.

칠흑 같은 암흑 속에서 의식을 잃은 익사체는 뒹굴며 떠내려갔고, 무섭게 내리는 비가 모든 것을 씻어 내리며 농장을 가득 채웠다. 소들이 잠에서 깨어 벌떡 일어섰고 개는 짖기 시작했다. 의식 없는 익사체는 소용돌이치는 어둠 속에서 둥둥 떠내려갔다.

브랑윈 부인은 잠에서 깨어나 귀를 기울였다. 그녀는 초자연적인 예민한 귀로 밖에서 소용돌이치는 암흑의 소리를 들었다. 잠시 가만히 누워 있었다. 다음엔 일어나 창가로 다가갔다. 억수같이 퍼붓는 빗소리와 철철 흐르는 물소리를 들었다. 남편이 밖에 와 있다는 것을 알았다.

"프레드!"

브랑윈 부인이 불렀다.

"프레드!"

멀리 밤 속에서 거센 물결이 거칠고도 잔인스럽게 으르렁거리면서 밑으로 흘러갔다.

그녀는 아래층으로 내려갔다. 무슨 일이 일어났기에 그

렇게 많은 물이 흘러가는지 알 수 없었다. 부엌으로 들어가는 층계를 내려서니 발에 물이 잠겼다. 부엌은 물로 가득 찼다. 이 물이 다 어디서 온 것일까? 통 생각할 수가 없었다.

물은 설거지대에서 밀려오고 있었다. 부인은 상황을 살피려고 맨발로 물속을 걸어갔다. 물은 바깥문 밑에서 사납게 밀려오고 있었다. 덜컥 겁이 났다. 그런데 무언가가 발에 와서 스쳤다. 무엇이 발밑을 휘감았다. 그건 말채찍이었다. 탁자 위에는 마차에서 가져온 무릎 덮개와 쿠션과 짐 꾸러미가 있었다.

남편이 집에 온 것이었다.

"여보!"

부인은 제 목소리에 지레 겁을 먹으며 불러보았다.

부인은 문을 열었다. 물은 무시무시한 소리를 내면서 밀려 들어왔다. 사방에서 물이 흘렀고 물 흐르는 소리가 났다.

"여보! 톰!"

부인은 외쳤다. 촛불을 손에 들고 잠옷 바람으로 서서 문간 쪽의 암흑과 물바다를 향해서 소리쳤다.

"여보! 톰!"

그리고 귀를 기울였다. 아들 프레드가 바지와 셔츠 바람으로 나타났다.

"아버진 어디 계셔요?"

그는 큰 물결을 쳐다보고 다음에는 어머니를 쳐다보았다. 체구가 작은 어머니가 잠옷을 입고 있는 모습이 무시

450

무시하면서 요정 같아 보였다.

"2층으로 올라가세요. 아버진 마구간에 계실 거예요."

"여보! 톰!"

초로의 부인은 폐부를 꿰뚫는 듯한 길고 부자연스러운 목소리로 남편을 불러댔다. 아들은 뼛속까지 오싹함을 느꼈다. 그는 신속하게 장화를 신고 저고리를 입었다.

"어머니, 2층으로 올라가세요. 제가 가서 아버지가 어디 계신지 보고 올게요."

"여보! 톰!"

그 작은 부인은 이 세상 사람 같지 않게 귀를 찢는 듯한 목소리로 외쳐댔다. 물소리와 불안한 소 울음소리, 개가 길게 짖는 소리만이 어둠 속에서 쩡쩡 울리고 있었다.

프레드는 램프 불을 들고 물속을 헤쳐 나갔다. 어머니는 문간의 의자 위에 앉아서 아들의 뒷모습을 지켜보았다. 온통 물뿐이었고 램프 불 밑에서 물이 번쩍이며 흐르고 있었다.

"여보! 톰! 톰!"

부인의 이상한 목소리가 밤 속으로 길게 울려 퍼졌다. 아들은 그 소리에 영혼까지 오싹해짐을 느꼈다.

한편 브랑윈의 익사체는 집 아래로 계속 떠내려간 뒤 신작로 쪽으로 검은 물결에 떠밀려갔다.

틸리가 잠옷 위에 치마를 걸치고 나타났다. 마님이 현관문을 열어놓은 채 의자 위를 꼭 잡고 있는 것을 보았다. 탁자 위에는 촛불이 타고 있었다.

"하느님 맙소사!"

늙은 하녀는 소리쳤다.

"운하가 터졌어유. 둑이 무너진 거예유. 우린 어떻게 한대유!"

브랑윈 부인은 아들이 램프 불을 들고 위쪽 방축을 따라 마구간으로 가는 것을 지켜보았다. 그다음에는 컴컴한 말의 모습을 보았다. 아들은 램프 불을 마구간에 걸었다. 아들이 말의 앞을 막아설 때 불빛이 희미하게 아들 위로 비쳐 나왔다. 부인은 불빛에 윤곽이 부드러워 보이는 말이 마구간 문 쪽으로 머리를 내미는 것을 보았다. 마구간은 아직 물에 차지 않았다. 물은 세차게 집 안으로 밀려들고 있었다.

"물이 점점 더 차오르는데유. 주인님 들어오셨어유?"

틸리가 말했다.

브랑윈 부인의 귀에는 아무 말도 들리지 않았다.

"아버지 그…… 그곳에 계시냐?"

부인은 멀리 울려 퍼지는 오싹한 목소리로 물었다.

"안 계시는데요."

캄캄한 데서 짤막한 대답이 흘러나왔다.

"가서 아버질 찾…… 찾아봐라."

어머니의 목소리는 아들을 거의 미치게 했다. 아들은 말에다 굴레를 씌우고 마구간 문을 닫았다. 그는 다시 물을 튀기며 램프 불을 흔들면서 돌아왔다.

익사체는 제일 깊은 물속에 밀려서 집 옆을 떠내려갔다. 프레드는 어머니에게 다가왔다.

"마차간으로 가보겠어요."

"여보, 톰!"

인간의 목소리 같지 않은 소리가 크게 울려 퍼졌다. 프
레드의 피는 얼어붙었고 가슴이 미어질 듯 화가 치밀었다.
그는 미칠 것 같았다. 어머니는 왜 이렇게 외쳐대는 건가?
문간의 의자 위에 흰 잠옷 바람으로 올라앉아 있는 엄마의
모습은 차마 볼 수가 없는 지경이었다. 요정 같으면서 무
시무시했다.

"마차에서 말을 끌러놓으셨으니까 안전하실 거예요."

그는 아무 일도 없는 체하면서 불평조로 말했다.

그러나 그가 마차간으로 내려섰을 때 1피트나 되는 물
속으로 빠졌다. 그는 먼 곳에서 물이 세차게 흘러가는 소
리를 들었다. 운하가 터졌다는 것을 알았다. 물은 더 깊이
흐르고 있었다.

마차는 안전하게 그곳에 있었으나 아버지의 기척은 없었
다. 프레드는 물을 휘저으면서 연못으로 갔다. 물은 무릎
위까지 차올라 빙빙 소용돌이치면서 그를 밀어냈다. 그는
뒤로 물러났다.

"아버지가 그, 그곳에 계시니?"

어머니의 광기 어린 목소리가 들렸다.

"아니요."

짧막한 대답이 들렸다.

"여보! 톰!"

심장을 찌르는 듯 마구 때리는, 이 세상 것이 아닌 목소
리가 들렸다. 그 목소리는 높고 초자연적이며 원초적일 정
도였다. 프레드는 그 소리가 싫었다. 거의 그를 미치게 했
다. 무시무시하게 울려 퍼지는 노랫소리 같았다.

물은 점점 더 불어서 집 안으로 흘러 들어왔다.

"틸리, 비비 씨 집으로 가서 비비 씨와 아서를 데려오는 게 좋겠어. 비비 부인더러는 윌킨슨을 데려오라고 이르고."

프레드가 틸리에게 명령했다. 그는 강제로 어머니를 2층에 올라가도록 했다.

"네 아버지는 익사하셨어!"

부인은 기이하게 낭패한 어조로 말했다.

물은 밤새 불어나서 마침내는 부엌의 벽난로 위에 올려 놓은 주전자마저 쓸어갔다. 브랑윈 부인은 홀로 2층 창문에 앉아 있었다. 더 이상 남편을 부르지 않았다. 일꾼들은 돼지와 소를 치우느라 바빴다. 그들은 보트로 마님을 데리러 왔다.

새벽녘에야 비가 그쳤다. 물소리 위로 별이 떠올랐고 물은 무시무시하게 우지끈거리기도 하고 졸졸거리면서 흘렀다. 그러다가 동쪽이 희뿌옇게 밝아왔다. 동이 트기 시작했다. 새벽의 불그스레한 빛 속에서 부인은 물이 사방으로 퍼지면서 굽이치는 것을 보았다. 건물들이 물속에서 점점 제 모습을 드러내고 있었다. 새들이 졸린 듯, 새벽이라 약간 목이 쉰 듯이 노래를 하기 시작했다. 날은 점점 더 밝아왔다. 두 번째 밭 위로 운하의 둑이 크게 무너져 있었다.

브랑윈 부인은 이 창문에서 저 창문으로 옮겨 다니며 물이 범람하는 광경을 내려다보았다. 누군가가 작은 보트를 가져왔다. 날은 더 밝아졌고 빨간 햇살이 홍수의 수면 위를 비췄다. 날이 완전히 밝은 것이었다. 브랑윈 부인은 집의 앞쪽에서 뒤쪽으로 옮겨 가 잔뜩 긴장한 채 창백한 봄의 아침을 열심히 내다보았다.

부인은 물결 속에서 남편의 황갈색 저고리를 얼핏 보았다. 물결이 시체를 정원의 생울타리로 몰아붙였던 것이다. 부인은 보트 안에 있는 사람들에게 소리쳤다. 남편이 발견되어 기뻤다. 사람들은 남편을 생울타리에서 끌어내려 했지만 그를 들어 올려 보트에 실을 수가 없었다. 프레드가 물속으로 뛰어 들어갔다. 물은 허리까지 찼다. 그는 아버지의 시체를 물속에서 길 쪽으로 옮겼다. 건초와 나뭇가지와 흙이 수염과 머리카락에 엉겨 붙었다. 프레드는 심하게 얻어맞은 짐승처럼 큰 소리로 눈물 없이 울면서 물속에서 시체를 밀어갔다. 어머니는 요란을 떨지 않고 창문가에서 소리 내어 울었다.

의사가 왔다. 아버지는 죽어 있었다. 사람들은 시체를 코셋헤이에 있는 딸 애나의 집으로 운반했다.

애나는 그 소식을 들었을 때 머리를 뒤로 젖히고 눈망울을 굴렸다. 마치 무언가가 달려들어 그녀의 목을 물려는 것 같은 표정이었다. 애나는 목을 뒤로 젖혔고 마음은 쫓겨 잠자는 듯했다. 그녀가 결혼해 어머니가 된 뒤에는 소녀 시절을 잊고 있었다. 이제 그 충격이 그녀에게 위협적으로 몰려와서 그동안의 모든 생활을 휩쓸어갔다. 애나는 다시 열여덟 살의 소녀가 되어 아버지를 사랑했다. 그래 애나는 뒤로 물러나 그 충격에서 멀리 떨어져 나가 현재의 생활에 매달렸다.

충격이 정말로 그녀를 덮쳐서 겁에 질리게 된 것은 사람들이 아버지의 시체를 그녀의 집으로 날라 왔을 때였다.

젖은 옷, 더럽혀진 옷차림이었다. 장터에서 돌아오는 정장 차림이었으나 모두가 더러워지고 축 늘어진 채였다. 아버진 물에 젖고 축 늘어진 커다란 살덩이에 불과했다. 한때는 그녀에게 힘과 강한 생명력의 표상이었는데.

애나는 거의 겁에 질리다시피 해서 젖은 옷을 벗기기 시작했다. 유복한 자작농이었던 아버지 몸에서 여러 가지 나들이옷을 벗겼다. 아이들은 목사관으로 보냈고 시체는 응접실 마루에다 안치했다. 애나는 서둘러 옷을 벗기면서 탁자 위에다 아버지의 시계 주머니와 도장을 놓았다. 남편과 하녀가 거들었다. 그들은 시신을 깨끗이 닦고 침대 위에 눕혔다.

그곳에서의 아버지의 모습은 고요하며 훌륭하게 보였다. 그는 죽음 속에서 완전히 고요했고, 이제 아무도 범할 수 없고 접근할 수 없게 안치되었다. 애나에게 아버지는 접근할 수 없는 사나이의 장엄함과 죽음의 장엄함을 대변해 주었다. 애나는 경이감에 조용히 위압당했고, 한편 기쁘기조차 했다.

어머니 리디아도 와서 죽은 남편의 인상적인, 범할 수 없는 시신을 보았다. 어머닌 죽음을 보고 창백해졌다. 남편은 변화나 지식을 초월해 절대적인 상태에서 무한의 대열에 들어서 있었다. 그녀가 무엇을 할 수 있단 말인가? 남편은 이제 장엄한 추상적 개념이 되어 잠시 눈에 보일 뿐, 범할 수 없는 절대적인 존재가 되었다. 이제 누가 그를 자기 것이라고 주장할 수 있고 누가 그에 관하여 말할 수 있는가? 삶에서 죽음으로 넘어가는 이 순간에 적나라한 모습을 드러낸 그이에 관해서 누가 뭐라고 말할 수 있단 말인가? 산 자도 죽은 자도 마찬가지로 그를 자기 것이라고 주장할 수 없는 것이다. 그는 산 자이면서도 또한 죽은 자이며 범할 수 없는, 아무도 접근할 수 없는 그 자신인 것이다.

"난 당신과 삶을 함께했었는데, 이제 혼자서 영원을 향해 가겠군요."

부인 리디아가 말했다. 혼자 되었음을 알았기에 가슴이 싸늘해 왔다.

"살아계실 때도 아버질 잘 몰랐는데, 이제 아버진 우리를 초월하여 저 죽음 가운데서 절대적인 위치에 계시는군요."

딸 애나는 위엄에 눌렸으면서도 거의 기쁜 마음으로 중얼거렸다.

아들들은 이 죽음을 용납할 수가 없었다. 프레드는 얼굴이 굳고 창백해져서는 주먹을 움켜쥐고 이곳저곳을 왔다 갔다 했다. 이런 참사가 아버지에게 일어난 데 대한 증오심과 분노가 가득 차 있었다. 아버지를 되찾아 아버지의 모습을 다시 보고, 그 목소리를 다시 듣고 싶은 욕망으로 피가 철철 흐르는 것 같았다. 차마 이 사실을 용납할 수가 없었다.

맏아들 톰은 장례식 날에야 도착했다. 그는 여전히 조용했고 자제력이 있었다. 그는 어머니에게 키스를 했는데, 어머닌 여전히 얼굴이 검었고 그 마음속을 알 수 없었다. 동생과는 얼굴을 쳐다보지도 않고 악수를 했다. 검은 손잡이가 달린 커다란 관을 보았다. 이름이 적힌 판까지 읽어 내려갔다.

"마시 농장의, 톰 브랑윈. ……년 탄생. ……년 사망."

이 젊은 아들 톰은 잘생기고 침착한 얼굴에 잠시 동안 주름을 잔뜩 짓고 무섭게 찡그리더니 다시 평온한 표정을 되찾았다. 관은 교회로 옮겨졌고 장례식 조종이 일정한 간격으로 울려 퍼졌으며, 조문객들은 흰 화환을 들고 갔다. 폴란드 출신의 부인은 멍한 검은 얼굴로 맏아들의 팔에 기대어 걸어갔다. 맏아들은 예나 다름없이 미남이었다. 얼굴 근육은 조금도 움직이지 않았으며 어딘가 즐거워 보였다. 프레드는 누이 애나와 함께 걸어갔다. 누이는 기이하면서 매력적이었고, 프레드는 얼굴이 목석처럼 굳어서 꼼짝하지 않았다.

마당 아래 까치밥나무 덩굴 사이에서 뛰놀던 어슐라는 나중에야 톰 아저씨가 검은 상복 차림의 멋진 모습으로 서 있는 것을 보았다. 주먹은 위로 쳐들었고 얼굴은 일그러졌으며 무시무시하게 쓴웃음을 짓고 있어서 입술은 뒤로 말려 있었다. 그 표정은 짐승이 괴로워하며 얼굴을 잔뜩 찌푸린 것 같았고 온몸은 개가 헐떡이는 것처럼 숨을 가쁘게 몰아쉬었다. 아저씨는 탁 트인 먼 곳을 향해 서서 숨을 할딱이다가는 잠잠히 있다가 다시 숨을 가쁘게 몰아쉬었다. 얼굴은 조금도 변하지 않고 계속 괴로워하는 짐승의 표정을 짓고 있었다. 이빨은 다 드러났고 콧잔등엔 주름이 잡혔으며 눈은 아무것도 보지 않고 한곳에 고정되어 있었다.

어슐라는 무서워서 살짝 빠져나왔다. 그 후 톰 아저씨가 다시 집 안에 들어왔을 때는 엄숙하고 아주 조용해서 마치 아저씨가 엄숙을 가장한 채 슬퍼하는 것 같아 보였다. 어슐라는 아저씨의 조용하고 잘생긴 얼굴을 보면서 다시 일

그러진 모양을 상상해 보았다. 아저씨의 코는 투명한 피부 아래서 러시아인의 코처럼 좀 뭉툭했다. 어슐라는 조심스럽게 다듬은 콧수염 밑에 있는 이빨이 작고 뾰족하면서 듬성듬성 나 있었다는 것을 기억해 냈다. 아저씨는 아주 우아한 태도를 취하고 있었지만 짐승 같았으며 거의 상한 모습을 그 속에서 볼 수 있었다. 어슐라는 겁이 났다. 이후부터는 아저씨를 보면 짐승 같은 무서운 면을 연상하곤 했다.

맏아들 톰은 어머니에게 작별 인사를 하고 곧 떠났다. 어슐라는 톰 아저씨의 키스를 받으면서 몸을 움츠리다시피 했다. 그럼에도 불구하고 키스 받기를 원했고, 또한 약간의 혐오감을 느끼는 것도 좋았다.

장례식을 치르는 동안과 장례식이 끝난 후에 윌은 아내를 미친 듯이 사랑했다. 죽음이 그를 뒤흔들어 놓았던 것이다. 죽음과 그에 따른 모든 일이 한데 모여서 아내를 향한 광적이고도 압도적인 열정으로 변했다. 아내는 아주 낯설고 매혹적으로 보였다. 아내에 대한 욕정 때문에 거의 제정신을 잃었다. 아내는 그를 받아들였고, 그를 받아들일 준비가 되어 있었으며 그를 원했다.

할머니는 마시 농장의 집이 복구될 때까지 어슐라네 주목 나무 집에 머물러 있었다. 그러곤 할머니는 조용히 집으로 돌아갔고 아무것도 원하는 것이 없는 것 같았다. 프레드는 농장을 복구하는 일에 혼신을 다했다. 아버지가 그곳에서 익사했다는 사실 때문에 농장이 한층 더 친근하게 느껴졌고 필연적으로 그가 살 곳으로 여겨졌다.

브랑윈 집안사람들은 격렬하게 죽음을 맞는다는 이야기

가 있었다. 맏아들 톰을 제외하고는 그들 모두에게 그런 말은 자연스럽게 들렸다. 그러나 프레드는 마음을 다부지게 먹고 자기 나름대로의 고집을 가지고 일을 시작했다. 그는 미지의 신이 아버지를 이런 식으로 살해한 것을 결코 용서할 수 없었다.

아버지가 돌아가신 뒤 마시 농장은 아주 조용했다. 어머니는 불안해 했다. 그전처럼 온 저녁을 평온하게 앉아 있질 못했다. 낮에는 항상 일어서서 서성거렸다. 어딘가 가야겠는데 그곳이 어디인지를 잘 모르는 태도였다.

어머니는 작은 양털 웃옷을 입고 마당 주변을 왔다 갔다 했다. 자주 마차를 타고 아들 옆에 앉아서 시골 풍경과 읍내 거리를 구경했다. 마치 이 모든 것이 낯선 곳인 양 철없는 어린아이의 천진난만하고 호기심에 찬 표정을 지었다.

어슐라와 구드룬, 테레사, 세 손녀딸들은 학교를 오갈 때 농장 마당 문을 지나갔다. 할머니는 손녀들이 지나갈 때마다 불러들였고 마시 농장에서 저녁 식사를 하도록 했다. 주위에 어린애들이 있는 것이 좋았다.

부인은 아들들을 무서워했다. 아들들에게서 음울한 정열과 욕망과 불만의 표정을 볼 수 있었는데 그런 것을 더 이상 보고 싶지 않았다. 눈이 파랗고 턱이 무거운 프레드조차도 그녀에게 걱정을 끼쳤다. 마음의 평화가 없었다. 프레드는 무언가를 원했다. 사랑과 열정을 원했으나 발견을 못 한 것이었다. 그렇다고 왜 아들이 어머니에게 걱정을 끼쳐야 하는가? 왜 아들이 들끓는 마음과 고통과 불만을 가지고 어머니한테 나타나야 하는가? 어머니는 너무 늙었는데.

맏아들 톰은 자제를 잘 해서 속을 터놓지 않았다. 그는 자기 몸을 아주 조용히 가누었다. 그러나 그는 한층 더 어머니에게 걱정을 끼쳤다. 아들의 눈동자에는 자아 붕괴의 검은 빛이 깊숙이 자리하고 있었다. 마치 어머니가 그를 구원해 줄 수 있다는 듯이, 그의 정체를 드러낼 듯이 어머니를 힐끔힐끔 쳐다보았다.

그러나 노파가 어떻게 젊은이를 구원할 수 있나? 젊은이는 젊은이한테 가야지. 인생의 폭풍우는 언제든 불어닥치는구나! 어머니는 이 노년기에 와서 일상과는 동떨어져 정적 속에서 평화롭게 누워 있을 수 없단 말인가? 아니, 항상 인생의 거센 물결이 그녀에게로 덮쳐와서 생의 방파제를 철썩거리며 때렸지. 항상 안달과 분노와 격정이 끊임없이 계속되는 가운데서 그녀는 속을 태워야 했지. 그러나 이제는 생활의 최전선에서 물러나고 싶었다. 마침내 그녀 자신의 천진함과 평화를 누리고 싶었다. 아들들이 여자에 불만을 품게 되어 자신들의 욕망과 시도와 속 깊이 품었던 분노를 터뜨리며, 늘 하던 이야기를 또 끔찍스럽게 터뜨리지 않기를 바랐다. 그 모든 것을 초월해서 노년의 평화와 천진스러움을 맛보고 싶었다.

브랑윈 부인은 절대로 일을 많이 하는 여자는 아니었다. 그즈음 부인은 종종 마당가 대문에 기대 서서 사람들이 지나가는 것을 지켜보았다. 아이들을 보면 기분이 좋았고 행복했다. 보통 주머니에다 사과 한 알이나 사탕 몇 개를 넣고 있었다. 아이들이 쳐다보며 미소 짓는 것이 좋았다.

남편의 산소에는 한 번도 가지 않았다. 마치 남편이 살아 있는 양 남편 이야기를 아무렇지 않게 했다. 때로는 슬퍼서 눈물이 하염없이 뺨을 흘러내리기도 했다. 그러다가 제 기분을 회복해서 다시금 행복한 자신을 되찾았다.

궂은 날에는 자리에 누워 있었다. 침실이 그녀의 피난처가 되었으며 그곳에 누워서 생각하고 또 생각할 수 있었다. 가끔 아들 프레드가 책을 읽어주곤 했다. 그러나 대단한 위로가 되는 것은 아니었다. 그녀에겐 꿔야 할 아주 많은 꿈이 있었고, 아직 체로 거르지 않은 재료가 잔뜩 쌓여 있었다. 시간이 필요했다.

이 시기에 부인의 주된 말동무는 손녀 어슐라였다. 그 어린 손녀와 생각이 많은 육순의 허약한 할머니는 많은 공감대를 가진 듯했다. 코셋헤이에서는 모든 생활이 활동과 정열이었고 모든 것이 정열의 축 위에서 움직였다. 그때 어슐라 밑으로는 네 명의 동생이 더 있었다. 한 무리의 어린아이들이라 늘 서로를 이리 밀치고 저리 밀치며 살았다.

그러므로 맏이인 어슐라에겐 할머니의 평화스러운 침실이 절묘한 곳으로 보였다. 어슐라는 숨죽인 듯이 조용한 천국의 땅으로 가는 듯 이곳을 찾아왔다. 이곳에선 마치 그녀가 꽃으로 변하는 양 그녀의 존재가 단순하며 정교한 것이 되었다.

어슐라는 토요일마다 마시 농장으로 내려왔다. 올 때마다 조그마한 것을 할머니에게 갖다드렸다. 가는 색종이 쪽지로 짠 매트라든가 유치원에서 만든 작은 바구니나 크레용으로 그린 작은 새 그림 같은 것이었다.

문간에 어슐라가 나타나면 늙었지만 아직도 당당한 하녀

틸리는 비쩍 마른 목을 길게 빼고는 누가 왔나 내다보곤
했다.

"아, 어슐라 아기씨였구먼유?"

틸리가 말했다.

"그러지 않아도 아기씨가 올 거라 생각했지유. 참말로
멋진 꽃다발을 갖고 왔구만유."

하녀 틸리의 존재가 돌아가신 톰 할아버지의 분위기를
마시 농장에 계속 유지시키는 것은 참으로 신기했다. 어슐
라는 항상 틸리를 돌아가신 할아버지와 연관시켰다.

오늘은 어슐라가 가장자리를 분홍색 꽃으로 둥글게 장식
하고, 분홍색과 흰색의 꽃을 촘촘히 묶은 꽃다발을 가져왔
다. 어슐라는 그것을 매우 자랑스럽게 여겼으며 또 매우
부끄러워했다.

"할머닌 침대에 누워계셔유. 2층으로 올라가려면 신발을
잘 닦어유. 그리구 폭탄처럼 냅다 뛰어들지 마유. 정말이
지 그 꽃다발 멋지구먼유! 그걸 혼자 만들었시유?"

틸리는 어슐라를 조용히 2층 침실로 안내했다. 아이는
감동을 받으면 늘 그렇듯이 서먹서먹한 듯 주춤거리면서
방으로 들어섰다. 할머닌 작은 잿빛 양털 웃옷을 입고 침
대 위에 일어나 앉아계셨다.

아이는 꽃다발을 앞으로 움켜쥐고 아무 말없이 침대 옆
에서 머뭇거렸다. 천진스러운 눈이 반짝였다. 할머니의 잿
빛 눈도 이와 비슷한 빛으로 반짝였다.

"아유, 예뻐라!"

할머니가 말했다.

"정말 예쁘게 만들었구나! 참 귀여운 꽃다발이네!"

어슐라는 얼굴이 달아오르면서 재빨리 꽃다발을 할머니의 손에 쥐어드렸다.

"할머니를 위해 만든 거예요."

"내 고향의 농부들이 이런 식으로 작은 꽃다발을 만들었더랬는데."

할머니는 분홍 꽃을 손가락으로 만지면서 냄새를 맡았다.

"바로 이런 식의 작은 꽃다발이었어! 그리고 머리 장식용으로 화환도 만들었지, 줄기를 엮어서. 그다음엔 화환을 머리에 쓰고 빙빙 돌았지. 제일 멋진 앞치마를 입고서 말이야."

어슐라는 금세 이 이야기의 나라에 자신이 가 있다고 상상을 했다.

"할머니도 머리에 화환을 쓰시곤 하셨어요?"

"내가 어릴 땐 네 동생 케이티처럼 금발이었지. 그래 난 자그마한 푸른색 화환을 쓰곤 했어. 눈이 녹을 때 피는 아주 푸른색 꽃이었어. 마부였던 앤드리가 제일 처음 핀 꽃을 꺾어다 주곤 했지."

그들은 이야기를 했고, 틸리가 두 사람을 위해 차 쟁반을 들고 왔다. 어슐라는 마시 농장에서 특별히 녹색과 황금색이 도는 컵을 사용했다. 얇게 썬 버터 빵과 향초를 넣은 차가 있었다. 그것은 모두 특별한 것이었고 맛이 있었다. 어슐라는 조금씩 까다롭게 베어 물면서 아주 우아하게 먹었다.

"할머닌 왜 결혼반지가 두 개예요? 두 개 다 껴야 하나요?"

아이는 쟁반 위에 있는, 푸른 핏줄이 튀어나온 상앗빛 손을 보면서 물었다.

"남편이 둘이면 그렇지."

어슐라는 잠시 생각에 잠겼다.

"그러면 반지 두 개를 같이 껴야 하나요?"

"그렇단다."

"어떤 것이 우리 할아버지의 반지예요?"

할머닌 머뭇거렸다.

"네가 아는 할아버지 말이냐? 이게 그 할아버지의 반지지. 이 빨간 것이. 이 노란색 반지는 네가 본 적이 없는 딴 할아버지가 주신 반지고."

어슐라는 앞으로 내민 손가락에 낀 두 개의 반지를 흥미있게 바라보았다.

"어디서 이 반지를 사 주셨어요?"

"이것 말이냐? 바르샤바에서였지."

"그땐 우리 할아버지를 모르셨어요?"

"이곳 할아버지는 몰랐지."

어슐라는 이 흥미진진한 사실을 잠시 생각했다.

"그 할아버지도 하얀 구레나룻을 길렀나요?"

"아니, 그 할아버지 수염은 검은색이었어. 그 할아버지 눈썹을 네가 닮았어."

어슐라는 낯을 붉히고 자신을 의식했다. 거울로 가서 자기 눈썹을 보고 싶었다. 아이는 곧 자신을 폴란드 할아버지와 같은 인물로 생각했다.

"그 할아버지 눈이 갈색이었나요?"

"그래. 진한 갈색이었지. 사자처럼 날쌔고, 머리가 좋은 사람이었지. 잠시도 가만히 있지 않으셨어."

리디아는 아직도 첫 남편을 원망했다. 첫 남편에 대한 생각을 할 때면 그녀는 항상 남편보다 더 젊었고 나이는 항상 스무 살 아니면 스물다섯 살이던 자신으로 돌아가, 남편의 지배 아래 있었다. 그는 아내를 독립된 하나의 인간으로 여기지 않았다. 마치 아내가 그의 부관, 그의 짐의 일부분, 수술 기구 중 하나인 것처럼 그의 사상 속에다 아내를 집어넣어 버렸다. 그녀는 아직도 그 점을 원망스럽게 여겼다. 그녀의 기억 속에서 첫 남편은 항상 서른 살이었다. 남편은 서른네 살에 죽었다. 남편이 안됐다고 느끼지는 않았다. 남편은 그녀보다 손위였다. 하지만 아직도 그 당시를 생각하면 가슴이 아팠다.

"할머닌 첫 번째 할아버질 더 좋아했어요?"

"두 분 다 좋아했단다."

그리고 다시 옛 생각에 잠기면, 그녀는 첫 남편 렌스키의 어린 신부로 돌아갔다. 남편은 그녀보다 더 좋은 가문 출신이었다. 그녀는 경제적으로 불안정한 가정의 어린 딸이었다. 그는 지성인이며 총명한 의사로서 아내를 사랑했다. 얼마나 그를 우러러보았던가! 검은 수염을 빳빳하게 기른 그 훌륭한 청년이 그녀에게 처음 말을 걸어와 그녀가 황홀해 했던 때를 기억했다. 그는 매우 훌륭하고 위엄 있어 보였다. 자유로운 가정에서 자라난 그녀에게 근엄하고 자신만만하고 위엄 있는 남편은 거의 신과 같은 존재로 보였다. 그때까지 그런 사람은 한 번도 만나본 적이 없었다.

그녀의 모든 생활환경은 절제가 없고 산만하며 무질서한 혼란 상태였다.

"리디아 양, 나와 결혼하겠소?"

그는 독일어로 그녀에게 청혼했다. 엄숙하면서도 떨리는 목소리였다. 그녀를 내려다보는 그의 검은 시선이 무서웠다. 그 시선은 그녀를 보는 것이 아니라 그녀에게 고정되어 있었다. 그는 엄격하고 자신만만했다. 그녀는 이러한 점에 흥분하고 감동해서 청혼을 받아들였다. 연애 기간 동안 그의 키스는 경이로웠다. 그녀는 항상 그의 키스를 생각하고 경이롭게 여겼다. 그러나 그에게 키스를 해주고 싶은 생각은 없었다. 그녀의 생각으로는 키스란 남자가 해주는 것이고 여자는 받은 키스를 곰곰 되새기면 되는 것이었다.

그녀는 결혼 후 처음 며칠 동안 보낸 밤낮의 기진맥진한 상태에서 다시는 완전히 회복하지 못했다. 남편은 신부를 빈으로 데리고 갔으며 신부는 그와 완전히 단둘이 있었다. 생판 낯선 세계에서 남편과 단둘이 있었고, 모든 것이 죄다 낯선 외국의 것이었고, 남편조차도 그녀에겐 낯선 존재였다. 그 후 진짜 결혼다운 결혼을 맛보게 되자, 정열이 그녀에게서 솟구쳤다. 아내는 그의 노예가 되었고 남편은 그녀의 군주로 군림했다. 그녀는 어린 신부요 노예였고, 그의 발에 입을 맞추었다. 아내는 그의 몸에 손을 대며 그의 구두끈을 푸는 것이 영광이라고 생각했다. 두 해 동안 그녀는 남편의 노예로 지내면서 그의 발 아래 무릎을 꿇었고 그의 무릎을 껴안았다.

아이들이 태어났고 남편은 그의 사상대로 살았다. 아내

는 남편을 위해, 남편의 기분을 잘 맞춰주기 위해 항상 곁에 있었다. 남편에게 아내는 자신의 민족주의, 자유와 과학에 관한 사상을 실천하는 데 있어 자신의 안녕을 위해 필요한, 보다 비천한 물질적인 조건 중의 하나에 불과했다.

그러나 그녀도 서서히 나이가 스물서너 살이 되면서 이런 사상을 심각히 고려해야겠다는 자각이 들기 시작했다. 남편의 기대대로 그녀의 자아를 죽이고 살았기 때문에 결국 남편이 그녀의 감정을 고갈시킨 것이었다. 비록 남편은 그렇게 하는 것을 원하지 않았지만 남편의 동료들 중에는 그녀와 사상에 관해 토론하려는 사람들이 있었다. 그녀는 용감하게 다른 남성들의 생각 속에 들어가 보았다. 그러고 보니 남편의 사상이 남자의 유일한 사상은 아니었다! 그러니 남편의 부속물로만 존재할 것이 아니었다. 다른 남자들이 그녀에게 주목한다는 것을 인식하기 시작했다. 흥분되어 기분이 들떴다. 그녀는 바르샤바에서 결혼할 때 남자들이 자신에게 비위를 맞추던 일을 지금도 기억하고 있었다.

그다음에 반란이 일어났고 이에 그녀도 고무되었다. 그녀는 간호사로 남편 곁을 따라다녔고 남편은 사자처럼 일하면서 기운을 다 뺐다. 그녀는 하는 수 없이 남편 곁을 따라다녔다. 그러나 남편의 신조까지 믿는 것은 아니었다. 남편은 아주 독불장군으로 너무나도 많은 것을 무시했다. 그는 지나치게 자신을 믿었다. 오로지 그의 일과 사상만이 제일이었다. 그 밖의 딴 것은 문제가 되지 않는단 말인가?

그다음엔 아이들이 죽었다. 그런 후 그녀에게는 모든 것이 먼 곳의 일이었다. 남편도 먼 곳에 있는 듯 보였다. 그녀는 남편의 표정을 보았다. 남편은 그 소식을 들었을 때 얼굴이 창백해졌다. 그다음에는 마치 '하필이면 왜 내가 슬퍼할 시간도 없는 이때 아이들이 죽었담?' 하고 생각하는 듯이 얼굴을 찌푸렸다.

"저이는 슬퍼할 시간이 없어."

그녀는 멀리 떨어져서 두려운 마음으로 중얼거렸다.

"저이에겐 시간이 없어. 저이가 하는 일은 너무나도 중요해! 흥분으로 반쯤 미친 이 사람은 너무나도 자부심이 강해! 반란의 과업 외에 중요한 것은 아무것도 없어! 남편은 슬퍼할 시간도 없고 아이들 생각할 시간도 없지! 정말 자식들을 생기게 할 시간조차 없었지."

남편이 계속 홀로 행동하도록 놔두었다. 그러나 혼란 가운데서도 그녀는 다시 남편 곁에서 일을 했다. 그리고 혼란으로부터 아내는 남편과 함께 런던으로 도피했다.

상심한 남편은 냉담하게 굴었다. 그는 아내나 다른 사람에 대해서 애정이 없었다. 그의 과업에서 실패했으니 모든 일에서 실패한 셈이었다. 그는 경직되더니 죽어버렸다.

그녀는 이에 순순히 따를 수가 없었다. 남편은 실패했고, 모든 것이 실패로 돌아갔다. 그러나 그런 실패 뒤에는 삶에 대한 단호한 열정이 있었다. 개인의 노력은 실패할 수도 있지만 인간의 기쁨조차 없어질 수는 없는 법이다. 그녀는 인간의 기쁨에 속해 있는데.

첫 남편은 죽어서 자기의 길을 갔지만, 얼마 안 있어 유복녀가 태어났다. 어린 어슐라는 그의 손녀였다. 그녀는 이 사실을 기쁘게 생각했다. 비록 첫 남편이 생을 그르치

긴 했지만, 아직도 그를 존경하고 있었기 때문이다.

이제 리디아는 첫 남편에 대해 안됐다고 생각했다. 그는 제대로 살아보지도 못하고 죽었기 때문이다. 그는 아내를 이해하지 못했다. 아내와 잠자리는 같이 했었지만 아내를 통 알지 못했다. 아내가 그에게 줄 수 있는 것을 그는 한 번도 받아보질 못했다. 아내로부터 텅 빈 채로 떠나가 버렸다. 그러니 그가 살았다고는 절대로 볼 수 없었다. 그래 그는 죽어 사라졌다. 그러나 그에게는 힘과 권위가 있었다.

남편이 단 한 번도 사는 것처럼 살아보지 못한 것을 그녀는 좀처럼 용서할 수가 없었다. 그의 딸 애나와 그의 이마를 닮은 이 어린 어슐라만 없었더라면, 난파되어 없어지고 단지 기억에만 남아 있는 배처럼 그에게서 남을 것은 아무것도 없었을 것이다.

톰 브랑윈은 그녀를 섬겼었다. 그녀에게로 와서 취할 것을 취했다. 그는 죽었고 죽음 속으로 그의 길을 걸어갔다. 그러나 그는 아내와의 생활에서 영원성을 느끼며 지냈다. 그러므로 그녀는 이곳에서, 삶에서, 영원 속에서 자리를 차지하고 있었다. 남편이 아내에 대한 인식을 죽음 속으로까지 가지고 갔기에, 그녀는 죽음 속에서도 자리를 차지할 수 있게 되었다.

내 아버지 집에는 있을 곳이 많다.*

---

* 요한복음 14장 2절.

그녀는 두 남편을 다 사랑했다. 한 남편에게는 적나라하게 자신을 드러낸 나이 어린 신부로, 이리저리 뛰어다니며 그를 섬겼다. 다른 남편은 만족 가운데서 사랑했다. 그는 선량했고 그녀가 삶다운 삶을 살도록 해주었기 때문이다. 그녀를 영광스럽게 섬겼으며 그녀와 일심동체가 된 남편이었다.

이 삶의 영역에서 그녀는 정착했고 본연의 상태로 돌아왔다. 첫 번째 결혼 생활 동안 그녀는 남편을 통해서가 아니면 존재하지 않았다. 남편이 실체이고 그녀는 남편의 발치를 따라다니는 그림자였다. 그녀는 본연의 자아를 되찾게 된 것을 아주 기뻐했다. 남편 브랑윈에게 감사했다. 감사하는 마음으로 죽음 속에까지 그에게 손을 뻗쳤다.

그녀는 마음속으로 군주 노릇을 했던 첫 남편에 대해 어렴풋이 애정과 연민의 정을 느꼈다. 그는 온당치 못한 삶을 살다 갔다. 그녀는 첫 남편이 한 번도 본연의 자아를 찾지 못한 것을 참을 수가 없었다. 그리고 그녀에게 군주 노릇을 했으니! 기이하지만 그 모든 것은 사실이었다. 어떻게 해서 그가 그녀의 군주 노릇을 했던가? 그는 이제 아주 멀리 떨어져 있으며 그녀에게 아무런 영향을 끼치지 못했다.

"할머니, 어느 쪽이었지요?"

"뭐가?"

"제일 좋아한 남편이."

"양쪽 다 좋아했지. 첫 남편과는 내가 어린 소녀였을 때 결혼했지. 그다음엔 내가 어른이 되었을 때 너희 할아버질 사랑했지. 그런 차이가 있어."

그들은 잠시 아무 말도 안 했다.

"우리 첫 번째 할아버지가 돌아가셨을 때 할머니는 울었어요?"

할머니는 침대 위에서 몸을 흔들면서 옛날 생각에 잠겨 큰 소리로 말했다.

"우리가 영국으로 왔을 때 할아버진 말을 안 하셨단다. 그는 너무나 염려를 한 나머지 아무것도 안중에 들어오지 않았지. 할아버진 점점 더 말라갔고 나중에는 양쪽 뺨이 쑥 들어가고 입은 앞으로 삐죽 나오게 되었어. 그렇게 되니 미남이던 모습이 사라졌어. 할아버진 도저히 패배를 견디지 못한다는 것을 난 알고 있었지. 난 세상에서 모든 것을 잃었다고 생각했어. 남은 거라곤 아기였던 지금의 너희 엄마뿐이었단다. 그러니 죽을 수도 없었어.

할아버진 증오하는 듯 시커먼 눈으로 날 쳐다보았지. 몸이 아플 땐 이렇게 말했어. '일이 이렇게밖에 끝날 수 없는 듯하오. 이 런던에서 당신과 어린아이가 굶어 죽도록 그냥 두고 내가 떠나야 하다니.'라고 말이야. 난 할아버지에게 우린 굶어 죽지 않을 거라고 말했지. 그러나 난 어렸고 철이 없어 겁이 났어. 그걸 할아버지가 알고 계셨던 거야.

할아버진 세상을 원망스럽게 여기면서도 절대로 기가 꺾이지 않았어. 그는 어떤 일을 할 수 있을까 하고 머리를 쥐어짜며 누워 있었지. '당신이 어떻게 지낼지 모르겠소.' 할아버진 말했어. '난 아무짝에도 쓸모가 없소. 처음부터 끝까지 실패였소. 아내와 자식의 입에 풀칠조차 할 수 없으니!'

그렇지만 말이야, 할아버지가 꼭 우릴 부양해야 하는 것은 아니었어. 할아버진 돌아가셨지만 난 계속 살아오다가 너희 할아버지와 결혼했잖니?

내가 이 사실을 알고 그 할아버지한테 이런 얘길 해주었어야 하는 건데. '그렇게 원통스럽게 생각하지 마세요. 식구들 입에 풀칠 못 한다고 생각하며 죽지는 마세요. 당신이 세상의 처음이자 끝은 아니에요.' 라고. 그렇지만 난 너무 어렸고, 할아버진 단 한 번도 내가 나 자신을 둘러볼 수 없게 했어. 난 정말 그가 세상의 처음이자 끝인 줄 알았어. 그래 난 그가 모든 책임을 혼자 지도록 두었지. 그렇지만 사태가 전부 할아버지에게만 좌우되지는 않았어. 삶은 필연코 계속되었고 난 너희 할아버지와 결혼하게 되어 너희 삼촌 톰과 프레드를 낳았단다. 세상 모든 일을 혼자 다 떠맡을 수는 없어."

어슐라는 이런 얘기를 들을 때 심장이 마구 두근거렸다. 이해는 잘 안 됐지만 아주 멀리 있는 세계를 느끼는 것 같았다. 자신이 멀리 떨어져 있는 폴란드의 피를 이어받았고 검은 수염의 인상적인 할아버지의 후손이라는 것을 알게 되니 커다란 기쁨으로 몸이 오싹했다. 그녀의 느낌에 조상들은 참 기이했고 양쪽 조상이 다 기괴한 운명을 타고난 것 같았다.

거의 매일 어슐라는 할머니를 만났고 만날 때마다 이야기를 나누었다. 마침내 마시 농장의 쥐 죽은 듯 조용한 할머니의 침실 속에서 들은 이 모든 이야기는 신비로운 의미로 가득 차게 되었고 어슐라에게는 하나의 성경같이 되었다.

어슐라는 할머니에게 가슴속 가장 깊은 곳으로부터 우러 나온 질문을 어린애답게 했다.

"할머니, 누군가가 절 사랑하게 될까요?"

"애야, 널 사랑하는 사람은 많지 않니? 식구들이 전부 널 사랑하는데."

"그렇지만 이다음에 내가 크면 누가 날 사랑할까요?"

"그래, 어떤 남자가 널 사랑할 거야. 네 천성이 그러니 까, 그런데 너에게서 뭘 바라서가 아니라 너 자체가 좋아 서 널 사랑하는 사람이면 좋겠다. 우리 모두에게는 원하는 사람을 바랄 권리가 있으니까."

어슐라는 이런 말을 듣고 겁이 났다. 가슴이 철렁 내려 앉았다. 발밑에 짚을 땅이 없는 것 같았다. 그래 할머니에 게 꼭 달라붙었다. 그곳에는 평화와 안정이 있었다. 이곳 할머니의 평화로운 침실로부터 보다 더 큰 세계로 문이 열 렸다. 그것은 아주 광활한 과거의 세계여서 그곳에 들어 있는 모든 것이 자그맣게 보였다. 광활한 지평선 위에 사 랑과 출생과 죽음과 삶의 작은 단위와 형상들이 널려 있었 다. 위대한 과거 속에서 작은 개인이 중요하다는 점을 안 것은 커다란 위안이었다.

(2권에서 계속)

세계문학전집 **135**

무지개 1

1판 1쇄 펴냄 2006년 12월 26일
1판 18쇄 펴냄 2021년 11월 1일

지은이 D. H. 로렌스
옮긴이 김정매
발행인 박근섭, 박상준
펴낸곳 (주)민음사

출판등록 1966. 5. 19. (제 16-490호)
서울특별시 강남구 도산대로1길 62(신사동) 강남출판문화센터 5층 (우편번호 06027)
대표전화 02-515-2000 팩시밀리 02-515-2007
www.minumsa.com

ISBN 978-89-374-6135-4 04800
ISBN 978-89-374-6000-5 (세트)

* 잘못 만들어진 책은 구입처에서 교환해 드립니다.

세계문학전집 목록

세계문학전집은 계속 간행됩니다.